W0204823

# 3e

## Mon manuel numérique Premium

**Pour apprendre, s'entrainer et réviser de façon efficace !**

### Le manuel complet

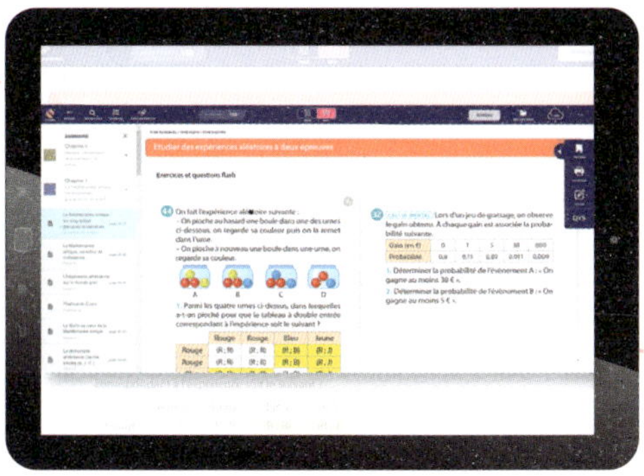

Pour consulter mon manuel en classe ou à la maison

### Les cartes mentales

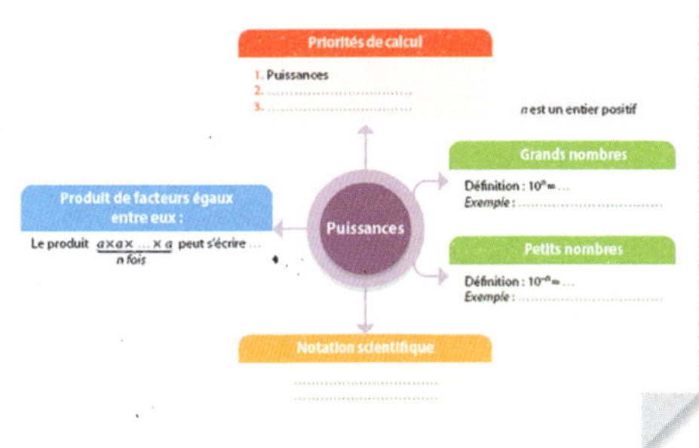


À compléter pour mémoriser l'essentiel

### Les QCM interactifs

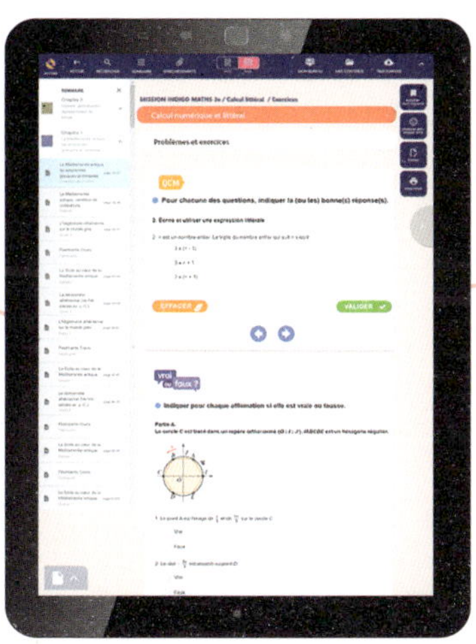

Pour m'auto-évaluer

### Des fichiers et des documents

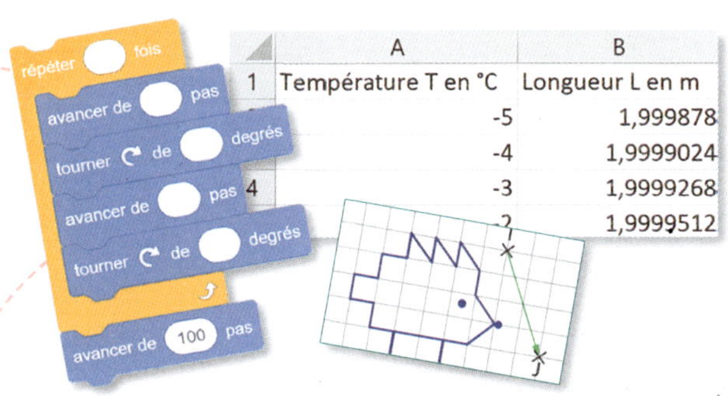


À télécharger pour résoudre les exercices

# Mission Indigo 3e

## MATHS


Sous la direction de Christophe BARNET

Nadine BILLA
Virginie BLANC
Marion CONVERT
Émilie ELKINE
Mathieu FERNANDEZ
Amaïa FLOUS
Aurélie LAULHERE
Marie-Christine LAYAN
Siegfried MAILLARD
Marion REY LARRIEU
Marion ROBERTOU
Agnès VILLATTES



hachette
ÉDUCATION

## Crédits photographiques

**Couverture** © Traveller Martin** ; **11** © Olga Tsyvinska** ; **14 h** © Steve Young* ; **14 m** © M. Schuppich* ; **21** © Jane* ; **25** © gerasimov_foto_174** ; **27** © Costa / Leemage ; **37** © TuTheLens* ; **41 g** © JM Fotografie* ; **41 d** © Africa Studio** ; **43** © IP3 PRESS/MAXPPP ; **59** © Nikolai Tsvetkov* ; **60** © vlad61_61* ; **61** © Mastermind ; **62** © DR ; **64 hd** © DR ; **64 hd** © William Voirol ; **65** © StudioSmart** ; **79** © Manuel Blondeau/ Corbis ; **85** © Eduard Kim** ; **99 g** © Image Broker / Alamy / Hemis ; **99 d** © DR ; **100 hg** © savoieleysse*, © richie0703* ; **100 bg** © Patrick Parage / Sud Ouest ; **100 d** © Brad Pict* ; **105** © Jacob_09** ; **115 hd** © New Africa**, © mypokcik** ; **115 md** © Aisa / Leemage – Succession Picasso 2016 ; **115 bd** © e X p o s e** ; **116** © Andriana Syvanych** ; **117 g** © Alohaflaminggo** ; **117 hd** © Olga Popova** ; **117 hd** © vitaliy_73** ; **117 hd** © Yellow Cat** ; **119** © picoStudio** ; **122** © Lipskiy** ; **123 g** © Ziablik** ; **123 d** © Africa Studio** ; **124 h** © OtmarW** ; **124 b** © Monkey Business Images** ; **125** © Science Photo / Library / David Ducros / EUROPEAN SPACE AGENCY ; **127 bd** © Sécurité routière ; **143** © DeAgostini/ Leemage ; **145 hd** © Dimitry Vereshchagin* ; **145 bd** © O'shi* ; **156 md** © Studioimagen73** ; **156 bd** © Nerthuiz* ; **161** © NASA Images** ; **171** © haveseen*; **172** © Blazej Lyjak** ; **173** ©Jérôme Rommé* ; **181** © Nejron Photo** ; **182** © teropod** ; **183** © Niferure** ; **186** ©Mark Nazh** ; **189** © seen** ; © Lukas Juocas** ; **190** Botapis ; **191 h** Tout pour le jeu ; **191 b** © alexvey** ; **193** © Coprid* ; **195** © nexus7** ; **201** © Martin Janecek** ; **203, reprise 215** © akg-images ; **216 g** Lucky Comics, 2016 ; **216 d** M.C. Escher's "Circle Limit IV" © 2016 The M.C. Escher Company-The Netherlands. All rights reserved. www.mcescher.com ; **217 g** © Piotr Wawrzyniuk** ; **217 d** © LanaPo*; **221** © asharkyu** ; **237** © Google Maps ; **241** © Dr_Flash** ; **256** © Alexander Canas Arango** ; **260** © Papinou * ; **261** © Mistervlad* ; **262** © saiko3p* ; © structuresxx**; © clin0000* ; © Beboy*; **270** © Audrey_Kuzmin** ; © Dan Thornberg** ; © dip** ; ©Tim UR** ; © Guzel Studio**; **275 m** DR ; **275 b** DR ; **277** © Ludmila Galchenkova* ; **278** © taviphoto** ; **286** © Federico Rostagno* ; **289** © FikMik* ; **290** © Vladyslav Bashutskyy* ; **302** © iceink**

*Fotolia.com/Adobestock.com ; **Shutterstock.com

© Scratch : p. 12 à 24, 37, 38, 59, 61, 62, 79, 80, 81, 83, 99, 100, 101, 119, 120, 121, 137, 139, 155, 157, 175, 177, 178, 195, 196, 199, 216, 218, 219, 235, 236, 237, 255, 257, 275, 276, 277, 281, 282, 283, 285, 287, 288, 289, 290, 291, 293, 294, 299, 301, 307.
Scratch est développé par le groupe Lifelong Kindergarten auprès du MT Media Lab. Voir https.//scratch.mit.edu
Garam : p. 85. Le jeu Garam a été créé par Ramsès BOUNKEU SAFO.

Nous tenons à remercier les nombreux enseignants qui, par leurs avis exprimés lors de tables rondes ou de rencontres avec nos délégués pédagogiques dans les différentes académies, nous ont aidés à élaborer cet ouvrage.

Les auteurs remercient Sandrine Pollet pour ses relectures attentives et perspicaces.

**Édition** : Julie Carrasco, Nina Metais
**Relecture** : Valérie Dumur
**Fabrication** : Miren Zapirain
**Mise en page** : Grafatom (Catherine Bonnevialle)
**Schémas** : Grafatom (Franck Gouvart, Jordan Tronel)
**Illustrations** : Géraldine Besnard
**Couverture** : Anne-Danielle Naname
**Maquette intérieure** : ADN (Anne-Danielle Naname, Juliette Lancien)
**Recherche iconographique** : Candice Renault

www.hachette-education.com

**ISBN 978-2-01-702546-7**
ISBN à utiliser pour toute commande de l'ouvrage.

PAPIER À BASE DE FIBRES CERTIFIÉES

hachette s'engage pour l'environnement en réduisant l'empreinte carbone de ses livres. Celle de cet exemplaire est de : 2000 g éq. $CO_2$
Rendez-vous sur www.hachette-durable.fr

# Présentation du manuel

**QUESTIONS FLASH**
Pour **réactiver les prérequis à l'oral**

**Activités**
Pour **découvrir** les notions

**Cours**
Pour **s'approprier** les notions

**Savoir-faire**
Pour **travailler en autonomie** avec des **exercices résolus** et **corrigés**

**4 pages d'Exercices**
Pour **acquérir** les savoir-faire et un MODE EXPERT pour aller plus loin

**Faire le point**
Pour **s'auto-évaluer** et **synthétiser** le chapitre en autonomie
QCM · Carte mentale

**Algorithmique et outils numériques**
Pour travailler sur Scratch, sur tableur, sur un logiciel de géométrie dynamique

**4 pages de Problèmes**
de difficulté graduée agrémentés de DÉFIS & ÉNIGMES ludiques
Une MISSION DÉMONSTRATION pour s'entrainer pas à pas à la **démonstration** mathématique

**Travailler autrement**
À chacun son parcours !

## Les pictos du manuel

- CALCUL MENTAL — Travail en calcul mental
- Travail avec calculatrice
- Travail sans calculatrice
- Travail avec un logiciel
- Travail en débranché
- Ressource téléchargeable
- Travail en groupe
- Prise d'initiative — Problème qui demande une prise d'initiative
- Questions flash supplémentaires — Diaporama de questions flash supplémentaires
- Version interactive du QCM — QCM en version interactive
- Problème en anglais
- ceinture **jaune**, ceinture **verte**, ceinture **noire** — Les trois niveaux de difficulté de problèmes
- Éducation au développement durable

# Sommaire

# Objectifs des activités

## Nombres et calculs

### 1 Nombres entiers

**Activité 1** Remobiliser les critères de divisibilité
**Activité 2** Déterminer la liste des diviseurs d'un nombre en s'arrêtant au diviseur inférieur ou égal à la racine carrée du nombre
**Activité 3** Dresser la liste des 25 nombres premiers inférieurs à 100 avec le crible d'Ératosthène
**Activité 4** Utiliser la décomposition d'un nombre en produit de facteurs premiers avec des engrenages

### 2 Nombres rationnels

**Activité 1** Réactiver les puissances de 10 et l'écriture scientifique
**Activité 2** Généraliser les puissances négatives
**Activité 3** Déterminer la nature d'un nombre et comprendre les ensembles de nombres
**Activité 4** Découvrir la notion de fraction irréductible

### 3 Calcul littéral

**Activité 1** Modéliser une situation ; simplifier des écritures pour démontrer
**Activité 2** Introduire la double distributivité avec des nombres positifs
**Activité 3** Démontrer la formule de double distributivité et l'appliquer
**Activité 4** Développer une expression de la forme $(a + b)(a - b)$.
**Activité 5** Factoriser une expression de la forme $a^2 - b^2$.

### 4 Équations

**Activité 1** Remobiliser la notion d'équation
**Activité 2** Résoudre une équation du premier degré
**Activité 3** Résoudre une équation produit
**Activité 4** Résoudre une équation du type $x^2 = a$

## Organisation et gestion de données, fonctions

### 5 Grandeurs et proportionnalité

**Activité 1** Reconnaitre une situation de proportionnalité à partir d'un tableau, d'un énoncé et d'un graphique
**Activité 2** Exploiter une situation de proportionnalité, mobiliser la notion de ratio
**Activité 3** Traduire un pourcentage d'augmentation par un coefficient multiplicateur
**Activité 4** Traduire un pourcentage de réduction par un coefficient multiplicateur

### 6 Fonctions

**Activité 1** Introduire les notions de fonction, de variable, d'image et d'antécédent
**Activité 2** Construire et exploiter la courbe représentative d'une fonction
**Activité 3** Exploiter une représentation graphique

### 7 Fonctions affines

**Activité 1** Modéliser une situation avec une fonction
**Activité 2** Découvrir l'expression d'une fonction affine et sa représentation graphique
**Activité 3** Identifier et utiliser un cas particulier de fonction affine : une fonction linéaire

## 8 Statistiques

**Activité 1** Calculer une moyenne pondérée et une médiane
**Activité 2** Représenter graphiquement des données par un histogramme
**Activité 3** Calculer une moyenne d'une série de valeurs regroupées en classes
**Activité 4** Calculer une étendue

## 9 Probabilités

**Activité 1** Remobiliser la définition et des propriétés de la probabilité d'un évènement
**Activité 2** Constater la stabilisation des fréquences, effectuer le lien entre fréquence et probabilité
**Activité 3** Étudier une expérience aléatoire à deux épreuves

# Espace et géométrie

## 10 Construction et transformation de figures

**Activité 1** Remobiliser les symétries, la translation et les agrandissements
**Activité 2** Découvrir et caractériser les rotations au travers d'une rosace
**Activité 3** Utiliser un logiciel de géométrie dynamique pour transformer une figure par rotation et en observer les effets
**Activité 4** Découvrir et caractériser les homothéties

## 11 Théorème de Thalès

**Activité 1** Remobiliser le théorème de Thalès dans des triangles emboités
**Activité 2** Étendre le théorème de Thalès à la configuration « papillon »
**Activité 3** Énoncer la réciproque du théorème de Thalès
**Activité 4** Établir la proportionnalité des côtés de deux triangles semblables

## 12 Triangles rectangles

**Activité 1** Remobiliser le théorème de Pythagore et la racine carrée
**Activité 2** Introduire les formules du sinus et de la tangente d'un angle
**Activité 3** Démontrer que le sinus et la tangente d'un angle ne dépendent que de cet angle
**Activité 4** Démontrer que le cosinus et le sinus d'un angle sont compris entre 0 et 1
**Activité 5** Utiliser les relations trigonométriques pour calculer un angle ou une longueur

## 13 Solides de l'espace

**Activité 1** Se repérer sur une sphère
**Activité 2** Calculer le volume de la boule
**Activité 3** Découvrir les sections des pavés droits et des cylindres
**Activité 4** Découvrir la section d'un cône de révolution et d'une pyramide

# Repères annuels de progression de 3e

## Nombres et calculs

### Nombres décimaux et relatifs

Le travail est consolidé notamment lors des résolutions de problèmes.

### Fractions, nombres rationnels

La notion de fraction irréductible est abordée, en lien avec celles de multiple et de diviseur qui sont travaillées tout au long du cycle.

### Racine carrée

La racine carrée est utilisée dans le cadre de la résolution de problèmes.

*Aucune connaissance n'est attendue sur les propriétés algébriques des racines carrées.*

### Puissances

Les puissances de base quelconque d'exposants négatifs sont introduites et utilisées pour simplifier des quotients.

*La connaissance des formules générales sur les produits ou quotients de puissances n'est pas un attendu du programme : la mise en œuvre des calculs sur les puissances découle de leur définition.*

### Divisibilité, nombres premiers

Tout au long du cycle, les élèves sont amenés à modéliser et résoudre des problèmes mettant en jeu la divisibilité et les nombres premiers.

La notion de fraction irréductible est introduite. L'utilisation d'un tableur, d'un logiciel de programmation ou d'une calculatrice permet d'étendre la procédure de décomposition en facteurs premiers.

### Calcul littéral

**Expressions littérales**

Le travail sur les expressions littérales est consolidé avec des transformations d'expressions, des programmes de calcul, des mises en équations, des fonctions...

**Distributivité**

La double distributivité est abordée.

Le lien est fait avec la simple distributivité. Il est possible de démontrer l'identité $(a + b)(c + d) = ac + ad + bc + bd$ en posant $k = a + b$ et en utilisant la simple distributivité.

**Équations**

La factorisation d'une expression du type $a^2 - b^2$ permet de résoudre des équations produits se ramenant au premier degré (notamment des équations du type $x^2 = a$ en lien avec la racine carrée).

*Aucune virtuosité calculatoire n'est attendue dans les développements et les factorisations.*

## Organisation et gestion de données, fonctions

### Statistiques

Un indicateur de dispersion est introduit : l'étendue.

Le travail sur les représentations graphiques, le calcul, en particulier celui des effectifs et des fréquences, et l'interprétation des indicateurs de position est consolidé.

Un nouveau type de diagramme est introduit : les histogrammes pour des classes de même amplitude.

### Probabilités

Le constat de la stabilisation des fréquences s'appuie sur la simulation d'expériences aléatoires à une épreuve à l'aide d'un tableur ou d'un logiciel de programmation. Les calculs de probabilités, à partir de dénombrements, s'appliquent à des contextes simples faisant prioritairement intervenir une seule épreuve. Dans des cas très simples, il est cependant possible d'introduire des expériences à deux épreuves. Les dénombrements s'appuient alors uniquement sur des tableaux à double entrée, la notion d'arbre ne figurant pas au programme.

Les élèves simulent une expérience aléatoire à l'aide d'un tableur ou d'un logiciel de programmation.

### Proportionnalité

Le lien est fait entre taux d'évolution et coefficient multiplicateur, ainsi qu'entre la proportionnalité et les fonctions linéaires. Le champ des problèmes de géométrie relevant de la proportionnalité est élargi (homothéties, triangles semblables, configurations de Thalès).

### Fonctions

Les notions de variable, de fonction, d'antécédent, d'image sont formalisées et les notations fonctionnelles sont utilisées. Un travail est mené sur le passage d'un mode de représentation d'une fonction (graphique, symbolique, tableau de valeurs) à un autre. Les fonctions affines et linéaires sont présentées par leurs expressions algébriques et leurs représentations graphiques. Les fonctions sont utilisées pour modéliser des phénomènes continus et résoudre des problèmes.

## Grandeurs et mesures

### Calculs sur des grandeurs mesurables

La formule donnant le volume d'une boule est utilisée.

Le travail sur les grandeurs mesurables et les unités est poursuivi.

Il est possible de réinvestir le calcul avec les puissances de 10 pour les conversions d'unités.

Par exemple, à partir de :

$1\text{ m} = 10^2\text{ cm}$, il vient $1\text{ m}^3 = (1\text{ m})^3 = (10^2\text{ cm})^3 = 10^6\text{ cm}^3$ ou, à partir de :

$1\text{ dm} = 10^{-1}\text{ m}$, il vient $1\text{ dm}^3 = (10^{-1}\text{ m})^3 = 10^{-3}\text{ m}^3$.

### Effet des transformations sur des grandeurs géométriques

Les élèves connaissent et utilisent l'effet des transformations au programme (symétries, translations, rotations, homothéties) sur les longueurs, les angles, les aires et les volumes.

Le lien est fait entre la proportionnalité et certaines configurations ou transformations géométriques (triangles semblables, homothéties).

## Espace et géométrie

### Représenter l'espace

Le repérage s'étend à la sphère (latitude, longitude). Un logiciel de géométrie est utilisé pour visualiser des solides et leurs sections planes. Les élèves produisent et mettent en relation différentes représentations des solides étudiés (patrons, représentation en perspective cavalière, vues de face, de dessus, en coupe).

### Géométrie plane

**Figures et configurations**

Une définition et une caractérisation des triangles semblables sont données. Le théorème de Thalès et sa réciproque dans la configuration du papillon sont énoncés et utilisés (démonstration possible, utilisant une symétrie centrale pour se ramener à la configuration étudiée en quatrième). Les lignes trigonométriques (cosinus, sinus, tangente) dans le triangle rectangle sont utilisées pour calculer des longueurs ou des angles.

Deux triangles semblables peuvent être définis par la proportionnalité des mesures de leurs côtés. Une caractérisation angulaire de cette définition peut être donnée et démontrée à partir d'un cas d'égalité des triangles et d'une caractérisation angulaire du parallélisme.

**Transformations**

Les élèves transforment (à la main ou à l'aide d'un logiciel) une figure par rotation et par homothétie (de rapport positif ou négatif). Le lien est fait entre angle et rotation, entre le théorème de Thalès et les homothéties.

Les élèves identifient des transformations dans des frises, des pavages, des rosaces.

*Les définitions ponctuelles d'une translation, d'une rotation et d'une homothétie ne figurent pas au programme.*

*Pour faire le lien entre les transformations et les configurations du programme, il est possible d'identifier (à la main ou à l'aide d'un logiciel de géométrie) l'effet, sur un triangle donné, de l'enchainement d'une translation, d'une rotation et d'une homothétie, voire d'une symétrie axiale et réciproquement, pour deux triangles semblables donnés, chercher des transformations transformant l'un en l'autre.*

## Algorithmique et programmation

### Écrire, mettre au point, exécuter un programme

Les repères qui suivent indiquent une progressivité dans le **niveau de complexité** des **activités** relevant de ce thème. Certains élèves sont capables de réaliser des activités de troisième niveau dès le début du cycle.

**1er niveau**

À un premier niveau, les élèves mettent en ordre et/ou complètent des blocs Scratch fournis par le professeur pour construire un programme simple. L'utilisation progressive des instructions conditionnelles et/ou de la boucle « répéter ... fois ») permet d'écrire des scripts de déplacement, de construction géométrique ou de programme de calcul.

**2e niveau**

À un deuxième niveau, les connaissances et les compétences en algorithmique et en programmation s'élargissent par :

– l'écriture d'une séquence d'instructions (condition « si ... alors » et boucle « répéter ... fois ») ;

– l'écriture de programmes déclenchés par des événements extérieurs ;

– l'intégration d'une variable dans un programme de déplacement, de construction géométrique, de calcul ou de simulation d'une expérience aléatoire.

**3e niveau**

À un troisième niveau, l'utilisation simultanée de boucles « répéter ... fois », et « répéter jusqu'à ... » et d'instructions conditionnelles permet de réaliser des figures, des calculs et des déplacements plus complexes. L'écriture de plusieurs scripts fonctionnant en parallèle permet de gérer les interactions et de créer des jeux.

La décomposition d'un problème en sous-problèmes et la traduction d'un sous-problème par la création d'un bloc-utilisateur contribuent au développement des compétences visées.

TA MISSION

Comprendre et écrire des programmes informatiques.

# Algorithmique et programmation

**JEU**

- Quel mot de la langue française peut-on utiliser pour retenir facilement le numéro de téléphone 07 76 47 26 63 ?

# Activité 1 En boucle

**→ Objectif :** Remobiliser les notions de boucle, d'instruction conditionnelle et de variable ; utiliser une variable à l'intérieur d'une boucle.

## Partie A La conjecture de Syracuse

On considère le programme de calcul ci-dessous.

> Choisir un nombre entier strictement positif.
> S'il est pair, le diviser par 2.
> S'il est impair, le multiplier par 3 puis ajouter 1.

**1.** a. Que donne ce programme si on choisit le nombre 6 ?

b. Que donne ce programme si on choisit le nombre 5 ?

**2.** On veut réaliser un script qui correspond à ce programme de calcul.

a. Si un nombre $n$ est pair, quel est le reste de la division euclidienne de $n$ par 2 ?

b. Réaliser le script.

c. Vérifier le bon fonctionnement du script avec les valeurs 6 et 5.

> La commande (a modulo b) calcule le reste de la division euclidienne de (a) par (b).

**3.** On souhaite à présent :
– effectuer ce programme de calcul avec un nombre entier choisi au départ par l'utilisateur ;
– effectuer à nouveau ce programme de calcul avec le résultat obtenu ;
– et ainsi de suite…

> Tu peux utiliser la commande
> 
> 
> .

a. On choisit au départ le nombre 5. À la main ou en utilisant le script précédent, donner les 10 premiers résultats obtenus. Que peut-on constater ?

b. Modifier le script précédent pour qu'il affiche successivement les résultats obtenus à partir d'un nombre entier choisi au départ par l'utilisateur.

c. Tester le fonctionnement du script avec 5, puis avec d'autres nombres de départ. Que peut-on conjecturer ?

> Cette conjecture célèbre porte le nom de conjecture de Syracuse. Elle a été énoncée il y a presque un siècle, mais personne n'a réussi à la démontrer…

## Partie B Une « spirale triangulaire »

• Réaliser un script permettant de tracer la figure ci-contre en partant du centre de la scène.
Le premier segment a pour longueur 5 pas, les segments suivants ont une longueur de 10 pas de plus que le segment précédent et les couleurs changent aléatoirement tous les trois segments.

> Tu peux créer une variable contenant la longueur des segments.

## MODE EXPERT

**1.** Écrire un script qui calcule la somme de tous les nombres entiers impairs compris entre 1 et 99.
**2.** Combien de termes la somme calculée à la question précédente comporte-t-elle ?
**3.** Écrire un script pour tester la validité de l'énoncé ci-dessous.

*Sum of First n odd numbers* $= n^2$

## EN DÉBRANCHÉ

**1.** Associer à chaque script la figure qu'il permet de tracer.

**Script A**

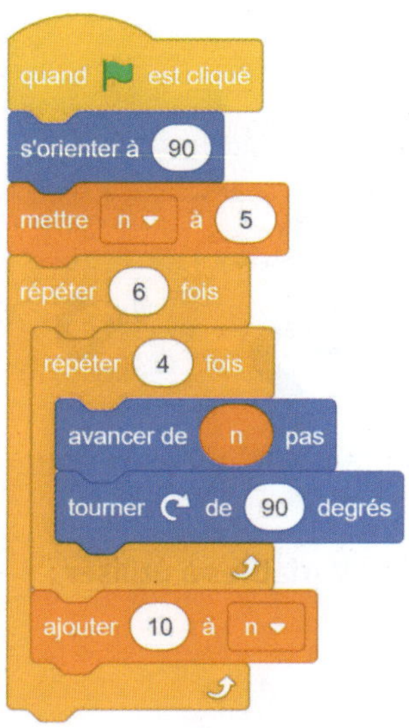


**Script B**

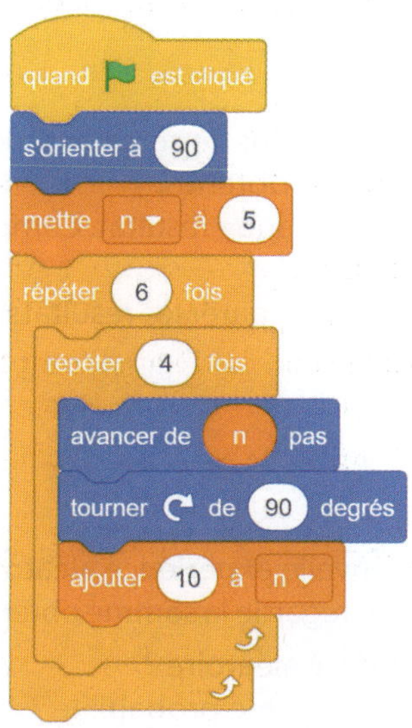


**Script C**

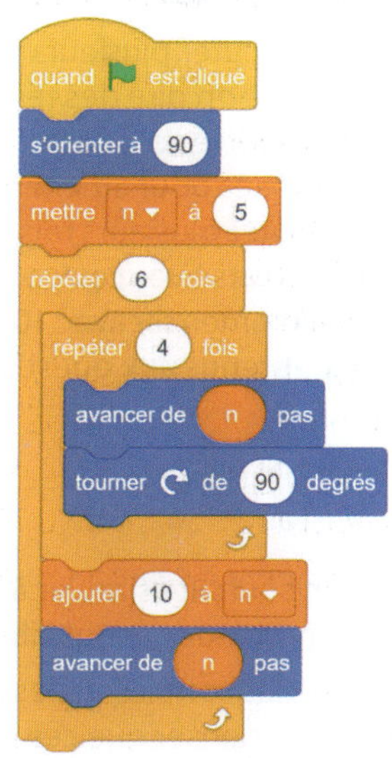


**Figure 1**

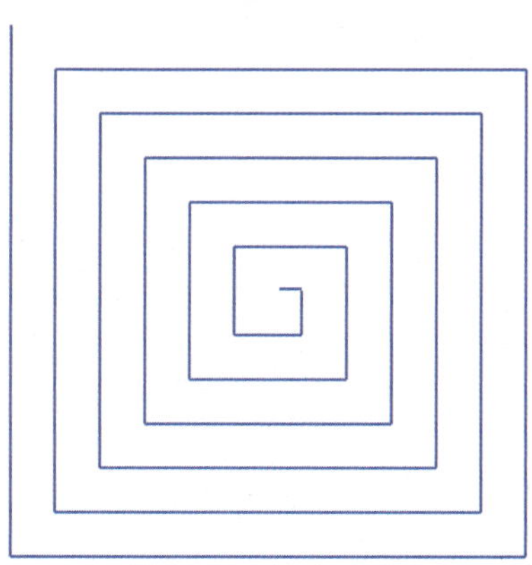

**Figure 2**

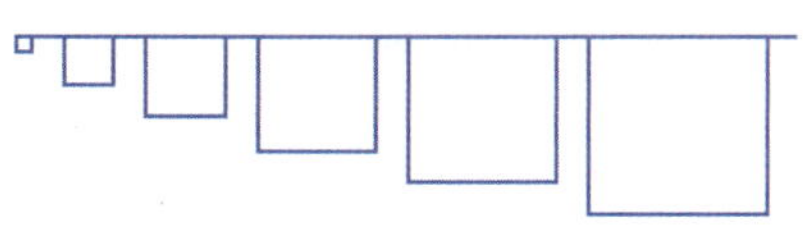

**Figure 3**

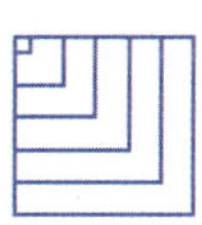

**2.** On souhaite faire un agrandissement de rapport 2 de la figure 3.
Quelles valeurs faut-il modifier dans le script correspondant à cette figure ?

# Activité 2 Expériences aléatoires

**→ Objectif : Remobiliser les notions de boucle, d'instruction conditionnelle et de variable pour simuler des expériences aléatoires.**

**1. a.** Créer une variable `dé` et reproduire le script ci-contre.

**b.** Exécuter plusieurs fois ce script et observer les valeurs de la variable `dé`.

**c.** Expliquer brièvement le rôle de ce script.

```
quand [drapeau] est cliqué
mettre dé à nombre aléatoire entre 1 et 6
```

**2.** On souhaite répéter 100 fois l'expérience aléatoire suivante :
« On lance un dé équilibré à 6 faces et on regarde le résultat obtenu. »
Réaliser un script qui compte le nombre de « 2 » obtenus et en affiche la fréquence.

> fréquence de « 2 » obtenus = $\dfrac{\text{nombre de « 2 » obtenus}}{\text{nombre de tirages}}$
>
> Tu peux créer la variable `nombre de 2`.

**3. a.** Exécuter plusieurs fois le script précédent.
Que peut-on dire des résultats obtenus ?
**b.** Modifier le script pour simuler 1 000 répétitions de cette expérience aléatoire et pour afficher la fréquence de « 2 » obtenus.
**c.** Exécuter plusieurs fois ce script en notant chaque résultat. Comparer les résultats avec ceux obtenus à la question **a.**
**d.** Recommencer avec 10 000 répétitions et comparer les résultats avec ceux obtenus aux questions précédentes.

**4.** On souhaite simuler à présent une nouvelle expérience aléatoire :
On lance deux dés équilibrés à 6 faces et on regarde la somme obtenue.

**a.** Quelles sont les issues de cette expérience aléatoire ?
Peut-on penser que ces issues ont toutes la même probabilité ?
**b.** Adapter le script précédent pour qu'il simule 10 000 répétitions de cette expérience aléatoire et affiche la fréquence d'apparition de l'issue « La somme est égale à 2 » et noter le résultat obtenu.

**Variables à utiliser :**
~~`dé`~~ → `dé1` `dé2` `somme`

**5. a.** Modifier le script précédent de façon à afficher la fréquence d'apparition de l'issue « La somme est égale à 3 ».
**b.** De la même façon, afficher la fréquence d'apparition de chaque issue de cette expérience aléatoire et reporter tous les résultats dans un tableau.
**c.** Quelle issue semble avoir la plus grande probabilité ? Comment peut-on l'expliquer ?

| Issue | 2 | 3 | 4 | 5 | |
|---|---|---|---|---|---|
| Fréquence | | | | | |

## MODE EXPERT

Le chevalier de Méré, un noble à la cour de Louis XIV, s'était posé le problème suivant :
Quel est l'évènement le plus probable entre les deux évènements suivants ?
A : « Obtenir au moins un 6 en lançant quatre fois un dé. »
B : « Obtenir au moins un double 6 en lançant vingt-quatre fois deux dés. »
Il pensait que l'évènement A était plus fréquent que B mais croyait avoir démontré que les deux évènements avaient la même probabilité. Il voyait donc là un paradoxe.

**1.** Qu'est-ce que le script ci-contre permet de simuler ?

**2.** Répéter 10 000 fois cette expérience et introduire une variable « nombre de succès » qui compte le nombre de fois où l'on obtient l'évènement A au cours des 10 000 répétitions et affiche la fréquence d'apparition de l'évènement A.

**3.** Que peut-on dire de la fréquence d'apparition de cet évènement ?

**4.** Modifier le script pour afficher la fréquence d'apparition de l'évènement B et la comparer avec le résultat précédent. En déduire une conjecture relative au problème du chevalier de Méré.

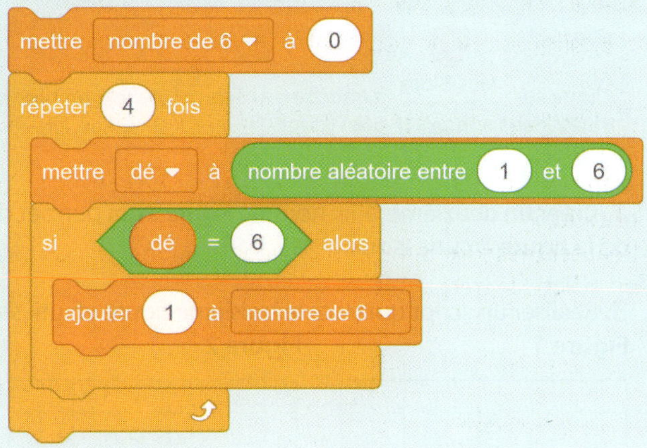


## EN DÉBRANCHÉ

On considère l'expérience aléatoire suivante : on fait tourner la roue ci-dessous et la flèche indique l'un des 15 secteurs, tous superposables, dont on note le numéro.
On souhaite répéter 1 000 fois cette expérience aléatoire et calculer la fréquence de « 1 » obtenus.

- Compléter les lignes 3, 4, 5 et 7 du script ci-dessous afin qu'il affiche cette fréquence.

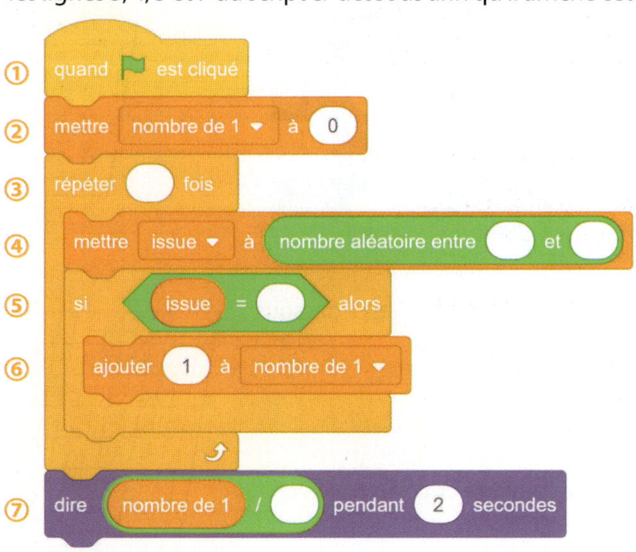

# Activité 3 En bloc

**→ Objectif : Créer et utiliser un bloc-utilisateur.**

## Partie A Figure à deux motifs

**1.** Créer un **bloc** nommé *Figure 1* et compléter le script ci-contre pour qu'il permette de tracer le carré de la figure 1 ci-dessous, de côté 60 pas.

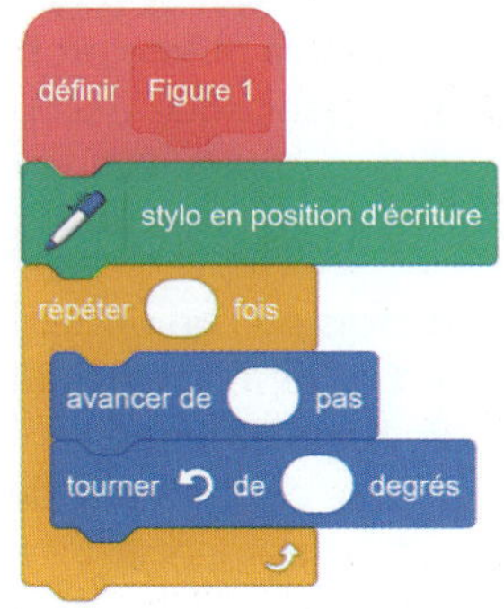


**Clique sur** Mes Blocs **à gauche de l'écran. Une fois un bloc créé, il peut être utilisé dans n'importe quel script.**

**2.** Créer un deuxième **bloc** nommé *Figure 2* qui permet de tracer le triangle équilatéral de la figure 2 ci-dessous.

**3.** Réaliser un script qui trace la troisième figure en utilisant les deux blocs précédents.

**Figure 1** **Figure 2**

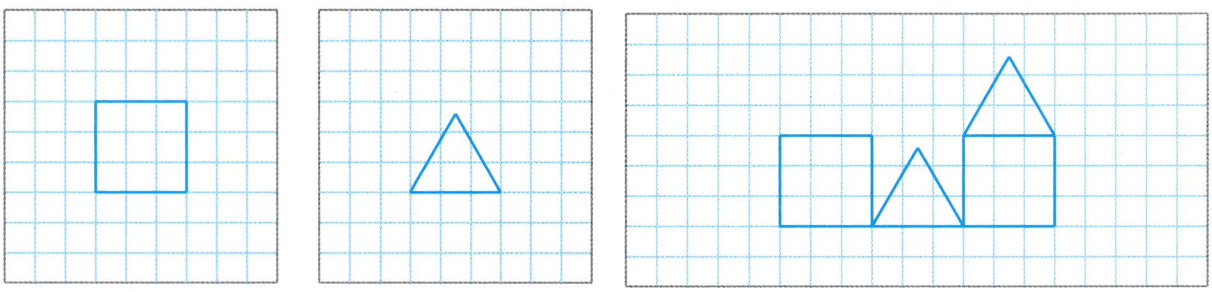

## Partie B Pavage

On souhaite paver le plan en prenant comme motif un parallélogramme.

**1.** Créer un **bloc** nommé *Parallélogramme* et compléter le script ci-contre afin qu'il permette de tracer le parallélogramme donné.

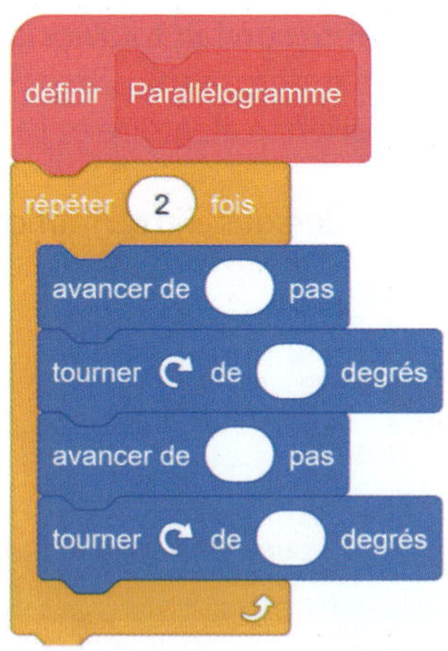


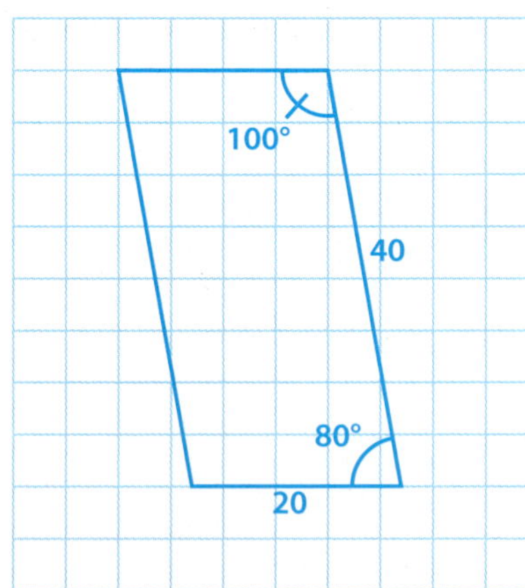


**2.** En utilisant ce bloc, écrire un script qui permet de tracer la frise ci-dessous composée de 20 parallélogrammes.

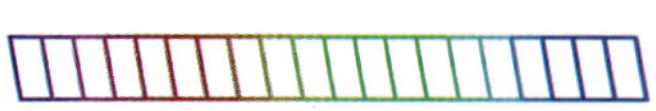

**3.** Modifier le script précédent afin de tracer le pavage ci-contre.

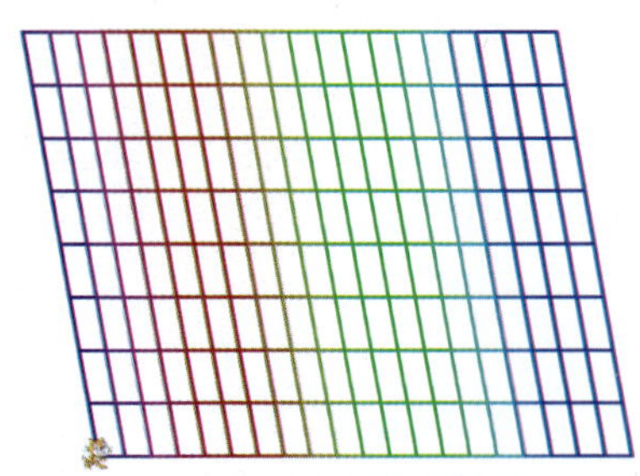

## MODE EXPERT

1. Compléter le script ci-contre afin qu'il réalise le motif suivant. 

2. On exécute ce bloc alors que le lutin est au centre de la scène. À quel endroit le lutin est-il placé à la fin de l'exécution de ce script ?

3. Réaliser un script qui trace la figure ci-dessous.

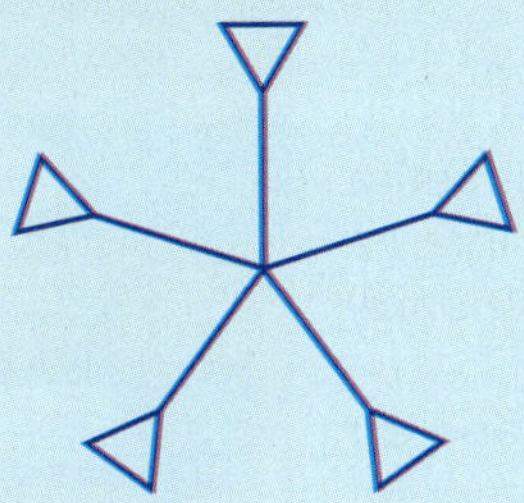

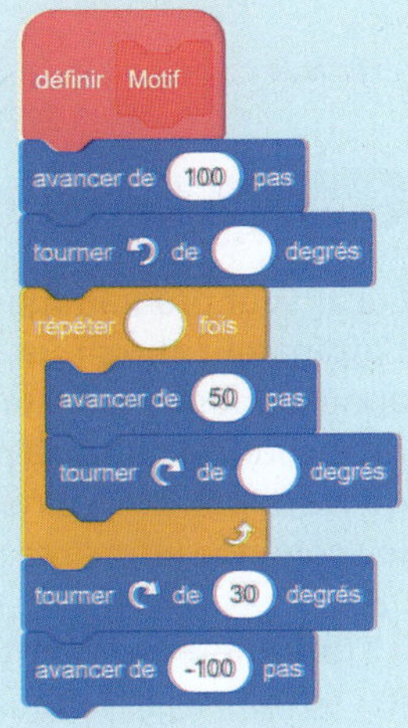


## EN DÉBRANCHÉ

1. a. Sur une feuille quadrillée, tracer les deux axes d'un repère.

b. Tracer la figure réalisée par le script ci-contre en considérant que le quadrillage de la feuille est constitué de carrés de 30 pas de côté.

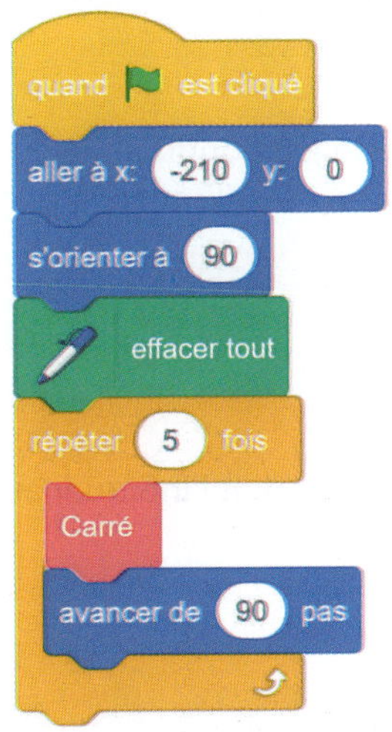


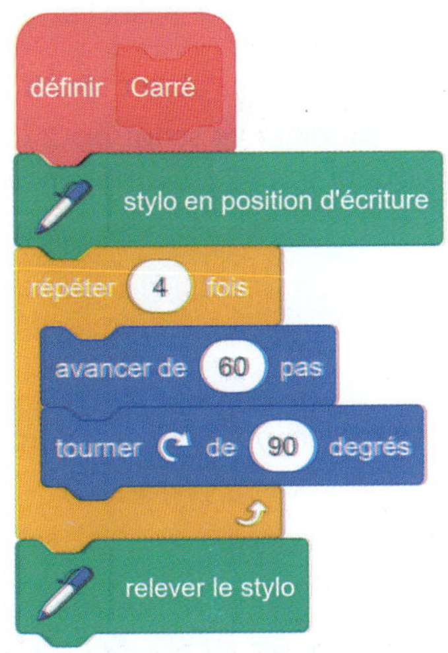


2. a. Le script de gauche a été modifié comme ci-dessous.
Parmi les deux figures ci-dessous, quelle est celle réalisée par le script ainsi modifié ?

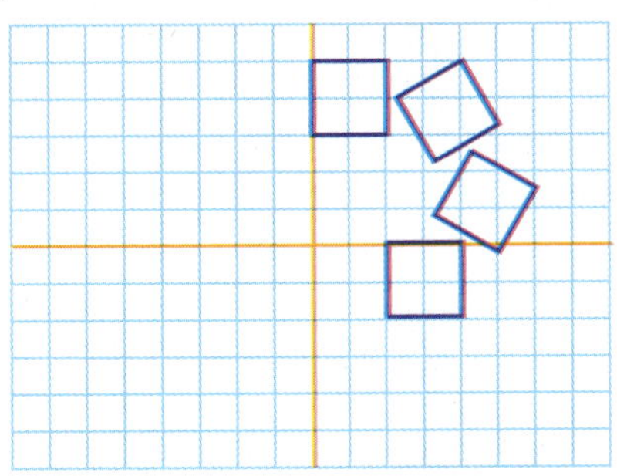
Ⓐ

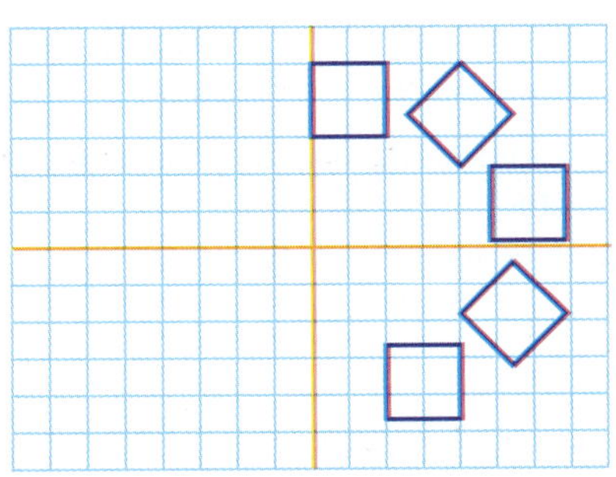
Ⓑ

b. Que faut-il modifier dans ce script pour obtenir l'autre figure ?

# Activité 4 Une boucle sous condition

**➜ Objectif : Découvrir la boucle « répéter jusqu'à ».**

## Partie A Le nombre mystère

Lucas veut programmer le jeu suivant :
L'ordinateur choisit un nombre entier au hasard entre 1 et 100, appelé « nombre mystère ». Le joueur propose un nombre, l'ordinateur lui indique si sa proposition est plus grande ou plus petite que le nombre mystère, ou s'il a au contraire trouvé le nombre. Le jeu continue jusqu'à ce que le joueur ait trouvé la bonne réponse.

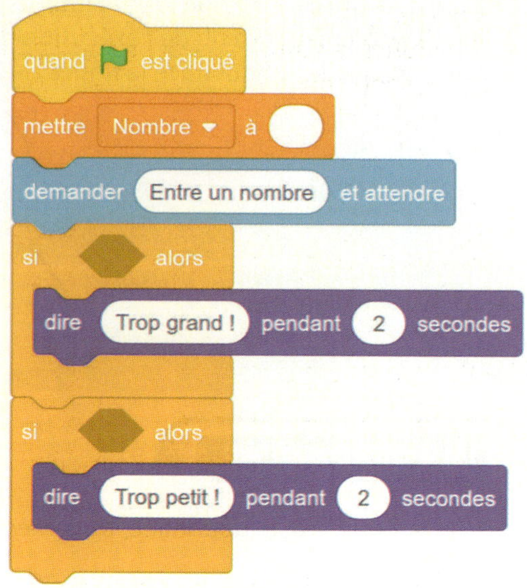


**1.** Compléter le script ci-contre qui correspond à l'étape du jeu suivante : le joueur fait une proposition et l'ordinateur lui indique uniquement si sa proposition est plus grande ou plus petite que le nombre mystère.

Pense à décocher l'affichage de la variable Nombre.

**2.** Modifier ce script pour que le jeu continue jusqu'à ce que le joueur trouve le nombre mystère, en utilisant la commande :

Quand le joueur gagne, l'ordinateur doit l'indiquer au joueur.

## Partie B Fish & Shark

Safia veut créer l'animation suivante :
Un requin se déplace horizontalement en haut de la scène et un poisson parcourt la scène dans une direction choisie aléatoirement, en rebondissant sur les bords.

**1.** Safia a déjà réalisé le script ci-contre pour le lutin *Shark*. Choisir un arrière-plan approprié, créer ce lutin et reproduire ce script.

**2.** Choisir un lutin pour le poisson et réaliser un script similaire.

**3.** Safia souhaite à présent que les deux lutins s'arrêtent quand ils se rencontrent et qu'alors, le poisson dise « Aïe ! » suivante.
Modifier les scripts des deux lutins à l'aide de la commande suivante.

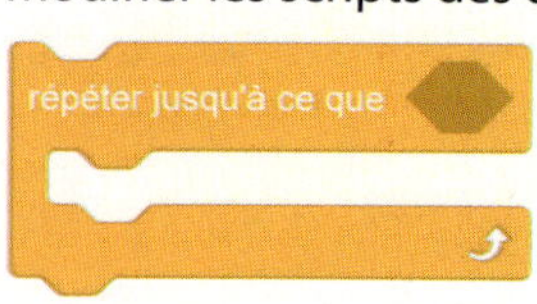


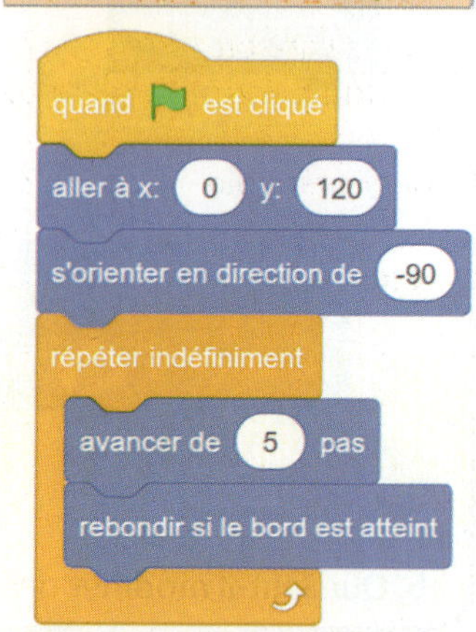

## MODE EXPERT

**1.** Choisir un lutin en forme d'étoile et écrire un script qui crée des clones de ce lutin constamment pendant une seconde et aléatoirement sur la scène.
**2.** Modifier le script précédent pour compter et afficher combien de clones sont créés.

## EN DÉBRANCHÉ

Lola a écrit le script ci-contre.
**1. a.** Quelles sont les cinq premières valeurs prises par la variable Nombre ?
**b.** Que peut-on dire de toutes les valeurs prises par la variable Nombre ?
**c.** Quelle est la condition qui doit être vérifiée pour que le script se termine ?
**d.** À l'aide d'une calculatrice, trouver ce que va dire le lutin si l'utilisateur choisit le nombre 1 000.

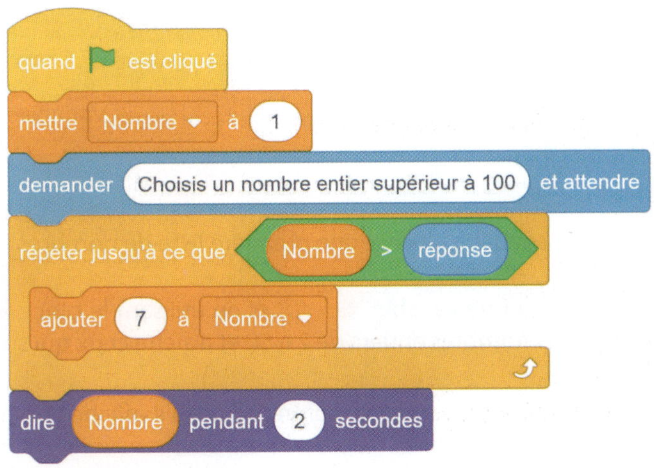


**2.** Lola modifie son script comme ci-contre.
**a.** Quelles sont les cinq premières valeurs prises par la variable Nombre ?
**b.** Que peut-on dire de toutes les valeurs prises par la variable Nombre ?
**c.** À l'aide d'une calculatrice, trouver ce que va dire le lutin si l'utilisateur choisit le nombre 1 000.

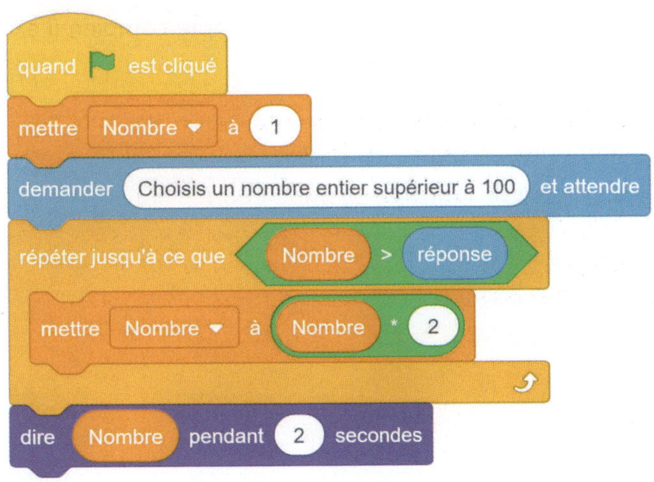

# Activité 5 Autour des nombres premiers

→ **Objectif : Utiliser un bloc utilisateur et une boucle « répéter jusqu'à » pour déterminer des nombres premiers.**

**1. a.** On souhaite créer un bloc utilisateur qui teste si un nombre entier (n) supérieur ou égal à 2 est un nombre premier ou non.

Pour créer ce bloc, clique sur « Mes blocs » puis « Créer un bloc » et choisis « Ajouter une entrée (bloc ou texte) ».

Reproduire et compléter le bloc ci-contre sachant que :

- ce script doit tester tous les diviseurs de (n) possibles jusqu'à (racine de (n)) ;
- la variable (test) contient le résultat du test de primalité : « vrai » si (n) est un nombre premier, « faux » sinon.

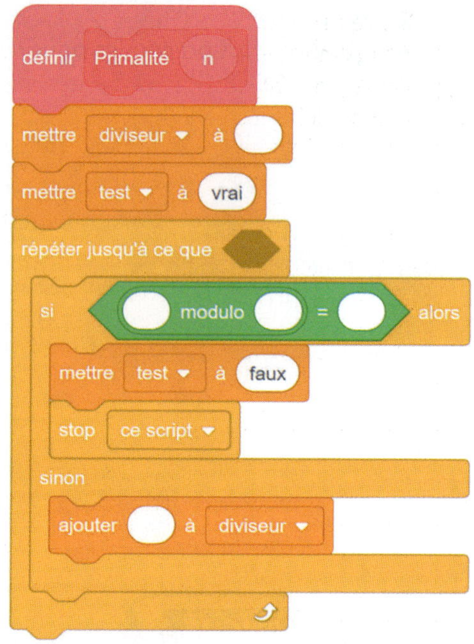


**b.** Tester le bon fonctionnement de ce script avec plusieurs valeurs bien choisies. Pour cela, afficher la variable (test), cliquer sur [Primalité (8)] et observer la valeur de la variable (test).

Pour afficher une variable, clique dans la catégorie Variables et coche la case à côté du nom de la variable à afficher.

**2.** On souhaite afficher une première liste de nombres premiers.

En créant une variable (nombre) et en utilisant le bloc [Primalité (nombre)], écrire un script qui teste la primalité de tous les nombres entiers de 2 à 50 et affiche ceux qui sont premiers.

**3.** Compléter le script ci-contre pour qu'il affiche le plus petit nombre premier supérieur à 10 000.

**4.** Créer un nouveau script qui compte combien il existe de nombres premiers inférieurs à 10 000.

## MODE EXPERT

On appelle nombres premiers jumeaux deux nombres premiers dont la différence est égale à 2.

1. Écrire un script qui affiche la plus grande paire de nombres premiers jumeaux inférieurs à 10 000.

2. Écrire un script qui affiche le nombre de paires de nombres premiers jumeaux inférieurs à 10 000.

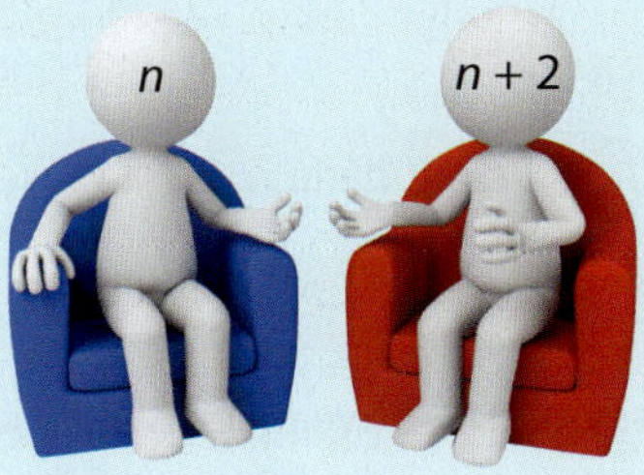


## EN DÉBRANCHÉ

1. Léna a réalisé le script ci-dessous.

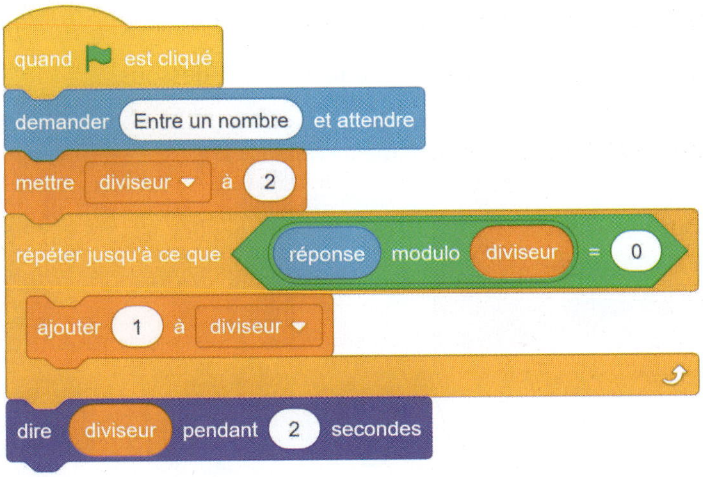


a. Quelle valeur le lutin affichera-t-il si Léna entre le nombre 15 ?
b. Quelle valeur le lutin affichera-t-il si Léna entre le nombre 17 ?
c. Plus généralement, quel est le rôle de ce script ?

2. Léna a modifié son script comme ci-dessous.

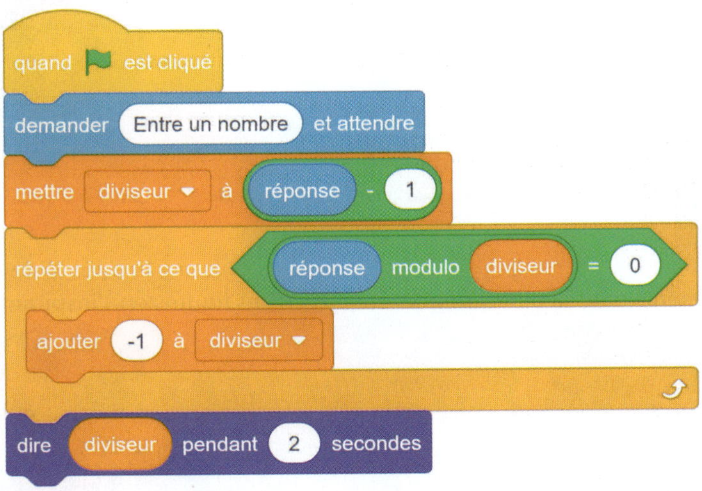


a. Quelle valeur le lutin affichera-t-il si Léna entre le nombre 15 ?
b. Quelle valeur le lutin affichera-t-il si Léna entre le nombre 17 ?
c. Plus généralement, quel est le rôle de ce script ?

# Projet 1 Spirales

→ **Objectif : Réaliser des spirales de rectangles colorés.**

## Étape 1 Un lutin rectangle

Dessiner un nouveau lutin qui a la forme d'un rectangle et qui occupe l'ensemble de la scène.

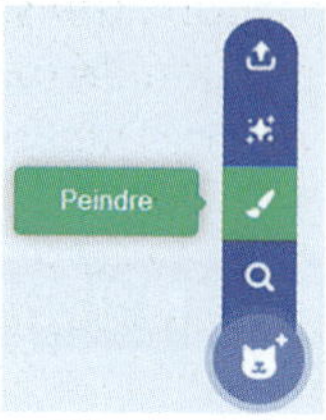


## Étape 2 Des rectangles emboités

Réaliser des scripts qui tracent des figures semblables aux figures ci-dessous.

Tu peux utiliser une variable ainsi que les commandes 

et 

.

## Étape 3 Une spirale de rectangle

Réaliser un script qui trace une figure semblable à la figure ci-contre.

## MODE EXPERT

- À l'aide de lutins présents dans la bibliothèque, créer d'autres figures en s'inspirant de celles ci-dessous.

# Projet 2 Dans le mille

**→ Objectif : Déterminer expérimentalement la probabilité qu'une balle atteigne une cible.**

La balle apparait aléatoirement sur la scène à chaque essai déclenché lorsque l'utilisateur presse la touche « *espace* ». On souhaite savoir combien de fois la balle apparait dans la cible blanche par rapport au nombre total d'essais.

## Étape 1 Programmer les essais et le comptage

La scène doit faire apparaitre le lutin *Baseball* réduit à 50 % de sa taille et l'arrière-plan *light 494x372*.
Créer un script qui permet à l'utilisateur de faire autant d'essais qu'il le souhaite en appuyant sur la touche *espace*. À chaque fois, la balle doit se placer aléatoirement sur la scène.
Des variables permettent de mémoriser et d'afficher les résultats « cible touchée » et « nombre d'essais ».

> La scène est un rectangle de 480 pixels de large et de 360 pixels de haut.

## Étape 2 Faire un grand nombre d'essais

Pour que l'expérience soit plus rapide, on veut que l'utilisateur donne le nombre d'essais qu'il souhaite effectuer pour que le programme effectue automatiquement ces essais. Il doit ensuite afficher la fréquence de l'évènement « La balle a touché la cible ».

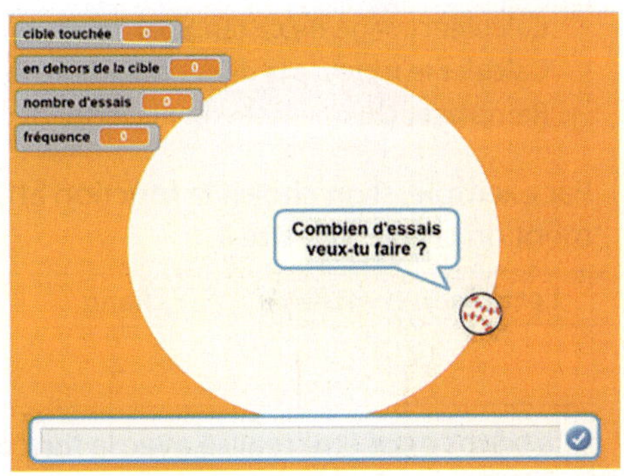


**COUP DE POUCE**

Calcul de la fréquence $f$ :

$$f = \frac{\text{nombre de fois où la cible a été touchée}}{\text{nombre d'essais}}$$

**1.** Reproduire et compléter le tableau de valeurs suivant à l'aide du script précédent.

| **Nombre d'essais** | 50 | 100 | 500 | 1 000 |
|---|---|---|---|---|
| **Nombre de fois où la cible a été touchée** | | | | |

**2.** En utilisant le script précédent, donner la fréquence de l'évènement « la balle a atteint la cible » pour une simulation de 2 000 lancers.
**3.** Réduire autant que possible la taille de la balle et refaire l'expérience avec un grand nombre d'essais. Que se passe-t-il ?
**4.** Y-a-t-il un lien entre le pourcentage de l'aire de la scène occupée par la cible blanche et la fréquence calculée par le programme ? Si oui, lequel ?

> Tu peux augmenter la vitesse d'exécution du programme en activant le « Mode Turbo » dans le menu « Modifier ».

**MODE EXPERT**

**1.** Modifier l'arrière-plan et refaire la même expérience afin d'estimer la probabilité que le lutin atteigne une zone précise de la scène qui aura été dessinée.
**2.** En déduire une valeur approchée de l'aire de cette zone, en supposant que l'arrière-plan a une longueur de 480 mm et une hauteur de 360 mm.

# Projet 3 Code secret

→ **Objectif :** Crypter un message par la méthode du chiffrement affine.

## Cahier des charges

- Le lutin doit demander un mot à l'utilisateur et afficher le mot crypté (les minuscules et majuscules ne sont pas distinguées).
- Le cryptage doit se faire selon la méthode suivante.

> Choisir une fonction affine $f$ telle que $f(x) = mx + p$ avec $m$ et $p$ entiers naturels qui ont pour seul diviseur commun 1
> Associer chaque lettre à son rang dans l'alphabet, c'est-à-dire à un nombre de 0 à 25 (A est associé au rang 0, B au rang 1, …, Z au rang 25)
> Calculer l'image de ce rang par la fonction $f$
> Calculer le reste de la division euclidienne de cette image par 26
> Remplacer chaque lettre par la lettre de l'alphabet dont le rang est ce reste

Par exemple, si on choisit la fonction affine $f$ définie par $f(x) = 7x + 3$, le tableau ci-dessous montre comment on crypte la lettre E.

| Lettre non cryptée | Rang | Image par *f* | Reste | Lettre cryptée |
|---|---|---|---|---|
| E | 4 | 31 | 5 | F |

- Le script peut être réalisé avec la fonction indiquée ci-dessus ou une autre fonction de son choix.

## COUPS DE POUCE

- Pour associer les nombres et les lettres, tu peux utiliser la commande [lettre ( ) de ( )]. Par exemple, la commande [lettre (3) de (ABCDEFGHIJKLMNOPQRSTUVWXYZ)] donne la lettre C.
- La commande [longueur de (message)] calcule le nombre de lettres que contient la variable (message).

## MODE EXPERT

- Modifier le programme pour que le lutin crypte des phrases de plusieurs mots en conservant les espaces entre les mots.
- Modifier le programme pour que le lutin décrypte un message crypté avec la fonction $f$ définie par $f(x) = 7x + 3$.

# 1 Nombres entiers

**TA MISSION**

Reconnaître un nombre premier et décomposer un entier en produit de facteurs premiers.

**JEU**

***Juniper Green***

Pour ce jeu, on utilise une grille de 20 cases numérotées de 1 à 20.

Le jeu se joue à deux.

Les règles sont les suivantes.

| | | | | |
|---|---|---|---|---|
| 1 | 2 | 3 | 4 | 5 |
| 6 | 7 | 8 | 9 | 10 |
| 11 | 12 | 13 | 14 | 15 |
| 16 | 17 | 18 | 19 | 20 |

**Règle 1 :** chaque joueur, à tour de rôle, va cocher une nouvelle case.

**Règle 2 :** à l'exception du coup d'ouverture, chaque joueur ne peut cocher une case que si son numéro est un diviseur ou un multiple du numéro de la case cochée au coup précédent.

**Règle 3 :** un joueur perd la partie lorsqu'il ne peut plus jouer en respectant les règles précédentes.

- Jouer à ce jeu avec un camarade.

**POINT INFO**

Les engrenages sont utilisés pour transmettre des mouvements en multipliant (ou en divisant) une vitesse de rotation. Ils sont donc intimement liés à la notion de multiple d'un nombre entier. Connus des Grecs dès le V$^{e}$ siècle avant J.-C., leur utilisation s'est vraiment développée au X$^{e}$ siècle avec les moulins. Aujourd'hui, de l'horlogerie, où ils peuvent être minuscules, à l'industrie, où ils atteignent plusieurs mètres de diamètre, ils sont encore très utilisés même si l'hydraulique les a remplacés pour la transmission d'efforts importants.

Voir problème 99 p. 40.

# Activités

## Prêts pour le décollage ?

**QUESTIONS FLASH** — Questions flash supplémentaires

① On donne l'égalité $177 = 15 \times 11 + 12$.
a. Quel est le quotient de la division euclidienne de 177 par 15 ?
b. Quel est le reste de la division euclidienne de 177 par 15 ?
c. Cette égalité peut-elle également traduire la division euclidienne de 177 par 11 ? Justifier.

② Combien peut-on faire de tables de 12 personnes si 180 convives sont présents pour le diner ?

③ a. À l'aide de l'affichage ci-dessous, donner 2 diviseurs de 1 001.

```
1001⊢77
        Q=13 R=0
```

b. Trouver deux diviseurs de 189.

④ Donner deux multiples de 222.

⑤ Les nombres suivants sont-ils divisibles par 3 ?
41    60    75    100    102    165    305

⑥ Les nombres suivants sont-ils des multiples de 9 ?
99    105    135    179    594    811

⑦ Les nombres suivants sont-ils premiers ?
2    5    7    12    13    15    19

⑧ Déterminer tous les diviseurs des nombres suivants :
12    20    25    55

⑨ Simplifier au maximum les fractions suivantes :
$\dfrac{55}{45}$    $\dfrac{36}{28}$    $\dfrac{72}{63}$    $\dfrac{100}{120}$

## Activité 1 — Escape game

Quatre élèves de 3e participent à un escape game. Au bout de 15 minutes de jeu, ils découvrent un coffre sécurisé par cadenas à code composé de 4 chiffres. Dans une enveloppe récupérée quelques minutes plus tôt, ils ont trouvé ces nombres écrits sur un papier.
Enfin sur une affiche au mur, ils lisent cet indice :
*« Le code est divisible par 2, par 3, par 5 et par 9. Seuls deux essais seront possibles. »*

- Peuvent-ils ouvrir le cadenas à coup sûr ?

| | | |
|---|---|---|
| 5670 | 5640 | 3320 |
| 6755 | 1398 | 1425 |
| 7624 | 9180 | 4360 |

## Activité 2 — À la recherche de ses racines

1. David cherche tous les diviseurs de 40. Voici le début de son travail :
a. Pourquoi a-t-il barré le 3 ?
b. Combien a-t-il déjà trouvé de diviseurs de 40 ?
c. Terminer cette liste. Combien 40 a-t-il de diviseurs ?

$1 \times 40$
$2 \times 20$
~~3~~ $\times \ldots$
$4 \times 10$
…

2. a. En procédant de la même manière, déterminer la liste de tous les diviseurs de 81.
b. Expliquer pourquoi on pouvait alors arrêter cette recherche après avoir obtenu 9, racine carrée de 81, comme diviseur.

3. a. Déterminer la liste de tous les diviseurs de 60.
b. Sachant que $\sqrt{60} \approx 7{,}7$, expliquer pourquoi on pouvait alors arrêter cette recherche après avoir testé 7 comme diviseur.

4. a. Pour déterminer tous les diviseurs de 221 par cette méthode, à partir de quel entier peut-on arrêter la recherche ?
b. Déterminer alors la liste de tous les diviseurs de 221.

## Activité 3 Le crible d'Ératosthène

En mathématiques, un crible est une technique algorithmique permettant de donner une liste de nombres possédant certaines propriétés.

| | | | | | | | | | |
|---|---|---|---|---|---|---|---|---|---|
| 1 | 2 | 3 | 4 | 5 | 6 | 7 | 8 | 9 | 10 |
| 11 | 12 | 13 | 14 | 15 | 16 | 17 | 18 | 19 | 20 |
| 21 | 22 | 23 | 24 | 25 | 26 | 27 | 28 | 29 | 30 |
| 31 | 32 | 33 | 34 | 35 | 36 | 37 | 38 | 39 | 40 |
| 41 | 42 | 43 | 44 | 45 | 46 | 47 | 48 | 49 | 50 |
| 51 | 52 | 53 | 54 | 55 | 56 | 57 | 58 | 59 | 60 |
| 61 | 62 | 63 | 64 | 65 | 66 | 67 | 68 | 69 | 70 |
| 71 | 72 | 73 | 74 | 75 | 76 | 77 | 78 | 79 | 80 |
| 81 | 82 | 83 | 84 | 85 | 86 | 87 | 88 | 89 | 90 |
| 91 | 92 | 93 | 94 | 95 | 96 | 97 | 98 | 99 | 100 |

**Ératosthène, astronome, philosophe et mathématicien grec du IIIe siècle av. J.-C.**

1. Reproduire le tableau ci-dessus puis barrer le nombre 1.
2. Entourer le 2, premier nombre non barré, puis barrer tous les multiples de 2 autres que 2.

On lit ce tableau de la gauche vers la droite

3. Entourer le premier nombre ni entouré ni barré, puis barrer tous ses multiples autres que lui-même.
4. Répéter la consigne de la question précédente jusqu'à avoir barré ou entouré tous les nombres.
5. Quelle particularité possèdent les vingt-cinq nombres entourés ?

## Activité 4 Engrenages

**1. Décompositions**

a. Décomposer 24 sous forme d'un produit de nombres entiers. Y a-t-il plusieurs décompositions possibles ?
b. Décomposer 24 sous forme d'un produit de nombres premiers. Y a-t-il plusieurs décompositions possibles ?
c. Décomposer 18 sous forme d'un produit de nombres premiers.

**2. Les engrenages**

L'engrenage ci-dessous est constitué de deux roues dentées : la roue A comporte 24 dents, elle est en contact avec la roue B qui en comporte 18.

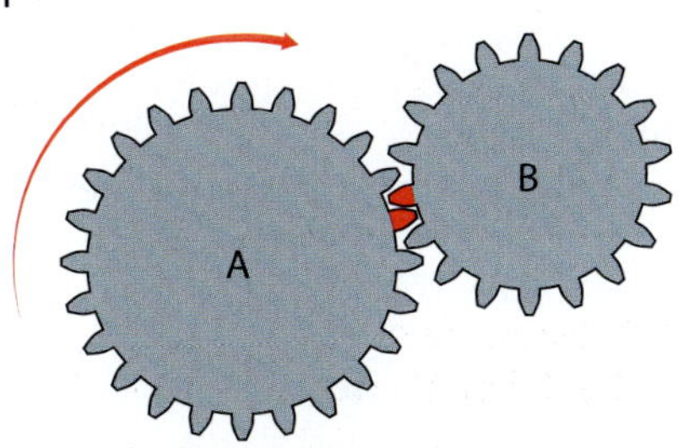


a. La roue A tourne dans le sens des aiguilles d'une montre, comme indiqué par la flèche. Dans quel sens tourne la roue B ?
b. Si la roue A fait deux tours complets, de combien de dents aura-t-elle tourné ? La roue B, qui tourne du même nombre de dents, aura-t-elle alors fait elle aussi un nombre entier de tours ? Justifier.
c. Les roues A et B tournent jusqu'à revenir, pour la première fois, dans leur position initiale représentée ci-dessus. Chacune a donc effectué un nombre entier de tours.
Déterminer le nombre de dents dont auront tourné les deux roues, puis le nombre de tours que chaque roue aura effectué (on pourra utiliser les décompositions obtenues dans la question 1.).

# Cours

## 1 Déterminer les diviseurs d'un nombre entier

**Définition**

Un **entier naturel** est un nombre entier positif ou nul.

**Définitions**

$a$ et $b$ sont deux entiers naturels ($b \neq 0$). Effectuer **la division euclidienne de a par b, c'est déterminer les deux entiers naturels** $q$ et $r$ tels que :

$$a = b \times q + r \text{ avec } r < b$$

Les nombres $q$ et $r$ sont appelés respectivement le **quotient** et le **reste** de la division euclidienne de $a$ par $b$. $a$ et $b$ s'appellent le **dividende** et le **diviseur** de cette division.

**Exemple**

Division euclidienne de 25 par 3 :
On a bien : $25 = 3 \times 8 + 1$, avec $1 < 3$.

| | | |
|---|---|---|
| dividende — 25 | 3 — diviseur | |
| − 24 | 8 | quotient |
| reste — 1 | | |

**Définitions**

$a$ et $b$ sont deux entiers naturels ($b \neq 0$).

Lorsque la division euclidienne de $a$ par $b$ donne un reste nul, on a $a = b \times q$. On dit que :

- $a$ est un **multiple** de $b$
- $b$ est un **diviseur** de $a$
- $a$ est **divisible** par $b$

**Exemple**

On a : $85 = 5 \times 17$.

On dit que :
- 85 est un multiple de 17 et de 5.
- 5 et 17 sont des diviseurs de 85.
- 85 est divisible par 17 et par 5.

| | |
|---|---|
| 85 | 5 |
| − 5 | 17 |
| 35 | |
| − 35 | |
| 0 | |

$85 = 5 \times 17 + 0$

**Remarques**

- On ne peut jamais diviser par 0.
- Tout entier naturel non nul est divisible par 1 et par lui-même.

**Propriétés**

**Critères de divisibilité**

- Si un nombre entier a pour chiffre des unités 0, 2, 4, 6 ou 8, alors il est **divisible par 2.**
- Si la somme des chiffres d'un nombre entier est divisible par 3, alors ce nombre est **divisible par 3.**

Ces propriétés sont démontrées dans le problème 94 p.39.

- Si un nombre entier a pour chiffre des unités 0 ou 5, alors il est **divisible par 5.**
- Si la somme des chiffres d'un nombre entier est divisible par 9, alors ce nombre est **divisible par 9.**
- Si un nombre entier a pour chiffre des unités 0, alors il est **divisible par 10.**

# Savoir-faire

Apprends à l'aide des exercices résolus puis entraine-toi !

## 1 Déterminer les diviseurs d'un nombre entier

**1** 1 290 est-il divisible par : **a.** 2 ? **b.** 3 ? **c.** 5 ? **d.** 7 ? **e.** 9 ?

**Solution**

On peut utiliser les critères de divisibilité ou la division euclidienne.

**a.** 1 290 est un nombre pair, il est donc divisible par 2.
**b.** La somme des chiffres de 1 290 est égale à 12, qui est divisible par 3, donc 1 290 est divisible par 3.
**c.** Le chiffre des unités de 1 290 est 0 donc 1 290 est divisible par 5.

**d.** Pour 7, on peut utiliser la calculatrice :

```
1290⊢7
      Q=184 R=2
```

Le reste de la division euclidienne de 1 290 par 7 est égal à 2. Ce reste est différent de 0, donc 1 290 n'est pas divisible par 7.
**e.** La somme des chiffres de 1 290 est égale à 12, qui n'est pas divisible par 9. Donc 1 290 n'est pas divisible par 9.

**À toi de jouer**

**2** 8 552 est-il divisible par : **a.** 2 ? **b.** 3 ? **c.** 5 ? **d.** 7 ? **e.** 9 ? **f.** 13 ?

→ Corrigé p. 310

**3** Déterminer tous les diviseurs de 102.

**Solution**

$\sqrt{102} \approx 10{,}1$

On teste la divisibilité de 102 par 1, 2, 3 jusqu'à 10 et dès que l'on trouve un diviseur, il en existe forcément un autre (parfois identique).

- **Pour 1 :** $102 = 1 \times 102$ donc **1** et **102** sont des diviseurs de 102.

Pour 2, 3 et 5, 9 et 10 on peut utiliser les critères de divisibilités ou la calculatrice !

- **Pour 2 :** $102 = 2 \times 51$ donc **2** et **51** sont des diviseurs de 102.
- **Pour 3 :** La somme des chiffres de 102 est divisible par 3 donc 102 est divisible par 3. $102 \div 3 = 34$ donc $102 = 3 \times 34$ donc **3** et **34** sont des diviseurs de 102.
- **Pour 4 :** On utilise la calculatrice :

```
102⊢4   Q=25 R=2
```

Le reste n'est pas 0. 102 n'est pas divisible par 4.

- **Pour 5 :** 102 a pour chiffre des unités 2 (ni 0, ni 5) ; il n'est donc pas divisible par 5.
- **Pour 6 :** On utilise la calculatrice :

```
102⊢6   Q=17 R=0
```

Le reste est nul, $102 = 6 \times 17$ donc **6** et **17** sont des diviseurs de 102.

- **Pour 7 et pour 8 :** La calculatrice montre de même que 102 n'est divisible ni par 7 ni par 8.
- **Pour 9 :** La somme des chiffres de 102 n'est pas un multiple de 9 donc 102 n'est pas divisible par 9.
- **Pour 10 :** 102 a pour chiffre des unités 2 donc 102 n'est pas divisible par 10.
- **La recherche s'arrête.** Les 8 diviseurs de 102 sont donc :
1 2 3 6 17 34 51 102

**À toi de jouer**

**4** Déterminer tous les diviseurs de : **a.** 28 **b.** 120 **c.** 162 **d.** 225

**5** Manon a choisi un nombre dans la liste suivante :
154 ; 66 ; 270 ; 660 ; 110 ; 3 465 ; 770 ; 77 ; 6 930
À l'aide des indices, retrouver le nombre que Manon a choisi. Justifier.

Mon nombre est pair, il est divisible par 5, par 7 et par 11 mais il n'est pas divisible par 9.

**6** Déterminer tous les nombres entiers compris entre 50 et 80 divisibles à la fois par 5 et par 3.

**7** Déterminer le plus petit nombre entier supérieur à 3 000 qui soit à la fois un multiple de 4 et de 7.

→ Corrigé p. 310

# Cours

## 2 Reconnaitre un nombre premier

**Définition**

Un **nombre premier** est un entier naturel qui admet exactement deux diviseurs : 1 et lui-même.

**Exemples**

- 6 n'est pas un nombre premier : il admet 2 et 3 comme diviseurs.
- 7 est un nombre premier : il n'est divisible que par 1 et par 7.

**Remarques**

- 0 n'est pas premier car il possède une infinité de diviseurs.
- 1 n'est pas premier car il possède un seul diviseur : lui-même.
- 2 est le seul nombre premier pair car tous les autres nombres pairs sont divisibles par 2.

**Propriété**

Les 25 nombres premiers inférieurs à 100 sont :

2 ; 3 ; 5 ; 7 ; 11 ; 13 ; 17 ; 19 ; 23 ; 29 ; 31 ; 37 ; 41 ;
43 ; 47 ; 53 ; 59 ; 61 ; 67 ; 71 ; 73 ; 79 ; 83 ; 89 ; 97

Cette propriété est démontrée dans l'activité 3 p. 27.

**Propriété**

Il existe une infinité de nombres premiers.

## 3 Décomposer un entier en produit de facteurs premiers

**Propriété** **Définition**

$n$ désigne un entier supérieur ou égal à 2.

$n$ peut s'écrire comme un produit de nombres premiers, c'est-à-dire sous la forme : $n = p_1^{k_1} \times p_2^{k_2} \times \ldots$

où $p_1$, $p_2$, … sont des nombres premiers et $k_1$, $k_2$, … sont des entiers naturels.

Cette écriture est appelée **décomposition en facteurs premiers** de $n$.

**Exemples**

- $360 = 2^3 \times 3^2 \times 5$
- $220 = 2^2 \times 5 \times 11$

**Propriété**

Pour un entier donné, il n'existe qu'une seule décomposition en produit de facteurs premiers (si l'on ne tient pas compte de l'ordre des facteurs).

**Remarques**

- On peut obtenir une décomposition en facteurs premiers avec une calculatrice (voir p. 320).
- La décomposition en produit de facteurs premiers peut être utilisée pour simplifier une fraction :

$$\frac{360}{220} = \frac{2 \times 2 \times 2 \times 3^2 \times 5}{2 \times 2 \times 5 \times 11} = \frac{2 \times 3^2}{11} = \frac{18}{11}$$

On a divisé le numérateur et le dénominateur par $2 \times 2 \times 5$.

# Savoir-faire

Apprends à l'aide des exercices résolus puis entraine-toi !

## 2 Reconnaitre un nombre premier

**8** **1.** 147 est-il un nombre premier ? **2.** 223 est-il un nombre premier ?

**Solution**

On cherche à savoir si 147 et 223 admettent des diviseurs autres que 1 et eux-mêmes.

**1.** $1+4+7=12$ La somme des chiffres de 147 est un multiple de 3. 147 est donc divisible par 3. Ce n'est donc pas un nombre premier.

**2.** $\sqrt{223} \approx 14{,}9$

- Les critères de divisibilité montrent que 223 n'est pas divisible par 2, 3, 5, 9 et 10.
- L'utilisation de la calculatrice permet de conclure que 223 n'est pas divisible par 4, par 6, par 7, par 8, par 11, par 12, par 13, par 14.

Donc 223 n'est divisible par aucun nombre entier compris entre 2 et 14, il a donc seulement 2 diviseurs : 1 et 223.
Donc 223 est un nombre premier.

> On teste la divisibilité de 223 par tous les nombres entiers compris entre 2 et 14, en utilisant les critères de divisibilité ou la calculatrice.

**À toi de jouer**

**9** Ces nombres sont-ils premiers ? 101 163 224 263 279 669

→ Corrigé p. 310

## 3 Décomposer un entier en produit de facteurs premiers

**10** Décomposer 2 088 en produits de facteurs premiers.

**Solution**

| | | |
|---|---|---|
| 2 088 | 2 | 2 divise 2 088, le quotient est 1 044. On a $2\,088 = 2 \times 1044$. |
| 1 044 | 2 | 2 divise 1 044, le quotient est 522. On a $2\,088 = 2 \times 2 \times 522$. |
| 522 | 2 | 2 divise 522, le quotient est 261. On a $2\,088 = 2 \times 2 \times 2 \times 261$. |
| 261 | 3 | 2 ne divise pas 261, mais 3 divise 261 et le quotient est 87. On a $2\,088 = 2 \times 2 \times 2 \times 3 \times 87$. |
| 87 | 3 | 3 divise 87 et le quotient est 29. On a $2\,088 = 2 \times 2 \times 2 \times 3 \times 3 \times 29$. |
| 29 | 29 | 29 est un nombre premier. |
| 1 | | |

> Pour décomposer 2 088 en produit de facteurs premiers, on cherche le plus petit nombre premier qui divise 2 088 : c'est 2. On divise ensuite 2 088 par 2. Le quotient obtenu est 1 044. Comme il est différent de 1, on recommence… jusqu'à obtenir pour quotient 1.

La décomposition en produit de facteurs premiers de 2 088 est $2 \times 2 \times 2 \times 3 \times 3 \times 29$ ou $2^3 \times 3^2 \times 29$.

**À toi de jouer**

**11** Décomposer ces nombres en produit de facteurs premiers.
**a.** 48 **b.** 105 **c.** 320 **d.** 485 **e.** 1 000 **f.** 1 888 **g.** 2 520

**12** **1.** Décomposer 70 en produit de facteurs premiers.
**2.** Décomposer 90 en produit de facteurs premiers.
**3.** En déduire la décomposition en facteurs premiers de 6 300.

→ Corrigé p. 310

# Exercices

Ressources téléchargeables

## Déterminer les diviseurs d'un nombre entier

➜ **Savoir-faire** p. 29

### QUESTIONS FLASH

**13** 1. Donner le diviseur, le dividende, le reste et le quotient de la division euclidienne ci-contre.

| | |
|---|---|
| 8 7 4 | 1 5 |
| 4 | 5 8 |

2. Écrire l'égalité correspondant à cette division euclidienne.

**14** Compléter les phrases suivantes avec « multiple» ou « diviseur » :
a. 24 est un … de 4.
b. 3 est un … de 27.
c. 8 est un … de 64.

**15** Donner le quotient et le reste de la division euclidienne de :
a. 32 par 5
b. 63 par 5
c. 100 par 4

**16** **Vrai ou faux ?** Justifier en utilisant les critères de divisibilité.
a. 745 est divisible par 5.
b. 699 est divisible par 2.
c. 641 est divisible par 3
d. 594 est divisible par 9.

**17** Quels sont les restes possibles d'une division euclidienne par 4 ?

**18** En observant la division euclidienne ci-contre, que peut-on dire du nombre 204 ?

| | |
|---|---|
| 2 0 4 | 1 7 |
| 0 | 1 2 |

Questions flash supplémentaires

**19** Laquelle de ces égalités correspond à la division euclidienne de 647 par 16 ? Justifier.
a. $647 = 16 \times 40{,}4375$
b. $647 = 16 \times 40 + 7$
c. $647 = 16 \times 39 + 23$

**20** Sandra lit sur l'écran de sa calculatrice :

85⊢6 Q=14 R=1

Traduire ce résultat par une égalité.

**21** 1. Le quotient d'une division euclidienne est 14, son reste est 3 et son diviseur est 7. Quel est son dividende ?
2. Sur cet écran de calculatrice, le diviseur a été effacé.

83⊢ Q=5 R=8

Retrouver ce nombre.

**22** Déterminer tous les diviseurs des nombres suivants.
a. 56
b. 78
c. 128

**23** Donner cinq multiples de :
a. 15
b. 12
c. 8

**24** 13 est-il un diviseur de :
a. 46 ?
b. 39 ?
c. 263 ?

**25** Écrire trois phrases en utilisant les nombres 255 et 51, et une expression choisie parmi « diviseur », « multiple » et « est divisible par ».

**26** Que dire de la remarque de Manon ? Justifier.

Manon

**27** Le nombre 1 548 est-il divisible par 2 ? Par 3 ? Par 5 ? Par 9 ? Justifier.

**28** En utilisant les critères de divisibilité, simplifier autant que possible les fractions suivantes :

$$\frac{105}{80} \qquad \frac{51}{69} \qquad \frac{225}{171}$$

**29** 1. Déterminer tous les diviseurs de 34.
2. Déterminer tous les diviseurs de 85.
3. Quel est le plus grand diviseur commun de 34 et 85 ?
4. Simplifier alors autant que possible la fraction $\frac{85}{34}$.

**30** 1. Déterminer tous les diviseurs de 156.
2. Déterminer tous les diviseurs de 130.
3. Quel est le plus grand diviseur commun de 156 et 130 ?
4. Simplifier alors autant que possible la fraction $\frac{156}{130}$.

**31** Damien affirme : « si un nombre entier est divisible par 3, alors il est obligatoirement divisible par 9 ».
• A-t-il raison ? Justifier.

**32** Je suis un nombre entier. Je suis compris entre 100 et 400. Je suis pair. Je suis divisible par 11. Je suis divisible par 3 et par 5.
• Qui suis-je ?

**33** Jules a 96 figurines qu'il veut vendre à la brocante. Il voudrait préparer des sachets comportant tous le même nombre de figurines. Par sachet, il pense qu'il faut au moins 4 figurines mais pas plus de 17.

• Combien de sachets peut-il confectionner ? Donner toutes les possibilités et, pour chacune, le nombre de figurines par sachet.

**34** On considère le nombre à 5 chiffres ci-contre. **17 ◇ 3 ○**

• Quels chiffres peut-on écrire à la place du losange et du cercle pour que ce nombre soit à la fois divisible par 3 et par 5 ? Donner toutes les possibilités.

**35** Un entier naturel est dit parfait s'il est égal à la somme de ses diviseurs excepté lui-même.

**1.** Justifier que 6 est un nombre parfait.

**2.** 28, 34 et 496 sont-ils parfaits ? Justifier.

**36** **1.** Écrire une expression littérale qui désigne les nombres pairs.

**2.** Écrire une expression littérale qui désigne les nombres impairs.

**L'expression littérale $4n$, où $n$ est un entier naturel, désigne les multiples de 4.**

**37** Rémi lit la phrase suivante dans un manuel de mathématiques : « La somme de trois nombres entiers consécutifs est toujours un multiple de 3. »

**1.** Tester cette affirmation avec plusieurs valeurs.

**2.** Démontrer cette affirmation (on pourra nommer $n$ le plus petit des 3 nombres).

**38** On donne le programme de calcul suivant :

> Choisir un nombre entier positif.
> Ajouter 2.
> Multiplier le résultat par 8.
> Soustraire le triple du nombre de départ.
> Soustraire 16.

**1.** Tester le programme avec plusieurs nombres.

**2.** Ce programme donne-t-il toujours un multiple de 5 comme résultat ? Justifier.

**39** **1.** Si la roue A tourne dans le sens de la flèche, dans quel sens tourne la roue B ?

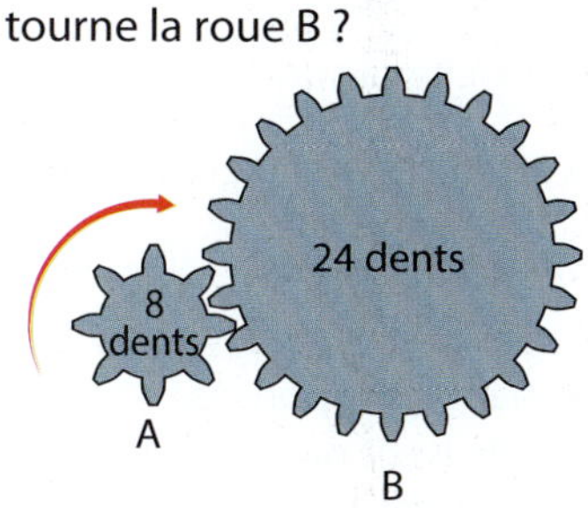


**2.** Si la roue A fait 6 tours complets, combien en fait la roue B ?

**3.** Combien de tours complets fait la roue A si la roue B en fait 3 ?

## MODE EXPERT

**40** Grand-mère adore les devinettes. Lorsqu'on lui demande son âge, elle répond cette année : « l'an prochain, mon âge sera divisible par 2 ; dans 2 ans, mon âge sera divisible par 3 ; dans 3 ans, mon âge sera divisible par 4 ; dans 4 ans, mon âge sera divisible par 5 ; et j'ai moins de 97 ans ! ».

• Quel est l'âge de grand-mère ?

**41** Deux entiers naturels ont pour produit 2 880.
12 est un de leurs diviseurs communs. Quels sont ces deux nombres ? Donner toutes les possibilités.

**42** Prouver que la somme d'un nombre pair et d'un nombre impair est toujours un nombre impair.

## Reconnaitre un nombre premier

→ **Savoir-faire** p. 31

### QUESTIONS FLASH

**43** **Vrai ou faux ?**

**a.** 1 est un nombre premier.

**b.** 0 est un nombre premier.

**c.** 2 est un nombre premier.

**44** Les nombres suivants sont-ils des nombres premiers ? Justifier.

**a.** 256 **b.** 11 **c.** 37 **d.** 4 233

**45** Trouver trois nombres impairs non premiers.

**46** Lister tous les nombres premiers inférieurs à 30.

**47** **Vrai ou faux ?** Justifier.

**a.** Tout entier naturel est diviseur de lui-même.

**b.** Tout nombre impair est premier.

**c.** Il y a une infinité de nombres premiers.

**d.** Tout nombre entier admet au moins deux diviseurs.

**e.** 1 est diviseur de tous les nombres entiers.

**f.** 0 est diviseur de tous les nombres entiers.

Questions flash supplémentaires

**48** Pour chaque nombre suivant, dire s'il est premier ou non. Justifier sans utiliser la calculatrice.

23 27 51 108 123 456

**49** **1.** 199 est-il premier ?

**2.** 271 est-il premier ?

**3.** 437 est-il premier ?

# Exercices

**50** Trouver tous les nombres premiers compris entre 100 et 150.

**51** Thomas cherche à savoir si 523 est un nombre premier. Il choisit de tester la divisibilité de 523 par les 9 nombres entiers compris entre 2 et 10.
**1.** Il n'utilise sa calculatrice qu'une seule fois. Pourquoi ?
**2.** Il n'a trouvé aucun diviseur de 523 compris entre 2 et 10. Peut-il conclure que 523 est un nombre premier ? Justifier.
**3.** Terminer le travail de Thomas.

**52** On dit que 13 est un nombre premier permutable car le nombre 31 est aussi un nombre premier.
Trouver tous les nombres premiers permutables inférieurs à 100.

> Tu peux utiliser la liste des nombres premiers de la page 30.

**53**

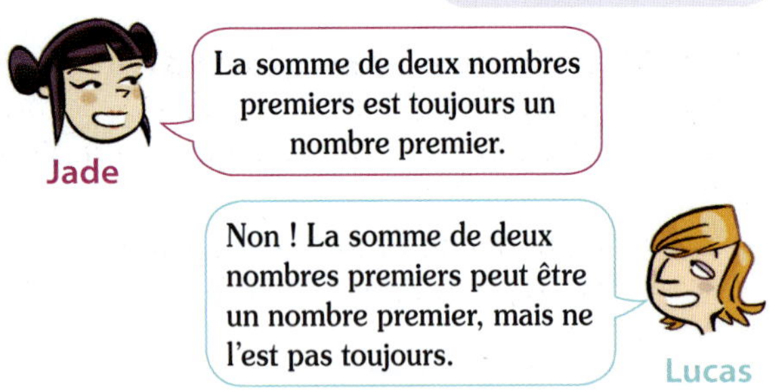


- Que penser de leurs affirmations ? Justifier.

**54** La conjecture de Goldbach a été émise par le mathématicien Christian Goldbach en 1742. Elle dit : « Tout nombre pair supérieur à 3 est la somme de deux nombres premiers. »
Elle n'a jamais été démontrée et reste un grand défi pour les mathématiciens d'aujourd'hui.
Vérifier cette conjecture pour les nombres 26, 58 et 138.

## MODE EXPERT

**55** L'affirmation suivante est-elle vraie ou fausse ? Justifier.
« Quel que soit l'entier $n$ premier, $2n - 1$ est un nombre premier. »

**56** Le mathématicien français Pierre de Fermat (1601-1665) a beaucoup étudié les propriétés des nombres premiers. Il pensait (à tort) que tous les nombres de la forme $F_n = 2^{2^n} + 1$ (pour $n$ entier naturel) étaient premiers.
**1.** Justifier que $F_0$, $F_1$, $F_2$ et $F_3$ sont effectivement des nombres premiers.
**2.** Démontrer que $F_{n+1} - F_n$ est un multiple de $2^{2^n}$.

## Décomposer un entier en produit de facteurs premiers

→ Savoir-faire p. 31

### QUESTIONS FLASH

**57** **Vrai ou faux ?**
**a.** $3^3 = 9$ **b.** $2^5 = 10$ **c.** $5^3 = 125$

**58** Quelle écriture de 24 est une décomposition en produit de facteurs premiers ?
**a.** $24 = 4 \times 6$ **b.** $24 = 2 \times 3 \times 4$
**c.** $24 = 3 \times 8$ **d.** $24 = 2 \times 2 \times 2 \times 3$

**59** Décomposer mentalement les entiers suivants en produits de facteurs premiers.
**a.** 12 **b.** 30 **c.** 40 **d.** 100

**60** **1.** Si la roue A tourne dans le sens de la flèche, dans quel sens tourne la roue B ?
**2.** Si la roue B fait 1 tour, combien de tours aura fait la roue A ?
**3.** Combien de tours aura fait la roue B si la roue A a tourné de 6 tours ?

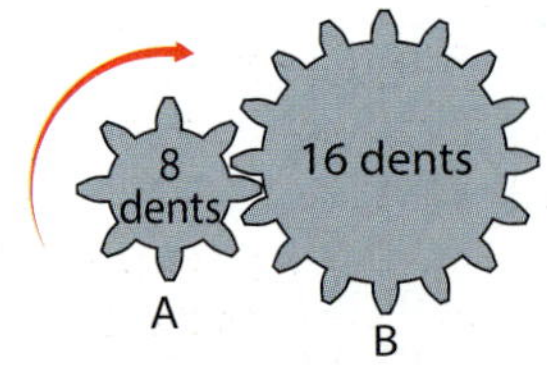


Questions flash supplémentaires

**61** CALCUL MENTAL Voici trois nombres A, B et C décomposés en produit de facteurs premiers. Quels sont ces nombres ?
$A = 2^2 \times 3^2 \times 5$ $B = 3 \times 2^3 \times 5$ $C = 2 \times 3 \times 5^2$

**62** Le professeur demande à Yasmine de décomposer 594 en produit de facteurs premiers.
Voici sa réponse :

- Yasmine a-t-elle raison ? Justifier.

**63** Voici deux nombres A et B écrits sous forme de produits de facteurs premiers :
$A = 2 \times 3^2 \times 5^2$ $B = 2^2 \times 3 \times 5 \times 7$
Répondre aux questions suivantes sans calculer A et B et en justifiant les réponses.
**1.** 2 est-il un diviseur de A ? Et de B ?
**2.** A et B sont-ils des multiples de 7 ?
**3.** A et B sont-ils divisibles par 6 ?
**4.** 18 est-il un diviseur de A ? Et de B ?
**5.** Quel est le plus grand diviseur commun de A et B ?
**6.** 72 est-il un diviseur de $A \times B$ ?

**64** Décomposer les nombres suivants en produits de facteurs premiers sans calculatrice.
a. 36 b. 64 c. 135 d. 200

**65** À la question « décomposer 180 en produit de facteurs premiers », Matéo a écrit sur sa copie :

$$180 = 4 \times 5 \times 9$$

1. Pourquoi sa réponse ne convient-elle pas ?
2. Répondre correctement à la question.

**66** Décomposer les entiers suivants en produits de facteurs premiers.
a. 42 b. 75 c. 164

**67** Décomposer les entiers suivants en produits de facteurs premiers.
a. 630 b. 5 005 c. 3 192

**68** Décomposer les entiers suivants en produits de facteurs premiers.
a. 6 615 b. 7 986 c. 17 745

**69** Sam s'intéresse aux carrés parfaits.
Il remarque que :
• $196 = 14 \times 14$ ; • $225 = 15 \times 15$ ; • $256 = 16 \times 16$.
En utilisant ces produits, décomposer 196, 225 et 256 en produits de facteurs premiers.

**70** 1. Donner la décomposition en produit de facteurs premiers des nombres suivants.
a. 28 b. 30
2. En utilisant la question 1., déterminer tous les diviseurs de 28 et de 30.

**71** 1. Donner les décompositions en produit de facteurs premiers de 540 et 630.
2. Simplifier alors autant que possible la fraction $\frac{540}{630}$.

**72** Une guirlande électrique est constituée de lumières rouges et bleues. Les lumières rouges s'allument toutes les 4 secondes et les lumières rouges toutes les 6 secondes.
À un instant donné, on voit les lumières rouges et bleues allumées en même temps.
• Au bout de combien de temps ce phénomène se reproduira-t-il pour la première fois ?

**73** Un engrenage est composé des roues A (36 dents) et B (16 dents) comme ci-dessous.
1. Si la roue A tourne dans le sens de la flèche, dans quel sens tourne la roue B ?
2. Si la roue A fait 8 tours complets, combien de tours aura fait la roue B ?
3. Décomposer 36 et 16 en produits de facteurs premiers.

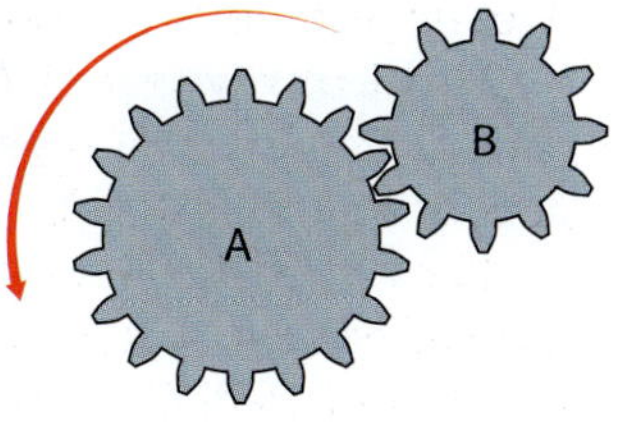


4. Les deux roues tournent jusqu'à revenir (pour la première fois) dans la position initiale.
a. De combien de dents chaque roue aura-t-elle alors tourné ?
b. Combien de tours aura alors effectué la roue A ? Et la roue B ?

**74** Des archéologues doivent explorer un terrain rectangulaire dont les dimensions sont 6,6 m et 8,58 m. Pour faciliter la fouille, le terrain va être divisé en carrés identiques dont chaque côté est un nombre entier de centimètres.
1. Peut-on quadriller le terrain avec des carrés de 33 cm de côté ? Justifier.
2. Décomposer 660 et 858 en produits de facteurs premiers.
3. En utilisant cette décomposition, déterminer un carré permettant de quadriller le terrain et dont la longueur du côté est supérieure à 33 cm. Combien faudra-t-il de tels carrés pour quadriller le terrain ?

**75** Sur l'ile de Ré, deux phares s'allument à intervalle régulier. Le phare A s'allume toutes les 112 secondes et le phare B toutes les 104 secondes. À 10h, ils sont tous les deux allumés.
• À quelle heure seront-ils allumés à nouveau en même temps pour la première fois ?

## MODE EXPERT

**76** 4 roues dentées forment l'engrenage suivant.

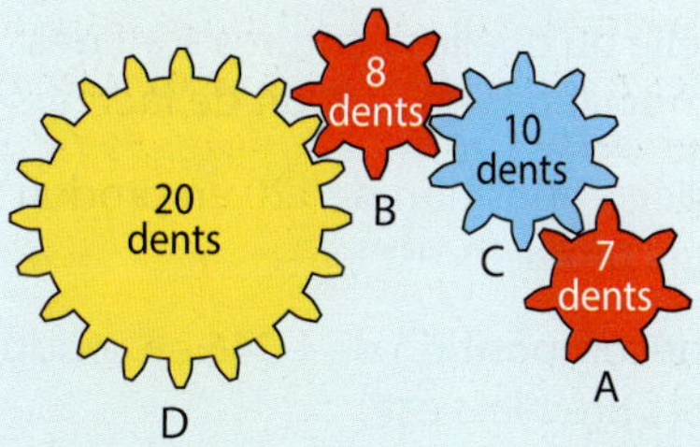


• Combien de tours aura effectué chaque roue pour revenir pour la deuxième fois dans la position initiale ?

**77** Une boulangère dispose de 140 réglisses et 350 têtes brulées. Elle souhaite préparer des sachets tous identiques composés de réglisses et de têtes brulées. Elle ne veut pas qu'il lui reste de bonbons.
1. Peut-elle préparer 14 sachets ? 28 sachets ? Si oui, donner la composition de chaque sachet.
2. Quel est le plus grand nombre de sachets identiques qu'elle pourra réaliser ? Donner alors la composition de chaque sachet.

# Faire le point

Version interactive du QCM

Vérifie tes connaissances.

## QCM

Donner la ou les bonnes réponses parmi les trois proposées.

### 1 Déterminer les diviseurs d'un nombre entier

| | Réponse A | Réponse B | Réponse C |
|---|---|---|---|
| **1.** 1 842 est divisible par : | 5 et 3 | 2 et 3 | 2 et 9 |
| **2.** Les diviseurs de 165 sont : | 5, 11 et 3 | 1, 5, 11 et 165 | 1, 3, 5, 11, 15, 33, 55 et 165 |
| **3.** 27 est un diviseur de : | 189 | 163 | 324 |
| **4.** La division euclidienne de 148 par 7 est : | $148 = 6 \times 21 + 22$ | $148 = 7 \times 20 + 8$ | $148 = 7 \times 21 + 1$ |
| **5.** Le nombre de diviseurs de 90 est : | 10 | 12 | 14 |

### 2 Reconnaitre un nombre premier

| | Réponse A | Réponse B | Réponse C |
|---|---|---|---|
| **1.** Les nombres premiers inférieurs à 20 sont : | 3, 5, 7, 11, 13, 17, 19 | 1, 2, 3, 5, 7, 11, 13, 17, 19 | 2, 3, 5, 7, 11, 13, 17, 19 |
| **2.** 285 est-il un nombre premier ? | Non car il est divisible par 3. | Oui car il n'a que deux diviseurs. | Non car il est divisible par 5. |
| **3.** 73 est-il un nombre premier ? | Non car il est divisible par 1 et par 73. | Oui car il n'est divisible que par 1 et 73. | Non car il est divisible par 3. |
| **4.** 8 613 est-il un nombre premier ? | Oui car il n'est divisible que par 1 et 8 613. | Non car il est divisible par 3. | Non car il est divisible par 9. |

### 3 Décomposer un entier en produit de facteurs premiers

| | Réponse A | Réponse B | Réponse C |
|---|---|---|---|
| **1.** Quelle ou quelles écritures sont des décompositions en produit de facteurs premiers ? | $2^2 \times 5^3 \times 7$ | $5 \times 17^4 \times 23^2 \times 31$ | $2 \times 11^4 \times 17^2 \times 39$ |
| **2.** La décomposition de 120 en produit de facteurs premiers est : | $2^3 \times 3 \times 5$ | $2 \times 2 \times 2 \times 3 \times 5$ | $2^2 \times 5 \times 6$ |
| **3.** La décomposition de 1 246 en produit de facteurs premiers est : | $14 \times 89$ | $2 \times 7 \times 89$ | $7 \times 178$ |
| **4.** La décomposition de 2 100 en produit de facteurs premiers est : | $2^2 \times 3^2 \times 5^2 \times 7$ | $2 \times 3 \times 5 \times 7 \times 10$ | $2^2 \times 3 \times 5^2 \times 7$ |

→ Corrigé p. 310

## Carte mentale

Ressource téléchargeable

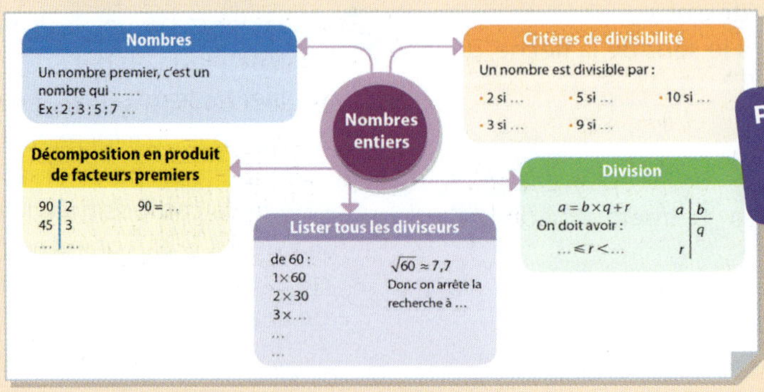


Pour t'aider à retenir le cours, télécharge et complète cette carte mentale.

# Algorithmique et outils numériques

## 78 Vrai ou faux ?

Léo veut réaliser un script pour entrainer son petit frère à reconnaitre si un nombre donné, choisi aléatoirement par l'ordinateur entre 1 et 1 000, est un multiple de 3.

- Aider Léo à réaliser ce script.

> La commande ( ) modulo ( ) donne le reste de la division euclidienne du premier nombre par le second.

## 79 Premier ou pas ?

Inès veut écrire un programme qui permette de déterminer si le nombre saisi par l'utilisateur est premier ou pas. Son idée est de faire compter par le programme combien ce nombre possède de diviseurs.

Voici son travail :

```
quand [drapeau] est cliqué
demander (Saisir un nombre) et attendre
mettre [nombre] à (réponse)
mettre [k] à (1)
mettre [nombre de diviseurs] à (0)
répéter jusqu'à ce que < (k) = ((nombre) + (1)) >
    si < ((nombre) modulo (...)) = (...) > alors
        ajouter (1) à [...]
    ajouter (1) à [k]
si < (nombre de diviseurs) = (...) > alors
    dire (regrouper (Le nombre) et (regrouper (nombre) et (...)))
sinon
    dire (regrouper (Le nombre) et (regrouper (nombre) et (...)))
```

**1.** Quel est le rôle de la variable (nombre de diviseurs) ?

Quel est celui de la variable (k) ?

**2.** Compléter ce script pour le rendre opérationnel.

**3.** Tester la validité du script avec quelques nombres premiers connus.

**4.** Le nombre 5 447 est-il premier ? Combien a-t-il de diviseurs ?

**5.** Les nombres de Fermat sont les nombres qui s'écrivent sous la forme $2^{2^n}+1$ où $n$ est un entier naturel (voir exercice 56). Ils doivent leur nom au mathématicien français du XVII$^e$ siècle Pierre de Fermat qui émit la conjecture que tous ces nombres étaient premiers. Prouver à l'aide de la calculatrice et du programme précédent que cette conjecture était fausse.

## 80 Code-barres EAN

Le code EAN 13 (European Article Numbering) est un code-barres utilisé par le commerce et l'industrie permettant d'identifier des objets de façon unique et d'être lu par un scanner.

Ce code-barres est composé de 13 chiffres, le dernier étant une clé de contrôle obtenue de la façon suivante :

- On lit chacun des 12 premiers chiffres du code de gauche à droite : le 1$^{er}$ est dit de rang 1, le 2$^e$ de rang 2, etc.
- On multiplie par 3 tous les chiffres de rang pair, puis on calcule la somme de ces résultats.
- On ajoute au résultat précédent la somme des chiffres de rang impair.
- On calcule ensuite le reste de la division euclidienne par 10 de ce résultat.
- Si le reste de la division est égal à 0, alors la clé est 0.
- Sinon, la clé est obtenue en retranchant ce reste à 10.

**1.** Reproduire le tableau ci-dessous dans une feuille de calcul (les cellules A2 jusqu'à L2 correspondent aux 12 premiers chiffres du code-barres).

| | A | B | C | D | E | F | G | H | I | J | K | L | M |
|---|---|---|---|---|---|---|---|---|---|---|---|---|---|
| 1 | code EAN | | | | | | | | | | | | clé |
| 2 | | | | | | | | | | | | | |

**2.** Saisir une formule dans la cellule M2 qui calcule la clé de contrôle.

> Le reste de la division euclidienne de $a$ par $b$ est donné par la formule : =MOD(a;b).

**3.** Vérifier la clé de contrôle des codes-barres suivants.

9 782013 953573

3 401312 345624

# Problèmes

ceinture jaune · ceinture verte · ceinture noire

## 81 Recomposition

Calculer

On donne $A = 2^2 \times 3^3 \times 5$ et $B = 2 \times 3^2 \times 7$.

• Donner la décomposition en produit de facteurs premiers de $A \times B$, de $A^2$ et de $B^3$.

## 82 Sept sur sept

Représenter, Calculer

Lilou a écrit le script suivant :

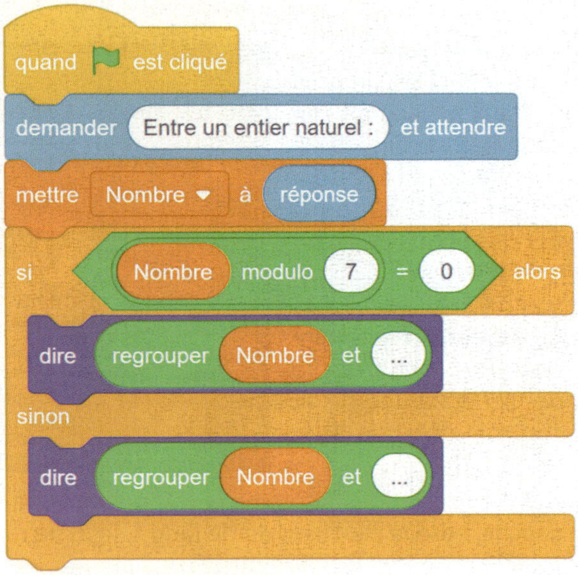


La commande ( ) modulo ( ) donne le reste de la division euclidienne du premier nombre par le second.

1. Compléter les deux commandes incomplètes.
2. Que va annoncer le lutin si l'utilisateur saisit 752 ? Et 5 957 ?

## 83 Le bus

Raisonner, Calculer

Cédric attend le bus, il vient juste d'en voir un passer. Les bus passent toutes les 17 minutes et peuvent transporter chacun jusqu'à 53 personnes. 164 personnes attendent le bus devant Cédric.

• Dans combien de temps pourra-t-il monter dans le bus sachant que tous les bus qui arrivent à son arrêt sont vides ?

## 84 Le collier

Raisonner, Calculer

Louison veut réaliser un collier de perles. Elle empile les perles de la façon suivante : une perle rouge, puis quatre perles bleues, puis trois perles blanches, et ainsi de suite.

• Quelle sera la couleur de la 109e perle ?

## 85 Les petites manies de Marie

Modéliser, Calculer

Marie a ses petites habitudes : elle va au cinéma tous les 9 jours et au restaurant tous les 12 jours. Aujourd'hui, le 2 mars, elle a fait un « restau-ciné ».

• Quelle est la prochaine date à laquelle Marie aura de nouveau les deux activités le même jour ?

## 86 Tournoi de football

Raisonner, Calculer

Le professeur d'EPS veut organiser un tournoi de softball avec toutes les classes de troisième du collège. Toutes les équipes doivent avoir la même répartition filles/garçons et un effectif compris entre 8 et 15 joueurs inclus. Tous les élèves doivent jouer.

• Sachant qu'il y a 72 filles et 108 garçons, donner toutes les compositions possibles des équipes.

## 87 CALCUL MENTAL Carte bancaire

Chercher, Calculer

Le numéro figurant sur une carte bancaire est composé de 4 groupes de 4 chiffres. Le dernier chiffre, appelé clé de Luhn, permet de vérifier la validité de la carte. La clé de Luhn s'obtient de la façon suivante : on prend les 15 premiers chiffres de la carte et on double tous les chiffres de rang impair (si le double est supérieur ou égal à 10, on prend la somme des deux chiffres obtenus). On ne modifie pas les chiffres de rang pair. On ajoute les 15 nouveaux chiffres obtenus, puis on effectue la division euclidienne de ce nombre par 10. La clé de Luhn s'obtient en retranchant le reste de cette division à 10.

• La carte ci-dessous est-elle valide ?

## 88 Spirographe

Modéliser, Raisonner

Lucie met la mine de son crayon dans le trou A du petit engrenage qui comporte 18 dents et commence à le faire tourner dans le grand cercle, fixé sur son bureau, qui comporte 56 dents.

• Combien de fois le grand cercle aura été parcouru lorsque le point A reprendra, pour la première fois, sa position initiale ?

*D'après Rallye mathématique, Madagascar, 2013.*

## 89 The rings

**Modéliser, Calculer**

Jade's watch rings every 12 hours and her alarm rings every 15 hours. They both rang on September 21st at 6:30 pm.

- When will they ring together again?

## 90 Contre-exemple

**Raisonner, Communiquer**

Les mathématiciens cherchent depuis des siècles une formule pouvant donner la liste des nombres premiers. La formule suivante a été proposée par Euler en 1772 :

$$n^2 + n + 41 \text{ avec } n \text{ entier positif}$$

**1.** Obtient-on des nombres premiers lorsque $n = 1$ ? $n = 2$ ? $n = 3$ ? $n = 4$ ? $n = 5$ ?

**2.** Démontrer que cette formule ne produit pas toujours un nombre premier en donnant une valeur de $n$ qui produit un contre-exemple.

## 91 Avec des fractions !

**Calculer, Raisonner**

Simplifier les fractions suivantes en décomposant d'abord le numérateur et le dénominateur en produits de facteurs premiers :

$$\frac{180}{126} \qquad \frac{585}{1\,275} \qquad \frac{1\,925}{4\,125}$$

## 92 De 1 à 9

**Raisonner, Calculer**

Placer dans les neuf cases du tableau ci-dessous les chiffres de 1 à 9 de façon à ce que les produits des trois facteurs de chaque ligne et de chaque colonne soient égaux aux nombres indiqués par des flèches.

| | | | |
|---|---|---|---|
| | | | ► 36 |
| | | | ► 48 |
| | | | ► 210 |
| ▼ 108 | ▼ 84 | ▼ 40 | |

Décompose les nombres en produit de facteurs premiers.

## 93 Tour de magie

**Représenter, Raisonner**

Un magicien demande à un spectateur de choisir un nombre à trois chiffres, sans le dévoiler. Il demande ensuite d'écrire ce nombre deux fois d'affilée de façon à obtenir un nombre à six chiffres.

Ce spectateur a choisi 126 et a donc écrit 126 126.

Le magicien demande maintenant de diviser ce nombre à six chiffres par 7, puis de diviser le nombre obtenu par 11 et enfin de diviser le nombre obtenu par 13.

Le magicien tout fier lui annonce :

- Comment expliquer que ce tour de magie fonctionne pour n'importe quel nombre de 3 chiffres ?

## 94 Démonstrations

**Calculer, Raisonner**

On considère un nombre entier $N$ à trois chiffres, **c** étant le chiffre des centaines, **d** celui des dizaines et **u** celui des unités.

**1. a.** Recopier et compléter l'égalité :

$$N = 100 \times \ldots + 10 \times \ldots + \ldots$$

**b.** Démontrer alors les critères de divisibilité par 2, par 5 et par 10, pour tous les nombres entiers compris entre 0 et 999.

**2. a.** Recopier et compléter l'égalité :

$$N = (99 + \ldots)\mathbf{c} + (9 + \ldots)\mathbf{d} + \ldots$$

**b.** Démontrer les critères de divisibilité par 3 et 9, pour tous les nombres entiers comris entre 0 et 999.

# DÉFIS & ÉNIGMES

## 95 Palindromes

Un nombre palindrome est un nombre qui se lit de la même façon de gauche à droite et de droite à gauche, comme par exemple 4 554 ou 21 912.

- Quelle est la somme des chiffres du plus grand palindrome à 4 chiffres divisible par 15 ?

## 96 Factorielle

L'écriture 50! (qui se lit « factorielle 50 ») désigne le produit de tous les nombres entiers de 1 à 50 inclus.

$$50! = 1 \times 2 \times 3 \times 4 \times \ldots \times 49 \times 50$$

- Combien de zéros consécutifs trouverait-on à la fin de ce (très grand) nombre si on effectuait les calculs ?

## 97 En rang

Un proviseur demande aux lycéens de son établissement de se ranger par 4. Les élèves s'exécutent, mais le dernier rang est incomplet : il ne compte que 3 élèves.

« Mettez-vous par 5 ! », demande alors le proviseur ; mais le dernier rang est à nouveau incomplet avec seulement 3 élèves.

Contrarié il demande alors aux élèves de se ranger par 7. Encore une fois, le dernier rang reste incomplet toujours avec 3 élèves.

- Combien y a-t-il d'élèves ce jour-là au lycée sachant qu'ils sont moins de 200 ? Proposer au proviseur une disposition des élèves en un rectangle où chacun trouvera sa place.

# Problèmes

**98 Très recherché**
Chercher, Raisonner
Trouver un nombre entier à trois chiffres, divisible par 69, tel que si l'on change l'ordre de ses chiffres, on obtient un nombre divisible par 96.

**99 Engrenages**
Calculer, Raisonner
On considère le train d'engrenages ci-dessous.
La roue motrice est la roue bleue de gauche, elle tourne dans le sens des aiguilles d'une montre.

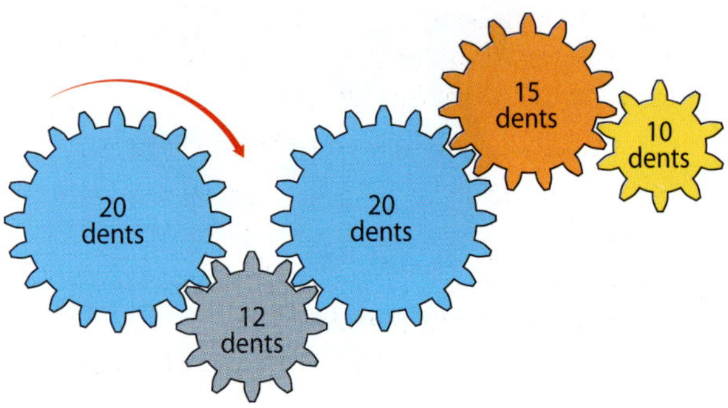


**1.** Quelles sont les roues qui tournent dans le sens des aiguilles d'une montre ?

Voir point info p.25.

**2.** Lorsque la roue motrice réalise 6 tours entiers, combien de tours réalise la roue orange ?

**3.** Sachant que la roue grise réalise 600 tours par minute, déterminer la vitesse de la roue jaune en tours par minute.

**100 Le jeu de Nim** — Prise d'initiative
Chercher, Raisonner, Communiquer
Nathan et Fabien jouent au jeu de Nim.
En voici la règle :
- Il y a 21 allumettes sur la table au début de la partie.
- À chaque tour, on peut prendre 1, 2 ou 3 allumettes.
- Celui qui prend la dernière allumette a gagné.

**1.** Nathan commence. Il prend 3 allumettes, puis Fabien prend 3 allumettes à son tour. Nathan en prend alors 2, puis Fabien en prend 3. Nathan en prend alors 3. Fabien en choisit 2. Nathan peut-il encore gagner ?
**2.** Un des deux joueurs peut gagner à tous les coups. Lequel et comment ?

**101 Tout en carton** — Prise d'initiative
Chercher, Calculer
Une entreprise doit commander des boites en carton qui contiendront des pâtes de fruits.
Le cahier des charges est le suivant :
- Chaque boite contient 36 pâtes de fruits.
- Les pâtes de fruits ont la forme de cubes d'arête 2 cm.

- Les boites ont la forme d'un pavé droit.
- 20 000 pâtes de fruits sont à ranger.
- L'entreprise cherche à commander le moins de carton possible.
- Le cout du carton est de 15,50 € le m$^2$.

- Quel sera le cout de cette commande ?

## MISSION DÉMONSTRATION

**Raisonnement** **Raisonner par disjonction de cas**

Pour démontrer qu'une propriété est vraie pour tous les nombres entiers, on peut la démontrer d'abord pour tous les nombres pairs, puis pour tous les nombres impairs.

**102** Soit $n$ un entier positif. On veut prouver que $(n+1)(n+4)$ est divisible par 2.
**1. 1$^{er}$ cas : si $n$ est un nombre pair**
On peut alors écrire $n = 2k$ (où $k$ est un entier). Prouver alors que $(n+1)(n+4)$ est divisible par 2.
**2. 2$^{e}$ cas : si $n$ est un nombre impair**
On peut alors écrire $n = 2k + 1$ (où $k$ est un entier). Prouver alors que $(n+1)(n+4)$ est divisible par 2.
**3.** Conclure.

**103** Soit $n$ un entier positif. On veut prouver que $n(n+1)(2n+1)$ est divisible par 3.
**1.** Quels sont les restes possibles dans la division euclidienne de $n$ par 3 ? Comment peut-on écrire $n$ dans chacun de ces cas ?
**2.** Démontrer la propriété dans chacun de ces cas et conclure.

# Objectif BREVET

## 104 Avec des carreaux

Un panneau mural a pour dimensions 240 cm et 360 cm. On souhaite le recouvrir avec des carreaux de forme carrée, tous de même taille, posés bord à bord sans jointure.

**1.** Peut-on utiliser des carreaux de 10 cm de côté ? 14 cm de côté ? 18 cm de côté ?

**2.** Quelles sont toutes les tailles possibles de carreaux comprises entre 10 et 20 cm ?

**3.** On choisit des carreaux de 15 cm de côté. On pose une rangée de carreaux bleus sur le pourtour et des carreaux blancs ailleurs. Combien de carreaux bleus va-t-on utiliser ?

*D'après DNB sujet zéro 2016.*

## 105 Les ballons

**1.** À la fin d'une fête de village, tous les enfants présents se partagent équitablement les 398 ballons de baudruche qui ont servi à la décoration. Il reste alors 7 ballons.
Combien pouvait-il y avoir d'enfants ?

**2.** L'année suivante, les mêmes enfants se partagent équitablement la totalité des 828 ballons utilisés cette année-là. Combien d'enfants étaient présents ?

*D'après DNB Asie, 2015.*

## 106 Multiple ou pas ?

On considère le nombre $a = 3^4 \times 7$. Un élève affirme que le nombre $b = 2 \times 3^5 \times 7^2$ est un multiple du nombre $a$. A-t-il raison ? Justifier.

*D'après DNB Polynésie, 2018.*

## 107 Diviseurs

**1.** Le nombre 588 peut se décomposer sous la forme $588 = 2^2 \times 3 \times 7^2$. Quels sont ses diviseurs premiers, c'est-à-dire les nombres qui sont à la fois des nombres premiers et des diviseurs de 588 ?

**2. a.** Déterminer la décomposition en facteurs premiers de 27 000 000.

**b.** Quels sont ses diviseurs premiers ?

**3.** Déterminer le plus petit nombre entier positif impair qui admet trois diviseurs premiers différents. Expliquer votre raisonnement.

*D'après DNB Réunion, 2018.*

## 108 Repas asiatique

**1.** Décomposer les nombres 162 et 108 en produits de facteurs premiers.

**2.** Déterminer deux diviseurs communs aux nombres 162 et 108 plus grands que 10.

**3.** Un snack vend des barquettes composées de nems et de samossas. Le cuisinier a préparé 162 nems et 108 samossas. Dans chaque barquette :

- le nombre de nems doit être le même ;
- le nombre de samossas doit être le même ;
- tous les nems et tous les samossas doivent être utilisés.

**a.** Le cuisiner peut-il réaliser 36 barquettes ?

**b.** Quel nombre maximal de barquettes pourra-t-il réaliser ?

**c.** Dans ce cas, combien y aura-t-il de nems et de samossas dans chaque barquette ?

*D'après DNB Nouvelle Calédonie, 2018.*

## 109 Multiples de 4

Léa pense qu'en multipliant deux nombres impairs consécutifs et en ajoutant 1, on obtient toujours un multiple de 4.

**1. Étude d'un exemple**

5 et 7 sont deux nombres impairs consécutifs. Calculer $5 \times 7 + 1$. Léa a-t-elle raison pour cet exemple ?

**2. Avec un tableur**

Pour tester plusieurs exemples, Léa a réalisé la feuille de calcul ci-dessous.

| | A | B | C | D | E |
|---|---|---|---|---|---|
| 1 | x | 2x+1 | 2x+3 | (2x +1)(2x+3) | (2x+1)(2x+3)+1 |
| 2 | 0 | 1 | 3 | 3 | 4 |
| 3 | 1 | 3 | 5 | 15 | 16 |
| 4 | 2 | 5 | 7 | 35 | 36 |
| 5 | 3 | 7 | 9 | 63 | 64 |

**a.** Les résultats obtenus semblent-ils confirmer la conjecture de Léa ? Expliquer.

**b.** Parmi les quatre formules suivantes, deux ont pu être saisies dans la cellule D3. Lesquelles ?

Formule 1 : =(2*A3+1)*(2*A3+3)
Formule 2 : = (2*B3+1)*(2*C3+3)
Formule 3 : = B3*C3
Formule 4 : = (2*D3+1)*(2*D3+3)

**3. Étude algébrique**

**a.** Développer et réduire l'expression $(2x + 1)(2x + 3) + 1$.

**b.** Montrer que Léa avait raison.

*D'après DNB Métropole, 2014.*

# Travailler autrement

Utilisable en AP

À chacun son parcours !

## 109 Résolution de problème

Socle D1 Je sais utiliser des représentations d'expériences.

Socle D4 Je conçois un système technique et sollicite des compétences scientifiques.

Voici un engrenage de 7 roues dentées.
Les roues C et D, ainsi que E et F sont solidaires.

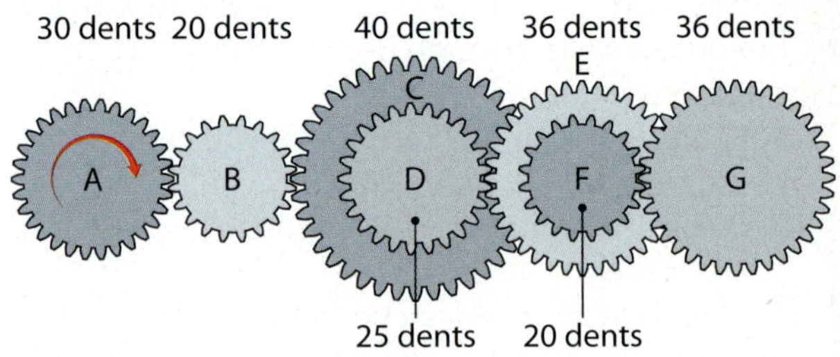


### Questions ceinture jaune

1. Si la roue A tourne dans le sens de la flèche, dans quel sens la roue D tourne-t-elle ?

2. Combien de tours effectue la roue B lorsque la roue A en effectue 2 ?

3. Combien de tours effectuent les roues C et D lorsque la roue B en effectue 2 ?

4. Combien de tours entiers doit effectuer la roue F pour que la roue G en fasse 5 ?

### Questions ceinture verte

1. Si la roue A tourne dans le sens de la flèche, dans quel sens les roues E et F tournent-t-elle ?

2. Combien de tours effectuent les roues B et C lorsque la roue A en effectue 3 ?

3. **Vrai ou faux ?** Justifier.

a. La roue A tourne plus vite que la roue B car elle a plus de dents.

b. Les roues B et F ont le même nombre de dents donc elles tournent à la même vitesse.

### Questions ceinture noire

**1.** Si la roue A tourne dans le sens de la flèche, dans quel sens la roue G tourne-t-elle ?

**2.** La roue A tourne à raison de 600 tours par minute.

**a.** À quelle vitesse la roue G tourne-t-elle ?

**b.** Quelle est la roue qui tourne le plus vite ?

**3.** Au bout de combien de tours de chacune des roues l'engrenage revient-il dans sa position initiale pour la première fois ?

## 110 Résolution de problème

Socle D2 Je sais identifier un problème, m'engager dans une démarche de résolution, mobiliser les connaissances.

Socle D4 Je modélise pour représenter une situation.

### Questions ceinture jaune

Un fleuriste dispose de 60 roses rouges et 96 blanches. Pour Noël, il veut préparer des bouquets tous identiques utilisant toutes ces fleurs.

1. Peut-il préparer 4 bouquets ? 15 bouquets ? Justifier.

2. Quel est le plus grand diviseur commun de 60 et 96 ?

3. Quel est le nombre maximal de bouquets que le fleuriste peut préparer ? Donner alors la composition de chacun d'eux.

### Questions ceinture verte

Un champ triangulaire a pour dimensions 60 m, 84 m et 96 m. Le propriétaire le clôture avec des piquets régulièrement espacés tout autour du terrain, dont un à chaque sommet.

1. Décomposer 60, 84 et 96 en produits de facteurs premiers.

2. Combien de piquets le propriétaire doit-il prévoir pour minimiser sa dépense ?

### Question ceinture noire

Un décorateur d'intérieur doit recouvrir entièrement les 4 murs et le plafond d'une pièce avec des carreaux identiques en faïence blanche. La pièce est un pavé droit de 9,6 m de longueur, 8,4 m de largeur et 6 m de hauteur.

• Combien de carreaux doit-il prévoir en utilisant les carrés les plus grands possibles, sachant qu'il ne veut pas de découpes ?

# 2 Nombres rationnels

**TA MISSION**
Calculer avec des nombres quelle que soit leur forme.

**JEU**

- Quel est le score de Jules ?

## POINT INFO

La salle π du Palais de la découverte à Paris a une frise circulaire donnant les 707 premières décimales du nombre π.

Cette salle a été créée à l'ouverture du Palais de la découverte en 1937. À cette époque, c'est un mathématicien amateur anglais William Shanks qui détenait le record de calcul, sans calculatrice, du plus grand nombre de décimales de π. En fait, en 1950, grâce aux ordinateurs, on s'est aperçu que les calculs de Shanks étaient faux à partir de la 527e décimale. La frise a depuis été corrigée.

Voir problème 102 p. 62.

# Activités

## Prêts pour le décollage ?

**QUESTIONS FLASH** — Questions flash supplémentaires

**1** Quels calculs doit-on taper sur une calculatrice pour répondre le plus rapidement possible ?

**a.** $2{,}8 + 2{,}8 + 2{,}8 + 2{,}8 + 2{,}8$ **c.** $3 \times 3 \times 3$

**b.** $-5 - 5 - 5 - 5$ **d.** $7 \times 7 \times 7 \times 7 \times 7$

**2** Calculer.

**a.** $3{,}125 \times 100$ **b.** $5{,}54 \times 100\,000$ **c.** $4\,500 \div 1\,000$

**d.** $12 \div 10^3$ **e.** $315 \times 10^{-2}$ **f.** $25 \times 10^{-3}$

**3** **a.** Les expressions suivantes sont-elles des écritures scientifiques ?

$A = 23 \times 10^5$ $B = 100 \times 2^2$

$C = 7 \times 4^{10}$ $D = 8{,}03 \times 10^{-6}$

**b.** Donner l'écriture décimale de chacun de ces nombres.

**4** Calculer.

**a.** $-3 + 5$ **b.** $5 - 8$ **c.** $-3 - 7$

**d.** $-6 \times (-4)$ **e.** $12 \div (-4)$ **f.** $-28 \div (-2)$

**5** Calculer.

$A = 3 - 5 \times (-7)$ $B = -2 \times (5 - 7) + 3 \times (-6)$

**6** **a.** Quel est l'opposé de 3 ? de –5 ? de 0 ?

**b.** Quel est l'inverse de 2 ? de 7 ? de –4 ? de 1 ?

**7** Compléter les égalités suivantes.

**a.** $4 \times \ldots = 10$ **b.** $-5 \times \ldots = 15$ **c.** $-7 \times \ldots = -12$

**8** **a.** Quelle fraction de la figure suivante est colorée en blanc ? en rouge ? en vert ?

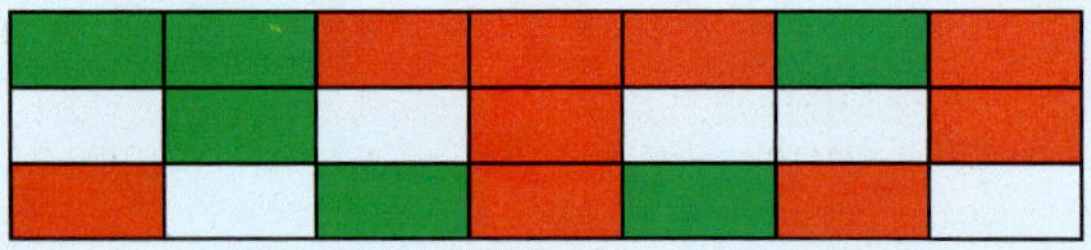

**b.** Que vaut la somme de ces trois fractions ?

**9** Donner cinq fractions égales à $\dfrac{18}{12}$.

**10** **Vrai ou faux ?**

**a.** Le tiers d'un sixième est égal à un neuvième.

**b.** $\dfrac{16}{4}$ est un nombre décimal.

**c.** $96\,\% = \dfrac{24}{25}$

**11** Calculer et donner le résultat sous forme de fraction la plus simple possible.

$A = \dfrac{-1}{20} + \dfrac{4}{5}$ $B = \dfrac{-3}{4} - 2$ $C = \dfrac{5}{6} + \dfrac{1}{30}$

**12** Calculer et donner le résultat sous forme d'une fraction la plus simple possible.

$A = \dfrac{1}{2} \times \dfrac{2}{3}$ $B = \dfrac{9}{2} \times \dfrac{1}{3}$ $C = \dfrac{1}{5} \div 5$

$D = \dfrac{2}{3} \div \dfrac{1}{3}$ $E = \dfrac{3}{-7} \div \dfrac{-1}{7}$ $F = -8 \div \dfrac{1}{8}$

## Activité 1 Puissances d'exposant négatif

**1.** Sachant que $7^6 = 117\,649$, comment calculer $7^5$ ?

**2.** À l'aide de la calculatrice, recopier et compléter le tableau suivant avec les valeurs exactes.

| $7^{\cdots}$ | $7^{\cdots}$ | $7^{\cdots}$ | $7^{\cdots}$ | $7^{\cdots}$ | $7^2$ | $7^3$ | $7^4$ | $7^5$ | $7^6$ |
|---|---|---|---|---|---|---|---|---|---|
| | | | | | | | | | 117 649 |

÷ … ÷ … ÷ … ÷ … ÷ … ÷ … ÷ … ÷ … ÷ …

**3.** $a$ désigne un nombre relatif différent de 0, et $n$ désigne un nombre entier supérieur ou égal à 1. Écrire une égalité qui traduit la phrase suivante : $a^{-n}$ est l'inverse de $a^n$.

## Activité 2 Familles de nombres

Manon et Jade se demandent s'il est possible de classer tous les nombres qu'elles ont rencontrés au collège en « familles ». Elles se souviennent qu'à l'école primaire, elles utilisaient des nombres très simples mais que cela s'est compliqué au collège !
Voici une liste de nombres :

$8$ $-5$ $10$ $5{,}4$ $\frac{1}{2}$ $\frac{7}{3}$ $\sqrt{2}$ $-8{,}95$ $\frac{-5}{7}$ $\pi$ $\sqrt{16}$ $\frac{7{,}5}{3{,}5}$ $\frac{-11}{17}$ $\sqrt{20{,}25}$

**1.** Manon propose de les ranger dans cinq sacs différents.
Quel nom peut-elle écrire sur chacune des étiquettes ?

**2.** Jade fait remarquer que ce rangement pose problème, car certains nombres peuvent être dans plusieurs sacs ; elle suggère donc d'utiliser des boites imbriquées comme ci-contre.
Reproduire ces rectangles, puis placer les nombres à l'intérieur.

## Activité 3 Formats d'écrans

Le format d'un écran de téléviseur ou d'ordinateur est défini par le rapport $\frac{\text{nombre de pixels en largeur}}{\text{nombre de pixels en hauteur}}$.

Une image numérique est composée de nombreux points appelés pixels (abréviation de *picture element*).

**1.** Le format le plus répandu aujourd'hui est le format $\frac{16}{9}$.

Montrer que l'écran ci-contre est bien dans ce format.

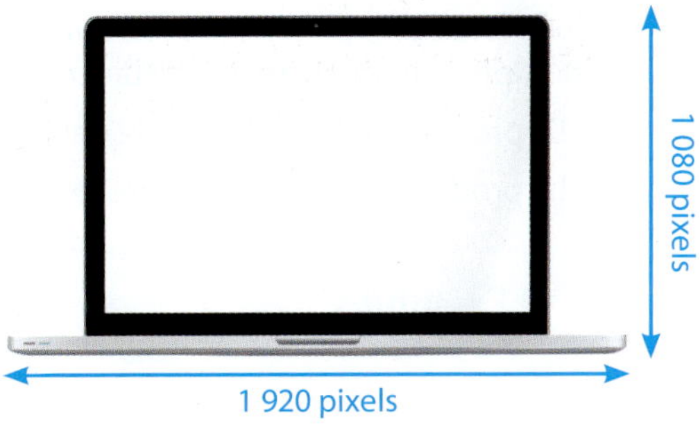


**2.** Parmi les écrans ci-dessous, lequel est au format $\frac{16}{9}$ ? Exprimer le format des autres écrans à l'aide d'une fraction la plus simple possible.

# Cours

## 1 Calculer avec des nombres relatifs

**Définition**

- Si deux nombres relatifs ont le même signe, alors leur somme a :
– le même signe que ces deux nombres ;
– pour distance à zéro, la somme de leurs distances à zéro.
- Si deux nombres relatifs sont de signes contraires, alors leur somme a :
– le signe du nombre qui a la plus grande distance à zéro ;
– pour distance à zéro, la différence de leurs distances à zéro.

**Propriété**

Pour soustraire un nombre relatif, on ajoute son opposé.

**Exemples**

On veut calculer $-3{,}2 + (-5{,}9)$.
$-3{,}2$ et $-5{,}9$ sont deux nombres **négatifs** :
- leur somme est **négative**
- on **ajoute** leurs distances à zéro

$-3{,}2 + (-5{,}9) = -(3{,}2 + 5{,}9) = -9{,}1$

On veut calculer $A = 5{,}6 - (-3{,}2)$.
Pour soustraire $-3{,}2$, on ajoute son opposé $3{,}2$.
$A = 5{,}6 - (-3{,}2)$
$A = 5{,}6 + 3{,}2$
$A = 8{,}8$

Pour éviter que deux signes se suivent, on utilise des parenthèses.

**Définition** **Propriété**

Pour calculer le produit (ou le quotient) de deux nombres relatifs, on détermine son signe, puis on multiplie (ou on divise) les distances à zéro.
- Le produit (ou le quotient) de deux nombres relatifs de même signe est positif.
- Le produit (ou le quotient) de deux nombres relatifs de signes contraires est négatif.

**Exemples**

$2 \times 7 = 14$ $\quad \dfrac{5}{-4} = -1{,}25$

$\dfrac{-3}{-5} = 0{,}6$ $\quad 3 \times (-5{,}5) = -16{,}5$

Attention, le produit (ou le quotient) de deux nombres **négatifs** est **positif** !

**Propriétés**

$a$ et $b$ désignent des nombres relatifs ($b \neq 0$).
- Le produit d'un nombre relatif par $-1$ est égal à son opposé : $a \times (-1) = -a$
- $\dfrac{-a}{-b} = \dfrac{a}{b}$ et $\dfrac{-a}{b} = \dfrac{a}{-b} = -\dfrac{a}{b}$

**Exemples**

- $-7{,}2 \times (-1) = -(-7{,}2) = 7{,}2$. L'opposé de $-7{,}2$ est $7{,}2$.
- $\dfrac{-2}{13} = \dfrac{2}{-13} = -\dfrac{2}{13}$ : les trois quotients sont **négatifs**.

# Savoir-faire

Apprends à l'aide des exercices résolus puis entraine-toi !

## 1 Calculer avec des nombres relatifs

**1** Calculer les expressions suivantes.

$A = -14 + (-17)$ $\quad B = 13{,}7 + (-6{,}9)$ $\quad C = -25 - 13$ $\quad D = -21{,}3 - (-4{,}8)$

**Solution**

$A = -14 + (-17)$
$A = -(14 + 17)$
$A = -31$

–14 et –17 sont deux nombres négatifs :
- leur somme est négative ;
- on ajoute leurs distances à zéro.

$B = 13{,}7 + (-6{,}9)$
$B = 13{,}7 - 6{,}9$
$B = 6{,}8$

13,7 et –6,9 sont de signes contraires :
- leur somme est positive (car 13,7 > 6,9) ;
- on soustrait leurs distances à zéro.

$C = -25 - 13$
$C = -25 + (-13)$
$C = -38$

Pour soustraire 13, on ajoute son opposé –13.

$D = -21{,}3 - (-4{,}8)$
$D = -21{,}3 + 4{,}8$
$D = -16{,}5$

Pour soustraire –4,8, on ajoute son opposé 4,8.

**À toi de jouer**

**2** Calculer :

$A = 23 - (-27)$ $\quad B = 14 + (-34)$ $\quad C = -12{,}5 - 14$ $\quad D = -14{,}3 + 27$

→ Corrigé p. 310

**3** Calculer les expressions suivantes.

$A = -4 \times 12$ $\quad B = -3 \times (-4{,}2)$ $\quad C = \dfrac{-15}{-3}$ $\quad D = \dfrac{25}{-2{,}5}$

**Solution**

$A = -4 \times 12$
$A = -48$

–4 et 12 sont de signes contraires, donc le produit est négatif.
On multiplie les distances à zéro : $4 \times 12 = 48$.

$B = -3 \times (-4{,}2)$
$B = 12{,}6$

–3 et –4,2 sont de même signe, donc le produit est positif.
On multiplie les distances à zéro : $3 \times 4{,}2 = 12{,}6$.

$C = \dfrac{-15}{-3}$
$C = 5$

–15 et –3 sont de même signe, donc le quotient est positif.
On divise les distances à zéro : $15 \div 3 = 5$.

$D = \dfrac{25}{-2{,}5}$
$D = -10$

25 et –2,5 sont de signes contraires, donc le quotient est négatif.
On divise les distances à zéro : $25 \div 2{,}5 = 10$.

**À toi de jouer**

**4** Calculer les expressions suivantes.

$A = -5 \times 7$ $\quad B = -0{,}5 \times (-18)$ $\quad C = -14{,}3 \times (-1)$ $\quad D = 0 \times (-17{,}24)$ $\quad E = \dfrac{-24}{6}$ $\quad F = \dfrac{-9}{-45}$

→ Corrigé p. 310

**5** Recopier les fractions suivantes puis encadrer en vert celles égales à $-\dfrac{3}{7}$ et en bleu celles égales à $\dfrac{3}{7}$.

$\dfrac{-3}{7}$ $\quad \dfrac{7}{3}$ $\quad \dfrac{-3}{-7}$ $\quad \dfrac{3}{-7}$

**Solution**

$\boxed{\dfrac{-3}{7}}$ $\quad \dfrac{7}{3}$ $\quad \boxed{\dfrac{-3}{-7}}$ $\quad \boxed{\dfrac{3}{-7}}$

**À toi de jouer**

**6** Recopier les fractions suivantes puis encadrer en vert celles égales à $-\dfrac{5}{4}$ et en bleu celles égales à $\dfrac{5}{4}$.

$\dfrac{-5}{-4}$ $\quad \dfrac{-5}{4}$ $\quad \dfrac{5}{-4}$ $\quad -\dfrac{-5}{-4}$ $\quad -\dfrac{5}{-4}$ $\quad -\dfrac{-5}{4}$

→ Corrigé p. 310

# Cours

## 2 Calculer avec des puissances

**Définition**

$a$ désigne un nombre relatif et $n$ désigne un nombre entier supérieur ou égal à 2.

Le produit de $n$ facteurs égaux à $a$ se note $a^n$ et se lit « $a$ exposant $n$ ».

On dit que ce produit est une **puissance de $a$**.

Le **nombre $a^{-n}$** désigne l'inverse du nombre $a^n$ (avec $a \neq 0$).

$$a^n = \underbrace{a \times a \times \ldots \times a}_{n \text{ facteurs}} \qquad a^{-n} = \frac{1}{a^n}$$

**Remarque**

**Cas particuliers :** on convient que $a^1 = a$ et que, si $a \neq 0$, $a^0 = 1$.

**▸ Exemples**

$$(-3)^4 = \underbrace{(-3) \times (-3) \times (-3) \times (-3)}_{4 \text{ facteurs}} = 81 \qquad 2^{-3} = \frac{1}{2^3} = \frac{1}{2 \times 2 \times 2} = \frac{1}{8} \qquad 4^0 = 1$$

**Convention**

Dans une expression sans parenthèses comportant des puissances, on effectue d'abord les puissances, puis les multiplications et les divisions, et enfin les additions et les soustractions.

**▸ Exemples**

$A = 1 + 3 \times 2^3 = 1 + 3 \times 8 = 1 + 24 = 25$

$B = 1 + (3 \times 2)^3 = 1 + 6^3 = 1 + 216 = 217$

**Propriété**

$n$ désigne un nombre entier strictement positif.

$$10^n = \underbrace{10 \times 10 \times \ldots \times 10}_{n \text{ facteurs}} = 1\underbrace{00\ldots0}_{n \text{ zéros}} \qquad 10^{-n} = \frac{1}{10^n} = \frac{1}{\underbrace{10 \times 10 \times \ldots \times 10}_{n \text{ facteurs}}} = \underbrace{0{,}0\ldots0}_{n \text{ zéros}}1$$

**▸ Exemples**

$10^9 = 1\underbrace{000\,000\,000}_{9 \text{ zéros}}$ (1 milliard) $\qquad 10^{-6} = \underbrace{0{,}00000}_{6 \text{ zéros}}1$ (1 millionième)

**Définition**

L'**écriture scientifique** d'un nombre décimal positif est l'écriture de la forme $a \times 10^n$ où :

- $a$ est un nombre décimal tel que $1 \leqslant a < 10$ ;
- $n$ est un nombre entier relatif.

**▸ Exemples**

L'écriture scientifique de 1 785 000 000 est $1{,}785 \times 10^9$ (1 milliard 785 millions).

L'écriture scientifique de 0,000 028 est $2{,}8 \times 10^{-5}$.

# Savoir-faire

## 2 Calculer avec des puissances

**7** Calculer : $A = -3^2 + 5 \times 2^{-3}$ $B = (-3)^2 + (5 \times 2)^3$

**Solution**

$A = -3^2 + 5 \times 2^{-3}$
$A = -9 + 5 \times 0{,}125$
$A = -9 + 0{,}625$
$A = -8{,}375$

On commence par les puissances puis la multiplication et enfin l'addition.

$B = (-3)^2 + (5 \times 2)^3$
$B = (-3)^2 + 10^3$
$B = 9 + 1\,000$
$B = 1\,009$

Les parenthèses modifient les priorités de calculs.

**À toi de jouer**

**8** Calculer : $A = 7^2 + (-2)^5 \times 6$ $B = 5^4 \div (7-2)^2 - 30$ $C = -3 \times 2^{-2} + 7^3$ $D = 10^2 - 6 \times (4^2 - 10)$

→ Corrigé p. 310

**9** Donner l'écriture décimale des nombres suivants.

**a.** $10^5$ **b.** $10^{-4}$

**Solution**

**a.** $10^5 = \underbrace{100\,000}_{5\text{ zéros}}$ **b.** $10^{-4} = \underbrace{0{,}000}_{4\text{ zéros}}1$

**10** Écrire les nombres suivants sous forme d'une puissance de 10.

**a.** 10 000 000 **b.** 0,000 000 1

**Solution**

**a.** $\underbrace{10\,000\,000}_{7\text{ zéros}} = 10^7$ **b.** $\underbrace{0{,}000\,000}_{7\text{ zéros}}1 = 10^{-7}$

**À toi de jouer**

**11** Donner l'écriture décimale des nombres suivants.

$10^{-2}$ $10^4$ $10^{-7}$ $10^5$

**12** Écrire les nombres suivants sous forme d'une puissance de 10.

1 000 0,000 01 10 000 000 000

→ Corrigé p. 310

**13** Donner l'écriture décimale des nombres suivants.

$A = 3{,}5 \times 10^3$ $B = 450 \times 10^{-5}$

**Solution**

$A = 3{,}5 \times 10^3$
$A = 3{,}5 \times 1\,000$
$A = 3\,500$

$B = 450 \times 10^{-5}$
$B = \dfrac{450}{100\,000}$
$B = 0{,}004\,5$

**14** Donner l'écriture scientifique des nombres suivants.

$A = 365\,000\,000$ $B = 0{,}000\,027\,6$

**Solution**

$A = 365\,000\,000$
$A = 3{,}65 \times 100\,000\,000$
$A = 3{,}65 \times 10^8$

$B = 0{,}000\,027\,6$
$B = \dfrac{2{,}76}{100\,000}$
$B = 2{,}76 \times 10^{-5}$

**À toi de jouer**

**15** Donner l'écriture décimale des nombres suivants.

$A = 1{,}54 \times 10^3$ $B = 3{,}7 \times 10^3$
$C = 75 \times 10^4$ $D = 0{,}056 \times 10^7$

**16** Donner l'écriture scientifique des nombres suivants.

$A = 0{,}000\,62$ $B = 180\,000\,000\,000$
$C = 0{,}167$ $D = 1\,520\,000\,000$

→ Corrigé p. 310

# 3 Déterminer la forme irréductible d'une fraction

**Définition**

Un nombre **rationnel** est un nombre qui peut s'écrire comme une fraction, c'est-à-dire sous la forme $\frac{p}{q}$ où $p$ et $q$ sont des entiers relatifs ($q \neq 0$).

**Remarques**

- Les nombres entiers, les nombres décimaux et les fractions sont des nombres rationnels.
- Il existe des nombres qui ne sont pas rationnels, par exemple : $\pi$ et $\sqrt{2}$, qui ne peuvent pas s'écrire sous forme de fraction.

→ **Mission démonstration** p. 62

**Propriétés**

- Un quotient ne change pas si l'on multiplie ou si l'on divise son numérateur et son dénominateur par un même nombre non nul.

$a$, $b$ et $k$ désignent trois nombres ($b \neq 0$ et $k \neq 0$). $\frac{a}{b} = \frac{a \times k}{b \times k}$ et $\frac{a}{b} = \frac{a \div k}{b \div k}$

- $a$, $b$, $c$ et $d$ désignent des nombres relatifs ($b \neq 0$ et $d \neq 0$).

Si $\frac{a}{b} = \frac{c}{d}$, alors $ad = bc$. Si $ad = bc$, alors $\frac{a}{b} = \frac{c}{d}$.

**Exemples**

- $\frac{3{,}1}{7} = \frac{3{,}1 \times 10}{7 \times 10} = \frac{31}{70}$
- $\frac{18}{30} = \frac{18 \div 6}{30 \div 6} = \frac{3}{5}$

- On veut savoir si les fractions $\frac{20}{37}$ et $\frac{220}{407}$ sont égales.

On calcule les « produits en croix » :

$$20 \times 407 = 8\,140 \text{ et } 220 \times 37 = 8\,140.$$

Les produits en croix sont égaux, donc les fractions sont égales :

$$\frac{20}{37} = \frac{220}{407}$$

**Définition**

$a$ et $b$ désignent deux entiers relatifs ($b \neq 0$).

On dit que la fraction $\frac{a}{b}$ est **irréductible** si le seul diviseur positif commun à $a$ et $b$ est égal à 1.

**Exemple**

$\frac{5}{8}$ est une fraction irréductible car le seul diviseur positif commun à 5 et 8 est 1.

**Méthode**

$a$ et $b$ désignent deux entiers relatifs ($b \neq 0$). Pour rendre la fraction $\frac{a}{b}$ irréductible, on peut, au choix :

- simplifier la fraction $\frac{a}{b}$ en plusieurs étapes, jusqu'à ce qu'on ne puisse plus la simplifier ;
- décomposer le numérateur et le dénominateur en produits de facteurs premiers puis simplifier.

**Exemple**

On cherche la forme irréductible de $\frac{24}{36}$.

$\frac{24}{36} = \frac{24 \div 2}{36 \div 2} = \frac{12}{18} = \frac{12 \div 2}{18 \div 2} = \frac{6}{9} = \frac{6 \div 3}{9 \div 3} = \frac{2}{3}$ ou $\frac{24}{36} = \frac{2 \times 2 \times 2 \times 3}{2 \times 2 \times 3 \times 3} = \frac{2}{3}$

# Savoir-faire

Apprends à l'aide des exercices résolus puis entraine-toi !

## 3 Déterminer la forme irréductible d'une fraction

**17** Les fractions suivantes sont-elles égales ?

**a.** $\frac{48}{42}$ et $\frac{8}{7}$ **b.** $\frac{4}{3}$ et $\frac{32}{21}$ **c.** $\frac{168}{42}$ et $\frac{60}{15}$ **d.** $\frac{48}{5}$ et $\frac{31}{3}$

**Solution**

**a.** $\frac{48}{42} = \frac{48 \div 6}{42 \div 6} = \frac{8}{7}$ donc $\frac{48}{42} = \frac{8}{7}$.

**b.** $\frac{4}{3} = \frac{4 \times 7}{3 \times 7} = \frac{28}{21}$ ; $28 \neq 32$ donc $\frac{4}{3} \neq \frac{32}{21}$.

Pour savoir si deux fractions sont égales, on peut chercher si le numérateur et le dénominateur ont été multipliés (ou divisés) par un même nombre.

**c.** $168 \times 15 = 2\,520$ et $60 \times 42 = 2\,520$ donc $\frac{168}{42} = \frac{60}{15}$.

**d.** $48 \times 3 = 144$ et $5 \times 31 = 153$ donc $\frac{48}{5} \neq \frac{31}{3}$.

On peut également calculer les « produits en croix » et regarder s'ils sont égaux ou non.

À toi de jouer

**18** Les fractions suivantes sont-elles égales ?

**a.** $\frac{8}{11}$ et $\frac{40}{66}$ **b.** $\frac{56}{32}$ et $\frac{14}{8}$ **c.** $\frac{100}{32}$ et $\frac{20}{5}$ **d.** $\frac{359}{66}$ et $\frac{2\,425}{78}$

→ Corrigé p. 310

**19** Donner la forme irréductible des fractions suivantes.

**a.** $\frac{-615}{45}$ **b.** $\frac{126}{72}$ **c.** $-\frac{525}{405}$ **d.** $\frac{-720}{-3\,150}$

**Solution**

**a.** $\frac{-615}{45} = -\frac{615 \div 3}{45 \div 3} = -\frac{205}{15} = -\frac{205 \div 5}{15 \div 5} = -\frac{41}{3}$

**b.** $\frac{126}{72} = \frac{126 \div 2}{72 \div 2} = \frac{63}{36} = \frac{63 \div 9}{36 \div 9} = \frac{7}{4}$

On simplifie la fraction par étapes, par divisions successives du numérateur et du dénominateur, en s'aidant par exemple des critères de divisibilité.

**c.** $-\frac{525}{405} = -\frac{3 \times 5 \times 5 \times 7}{3 \times 3 \times 3 \times 3 \times 5} = -\frac{5 \times 7}{3 \times 3 \times 3} = -\frac{35}{27}$

**d.** $\frac{-720}{-3\,150} = \frac{2^4 \times 3^2 \times 5}{2 \times 3^2 \times 5^2 \times 7} = \frac{2^3}{5 \times 7} = \frac{8}{35}$

On décompose le numérateur et le dénominateur en produits de facteurs premiers.

À toi de jouer

**20** Donner la forme irréductible des fractions suivantes.

**a.** $\frac{315}{60}$ **b.** $\frac{224}{-140}$ **c.** $-\frac{42}{586}$ **d.** $\frac{-1\,764}{-448}$

→ Corrigé p. 310

# 4 Calculer avec des fractions

**Propriété**

Pour **additionner (ou soustraire) deux fractions** :
- si elles n'ont pas le même dénominateur, on doit d'abord les écrire avec le même dénominateur.

Puis :
- on additionne (ou on soustrait) les numérateurs ;
- on garde le dénominateur commun.

*a*, *b* et *c* désignent trois nombres relatifs ($c \neq 0$). $\frac{a}{c} + \frac{b}{c} = \frac{a+b}{c}$ $\frac{a}{c} - \frac{b}{c} = \frac{a-b}{c}$

**▸ Exemple 1**

$$\frac{5}{2} + \frac{3}{7} = \frac{5 \times 7}{2 \times 7} + \frac{3 \times 2}{7 \times 2} = \frac{35}{14} + \frac{6}{14} = \frac{41}{14}$$

**▸ Exemple 2**

$$\frac{3}{4} - \frac{11}{6} = \frac{3 \times 3}{4 \times 3} - \frac{11 \times 2}{6 \times 2} = \frac{9}{12} - \frac{22}{12} = \frac{-13}{12}$$

**Propriété**

Pour **multiplier deux fractions** :
- on multiplie les numérateurs entre eux ;
- on multiplie les dénominateurs entre eux.

*a*, *b*, *c* et *d* désignent quatre nombres ($b \neq 0$ et $d \neq 0$). $\frac{a}{b} \times \frac{c}{d} = \frac{a \times c}{b \times d}$

**▸ Exemple 1**

$$\frac{3}{8} \times \frac{-1}{4} = \frac{3 \times (-1)}{8 \times 4} = \frac{-3}{32}$$

**▸ Exemple 2**

$$\frac{24}{28} \times \frac{56}{18} = \frac{24 \times 56}{28 \times 18} = \frac{6 \times 4 \times 8 \times 7}{4 \times 7 \times 3 \times 6} = \frac{8}{3}$$

**Définition** **Propriété**

*a* et *b* désignent des nombres relatifs non nuls.
- Deux nombres relatifs non nuls sont **inverses** l'un de l'autre si leur produit est égal à 1.
- L'**inverse** du nombre *a* est le nombre $\frac{1}{a}$ ; l'**inverse** du nombre $\frac{a}{b}$ est le nombre $\frac{b}{a}$.

**▸ Exemple**

L'inverse de –3 est $\frac{1}{-3}$, c'est-à-dire $\frac{-1}{3}$ ou $-\frac{1}{3}$.

**Propriété**

**Diviser** par un nombre relatif non nul revient à multiplier par son inverse.

*a*, *b*, *c* et *d* désignent des nombres relatifs ($b \neq 0$, $c \neq 0$ et $d \neq 0$) :

$$a \div b = a \times \frac{1}{b} \qquad \frac{a}{b} \div \frac{c}{d} = \frac{a}{b} \times \frac{d}{c} \qquad \frac{\frac{a}{b}}{\frac{c}{d}} = \frac{a}{b} \div \frac{c}{d} = \frac{a}{b} \times \frac{d}{c}$$

**▸ Exemples**

- $\frac{2}{9} \div \frac{-3}{7} = \frac{2}{9} \times \frac{7}{-3} = \frac{2 \times 7}{9 \times (-3)} = \frac{14}{-27} = -\frac{14}{27}$
- $\frac{\frac{7}{3}}{\frac{-4}{5}} = \frac{7}{3} \div \frac{-4}{5} = \frac{7}{3} \times \frac{5}{-4} = -\frac{35}{12}$

# Savoir-faire

Apprends à l'aide des exercices résolus puis entraine-toi !

## 4 Calculer avec des fractions

**21** Calculer et donner le résultat sous forme d'une fraction irréductible.

$A = \frac{7}{10} - \frac{3}{5} + \frac{-2}{25}$ $B = \frac{-15}{36} \times \frac{9}{-35} \times \frac{-24}{21}$

**Solution**

$A = \frac{7 \times 5}{10 \times 5} - \frac{3 \times 10}{5 \times 10} + \frac{-2 \times 2}{25 \times 2}$

$A = \frac{35}{50} - \frac{30}{50} + \frac{-4}{50}$

$A = \frac{35 - 30 - 4}{50}$

$A = \frac{1}{50}$

On cherche un multiple commun à 10, 5 et 25, par exemple 50.

$B = \frac{-15}{36} \times \frac{9}{-35} \times \frac{-24}{21}$

$B = -\frac{3 \times 5 \times 3 \times 3 \times 2 \times 2 \times 2 \times 3}{2 \times 2 \times 3 \times 3 \times 5 \times 7 \times 3 \times 7}$

$B = -\frac{3 \times 2}{7 \times 7}$

$B = -\frac{6}{49}$

On cherche le signe du résultat, puis on décompose en produit de facteurs premiers pour simplifier avant de calculer.

**À toi de jouer**

**22** Calculer et donner le résultat sous forme d'une fraction irréductible.

$A = \frac{-7}{6} - \frac{11}{12} + \frac{5}{9}$ $B = \left(\frac{5}{32} + \frac{3}{16}\right) - \left(\frac{7}{8} - \frac{1}{12}\right)$ $C = \frac{4}{11} \times \frac{-2}{3}$ $D = \frac{-15}{28} \times \frac{9}{-5} \times \frac{21}{27}$

→ Corrigé p. 310

**23** **1.** Déterminer les inverses des nombres suivants.

**a.** 0,1 **b.** $\frac{1}{4}$ **c.** $\frac{-3}{8}$

**2.** Calculer et donner le résultat sous forme d'une fraction irréductible.

$A = \frac{-11}{9} \div \frac{-8}{5}$ $B = \frac{\frac{-5}{7}}{8}$ $C = \frac{-5}{\frac{7}{8}}$ $D = \frac{\frac{-14}{25}}{\frac{-21}{15}}$

**Solution**

**1. a.** $0{,}1 \times 10 = 1$ donc l'inverse de 0,1 est 10.

**b.** $\frac{1}{4} \times 4 = 1$ donc l'inverse de $\frac{1}{4}$ est 4. **c.** $\frac{-3}{8} \times \frac{8}{-3} = 1$ donc l'inverse de $\frac{-3}{8}$ est $\frac{8}{-3}$ ou $\frac{-3}{8}$.

**2.** $A = \frac{-11}{9} \div \frac{-8}{5}$

$A = \frac{-11}{9} \times \frac{5}{-8}$

$A = \frac{-11 \times 5}{9 \times (-8)}$

$A = \frac{55}{72}$

$B = \frac{\frac{-5}{7}}{8}$

$B = \frac{-5}{7} \div 8$

$B = \frac{-5}{7} \times \frac{1}{8}$

$B = \frac{-5 \times 1}{7 \times 8}$

$B = \frac{-5}{56}$

$C = \frac{-5}{\frac{7}{8}}$

$C = -5 \div \frac{7}{8}$

$C = -5 \times \frac{8}{7}$

$C = \frac{-5 \times 8}{7}$

$C = \frac{-40}{7}$

$D = \frac{\frac{-14}{25}}{\frac{-21}{15}}$

$D = \frac{-14}{25} \div \frac{-21}{15}$

$D = \frac{-14}{25} \times \frac{15}{-21}$

$D = \frac{2 \times 7 \times 3 \times 5}{5 \times 5 \times 3 \times 7}$

$D = \frac{2}{5}$

On transforme la division en une multiplication en remplaçant la deuxième fraction par son inverse.

On peut remplacer le trait principal de fraction par une division.

**À toi de jouer**

**24** **1.** Déterminer les inverses des nombres suivants : **a.** −0,04 **b.** 3,5 **c.** −9 **d.** $\frac{1}{11}$ **e.** $\frac{13}{7}$

**2.** Calculer et donner le résultat sous forme d'une fraction irréductible.

$A = -5 \div \frac{4}{3}$ $B = \frac{\frac{-3}{8}}{15}$ $C = \frac{\frac{12}{-11}}{\frac{18}{55}}$

→ Corrigé p. 310

# Exercices

Ressources téléchargeables

## Calculer avec des nombres relatifs

➜ Savoir-faire p. 47

### QUESTIONS FLASH

**25** Compléter les phrases suivantes.
**a.** La somme de deux nombres négatifs est …
**b.** −6 et 6 sont deux nombres …
**c.** Pour soustraire −8, on ajoute …
**d.** Le produit de deux nombres négatifs est …
**e.** Le quotient d'un nombre positif par un nombre négatif non nul est …
**f.** Un produit de facteurs est positif si le nombre de facteurs négatifs est …

**26** Donner le signe de chaque expression.
**a.** $2 \times (-5) \times 6 \times (-8) \times 12$
**b.** $\dfrac{6 \times (-3) \times (-2) \times 5 \times 4}{-9 \times 2}$
**c.** $\dfrac{-3{,}4 \times (-3) \times (-2{,}8) \times 5 \times 4}{-1{,}2 \times (-2) \times 1{,}3}$

**27** Donner tous les quotients suivants qui sont égaux à $-\dfrac{4}{7}$.

$\dfrac{4}{7}$ $\quad -\dfrac{-4}{-7}$ $\quad \dfrac{-4}{7}$ $\quad \dfrac{-4}{-7}$ $\quad \dfrac{4}{-7}$

**28** Calculer.
$A = -3 + 8$ $\quad B = 7 + (-9)$ $\quad C = -4 + (-7)$
$D = 120 - (-25)$ $\quad E = -28 - (-47)$ $\quad F = -0{,}08 - 0{,}32$
$G = 4 \times (-2)$ $\quad H = -25 \times (-4)$ $\quad I = -2{,}5 \times 100$
$J = \dfrac{20}{-4}$ $\quad K = \dfrac{-35}{100}$ $\quad L = \dfrac{-45}{-90}$

**29** Compléter par = ou ≠.
**a.** $\dfrac{5}{2} \ldots \dfrac{-5}{-2}$ $\quad$ **b.** $-\dfrac{5}{2} \ldots \dfrac{5}{2}$ $\quad$ **c.** $\dfrac{-5}{2} \ldots \dfrac{5}{-2}$
**d.** $\dfrac{5}{2} \ldots \dfrac{5}{-2}$ $\quad$ **e.** $-\dfrac{5}{2} \ldots \dfrac{5}{-2}$ $\quad$ **f.** $-\dfrac{5}{2} \ldots -\dfrac{-5}{-2}$

Questions flash supplémentaires

**30** CALCUL MENTAL Calculer.
$A = -2{,}5 + 8$ $\quad B = -2{,}3 - 1{,}4$
$C = 7{,}8 - (-3{,}4)$ $\quad D = -14{,}2 + 1{,}6$
$E = -129 - (-145)$ $\quad F = 17 - 28$
$G = -0{,}25 \times 4$ $\quad H = 1{,}5 \times 4$
$I = -12 \times (-5)$ $\quad J = \dfrac{-5}{0{,}1}$
$K = \dfrac{-40}{-80}$ $\quad L = \dfrac{1{,}2}{-3}$

**31** Écrire −24 :
**a.** comme somme de deux nombres négatifs ;
**b.** comme somme d'un nombre positif et d'un nombre négatif ;
**c.** comme différence entre deux nombres négatifs ;
**d.** comme produit de deux nombres relatifs ;
**e.** comme produit de trois nombres relatifs ;
**f.** comme quotient de deux nombres relatifs.

**32** Recopier et compléter chaque pyramide en sachant que le nombre de chaque case est égal à la somme des nombres des deux cases en dessous.

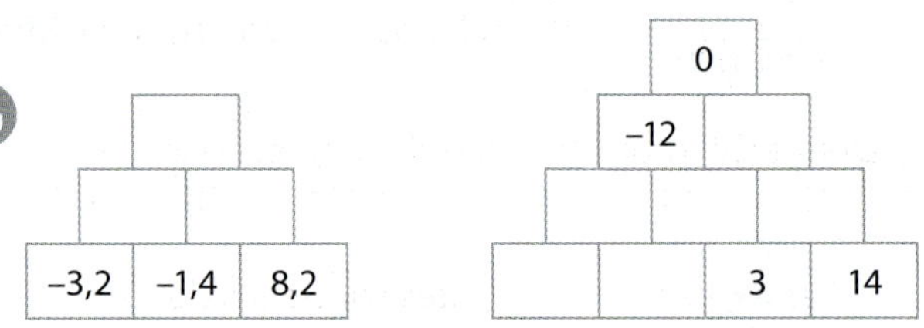


**33** On sait que $132 \times 7 = 924$. En déduire le résultat de :
$A = -132 \times 70$ $\quad B = 13{,}2 \times 0{,}7$
$C = -1 \times 1{,}32 \times (-70)$ $\quad D = -1{,}32 \times (-7)$
$E = 0{,}132 \times (-700)$ $\quad F = 13\,200 \times (-0{,}07)$

**34** Calculer.
$A = -5 + 9 - 4 - (-4) + (-9) - 12 + 7$
$B = -2{,}7 + 5{,}4 + 8 - (-0{,}6) - 1{,}3 - (-8)$
$C = 142 - 27 - (-38) + 240 + (-33) - 150$
$D = 12 - (5 - 18 + 7) + 19 - (4 + 8)$

**35** Calculer astucieusement.
$A = -0{,}2 \times 4{,}8 \times 5 \times 10$
$B = 8 \times (-100) \times 2{,}34 \times (-0{,}125)$
$C = -0{,}01 \times (-500) \times 4 \times (-0{,}1) \times 2{,}5$
$D = \dfrac{-3 \times (-1) \times 10}{(-2) \times 4 \times 5}$ $\quad E = \dfrac{-6 \times 8 \times (-10)}{3 \times 2 \times 5}$

**36** Calculer.
$A = -8 + 10 \times (-3) - (-5)$ $\quad B = [(10 - 17) \times 3 - 5] \times 2$
$C = \dfrac{-4 \times 5 + 8}{-2 - 1}$ $\quad D = \dfrac{12 - 6 \times (-4)}{-3 \times 2}$

### MODE EXPERT

**37** **1.** Trouver deux nombres $a$ et $b$ tels que leur produit soit égal à 36 et leur somme soit égale à −15.
**2.** Donner le signe de deux nombres dont le produit est positif et la somme est négative.

**38** Soit $n$ un nombre entier. Pour quelles valeurs de $n$ l'expression $n(n - 3)$ est-elle négative ?

## Calculer avec des puissances

➔ Savoir-faire p. 49

### QUESTIONS FLASH

**39** Écrire chaque expression sous la forme d'une puissance d'un seul nombre.
$A = 7{,}1 \times 7{,}1 \times 7{,}1$
$B = (-5) \times (-5) \times (-5) \times (-5) \times (-5) \times (-5)$
$C = \dfrac{1}{6 \times 6 \times 6 \times 6 \times 6}$ $\quad D = \dfrac{1}{4} \times \dfrac{1}{4} \times \dfrac{1}{4} \times \dfrac{1}{4} \times \dfrac{1}{4} \times \dfrac{1}{4}$

**40** Écrire les nombres suivants sous la forme d'une puissance de 10.
**a.** 1 000 **b.** 10 000 000 **c.** 0,000 1
**d.** $\dfrac{1}{1\,000\,000}$ **e.** dix millions **f.** un cent-millième

**41** Donner l'écriture décimale des expressions suivantes.
**a.** $10^2$ **b.** $10^{-3}$ **c.** $(-10)^6$ **d.** $10^{-5}$ **e.** $10^9$ **f.** $(-10)^{-2}$

**42** **1.** Les expressions suivantes sont-elles des écritures scientifiques de nombres ? Justifier.
**a.** $1{,}2 \times 10^{-3}$ **b.** 0,001 5 **c.** $25{,}7 \times 10^6$
**d.** $0{,}24 \times 10^{-5}$ **e.** $2{,}5 \times 10^5$ **f.** $2 \times 3^{10}$
**2.** Donner l'écriture décimale de chacun de ces nombres.

Questions flash supplémentaires

**43** Calculer.
**a.** $5^2$ **b.** $18^0$ **c.** $(-1)^{19}$ **d.** $4^{-1}$ **e.** $2^{-3}$

**44** Écrire chaque expression sous la forme d'une puissance d'un seul nombre.
**a.** $5^3 \times 5^8$ **b.** $(-2)^6 \times (-2)^3$ **c.** $\dfrac{10^5}{10^9}$

**45** Calculer.
**a.** $-3^4$ **b.** $(-3)^4$ **c.** $3 \times 2^3$ **d.** $100 \times 5^{-2}$ **e.** $(1 + 5)^2$

**46** Relier chaque calcul à son résultat.

| | |
|---|---|
| $A = 1{,}7 \times 10^2 - 5^2 \times 2$ | 196 |
| $B = 10 \times (-2)^4 + (3 \times 2)^2$ | −3 |
| $C = (8-9)^{11} \times (-6) - 3^2$ | 20 |
| $D = 6 \times 5 + (-2)^{-3} \times 80$ | 120 |

**47** Calculer les expressions suivantes.
$A = (-5)^3 + 2 \times 10$ $\quad B = (2 + 10)^2 - 3 \times 20$
$C = (13 - 11)^5 \div 16 + 5$ $\quad D = 4 \times 7 - 75 \times 5^{-3}$
$E = \dfrac{6 \times 2^2 - 10}{(5 - 2)^3 + 5}$ $\quad F = 2 + 3 \times 5^2 - 2^3$

**48** Donner l'écriture scientifique des nombres suivants.
A = 153 000 000 $\quad$ B = 0,000 008 96
$C = 123 \times 10^3$ $\quad D = 0{,}015\,2 \times 10^7$
$E = 54{,}72 \times 10^{-5}$ $\quad F = 0{,}002\,341 \times 10^{-3}$

**49** **1.** Recopier et compléter le tableau suivant.

| | Écriture décimale (en m) | Écriture scientifique (en m) |
|---|---|---|
| 1 nanomètre (nm) | 0,000 000 001 | |
| 1 micromètre (µm) | | |
| 1 millimètre | | |
| 1 kilomètre | | |
| 1 année-lumière | | $9{,}461 \times 10^{15}$ |

**2.** Exprimer chacune des mesures suivantes en mètres en donnant l'écriture scientifique et l'écriture décimale du résultat.
**a.** Diamètre d'un globule rouge : environ 8 µm.
**b.** Rayon du soleil : environ $6{,}95 \times 10^5$ km.
**c.** Les pandoravirus sont les virus les plus grands actuellement connus, ils mesurent jusqu'à 1 000 nm.
**d.** Distance Terre-Soleil : environ 150 millions de kilomètres.

**50** **1.** Recopier et compléter le tableau suivant.

| | Écriture décimale en octets | Écriture scientifique en octets |
|---|---|---|
| 1 kilooctet (ko) | | $1 \times 10^3$ |
| 1 mégaoctet (Mo) | 1 000 000 | |
| 1 gigaoctet (Go) | | $1 \times 10^9$ |
| 1 teraoctet (To) | 1 000 000 000 000 | |

**2.** Sur le disque dur de Xavier, il reste 200 Go de libre. Pourra-t-il y enregistrer 1 000 photos de 900 ko chacune et 65 vidéos de 700 Mo chacune ?

**51** Classer les nombres suivants dans l'ordre croissant.
$0{,}59 \times 10^5$ $\quad 5{,}95 \times 10^3$ $\quad 59\,100$ $\quad 592 \times 10$

**52** Sofia lance une chaine avec son téléphone portable.
**1re étape :** elle envoie un message à 4 de ses amies en leur disant de l'envoyer à leur tour à 4 amies chacune.
**2e étape :** chacune de ses amies fait la même chose, et ainsi de suite.
• Combien de personnes auront reçu ce message après la 7e étape ? après la 10e étape ?

## MODE EXPERT

**53** On donne l'expression numérique :
$$A = 2 \times 10^2 + 10^1 + 10^{-1} + 2 \times 10^{-2}.$$
**1.** Quel est le chiffre des unités de ce nombre ?
**2.** Donner l'écriture décimale de ce nombre.
**3.** Donner l'écriture scientifique de ce nombre.
**4.** Écrire A sous la forme du produit d'un entier par une puissance de 10.

# Exercices

## Déterminer la forme irréductible d'une fraction

→ Savoir-faire p. 51

### QUESTIONS FLASH

**54** Les fractions suivantes sont-elles égales ? Justifier la réponse.

a. $\frac{45}{24}$ et $\frac{15}{8}$ b. $\frac{7}{15}$ et $\frac{28}{50}$ c. $\frac{33}{27}$ et $\frac{11}{8}$

**55** Dans chaque cas, sans utiliser la calculatrice, justifier que la fraction n'est pas irréductible.

a. $\frac{145}{375}$ b. $\frac{153}{450}$ c. $\frac{7\,456}{6\,544}$ d. $\frac{3\,534}{2\,511}$

**56** **Vrai ou faux ?**

a. 2 est un nombre décimal.

b. $\frac{15}{10}$ est un nombre décimal.

c. $\sqrt{100}$ est un nombre rationnel.

d. $\frac{\sqrt{2}}{10}$ est un nombre rationnel.

e. $\frac{\pi}{2}$ n'est pas un nombre rationnel.

**57** **Vrai ou faux ?**

a. Si on divise le numérateur et le dénominateur d'une fraction par un diviseur commun, alors on obtient une fraction irréductible.

b. Si le numérateur et le dénominateur d'une fraction sont pairs, alors la fraction n'est pas irréductible.

c. Si le numérateur et le dénominateur d'une fraction sont impairs, alors la fraction est irréductible.

Questions flash supplémentaires

**58** Recopier et compléter le tableau avec les nombres suivants. Un nombre peut être mis dans plusieurs colonnes.

$\frac{3}{5}$ $-2{,}3$ $\frac{\pi}{10}$ $34$ $\sqrt{23}$ $\frac{-10}{3}$ $\sqrt{64}$

| Nombres entiers | Nombres décimaux | Nombres rationnels | Nombres non rationnels |
|---|---|---|---|
| | | | |

**59** Regrouper les fractions qui sont égales.

$\frac{1}{3}$ $\frac{20}{50}$ $\frac{-3}{-9}$ $\frac{7}{9}$ $-\frac{-6}{15}$ $\frac{14}{18}$ $\frac{42}{126}$

$-\frac{49}{-81}$ $\frac{2}{5}$ $\frac{112}{280}$ $\frac{217}{279}$ $\frac{20}{50}$

**60** Dans chaque cas, les deux fractions données sont-elles égales ? Justifier.

a. $\frac{134}{76}$ et $\frac{45}{26}$ b. $\frac{325}{15}$ et $\frac{260}{12}$

c. $\frac{93}{-168}$ et $\frac{-155}{280}$ d. $\frac{784}{457}$ et $\frac{219}{128}$

**61** Utiliser les critères de divisibilité pour rendre irréductible chacune des fractions suivantes.

$A = \frac{55}{150}$ $B = -\frac{124}{80}$

$C = \frac{84}{72}$ $D = \frac{-52}{88}$

**62** Utiliser la calculatrice pour rendre irréductible les fractions suivantes.

$A = \frac{644}{119}$ $B = \frac{-2\,418}{-1\,488}$

$C = \frac{2\,145}{4\,862}$ $D = \frac{-60\,775}{234\,700}$

**63** 1. Décomposer 135 et 225 en produit de facteurs premiers, puis utiliser cette décomposition pour simplifier la fraction $\frac{135}{225}$.

2. Utiliser la même méthode pour simplifier les fractions suivantes.

$A = \frac{105}{126}$ $B = -\frac{294}{210}$ $C = \frac{433}{288}$ $D = \frac{756}{441}$

**64** Écrire I et J sous forme de fractions irréductibles.

$I = \frac{-16 \times 10 \times 45 \times 21}{28 \times 35 \times (-8)}$ $J = \frac{15 \times (-77) \times 36}{14 \times 33 \times 18}$

**65** 1. Écrire toutes les fractions irréductibles possibles en n'utilisant que les nombres suivants.

45 13 24 63 48

2. Quelles sont celles qui sont inférieures à 1 ?

### MODE EXPERT

**66** Écrire toutes les fractions irréductibles de la forme $\frac{4}{n}$ avec $2 < n \leqslant 15$.

**67** Quel(s) chiffre(s) peut-on écrire à la place du carré rouge pour obtenir une fraction irréductible ?

$\frac{108}{2\blacksquare}$

**68** 1. Démontrer que 30 est le plus grand diviseur commun de 60 et de 450.

2. Simplifier la fraction $\frac{60}{450}$ par 30. Que peut-on dire de la fraction obtenue ?

# Calculer avec des fractions

→ Savoir-faire p. 53

## QUESTIONS FLASH

**69** Relier chaque calcul au résultat correspondant.

| | | |
|---|---|---|
| $\frac{3}{7}+\frac{9}{7}$ | | $\frac{6}{7}$ |
| $\frac{-3}{7}-\frac{9}{7}$ | | $\frac{12}{7}$ |
| $\frac{3}{7}+\frac{-9}{7}$ | | $\frac{-6}{7}$ |
| $\frac{-3}{7}-\frac{-9}{7}$ | | $\frac{-12}{7}$ |

**70** Compléter les égalités suivantes.

a. $\frac{9}{7}\times \ldots = \frac{-18}{21}$ b. $-5\times\frac{4}{\ldots}=\frac{\ldots}{11}$ c. $\frac{-3}{7}\times\frac{15}{\ldots}=\frac{\ldots}{63}$

**71** Donner les inverses des nombres suivants et dire s'ils sont décimaux ou non.

$6$ $-5$ $\frac{4}{3}$ $0{,}4$ $\frac{-7}{8}$

**72** Compléter.

$\frac{4}{7}\times\frac{\ldots}{\ldots}=1$ $-9\times\frac{\ldots}{\ldots}=1$ $\frac{-3}{4}\times\frac{\ldots}{\ldots}=1$ $\frac{-1}{\ldots}\times\ldots=1$

**73** Relier chaque expression en rouge à celle en vert qui lui est égale.

| | | | |
|---|---|---|---|
| $\frac{15}{4}\times\frac{9}{7}$ | $\frac{4}{15}\times\frac{9}{7}$ | $\frac{4}{15}\times\frac{7}{9}$ | $\frac{15}{4}\times\frac{7}{9}$ |
| $\dfrac{\frac{4}{15}}{\frac{9}{7}}$ | $\dfrac{\frac{15}{4}}{\frac{7}{9}}$ | $\dfrac{\frac{4}{15}}{\frac{7}{9}}$ | $\dfrac{\frac{15}{4}}{\frac{9}{7}}$ |

Questions flash supplémentaires

**74** Effectuer les calculs suivants.

$A=\frac{-3}{5}+\frac{9}{20}$ $B=\frac{5}{12}-\frac{3}{8}$ $C=-2-\frac{-4}{3}$

**75** Effectuer les calculs suivants.

$A=\frac{-3}{10}\times\frac{-2}{7}$ $B=\frac{3}{4}\times\frac{12}{7}$ $C=3\times\frac{-2}{-9}$

**76** Calculer les expressions suivantes.

$A=\frac{-8}{9}\div\frac{7}{4}$ $B=\frac{11}{3}\div\frac{-5}{4}$ $C=-\frac{2}{3}\div\frac{-10}{7}$

**77** Calculer et donner les résultats sous forme de fractions irréductibles.

$A=\frac{14}{15}-\frac{7}{20}+\frac{-1}{6}$ $B=\frac{-5}{8}-\frac{-5}{24}+\frac{5}{12}$

**78** Calculer et donner les résultats sous forme de fractions irréductibles.

$A=\frac{-33}{25}\times\frac{45}{44}$ $B=\frac{35}{-42}\times\frac{63}{50}$ $C=\frac{-24}{35}\times\frac{-28}{54}$

**79** Calculer et donner les résultats sous forme de fractions irréductibles.

$A=\frac{-15}{28}\div\frac{-25}{42}$ $B=\dfrac{12}{\frac{45}{16}}$ $C=\dfrac{\frac{-48}{21}}{-32}$

**80** Calculer et donner les résultats sous forme de fractions irréductibles.

$A=\frac{11}{6}-\left(\frac{-3}{4}-\frac{5}{6}\right)$ $B=\frac{3}{11}-\frac{5}{11}\times\frac{-2}{3}$

$C=\left(\frac{5}{8}-\frac{7}{6}\right)\times\left(\frac{8}{5}-\frac{-3}{35}\right)$ $D=\frac{-5}{12}-\frac{7}{12}\div\frac{5}{18}$

$E=\dfrac{\frac{-1}{24}-\frac{-2}{24}}{\frac{-3}{8}-1}$ $F=\dfrac{\frac{-2}{15}+\frac{3}{5}}{-2+\frac{3}{10}}$

**81** 1. Écrire la fraction $\frac{1\,254}{324}$ sous forme irréductible.

2. Calculer $\frac{1\,254}{324}-\frac{11}{6}$ et donner le résultat sous forme d'une fraction irréductible.

**82** Arthur boit les deux cinquièmes d'une canette de soda de 33 cL.

- Quelle quantité de soda Arthur boit-il ?

**83** Pour le petit-déjeuner, Arthur a mangé le tiers du pot de pâte à tartiner, Louis les deux cinquièmes et Adrien le quart.

- En reste-t-il pour le gouter ?

**84** Candice mange les trois dixièmes d'un gâteau au chocolat ; sa sœur Flore mange un cinquième du reste.

- Quelle fraction du gâteau Flore mange-t-elle ?

## MODE EXPERT

**85** $X=1-\left(\frac{2}{3}+\frac{1}{4}\right)$ $Y=\dfrac{3-\frac{5}{2}}{1+\frac{1}{5}}$

1. Calculer X et Y et donner les résultats sous forme de fractions irréductibles.
2. X et Y sont-ils des nombres décimaux ?
3. Calculer les quatre cinquièmes de $\frac{35}{8}$. Nommer Z le résultat et l'écrire sous forme d'une fraction irréductible.
4. La somme X + Y + Z est-elle un entier ?

# Faire le point

Version interactive du QCM

Vérifie tes connaissances.

## QCM

Donner la ou les bonnes réponses parmi les trois proposées.

### 1 Calculer avec des nombres relatifs

| | Réponse A | Réponse B | Réponse C |
|---|---|---|---|
| **1.** –13 est le résultat de : | –5 – 8 | –25 – (–12) | –3 – (–10) |
| **2.** Le produit de $-2 \times 3 \times (-6) \times (-2) \times 5$ est égal à : | –360 | 360 | – 36 |
| **3.** Le quotient de $\dfrac{-5 \times 12}{3 \times 10}$ est égal à : | 2 | – 2 | –0,5 |

### 2 Calculer avec des puissances

| | Réponse A | Réponse B | Réponse C |
|---|---|---|---|
| **1.** $-5^2$ est égal à : | –25 | 25 | –10 |
| **2.** $2^{-3} \times 100$ est égal à : | –800 | 12,5 | –600 |
| **3.** Un nombre compris entre $10^{-5}$ et $10^{-4}$ est : | 0,000 45 | $5{,}78 \times 10^{-5}$ | $0{,}803 \times 10^{-4}$ |

### 3 Déterminer la forme irréductible d'une fraction

| | Réponse A | Réponse B | Réponse C |
|---|---|---|---|
| **1.** Quelle fraction est irréductible ? | $\dfrac{789}{894}$ | $\dfrac{175}{244}$ | $\dfrac{2\,391}{624}$ |
| **2.** La fraction irréductible égale à $\dfrac{2^3 \times 3 \times 5 \times 7}{2^2 \times 3^2 \times 5 \times 7^2}$ est : | $\dfrac{2}{21}$ | $\dfrac{2}{37}$ | $\dfrac{6}{7}$ |

### 4 Calculer avec des fractions

| | Réponse A | Réponse B | Réponse C |
|---|---|---|---|
| **1.** $\dfrac{5}{18} - \dfrac{-7}{12}$ est égal à : | $\dfrac{12}{6}$ | $\dfrac{31}{36}$ | $\dfrac{-11}{36}$ |
| **2.** $\dfrac{14}{-15} \times \dfrac{-4}{3}$ est égal à : | $\dfrac{-56}{45}$ | $\dfrac{56}{45}$ | $\dfrac{-56}{-45}$ |
| **3.** $\dfrac{15}{8} \div \dfrac{-4}{5}$ est égal à : | $\dfrac{-3}{2}$ | $\dfrac{-75}{32}$ | $-\dfrac{32}{75}$ |

→ Corrigé p. 310

## Carte mentale

Ressource téléchargeable

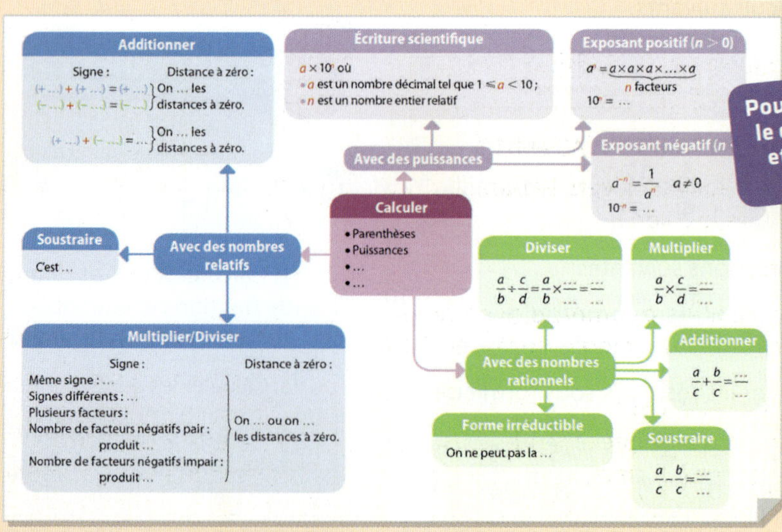


Pour t'aider à retenir le cours, télécharge et complète cette carte mentale.

# Algorithmique et outils numériques

## 86 Puissance 4

Louis veut créer un programme qui permet de calculer les puissances de 4 avec un exposant choisi par l'utilisateur.

• Compléter le script suivant qui permet de réaliser le programme de Louis.

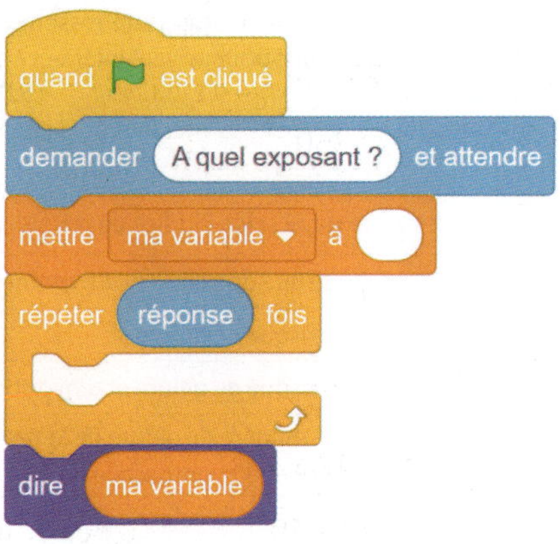


## 87 Des sauts de puce

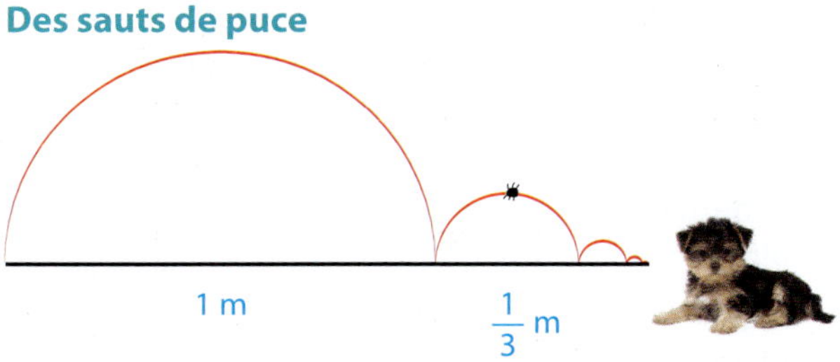


Une puce aimerait bien se cacher dans les poils d'un chien couché à 2 m d'elle. Elle fait un premier saut en avant de 1 m. Puis elle enchaine d'autres sauts. Mais, à cause de la fatigue, chacun de ses sauts a une longueur égale au tiers du saut précédent.

À l'aide d'un tableur, on veut déterminer la longueur de chacun des sauts, puis la distance que la puce a alors parcourue.

| | A | B |
|---|---|---|
| 1 | Longueur du saut (en m) | Distance parcourue (en m) |
| 2 | 1 | 1 |
| 3 | 0,333333333 | 1,333333333 |
| 4 | 0,111111111 | 1,444444444 |

**1.** Quelles formules faut-il saisir en A3 et B3 ?

**2.** Recopier ces deux formules vers le bas. La puce pourra-t-elle atteindre le chien ?

## 88 Racines

**1.** À l'aide d'un logiciel de géométrie dynamique, construire un triangle ABC rectangle isocèle en A tel que AB = 1 cm.

**2.** Démontrer que BC = $\sqrt{2}$ cm.

**3.** En utilisant la construction précédente, construire un segment de longueur $\sqrt{3}$ cm.

## 89 Un tour de magie ?

Voici un programme de calcul :

> Choisir un nombre.
> Ajouter 1 à ce nombre.
> Multiplier cette somme par le nombre de départ.
> Soustraire le nombre de départ à ce produit.
> Donner le résultat.

**1.** Compléter le script suivant qui permet d'appliquer ce programme de calcul à un nombre choisi par l'utilisateur.

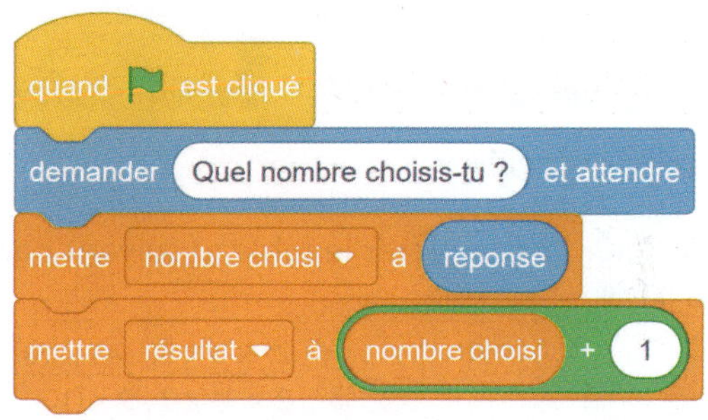


**2.** Quel résultat donne ce script quand l'utilisateur choisit le nombre 7 ? Quand il choisit le nombre –10 ? Que remarque-t-on ?

**3.** On veut afficher un grand nombre de résultats de ce programme de calcul, on utilise donc un tableur.

**a.** Reproduire dans un tableur la feuille de calcul ci-dessous et la compléter avec les formules appropriées.

| | A | B | C | D | E |
|---|---|---|---|---|---|
| 1 | Nombre de départ | Ajouter 1 | | | |
| 2 | -10 | | | | |
| 3 | -9 | | | | |
| 4 | -8 | | | | |
| 5 | -7 | | | | |
| 6 | -6 | | | | |
| 7 | -5 | | | | |
| 8 | -4 | | | | |
| 9 | -3 | | | | |
| 10 | -2 | | | | |
| 11 | -1 | | | | |
| 12 | 0 | | | | |
| 13 | 1 | | | | |
| 14 | 2 | | | | |
| 15 | 3 | | | | |
| 16 | 4 | | | | |
| 17 | 5 | | | | |
| 18 | 6 | | | | |
| 19 | 7 | | | | |
| 20 | 8 | | | | |
| 21 | 9 | | | | |
| 22 | 10 | | | | |

**b.** Que permettent de conjecturer ces résultats ?

**4.** On note $x$ le nombre de départ.

**a.** Écrire une expression en fonction de $x$ qui permet de calculer le résultat.

**b.** Démontrer la conjecture faite à la question **3. b**.

# Problèmes

ceinture jaune · ceinture verte · ceinture noire

## 90 Fonction CALC
**Modéliser**

Inès utilise la fonction « CALC » de sa calculatrice afin de calculer $-3x + 24$ pour différentes valeurs de $x$.

**1.** Dans chaque cas, donner le résultat que la calculatrice va afficher.

**a.** 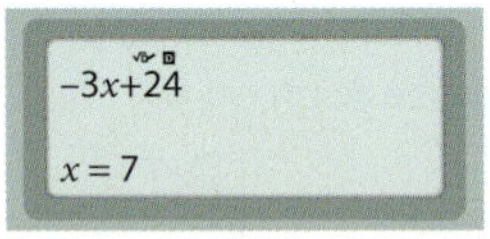


**b.** 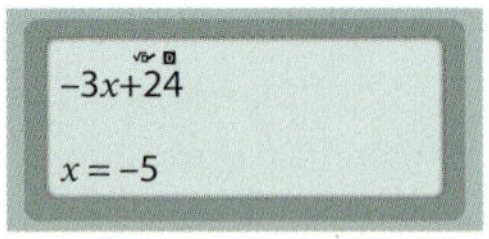


**2.** Dans chaque cas, quelle valeur de $x$ Inès a-t-elle entrée au départ ?

**a.** 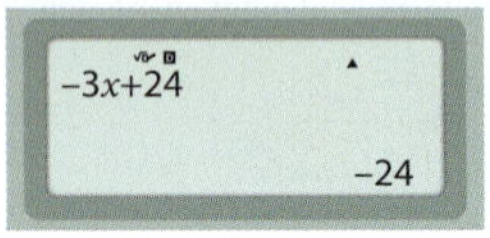


**b.** 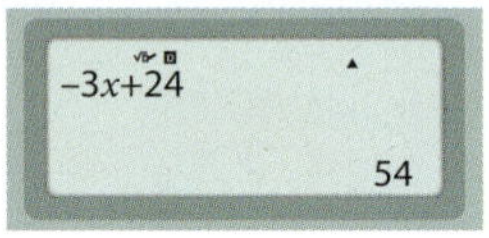


## 91 Différents nombres
**Calculer, Représenter**

Recopier et compléter le tableau suivant par OUI ou NON.

| Le nombre / est | $\frac{7}{6}-\frac{11}{3}$ | $\frac{2^3 \times 3 \times 5}{2 \times 3^2 \times 7}$ | $\frac{45 \times 10^3}{9 \times (10^{-4})^2}$ | $\frac{20\pi}{3}$ |
|---|---|---|---|---|
| un entier. | | | | |
| un décimal. | | | | |
| un rationnel. | | | | |

## 92 Ça rebondit !
**Calculer, Modéliser**

On laisse tomber une balle d'une hauteur de 1 m.

À chaque rebond, elle remonte des $\frac{3}{4}$ de la hauteur précédente. On arrondira les résultats au cm.

**1.** Quelle hauteur atteint la balle au 5e rebond ? Au 10e rebond ?

**2.** À partir de combien de rebonds la balle remontera-t-elle à moins de 10 cm ?

## 93 Émissions de CO2
**Calculer, Chercher**

Le dioxyde de carbone ($CO_2$) est un des gaz à effet de serre qui contribue au réchauffement de notre planète. Le diagramme ci-dessous donne la répartition par secteur des émissions de $CO_2$ en France en 2018.

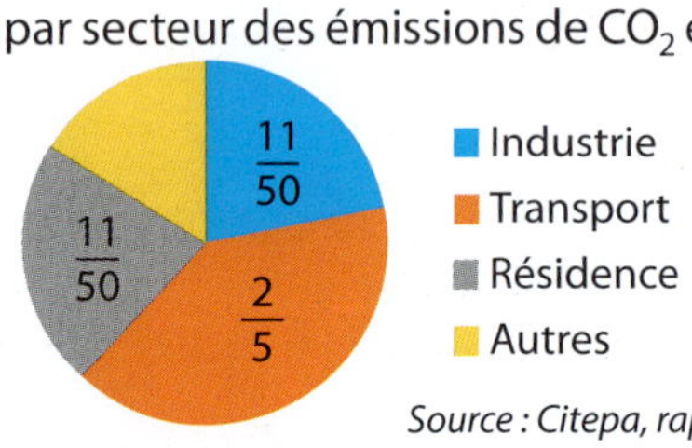


*Source : Citepa, rapport Secten, mai 2019.*

**1.** Quelle fraction des émissions de $CO_2$ représente le secteur « Autres » ?

**2.** En 2018, la quantité d'émission de $CO_2$ due à l'industrie était de 70 millions de tonnes. Quelle a été la quantité totale d'émission de $CO_2$ en 2018 en France ? Quelle a été la quantité émise pour chaque secteur ?

## 94 Refroidissement éolien
**Prise d'initiative**

**Chercher, Communiquer**

La sensation de froid est plus vive en présence de vent que par temps calme. C'est le refroidissement éolien. La température ressentie par le corps est donc souvent différente de la température mesurée.

**Doc. 1 Formule**

Les météorologues calculent la température ressentie ($R_C$) ou indice de refroidissement éolien pour un vent inférieur à 4,8 km/h avec la formule suivante : $R_C = T_C + 0{,}2\,(0{,}1345\,T_C - 1{,}52) \times V_{km/h}$ où $T_C$ est la température en °C et $V$ la vitesse du vent en km/h.

**Doc. 2 Risques sur la santé selon l'indice de refroidissement**

| | |
|---|---|
| $0 < R_C$ | Sans risque de gelure ni d'hypothermie |
| $-10 < R_C \leqslant 0$ | Faible risque de gelure |
| $-28 < R_C \leqslant -10$ | Faible risque de gelure et d'hypothermie |
| $-40 < R_C \leqslant -28$ | Risque modéré de gelure de la peau exposée et d'hypothermie en 10 à 30 min |
| $-48 < R_C \leqslant -40$ | Risque élevé de gelure de la peau exposée et d'hypothermie en 5 à 10 min |
| $-55 < R_C \leqslant -48$ | Risque très élevé de gelure de la peau exposée et d'hypothermie en 2 à 5 min |
| $R_C \leqslant -55$ | Risque extrêmement élevé de gelure en moins de 2 min et d'hypothermie |

**1.** Pourquoi parle-t-on d'indice de refroidissement éolien pour la température ressentie ?

**2.** Louis est guide de haute-montagne et prépare une randonnée dans le massif du Mont-Blanc. La météo annonce pour cette journée, au niveau de l'aiguille du Midi, une température de −35 °C le matin, −25 °C l'après-midi avec un vent de 4,7 km/h. À quel risque s'expose-t-il sur cette journée ?

## 95 Plongée sous-marine
**Calculer**

Kevin et Marina plongent ensemble. Kevin est à −21 mètres. Marina nage à une profondeur égale aux $\frac{5}{7}$ de celle de Kevin.

Kevin descend alors de 9 mètres, et Marina remonte de 5 mètres.

• Kevin est-il à une profondeur deux fois plus importante que celle de Marina ? Justifier.

## 96 Master mind

Calculer, Communiquer

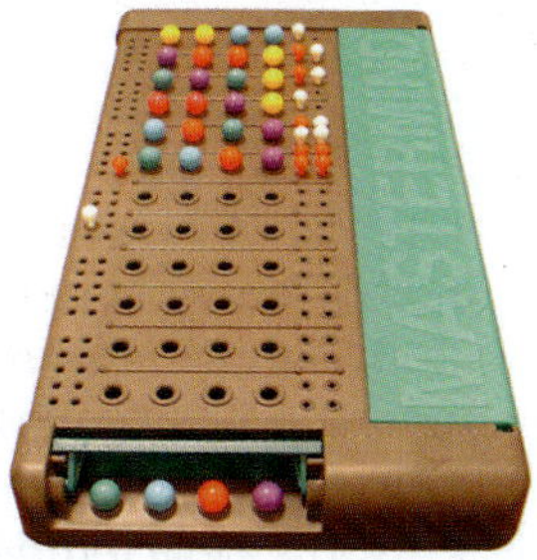


Using blue, green, yellow, red, pink, white, orange and violet pegs, you have to create your four-color code.

**1.** How many codes are available?

**2.** How many codes are available using four different colors?

## 97 Vélo

**Prise d'initiative**

Chercher, Calculer

Les cyclistes utilisent des braquets différents selon la difficulté du parcours.

Un cycliste utilise un braquet de $\frac{52}{18}$ sur un parcours, ce qui lui permet d'avancer de 6,04 m à chaque tour de pédalier.

**Doc. 1**

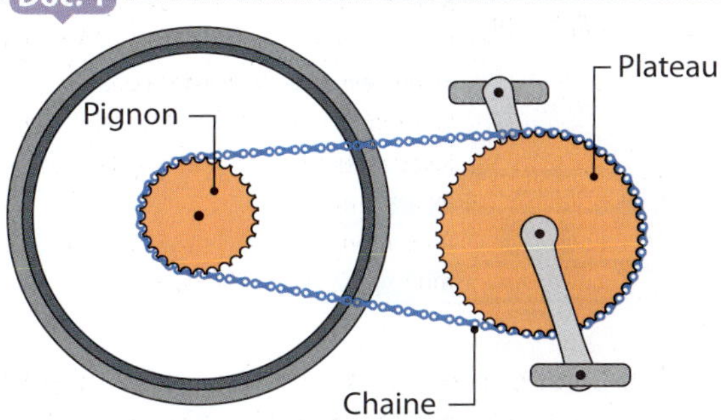


**Doc. 2**

$$\text{braquet} = \frac{\text{nombre de dents du plateau}}{\text{nombre de dents du pignon}}$$

**Doc. 3**

Si un cycliste utilise un braquet de $\frac{46}{16}$, cela signifie que quand il effectue un tour de pédalier, la roue arrière effectue $\frac{46}{16}$ de tours.

- Calculer le diamètre de la roue de son vélo.

## 98 Des scripts puissants

Associer chacun des scripts ci-dessous au calcul qu'il permet d'effectuer.

**a.** $5^3$  **b.** $(-5)^3$

**c.** $3^5$  **d.** $(-3)^5$

**e.** $3^{-5}$  **f.** $5^{-3}$

**1.**

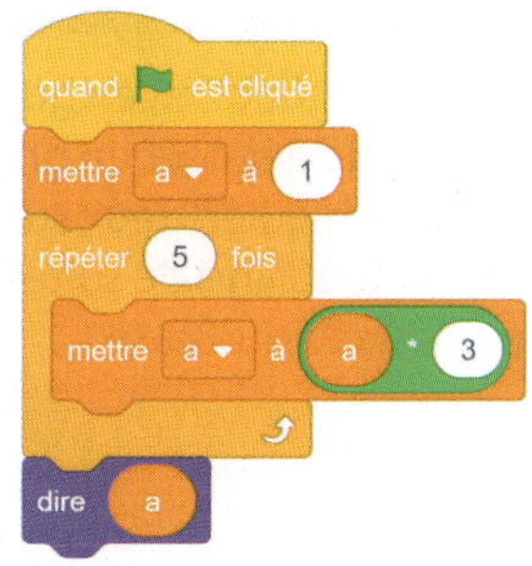


**2.**

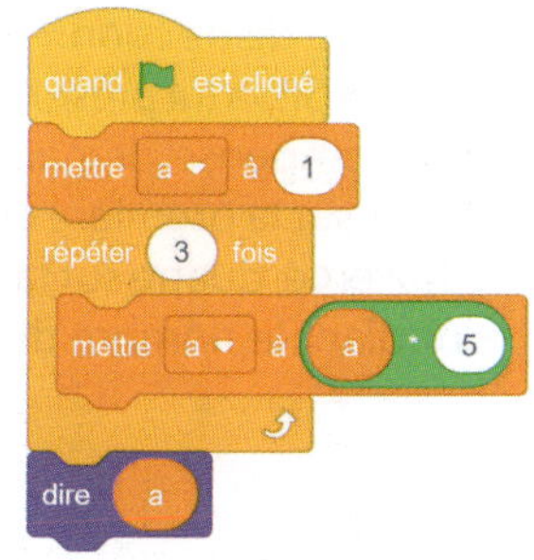


**3.**

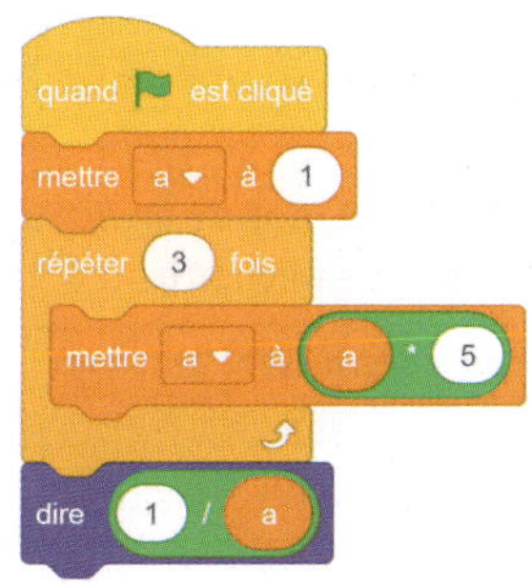


**4.**

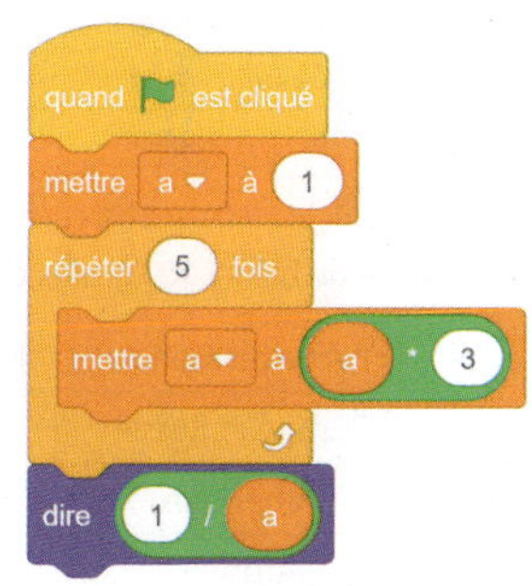


**5.**

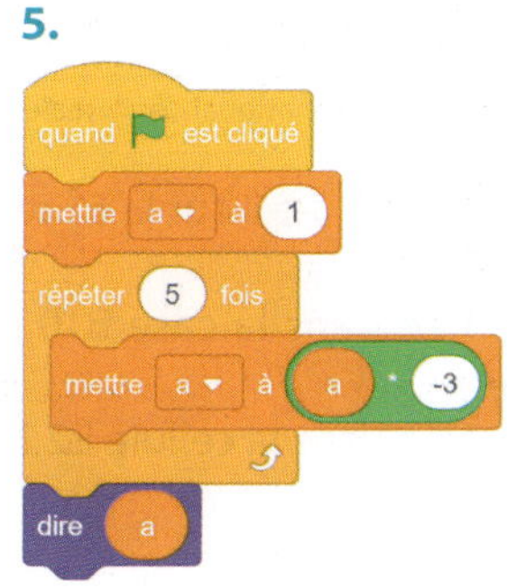


**6.**

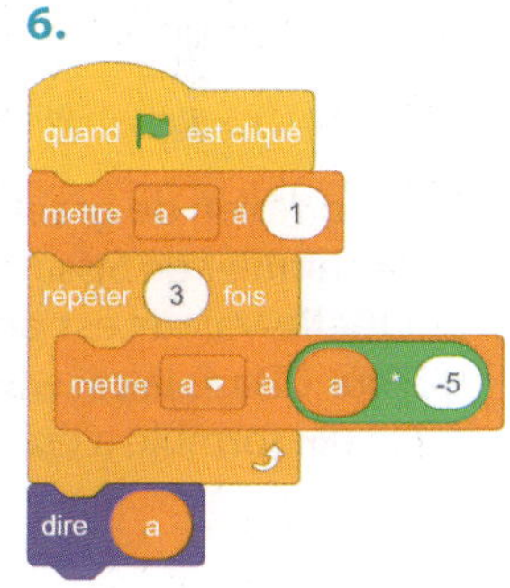


# DÉFIS & ÉNIGMES

## 99 Le poisson de Pierro della Francesca

Vers 1480, le peintre et mathématicien italien Pierro della Francesca propose à ses contemporains le problème suivant.

« Un poisson constitué de trois parties, son corps, sa queue et sa tête, pèse 51 livres. La tête pèse $\frac{1}{3}$ du corps, la queue pèse $\frac{1}{4}$ de la tête.

Que pèse chacune des trois parties du poisson ? »

- Résoudre le problème de Pierro della Francesca.

## 100 À toute vitesse

Pablo vient de calculer que s'il résout 16 énigmes à l'heure, il terminera son livre d'énigmes à midi alors que s'il n'en résout que 15 à l'heure, il le terminera à midi et quart.

- À quelle heure Pablo a-t-il commencé son livre d'énigmes ?

# Problèmes

## 101 La légende de Sissa

Prise d'initiative

Chercher, Modéliser

Selon une ancienne légende, un roi promit une fabuleuse récompense à qui lui proposerait une nouvelle distraction.
Le sage Sissa lui présenta le jeu d'échecs et, en guise de récompense, demanda au roi de déposer un grain de blé sur la première case de l'échiquier, deux sur la deuxième, quatre sur la troisième, et ainsi de suite en doublant le nombre de grains à chaque case.

**Doc. 1**

| | A | B | C | D | E |
|---|---|---|---|---|---|
| 1 | $1^{re}$ case | 1 | | | |
| 2 | $2^{e}$ case | 2 | | TOTAL : | 1,8447E+19 |
| 3 | $3^{e}$ case | 4 | | | |
| 4 | $4^{e}$ case | 8 | | | |
| 5 | $5^{e}$ case | 16 | | | |

**Doc. 2** Production de blé dans le monde en 2018

Masse du blé : 1 000 grains de blé pèsent environ 50 g.

| Partie du monde | Production en millions de tonnes |
|---|---|
| Europe et Russie | 307 |
| Amérique | 96 |
| Afrique | 15 |
| Asie | 270 |
| Océanie | 21 |

Source : Conseil international des céréales.

1. a. Combien de grains de blé y a-t-il sur la $6^{e}$ case de l'échiquier de Sissa ?
b. Quelle valeur est affichée dans la case B10 du tableur ? Dans la case B64 ?
c. Quelle formule a été entrée dans la cellule E2 ?

2. Le roi a-t-il pu honorer sa promesse ? Justifier.
3. En prenant comme année de référence l'année 2018, combien de temps faudrait-il à l'ensemble du monde pour honorer la promesse du roi ?

## 102 Valeurs approchées

Voir point info p. 43

Calculer

On considère les expressions A, B et C suivantes.

$A = 3 + \frac{1}{7}$ $\quad B = 3 + \frac{1}{7 + \frac{1}{15}}$ $\quad C = 3 + \frac{1}{7 + \frac{1}{15 + \frac{1}{1}}}$

1. Calculer les expressions A, B et C en donnant chaque résultat sous la forme de fraction.
2. Donner un arrondi au dix-millième de ces résultats. Quel nombre célèbre a-t-on ainsi approché ?

## 103 Les irréductibles

Modéliser, Calculer

On considère le script ci-dessous.

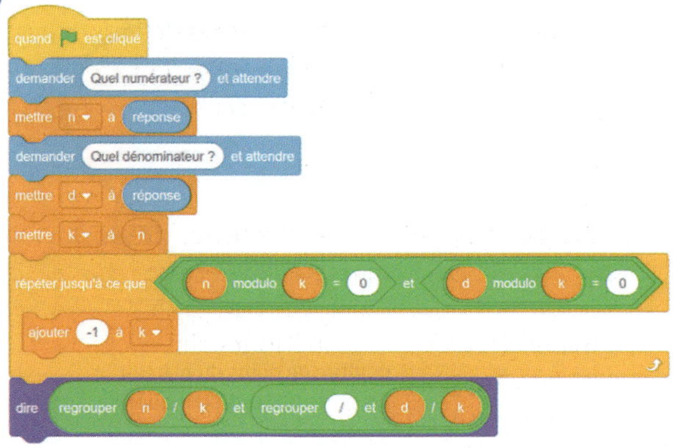


1. L'utilisateur répond 320 à la première question et 750 à la deuxième. Que va dire le lutin, une fois le script lancé ?
2. Quel est le rôle de ce script ?

# MISSION DÉMONSTRATION

**Démo de cours**

On veut démontrer la propriété suivante.

Pour cette démonstration, on admettra que si le carré d'un nombre entier est pair, alors ce nombre entier est pair (cette propriété peut également se démontrer par l'absurde).

$\sqrt{2}$ n'est pas un nombre rationnel.

**104** On raisonne par l'absurde : on suppose que $\sqrt{2}$ peut s'écrire sous la forme d'une fraction irréductible $\frac{p}{q}$, où $p$ et $q$ sont deux entiers ($q \neq 0$).

1. Montrer que $p^2 = 2q^2$. En déduire que $p^2$ est un nombre pair, puis que $p$ est un nombre pair.
2. Comme $p$ est pair, on pose $p = 2p'$ où $p'$ est un entier. Montrer que $q^2 = 2p'^2$. En déduire que $q$ est pair.
3. En déduire que la fraction $\frac{p}{q}$ n'est pas irréductible.
4. Conclure.

## Objectif BREVET

### 105 Rat de laboratoire

Dans un laboratoire A, pour tester le vaccin contre la grippe de la saison hivernale prochaine, on a injecté la même souche de virus à 5 groupes comportant 29 souris chacun. Trois de ces groupes avaient été préalablement vaccinés contre ce virus. Quelques jours plus tard, on remarque que :

- dans les 3 groupes de souris vaccinées, aucune souris n'est malade ;
- dans chacun des groupes de souris non vaccinées, 23 souris ont développé la maladie.

**1. a.** En détaillant les calculs, montrer que la proportion de souris malades lors de ce test est $\frac{46}{145}$.

**b.** Justifier, sans utiliser la calculatrice, pourquoi on ne peut pas simplifier cette fraction.

**2.** Dans un laboratoire B, on constate que $\frac{140}{870}$ des souris ont été malades.

**a.** Décomposer 140 et 870 en produit de nombres premiers.

**b.** En déduire la forme irréductible de la proportion de souris malades dans le laboratoire B.

*D'après DNB Wallis et Futuna, décembre 2017.*

### 106 Invasion

Les légionnelles sont des bactéries présentes dans l'eau potable. Lorsque la température de l'eau est comprise entre 30 °C et 45 °C, ces bactéries prolifèrent et peuvent atteindre, en 2 ou 3 jours, des concentrations dangereuses pour l'homme.

On rappelle que « µm » est l'abréviation de micromètre. Un micromètre est égal à un millionième de mètre.

**1.** La taille d'une bactérie légionnelle est de 0,8 µm. Exprimer cette taille en m et donner le résultat sous la forme d'une écriture scientifique.

**2.** Lorsque la température de l'eau est de 37 °C, cette population de bactéries légionnelles double tous les quarts d'heure. Une population de 100 bactéries légionnelles est placée dans ces conditions.

On a créé la feuille de calcul suivante qui permet de donner le nombre de bactéries légionnelles en fonction du nombre de quarts d'heure écoulés.

| | A | B |
|---|---|---|
| 1 | Nombre de quarts d'heure | Nombre de bactéries |
| 2 | 0 | 100 |
| 3 | 1 | |
| 4 | 2 | |
| 5 | 3 | |
| 6 | 4 | |
| 7 | 5 | |
| 8 | 6 | |
| 9 | 7 | |
| 10 | 8 | |

**a.** Dans la cellule B3, on veut saisir une formule que l'on pourra étirer vers le bas dans la colonne B pour calculer le nombre de bactéries légionnelles correspondant au nombre de quarts d'heure écoulés. Quelle est cette formule ?

**b.** Quel est le nombre de bactéries légionnelles au bout d'une heure ?

**c.** Le nombre de bactéries légionnelles est-il proportionnel au temps écoulé ?

**d.** Après combien de quarts d'heure cette population dépasse-t-elle dix mille bactéries légionnelles ?

*D'après DNB Métropole, septembre 2017.*

### 107 Planète bleue

**1.** Les continents occupent $\frac{5}{17}$ de la superficie totale de la Terre. L'océan Pacifique recouvre la moitié de la superficie restante. Quelle fraction de la superficie totale de la Terre occupe-t-il ?

**2.** Sachant que la superficie de l'océan Pacifique est de 180 000 000 km$^2$, déterminer la superficie de la Terre.

*D'après Polynésie, juin 2016.*

### 108 Nina et Claire

Nina et Claire ont chacune un programme de calcul.

| Programme de Nina | Programme de Claire |
|---|---|
| Choisir un nombre de départ.<br>Soustraire 1.<br>Multiplier le résultat par −2.<br>Ajouter 2. | Choisir un nombre de départ.<br>Multiplier ce nombre par $\frac{-1}{2}$.<br>Ajouter 1 au résultat. |

**1.** Montrer que si les deux filles choisissent 1 comme nombre de départ, Nina obtiendra un résultat final 4 fois plus grand que celui de Claire.

**2.** Quel nombre de départ Nina doit-elle choisir pour obtenir 0 à la fin ?

**3.** Nina dit à Claire : « Si l'on choisit le même nombre de départ, mon résultat sera toujours quatre fois plus grand que le tien. » A-t-elle raison ?

*D'après Asie, juin 2019.*

### 109 Les volets

Un peintre souhaite repeindre les volets d'une maison. Il constate qu'il utilise $\frac{1}{6}$ du pot pour mettre une couche de peinture sur l'intérieur et l'extérieur d'un volet. Il doit peindre ses 4 paires de volets et mettre sur chaque volet 3 couches de peinture. Il affirme qu'il lui faut 2 pots de peinture. A-t-il raison ?

*D'après Centre Étranger, 2017.*

# Travailler autrement

Utilisable en AP

À chacun son parcours !

## 110 Résolution de problème

Socle D1 Je comprends le sens des consignes, je sais combiner les informations explicites et implicites d'une lecture.

Socle D2 Je m'engage dans une démarche de résolution et mobilise les connaissances nécessaires.

L'art fractal, qui repose sur des théories mathématiques, est très présent en architecture et dans l'art graphique. L'éponge de Menger est un solide fractal sorti de l'imagination du mathématicien Karl Menger en 1926. Voici les étapes pour le réaliser :

- On part d'un cube.
- On le découpe en 27 cubes identiques.
- On supprime le cube central de chaque face ainsi que le cube du milieu.
- Dans chacun des cubes restants, on réitère l'opération.

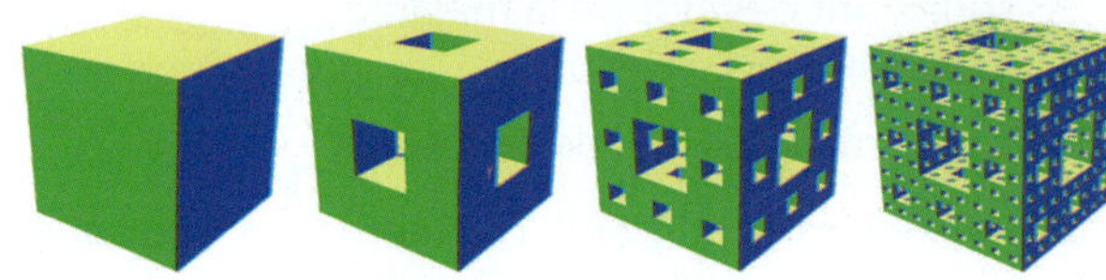

Départ  Étape 1  Étape 2  Étape 3

### Questions ceinture jaune

1. Donner le nombre de petits cubes qui composent le solide :
a. à l'étape 1 ;
b. à l'étape 2 ;
c. à l'étape 3.

2. Donner le nombre de petits cubes qui composent le solide, en écriture décimale et scientifique :
a. à l'étape 6 ;
b. à l'étape 10.

### Questions ceinture verte

Le cube de départ fait 1 m de côté.

1. Donner le volume du solide en $m^3$ sous forme d'une fraction irréductible :
a. à l'étape 1 ;
b. à l'étape 2 ;
c. à l'étape 3.

2. Donner le volume du solide en $m^3$ arrondi à $10^{-3}$ près :
a. à l'étape 6 ;
b. à l'étape 10.

### Questions ceinture noire

Le cube de départ fait 1 m de côté.

1. Donner le volume du solide à la $3^e$ étape en $m^3$ sous forme d'une fraction irréductible.

2. À l'aide d'un tableur, afficher le volume du solide pour les 100 premières étapes.

3. Quelle remarque peut-on faire sur le volume de ce solide ?

## 111 Analyse de document

Socle D1 Je sais m'exprimer en utilisant la langue française à l'écrit.

Socle D4 Je sais rendre compte de ma démarche.

On rencontre régulièrement des erreurs de calcul ou de raisonnement avec les nombres.

**Doc. 1** Capture d'image du journal télévisé d'une chaine nationale, datant de février 2017

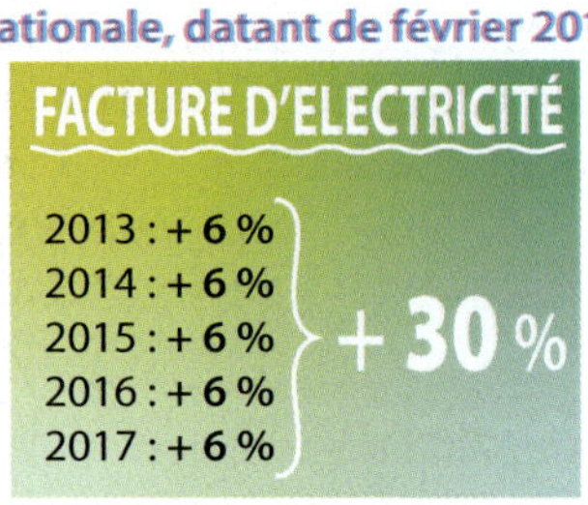


**Doc. 2** Extrait d'un article de presse écrite datant de juin 2010

ACTUALITÉ

le 30 juin 2010

**Hausse du prix du blé : une augmentation qui compense enfin la forte baisse de 2009 !**

Le prix payé aux producteurs céréaliers était de 300 € par tonne de blé en juin 2008. Après avoir subi en juin 2009 une baisse d'un tiers de sa valeur, la tonne de blé a aujourd'hui augmenté d'un tiers de la valeur de juillet 2009 pour ainsi retrouver son niveau de 2008...

**Doc. 3** Énigme

Trois amis décident de partager une chambre à 30 € la nuit. Chacun donne donc 10 €. Comme la réceptionniste les trouve sympathiques, elle baisse le prix à 25 €, et leur rend 5 €. Comme ils sont trois, elle rend à chacun 1 €, et en retour, ils lui laissent en pourboire les 2 euros qui restent.

Chacun a donc payé 9 € ($3 \times 9 = 27$), et la réceptionniste a récupéré 2 €. $27 + 2 = 29$.

Où est passé le trentième euro ?

### Questions ceinture jaune

1. Quelle erreur a été commise dans le document 1 ?

2. Corriger cette erreur et proposer un nouveau document.

### Questions ceinture verte

1. Quelle erreur a été commise dans le document 2 ?

2. Rédiger un nouvel article rectifiant la situation.

### Question ceinture noire

- En répondant à la question posée dans le document 3, expliquer l'erreur commise.

# 3 Calcul littéral

TA MISSION

Utiliser des expressions littérales sous plusieurs formes.

**JEU**

Les résultats des étapes du programme de calcul suivant indiquent, dans l'ordre, les cases formant le trajet qui mènera au trésor.

« Pars de l'expression littérale a + 5, multiplie-la par 4, retranche 2a, ajoute 5, puis multiplie le tout par 3 et tu trouveras la bonne case. »

- Dans quelle case se trouve le trésor et comment y parvenir ?

| | | | |
|---|---|---|---|
| $a + 5$ | $4a + 5$ | $2a + 5$ | $6a + 15$ |
| $20a$ | $4a + 20$ | $6a + 20$ | $18a + 60$ |
| $18a$ | $2a + 20$ | $4a + 18$ | $6a + 75$ |
| $18a + 5$ | $7a + 20$ | $2a + 25$ | $6a + 25$ |

**POINT INFO**

Abu-Kamil Shoja ben-Aslam est un mathématicien égyptien né vers 850 et mort vers 930. Il a joué un grand rôle dans le développement de l'algèbre. Dans son ouvrage *Algèbre*, il propose et résout 69 problèmes dont certains autour des polygones réguliers.

Voir problème 97 p. 82.

# Activités

## Prêts pour le décollage ?

**QUESTIONS FLASH** Questions flash supplémentaires

**1** Simplifier les expressions suivantes.

$A = 4x - 6x + 2$

$B = 3x^2 - x - 8x^2 + 2x + 5$

$C = 2x - (7 - 3x)$

**2** Les expressions suivantes sont-elles des sommes, des différences, des produits ou des quotients ?

$D = 7(2x + 3)$

$E = 5 \times 2 - 9x$

$F = 5x^2 + 3 \times 6$

$G = \dfrac{4x - 1}{x + 1}$

**3** Développer les expressions suivantes.

$H = 2(3x + 7)$

$I = x(2x + 3)$

$J = 2x(4x - 1)$

$K = -3x(2 - 5x)$

**4** Factoriser les expressions suivantes.

$L = 2x + 14$

$M = 4x - 5x^2$

$N = 12x^2 - 18x$

$O = 15z - 15$

$P = y^2 + y$

**5** Toutes les expressions suivantes sont égales sauf une. Laquelle ?

$Q = x(x + 2) - 6$

$R = x^2 + 2x - 6$

$S = x^2 - (6 - 2x)$

$T = x^2 - (5x + 6) + 3x$

$U = -2x^2 + 2(x - 3) + 3x^2$

**6** Chacune des expressions ci-dessous est-elle une somme, une différence, un produit ou un quotient ?

$V = 2x + 8$ ; $W = \dfrac{3x - 1}{7}$ ; $X = 7x - 1$ ;

$Y = (2x + 5)(x - 6)$ ; $Z = x^2 - \dfrac{7x + 4}{3}$

## Activité 1 Suites de nombres

Certains arbres ont des branches ordonnées de façon bien spécifique.
Sur le dessin ci-dessous, chaque espace situé entre deux lignes représente une année de développement. Le nombre de branches pour chaque tranche (y compris le tronc), indiqué sur la gauche, forme une suite de nombres particulière.

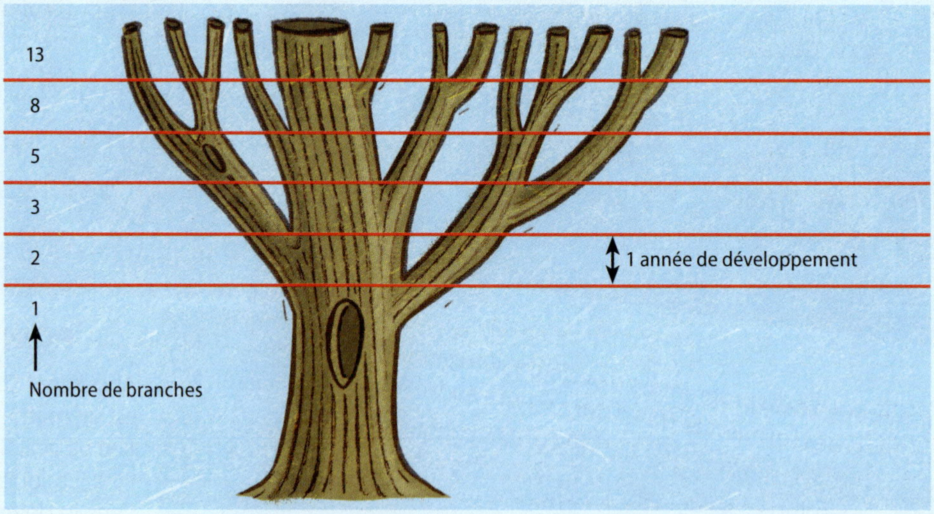


**1.** Décrire un procédé mathématique permettant de construire cette suite de nombres.

**2.** En changeant les deux premiers nombres de cette suite, construire d'autres suites de six nombres entiers selon le même procédé.

**3.** Pour chacune des suites construites, calculer la somme des six nombres puis la diviser par 4. Quelle conjecture peut-on formuler ?

**4.** Démontrer cette conjecture en notant $a$ et $b$ les deux premiers nombres entiers d'une telle suite.

## Activité 2 Deux méthodes pour calculer une aire

$a$, $b$, $c$ et $d$ désignent des nombres positifs.
On considère le rectangle RSTU ci-contre composé de quatre petits rectangles.

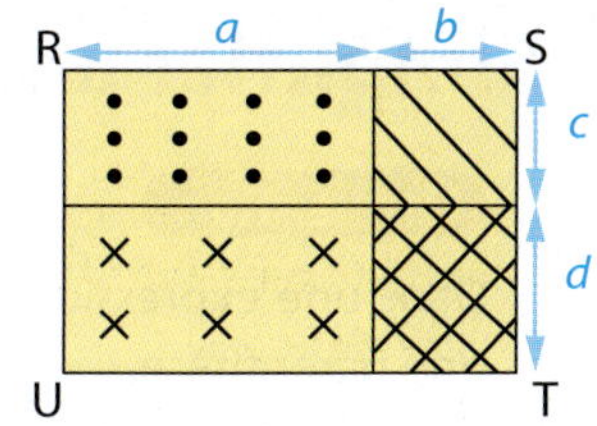


**1. a.** Exprimer l'aire de chacun des quatre petits rectangles en fonction de $a$, $b$, $c$ et $d$.
**b.** En déduire une expression de l'aire du rectangle RSTU en fonction de $a$, $b$, $c$ et $d$.

**2. a.** Exprimer la longueur et la largeur du rectangle RSTU en fonction de $a$, $b$, $c$ et $d$.
**b.** En déduire une nouvelle expression de l'aire du rectangle RSTU en fonction de $a$, $b$, $c$ et $d$.

**3.** Quelle égalité peut-on déduire des questions **1. b** et **2. b** ?

## Activité 3 Le double développement

$a$, $b$, $c$ et $d$ désignent des nombres quelconques (positifs ou négatifs).
On veut démontrer que $(a + b)(c + d) = ac + ad + bc + bd$.
**1.** $k$ désigne un nombre quelconque. Développer l'expression $k(c + d)$.
**2.** On pose $k = (a + b)$. Réécrire l'égalité démontrée à la question **1.** en remplaçant $k$ par $(a + b)$.
**3.** En déduire l'égalité que l'on veut démontrer.
**4.** Utiliser cette égalité pour développer les expressions suivantes.
$A = (3x + 7)(x + 5)$

> Dans l'égalité $(a + b)(c + d) = ac + ad + bc + bd$, on identifie : $a = 3x$, $b = 7$, $c = x$ et $d = 5$, puis on remplace.

$B = (2x + 3)(x - 7)$.

> On peut aussi écrire $B = (2x + 3)(x + (-7))$.

## Activité 4 Une identité remarquable pour développer

$a$ et $b$ désignent des nombres quelconques.
**1.** En utilisant un double développement, montrer que $(a + b)(a - b) = a^2 - b^2$.

> Cette identité s'appelle une identité remarquable.

**2.** À l'aide de cette identité remarquable, développer les expressions suivantes.
$A = (x + 3)(x - 3)$

> Dans l'égalité $(a + b)(a - b) = a^2 - b^2$, on identifie $a = x$ et $b = 3$, puis on remplace.

$B = (2x + 5)(2x - 5)$

## Activité 5 Une identité remarquable pour factoriser

$a$ et $b$ désignent des nombres quelconques.
**1.** Expliquer pourquoi $a^2 - b^2 = (a + b)(a - b)$.
**2.** On veut factoriser l'expression $A = x^2 - 25$.
**a.** Peut-on faire apparaitre un facteur commun à chaque terme ?
**b.** On remarque que $A = x^2 - 5^2$. Utiliser l'identité remarquable écrite à la question **1.** pour donner une forme factorisée de l'expression A.

> Dans l'égalité $a^2 - b^2 = (a + b)(a - b)$, on identifie $a = x$ et $b = 5$, puis on remplace.

**3.** En appliquant la même méthode, factoriser $B = 9x^2 - 16$.

> Attention ! $(3x)^2 = 3x \times 3x = 9x^2$, donc $(3x)^2 \neq 3x^2$.

# Cours

## 1 Simplifier une expression littérale

**Convention**

Dans une expression littérale, on peut **supprimer le signe** $\times$ lorsqu'il est placé devant une lettre ou une parenthèse.

**Exemples**

- $b \times (-2) = -2b$
- $3 \times x \times (-5) \times y = -15xy$
- $3 \times x + 2 \times (5 \times x - 4) \times (-7 \times x + 8) = 3x + 2(5x - 4)(-7x + 8)$
- $7 \times x \times y + 8 \times x \times (-6) \times x = 7xy - 48x^2$

**Propriété**

$a$, $b$ et $c$ désignent des nombres quelconques. On a : $\boldsymbol{a - (b + c) = a - b - c}$.

**Exemples**

- $5 - (8x + 2)$
$= 5 - 8x - 2$
$= -8x + 5 - 2$
$= -8x + 3$

- $x - (3 - 2x)$
$= x - 3 - (-2x)$
$= x - 3 + 2x$
$= 3x - 3$

- $-3x + 2 - (-1 + 5x)$
$= -3x + 2 - (-1) - 5x$
$= -3x + 2 + 1 - 5x$
$= -8x + 3$

**Méthode**

- Pour **démontrer que deux expressions littérales sont égales** pour tout nombre $x$, on peut transformer l'écriture de l'une pour obtenir l'écriture de l'autre.
- Pour **démontrer que deux expressions littérales ne sont pas égales** pour tout nombre $x$, il suffit de trouver une valeur de $x$ pour laquelle les deux expressions littérales ne sont pas égales.

**Exemple 1**

L'égalité $3 - 8x - 1 - 2x = -10x + 2$ est-elle vraie pour tout nombre $x$ ?

$3 - 8x - 1 - 2x = -8x - 2x + 3 - 1 = -10x + 2$

Donc l'égalité $3 - 8x - 1 - 2x = -10x + 2$ est vraie pour tout nombre $x$.

Dans ces calculs, on ne peut pas remplacer $x$ par une valeur, sinon on ne démontre pas l'égalité « pour tout nombre $x$ ».

**Exemple 2**

L'égalité $-3x + 7 = 4x$ est-elle vraie pour tout nombre $x$ ?

Si $x = 0$, alors $-3x + 7 = 7$ et $4x = 0$, donc $-3x + 7 \neq 4x$.

Donc l'égalité $-3x + 7 = 4x$ n'est pas vraie pour tout nombre $x$.

Pour conclure, il suffit de trouver une valeur de $x$ pour laquelle l'égalité est fausse.

**Définitions**

- Le résultat d'une addition est une **somme**, le résultat d'une soustraction est une **différence**.
Les nombres qui interviennent dans une addition ou une soustraction sont les **termes**.
- Le résultat d'une multiplication est un **produit**. Les nombres multipliés sont les **facteurs**.
Le résultat d'une division est un **quotient**.
- La nature d'une expression comportant plusieurs opérations est déterminée par l'**opération à effectuer en dernier.**

**Exemple**

$3(1 - 2x)$ est un produit : c'est la multiplication que l'on effectue en dernier, car les parenthèses sont prioritaires. Cette expression est le produit de 3 par $1 - 2x$.

# Savoir-faire

## 1 Simplifier une expression littérale

**1** Simplifier chaque expression autant que possible.

$A = (-3) \times y \times y \times 4$ $\quad B = t \times (-5) \times t \times t \times (-3)$ $\quad C = 2 \times x \times 3 \times x + 5 \times x - (4 \times y + 1) \times (2 \times y + 9)$

**Solution**

$A = (-3) \times y \times y \times 4$
$A = (-3) \times 4 \times y \times y = -12y^2$
$B = t \times (-5) \times t \times t \times (-3)$
$B = (-5) \times (-3) \times t \times t \times t = 15t^3$

$C = 2 \times x \times 3 \times x + 5 \times x - (4 \times y + 1) \times (2 \times y + 9)$
$C = 2 \times 3 \times x \times x + 5 \times x - (4 \times y + 1) \times (2 \times y + 9)$
$C = 6x^2 + 5x - (4y + 1)(2y + 9)$

**On supprime les signes × placés devant une lettre ou une parenthèse. On peut changer l'ordre des facteurs d'un produit.**

**À toi de jouer**

**2** Simplifier chaque expression autant que possible.

$A = 0{,}2 \times x \times (-5) \times x$ $\quad B = -3 \times w^2 \times 7 \times w$ $\quad C = -6 \times a \times 3 \times a \times a - 4 \times a + (5 \times b - 2) \times (7 - 3 \times b)$

→ Corrigé p. 310

**3** Simplifier chaque expression autant que possible.

$A = 7x - (5x + 3)$ $\quad B = 8 - (3x - 2)$ $\quad C = 5 + 6x - (4x + 2)$ $\quad D = -8 + 2x - (7x - 1)$

**Solution**

$A = 7x - (5x + 3)$
$A = 7x - 5x - 3 = 2x - 3$
$B = 8 - (3x - 2)$
$B = 8 - 3x + 2 = -3x + 10$

$C = 5 + 6x - (4x + 2) = 5 + 6x - 4x - 2$
$C = 6x - 4x + 5 - 2 = 2x + 3$
$D = -8 + 2x - (7x - 1)$
$D = -8 + 2x - 7x + 1 = 2x - 7x - 8 + 1 = -5x - 7$

**À toi de jouer**

**4** Simplifier chaque expression autant que possible.

$A = 9x - (4x + 5)$ $\quad B = 9 - (4x - 1)$ $\quad C = 7x - 8 - (3 + 9x)$ $\quad D = 11 - 6x - (2x - 10)$

→ Corrigé p. 310

**5** Parmi les expressions suivantes, lesquelles sont égales pour tout nombre $x$ ?

$A = 12x^2 - 4x^2$ $\quad B = -8x + 3 - 5x + 6$
$C = 2x \times x - 3x^2 + 3x \times 3x$ $\quad D = -3x + 7 - 10x + 2$

**Solution**

**Pour montrer que deux expressions sont égales, on commence par les réduire.**

$A = 8x^2$ et $C = 2x^2 - 3x^2 + 9x^2 = 8x^2$, donc les expressions A et C sont égales pour tout nombre $x$.
$B = -8x - 5x + 3 + 6 = -13x + 9$ et $D = -3x - 10x + 7 + 2 = -13x + 9$, donc les expressions B et D sont égales pour tout nombre $x$.

**À toi de jouer**

**6** Parmi les expressions suivantes, lesquelles sont égales pour tout nombre $x$ ?

$A = 4x^2 - 2x - 7x^2$ $\quad B = 4x - x^2 - 4x^2$ $\quad C = 3x^2 \times (-2x)$
$D = -8x^3 + x \times 2 \times x^2$ $\quad E = x - 5x^2 + 3x$ $\quad F = -x - 5x^2 - x + 2x^2$

→ Corrigé p. 310

Cours

## 2 Développer un produit

**Définition**

**Développer**, c'est transformer un produit en somme ou en différence.

**Propriété**

$k$, $a$ et $b$ désignent des nombres.

$\underbrace{k(a+b)}_{\text{produit}} \rightarrow \underbrace{ka+kb}_{\text{somme}}$ développer

$\underbrace{k(a-b)}_{\text{produit}} \rightarrow \underbrace{ka-kb}_{\text{différence}}$ développer

**▸ Exemple 1**

On veut développer $A = 7(4 + x)$ :

$A = 7(4 + x)$

$A = 7 \times 4 + 7 \times x$

$A = 28 + 7x$

On distribue le 7 à chacun des termes de la parenthèse, puis on réduit l'expression.
Attention : $28 + 7x \neq 35x$ !

**▸ Exemple 2**

On veut développer $B = -5(6x - 2)$ :

$B = -5(6x - 2)$

$B = (-5) \times 6x - (-5) \times 2$

$B = -30x - (-10)$

$B = -30x + 10$

**Propriété**

$a$, $b$, $c$ et $d$ désignent des nombres.

$$(a+b)(c+d) = ac + ad + bc + bd$$

**▸ Exemple 1**

On veut développer $A = (2x + 3)(x + 8)$.
On distribue $2x$ et 3 à chaque terme de $x + 8$, puis on simplifie l'expression.

$A = (2x + 3)(x + 8)$

$A = 2x \times x + 2x \times 8 + 3 \times x + 3 \times 8$

$A = 2x^2 + 16x + 3x + 24$

$A = 2x^2 + 19x + 24$

Fais bien attention aux signes !

**▸ Exemple 2**

On veut développer $B = (x + 5)(x - 2)$.
On remarque que B peut aussi s'écrire :
$B = (x + 5)(x + (-2))$.
On distribue $x$ et 5 à chaque terme de l'expression $x + (-2)$, puis on simplifie.

$B = (x + 5)(x - 2)$

$B = x \times x + x \times (-2) + 5 \times x + 5 \times (-2)$

$B = x^2 - 2x + 5x - 10$

$B = x^2 + 3x - 10$

**Propriété**

$a$ et $b$ désignent des nombres. $(a + b)(a - b) = a^2 - b^2$

**▸ Exemple**

$A = (x + 2)(x - 2) = x^2 - 2^2 = x^2 - 4$

**Remarque**

Cette égalité, qui est vraie pour toutes les valeurs de $a$ et de $b$, est appelée une **identité remarquable**. Elle permet de développer rapidement un produit écrit sous la forme $(a + b)(a - b)$ ou $(a - b)(a + b)$.

# Savoir-faire

Apprends à l'aide des exercices résolus puis entraine-toi !

## 2 Développer un produit

**7** Développer, puis réduire les expressions suivantes.

$A = 3(2y + 5)$ $\qquad$ $B = -3x(5x - 4)$

**Solution**

$A = 3(2y + 5)$
$A = 3 \times 2y + 3 \times 5$
$A = 6y + 15$

On distribue le 3 à chaque terme de la parenthèse, ici $2y$ et 5.

$B = -3x(5x - 4)$
$B = -3x \times 5x - (-3x) \times 4$
$B = -15x^2 - (-12x)$
$B = -15x^2 + 12x$

**À toi de jouer**

**8** Développer, puis réduire les expressions suivantes.

$A = 3(4x + 2)$ $\qquad$ $B = 8(3t - 1)$ $\qquad$ $C = -5z(2z - 9)$ $\qquad$ $D = -4x(7 - 3x)$

→ Corrigé p. 310

**9** Développer, puis réduire les expressions suivantes.

$A = (2x + 1)(3x - 5)$ $\qquad$ $B = (8x - 3)(7x - 4)$

**Solution**

$A = (2x + 1)(3x - 5)$
$A = 2x \times 3x + 2x \times (-5) + 1 \times 3x + 1 \times (-5)$
$A = 6x^2 - 10x + 3x - 5$
$A = 6x^2 - 7x - 5$

A peut s'écrire $(2x + 1)(3x + (-5))$.
On distribue $2x$ et 1 à chaque terme de l'expression $3x + (-5)$, puis on simplifie l'expression.

$B = (8x + (-3))(7x + (-4))$
$B = 8x \times 7x + 8x \times (-4) + (-3) \times 7x + (-3) \times (-4)$
$B = 56x^2 - 32x - 21x + 12$
$B = 56x^2 - 53x + 12$

B peut s'écrire $(8x + (-3))(7x + (-4))$.
On distribue $8x$ et $-3$ à chaque terme de l'expression $7x + (-4)$, puis on simplifie.

**À toi de jouer**

**10** Développer, puis réduire les expressions suivantes.

$A = (5x + 3)(4x + 7)$ $\qquad$ $B = (2x + 1)(3x - 5)$ $\qquad$ $C = (7x - 3)(4x - 5)$

→ Corrigé p. 310

**11** Développer les expressions suivantes en utilisant une identité remarquable.

$A = (x + 6)(x - 6)$ $\qquad$ $B = (2x - 5)(2x + 5)$

**Solution**

On reconnait l'identité remarquable $(a + b)(a - b) = a^2 - b^2$ avec $a = x$ et $b = 6$.

$A = (x + 6)(x - 6)$
Donc $A = x^2 - 6^2$
$A = x^2 - 36$

$B = (2x - 5)(2x + 5)$
$B = (2x)^2 - 5^2$
$B = 4x^2 - 25$

Attention ! $(2x)^2 = 2x \times 2x = 4x^2$

**À toi de jouer**

**12** Développer les expressions suivantes en utilisant une identité remarquable.

$A = (x + 4)(x - 4)$ $\qquad$ $B = (x - 7)(x + 7)$ $\qquad$ $C = (9x - 2)(9x + 2)$

→ Corrigé p. 310

# Cours

## 3 Factoriser une somme ou une différence

**Définition**

**Factoriser**, c'est transformer une somme ou une différence en produit.

**Propriété**

$k$, $a$ et $b$ désignent des nombres.

| $ka + kb = k(a + b)$ | $ka - kb = k(a - b)$ |
|---|---|
| Somme $\longrightarrow$ Produit | Différence $\longrightarrow$ Produit |
| factoriser | factoriser |

**▸ Exemple 1**

On veut factoriser $A = 6x + 18$.

$A = 6x + 18$

$A = 6 \times x + 6 \times 3$

$A = 6 \times (x + 3)$

$A = 6(x + 3)$

6 est un facteur commun.

**▸ Exemple 2**

On veut factoriser $B = 7x^2 - 2x$.

$B = 7x^2 - 2x$

$B = 7 \times x \times x - 2 \times x$

$B = x \times (7 \times x - 2)$

$B = x(7x - 2)$

$x$ est un facteur commun.

**▸ Exemple 3**

On veut factoriser $C = -3y^2 + y$

$C = y \times (-3y) + y \times 1$

$C = y \times (-3y + 1)$

$C = y(-3y + 1)$

On remplace $y$ par $y \times 1$ pour faire apparaitre $y$ comme facteur commun.

**Propriété**

$a$ et $b$ désignent des nombres.

$$a^2 - b^2 = (a + b)(a - b)$$

**Remarque**

Cette **identité remarquable**, qui est vraie pour toutes les valeurs de $a$ et de $b$, permet de factoriser une expression écrite comme une différence de deux carrés.

**▸ Exemple 1**

On veut factoriser $A = x^2 - 9$.

$A = x^2 - 9$

$A = x^2 - 3^2$

$A = (x + 3)(x - 3)$

On peut également écrire $A = (x - 3)(x + 3)$.

**▸ Exemple 2**

On veut factoriser $B = 1 - y^2$.

$B = 1 - y^2$

$B = 1^2 - y^2$

$B = (1 + y)(1 - y)$

**▸ Exemple 3**

On veut factoriser $C = x^2 - 13$.

$C = x^2 - 13$

$C = x^2 - (\sqrt{13}\ )^2$

$C = (x + \sqrt{13}\ )(x - \sqrt{13}\ )$

Apprends à l'aide des exercices résolus puis entraine-toi !

# 3 Factoriser une somme ou une différence

**13** Factoriser les expressions suivantes.

$A = 11x + 33$ $B = 10t^2 - 3t$

**Solution**

- On réintroduit le signe × supprimé.
- On cherche un facteur commun à chaque terme, puis on factorise.
- On simplifie l'expression littérale.

$A = 11x + 33$
$A = 11 \times x + 11 \times 3$
$A = 11 \times (x + 3)$
$A = 11(x + 3)$

$B = 10t^2 - 3t$
$B = 10 \times t \times t - 3 \times t$
$B = t \times (10t - 3)$
$B = t(10t - 3)$

**À toi de jouer**

**14** Factoriser les expressions suivantes.

$A = 6x + 18$ $B = 8x - 56$ $C = 7v^2 - 13v$ $D = 5x - 15x^2$

→ Corrigé p. 310

**15** Factoriser les expressions suivantes.

$A = a^2 - 25$ $B = 16 - 81x^2$ $C = 49t^2 - 36$

**Solution**

On reconnait la différence de deux carrés. On utilise l'identité remarquable $a^2 - b^2 = (a + b)(a - b)$.

On peut aussi écrire $B = (4 - 9x)(4 + 9x)$, mais pas $(9x + 4)(9x - 4)$ qui est égal à $81x^2 - 16$, c'est-à-dire l'opposé de l'expression B.

$A = a^2 - 25$
$A = a^2 - 5^2$
$A = (a + 5)(a - 5)$

$B = 16 - 81x^2$
$B = 4^2 - (9x)^2$
$B = (4 + 9x)(4 - 9x)$

$C = 49t^2 - 36$
$C = (7t)^2 - 6^2$
$C = (7t + 6)(7t - 6)$

**À toi de jouer**

**16** Factoriser les expressions suivantes.

$A = x^2 - 64$ $B = 36 - t^2$ $C = 9t^2 - 25$ $D = 49x^2 - 81$

→ Corrigé p. 310

**17** Factoriser les expressions suivantes.

$A = t^2 - 5$ $B = 13 - x^2$ $C = 81y^2 - 17$

**Solution**

$A = t^2 - 5$
$A = t^2 - (\sqrt{5})^2$
$A = (t + \sqrt{5})(t - \sqrt{5})$

$B = 13 - x^2$
$B = (\sqrt{13})^2 - x^2$
$B = (\sqrt{13} - x)(\sqrt{13} + x)$

$C = 81y^2 - 17$
$C = (9y)^2 - (\sqrt{17})^2$
$C = (9y + \sqrt{17})(9y - \sqrt{17})$

**À toi de jouer**

**18** Factoriser les expressions suivantes.

$A = x^2 - 7$ $B = 19 - t^2$ $C = 4t^2 - 23$ $D = 16y^2 - 3$

→ Corrigé p. 310

# Exercices

Ressources téléchargeables

## Simplifier une expression littérale

→ Savoir-faire p. 69

### QUESTIONS FLASH

**19** Les affirmations suivantes sont-elles vraies ?

a. $x^2$ est une écriture simplifiée de $2x$.
b. $4y$ est une écriture simplifiée de $1 + 3y$.
c. $2t^2$ est une écriture simplifiée de $t^2 + t$.
d. $11x^2$ est une écriture simplifiée de $x \times 11 \times x$.
e. $-8x$ est une écriture simplifiée de $5x - 13x$.

**20** $t$ désigne un nombre quelconque.
Exprimer à l'aide d'une expression littérale la plus simple possible :
- le carré de la somme $t$ et de 4 ;
- la somme du carré de $t$ et de 4 ;
- le produit de $t$ par 4.

**21** 1. Donner une expression littérale qui permet d'écrire les nombres pairs.
2. Donner une expression littérale qui permet d'écrire les nombres impairs.

**22** **Vrai ou faux ?**
Le carré de $5x$ est égal à :

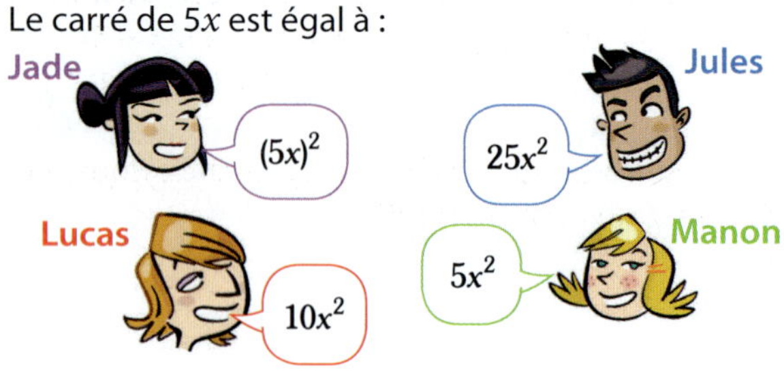


**23** **Vrai ou faux ?**
Les égalités suivantes sont-elles vraies quelle que soit la valeur de $x$ ?

a. $5x + 4 - 8x = -3x + 4$
b. $-2x^2 + 5x = 3x^3$
c. $-8x - 3x + 2x = -7x - 2x$

Questions flash supplémentaires

**24** Dans chacun des cas suivants, donner une écriture la plus simple possible.
$A = -12x - 5x + 3x$
$B = 5a - 3b - 7a + 6b$
$C = z - 8z^2 + 3z - 9z^2$
$D = 4ab - 16ab + 7ab$

**25** Simplifier les écritures suivantes.
$A = 7x - (2x + 3)$
$B = 3 - (8z - 5)$
$C = 12x - 1 - (-2 + 7x)$
$D = 2x^2 - (-3x^2 - 5)$

**26** Compléter la pyramide sachant que l'expression écrite dans chaque case est égale à la somme simplifiée des expressions des deux cases en dessous.

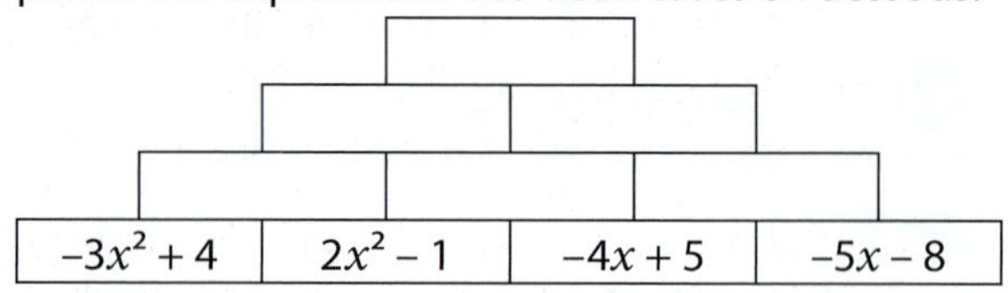


**27** Pour chaque expression ci-dessous, dire s'il s'agit d'une somme, d'une différence, d'un produit ou d'un quotient.

$E = 3x - 5(7x + 8)$ $F = \dfrac{5z + 4}{8}$
$G = -4x + 9$ $H = (-8x - 3)(7x + 5)$

**28** On considère le triangle et le rectangle ci-dessous, $x$ désignant un nombre positif.

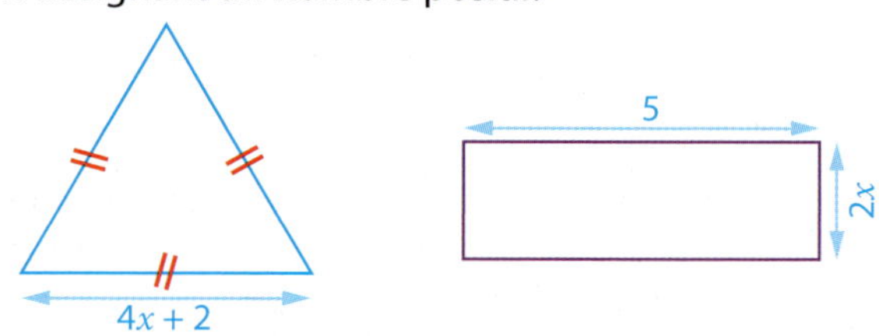


1. Calculer le périmètre de chaque figure pour $x = 0,5$.
2. Les périmètres des deux figures sont-ils égaux quelle que soit la valeur de $x$ ?

**29** Associer à chaque énoncé l'expression littérale qui lui correspond.

- Le produit de $x$ par la somme de $x$ et de 3.
- Le produit de 3 par la différence entre $x$ et 4.
- La différence entre $x$ et la somme de $x$ et de 3.
- La somme de $x$ et du produit de 4 par le triple de $x$.

- $x + 4 \times 3x$
- $3(x - 4)$
- $x(x + 3)$
- $x - (x + 3)$

**30** Traduire chacune des phrases suivantes à l'aide d'une expression mathématique.

a. La somme du carré de $x$ et du double de $x$.
b. Le produit du cube de $w$ par la somme de 4 et de $w$.
c. La différence entre le triple de $t$ et le quotient de $t$ par 5.
d. Le produit de la somme de $z$ et de 3 par la différence entre 10 et $z$.
e. Le quotient de la somme de $x$ et de (–1) par la différence entre $\dfrac{1}{2}$ et $x$.

## MODE EXPERT

**31** **Vrai ou faux ?**
Les égalités suivantes sont-elles vraies quelle que soit la valeur de $z$ ?
**a.** $-3z - 4 + 8z - (1 + z) = -5z - 3 + 10z - (2 + z)$
**b.** $-2z \times 3z - (z - 2) + 3z \times 3z = 2 - 3z^2 - z$
**c.** $-5z \times 3z - 4z \times (-2z) = -3z \times z - 2z \times 2z$

**32** On considère un cylindre et un cône de même rayon 5 cm. La hauteur $h$ du cône mesure 6 cm de plus que celle du cylindre.
**1.** Calculer le volume de chaque solide pour $h = 9$ cm.
**2.** Ces deux volumes sont-ils égaux quelle que soit la valeur de $h$ ?

## Développer un produit

→ Savoir-faire p. 71

### QUESTIONS FLASH

**33** Lucas affirme que, dans chaque cas, pour passer du membre de gauche de l'égalité au membre de droite, on a développé. Dans quels cas a-t-il tort ?
**a.** $2x + 8 = 2(x + 4)$ **b.** $4(3x - 2) = 12x - 8$
**c.** $x(3 - 2x) = 3x - 2x^2$ **d.** $-(9x^2 + 12x) = -3(3x^2 + 4x)$

**34** Recopier et compléter les égalités suivantes.
$A = 7(2x + 5) = \ldots + \ldots$
$B = -5(\ldots + 4) = -40x - \ldots$
$C = 4(2x^2 - \ldots) = \ldots - 36$
$D = -3x(\ldots - 7) = -12x^2 + \ldots$

**35** Recopier et compléter les égalités suivantes.
**1.** $(x + 4)(x + 3) = x \times \ldots + x \times \ldots + 4 \times \ldots + 4 \times \ldots$
**2.** $(2x + 5)(3x + 4) = 2x \times \ldots + 2x \times \ldots + 5 \times \ldots + 5 \times \ldots$
**3.** $(x + 7)(x - 7) = x \times \ldots + x \times (\ldots) + 7 \times \ldots + 7 \times (\ldots)$
**4.** $(2x + 4)(3x - 1) = 2x \times \ldots + 2x \times (\ldots) + 4 \times \ldots + 4 \times (\ldots)$

**36** Corriger les erreurs commises par Samuel et Mathilde.

**Samuel**
$(4x + 2)(5x - 1)$
$= 20x - 4x + 10x - 2$
$= 26x - 2$

**Mathilde**
$(6x - 5)(3x + 2)$
$= 18x^2 + 12x - 15x + 10$
$= 18x^2 - 3x + 10$

**37** Développer et réduire les expressions suivantes.
**a.** $(x + 6)(x - 6)$ **b.** $(3x + 2)(3x - 2)$
**c.** $(5x - 4)(5x + 4)$ **d.** $(6x - 5)(6x + 5)$

**38** Calculer sans poser d'opération et sans calculatrice.
$12 \times 15$ $21 \times 101$ $101 \times 32$
$99 \times 101$ $103 \times 97$

Questions flash supplémentaires

**39** Associer chaque expression de la colonne orange à son écriture développée et réduite de la colonne bleue.

| | |
|---|---|
| $2(b + 6) + 7(b - 1)$ | $21b - 7$ |
| $10(b - 9) + 6(5 - b)$ | $42b - 58$ |
| $3(2b + 11) + 5(3b - 8)$ | $9b + 5$ |
| $4(3b - 1) + 6(5b - 9)$ | $4b - 60$ |

**40** Développer les expressions suivantes.
$A = -3(x + 7)$ $B = 4(2x - 3)$
$C = -11(-x - 5)$ $D = x(2x + 9)$
$E = -3x(6 + 4x)$ $F = -2x(10 - 5x)$

**41** Associer chaque expression de la colonne orange à son écriture développée et réduite de la colonne bleue.

| | |
|---|---|
| $-4(y + 3) + 7y$ | $3y^2 + 16y$ |
| $11y + 9 + 6(7 - y)$ | $19y^2 + 5y + 1$ |
| $5y^2 - 2y(y - 8)$ | $3y - 12$ |
| $y^2 + 2y + 1 + 3y(6y + 1)$ | $5y + 51$ |

**42** Développer chaque produit, puis réduire les expressions obtenues.
$A = 5x - 3(x + 12)$ $B = 3x - 6 + 7(2x + 4)$
$C = 2x^2 + x(4x - 5)$ $D = 4x^2 - x + x(5x - 9)$

**43** Développer et réduire les expressions suivantes.
$E = (x + 3)(x + 2)$ $F = (x + 4)(2x + 5)$
$G = (3x + 4)(2x + 1)$ $H = (5x + 4)(2x + 7)$

**44** On considère les deux rectangles ci-dessous, $x$ désignant un nombre positif.

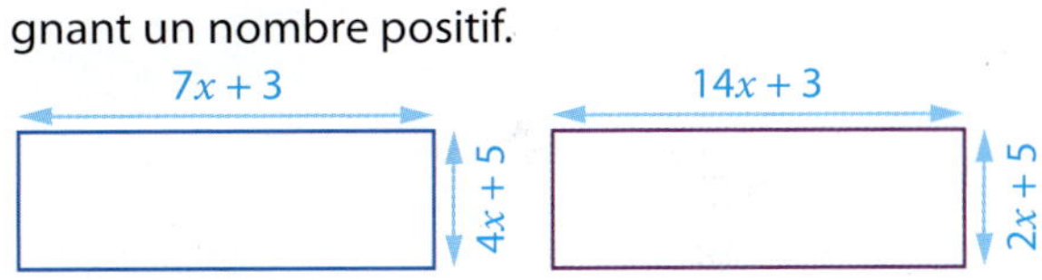


**1.** Exprimer l'aire de chaque rectangle en fonction de $x$ ; développer et réduire ces expressions.
**2.** Ces rectangles ont-ils la même aire quelle que soit la valeur de $x$ ?

**45** Développer et réduire les expressions suivantes.
$I = (x + 4)(x - 5)$ $J = (x + 8)(x - 3)$
$K = (3x + 4)(x - 7)$ $L = (8x - 2)(2x + 3)$

**46** Développer et réduire les expressions suivantes.
$M = (2x + 5)(3x + 7)$ $N = (3x - 1)(3x + 1)$
$O = (4x - 7)(4x + 5)$ $P = (3x + 9)(-4x - 1)$

**47** Développer chaque produit, puis réduire les expressions obtenues si cela est possible.
$Q = 3(x + 5) + (x + 9)(x - 9)$
$R = 4x + (2x + 7)(2x - 7)$
$S = (5x - 1)(5x + 1) - (3x - 4)$
$T = (4x - 8)(4x + 8) - 2x(x + 3)$

# Exercices

**48** Axel doit calculer les valeurs d'une expression pour plusieurs valeurs de $x$ données.
Il utilise un tableur ; voici un extrait de sa feuille de calcul.

| | A | B |
|---|---|---|
| 1 | x | expression F |
| 2 | 1 | =(4*A2-5)*(3*A2+6) |
| 3 | 4 | |

**1.** Écrire l'expression F en fonction de $x$.
**2.** Peut-on la développer ? Si oui, la développer et la réduire.

**49** Calculer mentalement.

$22 \times 13$ $\quad 99 \times 22$ $\quad 28 \times 21$ $\quad 102 \times 43$

**50** CALCUL MENTAL Le professeur de mathématiques a demandé à ses élèves de calculer mentalement $29 \times 31$.
Thibault annonce : « C'est facile : on applique une identité remarquable ! Cela donne alors $30^2 - 1^2$, donc 899 ! »
**1.** Expliquer la méthode de Thibault.
**2.** Utiliser cette méthode pour calculer mentalement :
**a.** $39 \times 41$ **b.** $101 \times 99$ **c.** $78 \times 82$

**51** Dans chaque cas, choisir l'étiquette correspondant à la bonne expression développée et réduite.

**1.** $(2y - 4)(3y + 3) =$ $\quad 6y^2 - 18y - 12$ $\quad 6y^2 - 6y - 12$

**2.** $(3y + 5)(2y - 7) =$ $\quad 6y^2 - 11y - 35$ $\quad 6y^2 - 11y - 12$

**3.** $(4y - 3)(5y - 2) =$ $\quad 20y^2 - 23y + 6$ $\quad 20y^2 - 23y - 6$

**52** Développer et réduire les expressions suivantes.
$A = (2x - 9)(3x + 5)$ $\quad B = (7x + 8)(4x - 3)$
$C = (x - 1)(2x - 3)$ $\quad D = (2x - 5)(3x - 4)$

**53** CALCUL MENTAL On considère l'expression suivante.
$E = (4x - 3)(2 + 6x) + (3x + 1)(-8x - 5)$
**1.** Développer chaque produit, puis réduire cette expression.
**2.** Calculer E pour $x = -\dfrac{1}{3}$.

**54** Développer et réduire les expressions suivantes.
$F = (x + 5)^2$ $\quad G = (2x + 7)^2$ $\quad H = (z - 8)^2$
$I = (9x - 4)^2$ $\quad J = (6x + 5)^2 + (2x - 3)^2$

**55** Développer chaque produit, puis réduire les expressions obtenues.
$K = (3x - 2)(4x + 5) + (6x - 7)^2$
$L = (5x + 2)(5x - 2) - 2 - 3x(x - 3)$
$M = (3 - 2x)^2 + (3x + 1)(4x - 3)$
$N = (4 + 6x)(7x - 3) + (2x - 3)(5x - 1)$

**56** Compléter les égalités suivantes.
**a.** $(4x + \ldots)(2x + 5) = \ldots x^2 + \ldots x + 15$
**b.** $(6x + \ldots)(\ldots x - 2) = 18x^2 + \ldots x - 14$
**c.** $(3x - \ldots)(\ldots x + 2) = 15x^2 - \ldots x - 18$
**d.** $(\ldots x - 4)(-2x - \ldots) = \ldots x^2 - 34x + 28$

## MODE EXPERT

**57** **1.** $a$ et $b$ désignent des nombres quelconques.
Prouver que $(a + b)^2 = a^2 + 2ab + b^2$.

Cette égalité est une identité remarquable.

**2.** Utiliser cette identité remarquable pour développer rapidement les expressions suivantes.
$A = (x + 5)^2$ $\quad B = (y + 7)^2$ $\quad C = (3z + 8)^2$
**3.** Calculer la valeur de A, de B et de C pour $x = -2$.

**58** **1.** $a$ et $b$ désignent des nombres quelconques.
Prouver que $(a - b)^2 = a^2 - 2ab + b^2$.

Cette égalité est une identité remarquable.

**2.** Utiliser cette identité remarquable pour développer rapidement les expressions suivantes.
$A = (x - 4)^2$ $\quad B = (y - 9)^2$ $\quad C = (4z - 5)^2$
**3.** Calculer la valeur de A, de B et de C pour $x = \dfrac{1}{2}$.

**59** On considère l'expression suivante :
$$L = (4x + 3)^2 - (4x - 3)^2$$

Fais attention aux signes !

**1.** Développer chaque produit, puis réduire l'expression obtenue.
**2.** Calculer la valeur de L pour $x = -\dfrac{1}{8}$.

**60** On considère le pavé droit ci-dessous, $x$ désignant un nombre positif et les longueurs étant données en cm.

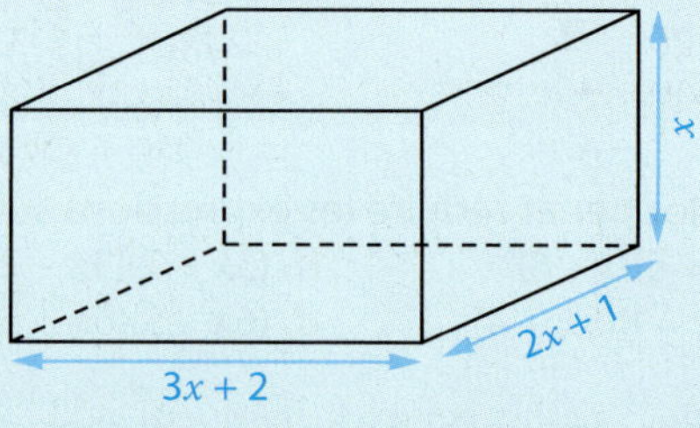


**1.** Exprimer l'aire de ce pavé en fonction de $x$ et en donner une expression développée et réduite.
**2.** Exprimer le volume de ce pavé en fonction de $x$ et en donner une expression développée et réduite.
**3.** Calculer l'aire et le volume de ce pavé pour $x = 5$.

## Factoriser une somme ou une différence

→ Savoir-faire p. 73

### QUESTIONS FLASH

**61** Parmi les expressions ci-dessous, quelles sont celles qui sont écrites sous forme factorisée ?
$A = (3x + 2)(4x + 5)$ $B = 2x + (4x - 1)$
$C = (7x - 2) - (3x + 1)$ $D = -3(4x - 9)$

**62** Traduire par une phrase chaque expression.
$A = x(x - 2)$ $B = x^2 - 6$
$C = (x + 3)(x - 5)$ $D = (2x - 6)^2$
$E = 7x^2 + 8$ $F = (4x + 9)^2$

**63** Dans chaque expression, mettre en évidence un facteur commun à chaque terme.
$A = 3x + 3y$ $B = 8b + 15b$ $C = 4a^2 - 3a$
$D = 6ax^2 + 3x^2$ $E = -5ab + 15ab^2$

**64** Écrire chaque nombre sous forme d'un carré.
4 25 36 9 121 100 0

**65** Factoriser les expressions suivantes.
$A = x^2 - 25$ $B = a^2 - 49$
$C = 4x^2 - 36$ $D = 9x^2 - 121$

Questions flash supplémentaires

**66** Associer chaque expression de la colonne orange à son écriture factorisée de la colonne bleue.

| | |
|---|---|
| $2x + 7x^2$ | $x(2 - x)$ |
| $2x + 14$ | $2(x - 1)$ |
| $2x - x^2$ | $2(x + 7)$ |
| $2x - 2$ | $x(2 + 7x)$ |

**67** Factoriser les expressions suivantes.
$A = 4r + 4t$ $B = 7z - 9z$
$C = 3y^2 + y$ $D = 15x^2 - x$
$E = 6ab - 11b$ $F = 3x^2z - 7x$

**68** Pour chaque expression, proposer deux factorisations.
$G = 18x^2 - 45$ $H = 28x^2 + 35x$
$I = 20ab + 4ac$ $J = 24xyz - 30xy$
$K = 7a^2b + 4ab^2$ $L = -6x^3 + 15xy$

**69** Factoriser les expressions suivantes.
$M = y^2 - 36$ $N = 48 - x^2 + 1$
$O = 144t^2 - (30 - 5)$ $P = 81 - 4t^2$
$Q = 121z^2 - 120 - 24$ $R = 64y^2 - 9t^2$

**70** Factoriser les expressions suivantes.
$S = z^2 - 19$ $T = x^2 - 7$
$U = 29 - t^2$ $V = 4z^2 - 13$
$W = 31 - 9t^2$ $X = 33 - 81x^2$

**71** Calculer mentalement.
**a.** $41^2 - 39^2$
**b.** $56^2 - 44^2$
**c.** $29^2 - 21^2$

**72** Factoriser les expressions suivantes.
$A = x - 3x^2$ $B = 25x^2 - 1$ $C = 4xy - 9y^2$
$D = 144x^2 - 5$ $E = 11x^2 - 9$

**73** Recopier et compléter les égalités suivantes.
**a.** $49x^2 - \dots = (\dots + 4)(\dots - \dots)$
**b.** $\dots z^2 - 121 = (8z + \dots)(\dots - \dots)$
**c.** $\dots - \dots t^2 = (\dots - 4t)(6 + \dots)$
**d.** $13 - \dots = (\dots + \dots)(\dots - 9z)$

**74** **1.** Je suis un rectangle. Mon aire est égale à $25x^2 - 9$. Une de mes dimensions est égale à $5x - 3$.
Quelle est mon autre dimension ?
**2.** Je suis un triangle rectangle. Mon aire est égale à $18x^2 - 2$. Un de mes côtés de l'angle droit mesure $2(3x + 1)$.
Combien mesure mon autre côté de l'angle droit ?

**75** Voici des expressions : certaines sont écrites sous forme développée, d'autres sous forme factorisée.
$25x^2 - 4$ $4(5x + 2)$ $20x + 8$
$-5x(5x - 2)$ $-25x^2 + 10x$ $4x^2 - 25$
$(5x + 2)(5x - 2)$ $(2x + 5)(2x - 5)$

**1.** Classer ces expressions dans un tableau de cette forme.

| Expressions développées | Expressions factorisées |
|---|---|
| | |

**2.** Relier entre elles les expressions égales quelle que soit la valeur de $x$.

### MODE EXPERT

**76** Factoriser les expressions suivantes.
$A = (3x + 2)(x - 5) + (3x + 2)(2x + 1)$

Ici le facteur commun est $(3x + 2.)$

$B = (4x - 3)(2x + 5) + (4x - 3)(7x - 1)$
$C = (5x - 2)(6x + 1) + (5x - 2)(4x - 9)$

**77** Factoriser les expressions suivantes.
$D = (-5x + 3)(2x - 7) - (4x - 1)(-5x + 3)$

Fais attention aux signes !

$E = (5x - 6)(7x + 3) - (5x - 6)(x - 4)$
$F = (3x - 10)(7x + 2) - (3x - 10)(5x - 1)$

# Faire le point

Version interactive du QCM

Vérifie tes connaissances.

## QCM

**Donner la ou les bonnes réponses parmi les trois proposées.**

### 1 Simplifier une expression littérale

| | Réponse A | Réponse B | Réponse C |
|---|---|---|---|
| **1.** L'expression $7 \times a \times (-3) \times b \times a$ peut s'écrire : | $-21a^2b$ | $-10a^2b$ | $-21ba^2$ |
| **2.** L'expression $12 \times x - x \times x \times x$ peut s'écrire : | $12x - 3x$ | $9x$ | $12x - x^3$ |
| **3.** L'expression $5x - (3 - 2x)$ peut s'écrire : | $3x - 3$ | $4x$ | $7x - 3$ |
| **4.** L'expression $4 \times t \times t - 3 + 5 \times t \times t - 8$ peut s'écrire : | $4t^2 - 3 + 5t^2 - 8$ | $9t^2 - 11$ | $-2t^2$ |

### 2 Développer un produit

| | Réponse A | Réponse B | Réponse C |
|---|---|---|---|
| **1.** L'expression $-2x(5x - 3)$ peut s'écrire : | $-10x^2 - 6x$ | $-4x^2$ | $-10x^2 + 6x$ |
| **2.** Une expression développée et réduite de $-4(3w - 1) - 5w(7w - 6)$ est : | $-42w + 4 - 35w^2$ | $-35w^2 + 18w + 4$ | $18w - 35w^2 + 4$ |
| **3.** L'expression $(4x + 7)(5x - 3)$ peut s'écrire : | $20x^2 - 12x + 35x - 21$ | $20x^2 + 23x - 21$ | $20x^2 - 47x - 21$ |
| **4.** Une expression développée de $(9 - 7x)(9 + 7x)$ est : | $81 - 14x^2$ | $49x^2 - 81$ | $81 - 49x^2$ |

### 3 Factoriser une somme ou une différence

| | Réponse A | Réponse B | Réponse C |
|---|---|---|---|
| **1.** Une expression factorisée de $5ab^2 - 10a^2b$ est : | $5a(b^2 - 2ab)$ | $5ab^2(1 - 2a)$ | $5ab(b - 2a)$ |
| **2.** Une expression factorisée de $18y^2 - 24y$ est : | $y(18y - 24)$ | $3y(6y - 8)$ | $6y(3y - 4)$ |
| **3.** Une expression factorisée de $25x^2 - 4$ est : | $(2 + 5x)(2 - 5x)$ | $(5x + 2)(5x - 2)$ | $(5x - 2)(5x + 2)$ |
| **4.** Une expression factorisée de $49z^2 - 5$ est : | $(7z + 5)(7z - 5)$ | $(7z + 25)(7z - 25)$ | $(7z - \sqrt{5})(7z + \sqrt{5})$ |

→ Corrigé p. 310

## Carte mentale

Ressource téléchargeable

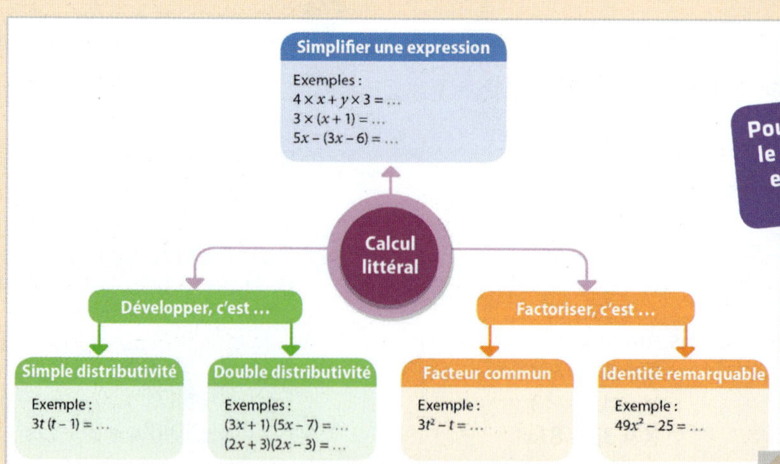


Pour t'aider à retenir le cours, télécharge et complète cette carte mentale.

# Algorithmique et outils numériques

## 78 Programmes de calcul

Clara veut automatiser deux programmes de calcul qui s'exécuteront avec le même nombre de départ. Pour cela, elle crée deux lutins.

**1.** Le premier lutin effectue le programme de calcul n° 1 à l'aide du script ci-dessous.

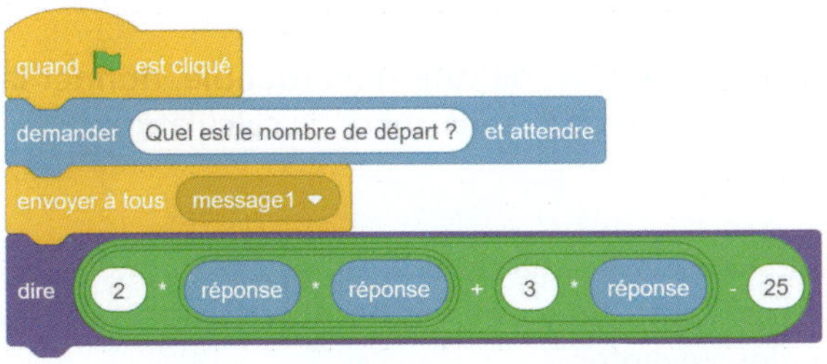


Soit $x$ le nombre choisi au départ. Exprimer le résultat du programme n° 1 en fonction de $x$.

**2.** Le programme de calcul n° 2 est donné ci-dessous.

> Choisir un nombre.
> Le multiplier par 2.
> Soustraire 5.
> Multiplier le résultat obtenu par la somme du nombre de départ et de 5.
> Soustraire le double du nombre de départ.

Réaliser le script que devra exécuter le second lutin pour effectuer ce programme de calcul n° 2.
Il débutera par :

**3.** En exécutant ces scripts plusieurs fois, que peut-on conjecturer ?

**4.** Démontrer cette conjecture.

## 79 Entiers consécutifs

Voici deux programmes de calcul.

> **Programme 1**
> Choisir deux nombres entiers consécutifs.
> Calculer leur somme.

> **Programme 2**
> Choisir deux nombres entiers consécutifs.
> Calculer la différence entre le carré du plus grand et le carré du plus petit.

**1.** Dans un tableur, reproduire la feuille de calcul ci-dessous.

| | A | B | C | D |
|---|---|---|---|---|
| 1 | Entier | Entier qui suit | Programme 1 | Programme 2 |
| 2 | 0 | 1 | 1 | 1 |
| 3 | 1 | 2 | | |
| 4 | 2 | 3 | | |
| 5 | 3 | 4 | | |

Quelles formules peut-on écrire en B2, C2 et D2 ?

**2.** Recopier ces formules vers le bas et comparer les résultats des deux programmes.

**3.** Exprimer les résultats observés sur le tableur à l'aide d'une égalité.

**4.** Démontrer que cette égalité est toujours vraie.

**5.** Écrire 159 comme différence des carrés de deux nombres entiers consécutifs.

## 80 Cyclisme

Un club cycliste organise une course dans les Pyrénées. Pour déterminer le nombre de points à gagner au passage des ascensions, les organisateurs ont besoin de les classer suivant leur niveau de difficulté.

**Doc. 1 Indice de difficulté d'une ascension**

Le club décide d'utiliser la méthode dite de la « cotation au carré de la pente moyenne » :

$$\text{indice de difficulté} = p^2 \times d$$

$d$ est la distance en km.
$p$ est la pente en pourcentage :

$$p = \frac{\text{distance verticale (dénivelé)}}{\text{distance horizontale}} \times 100$$

**Doc. 2 Classification des ascensions**

| Indice entre 35 et 79 | Indice entre 80 et 179 | Indice entre 180 et 299 | Indice entre 300 et 599 | Indice supérieur à 600 |
|---|---|---|---|---|
| 4ᵉ catégorie | 3ᵉ catégorie | 2ᵉ catégorie | 1ʳᵉ catégorie | Hors catégorie |

**Doc. 3 Quelques ascensions du Tour de France**

| Ascension | Pente (en %) | Distance (en km) | Catégorie |
|---|---|---|---|
| Côte de Fanjeaux | 4,9 | 2,4 | 4 |
| Col de Portet-d'Aspet | 6,9 | 5,4 | 2 |
| Montée du Pla d'Adet | 8,3 | 10,2 | 1 |
| Col du Tourmalet | 7,3 | 17,1 | Hors catégorie |

**1.** Écrire un script qui affiche la catégorie d'une ascension en fonction de sa pente et de sa distance au sein de ce club cycliste.

**2.** Le Tour de France utilise-t-il la même méthode que le club cycliste pour classer les ascensions ?

# Problèmes

ceinture jaune · ceinture verte · ceinture noire

## 81 Une autre présentation

Calculer

**1.** Pour développer l'expression $(3x + 4)(2x - 5)$, on peut poser la multiplication comme ci-dessous.

$$\begin{array}{rrr} & 3x & +4 \\ \times & 2x & -5 \\ \hline \end{array}$$

Effectuer la multiplication sans oublier le décalage.

**2.** De la même manière, développer les expressions $A = (5x + 1)(4x - 3)$ et $B = (x - 3)(7x + 1)$.

## 82 Expressions égales

Calculer

**1.** Démontrer que les deux expressions suivantes sont égales pour tout nombre $x$.

$A = (8x + 3)(6x + 5) - (-x^2 + 100x + 6)$

$B = (7x + 1)^2 - (56x - 8)$

**2.** L'affirmation suivante est-elle vraie ou fausse ? Justifier.

« $(7x - 3)^2$ est une écriture factorisée de l'expression A. »

## 83 CALCUL MENTAL Astuce de calcul

Calculer

Calculer astucieusement, sans poser d'opérations et sans utiliser la calculatrice : $A = 5\,500^2 - 4\,500^2$.

## 84 Programmes de calcul

Calculer, Raisonner

Voici deux programmes de calcul et les scripts correspondants.

| Programme 1 | Programme 2 |
| --- | --- |
| Choisir un nombre de départ.<br>Soustraire 3 à ce nombre.<br>Ajouter 5 au nombre de départ.<br>Multiplier les deux résultats obtenus précédemment. | Choisir un nombre.<br>Calculer son carré.<br>Ajouter le double du nombre de départ.<br>Retrancher 15. |

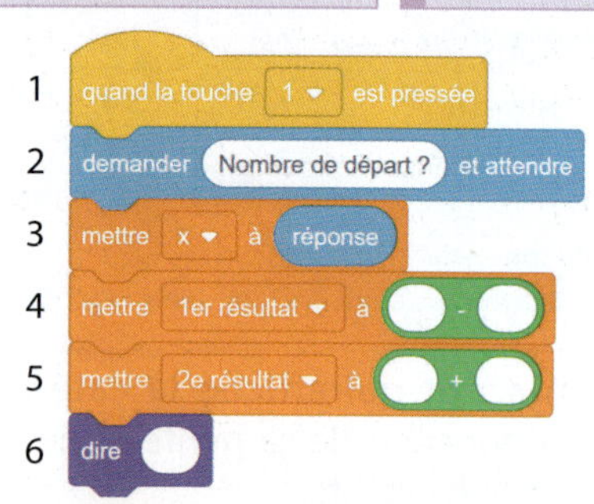

**1.** Compléter chacun de ces scripts.

**2.** Tester ces deux programmes avec 4 comme nombre de départ, puis avec –7. Que peut-on conjecturer ?

**3.** Démontrer cette conjecture en prenant $x$ comme nombre de départ pour les deux programmes.

## 85 Produit de grands nombres

Calculer, Modéliser

**1.** Effectuer le calcul suivant à la calculatrice :

$$C = 1\,000\,001 \times 999\,999$$

Quel est le résultat affiché ?

**2.** Déterminer le chiffre des unités du nombre C et le comparer avec celui du résultat affiché par la calculatrice.

**3.** À l'aide d'une identité remarquable, donner la valeur exacte de C, sans utiliser la calculatrice.

## 86 Suites de nombres

Calculer, Raisonner, Modéliser

**1.** Écrire une suite de trois nombres respectant les règles suivantes :

– les deux premiers nombres sont des entiers consécutifs choisis au hasard ;

– le 3e nombre est égal à la somme des deux précédents.

**2. a.** Calculer la somme des trois nombres ainsi obtenus.

**b.** Calculer le double du 3e nombre.

**c.** Que peut-on conjecturer ?

**3.** Démontrer cette conjecture en appelant $n$ le premier nombre de cette suite.

Si $n$ désigne un nombre entier, comment écris-tu l'entier suivant ?

## 87 Vrai ou faux ?

Calculer, Raisonner, Modéliser

On considère les quatre égalités suivantes.

① $4 \times 6 + 1 = 5^2$ ② $5 \times 7 + 1 = 6^2$

③ $7 \times 9 + 1 = 8^2$ ④ $12 \times 14 + 1 = 15^2$

**1.** Chacune de ces égalités est-elle vraie ou fausse ?

**2.** Pour chaque égalité fausse, donner un moyen de la corriger rapidement et sans calculatrice.

**3.** Compléter les égalités suivantes en précisant la démarche suivie.

**a.** $44 \times 46 + 1 = \ldots$ **b.** $89 \times 91 + 1 = \ldots$

**4.** Écrire une conjecture et la démontrer.

Si $n$ désigne un nombre entier, comment écris-tu l'entier précédent ? Et le suivant ?

## 88 Sommes et différences

Calculer, Raisonner, Modéliser

**1.** Dans chaque cas, comparer les valeurs des deux expressions données.

**a.** $2^2 + 2$ et $3^2 - 3$ **b.** $3^2 + 3$ et $4^2 - 4$

**c.** $7^2 + 7$ et $8^2 - 8$ **d.** $10^2 + 10$ et $11^2 - 11$

**2.** Quelle conjecture peut-on formuler ?

**3.** Démontrer cette conjecture.

Si $n$ désigne un nombre entier, comment écris-tu l'entier suivant ?

## 89 Enchainer des calculs
**Calculer, Modéliser, Raisonner**

Voici un programme de calcul :

> Choisir quatre nombres entiers consécutifs.
> Calculer le produit du deuxième et du troisième.
> Calculer le produit du premier et du quatrième.
> Calculer la différence entre le 1^er^ produit calculé et le 2^e^.

**1.** On souhaite reproduire la feuille de calcul ci-dessous dans un tableur afin de réaliser plusieurs essais.

| | A | B | C | D | E |
|---|---|---|---|---|---|
| 1 | *n* | *n* + 1 | *n* + 2 | *n* + 3 | Programme |
| 2 | 0 | 1 | 2 | 3 | |
| 3 | 1 | 2 | 3 | 4 | |

**1.** Quelles formules peut-on écrire en B2, C2, D2 et E2 puis recopier vers le bas ?

**2.** Calculer mentalement les résultats qui s'afficheront en E2, E3 et E4.

**3.** En déduire une conjecture puis la démontrer.

**4.** Sans calculatrice, donner le résultat de :
$48\,312\,345\,678 \times 48\,312\,345\,679 - 48\,312\,345\,677 \times 48\,312\,345\,680$

**5.** Faire le calcul à l'aide de la calculatrice. Comment expliquer le résultat donné par la calculatrice ?

## 90 Multiple Magic
**Communiquer, Calculer, Modéliser**

> Think of any whole number.
> Double it and add five.
> Double this answer and add two.
> Now take away the number you first thought of.

• Which whole number will your final answer always be a multiple of?

## 91 Plus bref !
**Calculer**

Soit $n$ un nombre entier. Démontrer que $n(n-1)(n+1)+n$ est le cube d'un nombre entier.

## 92 Angle droit
**Calculer, Raisonner**

Soit $x$ un nombre positif. Le triangle ci-contre est-il rectangle quel que soit le nombre $x$ ? Justifier.

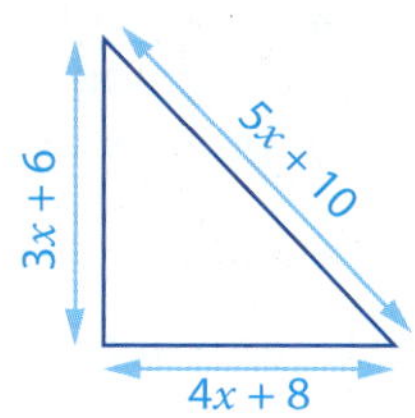


## 93 Les emballages
**Modéliser, Raisonner**

Les déchets provenant des emballages posent de plus en plus de problèmes écologiques et économiques. Plus de 30 % du poids (et 50 % du volume) de notre poubelle est constitué d'emballages ! Il y a donc un véritable intérêt écologique à optimiser la forme des emballages.

Jules et Noé veulent comparer le volume de deux boites de conserve cylindriques sachant que le rayon de la boite jaune est deux fois plus grand que celui de la boite verte, et que sa hauteur est deux fois plus petite que celle de la boite verte.

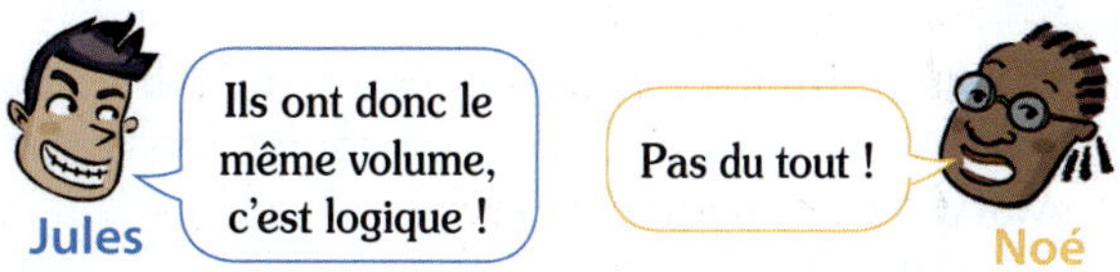


• Qui a raison ?

## 94 Des aires
**Calculer**

ABCD est un carré, $n$ est un nombre entier positif. Les longueurs sont exprimées en cm.

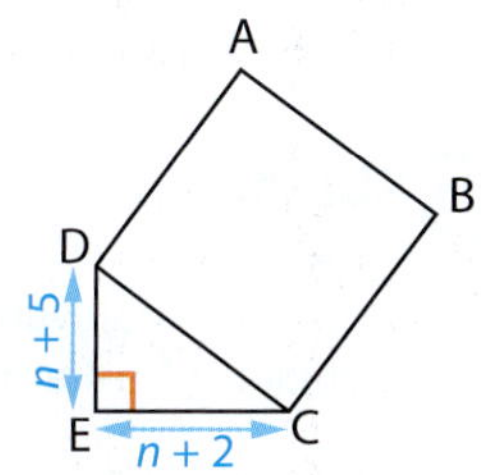


**1. a.** Exprimer, en fonction de $n$, l'aire de ABCD.

**b.** Développer et réduire cette expression.

**2. a.** Si $n$ augmente de 1, exprimer en fonction de $n$ l'aire du nouveau carré obtenu.

**b.** Développer et réduire l'expression obtenue.

**c.** En déduire l'augmentation, en fonction de $n$, de l'aire du nouveau carré par rapport à l'aire de départ.

**3.** À l'aide des commandes suivantes, écrire un script qui demande de choisir une valeur pour $n$, puis affiche l'aire du carré ABCD.

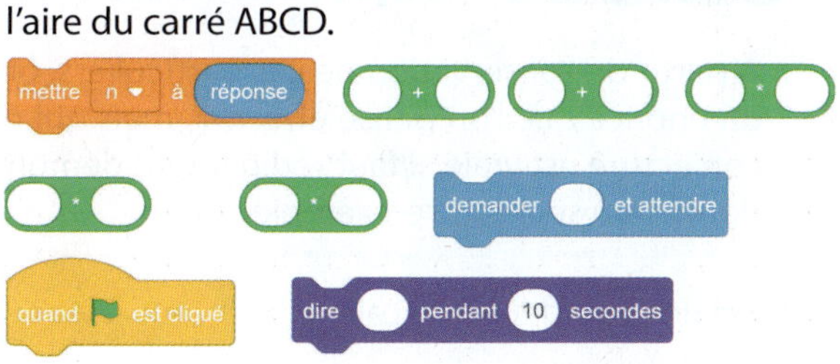


## DÉFIS & ÉNIGMES

## 95 C'est magique !

Un magicien propose à des inconnus de 7 à 77 ans de faire les calculs suivants.

• Prenez le nombre correspondant à votre mois de naissance, multipliez-le par 10 et ajoutez 1.

• Multipliez le résultat par 20.

• Ajoutez votre âge.

• Révélez-moi uniquement votre résultat final et je vous dirai votre mois de naissance et votre âge.

• Une personne a répondu 2 038. Quel est son âge et son mois de naissance ?

# Problèmes

## 96 Avec des nombres impairs

**Modéliser, Raisonner**

Voici un extrait de la copie de Marvin :

*Je pense qu'en multipliant deux nombres impairs consécutifs et en ajoutant 1, le résultat obtenu est toujours un multiple de 4.*

**1.** Marvin décide de tester sa conjecture avec un tableur.

| | A | B | C | D |
|---|---|---|---|---|
| 1 | **Nombre 1** | **Nombre 2** | **Résultat** | |
| 2 | 1 | 3 | | |
| 3 | 3 | 5 | | |

Quelles formules Marvin a-t-il pu écrire dans les cellules A3, B3 et C2 pour pouvoir copier vers le bas ?

Marvin veut contrôler sa conjecture dans la colonne D. Trouver une formule pour la cellule D2 qui permette cela.

Un nombre impair peut s'écrire sous la forme $2n + 1$

**2.** Démontrer la conjecture de Marvin.

## 97 Abu-Kamil

Voir p. 85

**Modéliser, Calculer**

Le problème suivant est extrait de l'*Algèbre* du mathématicien Abu-Kamil Shoja.

*Si tu as embauché un salarié avec la condition que s'il travaille tout le mois il a six dirhams et s'il s'arrête tout le mois, il doit quatre dirhams. Il a alors travaillé et il s'est arrêté et il s'en est sorti sans salaire et sans dettes. Combien de jours a-t-il travaillé et combien de jours s'est-il arrêté ?*

On considère que chaque jour travaillé donne droit au même salaire, que chaque jour chômé provoque la même perte d'argent et que 1 mois comporte 30 jours.

**1.** Écrire une égalité qui permettra de déterminer le nombre de jours travaillés pour le salarié cité dans le parchemin.

**2.** Ce salarié a-t-il pu travailler 20 jours ? 10 jours ?

**3.** Finalement, combien de jours a-t-il travaillé ?

## 98 Le GPS

Prise d'initiative

**Calculer, Modéliser**

Un fabricant de GPS produit des appareils dotés d'un écran rectangulaire de 36 cm de périmètre. Il décide de modifier les dimensions de l'écran : il augmente la longueur et la largeur de 3 cm chacune.

- De combien de cm² l'aire de l'écran a-t-elle augmenté ?

# Mission démonstration

## Raisonnement — Conjecture et démonstration

À partir de l'observation de cas particuliers, on peut parfois énoncer une conjecture, c'est-à-dire un énoncé que l'on pense être vrai, mais qui n'est pas encore démontré. Pour prouver que cette conjecture est vraie, il faut rédiger une démonstration. Pour prouver qu'elle est fausse, il suffit de donner un seul contre-exemple.

**99** Voici un programme de calcul.

- Choisir un nombre.
- Prendre son carré.
- Multiplier le résultat par –5.
- Ajouter le cube du nombre de départ.
- Diviser par –6.

**1.** Quel est le résultat obtenu lorsque l'on choisit 0 comme nombre de départ ? Et si l'on choisit 2 ? Et 3 ?

**2.** Quelle conjecture peut-on énoncer ?

**3.** Démontrer ou invalider cette conjecture.

**100** Louise considère le programme de calcul suivant.

- Choisir un nombre.
- Prendre son carré.
- Multiplier le résultat par –3.
- Ajouter 300.

Louise fait la conjecture suivante : « Le résultat de ce programme de calcul est toujours positif. »

- La conjecture de Louise est-elle vraie ou fausse ? Justifier la réponse.

## Objectif BREVET

### 101 Simplifier un script

On donne le programme ci-dessous où l'on considère 2 lutins.
Pour chaque lutin, on a écrit un script correspondant à un programme de calcul différent.

| Lutin 1 | Numéro d'instruction |
|---|---|
| quand 🏳 est cliqué | 1 |
| demander (Saisir un nombre) et attendre | 2 |
| envoyer à tous (Nombre saisi) | 3 |
| mettre x à (réponse) + (5) | 4 |
| mettre x à (x) * (2) | 5 |
| mettre x à (x) - (réponse) | 6 |
| dire regrouper (Le programme de calcul donne) et (x) | 7 |

| Lutin 2 | Numéro d'instruction |
|---|---|
| quand je reçois (Nombre saisi) | 1 |
| mettre y à (7) * (réponse) | 2 |
| mettre y à (y) - (8) | 3 |
| dire regrouper (Le programme de calcul donne) et (y) | 4 |

**1.** Vérifier que si l'on choisit 7 comme nombre, le lutin 1 affiche comme résultat 17 et le lutin 2 affiche 41.

**2.** Quel résultat affiche le lutin 2 si l'on saisit le nombre $-4$ ?

**3. a.** Si l'on appelle $x$ le nombre saisi, écrire en fonction de $x$ les expressions qui traduisent le programme de calcul du lutin 1 à chaque étape pour les instructions 4 à 6.
**b.** Montrer que cette expression peut s'écrire $x + 10$.

**4.** Célia affirme que plusieurs instructions dans le script du lutin 1 peuvent être supprimées et remplacées par l'instruction ci-dessous.

mettre x à (réponse) + (10)

Indiquer les numéros des instructions qui sont alors inutiles.

**5.** Paul a saisi un nombre pour lequel le lutin 1 et le lutin 2 affichent le même résultat.
Quel est ce nombre ?

*D'après DNB Polynésie, 2019.*

### 102 Programmes de calcul

Voici deux programmes de calcul.

**Programme A**

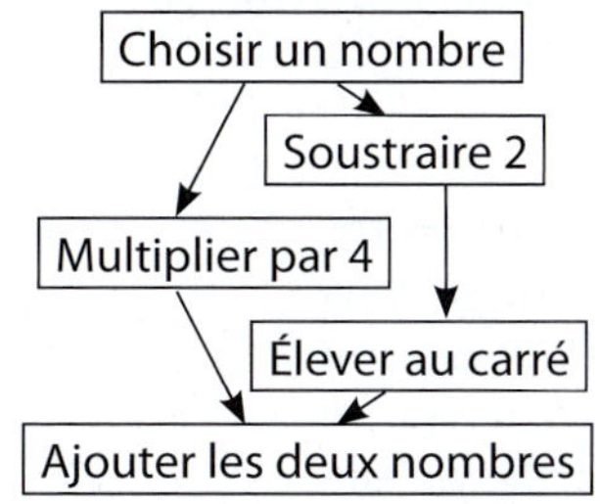


**Programme B**

- Choisir un nombre.
- Calculer son carré.
- Ajouter 6 au résultat.

**1. a.** Montrer que, si l'on choisit le nombre 5, le résultat du programme A est 29.
**b.** Quel est le résultat du programme B si l'on choisit le nombre 5 ?

**2.** Si l'on nomme $x$ le nombre choisi, expliquer pourquoi le résultat du programme A peut s'écrire $x^2 + 4$.

**3.** Quel est le résultat du programme B si l'on nomme $x$ le nombre choisi ?

**4.** Les affirmations suivantes sont-elles vraies ou fausses ? Justifier les réponses et écrire les étapes des éventuels calculs.
**a.** « Si l'on choisit le nombre $\frac{2}{3}$, le résultat du programme B est $\frac{58}{9}$. »
**b.** « Si l'on choisit un nombre entier, le résultat du programme B est un nombre entier impair. »
**c.** « Le résultat du programme B est toujours un nombre positif. »
**d.** « Pour un même nombre entier choisi, les résultats des programmes A et B sont tous les deux des entiers pairs, ou bien tous les deux des entiers impairs. »

*D'après DNB Antilles, 2019.*

### 103 Qui a raison ?

Voici un programme de calcul sur lequel travaillent quatre élèves. Voici ce qu'ils affirment :

> Prendre un nombre.
> Lui ajouter 8.
> Multiplier le résultat par 3.
> Enlever 24.
> Enlever le nombre de départ.

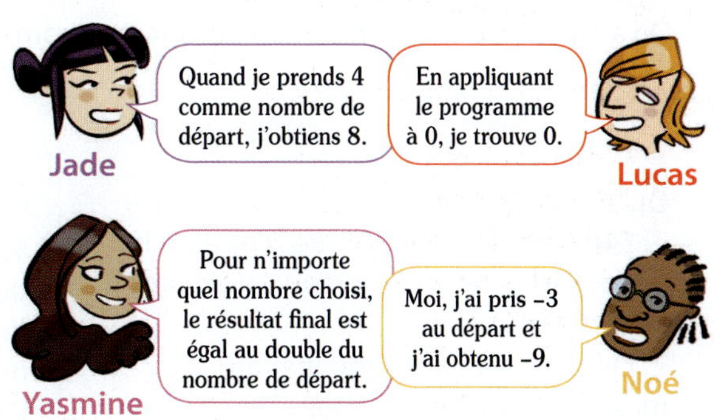


• Pour chacun de ces quatre élèves, expliquer s'il a raison ou tort.

*D'après DNB Métropole – La Réunion – Antilles-Guyane, 2015.*

# Travailler autrement

Utilisable en AP

À chacun son parcours !

**Indices**

$450 \times 10 = 350 \times 10 + 1\,000$

$40^2 + 35 \times 40 = 3\,000$

$450 \times 40 = 200 \times 40 + 10\,000$

$30^2 + 35 \times 30 = 1\,950$

## 104 Analyse de document

Socle D1 *J'utilise les langages formels (lettres) pour effectuer des calculs et modéliser des situations.*

Socle D2 Je pratique le calcul, j'estime et contrôle les résultats.

Les 3 carrés gris ci-contre représentent 3 halles couvertes. Dans chaque situation, une personne sort par la porte P, marche vers le sud puis vers l'ouest et, dès qu'elle aperçoit sa voiture V, elle s'arrête en S. On veut déterminer la dimension inconnue $x$.

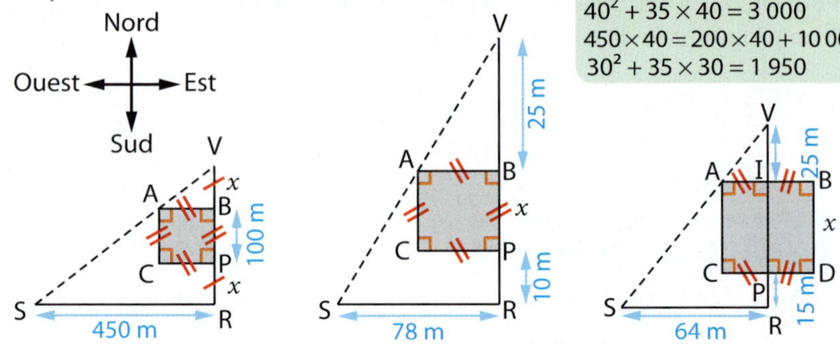


Halle 1 — Halle 2 — Halle 3

### Questions ceinture jaune

**1re situation : halle 1**

1. À l'aide du théorème de Thalès dans les triangles emboités VBA et VRS, compléter l'égalité suivante :
$\dfrac{VB}{VR} = \dfrac{\dots}{SR}$, puis remplacer chaque longueur par sa valeur ou son expression en fonction de $x$.

2. À l'aide d'un produit en croix, écrire une égalité dont chaque membre sera sous forme développée et réduite.

3. À l'aide des **Indices**, déterminer la dimension $x$ indiquée sur le schéma.

### Questions ceinture verte

**2e situation : halle 2**

1. À l'aide du théorème de Thalès, compléter l'égalité suivante :
$\dfrac{VB}{VR} = \dfrac{\dots}{SR}$ puis remplacer chaque longueur par sa valeur ou son expression en fonction de $x$.

2. À l'aide d'un produit en croix, écrire une égalité dont chaque membre sera sous forme développée et réduite.

3. À l'aide des **Indices**, déterminer la dimension $x$ du côté de la halle.

### Questions ceinture noire

**3e situation : halle 3**

1. Écrire les égalités de quotients obtenues à l'aide du théorème de Thalès dans les triangles VRS et VIA.

2. En déduire, à l'aide d'un produit en croix, une équation d'inconnue x, dont chaque membre sera sous forme développée et réduite.
Montrer que résoudre l'équation ainsi obtenue revient à résoudre une équation de la forme $ax^2 + bx - c = 0$, où $a$, $b$ et $c$ sont des nombres entiers à déterminer.

3. Montrer que cette équation peut s'écrire sous la forme $(x - 40)(x + 80) = 0$.

4. En déduire la dimension du côté de la halle.

## 105 Résolution de problème

Socle D1 *J'utilise les langages formels (lettres) pour effectuer des calculs et modéliser des situations.*

Socle D2 Je pratique le calcul, j'estime et contrôle les résultats.

On a choisi deux nombres $a$ et $b$ qui ont pour somme 150. On augmente chacun d'un même nombre entier positif.

### Questions ceinture jaune

On augmente $a$ et $b$ de 5.

1. Exprimer en fonction de $a$ et de $b$ le produit des deux nouveaux nombres ainsi obtenus.

2. Développer, puis simplifier au maximum cette expression.

3. Si $a = 100$ avant l'augmentation, justifier à l'aide de la question précédente que le produit des deux nombres a augmenté de $5 \times 150 + 25$.

### Questions ceinture verte

On augmente $a$ et $b$ de 6.

1. Exprimer en fonction de $a$ et de $b$ le produit des deux nouveaux nombres ainsi obtenus. Développer l'expression obtenue.

2. Déterminer de combien augmente leur produit.

### Questions ceinture noire

On augmente $a$ et $b$ de $m$.

1. Exprimer en fonction de $a$ de $b$ et de $m$ le produit des deux nouveaux nombres ainsi obtenus. Développer cette expression.

2. Si leur produit a augmenté de 1 431, déterminer le nombre $m$ à l'aide d'un tableur.

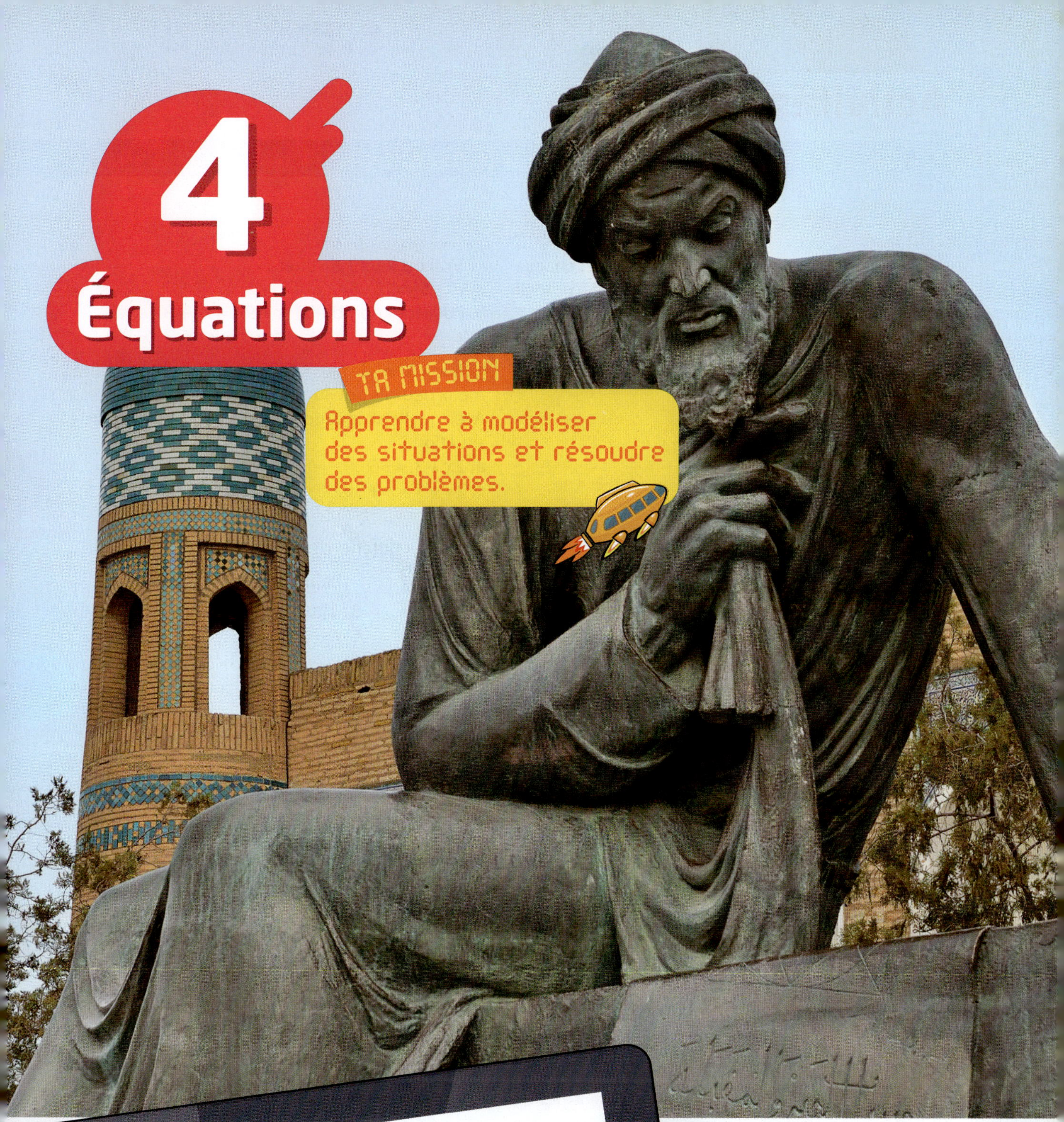

# 4 Équations

**TA MISSION**

Apprendre à modéliser des situations et résoudre des problèmes.

## JEU

Le Garam est un jeu de calcul. Remplir chaque case avec un chiffre de sorte que chaque ligne et chaque colonne forment une opération correcte. Le résultat d'une opération verticale est un nombre à deux chiffres si deux cases suivent le symbole égal. Un chiffre peut être utilisé plusieurs fois.

*Source : www.garam.fr*

## POINT INFO

Al-Khwarizmi est un mathématicien persan du IXe siècle qui contribua grandement à la collecte et à la diffusion de l'héritage des civilisations anciennes (grecque, perse, du Moyen-Orient, indienne, chinoise, etc.). Il fut l'un des pionniers dans la résolution d'équations en les transformant en équations plus faciles à résoudre ou en proposant des résolutions géométriques.

Voir problème 114 p.102

# Activités

## Prêts pour le décollage ?

**QUESTIONS FLASH** — Questions flash supplémentaires

**1** Voici deux successions d'opérations. Dans chaque cas, écrire une seule expression permettant d'obtenir le même résultat final.

a. $5 \times 7 = 35$
$35 - 12 = 23$
$23 \div 2 = 11{,}5$

b. $8 + 14 = 22$
$22 - 3{,}5 = 18{,}5$
$17 \times 18{,}5 = 314{,}5$

**2** Voici un programme de calcul.

> Choisir un nombre.
> Le multiplier par 4.
> Ajouter –7 au résultat.

• Quel nombre faut-il choisir au départ pour obtenir 9 ?

**3** **Vrai ou faux ?** Justifier.
a. 2 est solution de l'équation : $6x - 7 = 5$.
b. –3 est une solution de l'équation : $x^2 = 9$.
c. –10 est une solution de l'équation $x^2 = -100$.

**4** **Vrai ou faux ?** Justifier.
a. Si $x$ est solution de l'équation $3x + 4 = 17$, alors $x$ est solution de l'équation $3x = 13$.
b. Si $x$ est solution de l'équation $4x = 20$. alors $x$ est solution de l'équation $x = 20 - 4$.
c. Si $x$ est solution de l'équation $6x - 12 = 60$. alors $x$ est solution de l'équation $x - 2 = 10$.

**5** **Vrai ou faux ?** Justifier.
a. $7^2 - 5^2 = (7 - 5)^2$
b. Pour tout nombre $x$, $(x + 9)^2 = x^2 + 81$.

**6** Luc a 3 ans de plus que le double de l'âge d'Alice. À eux deux ils ont 36 ans. On note $x$ l'âge d'Alice. Avec quelle(s) équation(s) peut-on modéliser cette situation ?
a. $2x + 3 = 36$
b. $2x + 3 + x = 36$
c. $2x + 3 = x + 36$
d. $2(x + 3) + x = 36$

**7** On recherche des solutions de l'équation : $4x - 3 = 7x + 6$.

| | A | B | C |
|---|---|---|---|
| 1 | **x** | **4x-3** | **7x+6** |
| 2 | -4 | -19 | -22 |
| 3 | -3 | -15 | -15 |
| 4 | -2 | -11 | -8 |
| 5 | -1 | -7 | -1 |
| 6 | 0 | -3 | 6 |
| 7 | 1 | 1 | 13 |
| 8 | 2 | 5 | 20 |
| 9 | 3 | 9 | 27 |
| 10 | 4 | 13 | 34 |

a. Quelle formule a-t-on pu entrer en B2 ?
b. Quelle formule a-t-on pu entrer en C2 ?
c. Donner une solution de cette équation.

## Activité 1 Les balances

On dispose de deux balances sur lesquelles on peut trouver des pommes, des bananes et une grappe de raisin. Les deux balances sont en équilibre.

• Si chaque pomme pèse 170 g, combien pèse la grappe de raisin ?

## Activité 2 Les programmes de calcul

Emma et Idriss choisissent chacun un même nombre de départ puis appliquent un programme de calcul différent. À la fin, ils obtiennent le même résultat.
Dans chacune des trois situations, trouver le nombre qui donne le même résultat.

**Situation n° 1**

**Programme d'Emma**
- Choisir un nombre.
- Multiplier ce nombre par 7.
- Ajouter 3 au résultat.

**Programme d'Idriss**
- Choisir un nombre.
- Multiplier ce nombre par 5.
- Ajouter 12 au résultat.

**Situation n° 2**

**Programme d'Emma**
- Choisir un nombre.
- Multiplier ce nombre par 3.
- Soustraire 7 au résultat.

**Programme d'Idriss**
- Choisir un nombre.
- Multiplier ce nombre par 8.
- Ajouter 5 au résultat.

**Situation n° 3**

**Programme d'Emma**
- Choisir un nombre.
- Multiplier ce nombre par 5.
- Ajouter 3 au résultat.

**Programme d'Idriss**
- Choisir un nombre.
- Multiplier ce nombre par 2.
- Ajouter 7 au résultat.

## Activité 3 Chercher zéro

**Parcours 1**

À partir d'un même nombre de départ, on parcourt deux chemins : par le premier, on lui soustrait 8, et par le second, on lui ajoute 5. On calcule ensuite le produit des deux nombres obtenus.

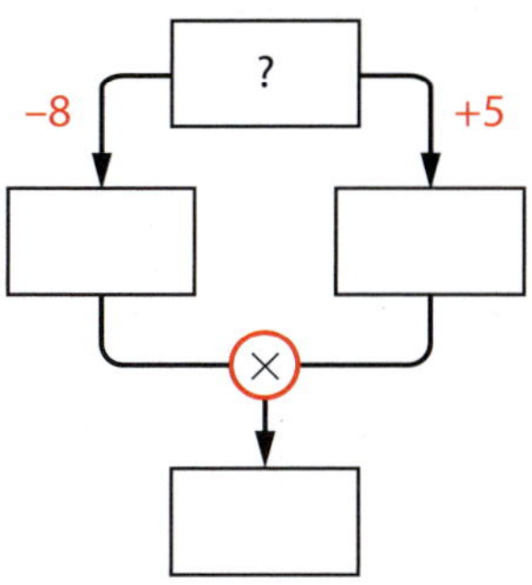


**1.** Effectuer ce parcours avec le nombre 7. Quel résultat obtient-on ?

**2.** Luc choisit un nombre et obtient le résultat 0.
Marie lui dit : « Tu avais choisi 8. »
Luc lui répond : « Non, c'est un autre nombre. »

**a.** Que peut-on dire de la proposition de Marie ?

**b.** Quel était le nombre choisi par Luc ?

**Parcours 2**

À partir d'un même nombre de départ, on parcourt deux chemins : par le premier, on le double, puis on retranche 7 au résultat, et par le second, on le triple et on soustrait 2 au résultat. On calcule ensuite le produit des deux nombres obtenus.

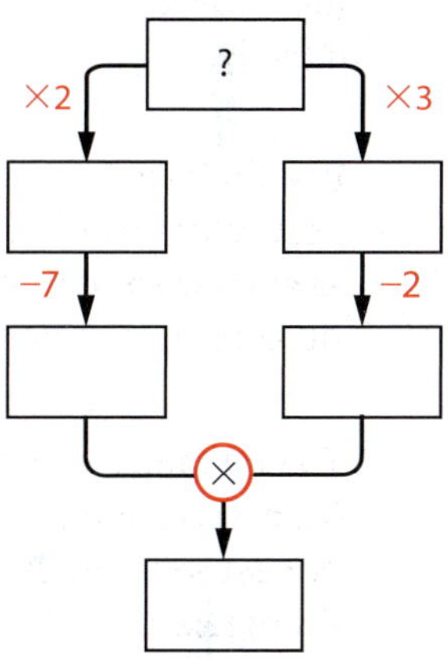


- Quel(s) nombre(s) peut-on choisir au départ pour obtenir 0 comme résultat final ?

## Activité 4 La devinette

Dounia lance un défi à ses amies Laure et Mona.

**1.** Quel nombre Laure a-t-elle écrit sur le papier ?

**2.** Quel nombre Mona a-t-elle pu choisir et quelle erreur a-t-elle pu faire en utilisant la calculatrice ?

Cours

# 1 Résoudre une équation du premier degré

**Définitions**

- Une **équation** est une égalité qui comporte au moins un nombre de valeur inconnue, généralement désigné par une lettre.
Cette égalité peut être vraie pour certaines valeurs de l'inconnue et fausse pour d'autres.
- Une **solution** d'une équation est une valeur de l'inconnue pour laquelle l'égalité est vraie.
- **Résoudre** une équation, c'est en trouver toutes les solutions.

**Exemples**

On considère l'équation $2 + x = 8$.
Pour $x = 6$, l'égalité est vérifiée, donc 6 est une solution de cette équation.
Pour $x = 9$, l'égalité n'est pas vérifiée, donc 9 n'est pas une solution de l'équation.

**Propriété**

Une égalité reste vraie lorsqu'on ajoute (ou soustrait) un même nombre à chacun de ses membres.
$a$, $b$ et $k$ désignent des nombres.
Si $a = b$, alors : $a + k = b + k$ et $a - k = b - k$

**Exemple 1**

On veut résoudre l'équation $x - 7 = 2$.
On **ajoute 7** à chacun de ses membres :

$$x - 7 + 7 = 2 + 7$$
$$x = 9$$

Donc 9 est la solution de cette équation.

**Exemple 2**

On veut résoudre l'équation $5 + x = 1$.
On **soustrait 5** à chacun de ses membres :

$$5 + x - 5 = 1 - 5$$
$$x = -4$$

Donc $-4$ est la solution de cette équation.

**Propriété**

Une égalité reste vraie lorsqu'on multiplie (ou divise) chacun de ses membres par un même nombre non nul.
$a$, $b$ et $k$ désignent des nombres ($k \neq 0$).
Si $a = b$, alors : $a \times k = b \times k$ et $\frac{a}{k} = \frac{b}{k}$

**Exemple 1**

On veut résoudre l'équation $\frac{x}{2} = 5$.
On **multiplie par 2** chacun de ses membres :

$$\frac{x}{2} \times 2 = 5 \times 2$$
$$x = 10$$

Donc 10 est la solution de cette équation.

**Exemple 2**

On veut résoudre l'équation $3x = -1$.
On **divise par 3** chacun de ses membres :

$$\frac{3x}{3} = \frac{-1}{3}$$
$$x = -\frac{1}{3}$$

Donc $-\frac{1}{3}$ est la solution de cette équation.

# Savoir-faire

Apprends à l'aide des exercices résolus puis entraine-toi !

## 1 Résoudre une équation du premier degré

**1** On considère l'équation $4y - 3 = 6y + 5$. Le nombre 2 est-il une solution de cette équation ?

**Solution**

Pour $y = 2$ :

$4y - 3 = 4 \times 2 - 3 = 8 - 3 = 5$

$6y + 5 = 6 \times 2 + 5 = 12 + 5 = 17$

On remplace $y$ par 2 dans chaque membre, et on regarde si on obtient ou non le même résultat.

$5 \neq 17$ : l'égalité $4y - 3 = 6y + 5$ est fausse pour $y = 2$, donc 2 n'est pas une solution de cette équation.

**À toi de jouer**

**2** On considère l'équation $-5x + 3 = -3x - 7$.

- Les nombres $-1$ ; 0 ; 5 et 6 sont-ils solutions de cette équation ?

→ Corrigé p. 310

**3** Résoudre les équations : **a.** $x + 5 = 2$ **b.** $x - 8 = -1$

**Solution**

On soustrait 5 aux deux membres.

**a.** $x + 5 - 5 = 2 - 5$

$x = -3$. Donc $-3$ est la solution de cette équation.

On ajoute 8 aux deux membres.

**b.** $x - 8 + 8 = -1 + 8$

$x = 7$. Donc 7 est la solution de cette équation.

**À toi de jouer**

**4** Résoudre les équations suivantes. **a.** $x + 12 = 7$ **b.** $3{,}2 + x = 6$ **c.** $x - 10 = 5$ **d.** $x - 6{,}5 = 8$

→ Corrigé p. 310

**5** Résoudre les équations : **a.** $-7x = 2$. **b.** $\frac{x}{5} = 7$.

**Solution**

On divise par $-7$ les deux membres.

**a.** $\frac{-7x}{-7} = \frac{2}{-7}$

$x = \frac{2}{-7}$. Donc $\frac{2}{-7}$ (ou $\frac{-2}{7}$) est la solution de cette équation.

On multiplie par 5 les deux membres.

**b.** $\frac{x}{5} \times 5 = 7 \times 5$

$x = 35$

Donc 35 est la solution de cette équation.

**À toi de jouer**

**6** Résoudre les équations suivantes. **a.** $2x = 11$ **b.** $-4x = 13$ **c.** $\frac{x}{9} = 5$ **d.** $\frac{x}{12} = -5$

→ Corrigé p. 310

**7** Résoudre l'équation $3x - 5 = 2x + 2$.

**Solution**

$3x - 5 - 2x = 2x + 2 - 2x$

$x - 5 = 2$

$x - 5 + 5 = 2 + 5$

$x = 7$ Donc 7 est la solution de cette équation.

**À toi de jouer**

**8** Résoudre les équations suivantes.

**a.** $2x + 8 = 7$

**b.** $4 - 8x = 15$

**c.** $4x - 3 = -2x + 8$

**d.** $-4x + 7 = 3x - 2$

→ Corrigé p. 310

# Cours

## 2 Résoudre une équation produit

**Propriété**

On considère un produit de deux facteurs :
- si au moins l'un des facteurs est nul, alors ce produit est nul ;
- si ce produit est nul, alors au moins l'un de ses facteurs est nul.

**▸ Exemple**

On veut résoudre l'équation $(3x + 4)(2x - 3) = 0$.

Cette équation, écrite sous la forme d'un produit égal à 0, peut se traduire par :

$3x + 4 = 0$ ou $2x - 3 = 0$

$3x = -4$ ou $2x = 3$

$x = -\frac{4}{3}$ ou $x = \frac{3}{2}$

Les solutions de l'équation $(3x + 4)(2x - 3) = 0$ sont $-\frac{4}{3}$ et $\frac{3}{2}$.

**Remarque**

Ce type d'équation, écrite sous la forme d'un produit égal à 0, est appelé une **équation produit** (ou équation produit nul).

**Méthode**

Pour se ramener à une équation produit, il est parfois nécessaire de factoriser une expression.

**▸ Exemple**

On veut résoudre l'équation $x^2 + 7x = 0$.

En factorisant le membre de gauche, on obtient $x(x + 7) = 0$ qui est une équation produit.

On peut alors résoudre cette équation :

$x = 0$ ou $x + 7 = 0$

$x = -7$

Les solutions de l'équation $x^2 + 7x = 0$ sont 0 et $-7$.

## 3 Résoudre une équation du type $x^2 = a$

**Propriété**

***a* désigne un nombre.**
- Si $a > 0$, alors les solutions de l'équation $x^2 = a$ sont $\sqrt{a}$ et $-\sqrt{a}$.
- Si $a = 0$, alors la solution de l'équation $x^2 = a$ est 0.
- Si $a < 0$, alors l'équation $x^2 = a$ n'a aucune solution.

→ Mission démonstration p. 102

**▸ Exemples**
- L'équation $x^2 = 9$ a deux solutions : $\sqrt{9} = 3$ et $-\sqrt{9} = -3$.
- L'équation $x^2 = 7$ a deux solutions : $\sqrt{7}$ et $-\sqrt{7}$.
- L'équation $x^2 = 0$ a pour unique solution : 0.
- L'équation $x^2 = -1$ n'a aucune solution.

Apprends à l'aide des exercices résolus puis entraine-toi !

## 2 Résoudre une équation produit

**9** Résoudre l'équation $(2x-5)(x+3)=0$.

**Solution**

$2x-5=0$ ou $x+3=0$
$2x=5$ ou $x=-3$
$x=\frac{5}{2}$
Les solutions de cette équation sont $\frac{5}{2}$ et $-3$.

C'est une équation produit. On peut écrire qu'au moins l'un des facteurs est nul.

À toi de jouer

**10** Résoudre les équations suivantes.
**a.** $(x+5)(x-2)=0$
**b.** $(3x+4)(2x-5)=0$
**c.** $x(5x+6)=0$
**d.** $(4x-7)^2=0$

→ Corrigé p. 310

**11** Résoudre l'équation $(x-5)(3x+2)-4(x-5)=0$ après avoir factorisé le membre de gauche.

**Solution**

$(x-5)(3x+2)-4(x-5)=0$
$(x-5)(3x+2-4)=0$
$(x-5)(3x-2)=0$
$x-5=0$ ou $3x-2=0$
$x=5$ ou $3x=2$
$x=\frac{2}{3}$
Les solutions de cette équation sont 5 et $\frac{2}{3}$.

Dans le membre de gauche, $(x-5)$ est un facteur commun. On peut donc factoriser par $(x-5)$.

**12** Résoudre l'équation $(x-4)^2-64=0$.

**Solution**

$(x-4)^2-64=0$
$(x-4)^2-8^2=0$
$(x-4+8)(x-4-8)=0$
$(x+4)(x-12)=0$
$x+4=0$ ou $x-12=0$
$x=-4$ ou $x=12$
Les solutions de cette équation sont $-4$ et 12.

On peut factoriser le membre de gauche à l'aide de l'identité remarquable $a^2-b^2=(a+b)(a-b)$.

À toi de jouer

**13** Après avoir factorisé le membre de gauche, résoudre les équations suivantes.
**a.** $(4x+3)(x-7)+(4x+3)(5x-1)=0$
**b.** $2x(3x+4)-(x-4)(3x+4)=0$
**c.** $x^2-100=0$
**d.** $(3x+1)^2-25=0$

→ Corrigé p. 311

## 3 Résoudre une équation du type $x^2 = a$

**14** Résoudre l'équation $x^2+26=0$.

**Solution**

$x^2+26=0$
$x^2=-26$
$-26<0$, donc l'équation $x^2+26=0$ n'a pas de solution.

Cette équation est du type $x^2=a$ avec $a<0$.

**15** Résoudre l'équation $6x^2=5x^2+49$.

**Solution**

$6x^2=5x^2+49$
$6x^2-5x^2=49$
$x^2=49$
$49>0$, donc cette équation a deux solutions : $\sqrt{49}=7$ et $-\sqrt{49}=-7$.

Cette équation est du type $x^2=a$ avec $a>0$.

À toi de jouer

**16** Résoudre les équations suivantes.
**a.** $x^2=12$
**b.** $-5x^2=-80$
**c.** $4x^2=-7x^2+75$
**d.** $3x^2+5x=5x^2-(4-5x)$

→ Corrigé p. 311

Cours

# 4 Modéliser une situation

**Méthode**

Pour modéliser une situation à l'aide d'une équation, on suit les étapes suivantes.

**1. Choix de l'inconnue**
On choisit l'inconnue, généralement notée $x$, en fonction de ce que l'on cherche.

**2. Mise en équation**
On traduit les données de l'énoncé du problème par une équation.

**3. Résolution de l'équation**
On résout l'équation en utilisant les propriétés du cours.

**4. Conclusion**
On interprète le résultat en rédigeant une phrase.

**Exemple**

Agnès a 3 ans de moins que Soukayna, et Xander a le double de l'âge d'Agnès.
À eux trois, ils ont 107 ans.

- Quel est l'âge d'Agnès ?

**1. Choix de l'inconnue**
On choisit l'inconnue : on note $x$ l'âge d'Agnès.

**2. Mise en équation**
Agnès a 3 ans de moins que Soukayna, donc Soukayna a 3 ans de plus qu'Agnès.
Ainsi l'âge de Soukayna est égal à $x + 3$.
Xander a le double de l'âge d'Agnès, donc l'âge de Xander est égal à $2x$.
La somme de leurs âges est donc égale à $x + x + 3 + 2x$.
Mais on sait également, qu'à eux trois, ils ont 107 ans.
On peut donc écrire l'équation : $x + x + 3 + 2x = 107$.

**3. Résolution de l'équation**

$x + x + 3 + 2x = 107$

$4x + 3 = 107$

$4x + 3 - 3 = 107 - 3$ ◀ On soustrait 3 aux deux membres.

$4x = 104$

$\frac{4x}{4} = \frac{104}{4}$ ◀ On divise par 4 les deux membres.

$x = 26$

**4. Conclusion**
Agnès a donc 26 ans.

Après avoir trouvé la réponse au problème, on peut vérifier que la solution est correcte :
Agnès a 26 ans, Soukayna a 29 ans ($26 + 3$) et Xander a 52 ans ($2 \times 26$).
On a bien $26 + 29 + 52 = 107$.

# Savoir-faire

Apprends à l'aide des exercices résolus puis entraine-toi !

## 4 Modéliser une situation

**17** Je suis un nombre.
Si on me multiplie par 3 puis qu'on soustrait 4 au résultat, on trouve mon double auquel on a ajouté 1.
• Qui suis-je ?

**Solution**

**1. Choix de l'inconnue**
Notons $x$ le nombre cherché.

**2. Mise en équation**
Le nombre multiplié par 3, auquel on a soustrait 4 est égal à $3x - 4$.
Le double du nombre auquel on ajoute 1 est égal à $2x + 1$.
On peut donc écrire l'équation $3x - 4 = 2x + 1$.

**3. Résolution de l'équation**
$3x - 4 = 2x + 1$
$3x - 4 - 2x = 2x + 1 - 2x$

On soustrait $2x$ aux deux membres.

$x - 4 = 1$
$x - 4 + 4 = 1 + 4$

On ajoute 4 aux deux membres.

$x = 5$

**4. Conclusion**
Je suis le nombre 5.

À toi de jouer

**18** Je suis un nombre. Si on me multiplie par 2, puis qu'on ajoute 5 au résultat, on trouve mon quadruple auquel on a soustrait 1.
• Qui suis-je ?

→ Corrigé p. 311

**19** $x$ désigne un nombre positif.
• Pour quelle(s) valeur(s) de $x$ l'aire du rectangle ci-dessous est-elle égale à 35 ?

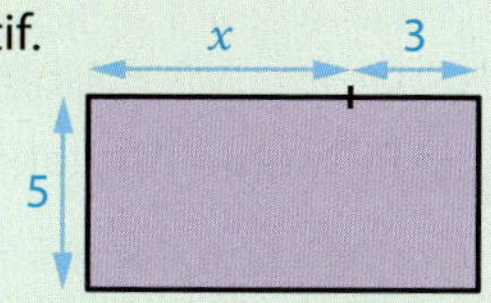


**Solution**

**1. Choix de l'inconnue**
$x$ est le nombre cherché.

**2. Mise en équation**
La largeur du rectangle est 5, sa longueur est égale à $3 + x$ ; son aire est donc égale à $5(3 + x)$.
On peut ainsi écrire l'équation $5(3 + x) = 35$.

**3. Résolution de l'équation**
$5(3 + x) = 35$
$15 + 5x = 35$

On soustrait 15 aux deux membres.

$15 + 5x - 15 = 35 - 15$
$5x = 20$

On divise par 5 les deux membres.

$\frac{5x}{5} = \frac{20}{5}$
$x = 4$

**4. Conclusion**
L'aire du rectangle est égale à 35 lorsque $x = 4$.

À toi de jouer

**20** $x$ désigne un nombre compris entre 0 et 12.
• Pour quelle(s) valeur(s) de $x$ l'aire de la partie rose est-elle égale à 80 ?

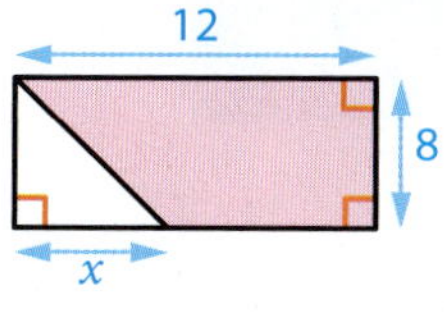


**21** Aujourd'hui, Nina a 11 ans et Tom 49 ans.
• Dans combien d'années Tom aura-t-il le triple de l'âge de Nina ?

**22** Une boite de conserve cylindrique a pour hauteur 10,5 cm et pour volume 465 cm$^3$.
• Quel est le rayon de la base ? On arrondira le résultat au mm près.

On pourra faire un schéma.

→ Corrigé p. 311

# Exercices

Ressources téléchargeables

## Résoudre une équation

→ Savoir-faire p. 89

### QUESTIONS FLASH

**23** Dans chacune des équations ci-dessous, identifier :
- l'inconnue ;
- les deux membres de l'équation.

a. $8x - 7 = 11$ b. $6y + 4 = 2 - y$ c. $z^2 - 5 = 0$

**24** On considère l'équation $2x - 3 = 7$.
$-1$ et 5 sont-ils solutions de cette équation ?

**25** On considère l'équation :
$$-2x + 7 = 3x - 8.$$
1 ; 3 et 0 sont-ils solutions de cette équation ?

**26** Quelle opération peut-on commencer par faire sur chaque membre pour résoudre chacune des équations suivantes ?

a. $x - 5 = 7$ b. $6x = 14$ c. $\frac{x}{3} = 19$
d. $x + (-2) = 8$ e. $4x + 2 = 1$ f. $-5x - 4 = 3$

Questions flash supplémentaires

**27** CALCUL MENTAL Associer chaque équation de la colonne orange à sa solution de la colonne bleue.

| | |
|---|---|
| $3y - 2 = 5y$ | $y = 6$ |
| $y - 8 = 4 - y$ | $y = 5$ |
| $2y = \frac{y}{5} + 9$ | $y = -1$ |
| $4(y + 1) = y - 2$ | $y = -2$ |

**28** Résoudre chaque équation.

a. $-3 + x = 7$ b. $x + 8 = 11$
c. $5x = 19$ d. $-2x = 9$
e. $3x + 7x = 50$ f. $-4x + 9x = 45$

**29** CALCUL MENTAL Dans chacun des cas suivants, choisir l'étiquette qui correspond à la bonne réponse.

a. L'équation $7x + 8 = 14$ a les mêmes solutions que l'équation :

$7x = 6$ $x + 8 = 7$

b. L'équation $5x - 9 = 3x + 2$ a les mêmes solutions que l'équation :

$8x = 11$ $2x = 11$

**30** Résoudre chaque équation.

a. $\frac{5}{3}x = 4$ b. $6x - 7 = 8$ c. $8 - 7x = 57$
d. $2x - 11 = 7x + 4$ e. $6 - 3x = 15 + 4x$

**31** 1. Développer et réduire l'expression :
$$6(x - 2) - 4x + 92.$$
2. Résoudre l'équation $6(x - 2) - 4x + 92 = 17$.

**32** 1. Développer et réduire les expressions $4(x - 5)$ et $6(-x + 2)$.
2. Résoudre l'équation $4(x - 5) = 6(-x + 2)$.

**33** Résoudre l'équation $3(2x - 4) = 5x - (-3x + 7)$.

**34** Résoudre l'équation $3(7 - 2x) - 5(2x + 1) = 0$.

**35** Associer chaque équation de la colonne orange à l'équation de la colonne bleue qui a la même solution.

| | |
|---|---|
| $-4(y + 3) = 7y$ | $16y = 13$ |
| $11y + 9 + 6(7 - y) = 3$ | $5y + 1 = 0$ |
| $2y^2 - 2y(y - 8) = 13$ | $11y = -12$ |
| $y^2 + 2y + 1 + 3y(6y + 1) = 19y^2$ | $5y + 48 = 0$ |

**36** Résoudre l'équation $(3x + 5)(4x - 2) = -2x(-6x + 3)$.

Développe et réduis chacun des deux membres.

**37** Résoudre l'équation $\frac{2}{5}x + \frac{3}{2} = \frac{6}{5}x$.

**38** Résoudre l'équation $\frac{5x + 7}{3} = 4$

Tu peux utiliser l'égalité $\frac{a - b}{c} = \frac{a}{c} - \frac{b}{c}$.

**39** Résoudre les équations suivantes.

a $\frac{5}{x} = \frac{2}{7}$ b. $\frac{x}{x + 3} = \frac{1}{3}$

Tu peux utiliser l'égalité des produits en croix.

### MODE EXPERT

**40** Résoudre l'équation $\frac{2}{3}\left(\frac{1}{5}x - 2\right) + \frac{7}{15} = \frac{2}{5}x - \frac{1}{3}$.

**41** Résoudre l'équation $\frac{2x - 3}{4} = \frac{3x + 1}{5}$.

## Résoudre une équation produit

→ Savoir-faire p. 91

### QUESTIONS FLASH

**42** Donner la solution de chacune des équations suivantes.
a. $x + 5 = 0$ b. $7 - x = 0$ c. $3 + x = 0$
d. $x - 9 = 0$ e. $0{,}5x - 1 = 0$ f. $3x + 1 = 0$
g. $5x - 2 = 0$ h. $1 - 7x = 0$ i. $\frac{1}{3}x + 1 = 0$

**43** Parmi les équations suivantes, lesquelles sont sous la forme d'un produit de deux facteurs égal à 0 ?
a. $(3x + 1)(-2x + 5) = 0$ b. $x(3x - 4) = 0$
c. $(4x + 3)(3x - 1) = 3$ d. $(5x - 1)^2 = 0$
e. $(6x + 5) + (2x + 1) = 0$

**44** **Vrai ou faux ?**
a. 5 et 3 sont les solutions de l'équation :
$(x - 5)(x - 3) = 0$
b. –4 et –2 sont les solutions de l'équation :
$(x + 4)(2 - x) = 0$
c. –8 et 5 sont les solutions de l'équation :
$(x + 8)(x + 5) = 0$
d. 7 et –1 sont les solutions de l'équation :
$(7 - x)(x + 1) = 0$

**45** Quelles sont les solutions des équations suivantes ?
a. $(x - 5)(x - 3) = 0$ b. $(x + 7)(x - 9) = 0$
c. $x(x + 2) = 0$ d. $(x + 3)(2x - 6) = 0$

**46** Choisir la bonne réponse parmi les cinq proposées.
L'équation $(4 - 2x)(x + 5) = 0$ a pour solutions :
a. –2 et –5 b. 2 et –5 c. –8 et –5
d. –8 et 5 e. 8 et –5

Questions flash supplémentaires

**47** CALCUL MENTAL Associer chaque équation de la colonne orange à ses solutions de la colonne bleue.

| | |
|---|---|
| $(y + 3)(5y - 1) = 0$ | 3 et $\frac{1}{5}$ |
| $(y + 3)(5y + 1) = 0$ | –3 et $\frac{1}{5}$ |
| $(y - 3)(5y + 1) = 0$ | 3 et $-\frac{1}{5}$ |
| $(y - 3)(5y - 1) = 0$ | –3 et $-\frac{1}{5}$ |

**48** Résoudre les équations suivantes.
a. $(x - 10)(x + 5) = 0$ b. $(1 + 2x)(3x - 1) = 0$
c. $(-x + 8)(7 - 11x) = 0$ d. $(4 - x)(5 - 2x) = 0$

**49** Résoudre les équations suivantes.
a. $x(x - 6) = 0$ b. $-2x(3x + 1) = 0$ c. $(2x + 3)^2 = 0$

**50** Résoudre les équations suivantes.
a. $3(4x - 1)^2 = 0$
b. $\left(\frac{3}{5} + x\right)\left(4x - \frac{1}{7}\right) = 0$
c. $\left(\frac{3}{7}x + 2\right)\left(4 - \frac{5}{6}x\right) = 0$

**51** Factoriser le membre de gauche de chaque équation, puis résoudre l'équation obtenue.
a. $7x^2 + 5x = 0$
b. $4(x + 3) + (x - 5)(x + 3) = 0$
c. $(3x + 1)(x - 5) + (3x - 4)(3x + 1) = 0$

**52** Factoriser le membre de gauche de chaque équation, puis résoudre l'équation obtenue.
a. $x^2 - 81 = 0$ b. $100 - x^2 = 0$

**53** Factoriser le membre de gauche de chaque équation, puis résoudre l'équation obtenue.
a. $16x^2 - 64 = 0$ b. $121 - 49x^2 = 0$

**54** Résoudre les équations suivantes.
a. $39x^2 - 27 = 3x^2 - 2$ b. $120 + 9x^2 = 13x^2 - 24$

Essaie d'obtenir une équation de la forme $a^2 - b^2 = 0$.

**55** Factoriser le membre de gauche de chaque équation, puis résoudre l'équation obtenue.
a. $(3 + x)^2 - 64 = 0$ b. $(2x + 1)^2 - 9 = 0$

**56** 1. Factoriser l'expression $(2x - 1)^2 - 9$.
2. Résoudre l'équation $(2x - 1)^2 - 9 = 0$.

**57** Résoudre l'équation $(3x - 1)^2 = (5x + 3)^2$.

### MODE EXPERT

**58** Résoudre les équations suivantes.
a. $5x^2 = 3x$
b. $(x + 2)(3x - 5) = (-3x + 5)(6x + 1)$
c. $x^2 - 4 = (x + 2)(3x + 4)$

**59** On considère l'équation (E) : $(3x + 8)^2 + 2(9x^2 - 64) = 0$.
1. Factoriser l'expression $9x^2 - 64$.
2. Résoudre l'équation (E).

**60** On considère l'équation (E) : $x^2 + 16x = 17$.
1. Peut-on ajouter 64 à chaque membre de cette équation ? Quelle équation obtient-on alors ?
2. Développer l'expression $(x + 8)^2$.
3. En déduire les solutions de l'équation (E).

# Exercices

## Résoudre une équation du type $x^2 = a$

→ Savoir-faire p. 91

### QUESTIONS FLASH

**61** Calculer mentalement :

$A = 5^2$ $B = \sqrt{36}$ $C = 10^2$ $D = 4^2$ $E = \sqrt{4}$ $F = \sqrt{16}$

**62** **1.** Donner deux nombres dont le carré est égal à 64.
**2.** Donner deux nombres dont le carré est égal à 121.

**63** **Vrai ou faux ?** Justifier.
**a.** L'équation $x^2 = -5$ a deux solutions.
**b.** L'équation $x^2 - 3 = 0$ a une seule solution.
**c.** L'équation $x^2 = 26$ a deux solutions.
**d.** L'équation $x^2 = 1$ a une seule solution.
**e.** L'équation $x^2 = 0$ n'a pas de solution.

**64** Des élèves doivent résoudre l'équation $x^2 = 8$.
• Qui donne la bonne réponse ?

**65** Des élèves doivent résoudre l'équation $x^2 - 4 = 0$.
• Qui donne la bonne réponse ?

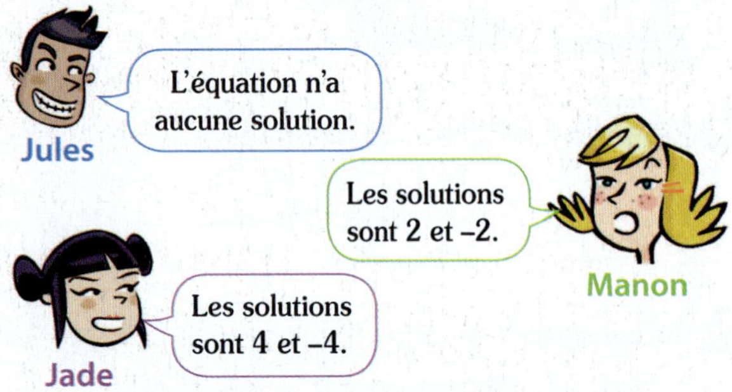


**66** Parmi les nombres suivants, quels sont ceux qui sont solutions de l'équation $x^2 = 16$ ? Justifier.

| | | | |
|---|---|---|---|
| $A = 16$ | $B = 256$ | $C = 4$ | $D = -16$ |
| $E = \sqrt{16}$ | $F = -4$ | $G = -8$ | $H = -\sqrt{16}$ |
| $I = 8$ | $J = \sqrt{256}$ | $K = 4^2$ | $L = 16^2$ |
| $M = -\sqrt{256}$ | $N = -4^2$ | $O = -16^2$ | $P = -256$ |

Questions flash supplémentaires

**67** Résoudre les équations suivantes.
**a.** $x^2 = 50$ **b.** $x^2 = \dfrac{4}{9}$ **c.** $2x^2 = 32$
**d.** $x^2 = -100$ **e.** $x^2 - 18 = 0$ **f.** $x^2 = 3\,600$
**g.** $x^2 = 2$ **h.** $x^2 - 10 = 2$

**68** Résoudre l'équation $4x^2 + 5 = 105$.

**69** Résoudre l'équation $2x^2 + 3 = 131$.

**70** Résoudre l'équation $x^2 - 14 = 5x^2 - 50$.

**71** Résoudre l'équation $2x(2x - 3) = x^2 - (6x - 4)$.

**72** On considère le programme de calcul ci-dessous.

> Choisir un nombre.
> Multiplier ce nombre par 3.
> Mettre le résultat au carré.
> Annoncer le résultat.

Le résultat obtenu est 324.
• Quel(s) nombre(s) a-t-on pu choisir ?

**73** Soit $x$ la longueur du côté d'un carré (en cm). L'aire de ce carré est égale à 225 cm².
**1.** Déterminer la valeur de $x$.
**2.** Combien vaut le périmètre de ce carré ?

**74** Soit $n$ un nombre dont le triple du carré est égal à 432.
• Quelles sont les valeurs possibles de $n$ ?

**75** Résoudre l'équation $\dfrac{4}{x} = \dfrac{x}{4}$.

**76** Résoudre l'équation $\dfrac{6x}{11} = \dfrac{11}{6x}$.

**77** On veut résoudre l'équation $x^2 + 10x + 25 = 0$.
**1.** Développer et réduire l'expression $(x + 5)^2$.
**2.** En déduire les solutions de l'équation :
$$x^2 + 10x + 25 = 0$$

**78** **1.** Développer et réduire l'expression $(x + 4)^2$.
**2.** En déduire la résolution de l'équation $x^2 + 8x + 16 = 9$.

### MODE EXPERT

**79** Résoudre l'équation $\dfrac{3x + 1}{4} = \dfrac{36}{3x + 1}$.

**80** Résoudre l'équation $4(x - 1)^2 + 2 = 38$.

**81** Un triangle rectangle isocèle a une hypoténuse de 4 cm. Donner une valeur approchée, au mm près, des longueurs des deux autres côtés.

## Modéliser une situation

→ Savoir-faire p. 93

### QUESTIONS FLASH

**82** $x$ désigne un nombre quelconque.
Exprimer à l'aide d'une expression littérale la plus simple possible :
a. 7 de plus que $x$ ; b. 10 de moins que $x$ ;
c. 4 fois plus que $x$ ; d. 2 fois moins que $x$ ;
e. Le double de $x$ augmenté de 3.
f. La somme de $x$ et de 3 élevée au carré.

**83** $n$ désigne un nombre entier naturel quelconque.
Exprimer à l'aide d'une expression littérale la plus simple possible :
a. l'entier qui suit $n$ ; b. l'entier qui précède n ;
c. la somme des trois entiers consécutifs qui suivent $n$.

**84** Traduire les trois énoncés suivants par une équation d'inconnue $y$, $y$ étant le nombre cherché.
a. Lorsqu'on ajoute 5 à un nombre, on trouve le double de ce nombre. Quel est ce nombre ?
b. On multiplie un nombre par 3 puis on ajoute 12 au résultat, on trouve −8. Quel est ce nombre ?
c. Le double de la somme d'un nombre et de 8 est égal au produit de ce nombre par −3. Quel est ce nombre ?

**85** On considère le problème suivant :
« Le triple de la somme d'un nombre et de 5 est égal à 24. Quel est ce nombre ? »
Laquelle des équations suivantes permet de modéliser ce problème ?
a. $3x + 5 = 24$ b. $x + 3 \times 5 = 24$
c. $3(x + 5) = 24$ d. $5x + 3 = 24$

Questions flash supplémentaires

**86** Voici un programme de calcul.

> Choisir un nombre.
> Multiplier par 3.
> Ajouter 5.

1. En notant $x$ le nombre choisi au départ, exprimer le nombre obtenu avec ce programme à l'aide d'une expression littérale.
2. Quel nombre doit-on choisir si l'on veut obtenir 32 comme résultat ?
3. Quel nombre doit-on choisir si l'on veut obtenir son double comme résultat ?

**87** Voici les tarifs pratiqués dans deux magasins vendant des cartouches d'encre.

On désigne par $x$ le nombre de cartouches achetées.
1. Exprimer, en fonction de $x$, le prix payé dans le magasin Vitprint.
2. Exprimer, en fonction de $x$, le prix payé dans le magasin Inkmag.
3. Écrire l'équation permettant de déterminer le nombre de cartouches d'encre pour lequel les deux tarifs sont identiques.
4. Résoudre cette équation.

**88** Je suis un nombre. Multiplié par 7 puis diminué de 3, je vaux mon triple augmenté de 13.
• Qui suis-je ?

**89** On considère le programme de calcul ci-dessous.

> Choisir un nombre.
> Ajouter 4 au double du nombre choisi.
> Élever au carré le résultat obtenu.
> Soustraire 1.
> Annoncer le résultat.

1. On appelle $x$ le nombre choisi au départ.
Exprimer, en fonction de $x$, le résultat obtenu à la fin de ce programme.
2. Démontrer que ce résultat peut aussi s'écrire $(2x + 3)(2x + 5)$.
3. Quel(s) nombre(s) peut-on choisir au départ pour que le résultat soit nul ?

**90** Trois petits triangles équilatéraux identiques sont découpés dans les coins d'un triangle équilatéral de 6 cm de côté. La somme des périmètres des trois petits triangles est égale au périmètre de l'hexagone restant.

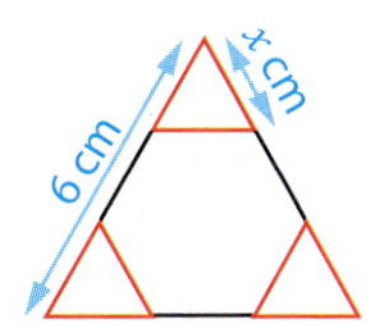


• Quelle est la mesure du côté des petits triangles ?

### MODE EXPERT

**91** L'aire d'un carré augmente de 40 cm² si l'on augmente chacun de ses côtés de 4 cm.
• Quelle est la longueur initiale d'un côté de ce carré ?

N'hésite pas à faire un schéma !

**92** Un aquarium a la forme d'un pavé droit de longueur 60 cm, de largeur 50 cm et de hauteur 45 cm. On y verse 90 litres d'eau.
• Quelle va être la hauteur de l'eau dans cet aquarium ?

Rappelle-toi que 1 L = 1 dm³.

**93** Si l'on soustrait un même nombre au numérateur et au dénominateur de la fraction $\frac{2}{3}$, on obtient son inverse.
• Quel est ce nombre ?

# Faire le point

Version interactive du QCM

## QCM

Donner la ou les bonnes réponses parmi les trois proposées.

### 1 Résoudre une équation

| | Réponse A | Réponse B | Réponse C |
|---|---|---|---|
| **1.** L'équation $7x - 1 = 4x + 3$ a pour solution : | $\frac{4}{3}$ | $\frac{3}{4}$ | $-\frac{4}{3}$ |
| **2.** Une équation qui a la même solution que l'équation $5z - 3 = 10$ est : | $2z = 10$ | $5z = 13$ | $5z = 7$ |

### 2 Résoudre une équation produit

| | Réponse A | Réponse B | Réponse C |
|---|---|---|---|
| **1.** L'équation $5x(2x + 1) = 0$ a : | deux solutions 0 et –0,5 | deux solutions 5 et –2 | une solution –0,5 |
| **2.** Les solutions de l'équation $(x - 5)(2x + 3) = 0$ sont : | 5 et $-\frac{3}{2}$ | –5 et $\frac{3}{2}$ | 5 et $-\frac{2}{3}$ |

### 3 Résoudre une équation du type $x^2 = a$

| | Réponse A | Réponse B | Réponse C |
|---|---|---|---|
| **1.** Les solutions de l'équation $x^2 = 16$ sont : | 16 et –16 | 4 et –4 | 8 et –8 |
| **2.** L'équation $x^2 + 36 = 0$ a : | deux solutions 6 et –6 | deux solutions 18 et –18 | aucune solution |

### 4 Modéliser une situation

| | Réponse A | Réponse B | Réponse C |
|---|---|---|---|
| L'organisateur d'un concours dispose de 1 600 € à répartir entre les trois meilleurs participants. Il veut que le premier ait 200 € de plus que le second et que le second ait 100 € de plus que le troisième. Une équation qui permet de trouver la somme donnée au troisième est : | $x + (x + 100) + (x + 200) = 1\,600$ | $x + 300 = 1\,600$ | $3x + 300 = 1\,600$ |

→ Corrigé p. 311

## Carte mentale

Ressource téléchargeable

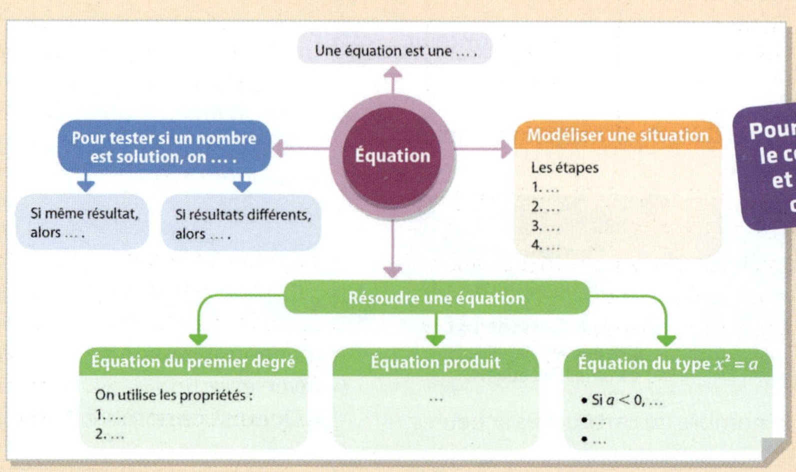


Pour t'aider à retenir le cours, télécharge et complète cette carte mentale.

# Algorithmique et outils numériques

## 94 Le programme d'Alexis

Alexis a élaboré le script ci-dessous.

**1.** Qu'affiche ce script si l'utilisateur entre la valeur 0 ? La valeur 4 ? La valeur 16 ?

**2.** Trouver les nombres pour lesquels ce script affiche 0.

**3. a.** Prouver que ce script n'affiche jamais –10.

**b.** Modifier le script pour qu'il affiche –10 si l'utilisateur entre la valeur 0.

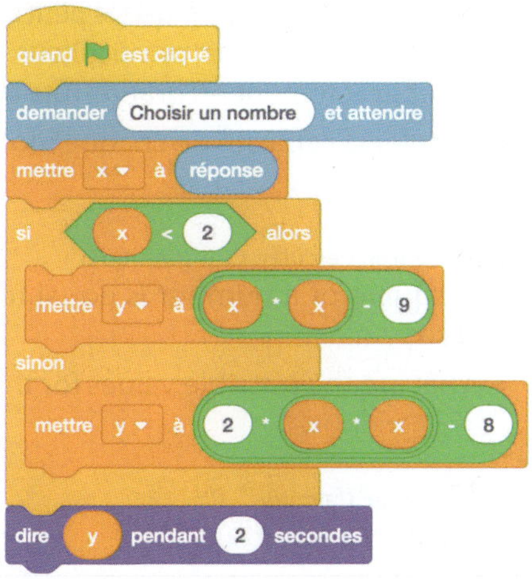


## 95 Les jardins de Kiftsgate Court

Kiftsgate Court Gardens, situé au-dessus du village de Mickleton dans le Gloucestershire en Angleterre, est un célèbre jardin botanique.

Clarisse voudrait s'en inspirer pour faire un bassin rectangulaire de 750 cm sur 1 000 cm, de sorte que :

– les côtés de l'ilot soient toujours à la même distance, notée $x$, de la bordure extérieure du bassin.

– la surface d'eau bleue et l'ilot vert aient la même aire.

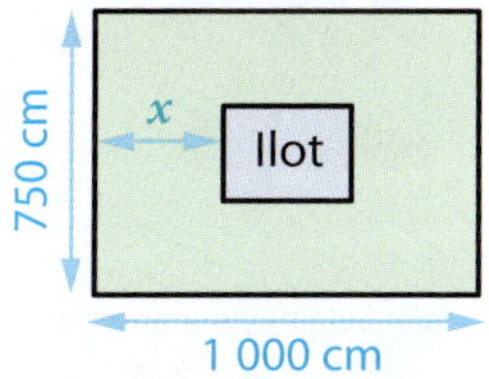


**1. a.** Montrer que le problème peut être modélisé par l'équation : $8x^2 - 7000x + 750\,000 = 0$.

**b.** Comme Clarisse ne sait pas résoudre cette équation, elle veut écrire un script qui teste des valeurs de $x$ jusqu'à trouver une solution. Clarisse pense tester toutes les valeurs entières entre 0 et 375. Que peut-on penser de ce choix ?

**2.** Clarisse réalise alors le script suivant.

**a.** Écrire et compléter ce script. Quelle réponse au problème de Clarisse nous fournit-il ?

**b.** Vérifier par le calcul que la ou les solutions trouvées grâce au programme sont valides.

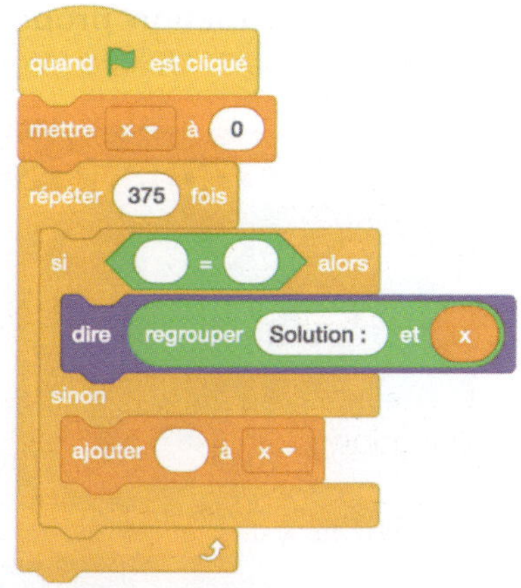


## 96 Sangaku

À partir du XVII$^e$ siècle, les écoles japonaises de mathématiques se lancèrent des défis sous forme d'énigmes géométriques peintes sur des tablettes de bois et exposées dans les temples japonais.

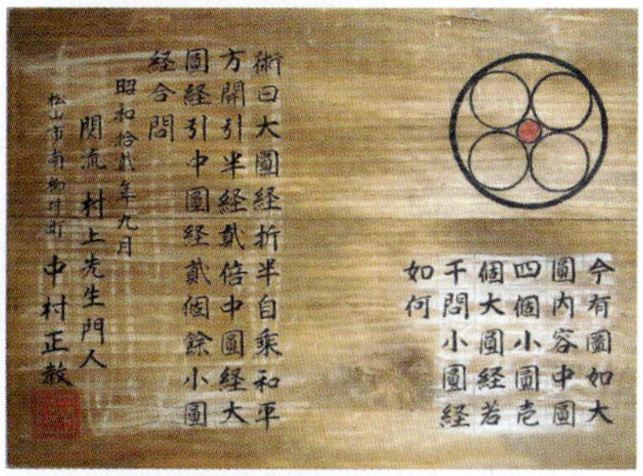

**Sangaku du sanctuaire d'Isaniwa Jinjya, 1937.**

On a construit ci-dessous la figure de cette énigme en prenant 1 cm pour le rayon du petit cercle. Les points E, F, G et H, centres de quatre cercles identiques, forment un carré de centre O, centre du petit cercle et du grand cercle. On cherche à déterminer le rayon du grand cercle.

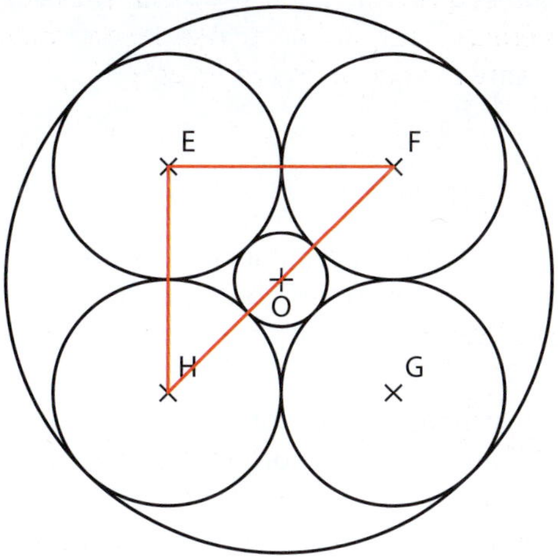


**1.** En notant $r$ le rayon des quatre cercles identiques, trouver une équation permettant de déterminer $r$.

**2.** À l'aide d'un tableur, déterminer un encadrement au millimètre près de $r$.

**3.** En déduire une valeur approchée du rayon du grand cercle, puis construire la figure en vraie grandeur.

# Problèmes

ceinture jaune · ceinture verte · ceinture noire

## 97 Parc d'attraction
Modéliser, Calculer, Communiquer

Un parc d'attraction propose deux formules d'abonnement.

- Existe-t-il un nombre d'entrées pour lequel on paie le même prix avec les deux formules ? Si oui, lequel ?

## 98 Alors, combien ?
Chercher, Calculer, Communiquer

Avec son camion pesant à vide 10 tonnes, Antoine souhaite passer sur un pont interdit aux véhicules de plus de 16 tonnes. Il a dans son chargement des caisses de 125 kg.

- Déterminer le nombre maximal de caisses qu'Antoine peut transporter.

## 99 Économies
Modéliser, Calculer

Lola est dans un magasin qui vend tous ses CD au même prix. Avec ses économies, si elle achète deux CD, il lui reste 14 €. Mais si elle veut en acheter 4, il lui manque 18 €.

- Quel est le prix d'un CD et quelle est la somme dont Lola dispose ?

## 100 Futs de vin
Modéliser, Calculer

Pour l'élevage de son vin de Bourgogne, un viticulteur dispose de deux modèles de futs. Le plus grand fut contient 171 litres de plus que le petit. Avec 10 260 litres de vin, ce viticulteur remplit exactement 40 grands futs et 20 petits.

- Calculer la capacité de chaque modèle de fut.

## 101 Square
Représenter, Calculer, Communiquer

The square of a number is equal to one hundred and sixty-nine.

- What are the possible values for this number?

## 102 Gagné !!
Représenter, Calculer

On réalise le script suivant :

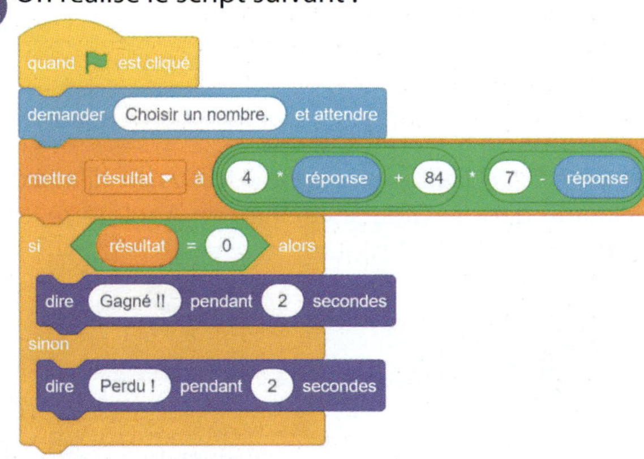


- Pour gagner, quel(s) nombre(s) l'utilisateur doit-il choisir ? Justifier.

## 103 Nombre mystère 1
Chercher, Raisonner, Calculer

Les deux chemins représentés ci-dessous partent d'un même nombre et mènent au même résultat.

- De quel nombre est-on parti ?

## 104 Partage
Modéliser, Calculer, Communiquer

Prise d'initiative

Cinq personnes se partagent 100 €.
La deuxième a 3 € de plus que la première, la troisième

a 3 € de plus que la deuxième et ainsi de suite jusqu'à la cinquième.

- Calculer la part de chaque personne.

## 105 Deux carrés

Prise d'initiative

**Chercher, Représenter, Calculer**

On considère deux carrés. La longueur des côtés du carré vert est égale au triple de celle du carré bleu et la différence de leurs aires est de 2 312 mm$^2$.

- Quelle est la longueur du côté du carré bleu ?

## 106 Le carré gonfle

**Représenter, Calculer**

On considère un carré de côté $x$ centimètres. Si l'on augmente $x$ de 4 cm, l'aire du carré augmente de 121,6 cm$^2$.

- Quelle est la valeur de $x$ ?

## 107 Tracés de même longueur

**Représenter, Modéliser, Calculer**

Le lutin demande à l'utilisateur de choisir un nombre $x$, puis il trace une **figure rouge** et une **figure bleue** (on suppose que le lutin n'atteint pas le bord de la scène).

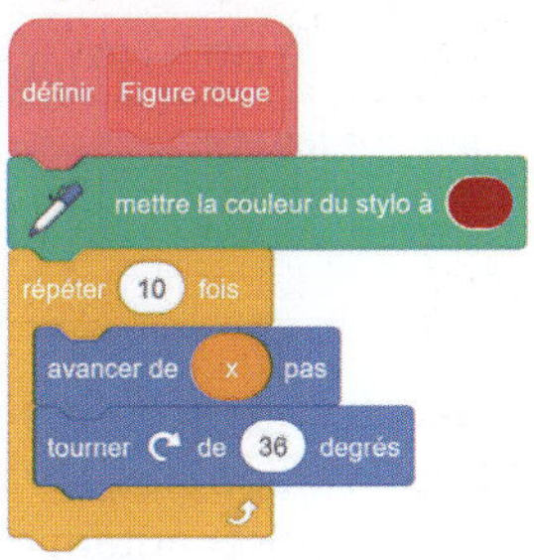


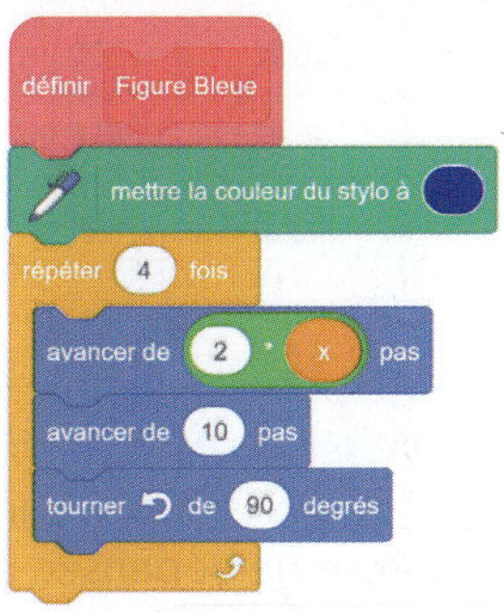


**1.** Quelle est la nature de la figure bleue ?
**2.** Pour quel nombre $x$ choisi par l'utilisateur la figure rouge et la figure bleue ont-elles le même périmètre ? Justifier.

## 108 Rectangles dans un rectangle

**Représenter, Calculer, Communiquer**

On partage un rectangle ABCD en 4 rectangles comme ci-dessous, où les longueurs sont données en cm.

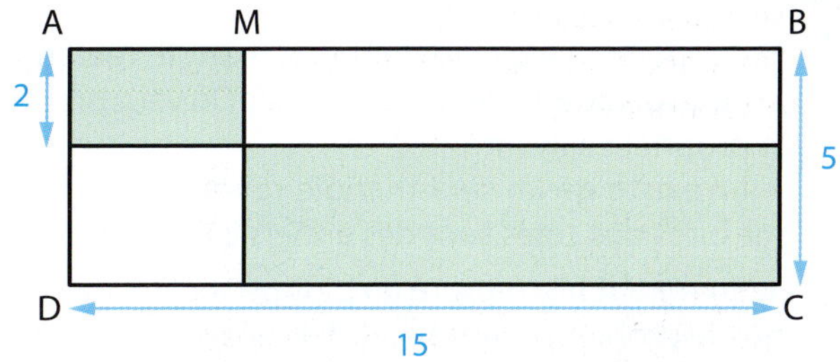


**1.** Où faut-il placer le point M sur le segment [AB] pour que les deux rectangles colorés aient le même périmètre ?

Note $x$ la longueur AM.

**2.** Où faut-il placer le point M sur le segment [AB] pour que les deux rectangles colorés aient la même aire ? Trouver une valeur approchée de AM au mm près.

Tu peux utiliser un tableur.

## 109 Nombre mystère 2

**Représenter, Calculer, Communiquer**

Je pense à un nombre plus petit que 15, je lui soustrais 2, j'élève au carré, j'ajoute le quadruple du nombre de départ et j'obtiens 328.

- À quel nombre ai-je pensé ?

$(a + b)^2 = (a + b)(a + b)$

## 110 Cône extensible

**Représenter, Calculer**

Un cône de révolution a une base de rayon 30 cm. Son volume est de 1 200 cm$^3$.

- De combien doit-on augmenter sa hauteur, sans modifier sa base, pour que son volume augmente de 50 % ? Donner la valeur exacte puis une valeur approchée au millimètre près.

# DÉFIS & ÉNIGMES

## 111 Le chat et la souris

- Combien pèse la souris ?

## 112 Suite logique

Voici les trois premiers éléments d'une suite logique d'assemblages de cubes.

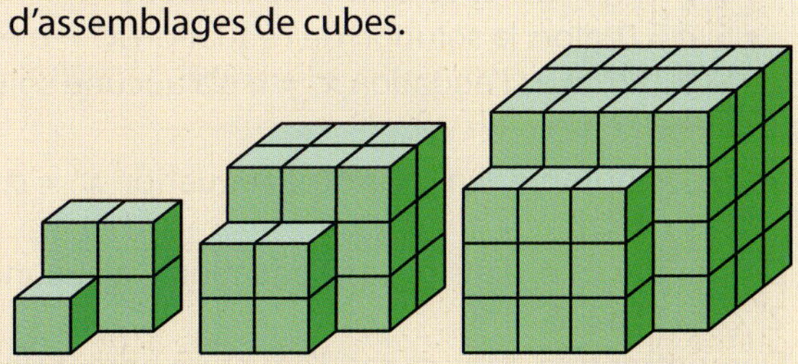

Pour $n = 2$ Pour $n = 3$ Pour $n = 4$

- Pour quelle valeur de $n$ l'assemblage comporte-t-il 357 770 cubes ?

# Problèmes

## 113 Le triangle égyptien

Chercher, Raisonner, Calculer

On appelle triangle égyptien un triangle rectangle qui a pour mesure des côtés 3, 4 et 5. On veut prouver la propriété suivante.

« Il n'existe qu'un seul triangle rectangle dont les mesures des côtés sont des entiers consécutifs. »

**1.** En notant $n$ la mesure du plus petit côté, montrer que le problème peut se modéliser avec l'équation : $n^2 - 2n - 3 = 0$.

**2.** Développer l'expression $(n + 1)(n - 3)$ et en déduire que le problème n'a qu'une seule solution qui correspond au triangle égyptien.

## 114 La méthode d'Al-Khwarizmi

Représenter, Calculer

Au IX$^{e}$ siècle, le mathématicien arabe Al Khwarizmi a utilisé une méthode géométrique pour trouver une solution de l'équation $x^2 + 10x = 39$. On suppose qu'un nombre $x$ positif est solution de cette équation et on construit la figure ci-contre qui a pour aire : $x^2 + 10x + 25 = 39 + 25 = 64$. Ainsi, le grand carré a pour côté 8 ; $x$ vaut donc 3.

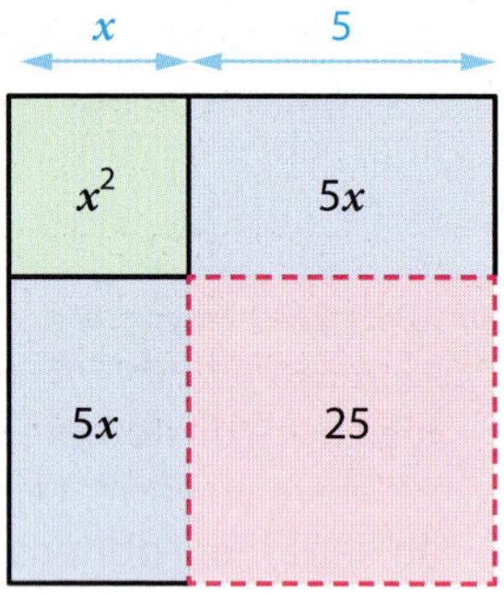


**1.** À l'aide de la méthode d'Al Khawarizmi, résoudre l'équation $x^2 + 12x = 85$.

Voir point info p. 85.

**2.** Résoudre de même l'équation $x^2 + 2x = 8$.

## 115 Facture d'électricité

Prise d'initiative

Chercher, Modéliser, Calculer

Caroline et Sabri viennent d'emménager dans un logement qui ne comporte que des ampoules halogènes. Ils décident de remplacer toutes les ampoules par des ampoules LED, ce qui coute au total 30 €.

**Doc. 1 Éclairage de la maison**

- Dans le salon : 3 ampoules de 75 W allumées en moyenne 4h/jour.
- Dans chacune des trois chambres : 1 ampoule de 100 W allumée en moyenne 2h/jour.
- Dans la salle de bain : 1 ampoule de 75 W allumée en moyenne 4h/jour.
- Dans le cellier et dans les WC : 1 ampoule de 50 W allumée en moyenne 1h/jour.
- Le prix du kWh est de 0,146 7 €.

**Doc. 2 Correspondance halogène/LED**

| Puissance de l'ampoule halogène à remplacer | Flux lumineux correspondant en lumen (lm) | Ampoule LED de remplacement | Consommation/an pour un allumage de 4 h par jour : Incandescence → LED |
|---|---|---|---|
| 50 W | 520 lm | 6 W | 73 kWh → 9 kWh |
| 75 W | 950 lm | 10 W | 109 kWh → 15 kWh |
| 100 W | 1350 lm | 14 W | 146 kWh → 20 kWh |

• Au bout de combien de jours l'économie d'énergie réalisée, grâce à ce changement d'ampoules, aura-t-elle permis à cette famille d'économiser autant que la somme dépensée pour l'achat des ampoules ?

## MISSION DÉMONSTRATION

**Démo de cours**

On veut démontrer la propriété suivante.

$a$ désigne un nombre.
- Si $a > 0$, alors les solutions de l'équation $x^2 = a$ sont $\sqrt{a}$ et $-\sqrt{a}$.
- Si $a = 0$, alors la solution de l'équation $x^2 = a$ est 0.
- Si $a < 0$, alors l'équation $x^2 = a$ n'a aucune solution.

**116** Soit $a$ un nombre. On considère l'équation $x^2 = a$.

**1$^{er}$ cas : $a < 0$**

Démontrer que, dans ce cas, l'équation n'a aucune solution.

**2$^{e}$ cas : Si $a = 0$**

Démontrer que, dans ce cas, l'équation admet une seule solution et préciser laquelle.

**3$^{e}$ cas : $a > 0$**

**a.** Justifier que, dans ce cas, l'équation $x^2 = a$ peut se ramener à l'équation $x^2 - \left(\sqrt{a}\right)^2 = 0$.

**b.** Factoriser le membre de gauche de cette équation, puis conclure.

On distingue les trois cas possibles (on dit que l'on fait un raisonnement par disjonction de cas).

# Objectif BREVET

## 117 Mathilde et Paul

Mathilde et Paul saisissent sur leur calculatrice un même nombre. Voici leurs programmes de calcul.

**Programme de calcul de Mathilde**
Saisir un nombre.
Multiplier ce nombre par 9.
Soustraire 8 au résultat obtenu.

**Programme de calcul de Paul**
Saisir un nombre.
Multiplier ce nombre par –3.
Ajouter 31 au résultat obtenu.

On considère la feuille de calcul suivante.

| | A | B | C | D | E | F | G | H | I | J | K | L |
|---|---|---|---|---|---|---|---|---|---|---|---|---|
| 1 | **Nombre de départ** | 0 | 1 | 2 | 3 | 4 | 5 | 6 | 7 | 8 | 9 | 10 |
| 2 | **Mathilde** | | | | | | | | | | | |
| 3 | **Paul** | | | | | | | | | | | |

**1. a.** Quelle formule doit-on saisir dans la cellule B2 puis étirer jusqu'à la cellule L2 pour obtenir les résultats obtenus par Mathilde ?
**b.** Quelle formule doit-on saisir dans la cellule B3 puis étirer jusqu'à la cellule L3 pour obtenir les résultats obtenus par Paul ?
**2.** Voici ce que la feuille de calcul fait apparaitre après avoir correctement programmé les cellules B2 et B3.

| | A | B | C | D | E | F | G | H | I | J | K | L |
|---|---|---|---|---|---|---|---|---|---|---|---|---|
| 1 | **Nombre de départ** | 0 | 1 | 2 | 3 | 4 | 5 | 6 | 7 | 8 | 9 | 10 |
| 2 | **Mathilde** | -8 | 1 | 10 | 19 | 28 | 37 | 46 | 55 | 64 | 73 | 82 |
| 3 | **Paul** | 31 | 28 | 25 | 22 | 19 | 16 | 13 | 10 | 7 | 4 | 1 |

Mathilde et Paul cherchent à obtenir le même résultat.
**a.** Au vu du tableau, quelle conjecture pourrait-on faire sur l'encadrement à l'unité du nombre à saisir dans les programmes pour obtenir le même résultat ?
**b.** Déterminer, par le calcul, le nombre de départ à saisir par Mathilde et Paul pour obtenir le même résultat et vérifier la conjecture sur l'encadrement.

*D'après DNB Centres étrangers, 2015.*

## 118 Vrai ou faux ?

Voici un programme de calcul.

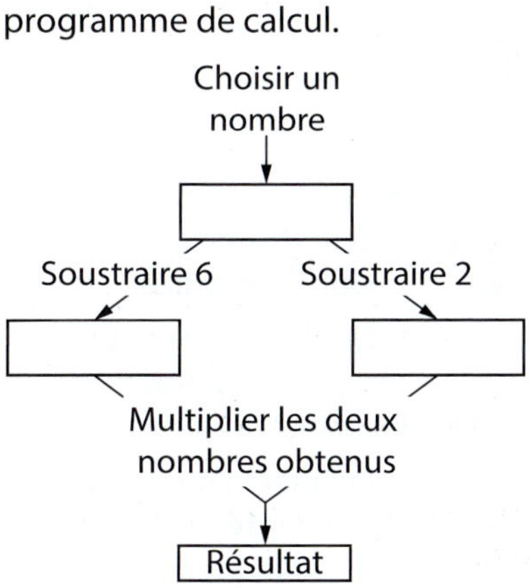


**1.** Montrer que si l'on choisit 8 comme nombre de départ, le programme donne 12 comme résultat.

**2.** Pour chacune des affirmations suivantes, indiquer si elle est vraie ou fausse. Justifier.
**Proposition 1 :** Le programme peut donner un résultat négatif.

**Proposition 2 :** Si l'on choisit 0,5 comme nombre de départ, le programme donne 8,25 comme résultat.

**Proposition 3 :** Le programme donne 0 comme résultat pour exactement deux nombres.

*D'après DNB Métropole – Antilles-Guyane, 2014.*

## 119 La ficelle

Annie possède de la ficelle qui peut être modélisée par un cylindre de rayon 0,5 mm et de hauteur $h$ en mm.

**1.** Donner la valeur exacte du volume de cette ficelle cylindrique en fonction de $h$.

**2.** En enroulant cette ficelle, Annie obtient une pelote ayant la forme d'une boule de rayon 6 cm.
On suppose que la ficelle est enroulée de manière qu'il n'y ait aucun vide dans la pelote.
Quelle est la hauteur $h$ du cylindre (la longueur de la ficelle) ?

*D'après DNB Liban juin, 2009.*

## 120 Des aires égales

Le dessin ci-dessous représente une figure composée d'un carré ABCD et d'un rectangle DEFG.
E est un point du segment [AD].
C est un point du segment [DG].
Dans cette figure la longueur AB peut varier, mais on a toujours AE = 15 cm et CG = 25 cm.

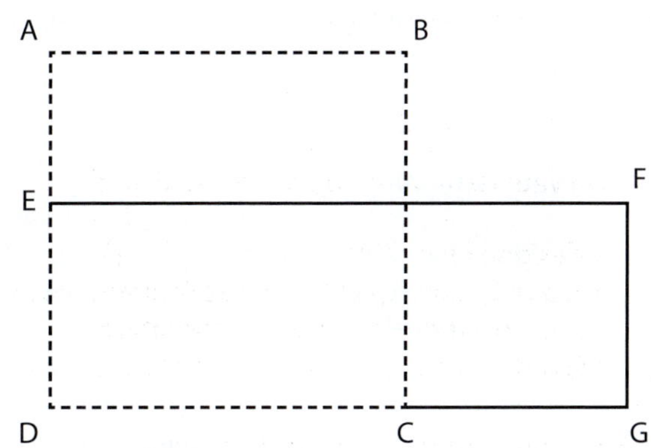


**1.** Dans cette question, on suppose que AB = 40 cm.
Calculer l'aire de ABCD et celle de DEFG.

**2.** Peut-on trouver la longueur AB de sorte que l'aire du carré ABCD soit égale à l'aire du rectangle DEFG ?
Si oui, calculer AB. Si non, expliquer pourquoi.

*D'après DNB Métropole, 2012.*

# Travailler autrement

Utilisable en AP

## 121 Résolution de problème

Socle D1 J'utilise les langages formels (lettres, symboles...) propres aux mathématiques.

Socle D2 Je sais identifier un problème, m'engager dans une démarche de résolution.

Une bougie a la forme d'une pyramide régulière à base carrée. Elle est constituée de deux coulages de cire, un rouge et un blanc. Chacune des deux bases carrées est entourée d'un liseré doré. Les deux liserés sont parallèles sur chaque face latérale.

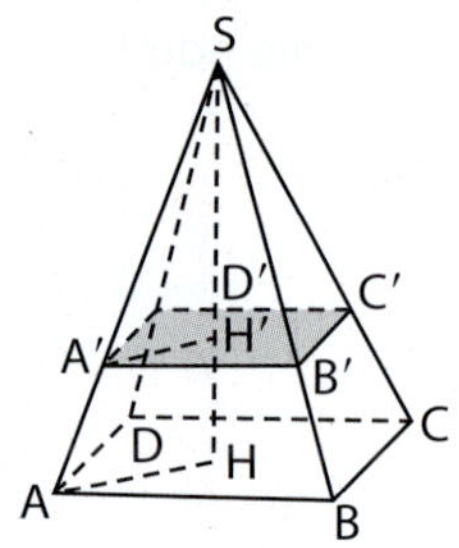


### Questions ceinture jaune

**1.** Le liseré doré entourant la base blanche est de longueur 48 cm. Que vaut la longueur AB ?

**2.** Sachant que la bougie est formée de 528 cm$^3$ de cire, quelle est sa hauteur ?

### Question ceinture verte

Le liseré doré entourant la base rouge est deux fois moins long que celui du bas. En tout, il y a 72 cm de liseré doré, 160 cm$^3$ de cire rouge et 120 cm$^3$ de cire blanche.

• Quelle est la hauteur de la bougie au millimètre près ?

### Question ceinture noire

La bougie a une hauteur totale de 12 cm, est constituée de 257,6 cm$^3$ de cire et la pyramide rouge est une réduction de la bougie entière de rapport $\frac{3}{4}$.

• Quelle longueur de liseré a été nécessaire pour faire le tour des deux bases blanche et rouge ? Justifier.

## 122 Résolution de problème

Socle D1 J'utilise les principes du système de numération décimal et les langages formels.

Socle D2 Je comprends un document, résous un problème, rédige un texte expliquant et justifiant ma démarche.

Xavier, qui habite Paris, a installé le 1$^{er}$ janvier 2019 deux récupérateurs d'eau de pluie pour sa maison : un modèle cylindrique, qui récupère l'eau de pluie tombée sur une surface de 4 m$^2$, et un modèle en forme de pavé droit, qui récupère l'eau de pluie tombée sur une surface de 2 m$^2$. Il utilise cette eau dès le mois de mai.

**Doc. 1** Récupérateurs d'eau de pluie

**Modèle n° 1 : cylindrique**
Hauteur d'eau : 88 cm
Contenance : 1000 L

**Modèle n° 2 : pavé droit**
Longueur : 120 cm
Largeur : 35 cm
Hauteur : 90 cm

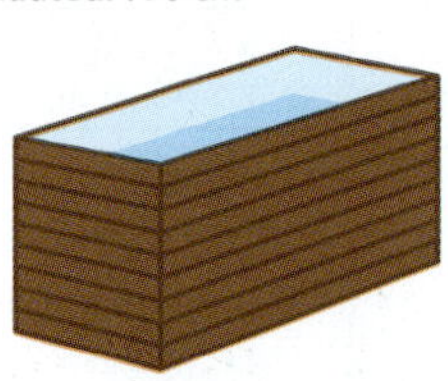

**Doc. 2** Pluviométrie mensuelle à Paris en 2019

| Mois | Hauteur d'eau (en mm par m$^2$) |
|---|---|
| Janvier | 49,8 |
| Février | 36 |
| Mars | 44,7 |
| Avril | 19,6 |
| Mai | 106,8 |
| Juin | 50,8 |

Rappel : 1 L = 1 dm$^3$

### Questions ceinture jaune

**1.** Au 1$^{er}$ avril 2019, quelle quantité d'eau en litres a été récupérée dans le modèle n° 2 ? Convertir cette quantité en cm$^3$.

**2.** Quelle est alors la hauteur d'eau dans ce récupérateur ?

### Questions ceinture verte

**1.** Quel est le diamètre du modèle n° 1 ? Justifier.

**2.** Quelle est la hauteur d'eau dans le modèle n° 1 au 1$^{er}$ mai 2019 ? Justifier.

### Questions ceinture noire

**1.** Quelle était la hauteur d'eau dans chaque récupérateur au 1$^{er}$ mai 2019 ? Justifier.

**2.** Estimer le moment de l'année 2019 où un des récupérateurs sera plein et préciser lequel.

# 5 Grandeurs et proportionnalité

**TA MISSION**

Reconnaitre et traiter des situations de proportionnalité : manipuler des pourcentages.

**JEU**

- Si Éva a mis 30 secondes pour faire cette pyramide de 4 étages, combien de temps lui faudra-t-il pour faire une pyramide de huit étages au même rythme ?

## POINT INFO

Il existe de nombreux gestes du quotidien pour protéger la planète : manger local et au rythme des saisons, limiter les emballages, bien choisir son mode de transport, réduire sa consommation d'énergie, recycler...

Mis en pratique et répétés jour après jour, ils peuvent également permettre de réaliser de substantielles économies.

Voir problème 84 p. 121.

# Activités

## Prêts pour le décollage ?

QUESTIONS FLASH — Questions flash supplémentaires

1. À la foire, un sachet de bonbons coute 18 € le kilogramme.
Est-il possible d'acheter 300 grammes de bonbons avec 4,50 € ?

2. Sur de courtes distances, le guépard peut atteindre une vitesse de 120 km/h.
À cette vitesse, quelle distance parcourt-il en 30 secondes ?

3. Christophe Lemaître a couru 100 mètres en 10 secondes.
Quelle était sa vitesse moyenne en km/h sur ce 100 m ?

4. Une baguette de pain de 200 grammes coute 0,90 €.
Quel est le prix du pain au kilogramme ?

5. Lucie et Irène se partagent 50 € selon le ratio 3 : 2.
Quelle somme d'argent aura chacune des filles ?

6. Sur une carte à l'échelle $\frac{1}{10\ 000\ 000}$, la distance Toulouse-Paris vaut 6,8 cm.
Quelle distance sépare ces deux villes dans la réalité ?

7. Nathan a eu 2,75/5 à son petit test de SVT.
Quelle serait sa note sur 20 ?

8. Trois jeunes sur cinq prennent un petit déjeuner le matin.
Quel pourcentage cela représente-t-il ?

9. Le graphique suivant donne la distance parcourue par une voiture en fonction du temps écoulé.

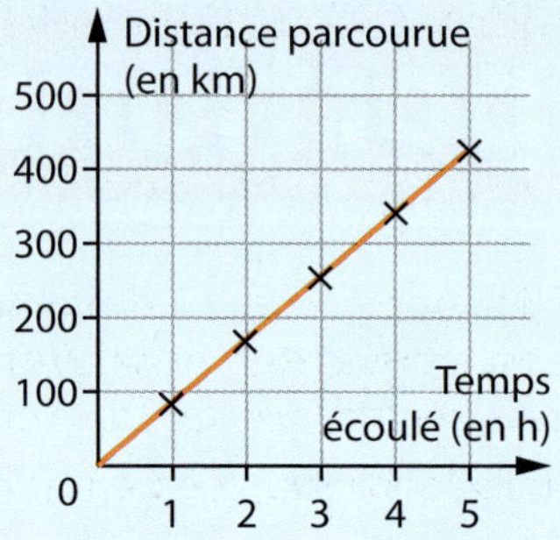


Traduit-il une situation de proportionnalité ?

10. Il faut (entre autres ingrédients) 100 g de sucre et 60 g de farine pour préparer des brownies pour 8 personnes.
Quelles masses de sucre et de farine sont nécessaires à la préparation des brownies pour 12 personnes ?

11. Dans une commune du Nord de 3 000 habitants, 80 % des électeurs ont voté aux dernières présidentielles.
Combien cela représente-t-il de votants ?

12. Olivier et Sophie achètent un bien immobilier à 200 000 €. Il faut ajouter 8 % de ce prix pour les frais de notaire.
**a.** À combien s'élèvent les frais de notaire ?
**b.** Quel est le prix total de ce bien immobilier ?

## Activité 1 Proportionnalité ?

• Pour chacune des situations suivantes, indiquer les deux grandeurs mises en jeu et leurs unités, puis dire si c'est une situation de proportionnalité. Justifier les réponses.

**Situation 1**

| | | | |
|---|---|---|---|
| Âge d'un chêne (en années) | 20 | 30 | 80 |
| Hauteur (en m) | 5 | 8 | 20 |

**Situation 2**
Dans une station essence, Simon a payé 62,10 € son plein d'essence de 45 L et Lucie a mis 25 L du même carburant pour 34,50 €.

**Situation 3**
Le graphique ci-contre donne la température de l'air en fonction de l'altitude.

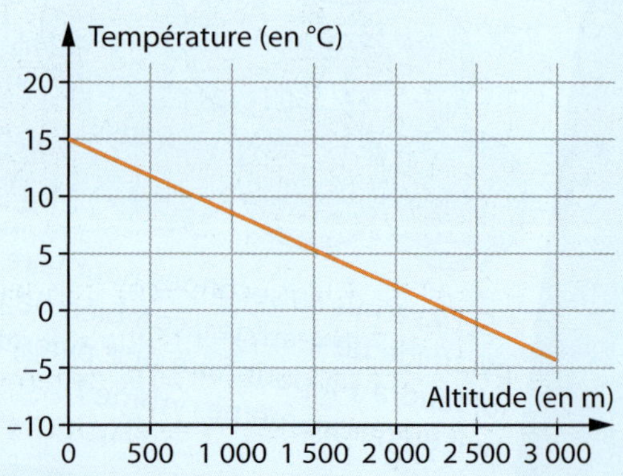

## Activité 2 Lait en quantité

1. Un pack de 6 bouteilles de lait coute 5,70 €. Le prix d'une bouteille reste le même quel que soit le nombre de bouteilles achetées. En choisissant une méthode appropriée pour chaque question, calculer :
a. le prix de 12 bouteilles ;
b. le prix de 5 bouteilles ;
c. le prix de 17 bouteilles.

2. Zoé achète des bouteilles de lait (à 0,95 € chacune) et des bouteilles d'eau (à 70 centimes chacune) dans le ratio 3 : 2.
Sachant qu'elle a acheté 30 bouteilles, quelle somme a-t-elle payée ?

## Activité 3 Tout augmente !

Un chef d'entreprise décide d'augmenter le salaire mensuel de tous ses employés de 4 %.
Béatrice est secrétaire et son salaire mensuel est de 1 400 €. Yvan est comptable et gagne 2 300 € par mois.
Louise est directrice commerciale et gagne 3 100 € par mois.

1. Pour calculer plus rapidement son nouveau salaire, Béatrice a commencé à écrire :

$$1\,400 + 1\,400 \times \frac{4}{100} = 1\,400 \times (\ldots)$$

a. Terminer son calcul.
b. De la même manière, calculer le nouveau salaire d'Yvan.
c. Par quel nombre a-t-on multiplié le salaire de ces deux employés pour obtenir leurs salaires augmentés de 4 % ?

2. En utilisant cette méthode, calculer le nouveau salaire de Louise.

3. Hélène est ravie. Son nouveau salaire est maintenant égal à 2 558,40 €. Combien gagnait-elle avant l'augmentation ?

## Activité 4 En solde !

Une agence de voyage solde à 15 % tous ses séjours.

1. Calculer les prix soldés de ces trois séjours.

2. Par quel nombre a-t-on multiplié le prix initial de chaque séjour pour trouver le prix soldé ? Quel est le lien entre ce nombre et les 15 % de remise ? Justifier.

3. Un séjour à Calvi en Corse est affiché 1 250 €. Trouver, à l'aide d'une seule multiplication, le prix de ce séjour soldé.

4. Un séjour à Rome est soldé 1 912,50 €. Quel était son prix avant les soldes ?

# Cours

## 1 Reconnaitre une situation de proportionnalité

**Définition**

Deux grandeurs sont **proportionnelles** si les valeurs de l'une s'obtiennent en multipliant les valeurs de l'autre par un même nombre appelé **coefficient de proportionnalité**.

**Méthodes**

Pour déterminer si deux grandeurs sont proportionnelles, on peut :

- chercher s'il y a un coefficient de proportionnalité pour passer d'une grandeur à l'autre ;
- vérifier que la représentation graphique d'une grandeur en fonction de l'autre est constituée de points alignés avec l'origine du repère.

### ▸ Exemple 1

Dans une station service, l'essence est vendue à 1,26 €/L.

Le prix est proportionnel à la quantité d'essence achetée, et le coefficient de proportionnalité est 1,26.

On peut faire un tableau de proportionnalité :

| Quantité d'essence achetée (en litres) | 1 | 2 | 5 | 10 |
|---|---|---|---|---|
| Prix à payer (en euros) | 1,26 | 2,52 | 6,30 | 12,60 |

$\times 1,26$

### ▸ Exemple 2

Une agence de location affiche les tarifs suivants pour la location d'une camionnette.

| 1 jour<br>30 km max | 1 jour<br>50 km max | 1 jour<br>100 km max | 1 jour<br>200 km max |
|---|---|---|---|
| 48 € | 55 € | 61 € | 78 € |

Les tarifs de location d'une camionnette sont-ils proportionnels à la distance maximale autorisée par jour ?

On calcule les rapports entre les deux grandeurs :

$\frac{48}{30}=1,6 \qquad \frac{55}{50}=1,1 \qquad \frac{61}{100}=0,61 \qquad \frac{78}{200}=0,39$

On aurait pu ne calculer que les deux premiers rapports !

Les rapports ne sont pas égaux, donc les grandeurs ne sont pas proportionnelles.

### ▸ Exemple 3

Un laborantin a représenté ci-dessous le nombre de cellules (en millions) dans une culture en fonction du nombre de jours écoulés. Ces deux grandeurs sont-elles proportionnelles ?

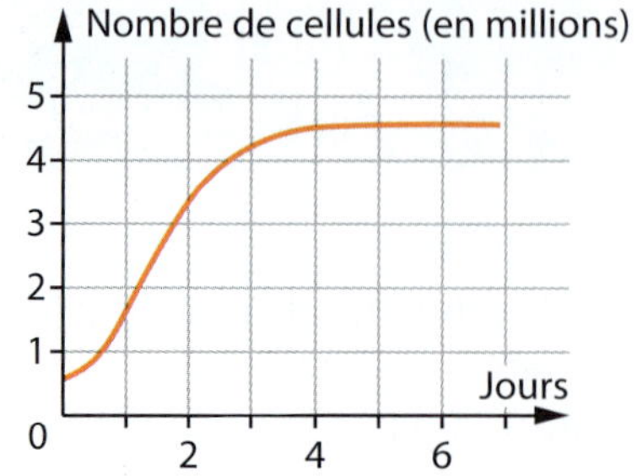


Le nombre de cellules n'est pas proportionnel au nombre de jours écoulés, car les points de cette représentation graphique ne sont pas alignés avec l'origine du repère.

# Savoir-faire

Apprends à l'aide des exercices résolus puis entraine-toi !

## 1 Reconnaitre une situation de proportionnalité

**1** Lundi, Paola avait 12 euros dans sa tirelire. À partir de mardi, elle y ajoute 2 euros chaque jour. Le montant de la tirelire est-il proportionnel au nombre de jours écoulés depuis lundi ?

**Solution**

| Nombre de jours écoulés depuis lundi | 1 | 2 |
|---|---|---|
| Montant de la tirelire (en euros) | 14 | 16 |

$\frac{14}{1} = 14$ et $\frac{16}{2} = 8$.

Comme $14 \neq 8$, le montant de la tirelire n'est pas proportionnel au nombre de jours écoulés depuis lundi.

**À toi de jouer**

**2** Kylian a l'habitude d'effectuer ses déplacements à moto. La distance de freinage de sa moto est de 5 m à 30 km/h et de 14 m à 50 km/h.

- La distance de freinage est-elle proportionnelle à la vitesse de la moto ?

**3** Lundi matin, Kylian a parcouru 200 km et a consommé 11 litres d'essence. L'après-midi, il a parcouru 260 km et a consommé 15 litres d'essence.

- La quantité d'essence consommée est-elle proportionnelle à la distance parcourue ?

→ Corrigé p. 311

**4** Lorsqu'on tape sur un clou avec un marteau, la force du coup induit une pression qui permet au clou de s'enfoncer. Le graphique ci-contre représente la pression reçue au niveau de la tête du clou (exprimée en kilopascals) en fonction de la force (exprimée en Newtons).

- La pression est-elle proportionnelle à la force ?

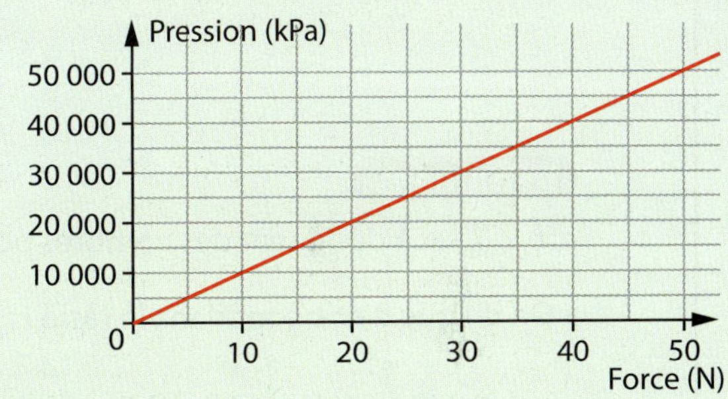


**Solution**

Cette représentation graphique est constituée de points alignés avec l'origine du repère, donc ces deux grandeurs sont proportionnelles.

**À toi de jouer**

**5** Un condensateur est un composant électronique qui permet de stocker de l'énergie électrique pour la restituer plus tard. Le graphique ci-contre montre l'évolution de la tension mesurée aux bornes d'un condensateur en fonction du temps de charge.

- La tension mesurée est-elle proportionnelle au temps écoulé ? Justifier.

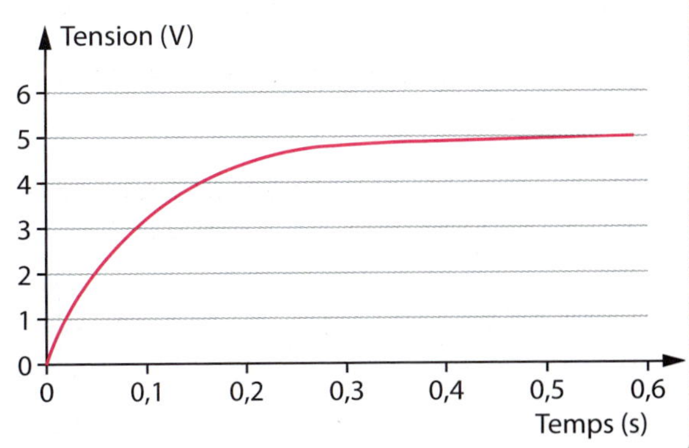


→ Corrigé p. 311

## 2 Exploiter une situation de proportionnalité

**Propriété**

Dans une situation de proportionnalité, on peut utiliser **la règle de trois** ou **l'égalité des produits en croix.**

Les nombres $a$, $b$ et $c$ étant connus ($a$ non nul), on a :

| | |
|---|---|
| $a$ | $c$ |
| $b$ | $x$ |

$\times \frac{b}{a}$

**Égalité des produits en croix :**

$a \times x = b \times c$

**Règle de trois :**

$x = \frac{b \times c}{a}$

**Exemple**

Une recette d'œufs au lait nécessite 3 œufs pour 35 cL de lait. Julia veut utiliser cette recette avec 10 œufs. Combien devra-t-elle utiliser de lait ?
Dans une recette de cuisine, il faut respecter les proportions de chaque ingrédient.
On peut donc faire un tableau de proportionnalité.

| | | |
|---|---|---|
| Nombre d'œufs | 3 | 10 |
| Quantité de lait (en cL) | 35 | $x$ |

Les produits en croix doivent être égaux : $3 \times x = 35 \times 10$, donc $x = \frac{35 \times 10}{3} \approx 116{,}7$.

Julia devra utiliser environ 117 cL de lait pour réaliser cette recette avec 10 œufs.

**Définitions**

$a$, $b$, $c$, $i$, $j$ et $k$ désignent des nombres positifs.

- On dit que **$a$ et $b$ sont dans le ratio $i : j$** si $\frac{a}{i} = \frac{b}{j}$.
- On dit que **$a$, $b$ et $c$ sont dans le ratio $i : j : k$** si $\frac{a}{i} = \frac{b}{j} = \frac{c}{k}$.

**Exemples**

- Deux nombres $a$ et $b$ sont dans le ratio 3 : 4 si $\frac{a}{3} = \frac{b}{4}$.

$a$ est égal à $\frac{3}{7}$ du nombre $a + b$ ;

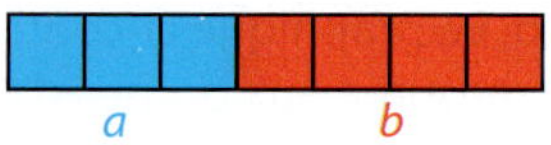


$b$ est égal à $\frac{4}{7}$ du nombre $a + b$.

- Trois nombres $a$, $b$ et $c$ sont dans le ratio 2 : 3 : 7 si $\frac{a}{2} = \frac{b}{3} = \frac{c}{7}$.

$a$ est égal à $\frac{2}{12}$ du nombre $a + b + c$ ;

$b$ est égal à $\frac{3}{12}$ de $a + b + c$ ;

$c$ est égal à $\frac{7}{12}$ de $a + b + c$.

Un ratio peut parfois être écrit sous une forme plus simple.
Par exemple, le ratio 65 : 55 peut s'écrire 13 : 11.

# Savoir-faire

Apprends à l'aide des exercices résolus puis entraine-toi !

## 2 Exploiter une situation de proportionnalité

**6** Une tortue met 3 minutes pour parcourir 10 mètres.
• Si elle se déplace à cette même vitesse, combien de temps lui faudra-t-il pour faire le tour d'un potager carré de 4 m de côté ?

**Solution**

Le périmètre du potager est égal à 16 m. À vitesse constante, la distance parcourue est proportionnelle au temps.

| Distance (en m) | 10 | 16 |
|---|---|---|
| Temps (en min) | 3 | $x$ |

Donc $x = \dfrac{3 \times 16}{10} = 4{,}8$

$$\begin{aligned}4{,}8 \text{ minutes} &= 4 \text{ minutes} + 0{,}8 \text{ minutes}\\ &= 4 \text{ minutes} + 0{,}8 \times 60 \text{ secondes}\\ &= 4 \text{ minutes} + 48 \text{ secondes}\end{aligned}$$

La tortue mettra 4 min 48 s pour faire le tour du potager.

**À toi de jouer**

**7** Une piscine olympique a pour dimensions 50 m de longueur, 25 m de largeur et 2,5 m de profondeur. On réalise une maquette de cette piscine à l'échelle $\dfrac{1}{40}$.
• Quelles sont les dimensions (en cm) de cette maquette ?

**8** Samuel a acheté une place de concert pour 36,40 € qu'il revend à un son ami américain. Sachant que 1 \$ = 0,91 €, quelle somme lui donnera son ami américain en dollars ?

**9** Un robinet mal fermé qui goutte laisse échapper 625 mL d'eau toutes les 15 minutes.

1 L = 1 dm³

**1.** Quelle quantité d'eau gaspille-t-on si on laisse le robinet mal fermé toute une journée ?

**2.** Quelle somme d'argent aura été perdue sur un mois de 30 jours, sachant que l'eau coute environ 1,58 € le mètre cube ?

**10** La masse volumique du chêne est de 900 kg/m$^3$.

**1.** Quel volume occupe une buche de chêne de 2,772 kg ?

**2.** Quelle est la masse d'une petite branche de chêne occupant un volume de 425 cm$^3$ ?

→ Corrigé p. 311

**11** Emma prépare un cocktail vitaminé pour ses amis. On y trouve du jus d'orange, du jus de citron et du jus d'ananas dans le ratio 7 : 3 : 5.
• Quels volumes de chacun de ces jus doit-elle mélanger pour obtenir 4,5 litres de cocktail ?

**Solution**

7 + 3 + 5 = 15. Le jus d'orange représente donc $\dfrac{7}{15}$ des 4,5 L, c'est-à-dire $\dfrac{7}{15} \times 4{,}5$ L, soit 2,1 L.

Le jus de citron représente les $\dfrac{3}{15}$ des 4,5 L, c'est-à-dire $\dfrac{3}{15} \times 4{,}5$ L, soit 0,9 L.

Enfin, le jus d'ananas représente les $\dfrac{5}{15}$ des 4,5 L, c'est-à-dire $\dfrac{5}{15} \times 4{,}5$ L, soit 1,5 L.

Pour obtenir 4,5 L de ce cocktail, il faut 2,1 L de jus d'orange, 0,9 L de jus de citron et 1,5 L de jus d'ananas.

**À toi de jouer**

**12** Jim et John se sont inscrits à une course cycliste de 115 km. Elle s'effectue en relais selon le ratio 2 : 3.
• Quelles distances auront à parcourir les deux coéquipiers de cette course ?

**13** Pour faire soi-même du béton, on peut retenir facilement que le ciment, le sable et le gravier doivent se trouver dans le ratio 1 : 2 : 3.
• Quelles masses de ces trois matériaux faudra-t-il prévoir pour obtenir 2 400 kg de ce mélange ?

→ Corrigé p. 311

# Cours

## 3 Utiliser des pourcentages

**Propriété**

*t* désigne un nombre positif.
Calculer *t* % d'une quantité revient à multiplier cette quantité par $\frac{t}{100}$.

**▸ Exemple**

Un gâteau au chocolat de 160 g comporte 53 % de glucides et 50 g de chocolat.
Quelle quantité de glucides comporte-t-il ? Quel pourcentage du gâteau le chocolat représente-t-il ?

On calcule 53 % de 160 : $160 \times \frac{53}{100} = 84{,}8$.

Le gâteau comporte 84,8 g de glucides.

Pour calculer le pourcentage de chocolat, on peut faire un tableau de proportionnalité.

| | | |
|---|---|---|
| Chocolat (en g) | 50 | $x$ |
| Gâteau (en g) | 160 | 100 |

$x = \frac{50 \times 100}{160} = 31{,}25$.

Donc le chocolat représente 31,25 % du gâteau.

**Remarque**

Pour calculer un pourcentage, on peut exprimer une proportion de dénominateur 100 ou utiliser un tableau de proportionnalité.

**Propriété**

*t* désigne un nombre positif.
- Augmenter une quantité de t % revient à la multiplier par $1 + \frac{t}{100}$.
- Réduire une quantité de t % revient à la multiplier par $1 - \frac{t}{100}$.

→ Mission démonstration p. 122

**▸ Exemple**

En 2013, le chiffre d'affaires de la société de Marie était de 138 000 €. Il a diminué de 18 % en 2014, puis a augmenté de 5 % en 2015. Quel était le chiffre d'affaires de cette société en 2015 ?

$138\,000 \times \left(1 - \frac{18}{100}\right) = 138\,000 \times 0{,}82 = 113\,160$ €. Le chiffre d'affaires en 2014 était de 113 160 €.

$113\,160 \times \left(1 + \frac{5}{100}\right) = 113\,160 \times 1{,}05 = 118\,818$ €. Le chiffre d'affaires en 2015 était de 118 818 €.

**Remarque**

Si une quantité augmente de 10 % puis diminue de 10 %, elle n'est pas égale à sa valeur de départ.

**▸ Exemple**

Un pantalon est vendu 20 €.

S'il augmente de 10 %, son nouveau prix est : 20 € × $(1 + \frac{10}{100})$ = 20 € × 1,1 = 22 €.

S'il diminue ensuite de 10 %, le prix final est : 22 € × $(1 - \frac{10}{100})$ = 22 € × 0,9 = 19,80 €.

Cela s'explique par le fait que l'on a d'abord ajouté 10 % de 20 €, mais que l'on a ensuite retranché 10 % de 22 €.

# Savoir-faire

Apprends à l'aide des exercices résolus puis entraine-toi !

## 3 Utiliser des pourcentages

**14** 37,5 % des 128 adhérents d'un club de tennis ont plus de 30 ans.

- Combien d'adhérents de ce club ont plus de 30 ans ?

**Solution**

$\frac{37,5}{100} \times 128 = 48$

48 adhérents de ce club ont plus de 30 ans.

**À toi de jouer**

**15** Une bague en or de 3 g est constituée de 75 % d'or pur.

- Quelle est la masse d'or pur contenu dans cette bague ?

→ Corrigé p. 311

**16** Sylvain a fait des travaux d'isolation dans sa maison. Avant les travaux, il consommait 14 000 kWh par an en moyenne et, depuis les travaux, il consomme 9 000 kWh par an.

- De quel pourcentage sa consommation a-t-elle diminué ?

**Solution**

Énergie économisée : 14 000 kWh – 9 000 kWh = 5 000 kWh.

| | | |
|---|---|---|
| Énergie économisée (en kWh) | 5 000 | $x$ |
| Consommation d'énergie d'origine (en kWh) | 14 000 | 100 |

$x = \frac{5\,000 \times 100}{14\,000} \approx 35{,}7$.

La consommation de Sylvain a diminué d'environ 36 %.

**À toi de jouer**

**17** La population française est passée de 60,51 millions en 2000 à 66,89 millions en 2018.

- De quel pourcentage la population française a-t-elle augmenté entre 2000 et 2018 ? Arrondir au dixième.

→ Corrigé p. 311

**18** Un boxeur a perdu 14 % de sa masse pendant son match. Il pèse 68,8 kg à la fin du match.

- Quelle était sa masse au début du match ?

**Solution**

On traduit la baisse de 14 % par une multiplication par $1 - \frac{14}{100} = 0{,}86$.

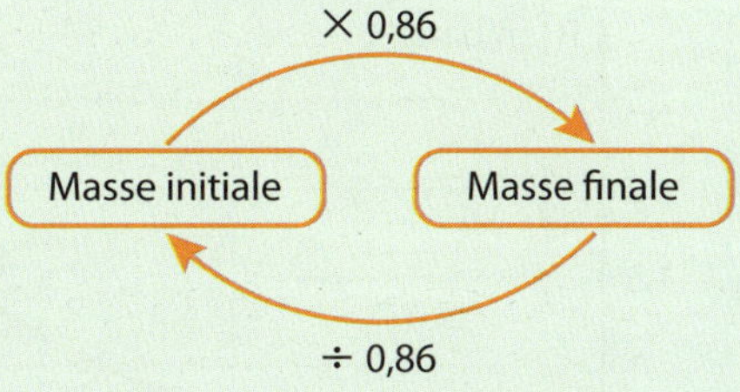


Pour calculer la masse initiale, il faut donc diviser la masse finale par 0,86.

$\frac{68{,}8}{0{,}86} = 80$. Le boxeur pesait donc 80 kg.

**À toi de jouer**

**19** Une boutique solde tous ses articles à 15 %

1. À l'aide d'une multiplication, calculer les prix soldés des lunettes de soleil et de la coque de téléphone.
2. Jeanne achète une brosse à cheveux, soldée à 10,20 €. Calculer le prix initial de la brosse.

→ Corrigé p. 311

# Exercices

Ressources téléchargeables

## Reconnaitre une situation de proportionnalité

→ Savoir-faire p. 109

### QUESTIONS FLASH

**20** Thomas a créé un site de mode en ligne. Le pull *Delmac* est vendu 42 €. Trois de ces pulls coutent 126 €.

- Le prix est-il proportionnel au nombre de pulls achetés ?

**21** Dans une eau à 37 °C, le nombre de bactéries légionelles double toutes les 15 minutes.

- Le nombre de bactéries est-il proportionnel au temps écoulé ?

**22** On considère le graphique suivant.

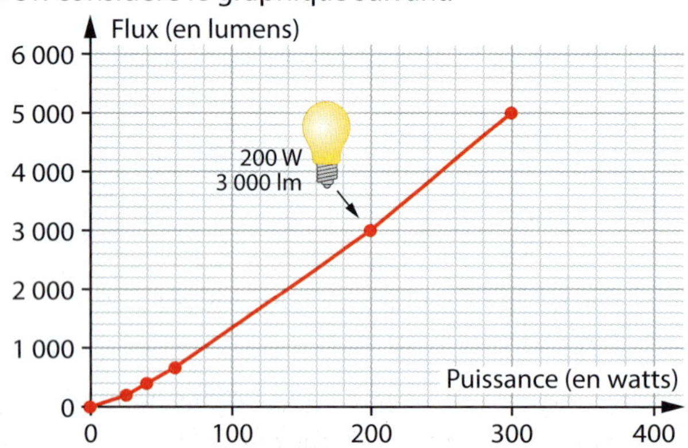


- Le flux de lumière est-il proportionnel à la puissance d'une ampoule ?

Questions flash supplémentaires

**23** Ce graphique donne la pression (en bars) mesurée dans un autocuiseur en fonction de la température de l'eau à l'intérieur.

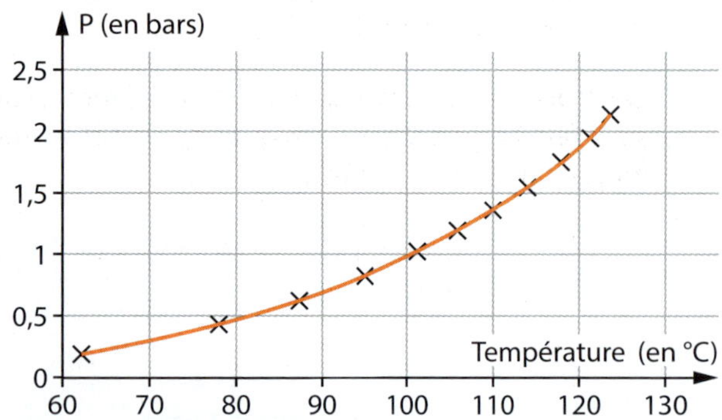


1. La pression est-elle proportionnelle à la température d'ébullition de l'eau ? Justifier.
2. Quelle est la pression à l'intérieur de cet autocuiseur lorsque la température intérieure est de 80 °C ?

**24** Le graphique ci-contre donne le prix à payer en fonction du volume de carburant dans une station-service.

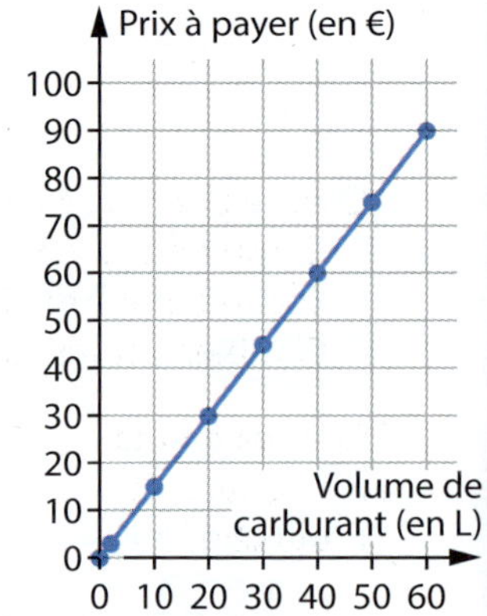


1. Le prix à payer est-il proportionnel au volume de carburant acheté ? Justifier.
2. Quel est le prix à payer si on achète 40 litres de carburant ?
3. Quel volume de carburant peut-on acheter avec 120 € ?

**25** Lorsqu'on ouvre le robinet d'eau de la cuisine à fond, une bouteille de 1,5 L se remplit en 8 secondes. Avec le mitigeur de la salle de bain, la baignoire de 135 L se remplit en 12 minutes.

- Le robinet de la cuisine et le mitigeur de la salle de bain ont-ils le même débit d'eau ? Justifier.

**26** CALCUL MENTAL On considère les deux triangles ci-dessous.

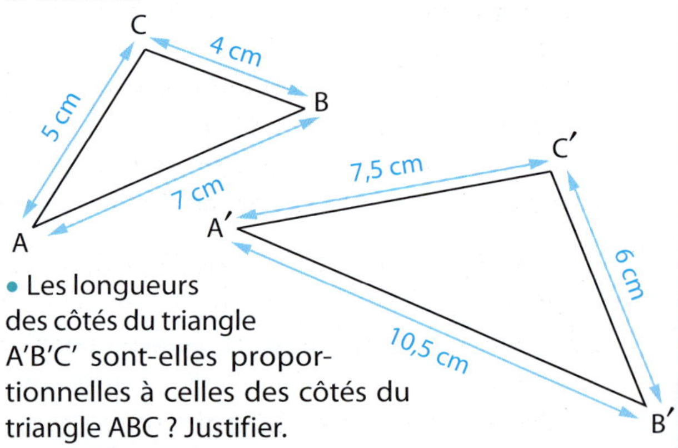


- Les longueurs des côtés du triangle A′B′C′ sont-elles proportionnelles à celles des côtés du triangle ABC ? Justifier.

### MODE EXPERT

**27** Un verre cylindrique contient du jus de fruit.

- Le volume de jus de fruit (en $cm^3$) est-il proportionnel à la hauteur (en cm) du jus servi ?

**28** À faible pression, les gaz parfaits obéissent à la loi de Boyle-Mariotte : $P \times V = n \times R \times T$.
$P$ désigne la pression, $V$ le volume, $T$ la température du gaz. $n$ et $R$ sont des constantes.

1. À volume constant, la pression est-elle proportionnelle à la température ?
2. À pression constante, le volume est-il proportionnel à la température ?
3. À température constante, la pression est-elle proportionnelle au volume ?

# Exploiter une situation de proportionnalité

➜ **Savoir-faire** p. 111

## QUESTIONS FLASH

**29** Chez le primeur, 2 kg de pommes coutent 4,60 €.
1. Combien coutent 6 kg de ces mêmes pommes ?
2. Combien coutent 250 g de ces mêmes pommes ?
3. Combien coutent 6,25 kg de ces mêmes pommes ?

**30** Calculer mentalement le nombre manquant dans ce tableau de proportionnalité.

| | |
|---|---|
| | 10 |
| 1,2 | 4 |

**31** Oscar et Hind se partagent 400 énigmes selon le ratio 3 : 5. Combien d'énigmes chacun devra-t-il résoudre ?

**32** Si Elliot a couru 500 m en 3 minutes et qu'il garde la même allure :
1. En combien de temps parcourt-il 3,5 km ?
2. Quelle distance parcourt-il en 33 minutes ?

Questions flash supplémentaires

**33** 1. Axel achète 15 m de tissu pour 20,25 €. Combien coutent 6 m de ce même tissu ?
2. Le pain complet est au prix de 4,20 €/kg. Combien coute un pain complet de 600 g ?
3. La masse volumique du plomb est de 11,35 g/cm$^3$. Combien pèse un cube de plomb d'arête 10 cm ?

**34** Un Francilien (habitant d'Île-de-France) passe en moyenne 3 h 30 min par semaine dans sa voiture pour se rendre au travail, dont $\frac{2}{5}$ dans les embouteillages.
- Calculer le temps passé chaque semaine par un francilien en voiture dans les embouteillages.

**35** En 2019, en Gironde, un terrain constructible d'une surface de 1 200 m$^2$ se vendait au prix de 276 000 €. On suppose que le prix d'un terrain est proportionnel à sa surface.
1. Combien coutait un terrain de 2 000 m$^2$ en Gironde ?
2. En Haute-Garonne, le prix du terrain en 2019 était de 170 €/m$^2$. Dans quel département le prix des terrains était-il le plus élevé ?

**36** Un professeur organise une course à pied de 2 000 m. Lino, vainqueur, met 7 min pour parcourir cette distance. Son professeur lui demande d'estimer le temps, en minutes et secondes, qu'il mettrait pour parcourir 3 fois 5 000 m.
- En supposant que Lino court à la même vitesse, quelle réponse donnera-t-il à la question posée ?

**37** En France, les pommes sont vendues 4,20 €/kg et aux États-Unis, elles coutent 1,3 $/pound.

- Sachant que 1 $ = 0,95 € et que 1 pound ≈ 0,454 kg, où les pommes sont-elles le moins cher ?

**38** Un avion de chasse peut aller à la vitesse maximale de mach 2,2, sachant que mach 1 équivaut à la vitesse du son, c'est-à-dire 340 m/s environ.
1. Déterminer la vitesse maximale de cet avion en km/h.
2. Quelle distance parcourt-il à cette vitesse en 2 min 12 s ?

**39** Voici une photo à l'échelle $\frac{1}{145}$ du tableau *Guernica* peint en 1937 par Pablo Picasso et représentant une scène de massacre dans la ville de Guernica pendant la guerre civile espagnole.

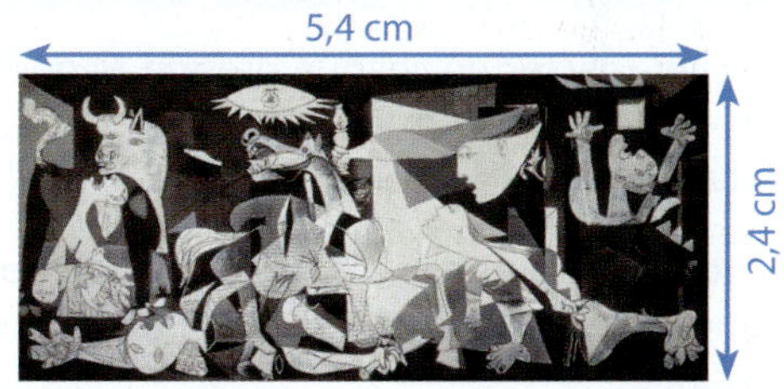


- Estimer les dimensions réelles, en mètres, de ce tableau. Arrondir au cm.

**40** La tour de Shangaï est la 2$^e$ plus haute tour du monde. L'ascenseur intérieur a une vitesse moyenne de 20,5 m/s. Il conduit les visiteurs au sommet en 31 s.

1. Quelle est la hauteur de cette tour ?
2. Quelle est la vitesse moyenne de l'ascenseur en km/h ?

**41** Ces trois presse-papiers, en forme de cubes pleins, sont fabriqués dans un verre dont la masse volumique est de 2 650 kg/m$^3$.

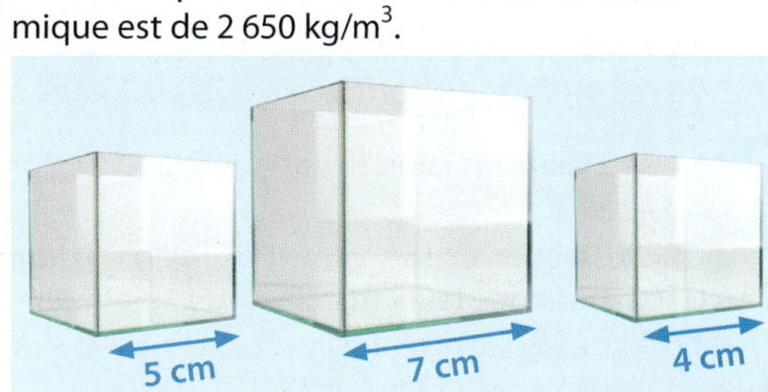


- Calculer la masse en grammes de chacun de ces presse-papiers.

# Exercices

**42** Combien de temps met un avion pour parcourir 3 420 km à la vitesse de 900 km/h ? Donner le résultat en heures et minutes.

**43** CALCUL MENTAL Les trois mesures d'angles d'un triangle sont dans le ratio 2 : 2 : 5.
- Quelle est la mesure de chaque angle ?

**44** Miguel est coiffeur. Pour préparer 240 g de produit colorant destiné à ses clientes, il utilise 3 produits : le ton, qui correspond au reflet souhaité par la cliente, une couverture pour cheveux blancs et une base naturelle. Ces produits sont dans le ratio 1 : 2 : 7.

- Quelles masses de chaque produit Miguel devra-t-il mélanger pour obtenir la quantité de produit colorant voulue ?

**45** Les trois longueurs des côtés d'un triangle sont dans le ratio 3 : 4 : 5. Le périmètre de ce triangle est égal à 96 cm.
- Retrouver les longueurs des trois côtés du triangle.

**46** Trouver deux nombres dans le ratio 5 : 3 dont la somme est 320,4.

## MODE EXPERT

**47** Un boulanger vend des brioches et des flans à l'unité. Simon a acheté 4 brioches et 3 flans pour 9,60 €. Rosa a acheté 5 brioches et 4 flans pour 12,40 €.
1. Combien coutent 9 brioches et 7 flans ?
2. Combien coutent 10 brioches et 10 flans ?

**48** 20 professeurs ont corrigé 3 120 copies de brevet en 3 jours.
- En travaillant au même rythme, combien de copies 3 de ces professeurs corrigeraient-ils en 2 jours ?

**49** Andréa, Hakim et Gabin se partagent 540 € selon le ratio 4 : 5 : 3.
- Quelle fraction de sa somme Hakim doit-il donner à Gabin pour que leurs trois sommes soient dans le ratio 6 : 5 : 7 ?

**50** Trouver deux nombres dans le ratio 7 : 5 dont la différence est 16.

## Utiliser des pourcentages

→ Savoir-faire p. 113

### QUESTIONS FLASH

**51** 90 % des 200 élèves de 3$^{e}$ d'un collège ont obtenu leur brevet. Combien d'élèves cela représente-t-il ?

**52** Un artisan facture son service 80 €. Il doit encore y ajouter les 20 % de ce montant (la TVA) pour obtenir le prix toutes taxes comprises (TTC).
- Quel montant TTC cet artisan devra-t-il annoncer au client ?

**53** Une raquette de tennis coutait 50 €. Elle est affichée en soldes à 40 €. De quel pourcentage a-t-elle baissé ?
a. 80 %　b. 10 %　c. 20 %

**54** Recopier et compléter :
a. Augmenter un prix de 15 % revient à le multiplier par … .
b. Baisser un prix de 30 % revient à le multiplier par … .

Questions flash supplémentaires

**55** À quelle multiplication est associée :
a. Une augmentation de 60 % ?
b. Une augmentation de 22 % ?
c. Une baisse de 70 % ?
d. Une baisse de 35 % ?

**56** À quelles augmentations ou réductions en pourcentage sont associées les multiplications suivantes ?
a. × 1,3　b. × 0,97　c. × 0,45　d. × 1,02

**57** **Vrai ou faux ?**
a. Augmenter un nombre de 4 % revient à le multiplier par 1,4.
b. Augmenter un nombre de 100 % revient à le multiplier par 2.
c. Multiplier un nombre par 0,25 revient à le diminuer de 25 %.
d. Diminuer un nombre de 50 % revient à le multiplier par 0,5.

**58** Laurie gagne 1 650 € par mois. Son patron lui accorde une augmentation de 6 %.
Quel est son nouveau salaire en euros ? Choisir la ou les bonnes réponses dans la liste ci-dessous.
a. 1 650 × 0,06　b. 1 650 × 0,6　c. 1 650 × 0,94
d. 1 650 + 99　e. 1 650 − 99　f. 1 650 × 1,6
g. 1 749　h. 1 650 × 1,06　i. 2 640

**59** En 2018, la France comptait 66,89 millions d'habitants et l'Union européenne 512,6 millions d'habitants.

• Quel pourcentage les habitants de la France représentaient-ils par rapport à ceux de l'Union européenne ? Arrondir à l'unité.

**60** Chaque année, en France, près de 10 millions de tonnes de nourriture consommable sont gaspillées. Dans les ordures ménagères, on trouve l'équivalent de 20 kg par habitant et par an de déchets alimentaires, dont 7 kg de produits alimentaires encore emballés.

*Source : ADEME, Ministère de l'Agriculture et de l'Alimentation*

• Calculer le pourcentage d'aliments encore emballés parmi les déchets alimentaires.

**La France s'est engagée à réduire de moitié le gaspillage alimentaire entre 2018 et 2025.**

**61** Le réchauffement climatique perturbe les milieux naturels, en particulier la banquise arctique : sa surface minimale (mesurée en septembre tous les ans) est passée de 6,7 millions de km$^2$ en 1984 à 3,41 millions de km$^2$ en 2012.

**1.** De quel pourcentage la surface de la banquise a-t-elle diminué entre 1984 et 2012 ? Arrondir à l'unité.

**2.** Entre 2012 et 2018, cette surface a baissé à nouveau de 1,8 %. Quelle était la surface de la banquise arctique en 2018 ?

**Au rythme de fonte actuel, la banquise arctique pourrait disparaitre en été dans quelques dizaines d'années.**

**62** Dans la classe de 3$^e$ A, on compte 30 élèves dont 40 % de filles. En 3$^e$ B, il y a 22 élèves dont 50 % de filles.

• Si l'on réunit ces deux classes, aura-t-on alors 45 % de filles ? Justifier.

**63** Une fabrique de biscuits est divisée en deux ateliers. L'atelier A fabrique 2 500 biscuits par jours, dont 80 % sont à la fraise. L'atelier B fabrique 3 600 biscuits par jour, dont 60 % sont à la fraise.

• Dans la production totale de biscuits de cette usine, quel est le pourcentage de biscuits à la fraise ?

**64** Une voiture consomme 5,3 litres d'essence aux 100 km. Après un réglage du moteur, elle ne consomme plus que 5,1 litres aux 100 km.

• Exprimer la réduction de la consommation d'énergie en pourcentage.

**65** En janvier, une boutique d'accessoires solde tous ses articles à 12 %.

**1.** Calculer le prix soldé de la montre, du chapeau et des gants.

**2.** Une ceinture est vendue 8,36 € pendant les soldes. Quel était son prix non soldé ?

**66** Un loyer mensuel de 3 000 € d'un logement parisien subit une augmentation de 5 % suivie d'une baisse de 2 %. Pour calculer le loyer actuel de ce logement, Nicolas a écrit sur sa copie : 3 000 × 1,05 × 0,98.

**1.** Justifier que son calcul est correct.

**2.** En utilisant ce calcul, retrouver de quel pourcentage le loyer a baissé entre son prix initial et son prix actuel.

**67** Léa qui a 20 ans dépose 1 500 € sur un livret jeune à la banque (accessible à toute personne entre 12 et 25 ans). Celui-ci lui rapporte chaque année 1,5 % d'intérêts (c'est-à-dire 1,5 % de la somme de l'année précédente qui s'ajoute pour donner une nouvelle somme d'argent).

**1.** Quelle somme d'argent aura-t-elle sur son livret dans un an ?

**2.** En supposant que Léa ne retire pas d'argent, la somme dont elle disposera dans 5 ans dépassera-t-elle le plafond fixé à 1 600 € ?

## MODE EXPERT

**68** Un capital augmente de 10 % par an. Combien d'années au minimum faut-il attendre pour que ce capital ait triplé ?

**69** On augmente de 30 % la longueur de toutes les arêtes d'un cube. De quel pourcentage le volume du cube a-t-il augmenté ?

**70** Le cours d'une action a baissé de 20% en bourse. Quelle devra être l'augmentation en pourcentage pour que cette action retrouve son cours initial ?

# Faire le point

Version interactive du QCM

## QCM

Donner la ou les bonnes réponses parmi les trois proposées.

### 1 Reconnaitre une situation de proportionnalité

<table>
<tr><th></th><th>Réponse A</th><th>Réponse B</th><th>Réponse C</th></tr>
<tr><td>1. Le tableau suivant représente-t-il une situation de proportionnalité ?
<table>
<tr><td>Prix (en €)</td><td>7</td><td>10,5</td><td>21</td><td>23,5</td></tr>
<tr><td>Masse (en kg)</td><td>2</td><td>3</td><td>6</td><td>7</td></tr>
</table></td><td>Oui</td><td>Non</td><td>On ne peut pas savoir.</td></tr>
<tr><td>2. Le nombre d'abonnés est-il proportionnel au prix de la revue ?
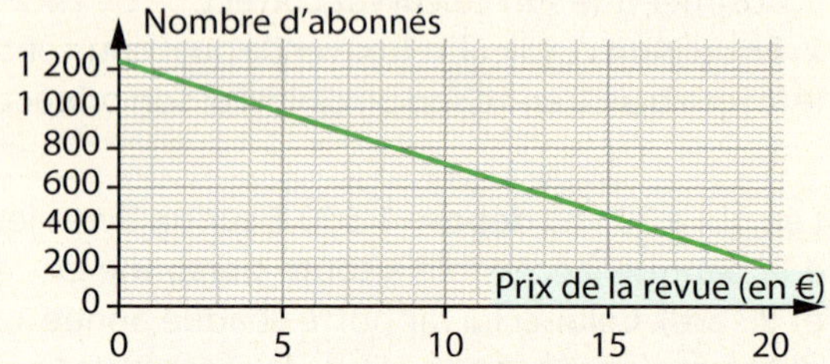
</td><td>Oui</td><td>Non</td><td>On ne peut pas savoir.</td></tr>
</table>

### 2 Exploiter une situation de proportionnalité

| | Réponse A | Réponse B | Réponse C |
|---|---|---|---|
| **1.** La masse volumique de l'or est de 21,4 g/cm$^3$. Un anneau d'or a un volume de 250 mm$^3$. La masse de cet anneau est : | 5,35 g | 11 g | 5 350 mg |
| **2.** Loïc travaille pendant une heure selon le ratio 2 : 1 : 2 entre mathématiques, anglais et histoire. Combien de temps travaille-t-il les mathématiques ? | 12 min | 24 min | 0,4 h |

### 3 Utiliser les pourcentages

| | Réponse A | Réponse B | Réponse C |
|---|---|---|---|
| **1.** Un canapé à 600 € soldé à 30 % coute : | $0,3 \times 600$ € | $1,3 \times 600$ € | $0,7 \times 600$ € |
| **2.** L'effectif d'un collège a augmenté de 5 % et est à présent de 609 élèves. Avant l'augmentation, le nombre d'élèves était : | $609 \times 0,95$ | $\frac{609}{1,05}$ | $\frac{609}{0,95}$ |

→ Corrigé p. 311

## Carte mentale

Ressource téléchargeable

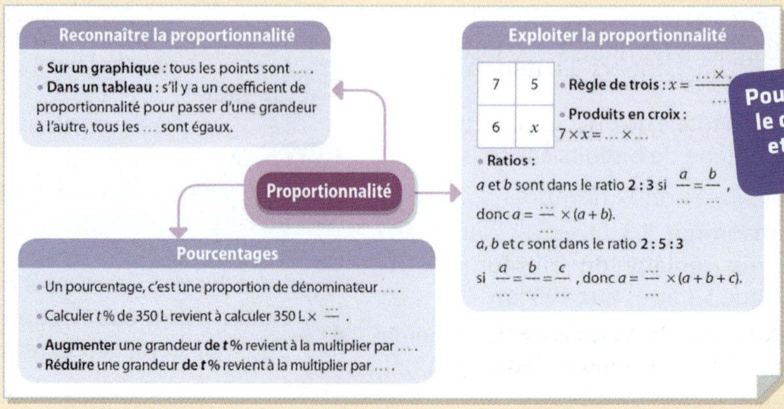


Pour t'aider à retenir le cours, télécharge et complète cette carte mentale.

# Algorithmique et outils numériques

## 71 Soldes

Pour les soldes, un vendeur de chez « Raza » doit changer tous les prix des vêtements en tenant compte des indications de remise données par sa gérante.

**1.** Quel sera le prix d'un manteau coutant 180 € soldé à 15 % ? Et celui d'une chemise coutant 45 € soldée à 20 % ?

**2.** Voici les commandes d'un script qui devrait aider le vendeur à trouver les prix soldés de chaque article.

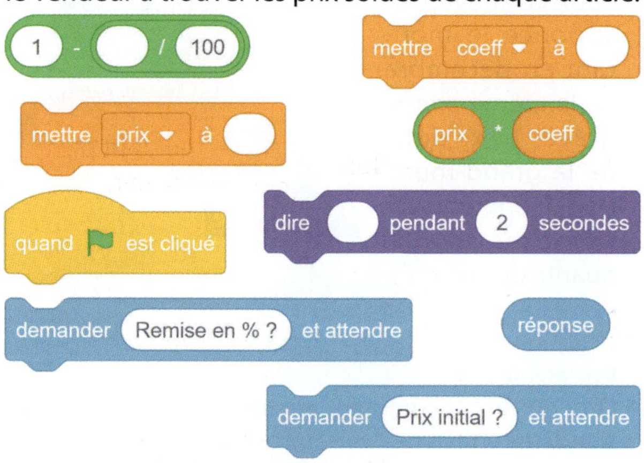


**a.** Reconstituer le script en expliquant le rôle joué par les variables prix et coeff.

**b.** À l'aide de ce script, déterminer le prix d'un pantalon coutant 72 € soldé à 20 %.

**3.** Créer un nouveau script qui demande à l'utilisateur le prix soldé et la remise en pourcentage, et qui annonce le prix initial de l'article. Tester le script avec les valeurs de la question **1.**

## 72 Partage inéquitable

On dispose d'une somme d'argent de 10 080 € à partager entre deux sœurs de 20 et 25 ans.

**1.** Combien obtiendra chacune si le partage se fait :

**a.** dans le ratio 1 : 1 ?

**b.** dans le ratio 4 : 1 ?

**2.** Écrire un script qui :

- demande deux nombres entiers à l'utilisateur (les deux termes du ratio) ;
- stocke ces deux nombres dans deux variables « i » et « j » ;
- stocke la somme de ces deux nombres dans une variable « somme » ;
- annonce successivement la somme reçue par chaque sœur.

**3.** À l'aide de ce script, déterminer ce qu'obtiendra chaque sœur si le partage se fait dans le ratio de leurs âges.

## 73 Rendez-vous sur la route

Prise d'initiative

Ce lundi à 10 h, Fatiha part de Paris pour Angoulème en voiture alors que Sarah part de Niort en direction de Paris. On considère que leurs vitesses sont constantes durant tout leur trajet.

On souhaite estimer au mieux à quel niveau de l'autoroute A10 elles vont se croiser, pour choisir la ville où elles vont se donner rendez-vous et réserver un restaurant. On utilise pour cela un tableur pour calculer, au fur et à mesure du temps, à quelle distance de Paris elles se situent.

| | Temps (en min) | Distance entre Sarah et Paris (en km) | Distance entre Fatiha et Paris (en km) |
|---|---|---|---|
| 1 | | | |
| 2 | 0 | 418 | 0 |
| 3 | 10 | | |
| 4 | 20 | | |
| 5 | 30 | | |
| 6 | 40 | | |
| 7 | 50 | | |
| 8 | 60 | | |
| 9 | 70 | | |
| 10 | 80 | | |
| 11 | 90 | | |
| 12 | 100 | | |
| 13 | 110 | | |
| 14 | 120 | | |
| 15 | 130 | | |
| 16 | 140 | | |
| 17 | 150 | | |
| 18 | 160 | | |
| 19 | 170 | | |
| 20 | 180 | | |
| 21 | 190 | | |
| 22 | 200 | | |
| 23 | 210 | | |
| 24 | 220 | 0 | |
| 25 | 230 | | |
| 26 | 240 | | |
| 27 | 250 | | |
| 28 | 260 | | |
| 29 | 270 | | |
| 30 | 280 | | 448 |

- Reproduire et compléter cette feuille de calcul, puis déterminer à quelle distance de Paris elles peuvent se donner rendez-vous pour le déjeuner, et dans quelle ville. Préciser l'heure de réservation de leur table.

| | |
|---|---|
| Paris – Poitiers | 349 km |
| Paris – Tours | 237 km |
| Paris – Blois | 191 km |
| Paris – Orléans | 134 km |

# Problèmes

ceinture jaune — ceinture verte — ceinture noire

## 74 Chauffage

**Modéliser, Calculer**

Des experts estiment qu'il faut prévoir une puissance électrique de 925 watts pour chauffer 25 m$^3$.

• Pour une pièce de 15 m$^2$ et de hauteur sous-plafond de 2,60 m, quel radiateur doit-on prévoir parmi la gamme proposée ci-dessous ?

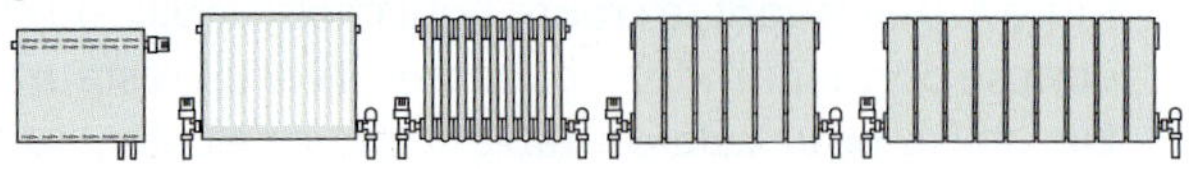

450 W — 750 W — 1 000 W — 1 200 W — 1 500 W

## 75 Thé en vrac ou thé en boite ?

**Chercher, Calculer, Communiquer**

La grand-mère de Manon achète toujours du thé en sachet, car elle pense que le thé en vrac est plus cher. Manon essaie de convaincre sa grand-mère que ce n'est pas toujours vrai en prenant les deux exemples ci-dessous.

• Manon va-t-elle faire changer d'avis sa grand-mère ?

## 76 Running

**Modéliser**

Sam ran 10 miles in 80 minutes.

• At the same speed, how fast and how far would he run in 2.5 hours?

## 77 Hottes aspirantes

**Chercher, Modéliser, Calculer**

Alix a une cuisine de 13 m$^2$ et de hauteur 3 m, pour laquelle elle doit choisir une hotte aspirante. Elle se rend dans plusieurs magasins et répertorie ses préférences dans le tableau ci-dessous.

| Référence | Prix (en €) | Débit d'air (en m$^3$/h) | Puissance acoustique (en dB) |
| --- | --- | --- | --- |
| IE61 inox | 99 | 368 | 61 |
| CH60S noir | 109 | 581 | 67 |
| VLI900 inox | 89 | 390 | 61 |
| RGM91 verre | 259 | 860 | 71 |
| CVM670 noir | 159 | 450 | 60 |

Pour que les odeurs de la cuisine s'évacuent correctement, il faut bien choisir le débit de la hotte : l'air doit se renouveler 12 fois par heure.

• Quelle hotte aspirante devra choisir Alix pour sa cuisine ?

## 78 Généreuse mamie

**Raisonner, Calculer**

Pour le récompenser de ses résultats, la mamie de Paul décide d'ajouter chaque mois dans la tirelire de son petit-fils 5 % de la somme qui s'y trouvait le mois précédent. En dehors de ces ajouts, on suppose que Paul ne touche pas à sa tirelire.

**1.** Si Paul avait 50 € en janvier, combien aura-t-il dans sa tirelire en mars grâce à sa grand-mère ?

**2.** Le script ci-contre demande à l'utilisateur le montant de la tirelire de Paul en janvier et annonce le montant en décembre de la même année grâce aux dons de la grand-mère. Quels sont les deux nombres manquants du script ?

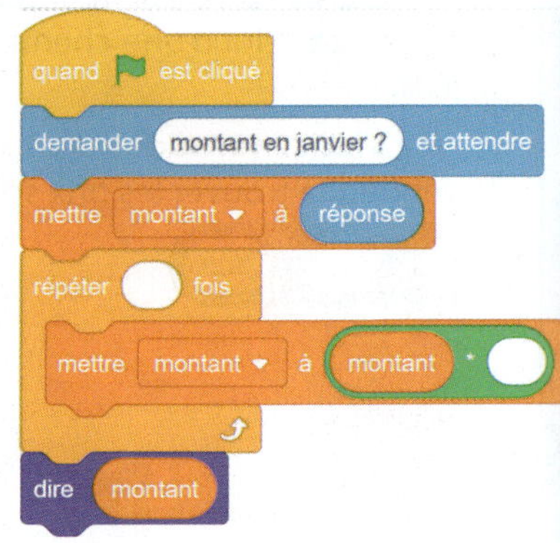


## 79 Résiste !

**Représenter, Calculer**

On a représenté graphiquement l'évolution de la tension *U* (en volts) mesurée aux bornes d'un conducteur ohmique en fonction de l'intensité *I* (en ampères) du courant qui le traverse.

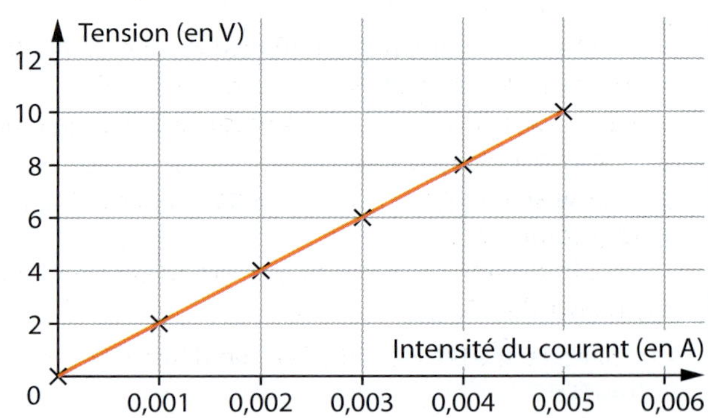


• Après avoir justifié que la tension est proportionnelle à l'intensité, déterminer la valeur du coefficient de proportionnalité qui permet d'obtenir la tension.

Ce nombre s'exprime en ohms et s'appelle la résistance du conducteur ohmique.

## 80 Fourniture détaillée

**Modéliser, Raisonner**

Loïc, autoentrepreneur, achète 6 pots identiques de peinture blanche chez son fournisseur. Il paye 540 € TTC (toutes taxes comprises).

• Retrouver le prix d'un pot HT (hors taxes) sachant que le taux de TVA (taxe sur la valeur ajoutée) est de 20 %.

## 81 Trajet en voiture
**Chercher, Modéliser**

Léa a effectué le trajet Lille-Marseille (1 002 km) en 8 h 53 min sur l'autoroute.

Sa voiture consomme 8,5 L aux 100 km. Si l'on considère que le prix de l'essence est 1,53 €/L sur autoroute, combien a-t-elle dépensé en carburant pour ce trajet ?

## 82 Mya et Alex
**Raisonner, Calculer**

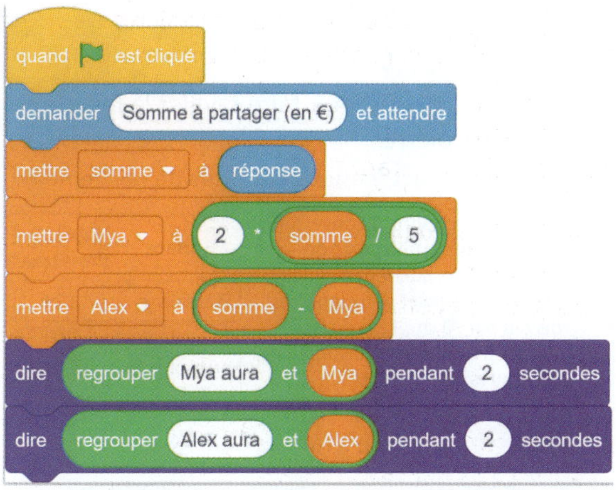


**1.** Qu'annonce le lutin si l'utilisateur répond 100 ? 150 ?
**2.** Ce script permet de partager une somme d'argent entre Mya et Alex. Selon quel ratio ?
**3.** Le lutin annonce finalement « Alex aura 22,5 ». Quelle était la somme à partager ?

## 83 Voyage voyage
**Modéliser, Communiquer**

Luc cherche un billet d'avion pour le Japon sur internet. Il trouve deux sites de voyage où le billet est au même prix. Il réfléchit et se reconnecte une heure plus tard. Entre temps :
– sur le site « Kelvol », le prix a baissé de 3 % puis a augmenté de 5 % ;
– sur le site « Volba » le prix a augmenté de 4 % puis a baissé de 2 %.

**1.** Sur quel site le billet est-il le moins cher maintenant ? Justifier.

**2.** Sur le site « Kelvol », de quel pourcentage a finalement augmenté le billet ?

## 84 Économie d'énergie
Voir point info p. 105.
**Chercher, Calculer**

Pierre a deux bonnes raisons de baisser sa consommation d'électricité : diminuer sa facture et réduire l'impact sur l'environnement. Il fait donc un inventaire des consommations des appareils électriques qu'il utilise le plus.

| | |
|---|---|
| Réfrigérateur | 512 kWh/an |
| Lave-vaisselle | 290 kWh/an |
| Ordinateur portable | 35 kWh/an |
| Ordinateur fixe | 330 kWh/an |
| Télévision | 71 kWh/an |
| Boitier Internet | 70 kWh/an |
| Téléphone portable | 35 kWh/an |
| Lave-linge | 196 kWh/an |

Il veut remplacer certains de ses appareils. Voici ce qu'il envisage d'acheter :

| | |
|---|---|
| Réfrigérateur | 420 kWh/an |
| Lave-vaisselle | 227 kWh/an |
| Télévision | 45 kWh/an |
| Téléphone portable | 31 kWh/an |
| Lave-linge | 172 kWh/an |

Pour les autres, il peut baisser sa consommation de 10 % sans les remplacer mais en modifiant ses habitudes, par exemple en éteignant son ordinateur quand il ne l'utilise pas.

**1.** Calculer le cout de sa consommation actuelle sachant que 1 kWh coute environ 0,14 €.

**2.** Combien pourrait-il économiser par an en remplaçant ces cinq appareils et en modifiant ses habitudes pour les autres ?

## 85 Rectangul-Aire
**Modéliser, Calculer**

Le ratio *longueur : largeur* d'un rectangle de périmètre 120 cm est 5 : 3.

- Calculer l'aire de ce rectangle.

# DÉFIS & ÉNIGMES

## 86 Mixité

Il y avait exactement 40 % de filles dans le club de gymnastique de Lucas. Six nouvelles filles se sont inscrites et il y a maintenant autant de garçons que de filles.

- Combien y a-t-il maintenant d'inscrits (filles et garçons) dans ce club ?

## 87 Aux abris !

Un cycliste roule à vitesse constante. Après avoir effectué la moitié de son trajet, il a augmenté sa vitesse de 25 % en raison de la menace de pluie. Il est alors arrivé chez lui une demi-heure plus tôt que prévu.

- Combien de temps a-t-il roulé ? Donner la réponse en heures et minutes, éventuellement arrondie à la minute la plus proche.

# Problèmes

## 88 Ça fuit !

**Prise d'initiative**

Chercher, Modéliser, Calculer

Un immeuble vétuste est constitué de 8 étages, chaque étage comportant en moyenne 20 appartements. On estime que chaque appartement comporte 4 robinets.
30 % des robinets de cet immeuble fuient, certains légèrement (5 gouttes par minute) et d'autres plus fortement (20 gouttes par minute). Les nombres de robinets des deux sortes sont dans le ratio 7 : 5. Le volume de 18 gouttes d'eau est environ 10 cm$^3$.

- Estimer le volume d'eau perdu chaque mois en litres, et le cout de ces fuites sur l'ensemble de l'immeuble.

**L'eau coute environ 1,58 € le mètre cube.**

## 89 Piscine

Chercher, Modéliser, Calculer

Une piscine a la forme d'un pavé droit de profondeur 250 cm tel que le ratio *longueur* : *largeur* : *profondeur* est 8 : 3 : 2. On remplit cette piscine grâce à une pompe dont le débit est 3 600 L/h.

- Combien de temps faudra-t-il pour remplir la piscine jusqu'à une hauteur de 2,40 m ?

## 90 Hausses successives

Modéliser, Calculer, Raisonner

**1.** Un prix a augmenté successivement de 20 % puis 30 %, il vaut à présent 112,32 €. Quel était ce prix initialement ?
**2.** Combien de fois faut-il augmenter successivement un prix de 1 % pour qu'il ait globalement augmenté de 50 % ?

## 91 Baisses successives

Modéliser, Calculer

Le débit de la Medjerda (oued coulant principalement en Tunisie) est de 8,79 m$^3$/s le 4 septembre, après une baisse régulière de 2 % par jour pendant 75 jours.

- Quel était le débit de la Medjerda au début de cette période ? Quel jour était-ce ?

## 92 Ravalement

**Prise d'initiative**

Chercher, Modéliser

La famille Lejeune doit faire ravaler la façade de sa maison en pierre.

**Doc. 1 Caractéristiques et tarifs de ravalement**

La façade comporte 11 ouvertures rectangulaires : une porte de 2 m par 1,2 m, huit fenêtres de 1,2 m par 70 cm et deux fenêtres de 2 m par 70 cm. 12 % de la surface à ravaler est constituée de sculptures ou moulures.

| Surface | Prix au m$^2$ (hors taxes) |
|---|---|
| Pierre lisse | 52 € |
| Sculpture ou moulure | 227 € |

**Doc. 2 La façade à ravaler**

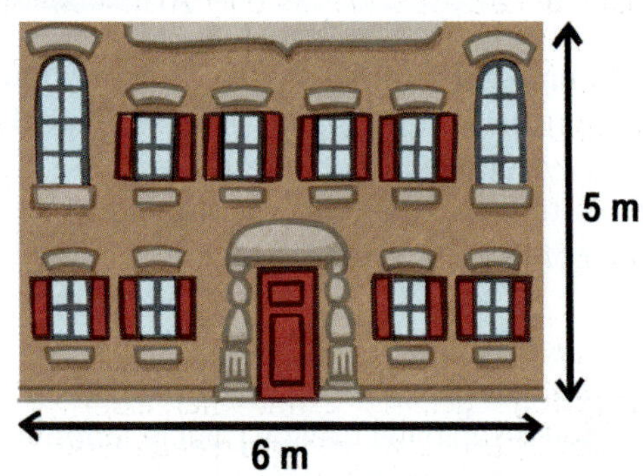


- Calculer le cout du ravalement sachant que la TVA est de 5,5 % pour ce type de travaux.

## MISSION DÉMONSTRATION

**Démo de cours**

On veut démontrer la propriété suivante.

*t* désigne un nombre positif.

- Augmenter une quantité de *t* % revient à la multiplier par $1+\frac{t}{100}$.
- Réduire une quantité de *t* % revient à la multiplier par $1-\frac{t}{100}$.

**93** **1. Cas de l'augmentation de *t* %**
Soit $x$ la quantité de départ.
**a.** Exprimer l'expression de « *t* % de $x$ » en fonction de $x$.
**b.** Exprimer la valeur de la quantité après une augmentation de *t* %.
**c.** Montrer que cette valeur peut s'écrire $x \times \left(1+\frac{t}{100}\right)$ et conclure.

**2.** Reprendre la démonstration précédente dans le **cas d'une réduction de *t* %**.

# Objectif BREVET

## 94 Gaz à effet de serre

Le tableau ci-dessous présente les émissions de gaz à effet de serre pour la France et l'Union européenne, en millions de tonnes équivalent $CO_2$, en 1990 et 2013.

| | 1990 (en millions de tonnes équivalent $CO_2$) | 2013 (en millions de tonnes équivalent $CO_2$) |
|---|---|---|
| France | 549,4 | 490,2 |
| Union européenne | 5 680,9 | |

*Source : Agence européenne pour l'environnement, 2015.*

**1.** Entre 1990 et 2013, les émissions de gaz à effet de serre dans l'Union européenne ont diminué de 21 %.

Quelle est la quantité de gaz à effet de serre émise en 2013 par l'Union européenne ?
Donner une réponse à 0,1 million de tonnes équivalent $CO_2$ près.

**2.** La France s'est engagée d'ici 2030 à diminuer de $\frac{2}{5}$ ses émissions de gaz à effet de serre par rapport à 1990. Justifier que cela correspond pour la France à diminuer d'environ $\frac{1}{3}$ ses émissions de gaz à effet de serre par rapport à 2013.

*D'après DNB Asie, 2019.*

## 95 Solidification

Lorsqu'on fait geler de l'eau, le volume de glace obtenu est proportionnel au volume d'eau utilisé.
En faisant geler 1,5 L d'eau, on obtient 1,62 L de glace.

**1.** Montrer qu'en faisant geler 1 L d'eau, on obtient 1,08 L de glace.

**2.** On souhaite compléter le tableau ci-dessous à l'aide d'un tableur.
Quelle formule peut-on saisir dans la cellule B2 avant de la recopier vers la droite jusqu'à la cellule G2 ?

| | A | B | C | D | E | F | G |
|---|---|---|---|---|---|---|---|
| 1 | Volume d'eau initial (en L) | 0,5 | 1 | 1,5 | 2 | 2,5 | 3 |
| 2 | Volume de glace obtenu (en L) | | | | | | |

**3.** Quel graphique représente le volume de glace obtenu (en L) en fonction du volume d'eau contenu dans la bouteille au départ (en L) ?
On rappelle que toute réponse doit être justifiée.

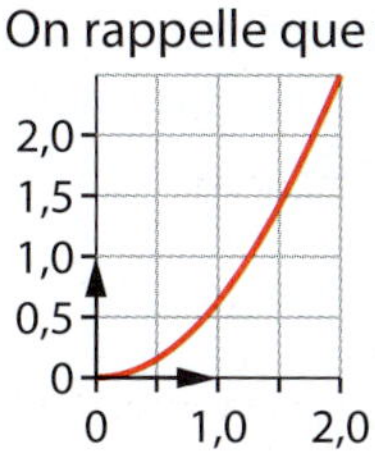


**Graphique n° 1**

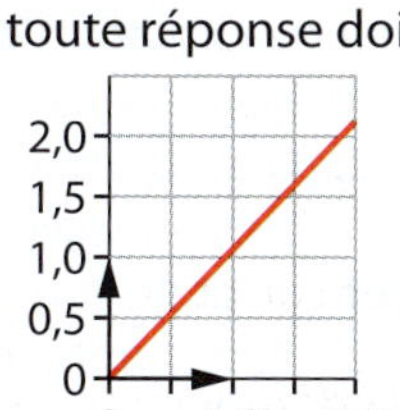


**Graphique n° 2**

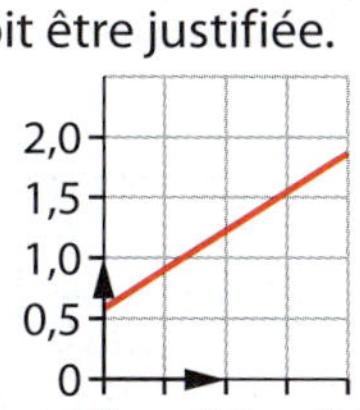


**Graphique n° 3**

*D'après DNB Asie, 2018.*

## 96 Davantage de sportifs

Le responsable d'un club a constaté qu'entre le 1er janvier 2010 et le 31 décembre 2012 le nombre total de ses adhérents a augmenté de 10 %, puis celui-ci a de nouveau augmenté de 5 % entre le 1er janvier 2013 et le 31 décembre 2015.
Le nombre total d'adhérents en 2010 était de 1 000.

**1.** Calculer, en justifiant, le nombre total d'adhérents au 31 décembre 2012.

**2.** Martine pense qu'au 31 décembre 2015, il devrait y avoir 1 150 adhérents car elle affirme :
« une augmentation de 10 % puis une autre de 5 %, cela fait une augmentation de 15 % ».
Que peut-on penser de l'affirmation de Martine ? Expliquer la réponse.

*D'après DNB Polynésie, 2018.*

## 97 Travaux de peinture

Prise d'initiative

Agnès envisage de peindre la façade de son hangar.

**Doc. 1 Caractéristiques de la peinture (pour 1 pot)**

- Volume : 6 L
- Prix : 103,45 €
- Appliquer 2 couches
- Surface couverte : 24 m²
- Temps de séchage entre 2 couches : 8 h

**1.** Quel est le montant minimum à prévoir pour l'achat des pots de peinture ?

**Doc. 2 Schéma de la façade (pas à l'échelle)**

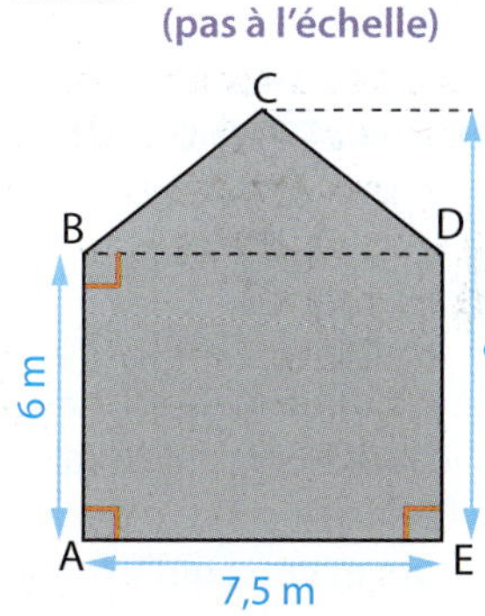


**2.** Agnès achète la peinture et tout le matériel dont elle a besoin pour ses travaux. Le montant total de la facture est de 720 €. Le magasin lui accorde une réduction de 5 % sur ce montant et lui propose de régler 40 % de la facture aujourd'hui et le reste en trois mensualités identiques. Quel sera le montant de chaque mensualité ?

*D'après DNB Métropole, 2015.*

## 98 Recette

Pour préparer un gâteau, la recette indique de prendre pour 100 g de chocolat : 65 g de sucre ; 2 œufs ; 75 g de beurre ; 30 g de farine.

**1.** Quel est le ratio *masse de beurre : masse de chocolat* ? Donner le résultat sous la forme la plus simple possible.

**2.** Calculer la masse de farine nécessaire pour 250 g de chocolat.

*D'après DNB Métropole, sept. 2019.*

# Travailler autrement

Utilisable en AP

À chacun son parcours !

## 99 Résolution de problème

Socle D4 Je sais prélever, organiser et traiter l'information utile.

Socle D4 Je sais résoudre un problème impliquant des grandeurs variées.

La perceuse à colonne est un outil électrique fixé sur un support, permettant de faire des trous dans de nombreux matériaux en utilisant un foret en métal adapté.

### Questions ceinture jaune

1. Pierre utilise son outil pour percer du bois à une vitesse de 2 730 tours par minute. Combien de tours entiers effectue la mèche lors d'un perçage de 20 s ? De 1 min 30 s ? De 22 s ?

2. Sur un autre perçage, il baisse la vitesse de rotation à 2 000 tours par minute. Quel est le pourcentage de réduction de la vitesse (arrondir à l'unité) ?

### Questions ceinture verte

Un technicien programme la vitesse de descente du foret à 0,2 cm/s jusqu'à la surface du matériau à percer.

1. Combien de temps mettra le foret pour parcourir les 2,7 cm qui le séparent de la surface à percer ?

2. Une fois le matériau atteint par le foret, la vitesse de descente diminue de 75 %. Combien de temps faudra-t-il pour traverser les 4 cm d'épaisseur de ce matériau ?

### Questions ceinture noire

La vitesse de rotation conseillée en tours par minute pour percer de l'aluminium est donnée par la formule $V = \dfrac{110\,000}{\pi \times D}$ où $D$ est le diamètre du foret en mm.

1. On perce une plaque d'aluminium d'épaisseur 8 mm avec un foret de diamètre 1,2 cm. La durée du perçage est de 4 s. Combien de tours a effectué le foret ?

2. On change de foret, la vitesse diminue alors de 30 %. Quel est le diamètre du nouveau foret (arrondir au mm) ?

## 100 Résolution de problème

Socle D4 Je sais prélever, organiser et traiter l'information utile.

Socle D4 Je sais résoudre un problème impliquant des grandeurs variées.

La gestionnaire d'un collège édite les factures de cantine pour tous les élèves demi-pensionnaires. En 2019, il y avait 500 élèves dans le collège et le tarif du ticket de cantine était de 3,50 €. On note respectivement *DP5* et *DP4* le nombre d'élèves demi-pensionnaires qui mangent à la cantine 5 jours et ceux qui y mangent 4 jours par semaine.

*NB : une année scolaire est constituée de 36 semaines de cours équitablement réparties sur chaque trimestre ; on ne tiendra pas compte des jours fériés.*

### Questions ceinture jaune

À la rentrée 2020, l'effectif du collège est en hausse de 5 % et 80 % des élèves sont demi-pensionnaires.

1. Calculer le nombre d'élèves demi-pensionnaires en 2020.

2. Estimer la recette pour la gestionnaire sur l'année scolaire sachant que le ratio *DP5 : DP4* est 4 : 11.

### Question ceinture verte

À la rentrée 2020, l'effectif du collège est en baisse de 4 % et 80 % des élèves sont demi-pensionnaires. Parmi les demi-pensionnaires, le ratio *DP5 : DP4* est 5 : 19.

1. Calculer *DP5* et *DP4*.

2. Le tarif du ticket de cantine augmente de 2 % à la rentrée 2020. Estimer la recette pour la gestionnaire sur l'année scolaire.

### Question ceinture noire

À la rentrée 2020, l'effectif du collège est en baisse de 8 %. On note *E* le nombre d'élèves externes du collège. Le ratio *DP5 : DP4 : E* vaut 7 : 13 : 3.

Un élève boursier a une aide financière annuelle, différente selon sa situation, directement déduite de la facture de demi-pension. Les « boursiers 1 » reçoivent 84 € et les « boursiers 2 » reçoivent 231 €.

Parmi les demi-pensionnaires 5 jours, il y a 20 % de « boursiers 1 » et 40 % de « boursiers 2 ».

Parmi les demi-pensionnaires 4 jours, il y a 25 élèves « boursiers 1 » et 15 élèves « boursiers 2 ».

- Sachant que le tarif du ticket de cantine a augmenté de 2 % à la rentrée 2020, estimer la recette pour la gestionnaire sur l'année scolaire.

# 6 Fonctions

**TA MISSION**

Étudier le lien entre deux grandeurs avec un nouvel outil : une fonction.

## JEU

- Aider la souris à atteindre le fromage.
Pour cela, elle peut aller vers le haut, la droite ou le bas. Attention, une opération est associée à chacun de ces trois déplacements. La souris peut donc seulement se déplacer sur une case comportant le résultat de l'opération associée à son mouvement. On notera à chaque fois $x$ le nombre de la case où se trouve la souris.

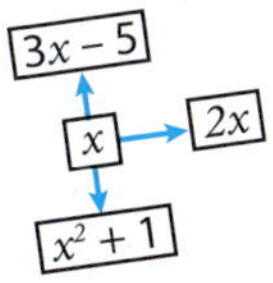


| | | | |
|---|---|---|---|
| 3 | 7 | 901 | 1 842 |
| 5 | 151 | 302 | 604 |
| 26 | 52 | 90 125 | 364 817 |
| 32 | 564 | 84 564 | 564 897 |

### POINT INFO

Les fonctions servent à décrire des évènements observables, et surtout à prévoir leurs évolutions. Elles sont utilisées pour construire des téléphones portables, mesurer l'augmentation du niveau des océans et même pour envoyer des fusées dans l'espace !

# Activités

## Prêts pour le décollage ?

**QUESTIONS FLASH** Questions flash supplémentaires

① Que vaut $2(x-5)$ dans les cas suivants ?
**a.** Si $x = 4$ ? **b.** Si $x = 0$ ?
**c.** Si $x = -1$ ? **d.** Si $x = 5$ ?

② Que vaut $3x^2$ dans les cas suivants ?
**a.** Si $x = 2$ ? **b.** Si $x = -2$ ?
**c.** Si $x = 0$ ? **d.** Si $x = \frac{1}{2}$ ?

③ Quelle doit être la valeur de $x$ pour que $2x + 1 = 5$ ?

④ Ce graphique donne le prix du sucre en poudre en fonction de sa masse.

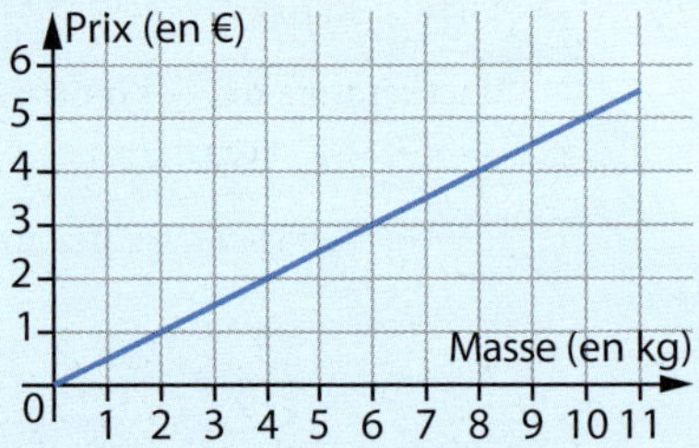


**a.** Quel est le prix de 8 kg de sucre ?
**b.** J'ai payé 3 €. Quelle quantité de sucre ai-je achetée ?

⑤ Dans un repère, le point A a pour coordonnées (2 ; –3) et le point B a pour coordonnées (–5 ; 6).
**a.** Quelle est l'abscisse de A ?
**b.** Quelle est l'ordonnée de B ?

⑥ On sait que $v = \frac{d}{t}$, où $v$ est la vitesse moyenne en km/h, $d$ la distance parcourue en kilomètres et $t$ le temps de parcours en heures.
• Que vaut $d$ si $v = 5$ et $t = 2$ ?

⑦ On considère trois points A, B et C dans le repère ci-dessous.

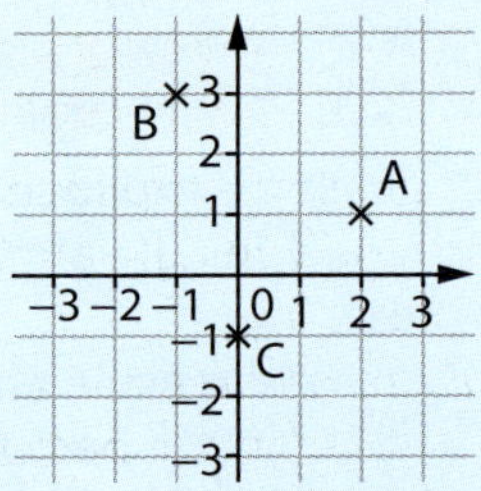


**a.** Quelles sont les coordonnées de A ?
**b.** Quelle est l'ordonnée de B ?
**c.** Quelle est l'abscisse de C ?
**d.** D est le symétrique de A par rapport à l'axe des ordonnées. Quelles sont les coordonnées de D ?
**e.** E est le symétrique de B par rapport à l'axe des abscisses. Quelles sont les coordonnées de E ?

## Activité 1 Magique ?

Thierry annonce à ses amis qu'il va leur faire un tour de magie. Il leur demande de :
① choisir un nombre de départ ;
② ajouter 10 ;
③ multiplier le résultat par 2 ;
④ soustraire 20 au résultat ;
⑤ annoncer le résultat final.

À chaque annonce d'un résultat final, Thierry arrive à deviner le nombre choisi au départ !

**1.** Tester le tour de Thierry en choisissant trois nombres différents.

**2.** Séverine a annoncé 18 comme résultat final. Peut-on deviner, comme Thierry, le nombre choisi au départ ?

**3.** Le nombre que l'on choisit au départ varie, on l'appelle **une variable**. Si on note $x$ le nombre choisi au départ, quelle formule permet de calculer facilement le résultat final annoncé ?

**4.** On note $f(x)$ le résultat final annoncé (on lit « $f$ de $x$ »). $f$ est le procédé de calcul que l'on appelle une fonction. Reproduire et compléter le tableau ci-dessous.

| | | | | | |
|---|---|---|---|---|---|
| Nombre de départ choisi : $x$ | 0 | 3,5 | | –2 | |
| Résultat final annoncé : $f(x)$ | | | 24 | | 3 |

fonction $f$

**5.** On dit que $f(x)$ est l'image de $x$ par la fonction $f$. Quelle est l'image de 12 par la fonction $f$ ?

**6.** On dit que $x$ est un antécédent de $f(x)$ par la fonction $f$. Donner un antécédent de 50 par la fonction $f$.

## Activité 2 Lancer de poids

Lors d'un championnat de lancer de poids, Igor a fait étudier l'un de ses lancers par un de ses amis mathématicien. Il a trouvé la fonction $h$ suivante qui donne la hauteur du poids (en mètres) en fonction du temps $x$ (en secondes) :

$$h(x) = -5x^2 + 6{,}75x + 2 \text{ pour } x \text{ compris entre 0 et 1,6.}$$

**1.** L'instant $x = 0$ correspond au moment où Igor lance son poids. À quelle hauteur le poids se trouve-t-il à cet instant ?

**2.** Calculer l'image de 1,6 par la fonction $h$.
Donner une interprétation concrète de ce résultat.

**3.** Compléter le tableau suivant :

| $x$ | 0 | 0,4 | 0,8 | 1,2 | 1,6 |
|---|---|---|---|---|---|
| $h(x)$ | | | | | |

**4.** On souhaite représenter graphiquement la hauteur du poids en fonction du temps.
Dans un repère ayant pour unités 1 centimètre pour 0,1 seconde en abscisses et 5 centimètres pour 1 mètre en ordonnées, placer les points correspondant au tableau précédent.

**5.** Comment peut-on compléter ce graphique ?

## Activité 3 Sécurité routière

Le document ci-contre explique comment calculer la distance d'arrêt d'un véhicule après que son conducteur a perçu un obstacle.

- Le **temps de réaction** est le temps qui s'écoule entre le moment où le conducteur perçoit un danger et celui où il commence à freiner. On supposera que ce temps est égal à 2 secondes.
- La **distance de freinage** est la distance parcourue par le véhicule entre le moment où le conducteur commence à freiner et le moment où le véhicule s'arrête.
- La **distance d'arrêt** est la somme de la distance parcourue pendant le temps de réaction et de la distance de freinage :

$$D_A = D_R + D_F.$$

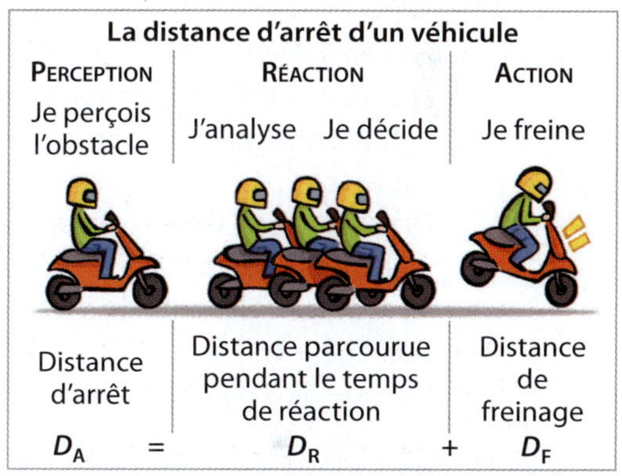


La distance d'arrêt dépend de l'état du conducteur (fatigue, alcool, médicaments…), du véhicule, de l'état de la chaussée et surtout de la vitesse.

**1.** Les deux courbes ci-dessous représentent la distance de réaction $D_R$ et la distance de freinage $D_F$ en fonction de la vitesse, pour la voiture de Muriel sur une route sèche en bon état. Identifier chacune de ces courbes.

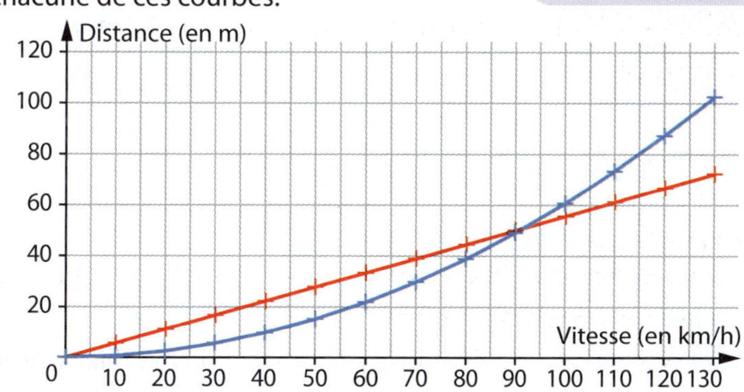


**2.** Muriel roule à 60 km/h sur cette route. Donner sa distance de réaction, sa distance de freinage puis calculer sa distance d'arrêt.

**3.** Un peu plus tard, Muriel s'arrête brusquement après avoir vu un animal traverser la route. Elle constate qu'elle a parcouru 40 mètres entre le moment où elle a vu l'animal et où elle a commencé à freiner.

**a.** Quelle était sa vitesse ?

**b.** Quelle distance totale a-t-elle parcourue avant de s'arrêter ?

**4.** Sur autoroute, les lignes délimitant la bande d'arrêt d'urgence mesurent 38 mètres et sont espacées entre elles de 14 mètres. Comment expliquer la signalisation ci-contre ?

# Cours

## 1 Déterminer des images et des antécédents

**Définition**

Une **fonction** est un procédé qui, à un nombre $x$, fait correspondre un nombre unique appelé **image** de $x$.

**▸ Exemple**

Le procédé qui, à tout nombre $x$, fait correspondre son carré est une fonction.

$3 \mapsto 9$ $\quad -5 \mapsto 25$ $\quad 10 \mapsto 100$ $\quad x \mapsto x^2$

**Notation**

Par une fonction $f$, l'image d'un nombre $x$ est notée $f(x)$ (lire « $f$ de $x$ »).

On note $f : x \mapsto f(x)$.

**▸ Exemple 1**

Pour définir la fonction $f$ qui, à tout nombre $x$, fait correspondre son carré, on note $f : x \mapsto x^2$.

On peut aussi définir cette fonction en écrivant l'égalité $f(x) = x^2$, qui peut se traduire par « l'image de $x$ par la fonction $f$ est égale à $x^2$ ».

L'image de 3 par la fonction $f$ est égale à 9.

On note $f(3) = 9$.

L'image de –2 par la fonction $f$ est égale à 4.

On note $f(-2) = 4$.

**▸ Exemple 2**

Pour définir la fonction $g$ qui, à tout nombre $x$, fait correspondre le nombre $3x - 1$, on note $g : x \mapsto 3x - 1$.

On peut aussi définir cette fonction $g$ en écrivant l'égalité $g(x) = 3x - 1$, qui peut se traduire par « l'image de $x$ par la fonction $g$ est égale à $3x - 1$ ».

L'image de 0 par la fonction $g$ est –1 :

$$g(0) = 3 \times 0 - 1 = 0 - 1 = -1$$

L'image de 7 par la fonction $g$ est 20 :

$$g(7) = 3 \times 7 - 1 = 21 - 1 = 20$$

**Remarque**

Il ne faut pas confondre $f$ et $f(x)$ :

- $f$ désigne une **fonction** ;
- $f(x)$ désigne un **nombre** et non une fonction : c'est l'image d'un nombre $x$ par la fonction $f$.

**Définition**

Si un nombre $x$ a pour **image** le nombre $y$ par une **fonction** $f$, on dit que $x$ est un **antécédent** de $y$ par la **fonction** $f$.

**Remarques**

- Un nombre $x$ ne peut pas avoir plusieurs images, mais un nombre $y$ peut avoir plusieurs antécédents. Par exemple, si $f(x) = x^2$, le nombre 9 a deux antécédents : 3 et –3.
- Un nombre $y$ peut n'avoir aucun antécédent. Par exemple, si $f(x) = x^2$, le nombre –25 n'a aucun antécédent car aucun carré ne peut être négatif.

# Savoir-faire

Apprends à l'aide des exercices résolus puis entraine-toi !

## 1 Déterminer des images et des antécédents

**1** On donne la fonction $f$ définie par $f(x) = x^2 + 3x$.
**1.** Calculer l'image de 1,5.
**2.** Que vaut $f(1)$ ?
**3.** Reproduire et compléter le tableau de valeurs suivant.

| $x$ | −1 | −0,5 | 0 | 0,5 | 1 | 1,5 |
|---|---|---|---|---|---|---|
| $f(x)$ | | | | | | |

**Solution**

Pour calculer une image, on remplace $x$ par la valeur demandée dans l'expression de $f(x)$.

**1.** $f(1,5) = 1,5^2 + 3 \times 1,5 = 6,75$
L'image de 1,5 par la fonction $f$ est 6,75.
**2.** $f(1) = 1^2 + 3 \times 1 = 4$
**3.**

Pour compléter ce tableau de valeurs, on calcule les images de chaque valeur de $x$ présente dans le tableau.

$f(-1) = (-1)^2 + 3 \times (-1) = -2$
$f(-0,5) = (-0,5)^2 + 3 \times (-0,5) = -1,25$
$f(0) = 0^2 + 3 \times 0 = 0$
$f(0,5) = 0,5^2 + 3 \times 0,5 = 1,75$

| $x$ | −1 | −0,5 | 0 | 0,5 | 1 | 1,5 |
|---|---|---|---|---|---|---|
| $f(x)$ | −2 | −1,25 | 0 | 1,75 | 4 | 6,75 |

**À toi de jouer**

**2** On appelle $h$ la fonction définie par $h(x) = -5x + 3$.
**1.** Que vaut $h(6)$ ?
**2.** Calculer l'image de −9 par la fonction $h$.
**3.** Reproduire et compléter le tableau de valeurs ci-contre.

| $x$ | −9 | −2 | 0 | 3 | 6 |
|---|---|---|---|---|---|
| $h(x)$ | | | | | |

→ Corrigé p. 311

**3** On donne le tableau de valeurs suivant.

| $x$ | −2 | −0,5 | 0 | 1,3 | 5 | 10 |
|---|---|---|---|---|---|---|
| $f(x)$ | 5 | 7 | −2 | 3 | −4,7 | 7 |

**1.** Quelle est l'image de 5 par la fonction $f$ ?
**2.** Donner un antécédent de −2 par la fonction $f$.
**3.** Donner un ou des antécédents de 7 par la fonction $f$.

**Solution**

Les antécédents sont dans la première ligne du tableau, les images sont dans la deuxième ligne.

**1.** L'image de 5 par la fonction $f$ est −4,7.
**2.** 0 est un antécédent de −2 par la fonction $f$.
**3.** −0,5 et 10 sont des antécédents de 7 par la fonction $f$.

**À toi de jouer**

**4** On donne le tableau de valeurs suivant.

| $x$ | −3 | −1 | 0 | 2 | 3 | 5 |
|---|---|---|---|---|---|---|
| $h(x)$ | 2 | −3 | 1 | −3 | 5 | 7 |

**1.** Quelle est l'image de −3 par la fonction $h$ ?
**2.** Donner un ou des antécédents de −3 par la fonction $h$.

→ Corrigé p. 311

**5** On appelle $g$ la fonction définie par :
$$g(x) = -5x + 7.$$
• Donner le ou les antécédents de 10 par la fonction $g$.

**Solution**

Un antécédent de 10 par la fonction $g$ est un nombre qui a pour image 10 par la fonction $g$.

On cherche donc $x$ tel que $g(x) = 10$, c'est-à-dire :

On résout ici une équation.

$-5x + 7 = 10$
$-5x + 7 - 7 = 10 - 7$
$-5x = 3$
$$\frac{-5x}{-5} = \frac{3}{-5}$$
$$x = \frac{3}{-5} = -0,6$$
L'antécédent de 10 par la fonction $g$ est − 0,6.

On peut vérifier la réponse en calculant l'image par $g$ de −0,6.

**À toi de jouer**

**6** Soit $m$ la fonction définie par $m : x \mapsto 8x - 9$
• Calculer le ou les antécédents de −11 par la fonction $m$.

→ Corrigé p. 311

## 2 Tracer la représentation graphique d'une fonction

**Définition**

Dans un repère, la **représentation graphique** d'une fonction *f* est l'ensemble des points de coordonnées $(x\,;f(x))$. Cette représentation graphique est également appelée **courbe représentative de la fonction *f***.

**▸ Exemple**

Soit la fonction $f : x \mapsto 0{,}5x^2$.

Pour tracer la représentation graphique de la fonction *f*, on peut calculer les valeurs prises par $f(x)$ pour quelques valeurs de $x$.

| $x$ | –3 | –2 | –1 | 0 | 1 | 2 | 3 |
|---|---|---|---|---|---|---|---|
| $f(x) = 0{,}5x^2$ | 4,5 | 2 | 0,5 | 0 | 0,5 | 2 | 4,5 |
| Point | A | B | C | D | E | F | G |

Quand on a un doute sur la manière de relier deux points, on peut toujours placer des points supplémentaires !

On place ensuite les points correspondants de coordonnées $(x\,;f(x))$ dans un repère.

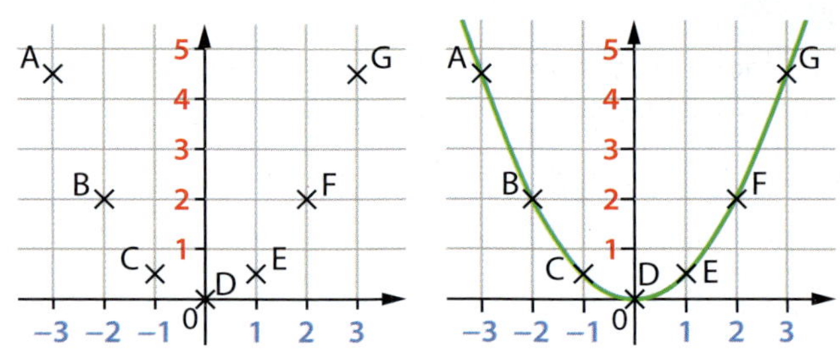


## 3 Exploiter la représentation graphique d'une fonction

**Méthode**

- Pour **déterminer graphiquement l'image d'un nombre** $x$, on place $x$ sur l'axe des abscisses et on lit l'ordonnée du point de la courbe correspondant.
- Pour **déterminer graphiquement les antécédents d'un nombre** $y$, on place $y$ sur l'axe des ordonnées et on lit les abscisses des points de la courbe correspondants.

**▸ Exemple**

On a tracé ci-contre la courbe représentative d'une fonction *f*.

- Pour déterminer graphiquement l'image de 1 par la fonction *f*, on utilise le point de la courbe qui a pour abscisse 1 : il s'agit du point M dont l'ordonnée est égale à –1.
L'image de 1 est donc –1 c'est-à-dire $f(1) = -1$.

- Pour déterminer un antécédent de 4, on utilise un point de la courbe qui a pour ordonnée 4 : il s'agit du point N qui a pour abscisse 5.
5 est donc un antécédent de 4 c'est-à-dire $f(5) = 4$.

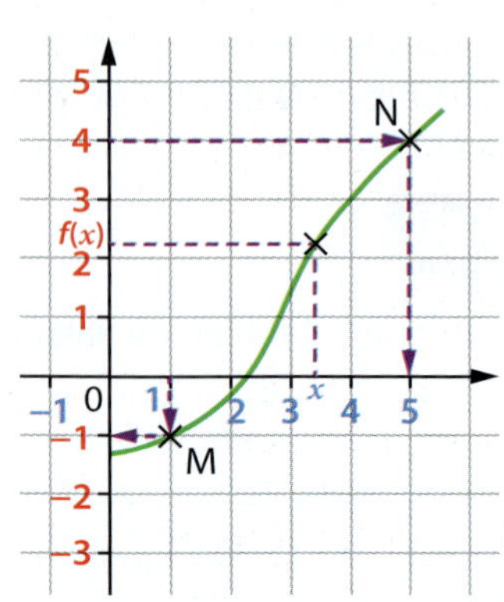

Apprends à l'aide des exercices résolus puis entraine-toi !

## 2 Tracer la représentation graphique d'une fonction

**7** Tracer la représentation graphique de la fonction $g$ définie par $g(x) = 2x - x^2$ pour $x$ compris entre –2 et 3.

**Solution**

On calcule les valeurs prises par $g(x)$ pour quelques valeurs de $x$ comprises entre –2 et 3.

| $x$ | –2 | –1 | 0 | 1 | 2 | 3 |
|---|---|---|---|---|---|---|
| $g(x)$ | –8 | –3 | 0 | 1 | 0 | –3 |

On place les points de coordonnées (–2 ; –8), (–1 ; –3), (0 ; 0), (1 ; 1), (2 ; 0) et (3 ; –3) puis on les relie pour obtenir la courbe représentative de la fonction $g$.

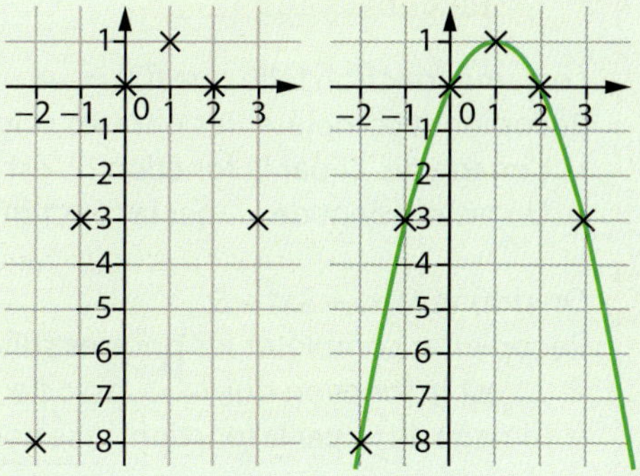

À toi de jouer

**8** La fonction $f$ est définie par $f(x) = 2x^2 - 3$ pour $x$ compris entre –1 et 2.

**1.** Recopier et compléter le tableau ci-contre.

**2.** Tracer la courbe représentative de $f$ dans un repère.

| $x$ | –1 | –0,5 | 0 | 0,5 | 1 | 1,5 | 2 |
|---|---|---|---|---|---|---|---|
| $f(x)$ | | | | | | | |

→ Corrigé p. 311

## 3 Exploiter la représentation graphique d'une fonction

**9** On a tracé ci-contre la courbe représentative d'une fonction $f$ définie pour $x$ compris entre –3 et 4.
Déterminer graphiquement :

**a.** l'image de 1 par $f$ ; **b.** le ou les antécédents de 2 par $f$ ; **c.** $f(0)$

**d.** le ou les antécédents de –2 par $f$ ; **e.** le ou les antécédents de 0 par $f$.

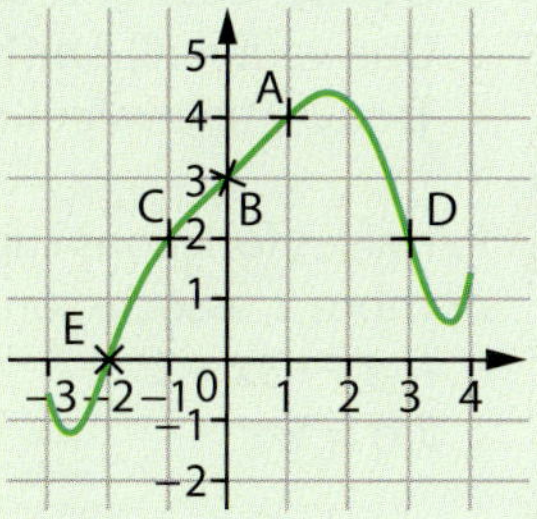


**Solution**

**a.** Le point de la courbe qui a pour abscisse 1 est le point A. Son ordonnée vaut 4.
Donc l'image de 1 par $f$ est 4.

**b.** Les points C et D sont les seuls points de la courbe qui ont pour ordonnée 2.
Leurs abscisses respectives sont –1 et 3. –1 et 3 sont donc les antécédents de 2 par $f$.

**c.** Le point de la courbe qui a pour abscisse 0 est le point B. Son ordonnée vaut 3.
Donc $f(0) = 3$.

**d.** Aucun point de la courbe n'a pour ordonnée –2, donc –2 n'a pas d'antécédent par $f$.

**e.** Le point E est le seul point de la courbe qui a pour ordonnée 0. Son abscisse est –2.
Donc l'antécédent de 0 par $f$ est –2.

À toi de jouer

**10** La courbe d'une fonction $h$ définie pour $x$ compris entre –3 et 2 est tracée ci-contre.
Déterminer graphiquement :

**a.** l'image de 2 par $h$ ;

**b.** le ou les antécédents de –2 par $h$ ;

**c.** $h(0)$ ;

**d.** le ou les antécédents de 2 par $h$.

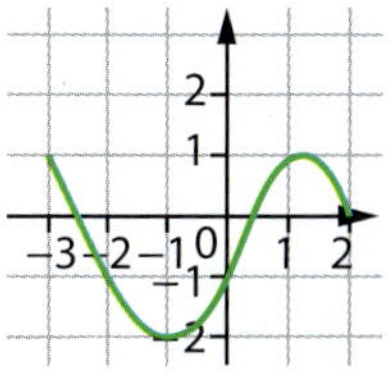

→ Corrigé p. 311

# Exercices

Ressources téléchargeables

## Déterminer des images et des antécédents

→ Savoir-faire p. 129

### QUESTIONS FLASH

**11** $f$ est une fonction telle que $f(3) = -4$.
Recopier et compléter les phrases suivantes.
**a.** L'image de … par la fonction … est … .
**b.** Un antécédent de … par la fonction … est … .

**12** On donne $f : x \mapsto 3x^2 - 5$.
Recopier et compléter les phrases suivantes.
**a.** … est la fonction qui, à … , associe … .
**b.** L'image de … par la fonction … se note … $= 3x^2 - 5$.

**13** **Vrai ou faux ?**
On donne une fonction $h$ telle que :
$h(-2) = -1 \quad h(3) = -2 \quad h(-1) = 1{,}6 \quad h(-8) = -1$
**1.** L'image de –2 par la fonction $h$ est :
**a.** 3 **b.** –1 **c.** –2
**2.** Un antécédent de –1 par la fonction $h$ est :
**a.** –8 **b.** 1,6 **c.** –2

**14** Soit $m$ une fonction dont voici un tableau de valeurs :

| $x$ | –8 | –4 | –0,5 | 0 | 5 | 9 | 15 |
|---|---|---|---|---|---|---|---|
| $m(x)$ | 9 | –2 | 7 | –8 | 9 | –4 | –20 |

**1.** Quelle est l'image de –4 par la fonction $m$ ?
**2.** Donner deux antécédents de 9 par la fonction $m$.
**3.** Que vaut $m(0)$ ? $m(15)$ ?
**4.** Trouver une valeur de $x$ telle que $m(x) = -2$.

**15** Parmi les fonctions suivantes, trouver celle qui, à un nombre $x$, associe son double augmenté de 3.
**a.** $f : x \mapsto 3x + 2$ **b.** $g : x \mapsto 2x + 3$
**c.** $i(x) = 5x$ **d.** $j(x) = 2x \times 3$

**16** On considère le programme de calcul ci-dessous.

> Choisir un nombre.
> Ajouter 5.
> Multiplier le résultat par 3.

Parmi les fonctions suivantes, laquelle peut-on associer à ce programme de calcul ?
**a.** $f(x) = 5x + 3$ **b.** $g(x) = 3x + 5$ **c.** $h(x) = 3(x + 5)$

Questions flash supplémentaires

**17** $f$ est une fonction telle que $f(-3) = 4$.
Traduire cette égalité par une phrase comportant :
**a.** le mot « image » ;
**b.** le mot « antécédent ».

**18** Traduire les phrases suivantes par une égalité.
**a.** L'image de 3 par la fonction $f$ est –5.
**b.** –4 est un antécédent de 7 par la fonction $g$.

**19** Reproduire et compléter le tableau ci-dessous.

| En français | Notation mathématique |
|---|---|
| L'image de 5 par la fonction $f$ est –3. | $f($ … $) =$ … |
| 7 a pour antécédent –2 par la fonction $g$. | $g($ … $) =$ … |
| –1,5 a pour image 3 par la fonction $h$. | $h($ … $) =$ … |
| Un antécédent de –5 par la fonction $i$ est 3. | $i($ … $) =$ … |

**20** Voici un procédé que l'on modélise par une fonction $f$.

Choisir un nombre → Élever au carré → Ajouter 3

**1.** Vérifier que si l'on choisit le nombre 10, alors on obtient 103.
**2.** Que signifie la notation $f(-5) = 28$ pour ce procédé ? Vérifier cette égalité.
**3.** Donner l'expression de $f(x)$ en fonction de $x$.

**21** On appelle $f$ la fonction définie par $f(x) = -3x^2 - 7$.

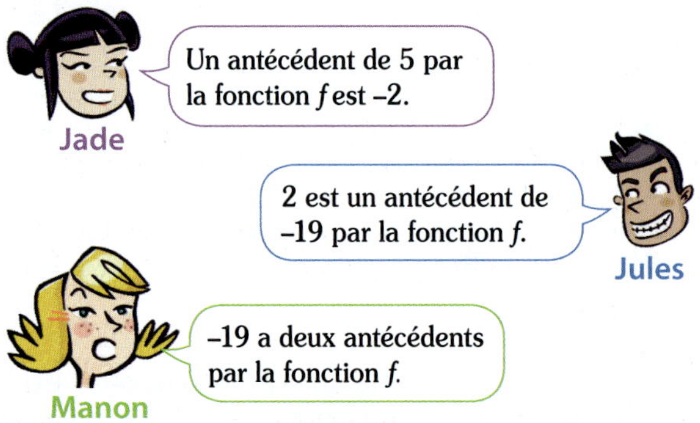


• Que penser des affirmations de ces trois élèves ?

**22** Traduire chaque phrase par une égalité.
**a.** Pour calculer l'image d'un nombre $x$ par une fonction $f$, on le multiplie par 5 et l'on soustrait 3 au résultat.
**b.** Pour calculer l'image d'un nombre $x$ par une fonction $g$, on l'élève au carré et l'on ajoute 8 au résultat.
**c.** Pour calculer l'image d'un nombre $x$ non nul par une fonction $h$, on multiplie l'inverse de ce nombre par –4.

**23** Reproduire et compléter le tableau de valeurs suivant à l'aide des informations données.
L'image de –5 par la fonction $f$ est 7 ; $f(2) = 3$ ; $f(6) = 2$.
Un antécédent de –5 par la fonction $f$ est 4.

| $x$ | 2 | –5 | | |
|---|---|---|---|---|
| $f(x)$ | | | 2 | –5 |

**24** Reproduire et compléter le tableau.

| Égalité | Verbe « avoir » | Verbe « être » |
|---|---|---|
| $f(2) = 4$ | 2 a pour image 4 par $f$.<br>4 a pour antécédent 2 par $f$. | 4 est l'image de 2 par $f$.<br>2 est un antécédent de 4 par $f$. |
| … | 2,5 a pour image –2 par $h$.<br>… | …<br>… |
| … | …<br>… | …<br>5 est un antécédent de 3 par $g$. |

**25** On donne le tableau de valeurs suivant.

| $x$ | –1 | –0,5 | 0 | 0,5 | 1 | 1,5 | 2 |
|---|---|---|---|---|---|---|---|
| $h(x)$ | 0,5 | 2 | –1 | –2 | –3,5 | –0,5 | –1 |

**1.** Quelle est l'image de 0,5 par la fonction $h$ ?
**2.** Quelle est l'image de –1 par la fonction $h$ ?
**3.** Donner un antécédent de –0,5 par la fonction $h$.
**4.** Donner deux antécédents de –1 par la fonction $h$.

**26** Mathis et Johan ont utilisé leurs calculatrices pour calculer des images par une même fonction $f$.

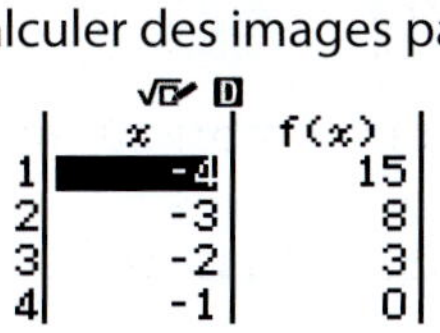


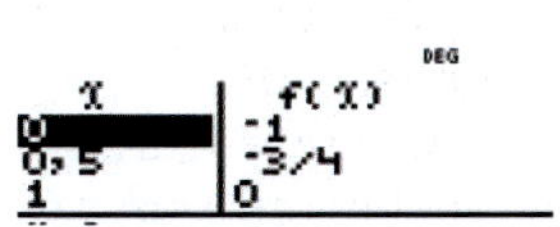


**1.** Donner $f(-3)$ et $f(0,5)$.
**2.** Donner un antécédent de 3 par la fonction $f$.
**3.** Donner deux nombres qui ont la même image par $f$.

**27** On donne $f(x) = x + 5$ et $g(x) = -\frac{1}{2}x^2 - 3x + 5$.
**1.** Reproduire le tableau ci-dessous et le compléter en utilisant la fonction « tableau de valeurs » de la calculatrice.

| $x$ | –10 | –9 | –7 | –6 | –2 | –1 | 1 | 2 | 3 | 12 |
|---|---|---|---|---|---|---|---|---|---|---|
| $f(x)$ | | | | | | | | | | |
| $g(x)$ | | | | | | | | | | |

**2.** En modifiant les paramètres du tableau de valeurs de la calculatrice, trouver deux valeurs de $x$ telles que $f(x) = g(x)$.

**28** On donne $g(x) = -x^2 + 3$.
Sofiane a calculé l'image de –1 par la fonction $g$ et a trouvé 4. Son professeur lui dit qu'il s'est trompé.
• Expliquer l'erreur de Sofiane.

**29** On donne $f(x) = 6x^2 - 7x$.
**1.** Quelle est l'image de 2 par la fonction $f$ ?
**2.** Quelle est l'image de –3 par la fonction $f$ ?

**30** On appelle $h$ la fonction définie par $h(x) = 5x - 11$.
**1.** Déterminer le ou les antécédents de –8 par la fonction $h$.
**2.** Déterminer le ou les antécédents de $\frac{41}{4}$ par la fonction $h$.

**31** On appelle $k$ la fonction qui, à tout nombre $x$, fait correspondre son triple augmenté de 5.
**1.** Quelle est l'image de 6,7 par la fonction $k$ ?
**2.** Quelle est l'image de $-\frac{2}{3}$ par la fonction $k$ ?
**3.** Déterminer l'antécédent de –16 par la fonction $k$.

**32** On donne le programme de calcul suivant.

> Choisir un nombre $x$.
> Le multiplier par 2.
> Ajouter 5 au résultat.

**1.** On note $h(x)$ le nombre obtenu avec ce programme. Exprimer $h(x)$ en fonction de $x$.
**2.** Quelle est l'image de $\frac{2}{7}$ par la fonction $h$ ?
**3.** Déterminer le ou les antécédents de 9 par la fonction $h$.

**33** On donne la fonction $f : x \mapsto 5x - 7$.
• Écrire un programme de calcul traduisant le calcul de l'image de $x$ par la fonction $f$.

**34** On donne les fonctions $f$, $g$, $h$ et $t$ suivantes.

$f : x \mapsto 3 - \frac{5}{x}$ $\qquad g : x \mapsto \frac{x}{5} - 3$

$h : x \mapsto x^2 + 5$ $\qquad t : x \mapsto (x + 5)^2$

• Associer à chaque fonction un des programmes de calcul ci-dessous.

> **Programme A**
> Choisir un nombre.
> Le diviser par 5.
> Soustraire 3 au résultat.

> **Programme B**
> Choisir un nombre.
> Lui ajouter 5.
> Élever le résultat au carré.

> **Programme C**
> Choisir un nombre.
> L'élever au carré.
> Ajouter 5 au résultat.

> **Programme D**
> Choisir un nombre non nul.
> Prendre son inverse.
> Le multiplier par 5.
> Soustraire le résultat à 3.

## MODE EXPERT

**35** Soit $f$ la fonction définie par $f : x \mapsto x^2 - 2x + 5$.
**1.** Que vaut $f(f(3))$ ? **2.** Que vaut $f(f(f(3)))$ ?

**36** Soit $g$ la fonction définie par $g : x \mapsto \frac{x + 6}{x - 5}$.
**1.** Expliquer pourquoi 5 n'a pas d'image par cette fonction.
**2.** Calculer $g(\frac{40}{3})$ et donner le résultat sous forme d'une fraction simplifiée.
**3.** Montrer que $g(\frac{39}{10})$ est un nombre entier.
**4.** Déterminer le ou les antécédents de 10 par la fonction $g$.

# Exercices

## Tracer la représentation graphique d'une fonction

→ Savoir-faire p. 131

### QUESTIONS FLASH

**37** La fonction $g$ est définie par $g(x) = x^2 + 1$.

- Pour chacun des points suivants, dire s'il appartient ou non à la représentation graphique de $g$.

A (0 ; 1) ; B (3 ; 8) ; C (–2 ; –3) ; D (–2 ; 5)

**38** La fonction $f$ est définie par $f(x) = \frac{4}{x}$.

- Pour chacun des points suivants, dire s'il appartient ou non à la représentation graphique de $f$.

A (4 ; 1) ; B (1 ; 0) ; C (–2 ; –2) ; D (10 ; 0,4) ; E (0 ; 0)

**39** Soit $h$ une fonction dont voici un tableau de valeurs :

| $x$ | –3 | –2 | –1 | 0 | 1 | 2 | 3 |
|---|---|---|---|---|---|---|---|
| $h(x)$ | 7 | 10 | 15 | –3 | 2 | 3 | 1 |

Recopier les phrases suivantes et les compléter avec un nombre ou avec les mots « abscisse » ou « ordonnée ».
Sur la représentation graphique de la fonction $h$ :
**a.** Le point de la courbe d'abscisse –2 a pour ordonnée … .
**b.** Un point de la courbe d'ordonnée 3 a pour abscisse … .
**c.** Le point de la courbe d'… –1 a pour ordonnée … .
**d.** Un point de la courbe d'… 7 a pour abscisse … .

**40** Parmi les courbes suivantes, lesquelles ne peuvent pas représenter des fonctions ? Justifier.

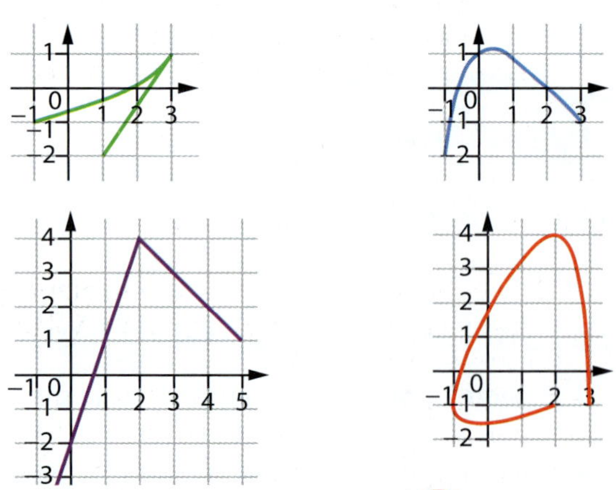

Questions flash supplémentaires

**41** La fonction $h$ est définie par $h(x) = 2 + \frac{x}{2}$ pour des valeurs de $x$ comprises entre –2 et 2.

- Tracer la courbe représentative de la fonction $h$.

**42** La fonction $f$ est définie par $f(x) = 5 - x^2$ pour des valeurs de $x$ comprises entre –3 et 3.

**1.** Reproduire et compléter le tableau suivant.

| $x$ | –3 | –2 | –1 | 0 | 1 | 2 | 3 |
|---|---|---|---|---|---|---|---|
| $f(x)$ | | | | | | | |

**2.** Tracer la courbe représentative de la fonction $f$ dans un repère.

**43** Tracer la courbe représentative de la fonction $f$ définie par $f(x) = (0{,}5x)^2 - 4$ pour des valeurs de $x$ comprises entre –5 et 5.

**44** Associer chaque courbe à la fonction correspondante.
**a.** $f : x \mapsto x^4 + x^2$ **b.** $g : x \mapsto -3x$ **c.** $h : x \mapsto 0{,}5x^2$.

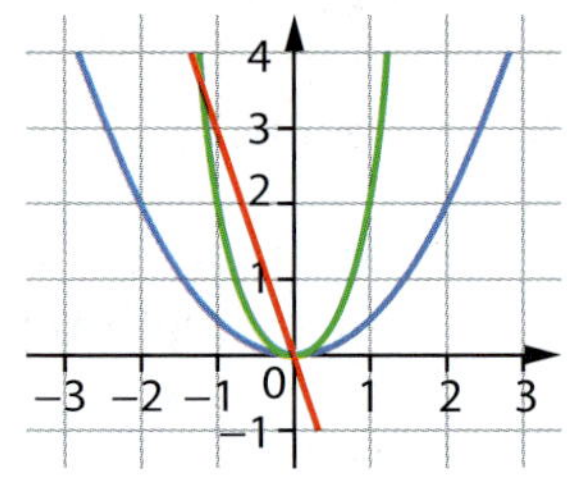

### MODE EXPERT

**45** Voici les représentations graphiques de cinq fonctions $f$, $g$, $h$, $i$ et $j$.

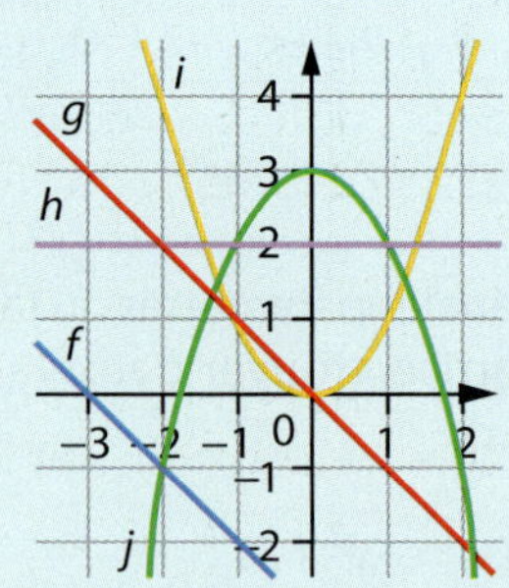


**1.** Associer chaque fonction à son expression.

| $f(x)$ | $g(x)$ | $h(x)$ | $i(x)$ | $j(x)$ |
|---|---|---|---|---|
| $x^2$ | 2 | $-x$ | $-x^2 + 3$ | $-x - 3$ |

**2.** Dire si les affirmations suivantes sont vraies ou fausses. Justifier.
**a.** $f(-2) = j(-2)$ **b.** $i(1) = i(-1) = 1$
**c.** Il existe au moins 2 valeurs de $x$ pour lesquelles $i(x) = j(x)$.

## Exploiter la représentation graphique d'une fonction

→ Savoir-faire p. 131

### QUESTIONS FLASH

**46** On donne ci-dessous la représentation d'une fonction $g$ pour $x$ compris entre –2 et 6.

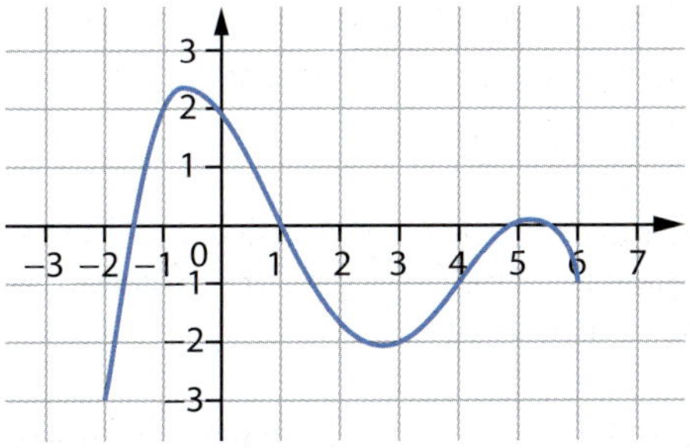

Déterminer graphiquement :

**a.** l'image de 3 par la fonction $g$ ;

**b.** $g(-2)$ ; **c.** $g(0)$ ;

**d.** l'image de 4 par la fonction $g$.

**47** On donne ci-dessous la représentation graphique d'une fonction $f$ pour $x$ compris entre –2 et 9.

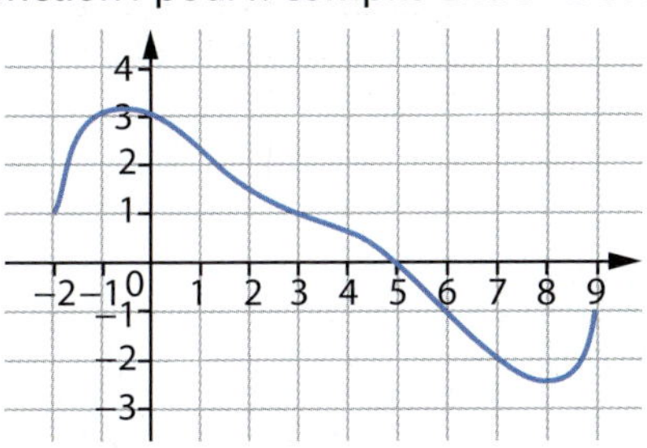

Déterminer graphiquement :

**a.** le ou les antécédents de 1 par la fonction $f$ ;

**b.** le ou les antécédents de –3 par la fonction $f$ ;

**c.** la ou les valeurs de $x$ telles que $f(x) = -1$ ;

**d.** la ou les valeurs de $x$ telles que $f(x) = 0$.

Questions flash supplémentaires

**48** Voici la courbe d'une fonction $f$ définie pour des valeurs de $x$ comprises entre –5 et 5.

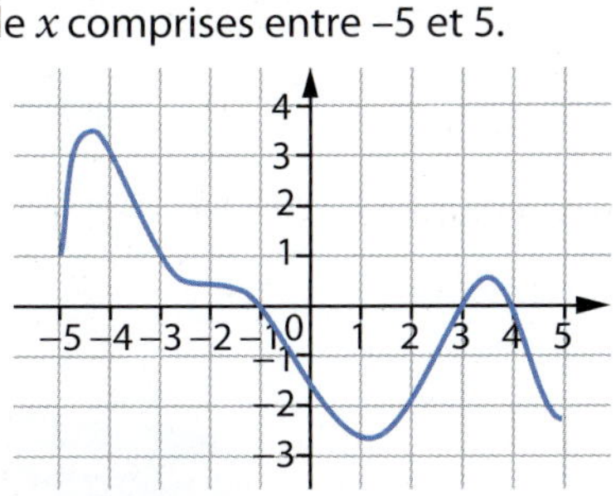

Déterminer graphiquement, quand c'est possible :

**a.** l'image de –1 par la fonction $f$ ;

**b.** $f(-3)$ ;

**c.** le ou les antécédents de 1 par la fonction $f$ ;

**d.** un nombre qui a pour image 4 par la fonction $f$ ;

**e.** la ou les solutions de l'équation $f(x) = 0$.

**49** On donne ci-dessous la représentation graphique d'une fonction $s$.

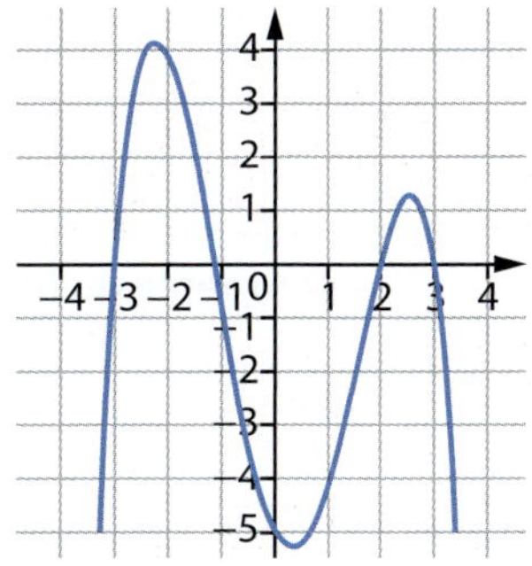

**1.** Est-il vrai que $s(-3) = s(2)$ ?

**2.** Peut-on trouver d'autres valeurs de $x$ telles que $s(x) = s(-3)$ ?

**50** On donne ci-contre la représentation graphique d'une fonction $h$.

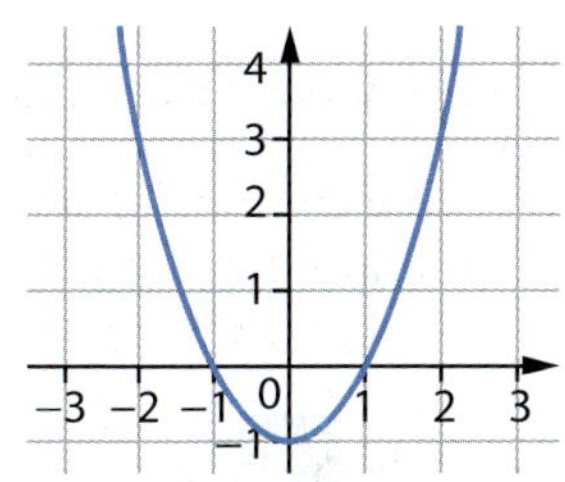

**1.** Quelle est l'image de 0 par la fonction $h$ ?

**2.** Quels nombres ont pour image 0 par la fonction $h$ ?

**3.** Déterminer $h(2)$.

**4.** Peut-on donner l'image de 3 par la fonction $h$ ?

**51** On donne ci-dessous la représentation graphique de la fonction $m$ définie sur $m(x) = \dfrac{x}{x-2}$.

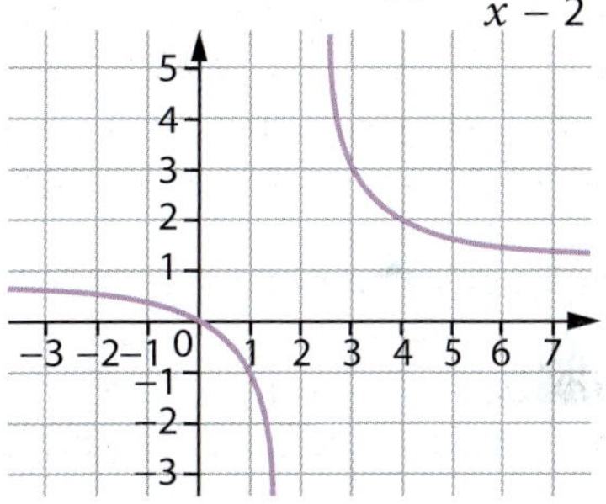

**1.** Déterminer graphiquement :

**a.** l'image de 0 par la fonction $m$ ;

**b.** $m(3)$ ; $m(4)$ et $m(1)$ ;

**c.** une valeur de $x$ telle que $m(x) = 3$.

**2.** Le nombre 2 a-t-il une image par la fonction $m$ ? Justifier.

### MODE EXPERT

**52** On donne ci-dessous les représentations graphiques de deux fonctions $f$ et $g$ définies pour des valeurs de $x$ comprises entre –1 et 7.

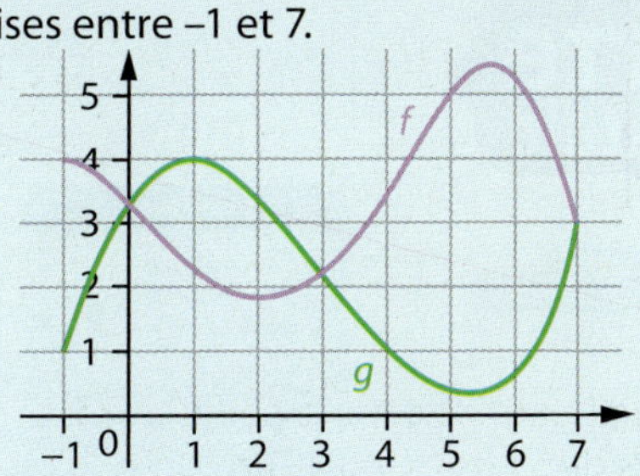


• Pour quelles valeurs de $x$ a-t-on $f(x) \geqslant g(x)$ ?

# Faire le point

Version interactive du QCM

## QCM

Donner la ou les bonnes réponses parmi les trois proposées.

### 1 Déterminer des images et des antécédents

| | Réponse A | Réponse B | Réponse C |
|---|---|---|---|
| **1.** Si $f(x) = -x^2 + 4$, alors $f(-1)$ est égal à : | 4 | 3 | 5 |
| **2.** $g(5) = -1$, alors : | $-1$ est un antécédent de 5 par $g$. | $-1$ a pour image 5 par $g$. | 5 est un antécédent de $-1$ par $g$. |
| **3.** Si $h(x) = -2x + 5$, alors 0 a pour antécédent par $h$ : | $\frac{5}{2}$ | 0 | $-\frac{5}{2}$ |
| **4.** Voici un tableau de valeurs : <br> $x$ : 0, 1, 2 <br> $k(x)$ : $-2$, $-1$, 2 <br> Quelle fonction peut lui correspondre ? | $k : x \mapsto -x^2 - 2$ | $k : x \mapsto x^2 - 2$ | $k : x \mapsto x - 2$ |
| **5.** Avec le tableau de valeurs de la question **4**, on peut dire que : | l'image de 2 par la fonction $k$ est 2. | $-2$ a pour antécédent 0 par la fonction $k$. | l'image de 1 par la fonction $k$ est $-1$. |

### 2 Tracer la représentation graphique d'une fonction

| | Réponse A | Réponse B | Réponse C |
|---|---|---|---|
| Soit $g$ la fonction définie par $g(x) = x^2 - 1$. Laquelle de ces trois courbes représente la fonction $g$ ? | 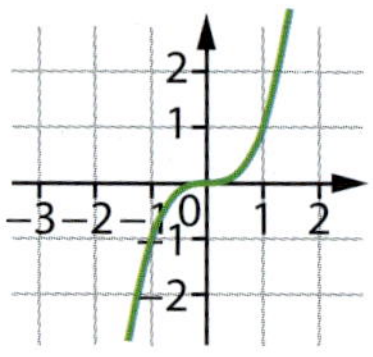 | 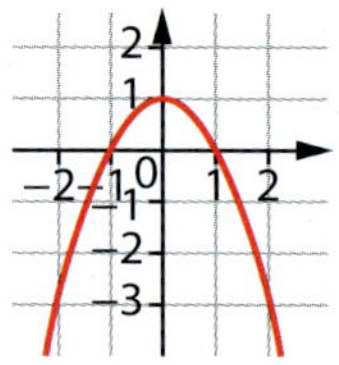 | 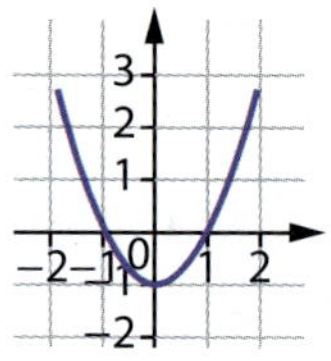 |

### 3 Exploiter la représentation graphique d'une fonction

| | Réponse A | Réponse B | Réponse C |
|---|---|---|---|
| Voici la courbe représentative d'une fonction $f$. Quelle proposition est correcte ? 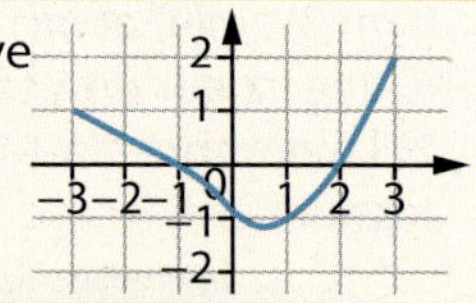 | L'image de $-1$ par $f$ est 1. | $-3$ est un antécédent de 1 par $f$. | 0 a deux images par $f$. |

→ Corrigé p. 311

## Carte mentale

Ressource téléchargeable

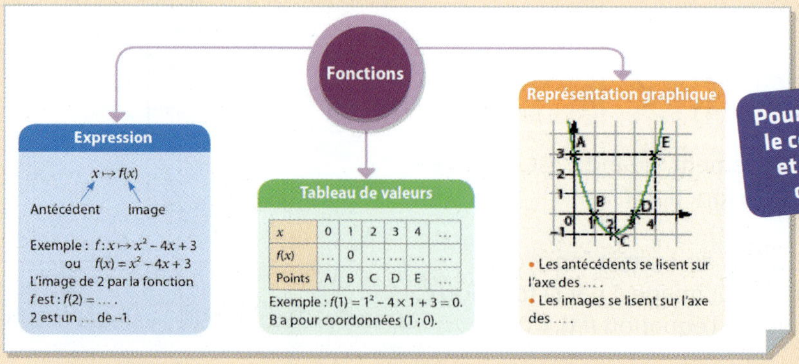


Pour t'aider à retenir le cours, télécharge et complète cette carte mentale.

# Algorithmique et outils numériques

## 53 Tableau de valeurs

Marie a écrit le script suivant.

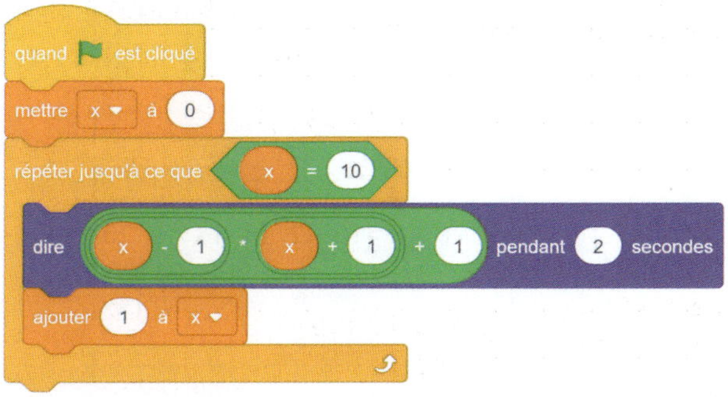


**1.** Expliquer ce que fait ce script à l'aide d'une fonction $f$ que l'on précisera.
**2.** Écrire dans un tableau les valeurs affichées.
Peut-on simplifier l'expression de $f(x)$ ?
**3.** Créer un script semblable pour la fonction $g$ définie par $g : x \mapsto 2x^2 + 5$.

## 54 Menuiserie

Un menuisier dispose d'une pièce de bois en forme de triangle rectangle isocèle de côté 6 dm, représentée par le triangle OAB dans la figure ci-contre. Il doit la scier pour obtenir deux pièces comme indiqué sur la figure. Le triangle OMN doit avoir une aire de 3 dm² et les longueurs OM et NB doivent être égales. Il veut savoir où placer les points M et N pour faire la découpe.

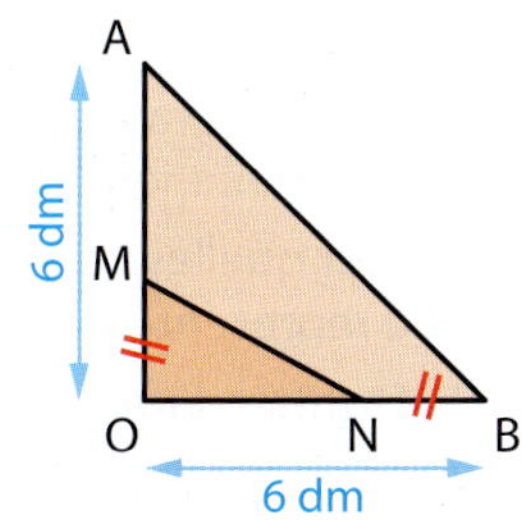


**1. Test avec des valeurs entières de OM**

Recopier et compléter sur une feuille de calcul le tableau de valeurs suivant.

| | A | B | C |
|---|---|---|---|
| 1 | OM | ON | Aire(OMN) |
| 2 | 0 | | |
| 3 | 1 | | |
| 4 | 2 | | |
| 5 | 3 | | |
| 6 | 4 | | |
| 7 | 5 | | |
| 8 | 6 | | |

**a.** Quelle formule peut-on écrire dans la cellule B2 puis recopier vers le bas ? Et dans la cellule C2 ?
**b.** A-t-on déjà trouvé une solution au problème posé ? Peut-on proposer une conjecture ?

**2. Test avec des valeurs décimales de OM**

**a.** Faire varier les valeurs de OM de 0,1 en 0,1 et recopier les formules.
**b.** Peut-on faire maintenant une autre conjecture ?

**3. À l'aide d'une représentation graphique**

**a.** En sélectionnant simultanément les plages de cellules A2:A62 et C2:C62 (avec la souris en maintenant enfoncée la touche CTRL), représenter graphiquement l'aire du triangle OMN en fonction de la longueur OM.
**b.** Utiliser cette représentation graphique pour retrouver la conjecture de la question **2. b.**

## 55 L'enclos

Tom veut construire un enclos rectangulaire pour son potager. Il dispose pour cela d'une corde de longueur 20 m.

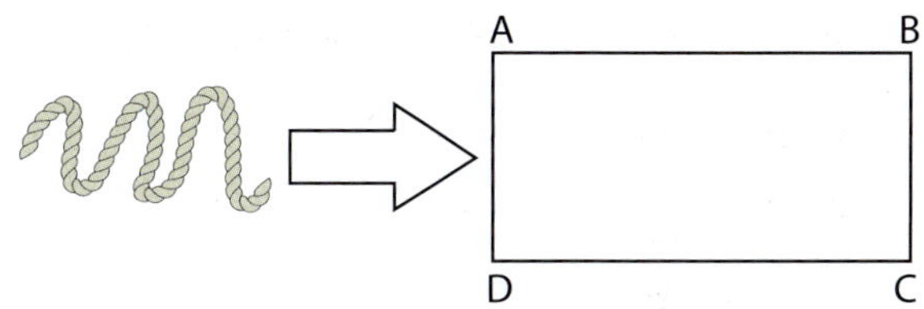


**Partie 1**

**1.** Expliquer pourquoi 0 m < AB < 10 m.
**2.** S'il choisit AB = 6,5 m, quelle sera l'aire de l'enclos en m² ?
**3.** Expliquer pourquoi l'égalité AD = 10 – AB est vraie quelle que soit la valeur de AB.

**Partie 2**

Tom cherche la longueur AB pour laquelle l'aire de l'enclos sera la plus grande possible. Pour cela, il représente la situation grâce à un logiciel de géométrie dynamique.
**1.** Dans « Affichage », afficher les fenêtres « Graphique 1 » et « Graphique 2 ».
**2.** Dans la fenêtre Graphique 1 :
**a.** tracer un segment [AB] ;
**b.** en utilisant des perpendiculaires au segment [AB] et des cercles de rayon 10 – AB, placer C et D tels que ABCD soit un rectangle ;
**c.** tracer le rectangle ABCD et afficher son aire ;
**d.** afficher la distance AB et faire une conjecture pour résoudre le problème de Tom.
**3.** Dans la fenêtre Graphique 2 :
**a.** afficher un repère ;
**b.** placer un point E et le définir comme ci-dessous, q1 désignant l'aire de ABCD ;

| | |
|---|---|
| Nom: | E |
| Définition: | (Distance(A, B), q1) |

**c.** en faisant varier AB dans la fenêtre du graphique 1, dire si la conjecture de la question **2. d** semble correcte.
**4.** Afficher la trace du point E et faire varier la longueur AB. Déterminer l'expression algébrique de la fonction ayant cette courbe comme représentation graphique.

# Problèmes

ceinture jaune · ceinture verte · ceinture noire

## 56 La rando

**Chercher**

Cette courbe représente l'altitude d'un randonneur en fonction du temps.

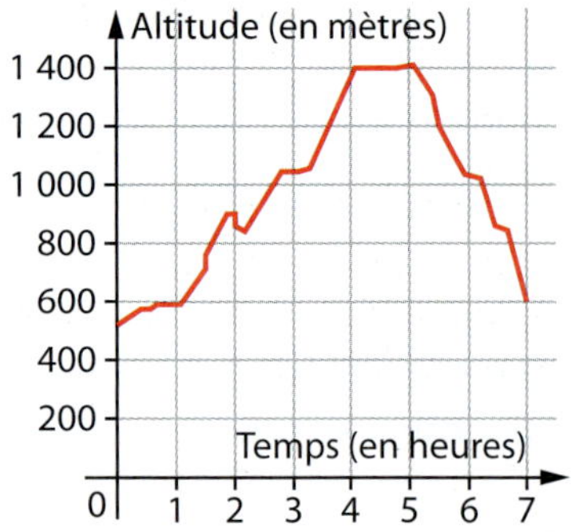


**1.** Combien de temps dure la randonnée ?

**2.** À quelle altitude se trouve le randonneur au bout de trois heures de randonnée ?

**3.** Existe-t-il des moments auxquels le randonneur se trouve aux altitudes suivantes :

**a.** 1 000 m ? **b.** 200 m ? **c.** 1 400 m ?

Si oui, lesquels ?

## 57 Footing matinal

**Chercher**

David fait un footing tous les matins. Le GPS de son téléphone, qui enregistre sa vitesse à tout moment, lui a tracé la courbe ci-dessous.

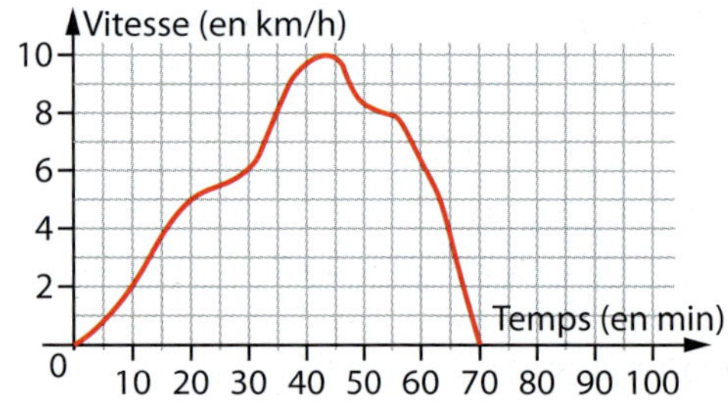


**1.** Le GPS a-t-il représenté la vitesse en fonction du temps ou le temps en fonction de la vitesse ?

**2.** Quelle est la vitesse de David au bout de :

**a.** 15 minutes ?

**b.** 65 minutes ?

**3.** Quand la vitesse de David est-elle égale :

**a.** 10 km/h **b.** 6 km/h **c.** 12 km/h ?

**4.** Recopier et compléter le tableau de valeurs suivant.

| Temps (en min) | 0 | 15 | | 50 | 70 |
|---|---|---|---|---|---|
| Vitesse (en km/h) | | | 10 | | |

## 58 Relever la température

**Communiquer**

À l'aide d'une station météo, Jessie a enregistré la température $T(x)$ en fonction du temps $x$, entre minuit et 20 heures le 9 février 2019.

La fonction $T$ est représentée ci-après.

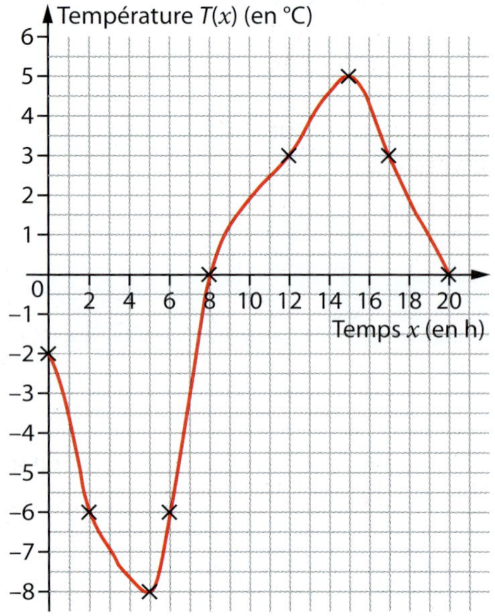


**1.** Quelle était la température à midi ce jour-là ?

**2.** Lire graphiquement $T(17)$. Que représente cette valeur ?

**3.** Résoudre graphiquement $T(x) = 0$. Que représentent la ou les solutions trouvées ?

**4.** Pour quelles valeurs de $x$ a-t-on $T(x) \geq 3$. Que représentent les solutions trouvées ?

**5.** Donner l'image de 0 par la fonction $T$. Que représente cette valeur ?

**6.** Donner le ou les antécédents de –6 par la fonction $T$ et expliquer ce que représentent ces valeurs.

**7.** Quand la température était-elle positive ce jour-là ?

## 59 Ça monte

**Modéliser**

On verse de l'eau dans chacun de ces récipients.

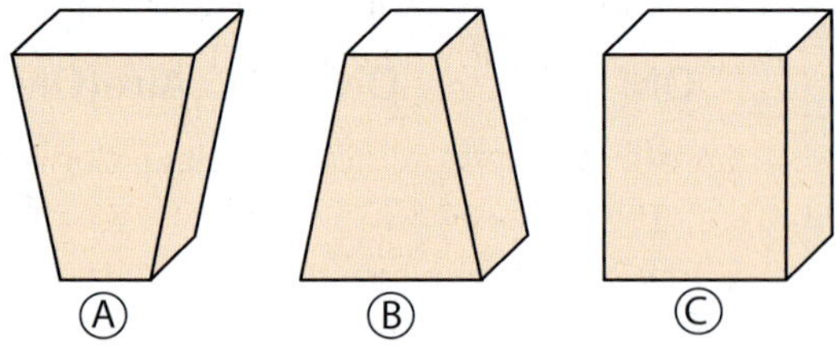


On a représenté ci-dessous, pour chaque récipient, le volume d'eau en fonction de la hauteur d'eau versée.

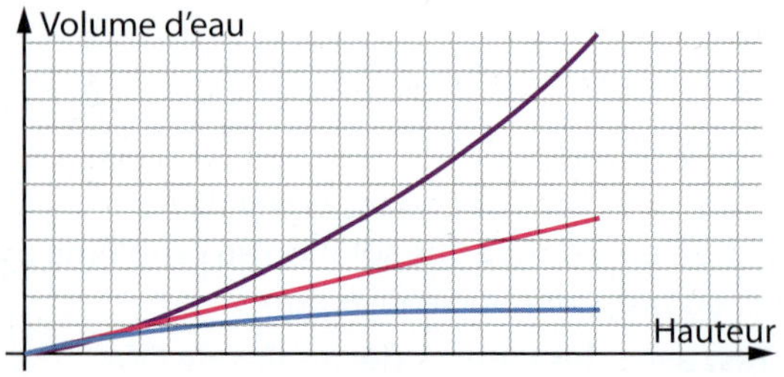


• Associer chaque récipient à la courbe correspondante.

## 60 Course cycliste

Communiquer

Nathan et Charlie ont participé à une course cycliste. Le départ avait lieu au collège et l'arrivée à la mairie. Les courbes ci-dessous illustrent leur course.

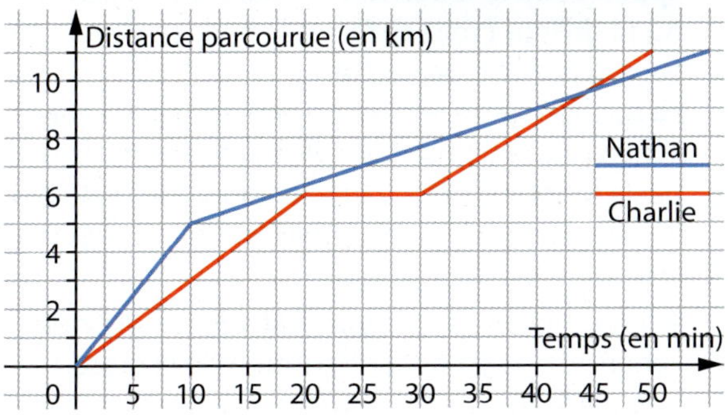


À partir de ces données, trouver :

**a.** la distance parcourue pendant cette course ;
**b.** qui est parti le plus vite au départ ;
**c.** qui s'est arrêté un peu au niveau de l'église ;
**d.** qui était en tête au bout d'une demi-heure ;
**e.** qui a doublé qui et quand ;
**f.** qui est arrivé en premier.

## 61 Avec un tableur

Calculer

Jocelin a utilisé un tableur pour réaliser le tableau de valeurs des fonctions suivantes.

$$f : x \mapsto 4x^2 + 2x - 106 \text{ et } g : x \mapsto 2x - 6$$

Il a recopié vers la droite les formules qu'il avait saisies dans les cellules B2 et B3.

B2 | fx =4*B1*B1+2*B1-106

| | A | B | C | D | E | F | G | H | I | J | K |
|---|---|---|---|---|---|---|---|---|---|---|---|
| 1 | x | -6 | -5 | -4 | -3 | -2 | -1 | 0 | 1 | 2 | 3 |
| 2 | f(x)=4x²+2x-106 | 26 | -16 | -50 | -76 | -94 | -104 | -106 | -100 | -86 | -64 |
| 3 | g(x)=2x-6 | -18 | -16 | -14 | -12 | -10 | -8 | -6 | -4 | -2 | 0 |

**1.** Quelle formule a-t-il saisie dans B3 ?
**2.** D'après le tableur, que vaut $g(-3)$ ?
**3.** Vérifier par le calcul que $f(-2) = -94$.
**4. a.** En utilisant cette feuille de calcul, donner une solution de l'équation $4x^2 + 2x - 106 = 2x - 6$.
**b.** Résoudre cette équation.

## 62 A tank

Représenter

An oil tank has the shape of a cube.

**1.** Write a formula that gives the volume $\mathcal{V}(x)$ (in m$^3$) of the tank in terms of its side $x$ (in metres).

**2.** Copy and complete the table below to show the values of $\mathcal{V}(x)$ for the given values of $x$.

| $x$ | 0 | 0,5 | 1 | 1,5 | 2 | 2,5 | 3 |
|---|---|---|---|---|---|---|---|
| $\mathcal{V}(x)$ | 0 | | | | | | |

**3.** Draw the graph of function $\mathcal{V}$.

**4.** The volume of the tank has to be 10 m$^3$.
Use the graph to find what value of $x$ will approximately give the right volume.

## 63 Calcul d'image

Modéliser

Slimane a rédigé le script ci-dessous pour calculer l'image de n'importe quel nombre par une fonction $f$.

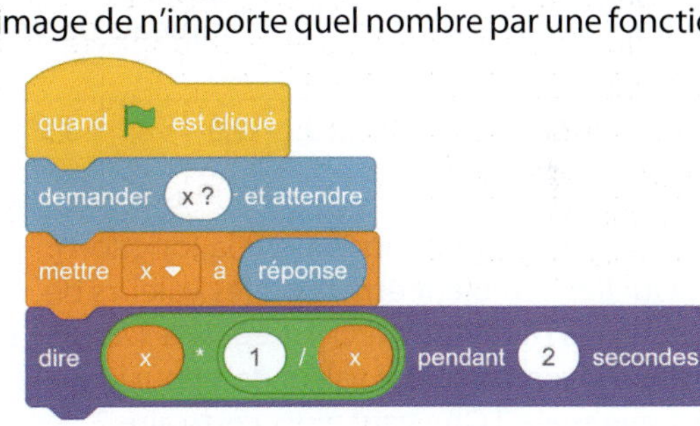


**1.** Écrire la formule de $f(x)$ en fonction de $x$.

**2.** Peut-on calculer l'image de n'importe quel nombre $x$ ? Pourquoi ?

## 64 Jardin d'agrément

Calculer

Un terrain rectangulaire de 30 m par 16 m est composé d'une allée de largeur constante $x$ qui en fait le tour et, au centre, d'une partie végétalisée.

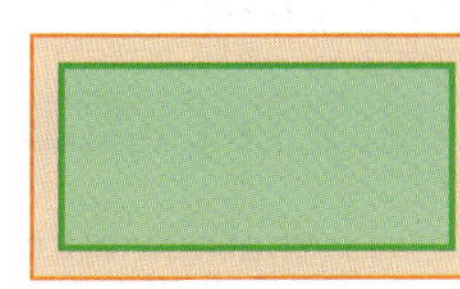

**1.** Exprimer l'aire $\mathcal{A}(x)$ de la partie végétalisée en fonction de $x$.

**2.** Calculer $\mathcal{A}(2)$ et interpréter concrètement ce résultat.

# DÉFIS & ÉNIGMES

## 65 Second degré

On a représenté une fonction $f$ de la forme $f : x \mapsto x^2 + bx + c$, où $b$ et $c$ sont des nombres.

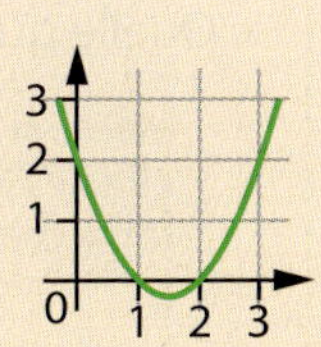


- Retrouver les valeurs de $b$ et $c$.

## 66 Miroir

On a représenté, pour $x$ compris entre 0 et 3, une fonction $g$ dont on a oublié l'expression.

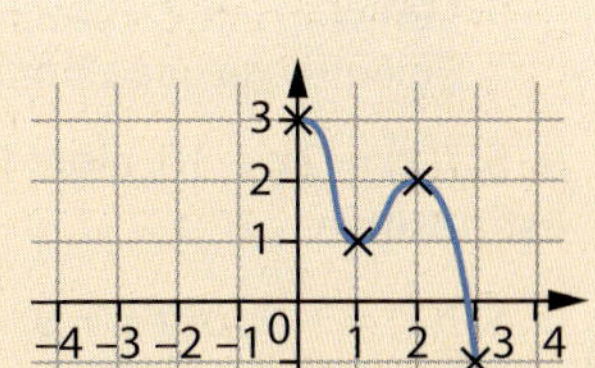


On sait juste que, pour tout nombre $x$, $g(x) = g(-x)$.

- Retrouver la représentation graphique de $g$ pour $x$ compris entre −3 et 0.

# Problèmes

## 67 Le quadrilatère

Calculer, Représenter

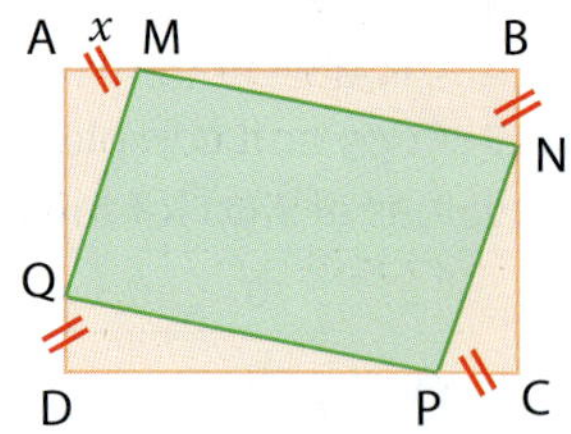


ABCD est un rectangle tel que AB = 10 cm et BC = 4 cm. M, N, P et Q sont quatre points de ce rectangle tels que AM = BN = CP = DQ = $x$ (en cm), où $x$ est un nombre compris entre 0 et 4.

**1.** Pour $x = 2$, calculer l'aire de MNPQ.

**2.** Exprimer, en fonction de $x$, les aires des triangles AMQ et BMN.

**3.** Démontrer que l'expression de l'aire de MNPQ, en fonction de $x$, est $2x^2 - 14x + 40$.

**4.** On définit la fonction $f$ qui, à $x$ compris entre 0 et 4, associe l'aire de MNPQ.

**a.** Reproduire et compléter le tableau de valeurs suivant.

| $x$ | 0 | 0,5 | 1 | 2 | 2,5 | 3 | 3,5 | 4 |
|---|---|---|---|---|---|---|---|---|
| $f(x)$ | | | | | | | | |

**b.** Représenter graphiquement la fonction $f$.

**c.** Quelles semblent être la ou les valeurs de $x$ pour lesquelles l'aire de MNPQ est égale à 17,5 cm² ?

**d.** Quelle semble être la valeur de $x$ pour laquelle l'aire est minimale ? Que vaut alors cette aire ?

## 68 Croissance du lichen

Raisonner

Une des conséquences du réchauffement de notre planète est la fonte de certains glaciers. Douze ans après la disparition de la glace, de minuscules plantes, appelées lichens, font leur apparition sur les rochers. Au fil de leur croissance, les lichens se développent sous la forme d'un cercle.

La relation entre le diamètre de ce cercle et l'âge du lichen peut être calculée de manière approximative par la formule $d(t) = 7\sqrt{t - 12}$ pour $t \geqslant 12$, où $d(t)$ est le diamètre du lichen en millimètres $t$ années après la disparition de la glace.

**1.** En utilisant la formule, calculer le diamètre du lichen 16 ans après la disparition de la glace.

**2.** Anne a mesuré le diamètre d'un lichen et a trouvé 42 millimètres. Depuis combien d'années la glace a-t-elle disparu à cet endroit précis ?

*D'après PISA.*

## 69 Une courbe pour deux problèmes

Représenter, Calculer

**1.** Représenter la fonction $x \mapsto x^3$ pour des valeurs de $x$ comprises entre 0 et 2.

**2.** Déterminer les dimensions d'un cube de volume 5 cm³.

**3.** Déterminer le rayon d'une boule de volume 3 litres.

# MISSION DÉMONSTRATION

## Raisonnement Le contre-exemple

En mathématiques, quand on veut montrer qu'une affirmation est fausse, on peut donner un contre-exemple, c'est-à-dire un exemple particulier pour lequel l'affirmation n'est pas vérifiée.

**▸ Exemple**

Affirmation : « Si $f$ est une fonction définie par $f(x) = -x$, alors l'image par $f$ de tout nombre $x$ est négative. »
Cette affirmation est fausse. On donne un contre-exemple : Si $x = -2$, alors $f(-2) = -(-2) = 2$ et 2 est positif.

**70** Montrer que chacune des affirmations suivantes est fausse en choisissant un contre-exemple.

> Un seul contre-exemple suffit pour montrer qu'une affirmation est fausse.

**a.** Si $f(x) = 2x + 10$, alors l'image de tout nombre $x$ est positive.

**b.** Si $f(x) = \dfrac{1}{x}$ pour $x \neq 0$, alors l'image par $f$ de tout nombre $x$ non nul est inférieure à 1.

**c.** La représentation graphique de n'importe quelle fonction a un seul point d'intersection avec l'axe des abscisses.

**71** Soient $g$ et $h$ deux fonctions définies par :

$$g : x \mapsto x^2 - 3 \quad \text{et} \quad h : x \mapsto (x - 1)(x + 3)$$

**1.** Montrer que $g(0) = h(0)$.

**2.** Montrer que l'affirmation suivante est fausse :
« Quelle que soit la valeur de $x$, $g(x) = f(x)$. »

> Même si l'affirmation est vraie pour $x = 0$, elle ne l'est pas pour autant pour toutes les autres valeurs de $x$.

# Objectif BREVET

## 72 Principe actif

Lorsque l'on absorbe un médicament, que ce soit par voie orale ou non, la quantité de principe actif de ce médicament dans le sang évolue en fonction du temps. Cette quantité se mesure en milligrammes par litre de sang.

Le graphique ci-dessous représente la quantité de principe actif d'un médicament dans le sang, en fonction du temps écoulé, après la prise de ce médicament.

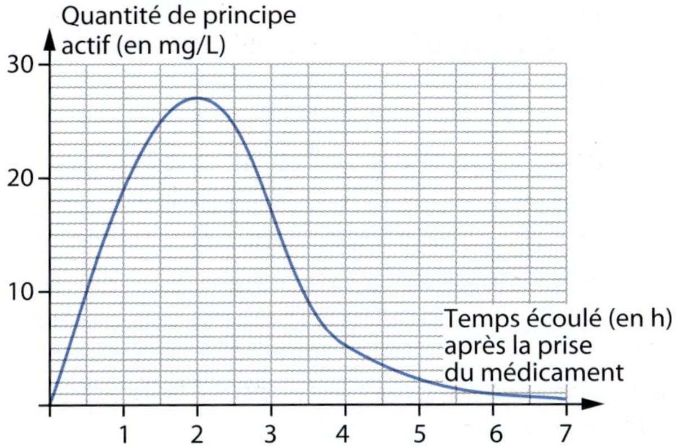


**1.** Quelle est la quantité de principe actif dans le sang trente minutes après la prise de ce médicament ?

**2.** Combien de temps après la prise de ce médicament la quantité de principe actif est-elle la plus élevée ?

*D'après DNB Amérique du Nord, juin 2019.*

## 73 Randonnée en famille

Une famille a effectué une randonnée en montagne. Le graphique ci-dessous donne la distance parcourue en kilomètres en fonction du temps en heures.

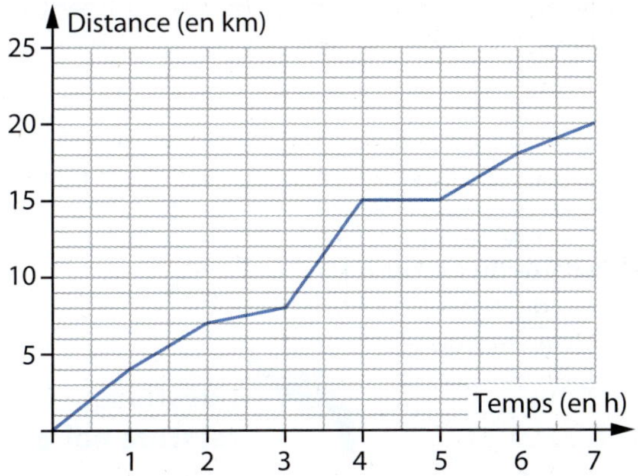


**1.** Ce graphique traduit-il une situation de proportionnalité ? Justifier la réponse.

**2.** On utilisera le graphique pour répondre aux questions suivantes. Aucune justification n'est demandée.

**a.** Quelle est la durée totale de cette randonnée ?

**b.** Quelle distance cette famille a-t-elle parcourue au total ?

**c.** Au bout de combien de temps ont-ils parcouru les 8 premiers kilomètres ?

**d.** Que s'est-il passé entre la 4$^e$ et la 5$^e$ heure de randonnée ?

*D'après DNB Centres étrangers, 2019.*

## 74 Programme et fonction

On donne le programme de calcul suivant.

> Choisir un nombre.
> Ajouter 1.
> Élever le résultat au carré.
> Soustraire au résultat le carré du nombre de départ.

**1.** Montrer que lorsque l'on choisit le nombre 2 au départ, on obtient le nombre 5 au final.

**2.** Quel résultat obtient-on lorsque l'on choisit au départ le nombre −3 ?

**3.** On définit une fonction $f$ qui, à tout nombre $x$ choisi à l'entrée du programme, associe le résultat obtenu à la fin de ce programme.
Ainsi, pour tout $x$, on obtient $f(x) = (x + 1)^2 - x^2$.
Montrer que $f(x) = 2x + 1$.

**4.** Cette question est un questionnaire à choix multiples (QCM).
Dans chaque cas, une seule réponse est correcte. Pour chacune des questions, écrire le numéro de la question et la bonne réponse. Aucune justification n'est demandée.

| Question | Réponse A | Réponse B | Réponse C |
|---|---|---|---|
| **1.** La représentation graphique de la fonction $f$ est : | la représentation A. | la représentation B. | la représentation C. |
| **2.** En utilisant la représentation A, l'image de 1 par la fonction représentée est : | 4 | −2 | 0 |
| **3.** En utilisant la représentation B, l'antécédent de −3 par la fonction représentée est : | −1 | −5 | 2 |

Représentation A

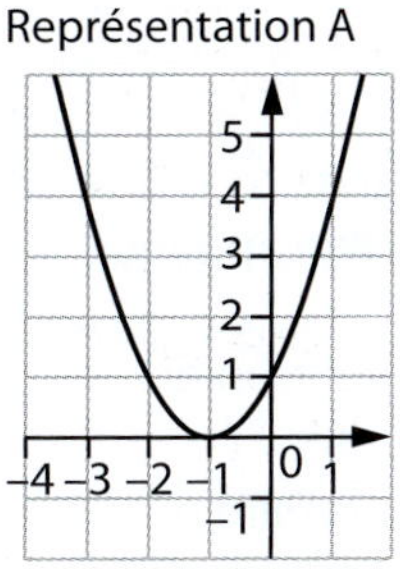


Représentation B

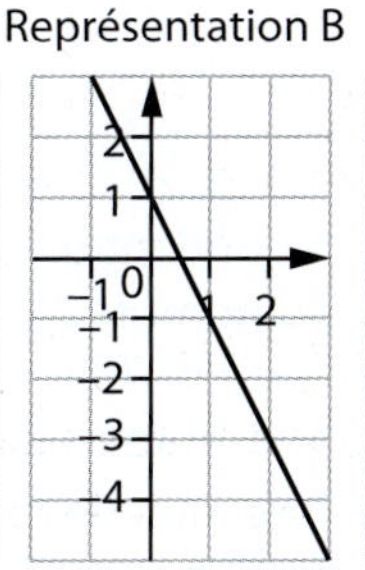


Représentation C

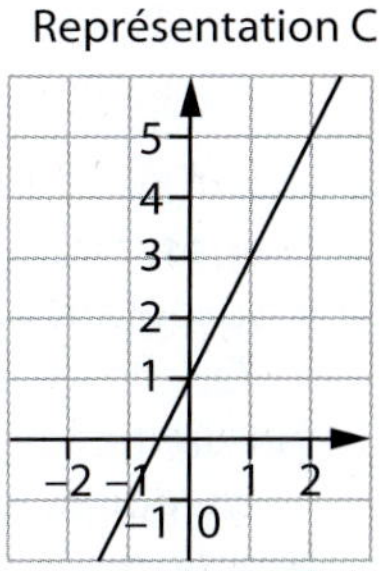


*D'après DNB Grèce, 2019.*

# Travailler autrement

Utilisable en AP

## 75 Résolution de problème

**Socle D4** Je sais mener une démarche d'investigation, je modélise pour représenter une situation.

Avec une plaque de carton rectangulaire de 10 dm par 8 dm, en découpant 4 carrés identiques, on obtient le patron d'une boite (sans couvercle).
On note $V$ la fonction qui, à une longueur $x$ en dm, associe le volume $V(x)$ de la boite en dm$^3$.

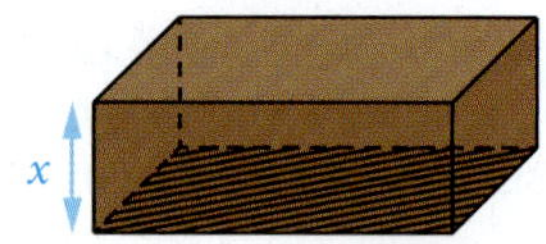


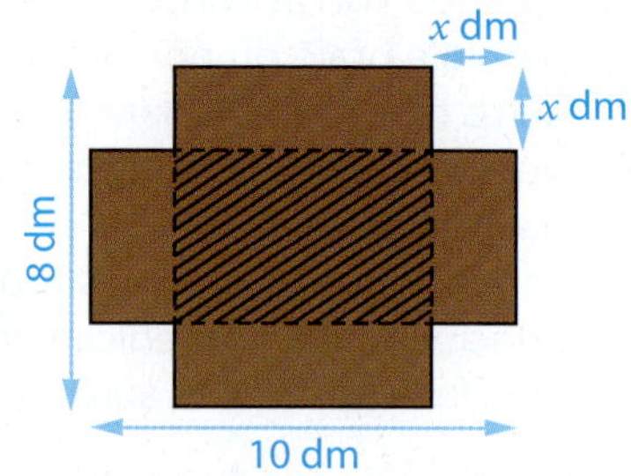


### Questions ceinture jaune

**1.** On choisit $x = 3$.
**a.** Faire un schéma à l'échelle du patron de la boite en prenant 1 cm sur le plan pour représenter 1dm en réalité.
**b.** Calculer l'aire du fond de la boite en dm$^2$ (partie hachurée).
**c.** Calculer le volume de la boite en dm$^3$.

**2.** Expliquer pourquoi $x$ ne peut pas être supérieur à 4.

**3.** On donne la fonction $V$ définie par :
$$V(x) = 4x^3 - 36x^2 + 80x$$
**a.** Recopier et compléter :

| $x$ | 0 | 0,5 | 1 | 1,5 | 2 | 2,5 | 3 | 3,5 | 4 |
|---|---|---|---|---|---|---|---|---|---|
| $V(x)$ | | | | | | | | | |

**b.** Le volume de la boite est-il proportionnel à la longueur du côté du carré ?

### Questions ceinture verte

**1.** Quelle est la plus grande valeur possible pour $x$ ?

**2.** Exprimer, en fonction de $x$, l'aire du fond de la boite puis son volume.

**3. a.** Recopier et compléter le tableau de la question **3. a.** (ceinture jaune).
**b.** D'après le tableau, quelle valeur semble donner un volume maximal de la boite ?
**c.** Calculer $V(1{,}45)$.
**d.** La conjecture faite à la question **b.** semble-t-elle correcte ?

### Questions ceinture noire

**1.** Donner un encadrement des valeurs possibles pour $x$.

**2.** Déterminer $V(x)$.

**3.** Tracer la représentation graphique de $V$ en plaçant une dizaine de points dans un repère (on prendra 1 cm pour 0,5 dm en abscisse et 1 dm pour 10 dm$^3$ en ordonnée).

**4.** On cherche à déterminer pour quelle(s) valeur(s) de $x$ le volume de la boite est maximal.
**a.** Donner un encadrement à l'unité de la valeur de $x$ qui répond au problème.
**b.** Avec la fonction « tableau » de la calculatrice, donner un encadrement, au dixième, puis au centième de la valeur $x$, qui répond au problème.

## 76 Résolution de problème

**Socle D4** Je pratique le calcul, mental et écrit.

Voici un programme de calcul.

Nombre de départ → Soustraire 1 / Soustraire 5 → Multiplier les deux résultats → Soustraire le carré du nombre de départ

### Questions ceinture jaune

**1. a.** Quel résultat obtient-on si l'on applique ce programme au nombre 2 ?
**b.** Quelle expression de $f(x)$ obtient-on en prenant comme nombre de départ $x$ ?

**2.** Simplifier l'expression de $f(x)$ et faire un nouveau schéma d'un autre programme de calcul qui donne le même résultat.

**3.** Calculer $f(5)$.

### Questions ceinture verte

**1.** Calculer $f(\frac{1}{3})$ et $f(-\frac{4}{5})$.

**2.** Donner une expression simplifiée de $f(x)$.

**3.** Déterminer l'antécédent de $-12$ par la fonction $f$.

### Questions ceinture noire

On définit la fonction :
$g : x \mapsto (x + 6) \times f(x)$

**1.** Calculer $g(2)$ et $g(\frac{7}{3})$.

**2.** Déterminer les antécédents de 0 par la fonction $g$.

# 7 Fonctions affines

**TA MISSION**

Apprendre à utiliser des fonctions particulières : les fonctions affines.

**JEU**

- Quel chemin prendre pour arriver avec le maximum de points ?

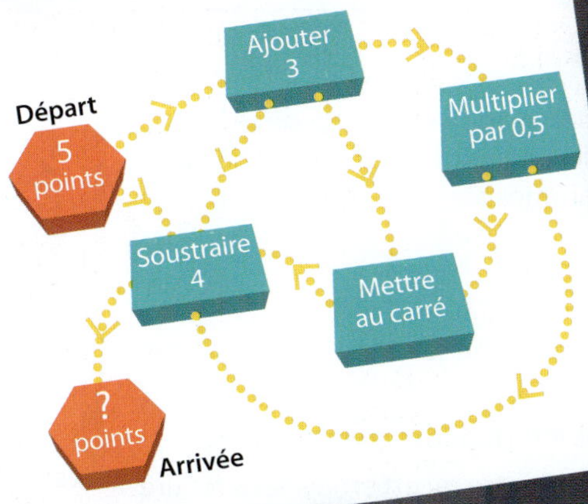


## POINT INFO

La clepsydre est un instrument qui mesure le temps par l'écoulement d'une certaine quantité d'eau d'un récipient à l'autre. Inventée par les Égyptiens, les Grecs l'ont perfectionnée pour la rendre plus précise (ajout d'un cadran et d'une aiguille), la transformant ainsi en véritable instrument de mesure.

À l'origine, la clepsydre permettait de définir la durée d'un évènement comme celle d'un discours par exemple.

Voir problème 74 p. 158.

# Activités

## Prêts pour le décollage ?

**QUESTIONS FLASH** Questions flash supplémentaires

**1** On appelle $f$ la fonction définie par $f : x \mapsto 3x$.

**a.** Quelle est l'image de $-2$ par la fonction $f$ ?

**b.** Déterminer l'antécédent de 12 par la fonction $f$.

**2** Parmi les tableaux suivants, lesquels sont des tableaux de proportionnalité ?

**a.**

| | |
|---|---|
| 2 | 5 |
| 8 | 19 |

**b.**

| | | |
|---|---|---|
| 0,5 | 2 | 6 |
| 3 | 12 | 36 |

**c.**

| | | |
|---|---|---|
| –1 | 0 | 2 |
| 4 | 0 | –8 |

**3** Parmi les graphiques suivants, lequel représente une situation de proportionnalité ?

**a.**

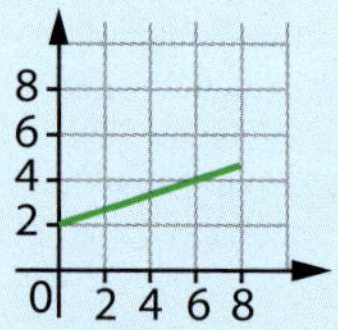


**b.**

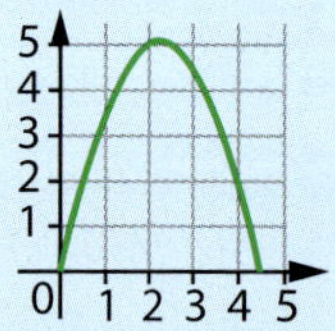


**c.**

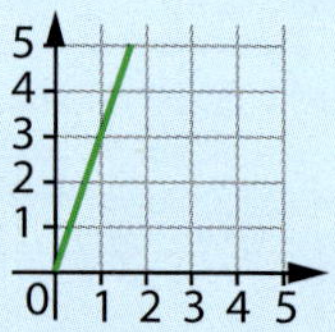


**4** On donne ci-dessous un tableau de valeurs de la fonction $g : x \mapsto -\frac{1}{2}x + 6$.

| $x$ | –5 | –2 | –1 | 0 | 2,5 | 3 | 4,5 | 7 |
|---|---|---|---|---|---|---|---|---|
| $g(x)$ | 8,5 | 7 | 6,5 | 6 | 4,75 | 4,5 | 3,75 | 2,5 |

**a.** Quelle est l'image de 0 par la fonction $g$ ?

**b.** Quelle est l'image de 2,5 par la fonction $g$ ?

**c.** Donner un antécédent de 2,5 par la fonction $g$.

**d.** Donner $g(4{,}5)$.

**5** On a représenté dans le repère ci-dessous une fonction $h$.

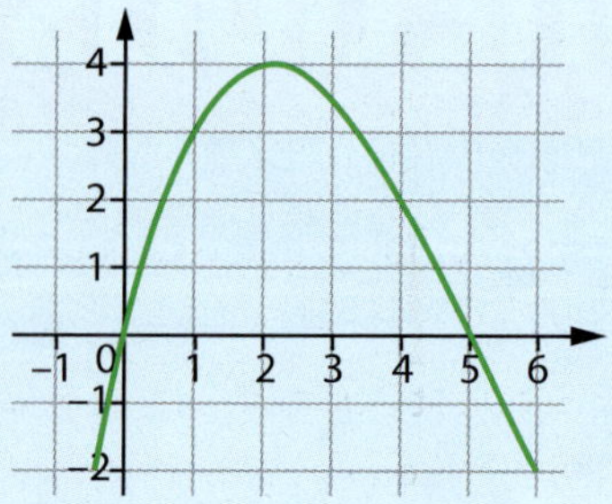


Par lecture graphique, déterminer :

**a.** $h(1)$

**b.** L'image de 4 par la fonction $h$.

**c.** Les antécédents de 0 par la fonction $h$.

**6** Dans un circuit électrique, on a représenté la tension électrique $U$ (en volts) aux bornes d'un générateur en fonction de l'intensité $I$ (en ampères).

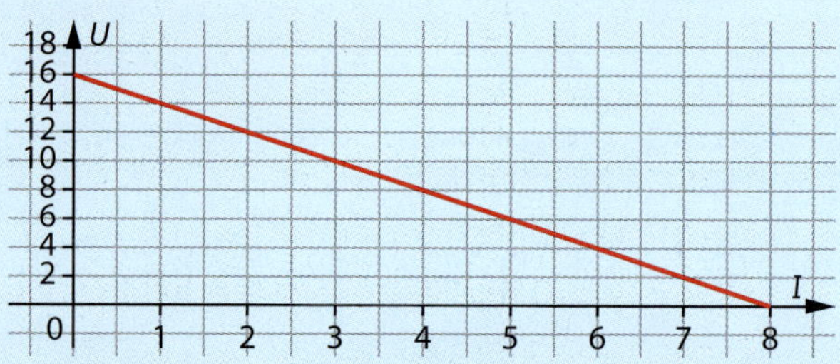


**a.** Quelle est la tension $U$ si l'intensité $I$ vaut 5 ampères ?

**b.** Quelle est l'intensité $I$ si la tension $U$ vaut 12 volts ?

## Activité 1 Rôti de veau

La grand-mère de Léa fait d'excellents rôtis de veau : elle achète de la bonne viande et a un secret concernant la cuisson. Elle applique la technique suivante :

- elle pèse le rôti et note sa masse en kilogrammes ;
- elle multiplie cette masse par 45 ;
- elle ajoute 30 ;
- elle obtient ainsi le temps de cuisson du rôti en minutes.

Malheureusement, Léa a déchiré en partie le carnet de sa grand-mère, comme le montre le document ci-contre.

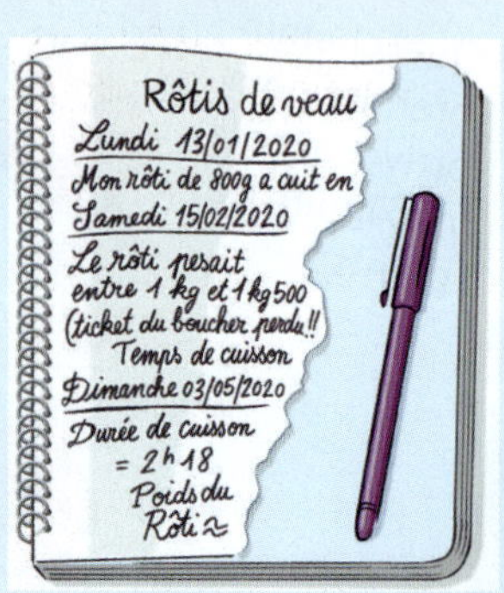


**1.** Aider la grand-mère de Léa à retrouver les informations manquantes.

**2.** La maman de Léa souhaite également utiliser cette recette mais sans refaire les calculs à chaque fois. Proposer un graphique à la maman de Léa.

## Activité 2 Kilou-presque-tout

Une entreprise loue des aspirateurs industriels pour le nettoyage de surfaces importantes.
Lorsqu'un client loue ce matériel, il doit payer :

→ 4 € par heure de location
→ 10 € de frais fixes

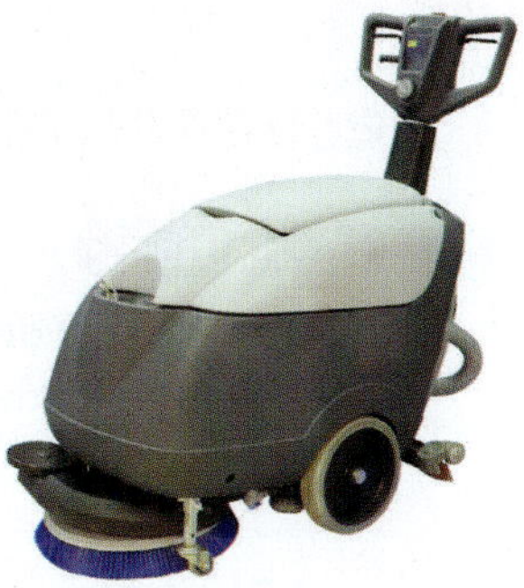

**1.** Combien coute une location de 6 h ?

**2.** L'entreprise souhaite afficher ses tarifs.
**a.** Recopier et compléter le tableau suivant.

| Durée de la location $x$ (en heures) | 1 | 2 | 5 | 10 | 15 |
|---|---|---|---|---|---|
| Prix payé $P(x)$ (en euros) | | | | | |

**b.** Ce tableau est-il un tableau de proportionnalité ? Justifier.

**3.** Exprimer $P(x)$ en fonction de $x$.

**4.** Représenter graphiquement la fonction $P$. Que remarque-t-on ?

**5.** Calculer $P(0)$. Interpréter le résultat par rapport à la situation.

**6.** Combien le client paie-t-il en supplément à chaque heure supplémentaire de location ? Comment retrouver cette valeur sur le graphique ?

## Activité 3 La piscine

Alexis doit remplir sa piscine avec un tuyau d'arrosage et voudrait savoir combien de temps cela va lui prendre.
Pour cela, il remplit successivement quatre bouteilles de 1,5 L et note le temps écoulé.
Voici ses résultats :

| Temps (en secondes) | 12 | 24 | 36 | 48 |
|---|---|---|---|---|
| Nombre de bouteilles | 1 | 2 | 3 | 4 |

**1.** Ce tableau est-il un tableau de proportionnalité ? Justifier.

**2.** Calculer le débit du tuyau d'arrosage en litres par minute.

**3.** On note $V(t)$ le nombre de litres d'eau qui s'écoulent en $t$ minutes.
**a.** Montrer que la fonction $V$ est affine et donner ses paramètres.
**b.** Représenter graphiquement la fonction $V$.

**4.** En combien de temps Alexis remplira-t-il sa piscine en forme de pavé droit qui mesure 8 m de long, 4 m de large et 1,5 m de profondeur ?

# Cours

## 1 Reconnaitre et utiliser une fonction affine

**Définition**

$m$ et $p$ désignent deux nombres.
Une **fonction affine** est une fonction qui, à tout nombre $x$, associe le nombre $mx + p$.
Si on désigne par $f$ cette fonction, on peut noter $f : x \mapsto mx + p$ ou $f(x) = mx + p$.

**Exemples**

- La fonction $f : x \mapsto 2x + 1$ est une fonction affine car $f(x) = mx + p$ avec $m = 2$ et $p = 1$.
- La fonction $f : x \mapsto 0{,}5x - 3$ est une fonction affine car $f(x) = mx + p$ avec $m = 0{,}5$ et $p = -3$.

**Propriété**

$f$ désigne une fonction.

- Si $f$ est une fonction affine, alors sa représentation graphique est une droite.
- Si la représentation graphique de $f$ est une droite, alors $f$ est une fonction affine.

**Exemple**

Soit la fonction $f : x \mapsto -0{,}5x + 1$.
$f$ est une fonction affine car $f(x) = mx + p$ avec $m = -0{,}5$ et $p = 1$. Sa représentation graphique est donc une droite. Pour la tracer, il suffit de trouver deux points.

| $x$ | 0 | 4 |
|---|---|---|
| $f(x)$ | 1 | –1 |
| Nom du point | A | B |

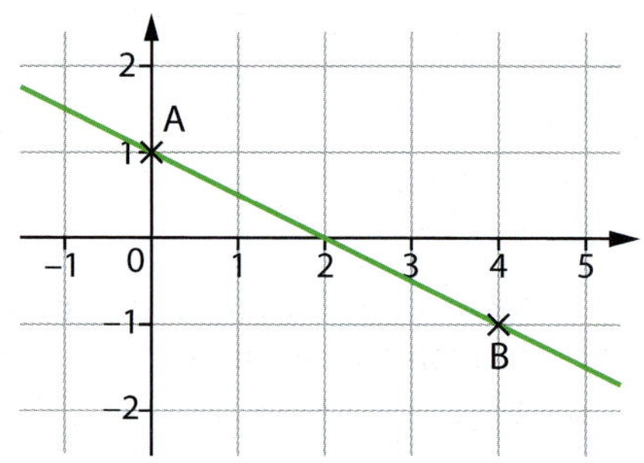


## 2 Interpréter les paramètres d'une fonction affine

**Définitions** **Propriétés**

$m$ et $p$ désignent deux nombres, $f$ désigne la fonction affine $f : x \mapsto mx + p$ et $d$ est sa représentation graphique.

- Le nombre $m$ est appelé **coefficient directeur** ou pente de la droite $d$.

En restant sur la droite $d$, si on augmente l'abscisse de 1, alors l'ordonnée augmente de $m$.

- Le nombre $p$ est appelé **ordonnée à l'origine** de la droite $d$.

C'est l'ordonnée du point d'intersection de la droite $d$ avec l'axe des ordonnées.

**Exemple**

La fonction $f : x \mapsto 2x - 1$ est représentée ci-contre.
$f$ est une fonction affine car $f(x) = mx + p$ avec $m = 2$ et $p = -1$.

- $p = -1$ donc la droite $d$ coupe l'axe des ordonnées au point d'ordonnée –1 : c'est le point A.
- Le point A(0 ; –1) appartient à la droite $d$ et $m = 2$ donc le point B(1 ; 1) appartient aussi à la droite $d$, de même que le point C(2 ; 3), et ainsi de suite.

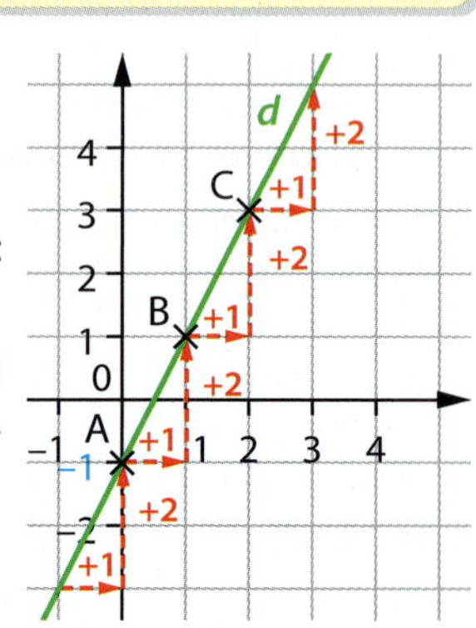


**Remarque**

Le coefficient directeur $m$ détermine la direction de la droite $d$. S'il est positif, la droite « monte » quand on la regarde de gauche à droite, avec une pente d'autant plus forte que $m$ est grand. Si $m$ est négatif, la droite « descend ».

# Savoir-faire

Apprends à l'aide des exercices résolus puis entraine-toi !

## 1 Reconnaitre et utiliser une fonction affine

**1** Montrer que les fonctions définies ci-dessous sont des fonctions affines.

**a.** $f(x) = -3x + 6$ **b.** $g(x) = \dfrac{2x+5}{3}$ **c.** $h(x) = 4$

**Solution**

**a.** $f(x) = -3x + 6 = mx + p$ avec $m = -3$ et $p = 6$.
Donc $f$ est une fonction affine.

**b.** $g(x) = \dfrac{2x+5}{3} = \dfrac{2}{3}x + \dfrac{5}{3} = mx + p$ avec $m = \dfrac{2}{3}$ et $p = \dfrac{5}{3}$.
Donc g est une fonction affine.

**c.** $h(x) = 0x + 4 = mx + p$ avec $m = 0$ et $p = 4$.

La fonction $h$ est aussi une fonction constante.

Donc $h$ est une fonction affine.

À toi de jouer

**2** Montrer que les fonctions définies ci-dessous sont des fonctions affines.

**a.** $f(x) = -2 - 5x$ **b.** $g(x) = -x$ **c.** $h(x) = \dfrac{5x+2}{7}$

→ Corrigé p. 312

**3** Représenter graphiquement la fonction $k : x \mapsto -3x + 2$ dans un repère.

**Solution**

$k$ est une fonction affine car $k(x) = mx + p$ avec $m = -3$ et $p = 2$.
Sa représentation graphique est donc une droite.

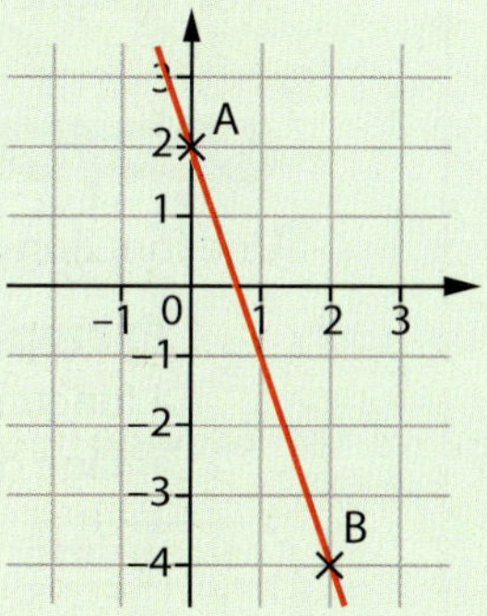


Pour tracer une droite, il suffit de trouver deux points.

| $x$ | 0 | 2 |
|---|---|---|
| $k(x)$ | 2 | −4 |
| Nom du point | A | B |

À toi de jouer

**4** Représenter graphiquement dans un repère :
**a.** la fonction $i : x \mapsto 5x - 2$
**b.** la fonction $j : x \mapsto -2x + 0{,}5$

→ Corrigé p. 312

## 2 Interpréter les paramètres d'une fonction affine

**5** Une fonction $h$ est représentée ci-dessous.
Par lecture graphique, déterminer une expression de $h(x)$.

**Solution**

C'est une droite donc $h$ est une fonction affine. Son expression est de la forme $mx + p$.
On lit graphiquement l'ordonnée à l'origine : $p = 3$.
Lorsqu'on « avance de 1 en abscisse », on « descend de 2 en ordonnée », donc $m = -2$. D'où $h(x) = -2x + 3$.

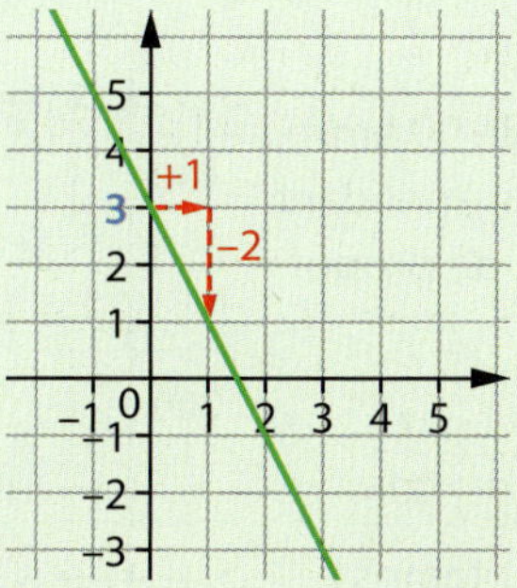


À toi de jouer

**6** Une fonction $f$ est représentée ci-contre.
Par lecture graphique, déterminer une expression de $f(x)$.

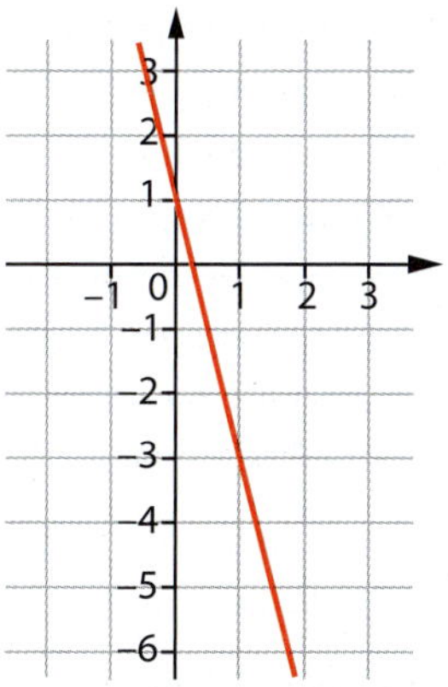


→ Corrigé p. 312

## 3 Reconnaitre et utiliser une fonction linéaire

**Définition**

$m$ désigne un nombre. La **fonction linéaire** de coefficient $m$ est la fonction qui, à tout nombre $x$, associe le nombre $mx$, c'est-à-dire le produit de $m$ par $x$.
Si on désigne par $f$ cette fonction, on peut noter $f : x \mapsto mx$ ou $f(x) = mx$.

**Remarque**

Une fonction linéaire est un cas particulier de fonction affine (cas où $p = 0$).

**▸ Exemple**
La fonction linéaire de coefficient 5 est la fonction $f : x \mapsto 5x$.
L'image d'un nombre $x$ par cette fonction est $5x$, c'est-à-dire $f(x) = 5x$.

**Propriété**

La représentation graphique d'une fonction linéaire de coefficient $m$ est une droite $d$ passant par l'origine du repère. Le nombre $m$ est le **coefficient directeur** ou la pente de la droite $d$.

→ Mission démonstration p. 158

**Remarque**

Soit M un point de la droite $d$. Si, en restant sur la droite $d$, on augmente l'abscisse de 1, alors l'ordonnée augmente de $m$ (on obtient alors le point M').

Comme la représentation graphique d'une fonction linéaire est une droite qui passe par l'origine du repère, il suffit de déterminer un autre point pour pouvoir la tracer. On choisit pour cela une valeur de $x$ (différente de 0) et on calcule son image.

| $x$ | 0 | 1 |
|---|---|---|
| $f(x)$ | 0 | $m$ |
| Nom du point | O | A |

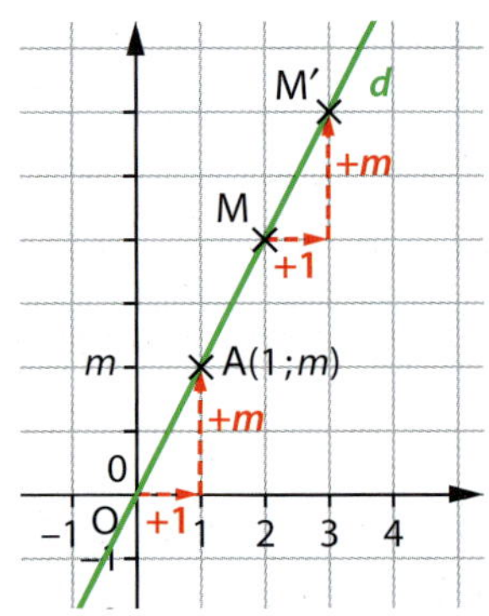


## 4 Modéliser une situation de proportionnalité par une fonction linéaire

**Propriété**

Une situation de proportionnalité de coefficient de proportionnalité $m$ peut être traduite par une fonction linéaire de coefficient $m$.

**▸ Exemple**
Une voiture roule à une vitesse constante de 90 km/h.
Si $d(t)$ représente la distance parcourue (en km) pendant le temps $t$ (en heures), on a alors le tableau de proportionnalité suivant.

| $t$ (en heures) | 0 | 1 | 1,5 | 2 | 4 | $t$ |
|---|---|---|---|---|---|---|
| $d(t)$ (en km) | 0 | 90 | 135 | 180 | 360 | $90t$ |

La distance $d(t)$ est donc proportionnelle au temps $t$.
On a $d(t) = 90t$.
La fonction $d$ est la fonction linéaire de coefficient 90.

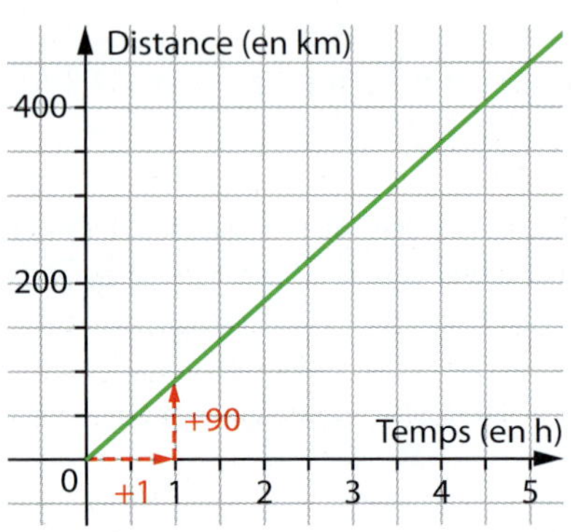

# Savoir-faire

## 3 Reconnaitre et utiliser une fonction linéaire

**7** Montrer que les fonctions définies ci-dessous sont des fonctions linéaires et préciser leur coefficient.

**a.** $f(x) = -3x$ **b.** $g(x) = 2(x + 1) - 2$

**Solution**

**a.** $f(x) = mx$ avec $m = -3$. Donc $f$ est une fonction linéaire de coefficient $-3$.

**b.**

On commence par développer puis par simplifier l'expression de $g(x)$.

$g(x) = 2(x + 1) - 2 = 2x + 2 - 2 = 2x$

$g(x) = mx$ avec $m = 2$. Donc $g$ est une fonction linéaire de coefficient 2.

**À toi de jouer**

**8** Montrer que les fonctions définies ci-dessous sont des fonctions linéaires et préciser leur coefficient.

$$f(x) = -x \qquad g(x) = \frac{5x}{7} \qquad h(x) = -3(x - 2) - 6$$

→ Corrigé p. 312

## 4 Modéliser une situation de proportionnalité par une fonction linéaire

**9** Martin vend des cerises à 6,75 € le kilogramme.

- La fonction $f$ qui, à la masse de cerises en kilogrammes, associe son prix est-elle linéaire ? Si oui, préciser son coefficient.

**Solution**

Si $x$ est la masse en kilogrammes, le prix est alors $f(x) = 6{,}75x$.
Donc $f$ est une fonction linéaire de coefficient 6,75.

**À toi de jouer**

**10** ABC est un triangle équilatéral. $f$ est la fonction qui, à la longueur $x$ de son côté en centimètres, associe son périmètre en centimètres.

- Exprimer $f(x)$ en fonction de $x$. La fonction $f$ est-elle linéaire ? Si oui, préciser son coefficient.

→ Corrigé p. 312

**11** Une municipalité augmente ses impôts de 5 % entre 2019 et 2020. $g$ est la fonction qui, au montant $x$ de l'ancien impôt de 2019, associe le montant du nouvel impôt de 2020.

- Exprimer $g(x)$ en fonction de $x$. La fonction $g$ est-elle linéaire ? Si oui, préciser son coefficient.

**Solution**

Si $x$ est le montant de l'impôt de 2019, le nouvel impôt est alors $g(x) = \left(1 + \frac{5}{100}\right)x = 1{,}05x$.
Donc $g$ est une fonction linéaire de coefficient 1,05.

**À toi de jouer**

**12** Un commerçant augmente de 10 % le prix de ses fournitures scolaires à la rentrée des classes. On appelle $x$ le prix d'une fourniture avant l'augmentation, $f$ est la fonction qui, à $x$, associe son prix après l'augmentation.

- Exprimer $f(x)$ en fonction de $x$ et montrer que $f$ est une fonction linéaire.

→ Corrigé p. 312

Ressources téléchargeables

## Reconnaitre et utiliser une fonction affine

→ Savoir-faire p. 147

### QUESTIONS FLASH

**13** Parmi les fonctions affines définies ci-dessous, reconnaitre la forme $mx + p$ en précisant dans chaque cas les valeurs de $m$ et $p$.

$f(x) = 2x + 3$ $\qquad g(x) = 3 - 5x$

$h(x) = 2^2 \times x + 3$ $\qquad i(x) = -\dfrac{2x}{3} + 4$

**14** Les représentations graphiques suivantes peuvent-elles être celle d'une fonction affine ?

**a.**

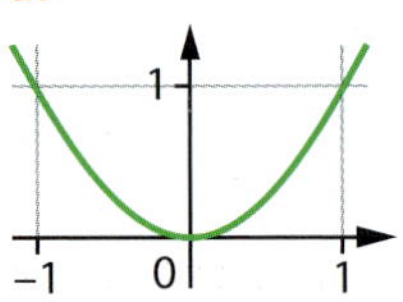

**b.**

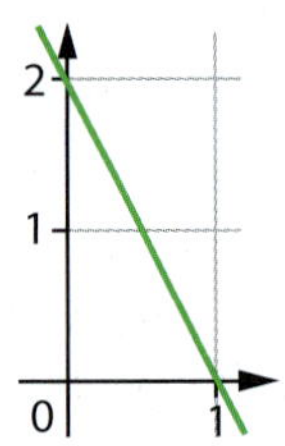

**c.**

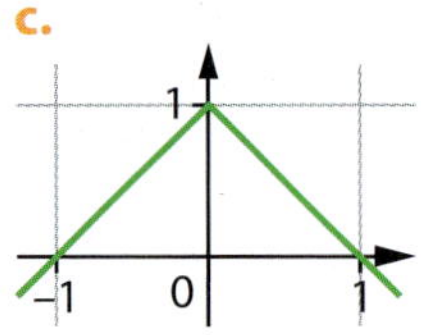

Questions flash supplémentaires

**15** Montrer que les fonctions définies ci-dessous sont des fonctions affines et donner la valeur de leurs paramètres.

$f(x) = 2x - 1$ $\qquad g(x) = 6 - 3x$

$h(x) = \dfrac{-x + 7}{3}$ $\qquad i(x) = -\dfrac{3x}{7} - 7$

**16** Les fonctions définies ci-dessous sont-elles des fonctions affines ? Justifier.

$f(x) = 2 - x$ $\qquad g(x) = (2 + x)(2 - x) + x^2$

$h(x) = \dfrac{1}{x - 2}$ $\qquad i(x) = 2$

**17** **1.** Parmi les fonctions définies ci-dessous, laquelle est affine ?

$f(x) = x(x - 4)$ $\qquad g(x) = (x - 4)(x + 4)$

$h(x) = 4(x - 4)$ $\qquad i(x) = x^2 + 4$

**2.** Calculer l'image de 3 par cette fonction.

**3.** Déterminer le ou les antécédents de 16 par cette fonction.

**18** On donne la fonction $h : x \mapsto -4x + 3$.
Recopier et compléter le tableau de valeurs suivant.

| $x$ | −2 | | | 0 | 2 | |
|---|---|---|---|---|---|---|
| $h(x)$ | | 7 | 5 | | | −9 |

**19** On donne la fonction $f : x \mapsto -2x - 7$. Timothée a obtenu un tableau de valeurs de $f$ à l'aide d'un tableur.

| | A | B | C | D | E | F | G | H | I |
|---|---|---|---|---|---|---|---|---|---|
| 1 | x | -3 | -2 | -1 | 0 | 1 | 2 | 3 | 4 |
| 2 | f(x) | -1 | -3 | -5 | -7 | -9 | -11 | -13 | -15 |

**1.** Quelle formule Timothée a-t-il pu saisir dans la cellule B2 avant de la recopier vers la droite ?

**2.** Donner, sans calcul, un antécédent de −3 par $f$.

**3.** Donner, sans calcul, l'image de −3 par $f$.

**20** Dans chaque cas, justifier que la fonction $h$ qui modélise la situation est fonction affine.

**1.** La location journalière d'une trottinette électrique est de 1,50 € plus 15 centimes par minute. $h(x)$ est le prix payé en euros pour une location de la trottinette pendant $x$ minutes.

**2.** $h(x)$ est le périmètre en cm d'un rectangle de longueur 7 cm et de largeur $x$ cm.

**3.** $h(x)$ est le périmètre en cm d'un cercle de rayon $x$ cm.

**4.** Pour 10 € par mois, Béatrice peut envoyer un nombre illimité de textos. $h(x)$ est le prix mensuel payé, en euros, pour un envoi de $x$ textos.

**21** Les fonctions représentées ci-contre sont-elles des fonctions affines ? Justifier.

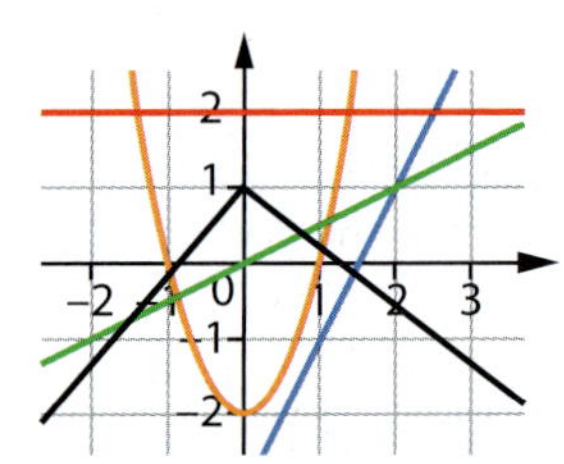

**22** Soit $h$ la fonction définie par $h(x) = -x + 4$.

**1.** Quelle est la nature de la représentation graphique de cette fonction ?

**2.** Combien de points sont nécessaires pour construire cette représentation ?

**3.** Représenter graphiquement la fonction $h$ dans un repère.

**23** Dans un repère, représenter graphiquement les deux fonctions suivantes.

**a.** $f : x \mapsto -3x - 2$ $\qquad$ **b.** $g : x \mapsto \dfrac{1}{3}x + 2$

### MODE EXPERT

**24** Les fonctions définies ci-dessous sont-elles des fonctions affines ? Justifier.

**a.** $f : x \mapsto -\dfrac{2}{3}(-6x - 7)$

**b.** $g : x \mapsto (3x - 7)^2 - 3x(3x + 1)$

# Interpréter les paramètres d'une fonction affine

➜ Savoir-faire p. 147

## QUESTIONS FLASH

**25** Une fonction affine $f$ est représentée ci-contre.
Compléter :
**a.** Lorsqu'on avance de 1 en abscisse, on … de … en ordonnée, donc le coefficient directeur $m = …$
**b.** L'ordonnée à l'… est $p = …$
**c.** $f(x) = … \times x + …$

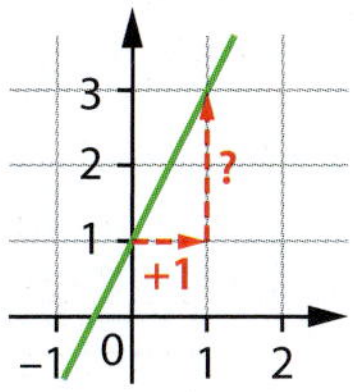


**26** Parmi les droites représentées ci-dessous :
**a.** Lesquelles ont un coefficient directeur positif ?
**b.** Lesquelles ont une ordonnée à l'origine égale à 2 ?

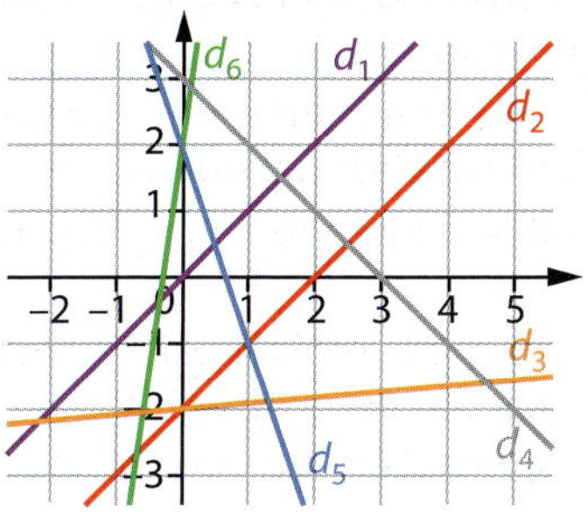


**27** Classer les droites représentées ci-contre par ordre croissant de leur coefficient directeur.

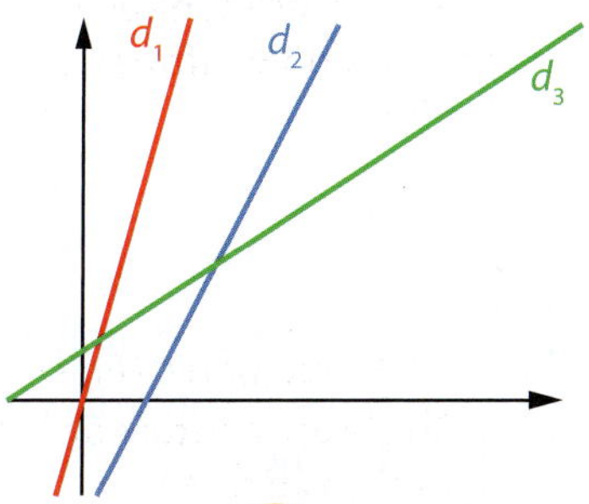


Questions flash supplémentaires

**28** Les droites ci-dessous représentent graphiquement des fonctions affines. Dans chaque cas, lire le coefficient directeur et l'ordonnée à l'origine.

**a.**
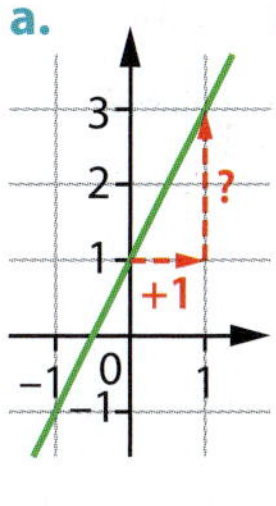

**b.**
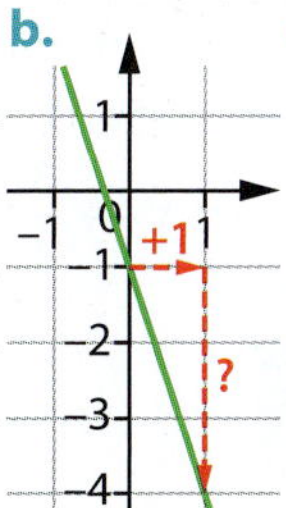

**c.**
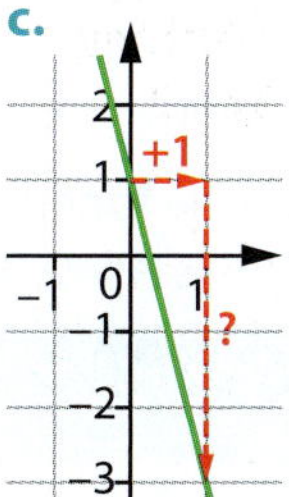

**d.**
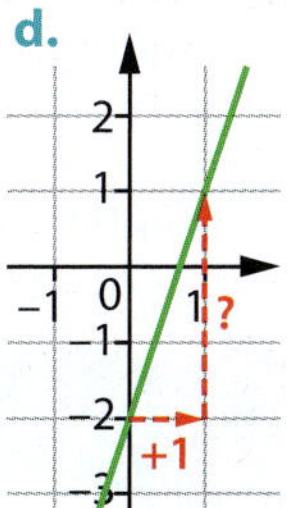

**29** Pour chaque fonction affine $f$, comment varie $f(x)$ lorsque $x$ augmente de 1 ?
**a.** $f : x \mapsto 2x - 2$ **b.** $f : x \mapsto 5x + 3$ **c.** $f : x \mapsto -3x - 2$

**30** Associer chaque fonction à sa représentation graphique.

$f(x) = -\frac{1}{3}x - 2$ $g(x) = 3x + 2$ $h(x) = -2x - 2$

$i(x) = \frac{1}{3}x$ $j(x) = 3x + 1{,}5$ $k(x) = -2x + 1{,}5$

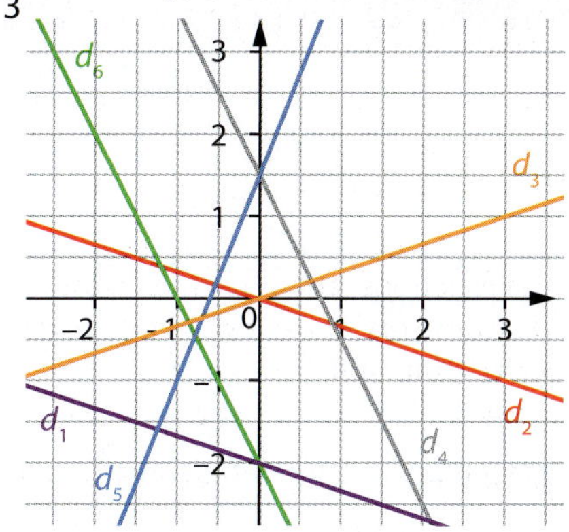


**31** **Vrai ou faux ?** Justifier.
On note $d$ la droite qui représente graphiquement la fonction affine $f$ définie par $f : x \mapsto 3x - 2$.
**a.** Le coefficient directeur de $d$ est 3.
**b.** L'ordonnée à l'origine de $d$ est 2.
**c.** A $(0\,;-2) \in d$ **d.** B $(-2\,;-6) \in d$ **e.** C $(1\,;1) \in d$

**32** $f$ est une fonction affine dont la représentation graphique est une droite de coefficient directeur 3.
On sait aussi que l'image de 2 est égale à 5.
• Déterminer une expression de $f(x)$ en fonction de $x$.

**33** Dans chaque cas, lire le coefficient directeur de la droite ci-dessous.

**a.**
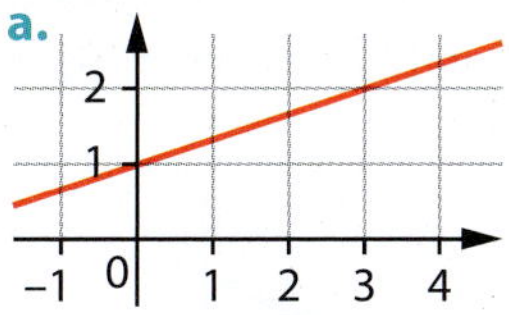

**b.**
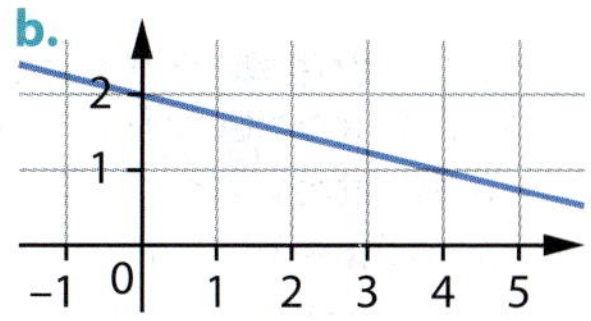

## MODE EXPERT

**34** Déterminer l'expression algébrique de chacune des fonctions affines $f$ et $g$ représentées ci-dessous.

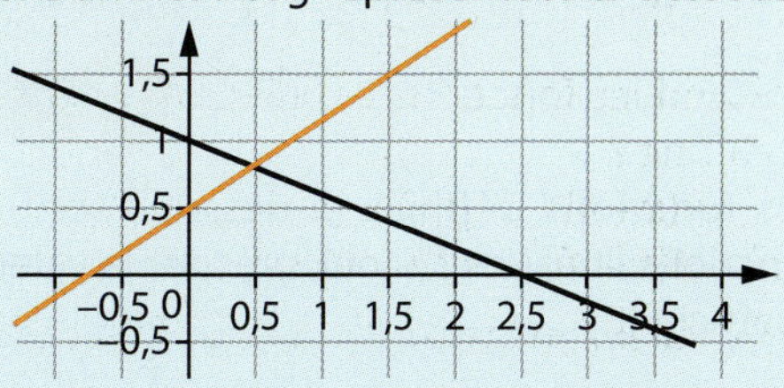

**35** $f$ et $g$ sont des fonctions affines définies par :

$$f(x) = \frac{4}{3}x + 2 \text{ et } g(x) = -7x + 3.$$

**1.** Tracer les représentations graphiques de $f$ et $g$ dans un même repère.
**2.** Déterminer par le calcul les coordonnées du point d'intersection de ces deux droites.

# Exercices

## Reconnaitre et utiliser une fonction linéaire

→ Savoir-faire p. 149

### QUESTIONS FLASH

**36** Donner le coefficient de chacune des fonctions linéaires suivantes.

$f(x) = 2x$ ; $g(x) = x \times 0{,}6$ ; $h(x) = \dfrac{5x}{7}$ ; $i(x) = -x$

**37** $f$ est la fonction linéaire définie par $f : x \mapsto -5x$.

- Calculer $f(0)$, $f(1)$ et $f(\dfrac{2}{5})$.

**38** Parmi les droites tracées dans le repère ci-dessous, lesquelles représentent des fonctions linéaires ?

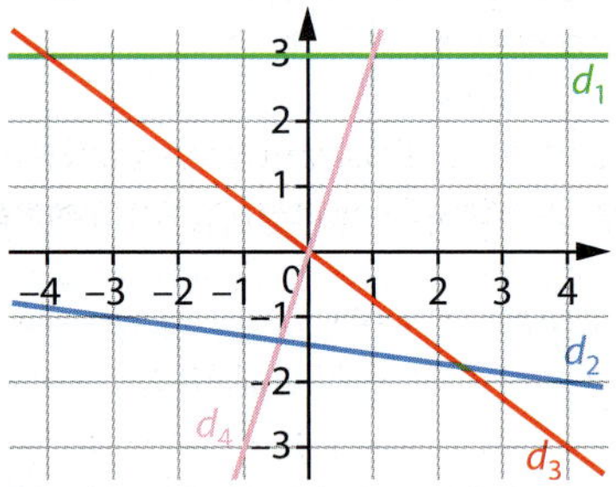


**39** Pour chacune des fonctions linéaires représentées ci-dessous, déterminer la valeur de son coefficient.

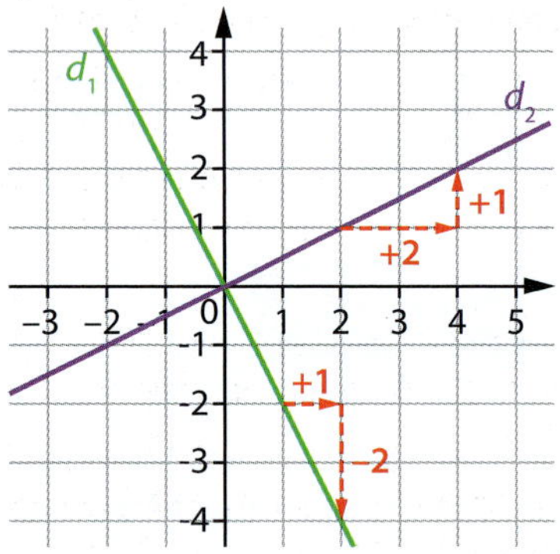


Questions flash supplémentaires

**40** Les fonctions définies ci-dessous sont-elles des fonctions linéaires ? Si oui, préciser la valeur de leur coefficient.

$f(x) = 3x^2$ $g(x) = \dfrac{x}{7}$

$h(x) = 3(x - 2) + 6$ $i(x) = x \times 2 + 9$

**41** Les fonctions définies ci-dessous sont-elles des fonctions linéaires ? Si oui, préciser la valeur de leur coefficient.

$f(x) = x(x - 2) - x^2$ $g(x) = x(x - 2)$

$h(x) = (x + 3)(x - 4) - x^2$

**42** Soit $f$ la fonction définie par $f(x) = -1{,}5x$.

**1.** Calculer les images par la fonction $f$ de −5 ; 2,6 et 12.

**2.** Calculer les antécédents de −4,5 ; 36 et 9,3 par la fonction $f$.

**43** Associer chaque fonction linéaire à l'égalité correspondante.

| | |
|---|---|
| $f : x \mapsto 10x$ | $f(20) = 2$ |
| $f : x \mapsto 0{,}1x$ | $f(-3) = 6$ |
| $f : x \mapsto -2x$ | $f(0{,}3) = 3$ |
| $f : x \mapsto -0{,}5x$ | $f(8) = -4$ |

**44** Dans chaque cas, déterminer la valeur du coefficient de la fonction linéaire qui vérifie la condition donnée.

**a.** $f(2) = 6$ **b.** L'antécédent de 30 par $g$ est −5.

**c.** $h(-8) = -1{,}6$ **d.** L'antécédent de 1 par $i$ est 7.

**45** Associer à chaque fonction $f$, $g$, $h$ et $i$ la droite qui la représente.

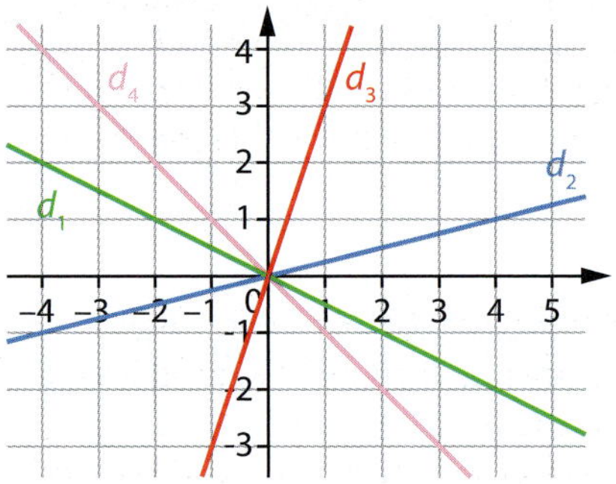


$f : x \mapsto 0{,}25x$ $g : x \mapsto 3x$ $h : x \mapsto -0{,}5x$ $i : x \mapsto -x$

**46** Soit $h$ la fonction définie par $h(x) = -2{,}5x$

**1.** Quelle est la nature de la représentation graphique de cette fonction ?

**2.** Combien de points sont nécessaires pour construire cette représentation ?

**3.** Représenter graphiquement la fonction $h$ dans un repère.

**47** **1.** Soit $f$ la fonction définie par $f : x \mapsto -2x$. Représenter graphiquement la fonction $f$ dans un repère.

**2.** Dans le même repère, tracer la représentation graphique de la fonction $g : x \mapsto \dfrac{3}{4}x$.

### MODE EXPERT

**48** Soit $f$ la fonction définie par $f : x \mapsto \dfrac{5}{7}x$.

- Représenter graphiquement la fonction $f$ dans un repère en choisissant judicieusement l'abscisse du ou des points nécessaires.

## Modéliser une situation de proportionnalité par une fonction linéaire

→ Savoir-faire p. 149

### QUESTIONS FLASH

**49** Parmi les situations suivantes, lesquelles pourraient être modélisées par une fonction linéaire ?
**a.** À l'âge d'un enfant, on associe sa taille.
**b.** Au côté d'un carré, on associe son aire.
**c.** Au nombre de baguettes achetées dans une boulangerie, on associe le prix à payer.
**d.** Au côté d'un carré, on associe son périmètre.

**50** Dans un bureau de change, le tableau de proportionnalité suivant est affiché.

| $ | 1 | 5 | 20 |
|---|---|---|---|
| € | 0,91 | 4,55 | 18,2 |

Soit $f$ la fonction linéaire qui, à un montant $x$ en $, associe le montant correspondant en €.
**1.** Quelle est la valeur du coefficient de la fonction $f$ ?
**2.** Interpréter les phrases suivantes dans ce contexte :
**a.** L'image de 5 par la fonction $f$ est 4,55.
**b.** L'antécédent de 18,2 par la fonction $f$ est 20.
**c.** 1 a pour image 0,91 par la fonction $f$.

Questions flash supplémentaires

**51** Dans chaque cas, donner une expression algébrique de la fonction linéaire $f$ qui modélise la situation, en précisant ce que désignent $x$ et $f(x)$.
**a.** Une friperie vend des sacs à 19,90 € le kg.
**b.** Un cycliste roule en moyenne à une vitesse de 13 km/h.
**c.** Un commerçant fait une remise de 15 % sur les prix de tous ses articles.
**d.** Le périmètre d'un cercle se calcule en faisant le produit de π par son diamètre.

**52** Associer à chaque situation la fonction linéaire qui la modélise.

| | |
|---|---|
| Calculer 20 % d'un nombre • | • $f : x \mapsto 1{,}2x$ |
| Augmenter un nombre de 20 %. • | • $g : x \mapsto 1{,}02x$ |
| Diminuer un nombre de 20 %. • | • $h : x \mapsto 0{,}02x$ |
| Calculer 2 % d'un nombre. • | • $i : x \mapsto 0{,}2x$ |
| Augmenter un nombre de 2 %. • | • $j : x \mapsto 0{,}8x$ |

**53** Décrire une situation qui peut être modélisée par la fonction $f$ définie par $f(x) = 2{,}5x$.

**54** Associer chaque situation à sa représentation graphique.

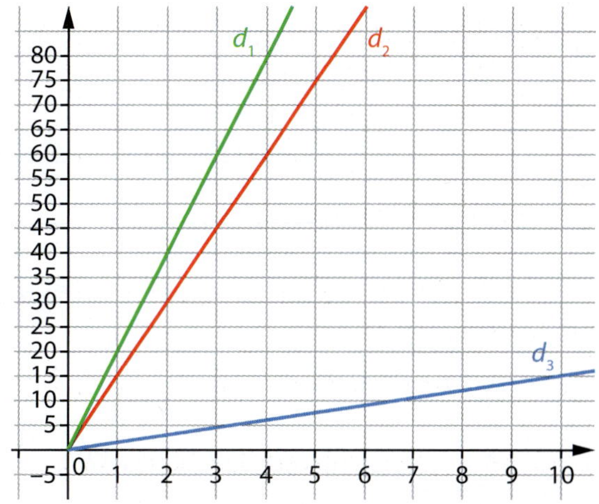


**a.** Lou marche à vitesse constante, elle parcourt 3 kilomètres en 2 heures. Au temps, on associe la distance parcourue.
**b.** Un arrosage automatique a un débit constant de 20 litres par minute. Au temps, on associe le volume d'eau consommée.
**c.** Un opérateur téléphonique propose un tarif de 15 centimes par minute. Au temps, on associe le prix payé.

**55** La distance à vol d'oiseau entre deux villes est de 75 km. Sur une carte, on mesure 5 cm entre ces villes.
**1.** Soit $h$ la fonction qui, à la distance réelle en cm, associe la longueur mesurée sur la carte en cm. Montrer que $h$ est une fonction linéaire et déterminer la valeur de son coefficient.
**2.** À quoi correspond ce coefficient ?
**3.** Calculer $h(10)$ et interpréter le résultat.

**56** Un rectangle a pour longueur $L$ et pour largeur $l$, dans les mêmes unités, telles que $L$ et $l$ sont dans le ratio 5 : 2.
**1.** Soit $f$ la fonction qui à $l$ associe $L$. Montrer que $f$ est une fonction linéaire et donner la valeur de son coefficient.
**2.** Soit $g$ la fonction qui à $L$ associe $l$. Montrer que $g$ est une fonction linéaire et donner la valeur de son coefficient.

### MODE EXPERT

**57** Soit $g$ la fonction linéaire telle que $g\left(\frac{3}{7}\right) = -\frac{21}{19}$.
Guillaume affirme que sans calculer le coefficient de $g$, il peut calculer l'image de $\frac{1}{7}$.
• Comment s'y prend-il ?

# Faire le point

Version interactive du QCM

Vérifie tes connaissances.

## QCM

**Donner la ou les bonnes réponses parmi les trois proposées.**

### 1 Reconnaitre et utiliser une fonction affine

| | Réponse A | Réponse B | Réponse C |
|---|---|---|---|
| **1.** Parmi ces fonctions, laquelle n'est pas une fonction affine ? | $x \mapsto 2x$ | $x \mapsto \dfrac{x}{2}+1$ | $x \mapsto \dfrac{2}{x}+1$ |
| **2.** Si $f(x) = -4x + 1$, alors la représentation graphique de $f$ est : | une droite qui passe par le point de coordonnées (–1 ; 5). | une droite qui passe par l'origine du repère. | une droite qui passe par le point de coordonnées (1 ; –5). |

### 2 Interpréter les paramètres d'une fonction affine

| | Réponse A | Réponse B | Réponse C |
|---|---|---|---|
| Une fonction $f$ est représentée ci-contre. Par lecture graphique, déterminer l'expression de $f(x)$ en fonction de $x$. 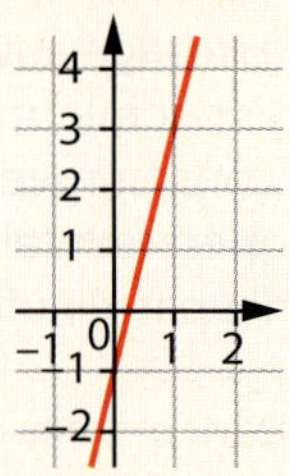 | $f : x \mapsto -x + 4$ | $f : x \mapsto 4x - 1$ | $f : x \mapsto \dfrac{1}{4}x - 1$ |

### 3 Reconnaitre et utiliser une fonction linéaire

| | Réponse A | Réponse B | Réponse C |
|---|---|---|---|
| **1.** Parmi ces fonctions, laquelle est une fonction linéaire ? | $x \mapsto x + 1$ | $x \mapsto -x$ | $x \mapsto 2$ |
| **2.** $f$ est la fonction linéaire de coefficient 6. L'image de 10 par $f$ est : | 16 | 60 | $\dfrac{10}{6}$ |

### 4 Modéliser une situation de proportionnalité par une fonction linéaire

| | Réponse A | Réponse B | Réponse C |
|---|---|---|---|
| Un robinet qui goutte laisse échapper 0,3 litre d'eau toutes les 20 minutes. La perte d'eau en litres en fonction du temps en heures peut être modélisée par la fonction : | $x \mapsto 0{,}3x + 20$ | $x \mapsto -0{,}3x^2$ | $x \mapsto 0{,}9x$ |

→ Corrigé p. 312

## Carte mentale

Ressource téléchargeable

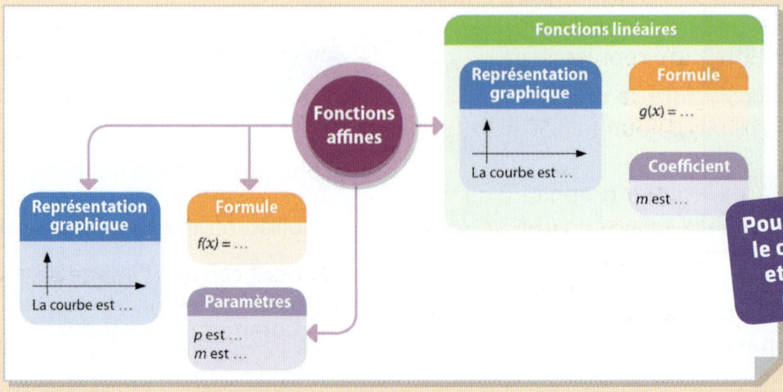


Pour t'aider à retenir le cours, télécharge et complète cette carte mentale.

# Algorithmique et outils numériques

## 58 Fonte des glaces

En faisant des recherches pour un exposé sur le réchauffement climatique, Mathéo a découvert qu'en moyenne, la calotte glacière en Antarctique diminuait chaque seconde de 7,8 millions de litres.
Pour présenter son exposé, il a écrit un script qui donne chaque seconde le cumul du nombre de litres de glace fondue à partir du moment où on exécute le script. Malheureusement, il a mélangé les instructions.

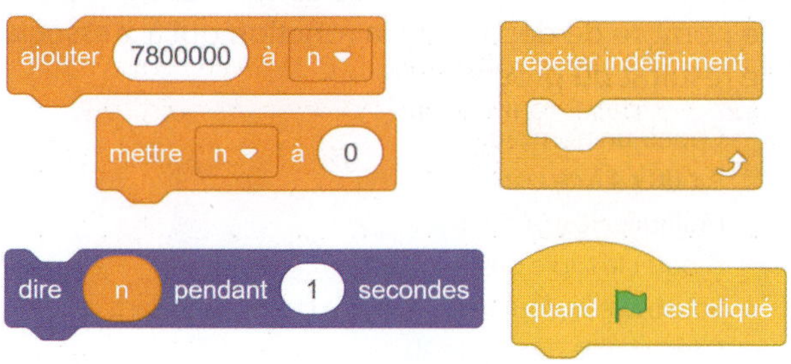


- Aider Mathéo à reconstituer son script.

## 59 Des curseurs

**1.** Dans un logiciel de géométrie dynamique :
**a.** Afficher la grille et les axes.
**b.** Créer deux curseurs $m$ et $p$ tels que les nombres $m$ et $p$ varient de $-5$ à $5$ avec un incrément de 0,1.
**c.** Dans la barre de saisie, écrire « $mx + p$ » pour représenter graphiquement la fonction $f$ définie par $f(x) = mx + p$.

**2. a.** Fixer $m = 0{,}8$ et $p = 3$.
Conjecturer graphiquement les coordonnées du point d'intersection de la droite représentant la fonction $f$ avec l'axe des abscisses. Vérifier cette conjecture par le calcul.
**b.** Déterminer une expression algébrique d'une fonction dont la droite représentative passe par le point de coordonnées $(-6\,;3)$. A-t-on plusieurs possibilités ?
**c.** Déterminer une expression algébrique d'une fonction dont la représentation graphique est une droite de coefficient directeur $-0{,}6$ et qui passe par le point de coordonnées $(5\,;-8)$. A-t-on plusieurs possibilités ?
**d.** Fixer le nombre $p$ à 0. Faire varier le nombre $m$. Que peut-on dire des fonctions ainsi représentées ?
**e.** Fixer le nombre $m$ à 0. Faire varier le nombre $p$. Que peut-on dire des fonctions ainsi représentées ?

**3.** Un chauffeur de taxi facture sa course 1,10 € par kilomètre parcouru auxquels s'ajoutent 4,50 € de prise en charge.
**a.** Choisir $m$ et $p$ pour représenter graphiquement la fonction $f$ qui modélise le prix à payer en € en fonction du nombre de kilomètres parcourus.
**b.** Quel est le nombre de kilomètres parcourus par un client en taxi pour le prix de 18,80 € ?

## 60 Chambre commune

Deux jumeaux ont longtemps partagé leur chambre, mais ils souhaitent désormais qu'une cloison soit posée afin d'obtenir deux chambres séparées ayant la même aire.
Dans le schéma ci-dessous, on a représenté la chambre par un trapèze et la cloison par le segment [AB].

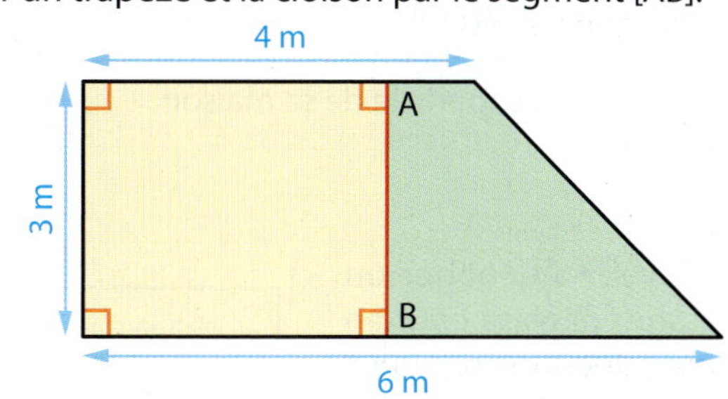


**1.** À l'aide d'un logiciel de géométrie dynamique, construire une figure représentant le plan des chambres séparées par une cloison dont la position peut varier.
**2.** Conjecturer la position de la cloison pour laquelle les aires des deux chambres sont égales.
**3.** Démontrer ou invalider la conjecture par le calcul.

## 61 À la piscine

Pour la piscine municipale, Rio a le choix entre plusieurs formules :
**Formule 1 :** payer 2,20 € par entrée.
**Formule 2 :** payer une carte annuelle de 12,50 € qui donne droit au tarif de 1,60 € par entrée.
**Formule 3 :** payer une carte annuelle de 90 € qui offre un accès illimité.

**1.** Réaliser une feuille de calcul comme ci-dessous et préciser le nombre de séances pour lequel chaque formule est plus intéressante que les autres afin d'aider Rio à choisir sa formule.

| | A | B | C | D |
|---|---|---|---|---|
| 1 | Nombre d'entrées | Cout avec la formule 1 | Cout avec la formule 2 | Cout avec la formule 3 |
| 2 | 0 | | | |
| 3 | 1 | | | |
| 4 | 2 | | | |
| 5 | 3 | | | |

**2.** En utilisant l'icône diagramme du tableur, représenter graphiquement chaque cout en fonction du nombre d'entrées.

# Problèmes

ceinture jaune · ceinture verte · ceinture noire

## 62 Carrelage

Calculer

Un carreleur propose le devis ci-dessous pour poser du carrelage.

| Description | Montant TTC |
|---|---|
| Livraison de l'ensemble des matériaux | 350 € |
| Carrelage et colle | 60 €/m² |
| Pose du carrelage (main d'œuvre) | 15 €/m² |

**1.** Exprimer le cout $C(x)$ pour poser du carrelage dans une pièce de $x$ m².

**2.** Calculer $C(35)$. Interpréter ce résultat.

**3.** Marion a reçu une facture de 7 325 € pour le carrelage qu'elle a fait poser dans toute sa maison. Déterminer la superficie de sa maison.

## 63 Permaculture

Modéliser, Calculer

Tom veut aménager un potager dans sa cour en faisant de la permaculture, une méthode de culture qui prend en considération la biodiversité des écosystèmes. Sa cour est modélisée par le rectangle RSTU tel que RS = 6 m et RU = 4 m. On place un point M sur le côté [RS] et on note $x$ la longueur RM en mètres. Le potager sera le triangle STM.

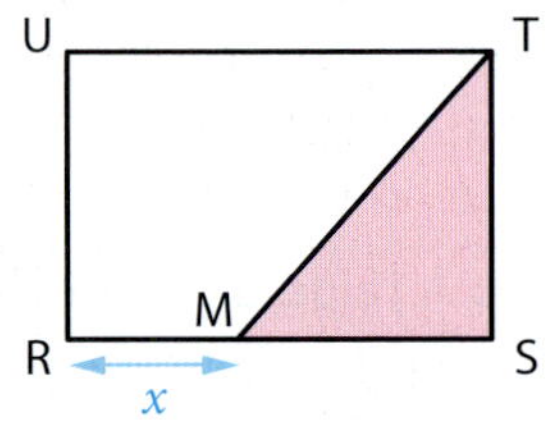


**1.** Quelles valeurs peut prendre $x$ ?

**2.** Calculer l'aire du triangle MTS pour :

**a.** $x = 2$ **b.** $x = 5{,}5$

**3.** On note $\mathcal{A}(x)$ l'aire du triangle MTS en fonction de $x$. Représenter graphiquement la fonction $\mathcal{A}$.

## 64 Bactéries

Modéliser

Un laborantin met des bactéries en culture. Au départ, il y a 3 000 bactéries. Il injecte alors un produit toxique pour ces bactéries et, au bout de 4 heures, il n'y en a plus que 1 800. On admet que le nombre de bactéries en présence de ce produit en fonction du temps $t$, en heures, est donné par une fonction affine.

**1.** Déterminer une expression algébrique de cette fonction.

**2.** Déterminer au bout de combien de temps toutes les bactéries seront éliminées.

## 65 Bricks

Calculer

The table shows the cost (in pounds £) for the delivery of different quantities of bricks.

| Number of bricks $x$ | 500 | 1 200 | 2 000 |
|---|---|---|---|
| Cost $C(x)$ (in £) | 140 | 280 | 440 |

**1.** Function $C$ is given by the following formulae. Choose the right one :

**a.** $C(x) = 0{,}28x$ **b.** $C(x) = 0{,}0001x^2 - 0{,}1x + 150$

**c.** $C(x) = 0{,}2x + 40$

**2.** Calculate the cost for a delivery of 5 000 bricks.

**3.** John paid £200. How many bricks did he buy?

## 66 Tour de magie

Calculer

Paul a écrit un programme de calcul. Il désigne par $x$ le nombre de départ et $f$ la fonction qui à $x$ associe le résultat du programme.

- Choisir un nombre.
- Ajouter 4 à ce nombre.
- Multiplier le résultat par 2.
- Ajouter le triple de 2.
- Soustraire le double du nombre choisi au départ.
- Soustraire la moitié de 20.

Il lance le pari à ses camarades qu'il peut trouver l'image de n'importe quel nombre par la fonction $f$, sans faire aucun calcul.

- Pourquoi est-il certain de gagner son pari ?

## 67 Le plus rapide

Calculer, Chercher

L'animal le plus rapide au monde est le faucon pèlerin. Il a déjà été mesuré à près de 389 km/h en chutant pour attraper une proie. En moyenne, il attaque à une vitesse d'environ 180 km/h.

**1. a.** Soit $f$ la fonction qui exprime la distance moyenne parcourue en mètres par un faucon pèlerin durant une attaque en fonction du temps $x$ en minutes. Exprimer $f(x)$ en fonction de $x$.

**b.** $f$ est-elle une fonction affine ?

**2.** Calculer $f(0{,}25)$ et interpréter concrètement ce résultat.

**3.** Combien de temps, en secondes, mettrait en moyenne un faucon pour atteindre une proie située à 600 m de lui ?

## 68 Voiture électrique

Représenter

Sur un circuit automobile, en ligne droite, on teste l'accélération et le freinage d'un nouveau modèle de voiture électrique. L'essai consiste à accélérer pendant 10 s puis à freiner jusqu'à l'arrêt du véhicule.

Lors de cet essai, la vitesse $v(t)$, en km/h, du véhicule est enregistrée en fonction du temps $t$, en secondes. La fonction $v$ est définie par $v(t) = 9t$ lors de l'accélération entre 0 et 10 secondes, puis par $v(t) = -9t + 180$ lors du freinage.

**1.** Représenter graphiquement la fonction $v$. On prendra 1 cm pour 2 s sur l'axe des abscisses et 1 cm pour 10 km/h sur l'axe des ordonnées.

**2.** Quelle est la vitesse maximale atteinte par ce véhicule ?

**3.** À quels moments le véhicule roule-t-il à 45 km/h ?

**4.** Quelle est la durée totale de cet essai ?

## 69 Économies

Modéliser

Jade a 38 € d'économies. Chaque semaine, ses parents lui donnent 8 € d'argent de poche. Elle en dépense la moitié et économise l'autre moitié. Jade voudrait savoir au bout de combien de temps le montant de ses économies dépassera 150 €.

Pour cela, elle a commencé le script ci-contre.

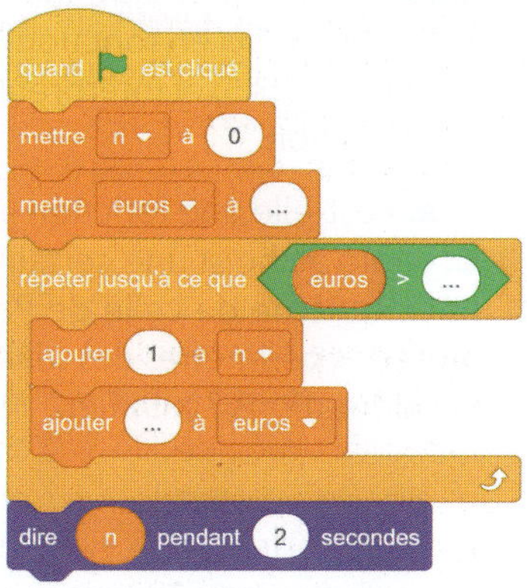


**1.** Compléter les pointillés pour que le script donne la bonne réponse à Jade. Expliquer le rôle joué par chacune des deux variables.

**2.** Résoudre le problème de Jade par le calcul.

## 70 La pompe

Calculer

On transfère de l'eau contenue dans un réservoir B vers un réservoir A à l'aide d'une pompe.

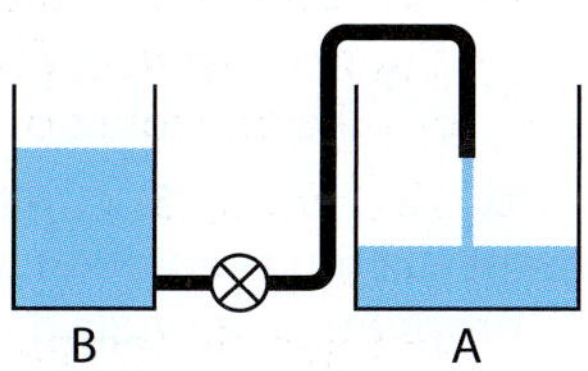


Après démarrage de la pompe, on constate que la hauteur d'eau dans le réservoir A augmente de 3 cm par minute. Corentin a utilisé une feuille de calcul, dont il a une capture d'écran, malheureusement tâchée.

| | A | B | C | D | E |
|---|---|---|---|---|---|
| 1 | Temps (min) | 0 | 10 | 20 | 40 |
| 2 | Hauteur dans le réservoir A (cm) | 0 | [illegible] | 60 | [illegible] |
| 3 | Hauteur dans le réservoir B (cm) | [illegible] | 150 | [illegible] | 0 |

**1.** On appelle $x$ le temps (en min) de fonctionnement de la pompe et $f(x)$ la hauteur de l'eau (en cm) dans le réservoir A.

**a.** Exprimer $f(x)$ en fonction de $x$. La fonction $f$ est-elle linéaire ?

**b.** Quelle formule a pu être saisie dans la cellule C2 ? Dans la cellule E2 ?

**c.** Représenter graphiquement la fonction $f$ pour $x$ allant de 0 à 40. On prendra 2 cm pour 5 minutes sur l'axe des abscisses et 1 cm pour 10 cm de hauteur sur l'axe des ordonnées.

**2.** Soit $g$ la fonction qui, à un temps $x$ en minutes, associe la hauteur d'eau en cm dans le réservoir B.

**a.** Corentin sait que la représentation graphique de $g$ est une droite. Tracer dans le même repère que celui de la question **1. c.** la représentation graphique de $g$ pour $x$ allant de 0 à 40.

**b.** Déterminer graphiquement la hauteur d'eau initiale en centimètres dans le réservoir B.

**c.** Déterminer graphiquement le temps au bout duquel les hauteurs dans les réservoirs A et B sont égales.

**d.** Exprimer $g(x)$ en fonction de $x$ et retrouver par le calcul la réponse à la question précédente.

## 71 Black out

Modéliser

Stéphane est électricien. Il facture ses interventions comme indiqué sur le graphique ci-contre.

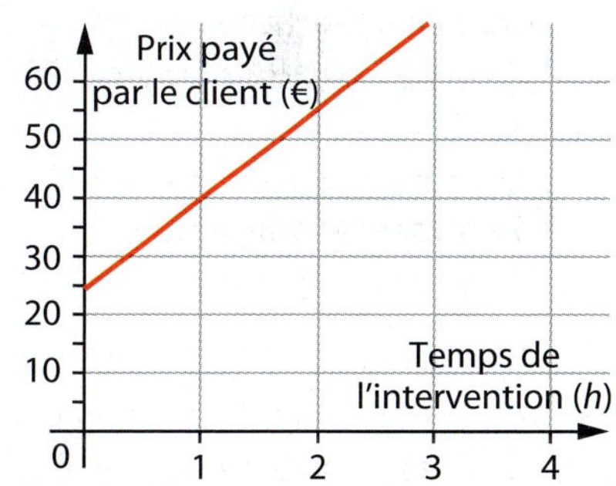


• Combien un client paiera-t-il pour une intervention de 6 heures ? Justifier.

# DÉFIS & ÉNIGMES

## 72 Heureux

Les segments de couleur qui forment les contours de ce visage sont portés par des droites.

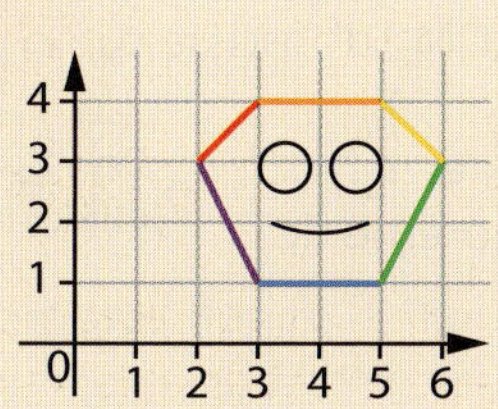


• Retrouver pour chaque droite une expression algébrique de la fonction qu'elle représente.

## 73 Alignés ?

**1.** On place les points A(10 ; –23) ; B(–5 ; 22) et C(0 ; 7) dans un repère. Prouver que ces trois points sont alignés.

**2.** On place les points D(–2 ; 13), E(0 ; 6) et F(–5 ; 12) dans un repère. Prouver que ces trois points ne sont pas alignés.

# Problèmes

## 74 La clepsydre
**Représenter**

Voir point info p. 143.

Océane a conçu une clepsydre afin de mesurer le temps. Pour vérifier la précision de son instrument, elle place 1 L d'eau dans le contenant supérieur de la clepsydre. Puis elle observe la quantité d'eau qui s'écoule dans le contenant inférieur en fonction du temps. Le graphique ci-dessous représente les premiers instants de l'expérience.

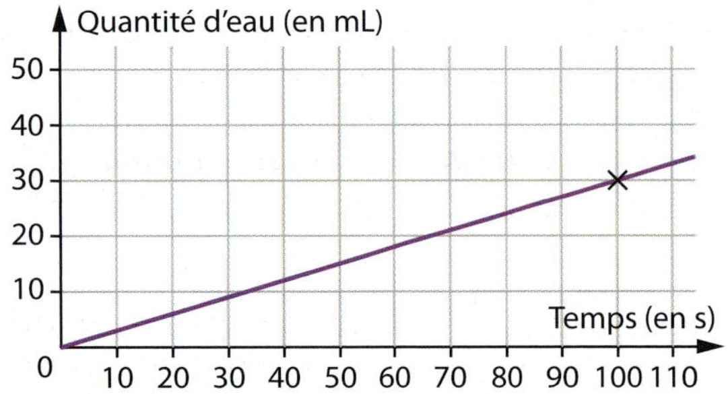


**1.** Quelle quantité d'eau devrait-on retrouver dans le contenant inférieur de la clepsydre après 10 minutes ?

**2.** Représenter graphiquement la quantité d'eau, en millilitres, dans le contenant supérieur de la clepsydre en fonction du temps, en secondes.

**3.** Comparer le graphique ci-dessus avec celui tracé en question **2**. En quoi sont-ils différents ?

**4.** Après combien de temps le contenant supérieur de la clepsydre sera-t-il vide ?

## 75 Avec Thalès
**Modéliser**

Les longueurs exprimées sont dans la même unité de mesure.
ABC est un triangle tel que AB = 8, AC = 6 et BC = 12.
D est un point variable appartenant à [AB], on pose BD = $x$. E est le point d'intersection de [BC] et de la parallèle à (AC) passant par D.

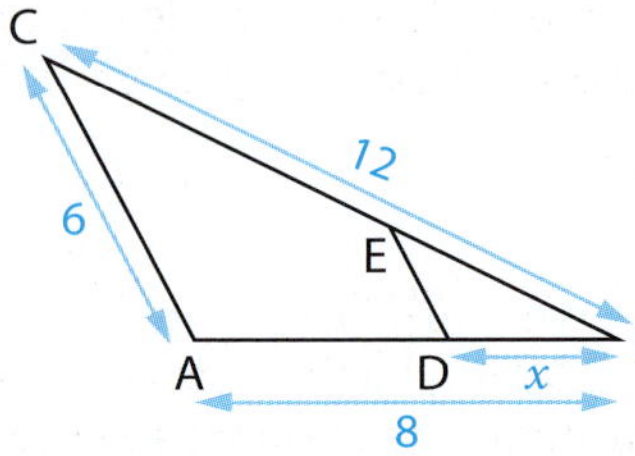


**1.** Exprimer ED et EB en fonction de $x$.

**2.** Soit $f$ la fonction qui à $x$, compris entre 0 et 8, associe le périmètre du triangle DEB.
**a.** Exprimer $f(x)$ en fonction de $x$.
**b.** Calculer $f(3{,}5)$ et interpréter le résultat par rapport à la situation.

**3. a.** $f$ est-elle une fonction linéaire ?
**b.** Paulo a choisi une certaine valeur de $x$ et Céline le cinquième de celle de Paulo. Que peut-on dire alors des périmètres des triangles BED dans ces deux configurations ? Justifier.

## MISSION DÉMONSTRATION

**Démo de cours**

On souhaite démontrer la propriété suivante.

La représentation graphique d'une fonction linéaire est une droite passant par l'origine du repère.

**76** Soit $m$ un nombre et $f$ la fonction linéaire définie par $f(x) = mx$.

**1.** Expliquer pourquoi le point O, origine du repère, appartient à la représentation graphique de $f$.

**2.** On étudie le cas où $m > 0$ et $0 < x_1 < x_2$ (on admet que la propriété reste vraie dans les autres cas).
– Soient $x_1$ et $x_2$ deux nombres tels que $0 < x_1 < x_2$.
– Soient $M_1(x_1 ; y_1)$ et $M_2(x_2 ; y_2)$ appartenant à la représentation graphique de $f$.
– Soit $H_1$ le point d'intersection de la perpendiculaire à l'axe des abscisses passant par $M_1$.
– Soit $H_2$ le point d'intersection de la perpendiculaire à l'axe des abscisses passant par $M_2$.
– M est le point d'intersection de la droite $(H_1M_1)$ avec la droite $(OM_2)$ d'abscisse $x_1$.

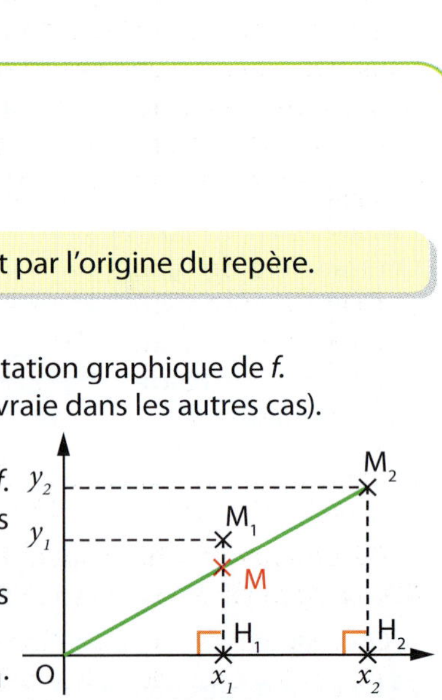


**a.** Exprimer $y_1$ en fonction de $x_1$ et $y_2$ en fonction de $x_2$.
**b.** Exprimer les longueurs $OH_1$, $OH_2$, $H_2M_2$ en fonction de $x_1$ et $x_2$.
**c.** $(H_1M)$ et $(H_2M_2)$ étant parallèles, on peut appliquer le théorème de Thalès dans le triangle $OM_2H_2$ : $\frac{OH_1}{\dots} = \frac{H_1M}{\dots}$

On va prouver que les points M et $M_1$ sont confondus.

**d.** En déduire que $H_1M = mx_1$.
**e.** En déduire que les points $M_1$ et M sont confondus et que donc les points O, $M_1$ et $M_2$ sont alignés.

## 77 Volume d'eau

Lorsqu'on fait geler de l'eau, le volume de glace obtenu est proportionnel au volume d'eau utilisé. En faisant geler 1,5 L d'eau on obtient 1,62 L de glace.

**1.** Montrer qu'en faisant geler 1 L d'eau, on obtient 1,08 L de glace.

**2.** On souhaite compléter le tableau ci-dessous à l'aide d'un tableur. Quelle formule peut-on saisir dans la cellule B2 avant de la recopier vers la droite jusqu'à la cellule G2 ?

| | A | B | C | D | E | F | G |
|---|---|---|---|---|---|---|---|
| 1 | Volume d'eau total (en L) | 0,5 | 1 | 1,5 | 2 | 2,5 | 3 |
| 2 | Volume de glace obtenu (en L) | | | | | | |

**3.** Quel graphique représente le volume de glace obtenu (en L) en fonction du volume d'eau contenu dans la bouteille au départ (en L) ? Justifier.

**a.** **b.** **c.**

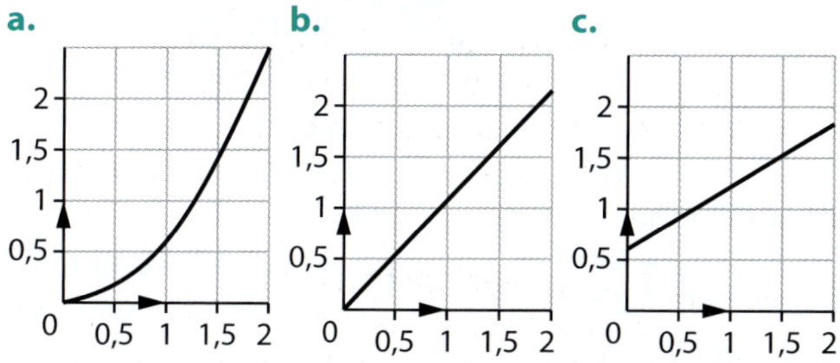


*D'après DNB, Asie, juin 2018.*

## 78 Concentration en $CO_2$

Les activités humaines produisent du dioxyde de carbone ($CO_2$) qui contribue au réchauffement climatique. Le graphique suivant représente l'évolution de la concentration atmosphérique moyenne en $CO_2$ (en ppm) en fonction du temps (en années).

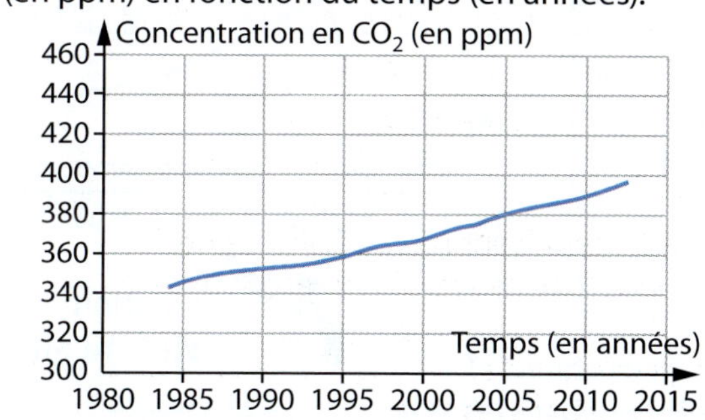


**1.** Déterminer graphiquement la concentration de $CO_2$ en ppm en 1995 puis en 2005.

**2.** On veut modéliser l'évolution de la concentration de $CO_2$ en fonction du temps à l'aide d'une fonction $g$ où $g(x)$ est la concentration de $CO_2$ en ppm en fonction de l'année $x$.

**a.** Expliquer pourquoi une fonction affine semble appropriée pour modéliser la concentration en $CO_2$ en fonction du temps entre 1995 et 2005.

**b.** Arnold et Billy proposent chacun une expression pour la fonction $g$ : Arnold propose l'expression $g(x) = 2x - 3\,630$ ; Billy propose l'expression $g(x) = 2x - 2\,000$. Quelle expression modélise le mieux l'évolution de la concentration de $CO_2$ ? Justifier.

**c.** En utilisant la fonction choisie à la question précédente, indiquer l'année pour laquelle la valeur de 450 ppm est atteinte.

**3.** En France, les forêts, grâce à la photosynthèse, captent environ 70 mégatonnes de $CO_2$ par an, ce qui représente 15 % des émissions nationales de carbone (année 2016). Calculer une valeur approchée à une mégatonne près de la masse $M$ du $CO_2$ émis en France en 2016.

*D'après DNB, Métropole La Réunion Antilles-Guyane, septembre 2019.*

## 79 Formules d'achat

Une personne s'intéresse à un magazine sportif qui parait une fois par semaine. Elle étudie plusieurs formules d'achat du magazine qui sont détaillées ci-après.

- Formule A - Prix du magazine à l'unité : 3,75 €
- Formule B - Abonnement pour l'année : 130 €
- Formule C - Forfait de 30 € pour l'année et 2,25 € par magazine.

On donne ci-dessous les représentations graphiques qui correspondent à ces trois formules.

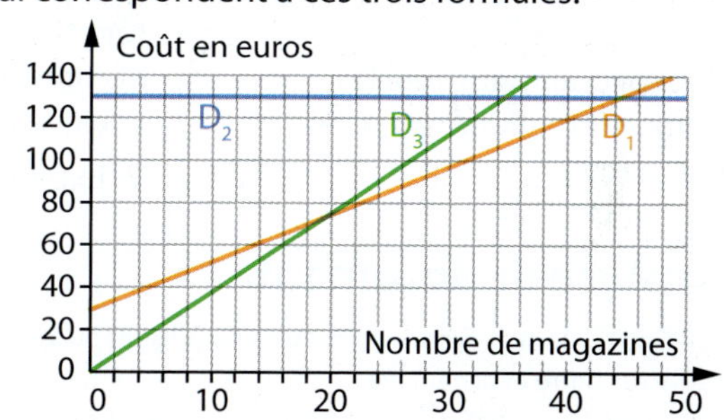


**1.** Relier chaque formule d'achat à sa représentation graphique.

| | |
|---|---|
| Formule A • | • $D_1$ |
| Formule B • | • $D_2$ |
| Formule C • | • $D_3$ |

**2.** En utilisant le graphique, répondre aux questions suivantes.

**a.** En choisissant la formule A, quelle somme dépense-t-on pour acheter 16 magazines dans l'année ?

**b.** Avec 120 €, combien peut-on acheter de magazines au maximum dans une année avec la formule C ?

**c.** Si on décide de ne pas dépasser un budget de 100 € pour l'année, quelle est alors la formule qui permet d'acheter le plus grand nombre de magazines ?

**3.** Indiquer la formule la plus avantageuse selon le nombre de magazines achetés dans l'année.

*D'après DNB, Polynésie, septembre 2018.*

# Travailler autrement

Utilisable en AP

## 80 Résolution de problème

**Socle D1** Je lis, interprète, commente, produis des tableaux, des graphiques et des diagrammes.

Dans un jeu vidéo en réseau, on gagne des points en fonction du temps joué et d'autres facteurs comme les objets collectés, les personnages croisés… On peut commencer une partie avec des points d'une partie précédente. Trois joueurs, Fabien, Garance et Hector, ont représenté graphiquement leur nombre de points gagnés en fonction du temps (en heures). En voyant ces graphiques, Lucie affirme alors :
« Le nombre de points gagnés par Fabien est proportionnel au temps écoulé. Garance gagne plus rapidement des points qu'Hector. »

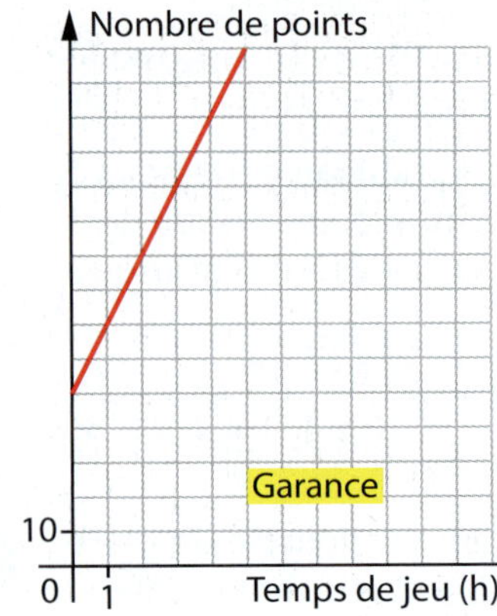


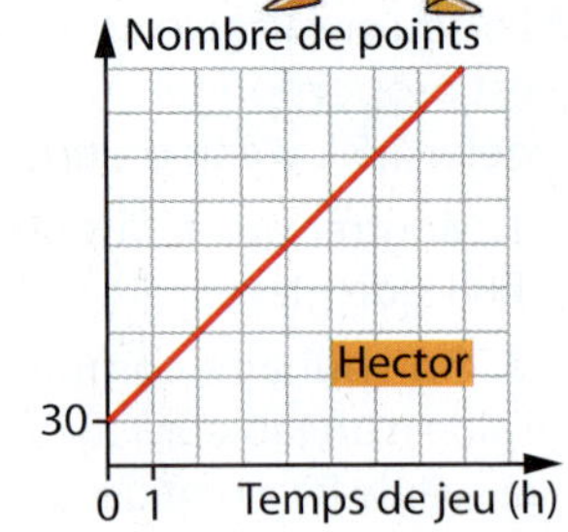


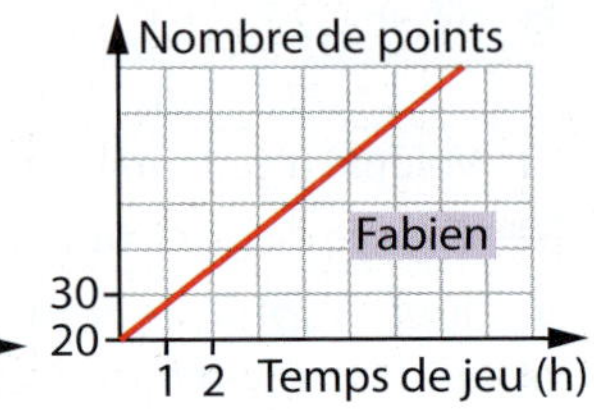


### Questions ceinture jaune

**1.** Tracer dans un même repère ces trois représentations graphiques. On prendra 1 cm pour une heure sur l'axe des abscisses et 1 cm pour 10 points sur l'axe des ordonnées.

**2.** Expliquer pourquoi les deux affirmations de Lucie sont fausses.

### Questions ceinture verte

Le nombre points gagnés en fonction du temps pour Fabien, Garance et Hector peut être modélisé par trois fonctions que l'on nommera respectivement $f$, $g$ et $h$.

**1.** Exprimer $f(x)$, $g(x)$ et $h(x)$ en fonction du temps $x$ joué en heures et montrer que les affirmations de Lucie sont fausses.

**2.** Expliquer l'erreur de Lucie.

### Questions ceinture noire

**1.** Montrer que les affirmations de Lucie sont fausses.

**2.** Au bout de combien de temps de jeu Garance et Hector auront-ils le même nombre de points ?

## 81 Analyse de document

**Socle D1** Je m'exprime à l'écrit pour expliquer ou argumenter de façon claire et organisée.

**Socle D4** Je prélève, organise et traite l'information utile.

À partir de 9 h, on a noté la quantité d'essence dans un réservoir d'une tractopelle sur un chantier en fonction du temps passé en minutes.

Il est 9h.

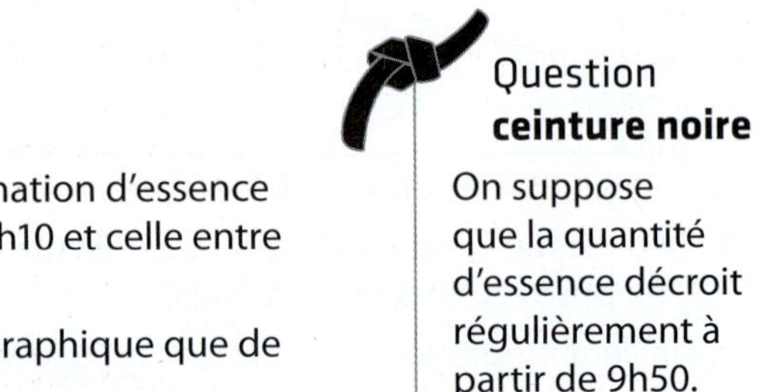


### Questions ceinture jaune

**1.** Combien de litres d'essence reste-t-il dans le réservoir à 9h15 ? 9h25 ? 10h10 ?

**2.** Que se passe-t-il entre 9h25 et 9h30 ?

**3.** Sur quels créneaux la consommation d'essence par minute a-t-elle été identique ?

**4.** Sur quel créneau la consommation d'essence par minute a-t-elle été la plus forte ?

### Questions ceinture verte

**1.** Comparer la consommation d'essence par minute entre 9h et 9h10 et celle entre 9h50 et 10h10.

**2.** En ne considérant le graphique que de 9h à 9h10 :

**a.** On appelle $f$ la fonction affine qui représente la quantité d'essence en litres dans le réservoir en fonction du temps $x$ en minutes. Exprimer $f(x)$ en fonction de $x$.

**b.** Si à partir de 9h10, la consommation d'essence avait continué à décroitre comme entre 9h et 9h10, déterminer par le calcul l'heure à laquelle le réservoir aurait été vide.

### Question ceinture noire

On suppose que la quantité d'essence décroit régulièrement à partir de 9h50.

- Déterminer l'heure à laquelle le réservoir sera vide.

# 8 Statistiques

**TA MISSION**

Étudier et comparer des séries de données, découvrir un nouvel indicateur de comparaison.

**JEU**

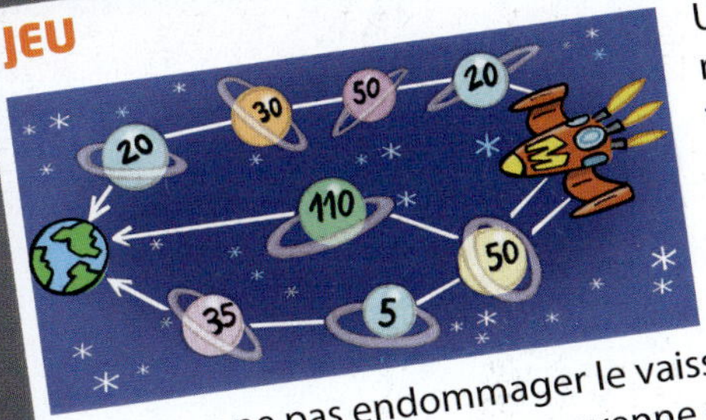


Un vaisseau doit rejoindre la Terre en traversant des galaxies. L'ordinateur de bord indique les trois trajets possibles. Le capitaine Super Mathus calcule que, pour ne pas endommager le vaisseau, les champs de forces traversés doivent avoir une moyenne comprise entre 20 et 35 et une médiane inférieure à 30.

- Quel trajet doit choisir le capitaine ?

**POINT INFO**

La *data visualisation* est l'art de représenter des données de façon visuelle. Cela peut se concrétiser par des graphiques, des diagrammes, des cartographies, des chronologies, des infographies... La présentation sous forme illustrée rend les données plus lisibles et compréhensibles. Ici, on a représenté la pollution lumineuse en Europe.

# Activités

## Prêts pour le décollage ?

QUESTIONS FLASH — Questions flash supplémentaires

**1** Voici le podium des utilisateurs actifs des réseaux sociaux en France en 2019.

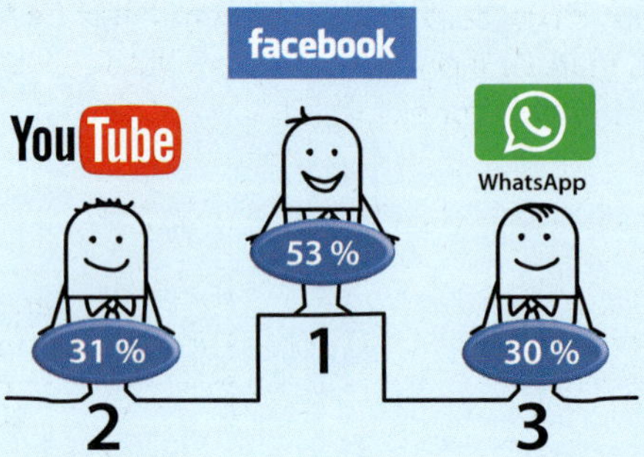


*Source : Facebook.*

• Peut-on représenter ces résultats par un diagramme circulaire ?

**2** On a relevé le nombre d'animaux domestiques dans les foyers des élèves d'une classe de 3^e^.

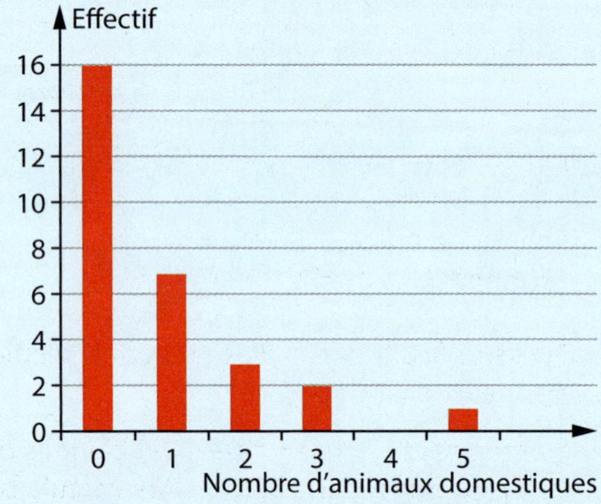


**a.** Comment se nomme ce type de graphique ?
**b.** Combien de foyers ont un seul animal de compagnie ?
**c.** Combien d'élèves ont 4 animaux de compagnie ?
**d.** Quel est le nombre maximal d'animaux par foyers ?
**e.** Combien d'élèves ont été interrogés ?

**3** Voici un diagramme semi-circulaire sur lequel est notée la mesure des angles des secteurs angulaires.

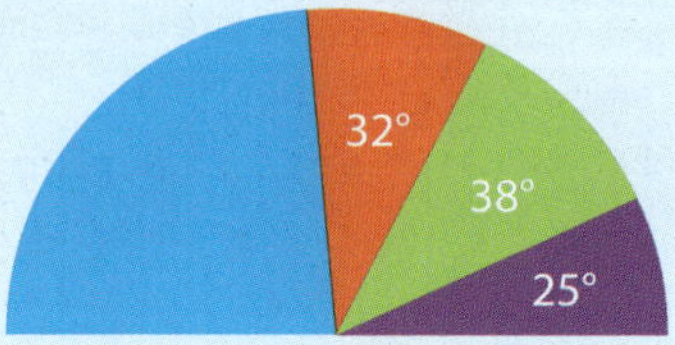


• Quelle est la mesure d'angle manquante ?

**4** Ce tableau regroupe la répartition des votes lors du 1^er^ tour de l'élection des délégués de la classe de Nina.

| | Emma | Léo | Nina | Louis |
|---|---|---|---|---|
| Effectif | 7 | 5 | 12 | 6 |

**a.** Quel est l'effectif total de cette série ?
**b.** Quelle a été la fréquence de vote pour Nina en pourcentage ?

**5** Mouloud a relevé les températures en degrés à 7 h de lundi à vendredi : 0 ; –3 ; 2 ; –1 ; 5.

• Quelle est la température moyenne sur ces 5 jours ?

**6** Voici le nombre de buts que Lola a marqués par match lors de son dernier tournoi de foot :

3 ; 2 ; 2 ; 1 ; 0 ; 0 ; 4 ; 3 ; 3 ; 2.

• Déterminer le nombre médian de buts que Lola a marqués lors de ce tournoi. Interpréter ce résultat.

## Activité 1 Groupes

Lors d'un séjour sportif, un éducateur doit mesurer les 28 enfants présents pour les répartir sur les différentes activités en fonction de leur taille. Voici les résultats.

| Taille (en cm) | 160 | 161 | 162 | 163 | 164 | 165 | 166 | 168 | 169 |
|---|---|---|---|---|---|---|---|---|---|
| Nombre d'enfants | 1 | 3 | 5 | 5 | 3 | 5 | 3 | 2 | 1 |

**1.** La taille moyenne des enfants est-elle supérieure à 164 cm ?

**2.** Il souhaite répartir les enfants dans deux groupes, le premier groupe regroupant la moitié des enfants les plus petits et l'autre groupe la moitié des enfants les plus grands. Quelle taille partage ce groupe en deux groupes de même effectif ?

## Activité 2 Temps de trajet

Le directeur des ressources humaines d'une entreprise a réalisé auprès des salariés une enquête sur le temps qu'ils mettent pour se rendre à leur travail. Voici, en minutes, les résultats de cette enquête :

10 – 20 – 24 – 14 – 30 – 4 – 10 – 22 – 30 – 6 – 20 – 24 – 10 – 4 – 16 – 14 – 18 – 20 – 8 – 10 – 32 – 20 – 34 – 22 – 24 – 14 – 24

Il se demande comment faire pour rendre ces données plus lisibles.

1. Max propose de les organiser dans un tableau. Construire un tel tableau.
2. Flora propose de les représenter à l'aide d'un diagramme en bâtons. Construire un tel diagramme.
3. Mathis trouve que le diagramme en bâtons proposé par Flora permet de bien visualiser le résultat de l'enquête mais qu'il est long à réaliser. Il propose donc de regrouper les données par intervalle de 10 minutes et il commence à réaliser le graphique ci-contre, appelé *histogramme*.

**Histogramme de Mathis**

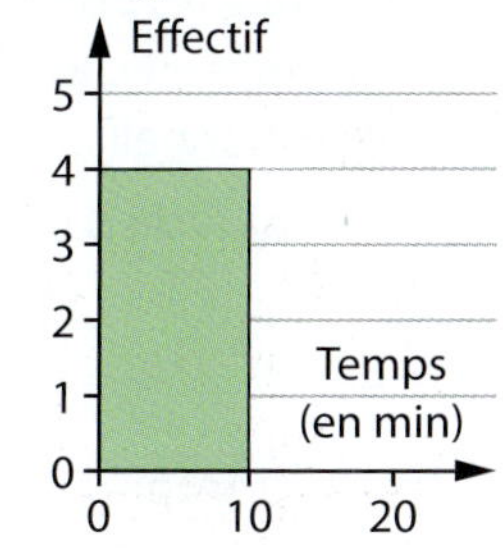


Ces intervalles sont appelés « classes ».

a. Quelles valeurs Mathis a-t-il regroupées dans la première classe ?
b. Reproduire et compléter l'histogramme de Mathis.

## Activité 3 Des côtes ensoleillées ?

Prise d'initiative

Voici deux séries de données regroupées en classes (Doc. 1 et Doc. 2).

**Doc. 1 Coefficients de marée à Brest pour les 15 premiers jours d'octobre 2019**

| Coefficients ($c$) | $30 \leqslant c < 40$ | $40 \leqslant c < 50$ | $50 \leqslant c < 60$ | $60 \leqslant c < 70$ | $70 \leqslant c < 80$ | $80 \leqslant c < 90$ | $90 \leqslant c < 100$ | $100 \leqslant c < 110$ | $110 \leqslant c < 120$ |
|---|---|---|---|---|---|---|---|---|---|
| Nombre de marées | 4 | 3 | 5 | 3 | 3 | 8 | 1 | 2 | 1 |

*Source : Marée.info*

**Doc. 2 Heures d'ensoleillement à Nantes en octobre 2019 (sur 28 jours)**

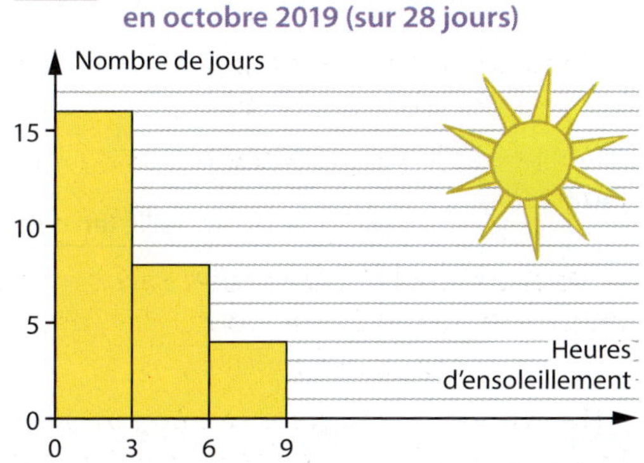


*Source : météociel*

**Doc. 3 Moyennes des séries des doc. 1 et 2 avant le regroupement par classes**

**Coefficients de marée :** 68,1 en moyenne
**Heures d'ensoleillement :** 3,05 h en moyenne

1. Quelle difficulté rencontre-t-on pour calculer la moyenne de chaque série ?
2. Comment utiliser les classes de données pour calculer une moyenne ? Écrire les calculs pour chaque série.
3. Comparer les moyennes obtenues précédemment à celles du Doc. 3. Que remarque-t-on ? Comment peut-on l'expliquer ?

## Activité 4 Bulletin trimestriel

Alors que la fin du premier trimestre approche, Kenny et Lucas décident de comparer leurs résultats en mathématiques.

| | | | | | |
|---|---|---|---|---|---|
| Kenny | 12 | 10,5 | 14 | 11,5 | 13 |
| Lucas | 8,5 | 17 | 7 | 12 | 16,5 |

1. Chacun calcule sa moyenne et sa médiane et la compare avec celle de l'autre. Que peuvent-ils se dire ?
2. Quelques jours après, ils s'étonnent d'avoir des appréciations complètement différentes sur leur bulletin. Comment pourrait-on leur expliquer ?
3. Quel nouvel indicateur pourrait-on utiliser pour comparer deux séries statistisques ? En proposer une définition.
4. Proposer une appréciation que le professeur pourrait avoir écrit sur chacun des bulletins.

# Cours

## 1 Représenter graphiquement des données

**Définitions**

• Un **diagramme en bâtons** est un diagramme dans lequel les hauteurs des bâtons sont proportionnelles aux effectifs des catégories.

• Lorsque les données d'une série statistique prennent de nombreuses valeurs différentes, on peut les regrouper en **classes** et les représenter par un **histogramme**, dans lequel les aires des rectangles sont proportionnelles aux effectifs des classes.

• **L'amplitude** d'une classe est la différence entre la plus grande valeur qu'elle peut contenir et la plus petite.

**Propriété**

Lorsque les classes ont la même amplitude, les hauteurs des rectangles d'un histogramme sont proportionnelles aux effectifs des classes.

**Exemple**

Un producteur récolte des piments d'Espelette. Il a noté le nombre de piments récoltés selon leur taille en regroupant les données dans des classes d'amplitude 2.
En une heure, voici sa récolte :

| Taille $t$ (en cm) | $7 < t \leqslant 9$ | $9 < t \leqslant 11$ | $11 < t \leqslant 13$ | $13 < t \leqslant 15$ |
|---|---|---|---|---|
| Effectif | 129 | 177 | 183 | 94 |

Le symbole $\leqslant$ signifie « inférieur ou égal ».

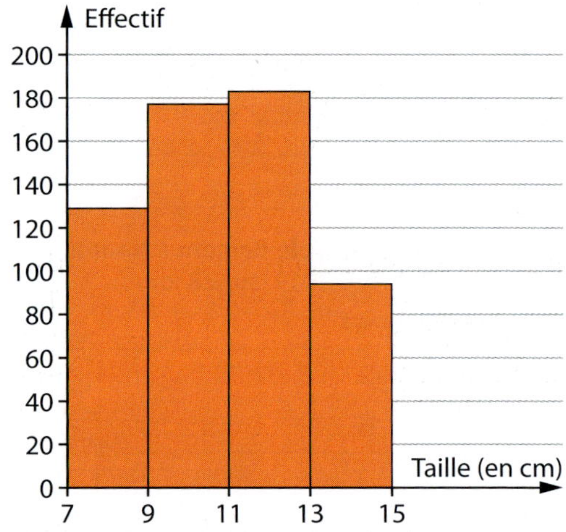


**Définition**

Un **diagramme circulaire** est un diagramme dans lequel les mesures des angles des secteurs sont proportionnelles aux effectifs des catégories.

**Exemple**

Les ingrédients nécessaires pour fabriquer des petits biscuits alsaciens de Noël sont les suivants :
250 g de farine – 100 g d'amandes en poudre – 70 g de sucre en poudre – 220 g de beurre

| Ingrédients | Farine | Amandes | Sucre | Beurre | **Total** |
|---|---|---|---|---|---|
| Masse (en g) | 250 | 100 | 70 | 220 | 640 |
| Angle (en °) | 141 | 56 | 39 | 124 | 360 |

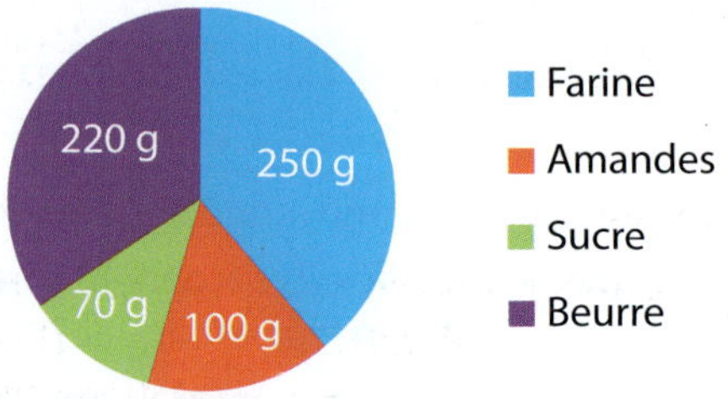


**Remarque**

On peut également construire un diagramme semi-circulaire. La somme des mesures des angles est alors égale à 180°.

# Savoir-faire

Apprends à l'aide des exercices résolus puis entraine-toi !

## 1 Représenter graphiquement des données

**1** Aux Jeux olympiques de Londres en 2012, les six premiers athlètes avaient chacun réalisé plusieurs sauts en longueur. Voici rassemblés leurs trois meilleurs résultats (en m) :

8,21 – 8,14 – 8,31 – 7,97 – 8,13 – 8,16 – 7,98 – 8,07 – 8,12 – 8,07 – 8,11 – 8,07 – 7,96 – 8,10 – 7,98 – 8,07 – 7,87 – 8,06

**1.** Regrouper ces données dans un tableau avec des classes d'amplitude 0,1 m.

**2.** Représenter ces résultats à l'aide d'un histogramme.

**Solution**

**1.**

| Longueur (en m) | $7{,}8 \leqslant L < 7{,}9$ | $7{,}9 \leqslant L < 8$ | $8 \leqslant L < 8{,}1$ | $8{,}1 \leqslant L < 8{,}2$ | $8{,}2 \leqslant L < 8{,}3$ | $8{,}3 \leqslant L < 8{,}4$ |
|---|---|---|---|---|---|---|
| Effectif | 1 | 4 | 5 | 6 | 1 | 1 |

L'amplitude des classes est 0,1 m. On choisit de commencer à 7,8 m, donc la 1re classe regroupera toutes les valeurs de 7,8 m inclus à 7,9 m exclu.

**2.**

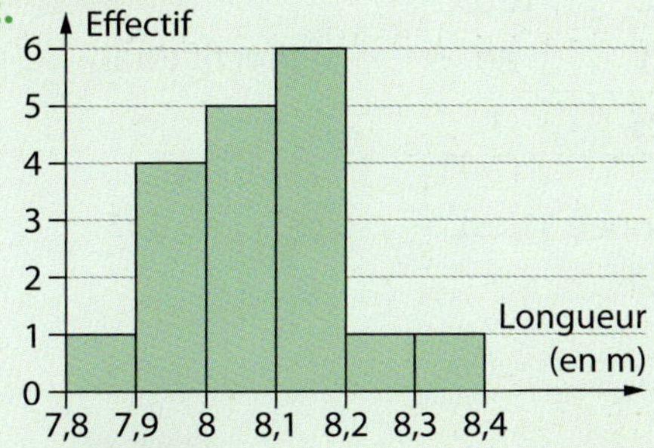

La longueur (en m) est représentée sur l'axe des abscisses.
Les effectifs sont sur l'axe des ordonnées.
Les classes sont de même amplitude, les hauteurs des rectangles sont proportionnelles aux effectifs.

**À toi de jouer**

**2** Benjamin a relevé les notes des 25 élèves d'une classe de 3e.

14 – 10 – 8 – 5 – 16 – 15 – 18 – 7 – 19 – 13 – 12 – 7 – 4 – 10 – 11 – 16 – 13 – 17 – 9 – 15 – 12 – 17 – 6 – 9 – 14

**1.** Regrouper ces données dans un tableau avec des classes d'amplitude 5 points.

**2.** Construire un histogramme représentant la répartition des notes de la classe.

→ Corrigé p. 312

**3** On a relevé la hauteur (en mm) des précipitations sur la ville de Biarritz pendant les six premiers mois de l'année : Janvier (130) – Février (110) – Mars (105) – Avril (130) – Mai (120) – Juin (90)

- Construire un diagramme circulaire représentant ces données.

**Solution**

| Mois | J | F | M | A | M | J | **Total** |
|---|---|---|---|---|---|---|---|
| Hauteur (en mm) | 130 | 110 | 105 | 130 | 120 | 90 | 685 |
| Angle (en °) | 68 | 58 | 55 | 68 | 63 | 47 | 360 |

$\times \dfrac{360}{685}$

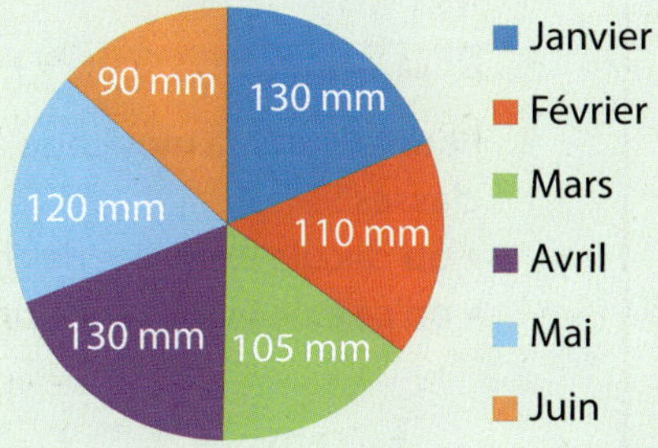


Les angles des secteurs sont proportionnels aux effectifs.
Pour le mois de janvier, par exemple, on fait le calcul : $130 \times \dfrac{360}{685} \approx 68°$.

À cause des arrondis, il arrive que le total des mesures d'angles notées dans le tableau ne soit pas exactement égal à 360°.

**À toi de jouer**

**4** Voici la répartition en pourcentage des divers composants du contenu d'une poubelle d'une famille :

Métal 4 % – Plastique 11 % – Verre 13 % – Journaux, papiers, cartons 25 %
Matières biodégradables 29 % – Divers 18 %

- Construire un diagramme en bâtons puis un diagramme circulaire représentant cette répartition.

→ Corrigé p. 312

Cours

## 2 Calculer une moyenne

**Définitions**

Dans une série de données :

- **L'effectif** d'une donnée est le nombre de fois où cette donnée apparait.
- **L'effectif total** est la somme de tous les effectifs.
- **La fréquence** d'une donnée est le quotient de son effectif par l'effectif total :

$$\text{Fréquence d'une donnée} = \frac{\text{effectif de la donnée}}{\text{effectif total}}$$

**Exemple**

Voici les ventes réalisées un samedi par la pizzeria Fellini.

| Prix en € | 8 | 9 | 9,5 | 11 | 12 | Total |
|---|---|---|---|---|---|---|
| Nombre de pizzas | 16 | 24 | 8 | 12 | 20 | 80 |
| Fréquence | 0,2 | 0,3 | 0,1 | 0,15 | 0,25 | 1 |

Effectif total (80)

L'effectif de la donnée 9,5 est 8.

La fréquence de la donnée 11 est $\frac{12}{80}$, soit $\frac{3}{20}$, ou 0,15 ou 15 %.

**Définition**

La **moyenne pondérée** d'une série de données numériques est égale à la somme des produits de chaque donnée par son effectif divisée par l'effectif total.

$$\text{Moyenne pondérée} = \frac{\text{somme des produits des données par leurs effectifs}}{\text{effectif total}}$$

**Exemple**

Le prix moyen d'une pizza vendue ce samedi par la pizzeria Fellini est :

$$\frac{(8 \times 16 + 9 \times 24 + 9,5 \times 8 + 11 \times 12 + 12 \times 20)}{16 + 24 + 8 + 12 + 20} = \frac{792}{80} = 9,9.$$

Le prix moyen d'une pizza est 9,90 €.

**Méthode**

Pour calculer la **moyenne** d'une série de données numériques dont les données sont **regroupées en classes** :

- on calcule le centre de chaque classe en faisant la moyenne des valeurs extrêmes de la classe ;
- on calcule la moyenne de la série en prenant comme valeurs les centres des classes.

**Exemple**

Une entreprise fabrique des vis de plusieurs longueurs. Voici sa production en une minute :

| Longueur $\ell$ (en mm) | $9 \leqslant \ell < 12$ | $12 \leqslant \ell < 15$ | $15 \leqslant \ell < 18$ | $18 \leqslant \ell < 21$ | $21 \leqslant \ell < 24$ |
|---|---|---|---|---|---|
| Effectif | 75 | 98 | 124 | 45 | 32 |

Le centre de la première classe est $\frac{9 + 12}{2} = 10,5$. On procède de même pour les autres classes.

Longueur moyenne : $\frac{10,5 \times 75 + 13,5 \times 98 + 16,5 \times 124 + 19,5 \times 45 + 22,5 \times 32}{75 + 98 + 124 + 45 + 32} = \frac{5\,754}{374} \approx 15,39$

La longueur moyenne d'une vis est de 15,39 mm environ.

# Savoir-faire

Apprends à l'aide des exercices résolus puis entraine-toi !

## 2 Calculer une moyenne

**5** On a représenté ci-contre les montants des retraits effectués à un distributeur dans une journée.

**1.** Combien de retraits d'un montant inférieur ou égal à 40 € ont été effectués ?

**2.** Calculer le pourcentage de retraits de 50 €.

**3.** Calculer le montant moyen d'un retrait.

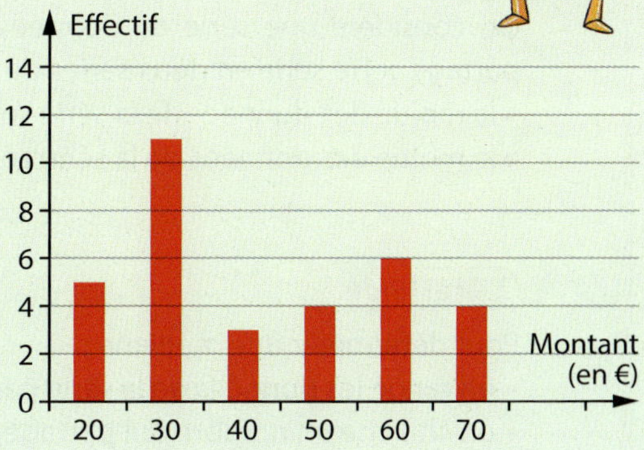


**Solution**

**1.** 5 + 11 + 3 = 19. 19 retraits de 40 € ou moins ont été effectués.

**2.** $\dfrac{4}{5+11+3+4+6+4} = \dfrac{4}{33} \approx 0{,}12 \approx 12\,\%$.

Environ 12 % des retraits sont des retraits de 50 €.

**3.** $\dfrac{20 \times 5 + 30 \times 11 + 40 \times 3 + 50 \times 4 + 60 \times 6 + 70 \times 4}{33} = \dfrac{1\,390}{33} \approx 42.$

Le montant moyen d'un retrait est d'environ 42 €.

**À toi de jouer**

**6** Une enseigne commerciale a étudié le chiffre d'affaires annuel en milliers d'euros de ses magasins.

| Chiffre d'affaires (en k€) | 55 | 60 | 63 | 67 | 70 |
|---|---|---|---|---|---|
| Effectif | 4 | 8 | 13 | 2 | 1 |

**1.** Combien de magasins ont un chiffre d'affaires inférieur ou égal à 60 000 € ?

**2.** Quel est le pourcentage de magasins qui ont un chiffre d'affaires égal à 63 000 € ?

**3.** Calculer le chiffre d'affaires moyen des magasins de l'enseigne.

→ Corrigé p. 312

**7** Sophie a classé les 240 œufs pondus par ses poules selon leur calibre.

| | Petit | Moyen | Gros | Très gros |
|---|---|---|---|---|
| Masse $m$ (en g) | $42 \leqslant m < 49$ | $49 \leqslant m < 56$ | $56 \leqslant m < 63$ | $63 \leqslant m < 70$ |
| Effectif | 22 | 113 | 75 | 30 |

- Quel est le poids moyen des œufs de Sophie ?

**Solution**

$$m = \dfrac{45{,}5 \times 22 + 52{,}5 \times 113 + 59{,}5 \times 75 + 66{,}5 \times 30}{240} = \dfrac{13\,391}{240} \approx 55{,}8$$

Le poids moyen des œufs est d'environ 55,8 g.

22 œufs pèsent entre 42 g et 49 g ; le centre de la classe est $\dfrac{42+49}{2} = 45{,}5$.

**À toi de jouer**

**8** On a demandé aux employés d'une entreprise la distance entre leur domicile et leur travail.

| Distance $d$ en km | $0 \leqslant d < 5$ | $5 \leqslant d < 10$ | $10 \leqslant d < 15$ | $15 \leqslant d < 20$ |
|---|---|---|---|---|
| Effectif | 10 | 35 | 14 | 6 |

- Quelle distance moyenne sépare le domicile d'un employé de son entreprise ?

**9** Un groupe d'amis a participé à un semi-marathon.

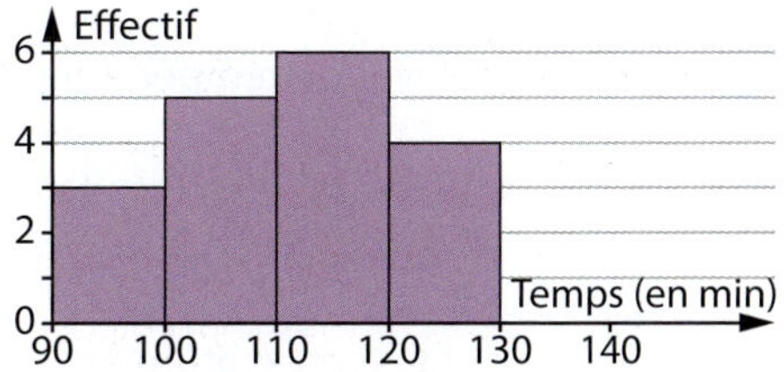


- Calculer le temps moyen de leur course.

→ Corrigé p. 312

Cours

## 3 Déterminer une médiane, calculer une étendue

**Définition**

On considère une série de données numériques ordonnée. On appelle **médiane** un nombre qui partage cette série en deux séries de même effectif :
- la moitié des données de la série sont inférieures ou égales à la médiane ;
- la moitié des données de la série sont supérieures ou égales à la médiane.

**Méthode**

Pour déterminer une médiane :
- on range les données de la série par ordre croissant ;
- on cherche un nombre qui partage la série en deux séries de même effectif.

**▸ Exemple 1**

L'effectif de la série est **impair**.

La médiane correspond à une donnée de la série.

8 11 12 (13) 15 17 19

**3 données** médiane **3 données**

La médiane de cette série est 13.
Cela signifie qu'il y a autant de données inférieures ou égales à 13 que de données supérieures ou égales à 13.

**▸ Exemple 2**

L'effectif de la série est **pair**.

La médiane se trouve entre deux données de la série.

2 7 10 ↑ 11 14 19

**3 données** **3 données**

médiane

Tout nombre compris entre 10 et 11 partage la série en deux séries de même effectif.
Par convention, on prend pour médiane la valeur centrale.
Dans cet exemple, on prend donc pour médiane 10,5. Cela signifie qu'il y a autant de données inférieures à 10,5 que de données supérieures à 10,5.

**Remarque**

La médiane ne dépend pas des valeurs extrêmes de la série : dans les deux exemples précédents, si on remplace la donnée 19 par 100, la médiane reste la même.

**Définition**

**L'étendue** d'une série de données numériques est la différence entre la plus grande valeur et la plus petite valeur de la série.

**▸ Exemple**

Voici les relevés de température dans la ville de Bordeaux la première semaine d'octobre :

La plus petite température est 15 °C, la plus grande 20 °C.
20 – 15 = 5
L'étendue de cette série est 5. Cela correspond au plus grand écart de température relevé durant cette semaine à Bordeaux.

# Savoir-faire

Apprends à l'aide des exercices résolus puis entraine-toi !

## 3 Déterminer une médiane, calculer une étendue

**10** Les tailles (en m) de sept joueurs de l'équipe de France de handball sont :

1,78 – 1,99 – 1,92 – 1,95 – 1,82 – 1,89 – 2,02

**1.** Calculer la taille médiane et interpréter le résultat. **2.** Quelle est l'étendue de cette série ?

**Solution**

**1.** On range les données de la série dans l'ordre croissant :

1,78 1,82 1,89 (1,92) 1,95 1,99 2,02

**3 données** — **médiane** — **3 données**

La taille médiane est 1,92 m ; cela signifie qu'il y a autant de joueurs dont la taille est inférieure ou égale à 1,92 m que de joueurs dont la taille est supérieure ou égale à 1,92 m.

**2.** On calcule la différence entre la plus grande valeur et la plus petite valeur : 2,02 – 1,78 = 0,24. L'étendue de cette série est 0,24 m.

**À toi de jouer**

**11** Lors d'un contrôle routier, onze véhicules ont été verbalisés pour une vitesse excessive. Leurs vitesses (en km/h) étaient : 55 – 72 – 65 – 58 – 80 – 75 – 74 – 66 – 57 – 55 – 75

**1.** Calculer la vitesse médiane et interpréter le résultat.

**2.** Quelle est l'étendue de cette série ?

→ Corrigé p. 312

**12** Victor joue à son jeu préféré sur sa console. Il fait douze parties. Voici ses scores :

1 356 | 1 458 | 1 856 | 1 723 | 1 225 | 1 614 | 2 145 | 1 564 | 1 345 | 1 789 | 1 512 | 1 987

**1.** Calculer le score médian de Victor et interpréter le résultat.

**2.** Quelle est l'étendue de cette série ?

**Solution**

**1.** On range les données de la série dans l'ordre croissant :

1 225 1 345 1 356 1 458 1 512 1 564 1 614 1 723 1 789 1 856 1 987 2 145

**6 données** — **médiane** — **6 données**

Par convention, on prend la valeur centrale : $\frac{1\,564 + 1\,614}{2} = 1\,589$.

Le score médian est 1 589 ; cela signifie qu'il y a autant de parties auxquelles Victor a obtenu un score inférieur à à 1 589 que de parties auxquelles il a obtenu un score supérieur à 1 589.

**2.** 2 145 – 1 225 = 920. L'étendue de cette série est 920.

**À toi de jouer**

**13** Pendant une coupure d'électricité de 15 min, une boulangère a écrit sur un carnet les montants (en euros) des achats de ses clients.

0,90 2,50 7,40 1,80 1,10
3,50 6,50 5,50 6,40 2,30

**1.** Calculer le montant médian des achats et interpréter le résultat.

**2.** Quelle est l'étendue de cette série ?

→ Corrigé p. 312

# Exercices

Ressources téléchargeables

## Représenter graphiquement des données

➜ Savoir-faire p. 165

### QUESTIONS FLASH

**14** **Vrai ou faux ?**

On donne les tailles d'élèves d'une classe de 5$^e$ dans le tableau ci-dessous.

| Taille (en cm) | de 140 à 150 (150 exclu) | de 150 à 160 (160 exclu) | de 160 à 170 (170 exclu) |
|---|---|---|---|
| Effectif | 10 | 14 | 3 |

Peut-on en déduire les affirmations suivantes ?

a. 17 élèves mesurent au moins 150 cm.

b. 10 élèves mesurent moins de 150 cm.

c. 3 élèves mesurent 165 cm.

d. L'amplitude de chacune des classes est 10 cm.

**15** **Vrai ou faux ?**

Lors de la fabrication de rations alimentaires, voici la répartition du nombre de rations en fonction de leur masse en kilogrammes :

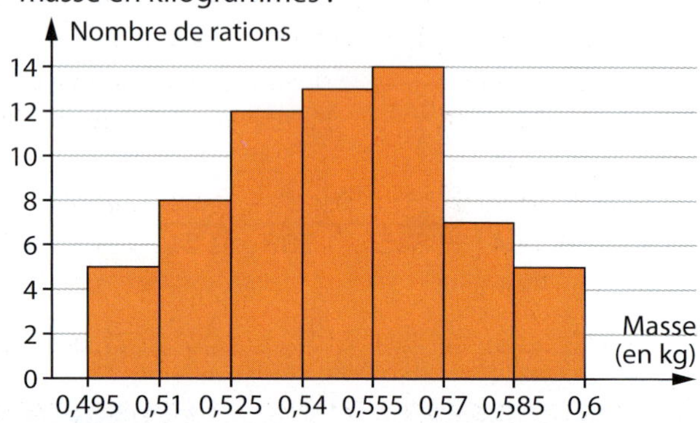


Les affirmations suivantes sont-elles vraies ?

a. L'effectif de cette série est 7.

b. Il y a 14 rations qui pèsent entre 0,555 kg et 0,57 kg.

c. L'amplitude de chaque classe est 0,05.

**16** **Vrai ou faux ?**

Les diagrammes circulaires suivants représentent la répartition des voitures en fonction de leur couleur dans deux villes A et B.

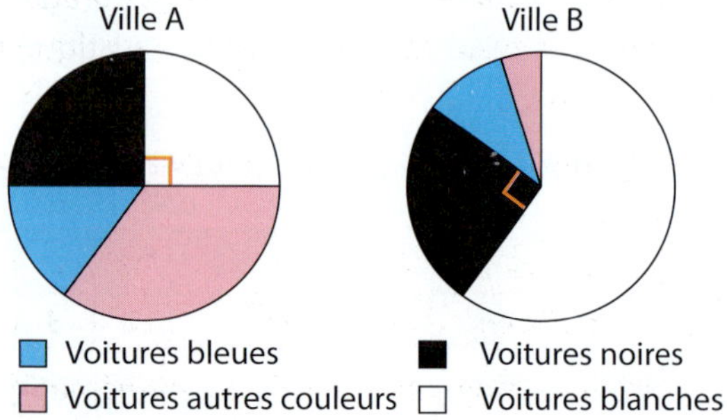


Les affirmations suivantes sont-elles vraies ?

a. Dans la ville A, il y a plus de voitures blanches que de voitures noires.

b. Dans la ville B, plus de la moitié des voitures sont blanches.

c. Dans la ville B, 25 % des voitures sont noires.

d. Il y a autant de voitures noires dans la ville A que dans la ville B.

Questions flash supplémentaires

**17** En 2018, un Français consommait environ 150 litres d'eau potable par jour pour ses besoins domestiques selon la répartition suivante.

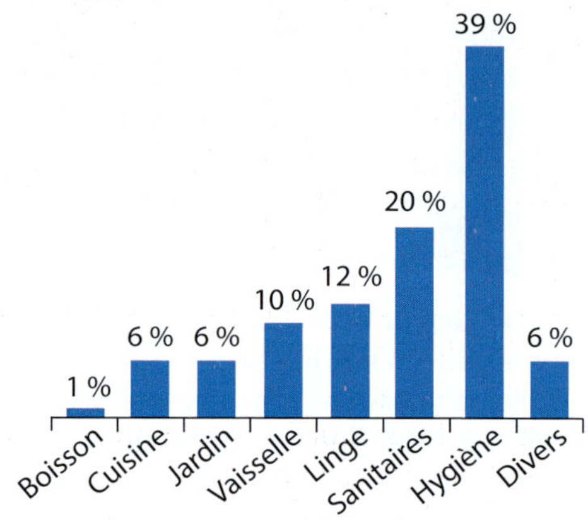


*Source : Centre d'information de l'eau.*

1. Quel pourcentage de la consommation totale est réservé à l'alimentation ?

2. Combien de litres d'eau sont consacrés aux sanitaires ?

**18** Pour commercialiser des tomates, une coopérative les calibre en fonction de leur diamètre en millimètres. On a relevé le calibre de 40 tomates.

| | | | | | | | | | |
|---|---|---|---|---|---|---|---|---|---|
| 49 | 42 | 49 | 57 | 41 | 55 | 50 | 56 | 49 | 48 |
| 48 | 49 | 52 | 51 | 53 | 56 | 49 | 46 | 55 | 50 |
| 52 | 56 | 57 | 54 | 53 | 49 | 51 | 45 | 56 | 51 |
| 45 | 56 | 47 | 52 | 44 | 58 | 43 | 54 | 59 | 50 |

• Construire un histogramme qui représente la répartition des tomates selon leur diamètre, avec des classes d'amplitude 5 mm.

**19** Malo et Soraya jouent aux dés et relèvent le nombre de points obtenus.

| | | | | | | | | | |
|---|---|---|---|---|---|---|---|---|---|
| 4 | 12 | 6 | 8 | 10 | 12 | 2 | 3 | 5 | 8 |
| 11 | 12 | 10 | 5 | 7 | 8 | 2 | 3 | 4 | 11 |
| 9 | 8 | 12 | 4 | 10 | 11 | 10 | 3 | 4 | 5 |

• Construire un diagramme en bâtons puis un histogramme des résultats obtenus.

**20** Voici la taille en centimètres des 31 joueurs sélectionnés en équipe de France pour la Coupe du monde de rugby 2019.

1,80 ; 1,91 ; 1,95 ; 1,98 ; 1,88 ; 1,96 ; 1,99 ; 1,92 ; 2,03 ; 1,78 ; 1,83 ; 1,84 ; 1,82 ; 1,82 ; 1,85 ; 1,81 ; 1,83 ; 1,78 ; 1,90 ; 1,84 ; 1,81 ; 1,86 ; 1,88 ; 1,90 ; 1,84 ; 1,92 ; 1,76 ; 1,86 ; 1,75 ; 1,75 ; 1,80

**1.** Regrouper ces données dans un tableau avec des classes d'amplitude 5 cm.

**2.** Construire un histogramme représentant la répartition des joueurs de l'équipe de France en fonction de leur taille.

**21** Dans le monde il existe 3 types d'iles : les iles continentales (39 %), les iles volcaniques (33 %) et les iles coralliennes.

Ile continentale

Ile volcanique

Ile corallienne

• Construire un diagramme circulaire représentant cette répartition.

**22** On a relevé le nombre de personnes fréquentant un club de sport les différents jours de la semaine.

| Jour | Lundi | Mardi | Mercredi | Jeudi | Vendredi | Samedi |
|---|---|---|---|---|---|---|
| Effectif | 80 | 100 | 150 | 60 | 180 | 200 |

• Représenter ces données par un diagramme en bâtons.

## MODE EXPERT

**23** Le relevé des montants des ventes d'une semaine au rayon outillage d'un magasin est représenté par l'histogramme suivant.

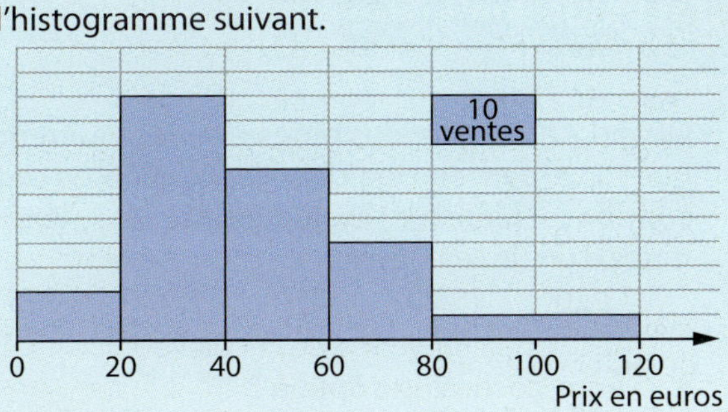


• Recopier et compléter le tableau suivant.

| Prix $p$ (en €) | $0 \leqslant p < 20$ | $20 \leqslant p < 40$ | $40 \leqslant p < 60$ | $60 \leqslant p < 80$ | $80 \leqslant p < 120$ |
|---|---|---|---|---|---|
| Effectif | | | | | |

# Calculer une moyenne

→ Savoir-faire p. 167

## QUESTIONS FLASH

**24** Calculer la moyenne de chacune des séries suivantes.

**a.** 14 ; 12 ; 6 ; 8

**b.** 2,5 ; 4 ; 5,4 ; 4,5 ; 3,6

**c.** 4 ; 4 ; 4 ; 5 ; 5

**25** Donner une série de 3 données différentes dont la moyenne est 10.

**26** **Vrai ou faux** ?

**a.** Dans une série statistique, s'il y a autant de données supérieures à 12 que de données inférieures à 12, alors la moyenne est obligatoirement égale à 12.

**b.** La taille moyenne de n'importe quel groupe d'enfants mesurant entre 1,40 m et 1,50 m est 1,45 m.

**c.** Un magasin a en stock 100 pulls dont 10 % sont noirs et 200 tee-shirts dont 70 % sont noirs. On peut en conclure que la moitié de ces vêtements sont noirs.

**27** On donne la taille des élèves d'une classe de 3e dans le tableau ci-dessous.

| Taille (en cm) | $145 \leqslant T < 155$ | $155 \leqslant T < 160$ | $160 \leqslant T < 165$ | $165 \leqslant T < 170$ | $170 \leqslant T < 180$ |
|---|---|---|---|---|---|
| Effectif | 4 | 10 | 6 | 8 | 2 |

**1.** Toutes les classes ont-elles la même amplitude ?

**2.** Quel est le centre de la première classe ?

**3.** Pour calculer le centre de la 2e classe, Sarah a tapé 155 + 160 ÷ 2 sur sa calculatrice et a obtenu 235. Quelle est son erreur ?

**4.** Quel est le pourcentage d'élèves mesurant entre 160 cm et 165 cm ?

Questions flash supplémentaires

**28** Voici les résultats du tirage du loto du 21 octobre 2019.

| Bons n° | Grilles gagnantes* Loto* | Gains par grille gagnantes* Loto* |
|---|---|---|
| 5 ● + 1 ● | 0 | / |
| 5 ● | 0 | / |
| 4 ● + 1 ● | 23 | 1 000,00 € |
| 4 ● | 267 | 500,00 € |
| 3 ● + 1 ● | 1 227 | 50,00 € |
| 3 ● | 12 423 | 20,00 € |
| 2 ● + 1 ● | 18 457 | 10,00 € |
| 2 ● | 182 901 | 5,00 € |
| 1 ● + 1 ●<br>0 ● + 1 ● | 277 865 | 2,20 € |

*Française des jeux.*

**1.** Calculer la moyenne des gains sur ce tirage.

**2.** Vérifier le résultat avec le mode statistique de la calculatrice.

**29** Voici les notes en mathématiques d'Alban au premier trimestre.

| Note sur 20 | 17 | 13 | 15 | 18 | 16 |
|---|---|---|---|---|---|
| Coefficient | 2 | 3 | 1 | 2 | 3 |

• Calculer la moyenne d'Alban en mathématiques.

# Exercices

**30** CALCUL MENTAL Quatre élèves discutent de la situation suivante : la moyenne d'âge d'Élie et ses 3 cousins est 12 ans, celle de Romain et ses 5 cousins est 10 ans.

• Les affirmations de chaque élève sont-elles correctes ?

**31** Lors d'une course en montagne, les 9 premiers kilomètres sont en montée, les 12 kilomètres suivants sont en descente. Anna a parcouru :
– les 9 premiers kilomètres en 40 minutes ;
– les 12 kilomètres suivants en 50 minutes.

**1.** Calculer la vitesse moyenne d'Anna en montée en km/h.

**2.** Calculer la vitesse moyenne d'Anna en descente en km/h.

**3.** Calculer la vitesse moyenne d'Anna sur le parcours total en km/h.

**32** Voici les résultats au lancer de javelot lors d'un championnat d'athlétisme. Les longueurs sont exprimées en mètres.

**1.** Recopier et compléter le tableau suivant.

| Longueur $\ell$ du lancer (en mètres) | $30 \leqslant \ell < 35$ | $35 \leqslant \ell < 40$ | $40 \leqslant \ell < 45$ | $45 \leqslant \ell < 50$ | Total |
|---|---|---|---|---|---|
| Nombre de sportifs | | 7 | | 5 | |
| Fréquence | 0,04 | | | 0,2 | |

**2.** Calculer la longueur moyenne d'un lancer.

**3.** Quel est le pourcentage de sportifs ayant lancé au moins à 40 mètres ? *D'après DNB Pondichéry, avril 2007.*

**33** On donne la répartition des cas de grippe A/H1N1 en Europe en 2009 selon l'âge.

| Classe d'âges (en années) | 0-9 | 10-19 | 20-29 | 30-39 | 40-49 | 50-59 | 60-69 |
|---|---|---|---|---|---|---|---|
| Fréquence | 22 % | 34 % | 22 % | 9 % | 7 % | 4 % | 2 % |

*Source : chiffres de l'ECDC en 2009.*

**1.** Pour quelle tranche d'âge les cas de grippe A/H1N1 sont-ils le plus fréquents ?

**2.** Calculer l'âge moyen des personnes infectées par le virus A/H1N1 en Europe.

**34** Une entreprise de transport fait le bilan des colis transportés lors de ses dernières livraisons.

| Masse $m$ (en kg) | $0 \leqslant m < 10$ | $10 \leqslant m < 20$ | $20 \leqslant m < 30$ | $30 \leqslant m < 50$ |
|---|---|---|---|---|
| Effectif | 33 | 28 | 25 | 10 |

**1.** Combien de colis pèsent moins de 20 kg ?

**2.** Quel est le pourcentage de colis qui pèsent entre 10 kg et 30 kg ?

**3.** Calculer le poids moyen d'un colis transporté par cette entreprise.

**35** L'histogramme ci-contre représente la répartition de 150 fromages selon le pourcentage de matières grasses.

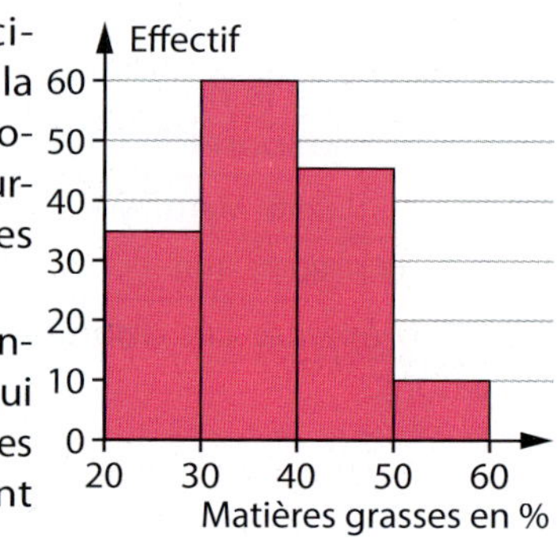


**1.** Calculer le pourcentage de fromages qui ont un taux de matières grasses strictement inférieur à 50 %.

**2.** Calculer le pourcentage moyen de matières grasses de ces 150 fromages.

## MODE EXPERT

**36** Quand Anne entre des notes évaluées autrement que sur 20 dans son logiciel, elle a le choix de cocher l'option : « ramener l'évaluation sur 20 ». Voici les notes d'un de ses élèves.

13/20 15/20 9/10 12/20 4/5

**1.** Quelle est la moyenne de cet élève :

**a.** si Anne coche cette option ?

**b.** si Anne ne coche pas cette option ?

**2.** Anne décide de ne pas cocher l'option. Si elle avait ramené les notes sur 20, quel coefficient aurait-il fallu attribuer à chaque note pour obtenir la même moyenne ?

## Déterminer une médiane, calculer une étendue

➜ Savoir-faire p. 169

### QUESTIONS FLASH

**37** **Vrai ou faux ?**
On considère la série suivante :

3 10 4 8 6 5 7

a. La médiane de cette série est 8.
b. La médiane de cette série est 7.
c. L'étendue de cette série est 4.
d. Si on change la donnée 10 en 15, la médiane de la série augmente.

**38** 1. Déterminer la médiane de cette série :

14 26 33 37 41

2. On ajoute à cette série les valeurs 12 et 55. Quelle est alors la médiane de cette nouvelle série ?

**39** 1. Déterminer l'étendue de cette série :

14 26 33 37 41

2. Déterminer l'étendue de cette série :

7,3 4,9 5,8 8,4 5,2 3,1

Questions flash supplémentaires

**40** Voici les prix, au kilogramme, de différentes variétés de tomates (cœur de bœuf, Roma, tomates cerises, etc.) vendues sur le marché :

1. Quelle est l'étendue de cette série ?
2. Quel est le prix médian d'un kilogramme de tomates ? Interpréter le résultat.

**41** Lors d'un match de volley, Léna a noté le nombre de services gagnants pour chacun des 8 joueurs.

1 4 7 3 5 2 4 8

1. Déterminer la médiane de cette série et interpréter le résultat.
2. Calculer l'étendue de cette série.

**42** CALCUL MENTAL Un médecin a noté les températures en degrés de six patients.

37,2 39,4 38 38,2 39 38,6

1. Déterminer la médiane de cette série et interpréter le résultat.
2. Calculer l'étendue de cette série.
3. En notant une dernière température, l'étendue devient 2,4 et la médiane 38,6. Quelle est cette nouvelle température ?

**43** Dans un appartement, voici la liste des puissances des ampoules à LED.

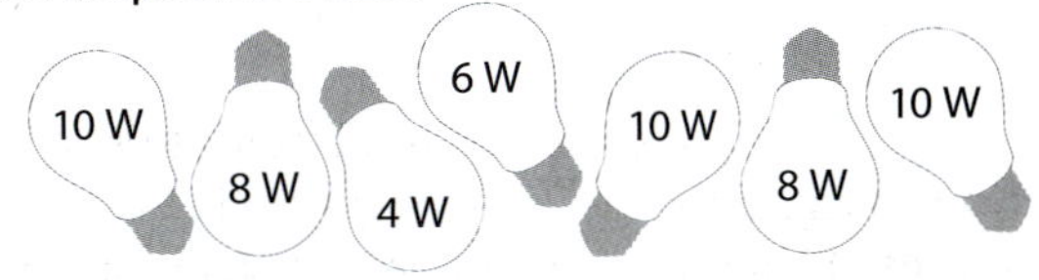


• Proposer une série de même effectif, même étendue mais dont la médiane est la moitié de celle de la série ci-dessus.

**44** Un fabricant a relevé le nombre de biscuits brisés dans chaque paquet d'un lot de 23 paquets.

| Nombre de biscuits brisés | 2 | 4 | 6 | 9 | 13 |
|---|---|---|---|---|---|
| Effectif | 5 | 8 | 7 | 2 | 1 |

1. Quelle est l'étendue de cette série ?
2. Déterminer la médiane de cette série. Interpréter ce résultat.
3. Vérifier les résultats avec le mode statistique de la calculatrice.

**45** Une mairie a fait une étude sur le nombre de repas par semaine pris à la cantine par 32 enfants d'une classe de petite section de maternelle. Les résultats sont représentés par le diagramme en bâtons ci-dessous.

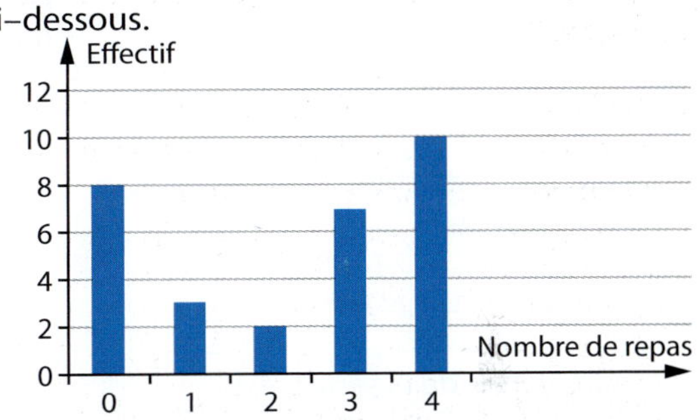


• En utilisant le mode statistique de la calculatrice, déterminer le nombre médian de repas pris à la cantine par les enfants de cette classe et interpréter le résultat.

### MODE EXPERT

**46** Grâce à son logiciel, Nathalie, documentaliste, a obtenu les informations suivantes sur les emprunts effectués par les 372 élèves de son collège.

| Nombre d'emprunts | 0 | 1 | 2 | 3 | 4 | 5 | 6 | 7 | 8 |
|---|---|---|---|---|---|---|---|---|---|
| Effectif | 55 | 43 | 64 | 59 | 45 | 31 | 27 | 20 | 28 |
| Effectif cumulés | 55 | 98 | | | | | | | |

Dans la ligne « effectifs cumulés », elle peut lire que 98 élèves ont emprunté 1 livre ou moins.

1. Recopier et compéter ce tableau.
2. En déduire le nombre médian de livres empruntés par les élèves du collège de Nathalie.
3. Vérifier le résultat avec le mode statistique de la calculatrice.

# Faire le point

Version interactive du QCM

## QCM

**Donner la ou les bonnes réponses parmi les trois proposées.**

On considère les deux séries statistiques suivantes.

**Série 1 :** Nombre de buts marqués lors d'un tournoi de football

| Nombres de buts | 1 | 2 | 3 | 4 | 5 | 6 | 7 |
|---|---|---|---|---|---|---|---|
| Nombres de matchs | 2 | 5 | 3 | 1 | 2 | 1 | 1 |

**Série 2 :** Âges des enfants d'une colonie de vacances

| Âge $a$ en années | $8 \leqslant a < 10$ | $10 \leqslant a < 12$ | $12 \leqslant a < 14$ |
|---|---|---|---|
| Nombre d'enfants | 13 | 7 | 10 |

### 1 Représenter graphiquement des données

| | Réponse A | Réponse B | Réponse C |
|---|---|---|---|
| **1.** L'histogramme qui représente la série 2 est : | 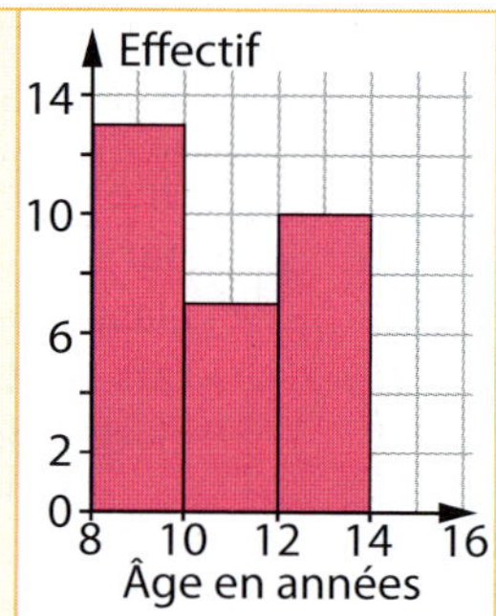  | 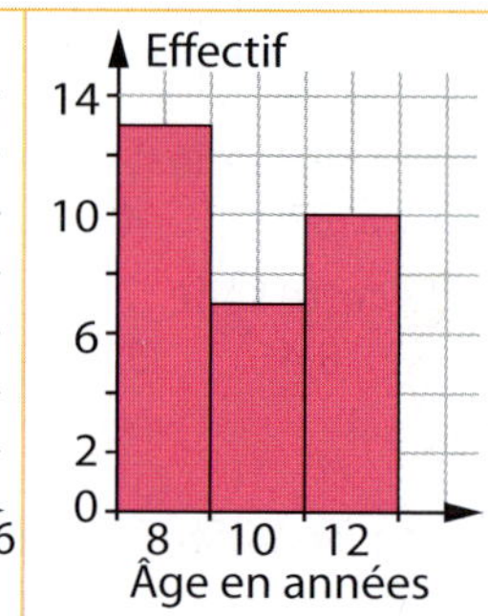  | 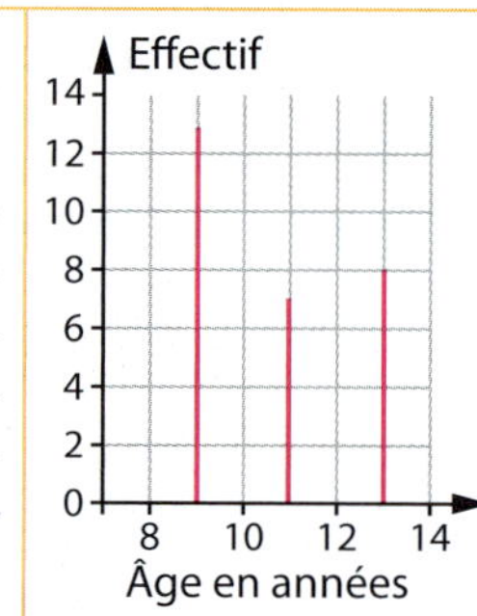  |
| **2.** L'amplitude de chacune des classes de la série 2 est : | 6 | 2 | 3 |

### 2 Calculer une moyenne

| | Réponse A | Réponse B | Réponse C |
|---|---|---|---|
| **1.** La moyenne de la série 1 est : | $\frac{48}{15}$ | 4 | 8 |
| **2.** La moyenne de la série 2 est : | 10,8 ans | 14 ans | 11 ans |

### 3 Déterminer une médiane, calculer une étendue

| | Réponse A | Réponse B | Réponse C |
|---|---|---|---|
| **1.** L'étendue de la série 1 est : | 4 buts | 7 buts | 6 buts |
| **2.** La médiane de la série 1 est : | 4 buts | 3 buts | 1 but |
| **3.** L'étendue de la série 2 est : | 6 ans | 2 ans | 13 ans |
| **4.** Ma médiane est égale à 8, mon étendue est égale à 7. Qui suis-je ? | 6 – 7 – 13 – 9 | 8 – 8 – 7 – 8 – 7 | 9 – 8 – 2 – 8 – 7 |

→ Corrigé p. 312

## Carte mentale

Ressource téléchargeable

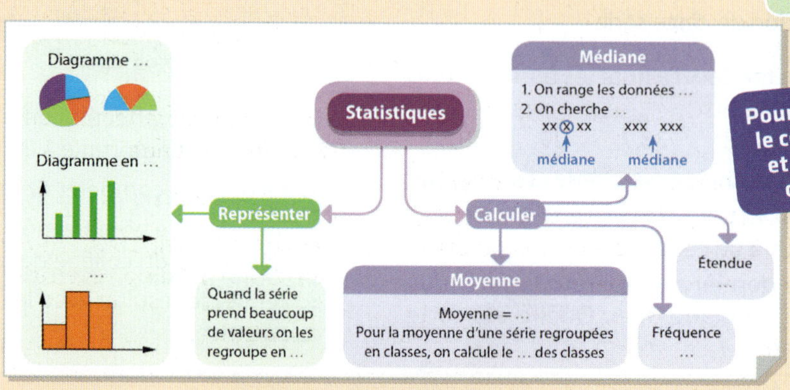


Pour t'aider à retenir le cours, télécharge et complète cette carte mentale.

# Algorithmique et outils numériques

## 47 Moyennes

**1.** Compléter le script suivant pour qu'il calcule la moyenne pondérée d'une série statistique de 10 valeurs.

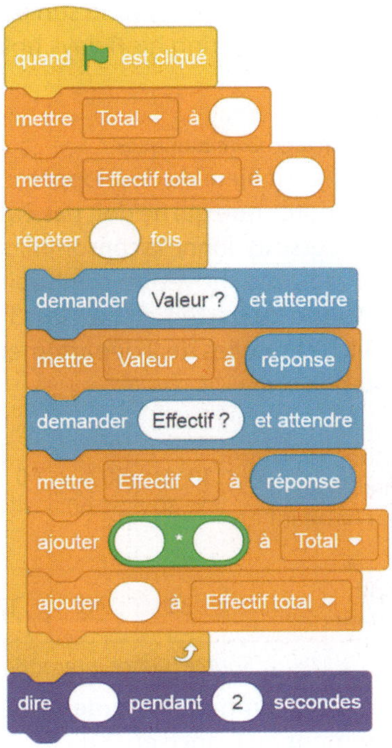


**2.** Que donne ce script avec les données suivantes ?

| Données | 0 | 2 | 3 | 5 | 6 | 8 | 9 | 12 | 16 | 20 |
|---|---|---|---|---|---|---|---|---|---|---|
| Effectifs | 5 | 2 | 6 | 7 | 1 | 6 | 3 | 8 | 4 | 9 |

**3.** Modifier ce script pour qu'il calcule la moyenne d'une série statistique dont on pourra choisir le nombre de données.

## 48 Lancers de disque

On utilise un tableur pour enregistrer les distances en mètres des 15 lancers de disque notés ci-dessous :

16 ; 22 ; 28 ; 19,5 ; 24,5 ; 21 ; 22 ; 19,5 ; 22 ; 19,5 ; 22 ; 22 ; 31 ; 26,5 ; 19,5

| | A | B | C | D |
|---|---|---|---|---|
| 1 | Lancers de disque (en m) | Lancers dans l'ordre croissant | | |
| 2 | 16 | | Moyenne : | |
| 3 | 22 | | Médiane : | |
| 4 | | | Étendue : | |

**1.** Reproduire la feuille de calcul ci-dessus en complétant la colonne A.

**2.** Recopier les données de la colonne A dans la colonne B puis, à l'aide de la fonction « Tri », classer ces lancers dans l'ordre croissant. En déduire la médiane de cette série.

**3.** Dans les cellules D2, D3 et D4, écrire des formules permettant de calculer la moyenne, la médiane et l'étendue des lancers.

**4.** Dans la colonne B, si on remplace tous les lancers strictement supérieurs à 21 m par 27 m, que deviennent la moyenne et la médiane ?

**5.** Comment peut-on modifier l'étendue de cette série sans changer ni la moyenne ni la médiane ?

**6.** Créer un tableau regroupant ces données en trois classes de même amplitude puis, à l'aide de l'assistant graphique du tableur, construire un histogramme qui représente ces lancers.

## 49 Étendue

Lily souhaite écrire un programme lui permettant de calculer l'étendue d'une série donnée. Voici son script.

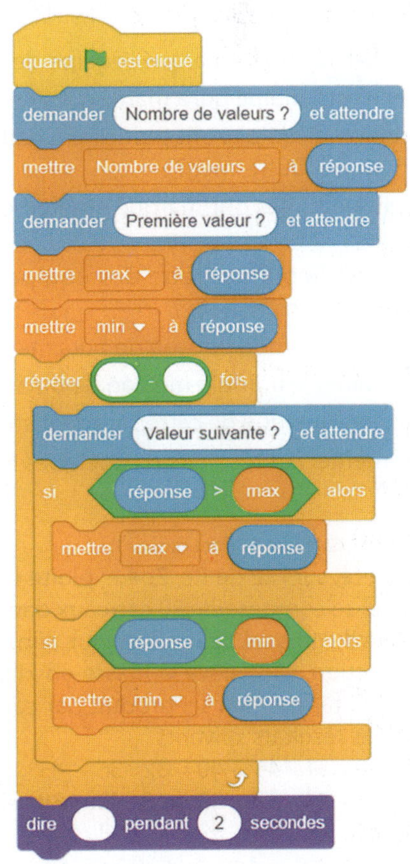


**1.** Que contient la variable max à la fin de l'exécution du script ? Justifier.

**2.** Compléter le script de Lily.

**3.** Utiliser ce script pour calculer l'étendue de la série statistique définie à l'exercice 47.

# Problèmes

ceinture jaune ceinture verte ceinture noire

## 50 Coupe de l'Outre-mer

**Représenter, Calculer, Communiquer**

Le diagramme en bâtons ci-dessous donne le nombre de buts marqués lors de la seconde édition de la Coupe de l'Outre-mer de football.

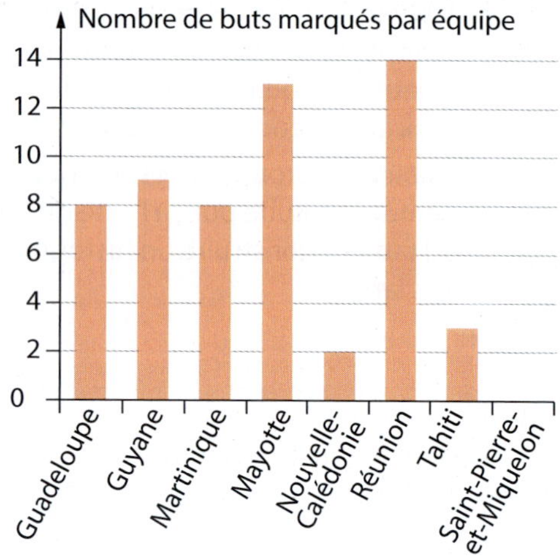


**1.** Combien de buts a marqué l'équipe de Mayotte ?

**2.** Quelle est l'équipe qui a marqué le plus de buts ?

**3.** Combien d'équipes ont participé à cette édition de la Coupe d'Outre-mer ?

**4.** Quelles équipes ont marqué strictement moins de 8 buts ?

**5.** Quel est le pourcentage des équipes qui ont marqué au moins 10 buts ?

**6.** Calculer le nombre moyen de buts marqués.

**7.** Déterminer le nombre médian de buts marqués.

**8.** Calculer l'étendue de cette série statistique.

**9.** Commenter ces résultats en quelques lignes.

## 51 Marais salant

**Représenter, Calculer, Communiquer**

Chaque été, sur l'île de Ré, Zoé exploite son marais salant qui se compose de 30 carreaux dans lesquels se récolte du gros sel. Le premier jour, afin de prévoir sa production, elle relève la masse en kilogramme de chaque tas de gros sel produit par carreau. Elle obtient les résultats suivants.

| | | | | | | | | | |
|---|---|---|---|---|---|---|---|---|---|
| 34 | 39 | 31 | 45 | 40 | 32 | 36 | 45 | 42 | 34 |
| 30 | 48 | 43 | 37 | 39 | 40 | 42 | 38 | 46 | 36 |
| 38 | 43 | 37 | 47 | 35 | 40 | 33 | 42 | 40 | 43 |

**1.** Déterminer la médiane de cette série statistique, interpréter ce résultat.

**2.** Regrouper ces données en classes d'amplitude 5 kg.

**3.** Zoé est satisfaite si la masse moyenne de sa récolte est supérieure à 40 kg par carreau chaque jour. Est-elle satisfaite de sa première récolte ?

**4.** Construire un histogramme représentant cette série statistique.

## 52 Sun exposure time

**Calculer**

While on holiday, Mehdi is exposed to the sun on average 2.5h for 2 days and on average 1.5h for the 6 next days.

- What was his average daily time sun exposure in hours and minutes during his 8 days holiday?

## 53 Consommation moyenne d'eau

**Représenter, Calculer, Communiquer**

L'eau est un enjeu majeur du développement durable. C'est une ressource rare qui ne doit pas être gaspillée. Le tableau ci-dessous donne la consommation domestique d'eau potable moyenne par habitant et par an pour chaque département en 2015 (parmi les données relevées, celles de 9 départements ne sont pas comptabilisées).

| Consommation domestique moyenne d'eau potable (en m$^3$ par habitant et par an) | $30 \leqslant c < 50$ | $50 \leqslant c < 60$ | $60 \leqslant c < 70$ | $70 \leqslant c < 100$ |
|---|---|---|---|---|
| Nombre de départements | 35 | 40 | 12 | 5 |

*Source : Office international de l'eau.*

**1.** Calculer la consommation domestique moyenne par département en France en 2015.

**2.** En 2015, un Français consommait environ 53 m$^3$ d'eau par an.

**a.** Comparer cette valeur avec le résultat de la question **1.**

**b.** Pourquoi le calcul de la question **1.** n'est pas satisfaisant pour calculer la consommation domestique d'eau potable moyenne par habitant et par an ?

## 54 De l'hémoglobine

**Représenter, Calculer**

On considère deux séries de 30 taux d'hémoglobine dans le sang (en g/L) mesurés chez 30 femmes puis 30 hommes adultes, présumés en bonne santé.

| Femmes | |
|---|---|
| Taux $t$ (en g/L) | Effectif |
| $105 \leqslant t < 115$ | 4 |
| $115 \leqslant t < 125$ | 4 |
| $125 \leqslant t < 135$ | 8 |
| $135 \leqslant t < 145$ | 6 |
| $145 \leqslant t < 155$ | 7 |
| $155 \leqslant t < 165$ | 1 |

| Hommes | |
|---|---|
| Taux $t$ (en g/L) | Effectif |
| $135 \leqslant t < 145$ | 4 |
| $145 \leqslant t < 155$ | 4 |
| $155 \leqslant t < 165$ | 9 |
| $165 \leqslant t < 175$ | 6 |
| $175 \leqslant t < 185$ | 7 |

**1.** Construire un tableau regroupant les taux d'hémoglobine des femmes et des hommes.

**2.** Représenter l'histogramme associé à cette nouvelle série.

## 55 La bière

**Raisonner, Calculer, Communiquer**

Pour déterminer la teneur en alcool de la bière, on utilise la mesure de densité du mout avant et après fermentation. Deux appareils, le densimètre et le réfractomètre, peuvent être employés.
Voici les résultats, en degré d'alcool, obtenus avec ces deux méthodes lors de plusieurs mesures sur le même échantillon :

| | Avec le densimètre | Avec le réfractomètre |
|---|---|---|
| Mesure 1 | 4,28 | 4,17 |
| Mesure 2 | 4,27 | 4,17 |
| Mesure 3 | 4,3 | 4,41 |
| Mesure 4 | 4,28 | 4,29 |
| Mesure 5 | 4,3 | 4,17 |
| Mesure 6 | 4,29 | 4,41 |
| Mesure 7 | 4,31 | 4,41 |
| Mesure 8 | 4,29 | 4,17 |
| Mesure 9 | 4,29 | 4,29 |

**1.** Calculer la moyenne et la médiane de ces deux séries. Peut-on en déduire que les deux appareils de mesure ont la même efficacité ?

**2.** Calculer l'étendue de ces deux séries. Quel appareil de mesure semblerait être le plus fiable dans ces conditions de mesure ?

## 56 Salaire moyen

**Calculer, Communiquer**

L'histogramme ci-dessous représente la répartition des salaires dans une entreprise.

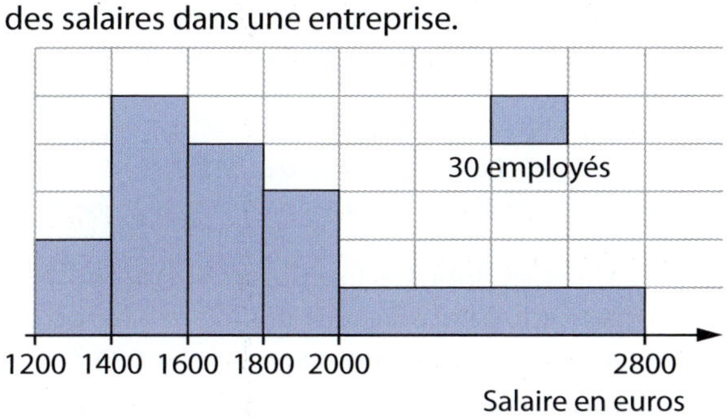


**1.** Calculer le salaire moyen d'un employé dans cette entreprise.

**2.** Valentin affirme que plus de 40 % des employés ont un salaire au moins égal à 1 800 €. A-t-il raison ? Justifier.

## 57 Soliste

**Communiquer**

Des élèves doivent choisir entre Agathe et Anthony pour savoir qui sera soliste lors du concert de la chorale. Pour faire ce choix, Charlotte écrit le script suivant :

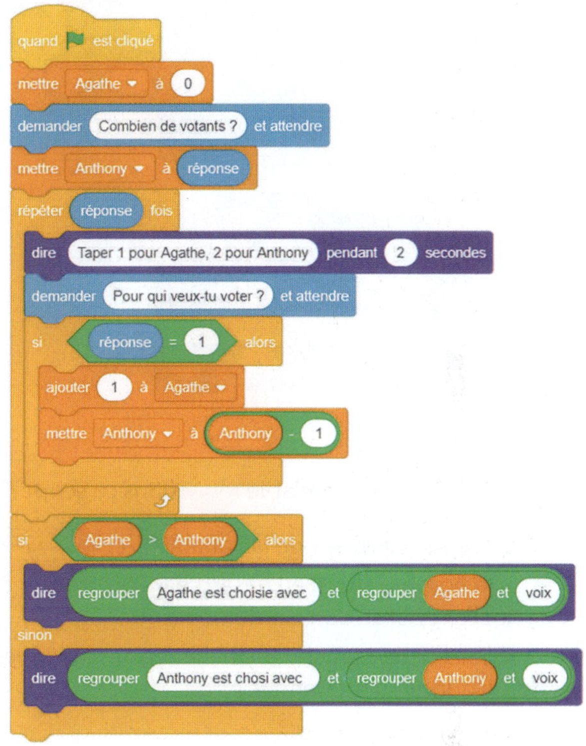


**1.** Il y a 11 votants qui tapent successivement :

1 – 2 – 2 – 1 – 1 – 1 – 2 – 2 – 1 – 2 – 1

**a.** Le premier votant a tapé 1. Quelles sont alors les valeurs des variables Agathe et Anthony ?

**b.** Qu'affiche le script à la fin du vote ?

**2.** Pourquoi ce script peut-il avantager Anthony ?

**3.** Comment modifier ce script pour qu'il affiche le nom et le pourcentage de voix de l'élève choisi ?

# DÉFIS & ÉNIGMES

## 58 Monoplace

Luc est un jeune pilote de monoplace de course. Lors d'un entrainement, son temps est enregistré à chaque tour de circuit.
La moyenne de ses temps jusqu'ici est de 90,2 s.
Le temps suivant est de 87,7 s, ce qui fait baisser son temps moyen d'un dixième de seconde.

- Quel temps doit-il faire au prochain tour de circuit pour que son temps moyen soit de 90 s ?

## 59 La plus belle voix

Lors d'un concours de chant pour élire la plus belle voix, les candidats sont notés de 0 à 20 par un jury.
Voici les notes obtenues par les 21 participants.

2 – 12 – 5 – 19 – 15 – 6 – 7 – 12 – 9 – 16 – 12
10 – 3 – 9 – 6 – 18 – 16 – 6 – 10 – 8 – 9

Pour la renommée du concours, le président du jury décide d'augmenter la moyenne de 1 point. Il souhaite cependant changer le moins de notes possible et ne modifier ni la médiane, ni l'étendue.

- Conseiller le président du jury pour le choix de ces nouvelles notes.

# Problèmes

## 60 Le jeu de la moyenne

**Calculer, Communiquer**

Chloé a programmé le jeu suivant.

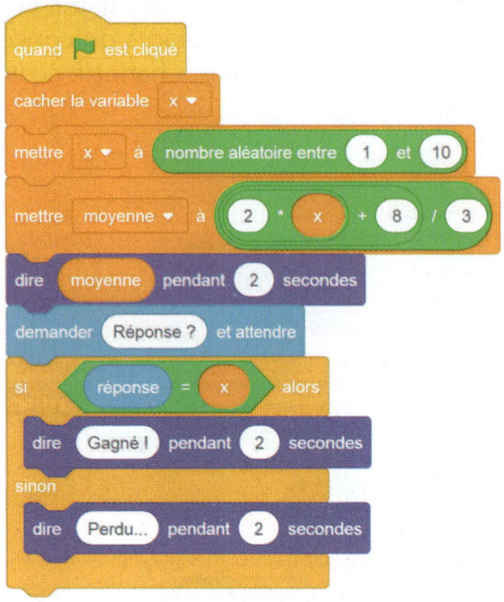


**1.** Quel rôle joue la variable x dans ce script ?

**2.** Quelle est la valeur de la variable moyenne ?

**3.** Si le nombre choisi au hasard par l'ordinateur est 5, quelle réponse doit-on donner pour gagner ?

**4.** Si l'ordinateur affiche 8, quelle réponse le joueur doit-il donner pour gagner ?

## 61 Trop vite !

**Chercher, Raisonner, Calculer, Communiquer**

Des gendarmes ont effectué des contrôles sur une route dont la vitesse maximale autorisée est 80 km/h. Les résultats ont été entrés dans un tableur dans l'ordre croissant des vitesses mais les données de la colonne B ont été effacées.

| | A | B | C | D | E | F | G | H | I | J | K |
|---|---|---|---|---|---|---|---|---|---|---|---|
| 1 | Vitesse relevée en km/h | | 72 | 77 | 79 | 82 | 86 | 90 | 91 | 97 | TOTAL |
| 2 | Nombre d'automobilistes | | 2 | 10 | 6 | 1 | 7 | 4 | 3 | 6 | |

**1.** Sachant que l'étendue des vitesses relevées est égale à 27 km/h et que la médiane est égale à 82 km/h, quelles sont les données manquantes dans les cellules B1 et B2 ?

**2.** Quelle formule peut-on saisir dans la cellule K2 pour obtenir le nombre total d'automobilistes contrôlés ?

**3.** En utilisant le mode statistique de la calculatrice, déterminer la moyenne et la médiane de cette série statistique et interpréter les résultats.

## 62 Énergie solaire

**Prise d'initiative**

**Chercher, Raisonner, Calculer, Communiquer**

Le maire d'une commune du Sud-Ouest de la France souhaite installer 72 panneaux photovoltaïques répartis sur les toits de l'hôpital et du collège. Par la suite, il envisage de vendre la production électrique à EDF. L'entreprise contactée pour ce projet a communiqué les informations suivantes.

**Doc. 1**

Selon les régions et selon l'exposition, certains panneaux peuvent avoir une production d'électricité (en kWh/an) différente des normes indiquées.
Dans le Sud-Ouest de la France, avec ce type d'installation, les relevés des productions électriques de 72 panneaux montrent que :
- la production minimale est de 200 kWh/an ;
- l'étendue est égale à 110 kWh/an ;
- la production médiane est de 250 kWh/an.

**Doc. 2**

EDF rachète le kilowattheure au prix de 0,58 €.
L'installation de 12 panneaux photovoltaïques coute 20 000 € TTC.

**1.** D'après les données fournies par l'entreprise, quel montant minimal en euros devraient rapporter ces 72 panneaux à la commune en une année ?

**2.** Quel pourcentage de l'investissement cette somme représente-t-elle ?

## MISSION DÉMONSTRATION

### Raisonnement — Le contre-exemple

Pour justifier qu'une affirmation générale est fausse, il suffit de donner un seul **contre-exemple**, c'est-à-dire un exemple pour lequel cette affirmation est fausse.

**63** Les affirmations suivantes sont-elles vraies ou fausses ? Justifier.

**a.** Si on élève au carré les valeurs d'une série statistique, alors la moyenne de cette nouvelle série est égale au carré de la moyenne de la série de départ.

**b.** Si on ajoute 5 à chaque valeur d'une série, l'étendue augmente de 5.

**c.** Si la moyenne d'une série $S_1$ est $m_1$ et celle de la série $S_2$ est $m_2$, alors la moyenne des deux séries réunies est $\frac{m_1 + m_2}{2}$.

Objectif **BREVET**

## 64 Pollution

Parmi les nombreux polluants de l'air, les particules fines sont régulièrement surveillées. Les PM10 sont des particules fines dont le diamètre est inférieur à 0,01 mm.

En janvier 2017, les villes de Lyon et Grenoble ont connu un épisode de pollution aux particules fines. Voici des données concernant la période du 16 au 25 janvier 2017.

**Doc. 1 Données statistiques sur les concentrations journalières en PM10 du 16 au 25 janvier 2017 à Lyon**

Moyenne : 72 µg/m$^3$
Médiane : 85 µg/m$^3$
Concentration minimale : 22 µg/m$^3$
Concentration maximale : 107 µg/m$^3$

*Source : Air Rhône-Alpes.*

**Doc. 2 Relevés des concentrations journalières en PM10 du 16 au 25 janvier 2017 à Grenoble**

| Date | Concentration en PM10 en µg/m$^3$ |
|---|---|
| 16 | 32 |
| 17 | 39 |
| 18 | 52 |
| 19 | 57 |
| 20 | 78 |
| 21 | 63 |
| 22 | 60 |
| 23 | 82 |
| 24 | 82 |
| 25 | 89 |

**1.** Laquelle de ces deux villes a eu la plus forte concentration moyenne en PM10 entre le 16 et le 25 janvier ?

**2.** Calculer l'étendue des séries des relevés en PM10 à Lyon et à Grenoble. Laquelle de ces deux villes a eu l'étendue la plus importante ? Interpréter ce dernier résultat.

**3.** L'affirmation suivante est-elle exacte ? Justifier votre réponse.
« Du 16 au 25 janvier, le seuil d'alerte de 80 µg/m$^3$ par jour a été dépassé au moins 5 fois à Lyon. »

*D'après DNB Métropole, juin 2018.*

## 65 100 m

Dans tout l'exercice, on étudie les performances réalisées par les athlètes qui ont participé aux finales du 100 m masculin des Jeux olympiques de 2016 et de 2012.

On donne ci-dessous des informations sur les temps mis par les athlètes pour parcourir 100 m.

**Doc. 1 Finale du 100 m aux Jeux olympiques de Rio 2016**

Temps en s réalisés par tous les finalistes :

| | | | | | | | |
|---|---|---|---|---|---|---|---|
| 10,04 | 9,96 | 9,81 | 9,91 | 10,06 | 9,89 | 9,93 | 9,94 |

**Doc. 2 Finale du 100 m aux Jeux olympiques de Londres 2012**

Nombre de finalistes : 8
Temps le plus long : 11,99 s
Étendue des temps : 2,36 s
Moyenne des temps : 10,01 s
Médiane des temps : 9,84 s

**1.** Quel est le temps du vainqueur de la finale en 2016 ?

**2.** Lors de quelle finale la moyenne des temps pour effectuer 100 m est-elle la plus petite ?

**3.** Lors de quelle finale le meilleur temps a-t-il été réalisé ?

**4.** L'affirmation suivante est-elle vraie ou fausse ?
« Seulement trois athlètes ont mis moins de 10 s à parcourir les 100 m de la finale de 2012. »

**5.** C'est lors de la finale de 2012 qu'il y a eu le plus d'athlètes ayant réussi à parcourir le 100 m en moins de 10 s. Combien d'athlètes ont réalisé un temps inférieur à 10 s lors de cette finale de 2012 ?

*D'après DNB Amérique du Sud, novembre 2018.*

## 66 Concours

Dans une classe de Terminale, huit élèves passent un concours d'entrée dans une école d'enseignement supérieur.

Pour être admis, il faut obtenir une note supérieure ou égale à 10.

Une note est attribuée avec une précision d'un demi-point (par exemple : 10 ; 10,5 ; 11...) On dispose des informations suivantes.

**Information 1**

Notes attribuées aux 8 élèves de la classe qui ont passé le concours :

10 13 15 14,5 6 7,5 ♦ •

**Information 2**

La série constituée de 8 notes :
- a pour étendue 9 ;
- a pour moyenne 11,5 ;
- a pour médiane 12.

75 % des élèves de la classe qui ont passé le concours ont été reçus.

**1.** Expliquer pourquoi il est impossible que l'une des deux notes désignées par ♦ ou • soit 16.

**2.** Est-il possible que les deux notes désignées par ♦ et • soient 12,5 et 13,5 ?

*D'après DNB Amérique du Nord, juin 2019.*

# Travailler autrement

Utilisable en AP

À chacun son parcours !

## 67 Résolution de problème

Socle D1 Je calcule et j'interprète une moyenne, une médiane, une étendue.

Socle D2 Je sais identifier un problème, m'engager dans une démarche de résolution, mobiliser les connaissances nécessaires.

Dans un laboratoire pharmaceutique, une machine automatisée dose les gélules de 250 mg d'un médicament de manière très précise. Pour vérifier ce dosage, on effectue régulièrement des contrôles en pesant plusieurs gélules. Un contrôle est conforme si les trois conditions ci-dessous sont vérifiées, sinon la machine doit être calibrée.

- L'étendue des masses est inférieure ou égale à 10 mg.
- La moyenne est strictement comprise entre 249 mg et 251 mg.
- La médiane est strictement comprise entre 249 mg et 251 mg.

Voici les différentes masses de gélules pesées lors d'un contrôle en janvier puis d'un autre en février.

**Contrôle de janvier**

246 ; 248 ; 250 ; 249 ; 249 ; 248 ; 250 ; 253 ;250 ; 251 ; 247 ; 252 ; 251

**Contrôle de février**

| Masse (en mg) | 246 | 248 | 249 | 250 | 251 | 252 | 255 | 256 |
|---|---|---|---|---|---|---|---|---|
| Nombre de gélules | 1 | 7 | 7 | 2 | 2 | 2 | 5 | 4 |

### Questions ceinture jaune

**1.** Classer dans l'ordre croissant les données relevées lors du contrôle du mois de janvier. Combien de gélules ont été pesées au total ?

**2.** Les trois conditions sont-elles vérifiées ? La machine doit-elle être calibrée après le contrôle du mois de janvier ?

### Question ceinture verte

- La machine devra-t-elle être calibrée après le contrôle du mois de février ?

### Question ceinture noire

Lors du contrôle du mois de février, une dernière gélule est pesée. Sa masse en mg n'apparait pas parmi les valeurs dans le tableau.

- Expliquer pourquoi il faudra calibrer la machine.

## 68 Résolution de problème

Socle D1 Je calcule et j'interprète une fréquence, une moyenne, une médiane, une étendue.

Socle D2 Je sais identifier un problème, m'engager dans une démarche de résolution, mobiliser les connaissances nécessaires.

Au bord de la Méditerranée, des baigneurs plongent des falaises. Un samedi, César et Fanny relèvent les hauteurs de 27 plongeons. Chacun regroupe les données par classes dans un tableau.

**Relevés de César**

| Hauteur (en m) | $0 \leqslant h < 2$ | $2 \leqslant h < 4$ | $4 \leqslant h < 6$ | $6 \leqslant h < 8$ |
|---|---|---|---|---|
| Effectif | 8 | 10 | 5 | 4 |

**Relevés de Fanny**

| Hauteur (en m) | $1{,}5 \leqslant h < 3$ | $3 \leqslant h < 4{,}5$ | $4{,}5 \leqslant h < 6$ | $6 \leqslant h < 7{,}5$ | $7{,}5 \leqslant h < 9$ |
|---|---|---|---|---|---|
| Effectif | 10 | 10 | 3 | 3 | 1 |

### Questions ceinture jaune

On considère le relevé de César.

**1.** Calculer le pourcentage de plongeons dont la hauteur est supérieure ou égale à 4 m. Arrondir à l'unité près.

**2.** Calculer la hauteur moyenne de ces plongeons au cm près.

**3.** Donner un encadrement le plus précis possible de la hauteur médiane de ces 27 plongeons.

### Questions ceinture verte

On considère le relevé de Fanny.

**1.** Calculer le pourcentage de plongeons dont la hauteur est comprise entre 4,5 m et 7,5 m. Arrondir à l'unité près.

**2.** Calculer la hauteur moyenne de ces plongeons au cm près.

**3.** Donner un encadrement le plus précis possible de la hauteur médiane de ces 27 plongeons.

### Questions ceinture noire

En utilisant les deux relevés, répondre le plus précisément possible aux questions suivantes.

**1.** Calculer le pourcentage de plongeons dont la hauteur est comprise entre 1,5 m et 2 m au cm près.

**2.** Calculer la hauteur moyenne de ces 27 plongeons au cm près.

**3.** Donner un encadrement le plus précis possible de la hauteur médiane de ces 27 plongeons.

# 9 Probabilités

**TA MISSION**

Calculer des probabilités dans des expériences aléatoires à une ou deux épreuves.

**JEU**

**Le Mastermind**

Ce jeu consiste à retrouver une bonne combinaison de 4 pions parmi 8 couleurs possibles en suivant des déductions logiques. Chaque couleur n'apparait qu'une seule fois.

Un point rouge indique un pion de couleur bien placé et un point blanc indique un pion de couleur présent mais mal placé, sans que l'on sache desquels il s'agit.

- Au vu du jeu ci-contre, est-on sûr de gagner au prochain coup ? Si oui, comment ?

**POINT INFO**

La théorie des probabilités a pour objet d'analyser le hasard. Elle intervient dans de nombreux domaines. Les grands joueurs de poker ou de blackjack au casino, par exemple, sont des as du calcul de probabilités.

# Activités

## Prêts pour le décollage ?

QUESTIONS FLASH — Questions flash supplémentaires

1 Sur cette photo, quelle est la proportion de poires ?

2 Dans l'atelier théâtre du collège, il y a trois cinquièmes de filles.
**a.** Y a-t-il plus de filles ou de garçons dans cet atelier ?
**b.** Exprimer la proportion de filles dans cet atelier sous la forme d'un pourcentage.

3 Une pièce équilibrée est lancée cinq fois. Elle tombe cinq fois sur « Face ».
Quelle est la probabilité que la pièce tombe sur « Pile » au prochain lancer ?

4 Quelle est la probabilité d'obtenir un nombre pair avec un dé équilibré ?

5 On tire une carte parmi les 5 cartes ci-dessous.

A-t-on plus de chances d'obtenir une figure ou d'obtenir une carte rouge ?

6 On tire une boule dans une urne contenant cinq boules rouges et trois boules vertes.
Quelle est la probabilité d'obtenir une boule verte ?

7 On lance un dé à 6 faces, numérotées de 1 à 6, et on regarde la face du dessus. On considère l'évènement A : « Obtenir un nombre strictement supérieur à 2 ».
Décrire par une phrase son évènement contraire.

8 A est un évènement tel que $P(A) = 0{,}3$. Que vaut $P(\overline{A})$ ?

9 Le tableau ci-dessous résume des données concernant les élèves d'un collège.

| | Externes | Demi-pensionnaires | **Total** |
|---|---|---|---|
| Filles | 75 | 195 | 270 |
| Garçons | 105 | 225 | 330 |
| **Total** | 180 | 420 | 600 |

On croise un élève de ce collège au hasard. On note F l'évènement « C'est une fille » et E l'évènement « C'est un externe ».
**a.** Que vaut $P(E)$ ?
**b.** Que vaut $P(\overline{F})$ ?
**c.** Quelle est la probabilité que ce soit une fille demi-pensionnaire ?

## Activité 1 — To tweet or not to tweet

Le document ci-contre donne le pourcentage d'utilisateurs de Twitter selon le nombre de tweets qu'ils ont envoyés par jour.
On prend un compte Twitter au hasard et on observe le nombre de tweets envoyés par l'utilisateur un jour donné.

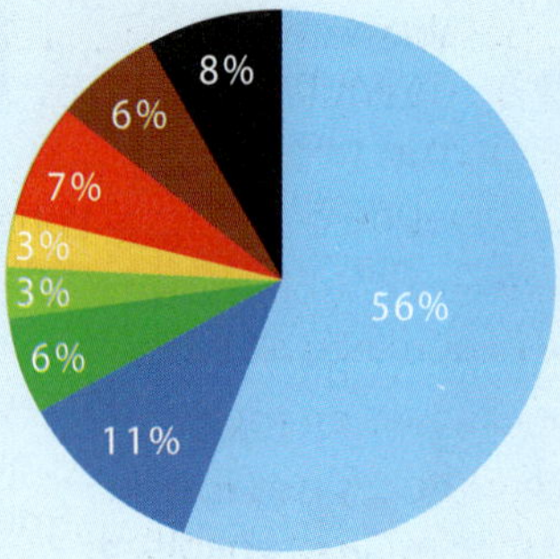


*Source : www.blogdumoderateur.com*

**1.** Quelle est la probabilité que l'utilisateur ait envoyé un seul tweet ?
**2.** Quelle est la probabilité que l'utilisateur ait envoyé entre 3 et 20 tweets ?
**3.** Quelle est la probabilité que l'utilisateur ait envoyé plus de 20 tweets ?
**4.** Quelle est la probabilité que l'utilisateur ait envoyé au plus 20 tweets ?
**5.** Quelle est la probabilité que l'utilisateur n'ait pas envoyé de tweet du tout ?

# Activité 2 Répétition générale

**1.** Pour simuler le tirage aléatoire d'un nombre entre 1 et 6 avec une calculatrice, on utilise les instructions suivantes, en fonction du modèle.

| | CASIO Spéciale Collège | TI Collège Plus | NumWorks |
|---|---|---|---|
| Instructions | ALPHA ● [Ran# RanInt] , 1 SECONDE ● 3 6 ) EXE | Dans le menu [système] maths , choisir « RND » et « 2 : randn( », puis taper 1 2nde , 6 [▸ norm] ) entrer | Menu Calculs, puis (touche). Choisir Aléatoire et approximation, puis randint(a,b) Entier aléatoire dans [a,b] et OK. Écrire randint(1,6), puis EXE. |
| Affichage | RanInt#(1;6) 5 | randn(1;6) 5 | randint(1,6) 5 |

On s'intéresse à l'expérience suivante : on lance plusieurs fois un dé cubique équilibré et on s'intéresse à la fréquence de « 5 » obtenus lors de ces lancers.
Réaliser 50 fois cette expérience avec la calculatrice et noter le nombre de « 5 » obtenus.

**2. a.** Reproduire la feuille de calcul ci-dessous à l'aide d'un tableur.

| | A | B | C | D | E | F | G | H |
|---|---|---|---|---|---|---|---|---|
| 1 | Pour chaque élève | | | | Cumul des résultats | | | |
| 2 | | Nombre de lancers | Nombre de "5" obtenus | | | Nombre de lancers | Nombre de "5" obtenus | Fréquence de "5" obtenus |
| 3 | Élève n°1 | 50 | | | Avec 1 élève | 50 | | |
| 4 | Élève n°2 | 50 | | | Avec 2 élèves | 100 | | |
| 5 | Élève n°3 | 50 | | | Avec 3 élèves | 150 | | |

**b.** Reporter les résultats de chaque élève dans la colonne C et compléter la cellule G3.
**c.** Quelles formules peut-on entrer dans les cellules G4 et H3 ? Recopier ces formules vers le bas.

**3.** À l'aide du tableur, représenter graphiquement par un nuage de points la fréquence de « 5 » en fonction du nombre de lancers.

**4.** Comment évolue la fréquence de « 5 » ? Comparer cette fréquence à la probabilité de l'évènement « Obtenir un 5 ».

# Activité 3 En deux étapes

On considère l'expérience suivante, qui se déroule en deux étapes.
1re étape : on fait tourner la roue équilibrée ci-contre dont tous les secteurs sont superposables et on note la couleur indiquée par la flèche.
2e étape : on lance un dé équilibré à 4 faces, numérotées de 1 à 4, et on note le chiffre obtenu.

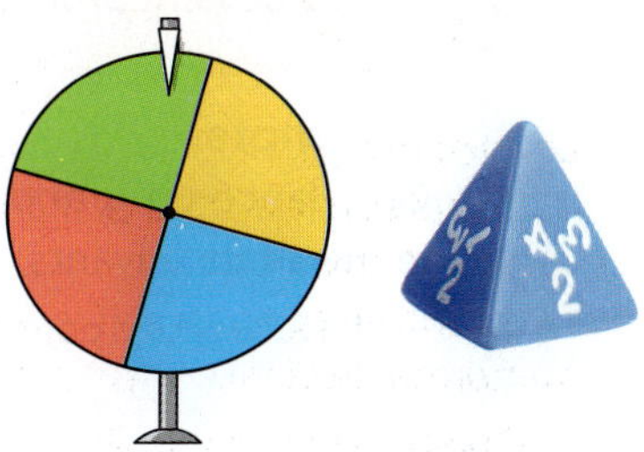

**1.** Décrire une des issues de cette expérience aléatoire.

**2.** Compléter le tableau à double entrée ci-dessous, qui donne toutes les issues de cette expérience aléatoire.

**3.** Combien y a-t-il d'issues en tout ?

**4.** On admet que toutes ces issues sont équiprobables. Quelle est la probabilité d'obtenir l'issue (Rouge ; 3) ?

**5.** On considère l'évènement A : « Obtenir le chiffre 4 ».
**a.** Quelles issues réalisent cet évènement ?
**b.** Que vaut sa probabilité ?

| 2e étape / 1re étape | 1 | 2 | 3 | 4 |
|---|---|---|---|---|
| Vert | (Vert ; 1) | | | |
| Rouge | | | | |
| Bleu | | | | |
| Jaune | | | | |

# Cours

## 1 Modéliser une expérience aléatoire

**Définitions**

Une **expérience aléatoire** est une expérience dans laquelle intervient le hasard et dont les différentes possibilités sont appelées **issues**.

**Modéliser une expérience aléatoire**, c'est associer une probabilité à chaque issue de sorte que :

- la **probabilité d'une issue** soit un nombre compris entre 0 et 1, qui peut s'interpréter comme la « proportion de chances » d'obtenir cette issue ;
- la somme des probabilités de toutes les issues soit égale à 1.

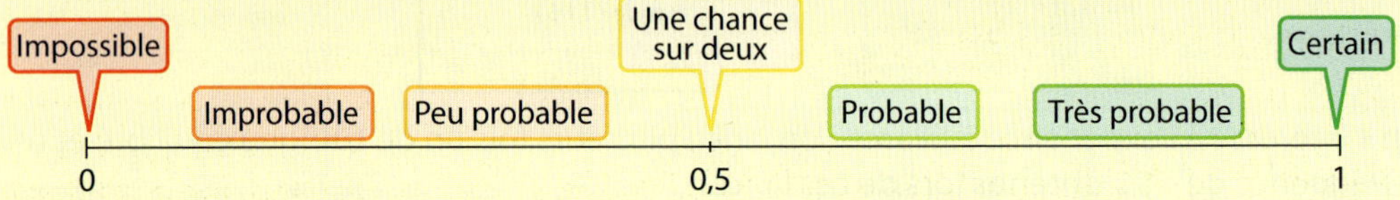


**Définition**

Lorsque toutes les issues d'une expérience aléatoire ont la même probabilité, on dit que les issues sont **équiprobables**.

**Propriété**

Si une expérience aléatoire comporte $n$ issues équiprobables, la probabilité de chacune d'elles vaut $\frac{1}{n}$ .

**▸ Exemple**

On fait tourner cette roue équilibrée et divisée en huit secteurs de même aire. Les issues 1, 2, 3, 4, 5, 6, 7 et 8 sont équiprobables. La probabilité de chacune d'entre elles vaut $\frac{1}{8}$, soit 0,125 (ou encore 12,5 %).

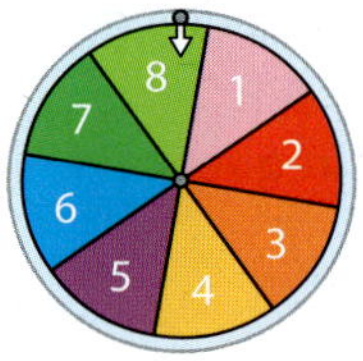


On peut exprimer une probabilité sous forme décimale, de fraction, de pourcentage …

**Propriété**

Si on répète un très grand nombre de fois une expérience aléatoire, la fréquence d'apparition d'une issue devient proche d'un nombre qui est la probabilité de cette issue.

**▸ Exemple**

On a lancé un grand nombre de fois une pièce de monnaie équilibrée et on a obtenu les résultats suivants.

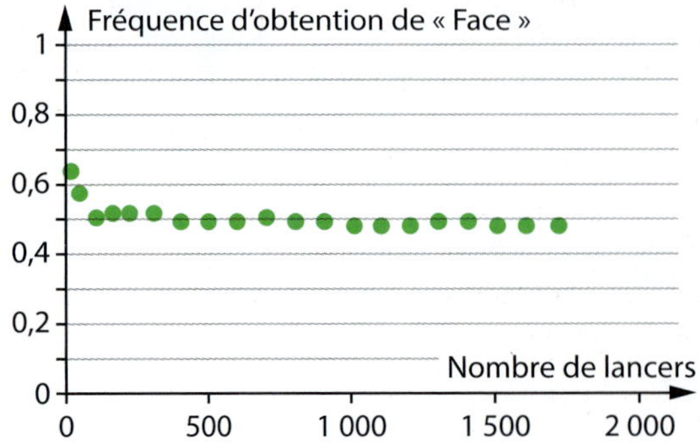


Lorsqu'on ne sait pas calculer la probabilité d'une issue ou d'un évènement, on peut répéter l'expérience aléatoire un grand nombre de fois afin d'approcher cette valeur par des fréquences.

On constate que la fréquence d'obtention de « Face » se stabilise autour de 0,5, qui est la probabilité d'obtenir « Face ».

# Savoir-faire

Apprends à l'aide des exercices résolus puis entraine-toi !

## 1 Modéliser une expérience aléatoire

**1** **1.** Parmi les lettres de l'alphabet, on tire une lettre au hasard. Quelle est la probabilité d'obtenir la lettre T ?

**2.** Parmi les lettres du mot VOYELLE, on tire une lettre au hasard. Quelles sont les issues ? Sont-elles équiprobables ?

**Solution**

**1.** Il y a 26 lettres de l'alphabet et ces 26 issues sont équiprobables. La probabilité d'obtenir la lettre T est donc $\frac{1}{26}$.

On peut noter $P(\text{T}) = \frac{1}{26}$.

**2.** Il y a 5 issues : V,O,Y,E et L. Elles ne sont pas équiprobables car il y a plus de L et de E que de V, O et Y.

**À toi de jouer**

**2** On fait tourner cette roue divisée en neuf secteurs de même aire.

**1.** Si on regarde le numéro obtenu, quelle est la probabilité d'obtenir le 9 ?

**2.** Si on regarde la couleur obtenue, quelles sont les issues ? Sont-elles équiprobables ?

**À toi de jouer**

**3** On place les boules ci-contre dans un sac, puis on pioche une boule au hasard.

On s'intéresse à différentes expériences aléatoires. Pour chacune d'elles, donner les issues et préciser si elles sont équiprobables ou non.

**a.** On tire une boule de ce sac et on regarde sa couleur.

**b.** On tire une boule dans ce sac et on regarde son numéro.

**c.** On tire une boule dans ce sac et on regarde la parité du numéro (pair ou impair).

→ Corrigé p. 312

**4** On a placé des boules jaunes, bleues et vertes dans une urne opaque mais on ne sait pas combien il y en a de chaque couleur.

On répète 1 000 fois l'expérience : piocher une boule dans l'urne et regarder sa couleur, puis la remettre dans l'urne.

- Estimer la probabilité d'obtenir une boule jaune.

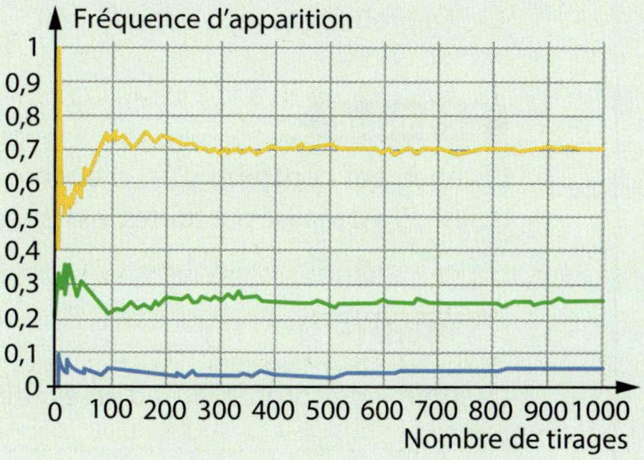


**Solution**

Au bout de 1 000 lancers, la fréquence d'apparition de jaune devient proche de la valeur 0,7 donc la probabilité d'obtenir une boule jaune peut être estimée à 0,7.

**À toi de jouer**

**5** On considère l'expérience aléatoire de l'exercice **4**.

- Estimer la probabilité d'obtenir une boule verte, puis celle d'obtenir une boule bleue.

→ Corrigé p. 312

# Cours

## 2 Déterminer la probabilité d'un évènement

**Définitions**

- Selon l'issue obtenue lors d'une expérience aléatoire, un **évènement** peut être **réalisé** ou non. On peut décrire un évènement par une phrase ou en donnant la liste des issues qui le réalisent.
- La **probabilité d'un évènement** est égale à la somme des probabilités des issues qui le réalisent.

▸ **Exemple**

On fait tourner la roue ci-contre divisée en huit secteurs de même aire et on regarde la lettre obtenue. Les 8 issues A, B, C, D, E, F, G et H ont toutes pour probabilité $\frac{1}{8}$.

On note V l'évènement « Obtenir une voyelle ». Les issues qui réalisent l'évènement V sont A et E. On a donc $P(V) = P(A) + P(E) = \frac{1}{8} + \frac{1}{8} = \frac{2}{8} = \frac{1}{4}$.

**Propriété**

La **probabilité d'un évènement** est un nombre compris entre 0 et 1.

**Propriété**

Dans une expérience aléatoire où toutes les issues sont équiprobables, la probabilité d'un évènement A, notée $P(A)$, vaut :

$$P(A) = \frac{\text{nombre d'issues qui réalisent l'évènement A}}{\text{nombre total d'issues}}$$

▸ **Exemple**

Lorsqu'on lance un dé cubique équilibré, les issues qui réalisent l'évènement « Obtenir un nombre strictement supérieur à 4 » sont 5 et 6.
Il y a donc 2 issues équiprobables qui réalisent cet évènement.
Sa probabilité vaut donc $\frac{2}{6}$ soit $\frac{1}{3}$.

**Définition**

L'évènement **contraire** d'un évènement A est l'évènement qui se réalise chaque fois que A n'est pas réalisé : il est réalisé par toutes les issues qui ne réalisent pas l'évènement A. Cet évènement est noté $\overline{A}$.

**Propriété**

La somme des probabilités d'un évènement et de son contraire vaut 1 : $P(A) + P(\overline{A}) = 1$

**Remarque**

On peut en déduire que $P(\overline{A}) = 1 - P(A)$.

▸ **Exemple**

On cherche la probabilité d'obtenir une consonne avec la roue de l'exemple ci-dessus.
C'est l'évènement contraire de l'évènement V. Sa probabilité est donc :
$P(\overline{V}) = 1 - P(V) = 1 - \frac{1}{4} = \frac{4}{4} - \frac{1}{4} = \frac{3}{4}$.
La probabilité d'obtenir une consonne est égale à $\frac{3}{4}$.

# Savoir-faire

Apprends à l'aide des exercices résolus puis entraine-toi !

## 2 Déterminer la probabilité d'un évènement

**6** On choisit un élève au hasard dans une classe de $3^e$ et on note son âge.
Les probabilités de chaque issue sont données dans le tableau suivant :

| Âge (années) | 13 | 14 | 15 | 16 |
|---|---|---|---|---|
| Probabilité | 0,042 | 0,791 | 0,163 | 0,004 |

- Quelle est la probabilité de l'évènement A : « Choisir un élève de 15 ans ou plus » ?

**Solution**

Cette expérience aléatoire comporte 4 issues : 13 ; 14 ; 15 ; 16. Les issues qui réalisent l'évènement A sont « L'élève a 15 ans » et « L'élève a 16 ans ».
Donc $P(\text{A}) = P(\text{« L'élève a 15 ans »}) + P(\text{« L'élève a 16 ans »})$.
$P(\text{A}) = 0{,}163 + 0{,}004 = 0{,}167$
La probabilité de choisir un élève de 15 ans ou plus est de 0,167.

**À toi de jouer**

**7** Dans une tirelire, il y a trois pièces de 2 €, une pièce de 1 €, deux pièces de 50 centimes et quatre pièces de 10 centimes.
- Si on prend une pièce au hasard dans cette tirelire, quelle est la probabilité que ce soit une pièce bicolore ?

→ Corrigé p. 312

**8** On lance un dé équilibré à 6 faces numérotées de 1 à 6 et on observe le numéro du dessus.
On note A l'évènement « Obtenir un multiple de 3 ».
**1.** Calculer $P(\text{A})$. **2.** Décrire l'évènement $\overline{\text{A}}$ contraire de l'évènement A. **3.** Calculer $P(\overline{\text{A}})$.

**Solution**

**1.** Cette expérience aléatoire comporte six issues : 1 ; 2 ; 3 ; 4 ; 5 ; 6. Comme le dé est équilibré, on est en situation d'équiprobabilité. Pour calculer la probabilité d'un évènement, il suffit donc de compter combien d'issues réalisent cet évènement. Deux issues réalisent l'évènement A : 3 et 6. Donc $P(\text{A}) = \frac{2}{6} = \frac{1}{3}$.
**2.** $\overline{\text{A}}$ est l'évènement « Ne pas obtenir un multiple de 3 ».
**3.** On calcule la probabilité de $\overline{\text{A}}$ à partir de la probabilité de A :

$$P(\overline{\text{A}}) = 1 - P(\text{A}) = 1 - \frac{1}{3} = \frac{2}{3}$$

Pour calculer $P(\overline{\text{A}})$, on aurait aussi pu compter combien d'issues réalisent l'évènement $\overline{\text{A}}$.

**À toi de jouer**

**9** Un sac contient des jetons rouges et des jetons verts. On tire un jeton au hasard de ce sac. La probabilité d'obtenir un jeton rouge est égale à $\frac{2}{5}$.
On note V l'évènement « Obtenir un jeton vert ».
**1.** Décrire par une phrase l'évènement $\overline{\text{V}}$ puis donner sa probabilité.
**2.** Quelle est la probabilité d'obtenir un jeton vert ?

**10** Dans un cellier contenant des boites de conserve de même taille, il y a trois boites de petits pois, deux boites de confit de canard, une boite de fruits au sirop et cinq boites de haricots verts. On prend une boite au hasard.
**1.** Déterminer la probabilité que cette boite contienne des légumes.
**2.** Déterminer la probabilité que cette boite ne contienne pas de légumes.
**3.** Déterminer la probabilité que cette boite ne contienne pas de viande.

→ Corrigé p. 312

## 3 Étudier des expériences aléatoires à deux épreuves

**Définition**

La succession de deux expériences aléatoires constitue une **expérience aléatoire à deux épreuves.**

**Exemple**

Une urne contient 3 boules numérotées 1, 2 et 3.
On considère l'expérience aléatoire suivante.
- On tire une première boule au hasard, on note son numéro, puis on la remet dans l'urne.
- On tire ensuite une seconde boule et on note son numéro.

Cette expérience aléatoire est constituée de deux épreuves, chaque tirage constituant une épreuve.
Une des issues de cette expérience est par exemple :
« Obtenir le numéro 1 puis le numéro 2 ». On peut noter cette issue (1 ; 2).

**Remarque**

Dans cet exemple, comme on a remis dans l'urne la première boule tirée, le résultat de la deuxième épreuve ne dépend pas du résultat de la première épreuve (on dit que les deux épreuves sont indépendantes).

**Méthode**

Pour étudier une expérience aléatoire à deux épreuves, on peut utiliser un tableau à double entrée.

**Exemple**

On reprend la situation de l'exemple précédent.
On peut noter toutes les issues dans un tableau à double entrée.

| 2ᵉ boule / 1ʳᵉ boule | 1 | 2 | 3 |
|---|---|---|---|
| 1 | (1 ; 1) | (1 ; 2) | (1 ; 3) |
| 2 | (2 ; 1) | (2 ; 2) | (2 ; 3) |
| 3 | (3 ; 1) | (3 ; 2) | (3 ; 3) |

Il y a donc 9 issues au total, toutes équiprobables.
- La probabilité d'obtenir par exemple l'issue (1 ; 2) vaut donc $\frac{1}{9}$.
- On considère l'évènement A : « On tire deux boules ayant le même numéro ».

3 issues réalisent l'évènement A : les issues (1 ; 1), (2 ; 2) et (3 ; 3).

La probabilité de l'évènement A vaut donc : $P(\text{A}) = \frac{3}{9} = \frac{1}{3}$.
- On considère l'évènement B : « Obtenir deux numéros dont la somme est supérieure ou égale à 4 ».

6 issues réalisent l'évènement B : les issues (3 ; 1), (2 ; 2), (3 ; 2), (1 ; 3), (2 ; 3) et (3 ; 3).

La probabilité de l'évènement B vaut donc : $P(\text{B}) = \frac{6}{9} = \frac{2}{3}$.

# Savoir-faire

Apprends à l'aide des exercices résolus puis entraine-toi !

## 3 Étudier des expériences aléatoires à deux épreuves

**11** Dans un porte-monnaie, il y a quatre billets différents et trois pièces différentes comme ci-contre. Mona pioche au hasard dans ce porte-monnaie un billet et une pièce.

**1.** Combien cette expérience aléatoire comporte-t-elle d'issues ?

**2.** Quelle est la probabilité de chaque issue ?

**3.** Quelle est la probabilité de l'évènement E : « Obtenir une somme multiple de 2 € » ?

**Solution**

**1.**

| | Pièce de 2 € | Pièce de 1 € | Pièce de 0,50 € |
|---|---|---|---|
| Billet de 50 € | (50 ; 2) | (50 ; 1) | (50 ; 0,50) |
| Billet de 20 € | (20 ; 2) | (20 ; 1) | (20 ; 0,50) |
| Billet de 10 € | (10 ; 2) | (10 ; 1) | (10 ; 0,50) |
| Billet de 5 € | (5 ; 2) | (5 ; 1) | (5 ; 0,50) |

C'est une expérience aléatoire à deux épreuves :
– choisir un billet ;
– choisir une pièce.
On peut représenter les issues à l'aide d'un tableau à double entrée.

Le nombre d'issues de cette expérience aléatoire est : $3 \times 4 = 12$.

**2.** Toutes les issues sont équiprobables donc chaque issue a une probabilité égale à $\frac{1}{12}$.

**3.** Il y a 4 issues qui réalisent l'évènement E : « Obtenir une somme multiple de 2 € » : (50 ; 2), (20 ; 2), (10 ; 2) et (5 ; 1).
Il y a un total de 12 issues. Donc $P(\text{E}) = \frac{4}{12} = \frac{1}{3}$.

**À toi de jouer**

**12** Deux boites contiennent chacune deux chocolats : un chocolat noir et un chocolat blanc. Léna adore le chocolat noir, comme toute sa famille. Elle décide de piocher un chocolat dans chaque boite au hasard et regarde la couleur des chocolats piochés.

**1.** Combien d'issues cette expérience aléatoire comporte-t-elle ?

**2.** Quelle est la probabilité que Léna pioche deux chocolats noirs ?

**3.** Quelle est la probabilité qu'elle pioche deux chocolats identiques ?

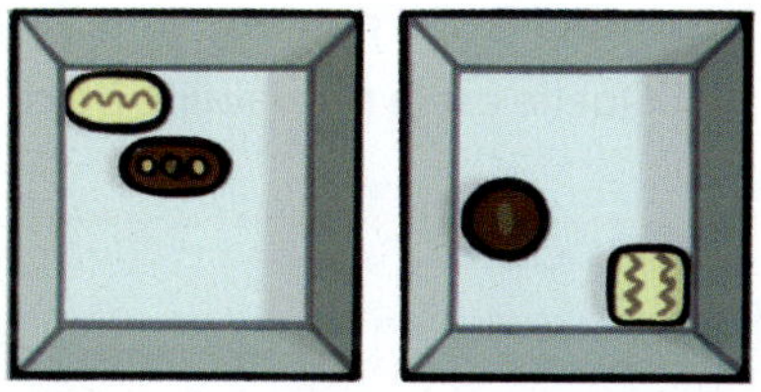

**13** Dorian souhaite acheter deux paires de chaussettes. Ne pouvant se décider sur la couleur, il prend une première paire dans un des trois bacs au hasard, et fait de même pour la deuxième paire.

**1.** Combien d'issues cette expérience aléatoire comporte-t-elle ?

**2.** Quelle est la probabilité que Dorian se retrouve avec deux paires de chaussettes bleues ?

**3.** Quelle est la probabilité que Dorian ait à payer 5 € ?

→ Corrigé p. 313

# Exercices

Ressources téléchargeables

## Modéliser une expérience aléatoire

→ Savoir-faire p. 185

### QUESTIONS FLASH

**14** On lance un dé équilibré à 20 faces numérotées de 1 à 20.

**1.** Quelles sont les issues de cette expérience aléatoire ?

**2.** Quelle est la probabilité de chacune de ces issues ?

**15** Un ordinateur choisit au hasard un nombre entier entre 9 et 23 inclus.

- Quelle est la probabilité que ce soit le 17 ?

**16** On pioche au hasard une boule dans l'urne ci-contre et on regarde sa couleur.

**1.** Quelles sont les issues de cette expérience aléatoire ?

**2.** Sont-elles équiprobables ?

**17** La probabilité d'un évènement peut-elle valoir les nombres suivants ? Justifier.

$$0{,}7\ ;\ \frac{35}{91}\ ;\ 1{,}89\ ;\ 100\ \%\ ;\ \frac{54}{49}\ ;\ 68{,}9\ \%$$

**18** On lance une pièce qui a deux fois plus de chance de tomber sur « Pile » que sur « Face ».

- Quelle est la probabilité de chacune des issues ?

Questions flash supplémentaires

**19** CALCUL MENTAL On tire au hasard un jeton dans un sac qui contient des jetons rouges, noirs et verts.
On a établi les probabilités suivantes :

| Issue | Noir | Rouge | Vert |
|---|---|---|---|
| Probabilité | 0,55 | 0,07 | |

- Quelle est la probabilité d'obtenir un jeton vert ?

**20** Inventer une expérience aléatoire liée à l'image ci-contre et en donner les issues.

**21** CALCUL MENTAL Une roue équilibrée est partagée en 5 secteurs identiques : un vert, deux bleus et deux rouges. On fait tourner 200 fois cette roue et on note à chaque fois la couleur du secteur obtenu. On obtient les résultats suivants :

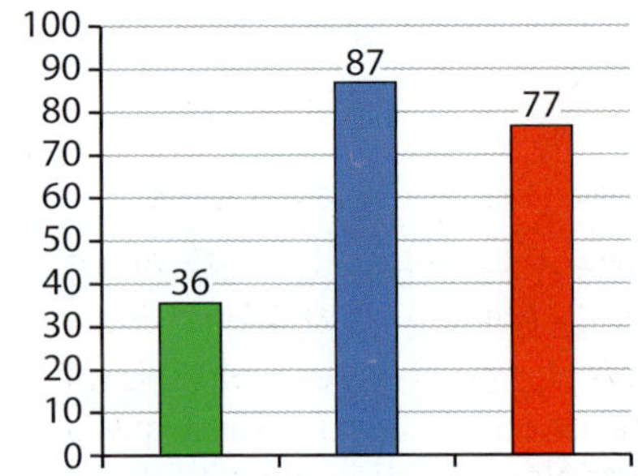


**1.** Déterminer la fréquence d'apparition du secteur bleu.

**2.** Donner une estimation de la probabilité d'obtenir le secteur bleu lors d'un tour de roue. Justifier.

**22** CALCUL MENTAL Un jeu consiste à lancer un bouchon en plastique et à regarder comment il retombe. Il y a trois positions possibles :

**T : sur la tranche**

**D : dos visible**

**C : creux visible**

L'expérience a été répétée 1 000 fois et voici la fréquence d'apparition des positions D et C :

| Issue | Sur la tranche | Dos visible | Creux visible |
|---|---|---|---|
| Fréquence | | 0,365 | 0,625 |

**1.** Est-ce une situation d'équiprobabilité ?

**2.** Donner une estimation de la probabilité de l'issue T : « Tomber sur la tranche ».

**23** CALCUL MENTAL **1.** On a fabriqué dix cartes sur lesquelles on a écrit les dix premiers multiples non nuls de 8. On pioche une carte les yeux fermés et on regarde le nombre obtenu.
Quelle est la probabilité d'obtenir 40 ?

**2.** On ajoute à ce paquet les dix cartes des dix premiers multiples non nuls de 6. On pioche une carte au hasard dans le paquet et on regarde le nombre obtenu.
Est-ce une situation d'équiprobabilité ? Justifier.

### MODE EXPERT

**24** On considère le programme de calcul suivant.

> Choisir un nombre entier.
> Lui soustraire 4.
> Multiplier le résultat par 3.
> Ajouter 12.
> Annoncer le résultat.

- Quelle est la probabilité que le nombre annoncé soit un multiple de 3 ? Justifier.

## Déterminer la probabilité d'un évènement

➜ Savoir-faire p. 187

### QUESTIONS FLASH

**25** On lance un dé équilibré à 6 faces.

1. Quelle est la probabilité d'obtenir un numéro qui est un nombre premier ?
2. A-t-on plus de chances d'obtenir un nombre strictement plus grand que 3 ou d'obtenir un multiple de 3 ?

**26** On place dans un sac ces jetons de loto, numérotés de 1 à 90, puis on pioche un jeton au hasard.

1. Quelle est la probabilité d'obtenir un multiple de 9 ?
2. Quelle est la probabilité d'obtenir un nombre divisible par 15 ?

**27** Une urne contient 15 boules dont 10 boules rouges. On tire une boule au hasard.

• Quelle est la probabilité qu'elle ne soit pas rouge ?

**28** **Vrai ou faux ?**
On lance un dé équilibré à 20 faces numérotées de 1 à 20. Les affirmations suivantes sont-elles vraies ou fausses ? Justifier.

a. On a 1 chance sur 20 d'obtenir 6.
b. On a 50 % de chances d'obtenir un nombre pair.
c. La probabilité d'obtenir un multiple de 4 vaut $\frac{4}{20}$.
d. La probabilité d'obtenir un nombre premier vaut $\frac{8}{20}$.
e. La probabilité d'obtenir un multiple de 5 vaut $\frac{1}{5}$.

**29** On pioche une boule au hasard dans l'urne ci-contre qui contient 32 boules.

1. Quelle est la probabilité qu'elle ne soit pas jaune ?
2. On enlève de l'urne 2 boules bleues et une boule jaune. Quelle est la probabilité de piocher une boule jaune ?

Questions flash supplémentaires

**30** CALCUL MENTAL Associer chaque question de la colonne de gauche à sa réponse dans la colonne de droite.

- Une urne contient 7 boules et 8 cubes. On y pioche un objet au hasard. Quelle est la probabilité d'obtenir une boule ?
- Parmi 15 élèves, 7 élèves font du latin. On choisit un élève au hasard. Quelle est la probabilité qu'il ne fasse pas de latin ?
- | Année de naissance | 2008 | 2009 | 2010 |
  |---|---|---|---|
  | Nombre d'élèves | 25 | 70 | 5 |

  On choisit un élève au hasard. Quelle est la probabilité qu'il soit né en 2008 ?
- | Couleur de la bille dans le sac | Bleu | Rouge | Noir |
  |---|---|---|---|
  | Effectif | 80 | 5 | 15 |

  On choisit une bille au hasard. Quelle est la probabilité qu'elle soit noire ?

Réponses :

- 15 %
- 8/15
- 7/15
- 0,25

**31** Voici la composition d'un jeu de 52 cartes :
– 4 catégories : cœur (♥), carreau (♦), pique (♠) et trèfle (♣).
– 13 cartes par catégorie : as, 2, 3, 4, 5, 6, 7, 8, 9, 10, et les figures valet (V), dame (D) et roi (R).

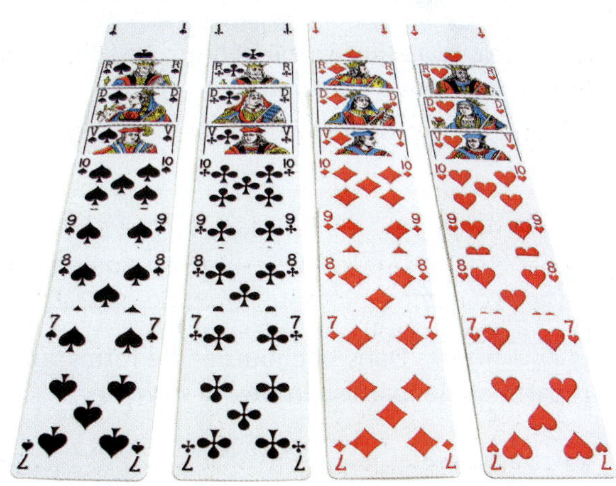

On tire une carte au hasard dans ce jeu.

1. Quelle est la probabilité d'obtenir une carte rouge ?
2. Quelle est la probabilité d'obtenir un valet ?
3. Quelle est la probabilité d'obtenir un valet rouge ?
4. Quelle est la probabilité de ne pas obtenir d'as ?
5. Quelle est la probabilité d'obtenir une carte comportant un nombre pair ?
6. Quelle est la probabilité de ne pas obtenir de figure ?

# Exercices

**32** CALCUL MENTAL Lors d'un jeu de grattage, on observe le gain obtenu. À chaque gain est associée la probabilité suivante.

| Gain (en €) | 0 | 1 | 5 | 30 | 800 |
|---|---|---|---|---|---|
| Probabilité | 0,8 | 0,15 | 0,03 | 0,011 | 0,009 |

**1.** Déterminer la probabilité de l'évènement A : « On gagne au moins 30 € ».

**2.** Déterminer la probabilité de l'évènement B : « On gagne au moins 5 € ».

**33** On lance un dé truqué dont les probabilités d'apparition de chaque face sont données dans le tableau suivant.

| Issue | 1 | 2 | 3 | 4 | 5 | 6 |
|---|---|---|---|---|---|---|
| Probabilité | $\frac{1}{12}$ | $\frac{3}{12}$ | $\frac{1}{12}$ | $\frac{2}{12}$ | $\frac{4}{12}$ | $\frac{1}{12}$ |

Julia a tapé sur sa calculatrice le calcul suivant :

1 ÷ 1 2 + 1 ÷ 1 2 + 4 ÷ 1 2

**1.** Quelle pouvait être la question posée par le professeur ?

**2.** Répondre à cette question.

**34** CALCUL MENTAL On tire un jeton au hasard dans différents sacs contenant des jetons de plusieurs couleurs. Compléter le tableau ci-dessous en utilisant les nombres suivants :

60 ; 0,44 ; 27 ; 0,56

| | Nombre de jetons jaunes | Nombre de jetons non jaunes | Probabilité d'obtenir un jeton jaune |
|---|---|---|---|
| Sac A | 28 | 22 | |
| Sac B | 40 | | $\frac{2}{5}$ |
| Sac C | | 36 | $\frac{3}{7}$ |
| Sac D | 22 | 28 | |

**35** CALCUL MENTAL Dans une journée de formation, la répartition des participants est la suivante.

| Origine \ Sexe | Hommes | Femmes |
|---|---|---|
| Hauts-de-France | 29 | 78 |
| Grand Est | 17 | 34 |

On choisit au hasard une personne de ce groupe et on note A l'évènement : « La personne choisie est un homme ».

**1.** Quelle est la probabilité de l'évènement A ?

**2.** Décrire par une phrase l'évènement $\bar{A}$ et donner sa probabilité.

**3.** On note B l'évènement : « La personne choisie est une femme originaire du Grand Est ». Calculer $P(B)$.

**36** Une boite contient les jetons suivants :

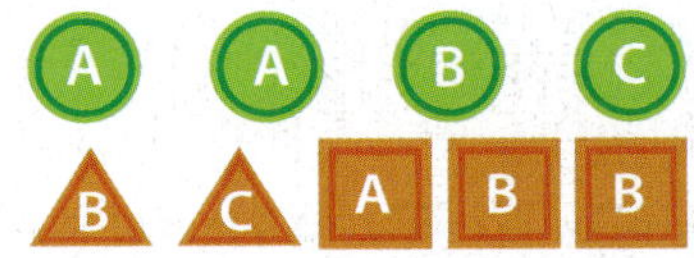


On choisit au hasard un jeton dans la boite.

**1.** Quelle est la probabilité d'obtenir un jeton portant la lettre A ?

**2.** Quelle est la probabilité d'obtenir un jeton rond ?

**3.** Quelle est la probabilité d'obtenir un jeton carré portant la lettre B ?

**37** Quentin a trouvé cette œuvre de Pixel Art sur internet. Il a imprimé l'image puis il a découpé chaque pixel, c'est-à-dire les petits carrés de couleur unie.

Ensuite, il met tous les carrés dans un sac et en tire un au hasard.

**1.** Quelle est la probabilité de ne pas obtenir le carré bleu ?

**2.** Quelle est la probabilité d'obtenir un carré vert ?

## MODE EXPERT

**38** Une grille de Sudoku est constituée de 9 grilles de 9 cases comportant chacune tous les chiffres de 1 à 9. Les yeux fermés, on place son doigt sur une case de la grille de Sudoku ci-dessous et on regarde le chiffre obtenu.

| | | | | | | | | |
|---|---|---|---|---|---|---|---|---|
| 9 | 5 | 7 | 6 | 1 | 3 | 2 | 8 | 4 |
| 4 | 8 | 3 | 2 | 5 | 7 | 1 | 9 | 6 |
| 6 | 1 | 2 | 8 | 4 | 9 | 5 | 3 | 7 |
| 1 | 7 | 8 | 3 | 6 | 4 | 9 | 5 | 2 |
| 5 | 2 | 4 | 9 | 7 | 1 | 3 | 6 | 8 |
| 3 | 6 | 9 | 5 | 2 | 8 | 7 | 4 | 1 |
| 8 | 4 | 5 | 7 | 9 | 2 | 6 | 1 | 3 |
| 2 | 9 | 1 | 4 | 3 | 6 | 8 | 7 | 5 |
| 7 | 3 | 6 | 1 | 8 | 5 | 4 | 2 | 9 |

**1.** Quelle est la probabilité de ne pas obtenir 1 ?

**2.** Quelle est la probabilité d'obtenir un nombre pair ?

**3.** Quelle est la probabilité de ne pas obtenir un nombre premier ?

# Étudier des expériences aléatoires à deux épreuves

→ Savoir-faire p. 189

## QUESTIONS FLASH

**39** On lance deux fois de suite une pièce de monnaie et on regarde à chaque fois si on obtient « Pile » ou « Face ».
Le tableau ci-dessous représente l'expérience aléatoire.

| 1er lancer \ 2e lancer | Pile | Face |
|---|---|---|
| Pile | | (P ; F) |
| Face | (case bleue) | (case verte) |

**1.** Que doit-on écrire dans la case verte ?
**2.** Dans la case bleue, doit-on écrire (P ; F) ou (F ; P) ? Quelle est la différence ?
**3.** Combien d'issues comporte cette expérience aléatoire ?
**4.** Quelle est la probabilité d'obtenir deux fois « Pile » ?

**40** On lance une pièce de monnaie puis un dé équilibré à 6 faces.

Le tableau ci-dessous représente l'expérience aléatoire.

| Pièce \ Dé | 1 | 2 | 3 | 4 | 5 | 6 |
|---|---|---|---|---|---|---|
| Pile | (P ; 1) | | | (case rose) | (case bleue) | |
| Face | | (case verte) | (F ; 3) | | | |

**1.** Que doit-on écrire dans la case rose ?
**2.** Que doit-on écrire dans la case verte ?
**3.** Que doit-on écrire dans la case bleue ?
**4.** Combien d'issues comporte cette expérience aléatoire ?
**5.** Quelle est la probabilité d'obtenir « Pile » puis 1 ?

Questions flash supplémentaires

**41** On lance deux fois de suite une pièce de monnaie et on regarde à chaque fois si on obtient « Pile » ou « Face ».
**1.** Recopier et compléter le tableau à double entrée suivant.

| 1er lancer \ 2e lancer | Pile | Face |
|---|---|---|
| Pile | (P ; P) | |
| Face | | |

**2.** Combien d'issues comporte cette expérience aléatoire ?
**3.** Quelle est la probabilité d'obtenir deux fois « Face » ?
**4.** Quelle est la probabilité d'obtenir (F ; P), c'est-à-dire « Face » au premier lancer et « Pile » au deuxième lancer ?

**42** La roue ci-contre est partagée en quatre secteurs superposables numérotés de 1 à 4.
On fait tourner deux fois de suite cette roue et on note les numéros obtenus.

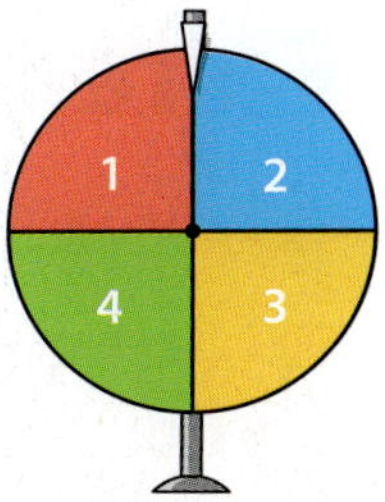


**1.** Recopier et compléter le tableau à double entrée suivant :

| 1er tirage \ 2e tirage | 1 | 2 | 3 | 4 |
|---|---|---|---|---|
| 1 | (1 ; 1) | (1 ; 2) | | |
| 2 | | | | |
| 3 | | | | |
| 4 | | | | (4 ; 4) |

**2.** Combien d'issues comporte cette expérience aléatoire ?
**3.** Quelle est la probabilité d'obtenir (1 ; 1) ?
**4.** Quelle est la probabilité d'obtenir deux numéros identiques ?

**43** La roue ci-contre est partagée en quatre secteurs de même aire : rouge, bleu, jaune, vert.
On fait tourner deux fois de suite cette roue et on regarde la couleur obtenue à chaque fois.

**1.** Représenter toutes les issues de cette expérience aléatoire à l'aide d'un tableau à double entrée.
**2.** Quelle est la probabilité d'obtenir deux fois la couleur rouge ?
**3.** Quelle est la probabilité d'obtenir deux couleurs différentes ?

**44** On fait l'expérience aléatoire suivante :
– on pioche au hasard une boule dans une des urnes ci-dessous, on regarde sa couleur puis on la remet dans l'urne ;
– on pioche à nouveau une boule dans une urne et on regarde sa couleur.

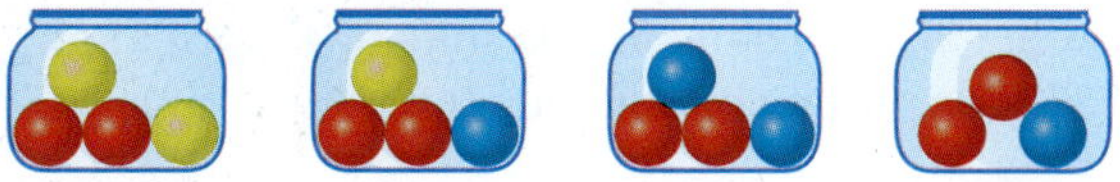

A B C D

**1.** Parmi les quatre urnes ci-dessus, dans lesquelles a-t-on pioché pour que le tableau à double entrée correspondant à l'expérience soit le suivant ?

| 1re boule \ 2e boule | Rouge | Rouge | Bleu | Jaune |
|---|---|---|---|---|
| Rouge | (R ; R) | (R ; R) | (R ; B) | (R ; J) |
| Rouge | (R ; R) | (R ; R) | (R ; B) | (R ; J) |
| Bleu | (B ; R) | (B ; R) | (B ; B) | (B ; J) |

**2.** Décrire par une phrase l'évènement réalisé par les issues surlignées en jaune.
**3.** Quelle est la probabilité d'obtenir deux boules rouges ?

# Faire le point

Version interactive du QCM

Vérifie tes connaissances.

## QCM

**Donner la ou les bonnes réponses parmi les trois proposées.**

### 1 Modéliser une expérience aléatoire

| | Réponse A | Réponse B | Réponse C |
|---|---|---|---|
| **1.** Un paquet de feuilles contient 40 feuilles blanches, 30 feuilles rouges et 30 feuilles bleues. On tire une feuille au hasard. On peut dire que : | on a une chance sur deux de tirer une feuille blanche | on a autant de chances de tirer une feuille bleue qu'une feuille rouge | on a 30 % de chances de tirer une feuille bleue |
| **2.** On lance un dé cubique dont 3 faces sont vertes, 1 face est blanche et 2 faces sont noires, et on regarde la couleur de la face du dessus. | Cette expérience comporte 6 issues. | Cette expérience comporte 3 issues. | Les issues sont équiprobables. |
| **3.** On a lancé 1 000 fois un bouchon, qui est tombé 342 fois sur le dos. On peut estimer la probabilité que ce bouchon tombe sur le dos à environ : | $\frac{342}{1\,000}$ | 342 | 0,342 |

### 2 Déterminer la probabilité d'un évènement

| | Réponse A | Réponse B | Réponse C |
|---|---|---|---|
| **1.** La probabilité de tirer une boule rouge dans une urne contenant 3 boules rouges et 5 boules bleues vaut : | $\frac{3}{5}$ | $\frac{5}{3}$ | $\frac{3}{8}$ |
| **2.** On tire une boule au hasard dans une urne qui contient des boules blanches et des boules noires. La probabilité de tirer une boule noire est égale à 0,9. On peut affirmer que : | la probabilité de l'évènement « Tirer une boule qui n'est pas blanche » vaut 0,9 | la probabilité de l'évènement « Tirer une boule blanche » vaut 0,9 | la probabilité de l'évènement « Tirer une boule blanche » vaut 0,1 |

### 3 Étudier des expériences aléatoires à deux épreuves

| | Réponse A | Réponse B | Réponse C |
|---|---|---|---|
| **1.** On lance un dé à 6 faces numérotées de 1 à 6 et une pièce. On regarde le nombre inscrit sur la face supérieure du dé et de quel côté retombe la pièce. Cette expérience aléatoire comporte : | 8 issues | 12 issues | 6 issues |
| **2.** On lance deux fois de suite une pièce et on gagne si on obtient deux fois « Pile ». | La probabilité de gagner est de $\frac{1}{2}$. | La probabilité de gagner est de $\frac{1}{4}$. | La probabilité de gagner est de 0,25. |

→ Corrigé p. 313

## Carte mentale

Ressource téléchargeable

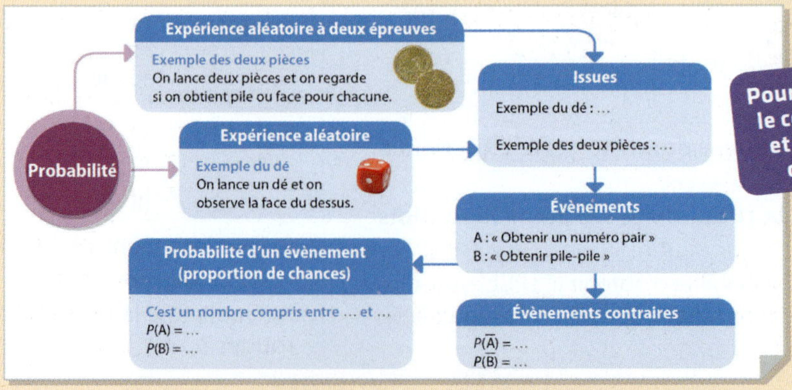


Pour t'aider à retenir le cours, télécharge et complète cette carte mentale.

# Algorithmique et outils numériques

## 45 Somme de dés

On lance deux dés équilibrés à 6 faces, numérotées chacune de 1 à 6, et on s'intéresse à la somme des résultats obtenus.

**1.** Quelles sont les issues de cette expérience aléatoire ?

**2.** Afin de simuler cette expérience aléatoire et d'estimer la probabilité de l'évènement « Obtenir une somme égale à 7 », Axel a écrit ce script.

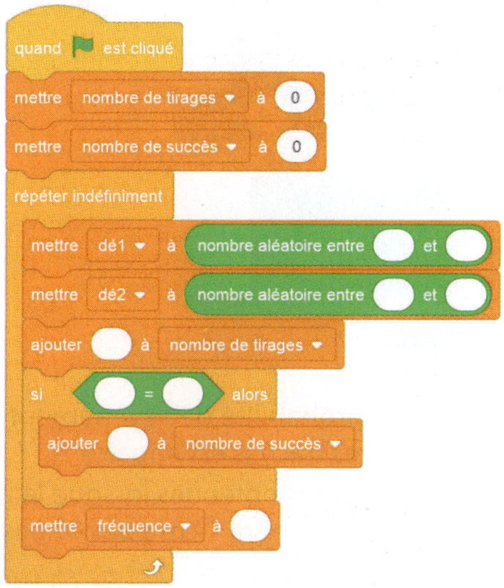


Compléter ce script.

**3.** En exécutant ce script, donner une approximation de la probabilité de l'évènement « Obtenir une somme égale à 7 ». Expliquer.

**4.** Réaliser un tableau à double entrée et comparer la probabilité de l'évènement « Obtenir une somme égale à 7 » au résultat trouvé à la question précédente.

## 46 Jeu de fléchettes

L'unité de longueur est le pas.

On lance une fléchette au hasard sur une plaque carrée où figure une cible circulaire (en gris sur la figure) et on s'intéresse à la probabilité que la fléchette atteigne la cible.

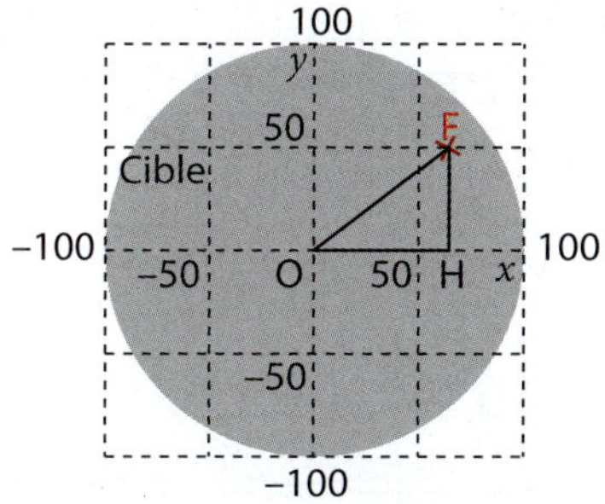


– La longueur du côté de la plaque carrée est 200.

– Le rayon de la cible est 100.

– La fléchette est représentée par le point F de coordonnées $(x\,;y)$ où $x$ et $y$ sont des nombres aléatoires compris entre –100 et 100.

**1.** Quel nombre ne doit pas dépasser la distance OF pour que la fléchette atteigne la cible ?

**2.** On réalise un programme qui simule plusieurs lancers de cette fléchette sur la plaque carrée et qui compte le nombre de lancers atteignant la cible. Trois variables ont été créées : carré de OF, distance et score.

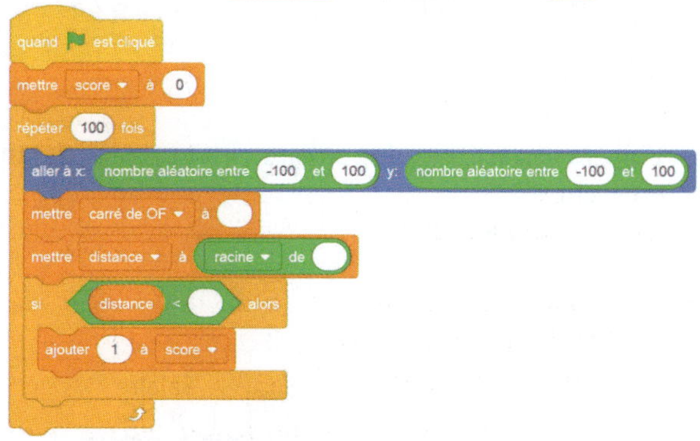


**a.** Lorsqu'on exécute ce programme, combien de lancers sont simulés ?

**b.** Quel est le rôle de chacune des trois variables ?

**3. a.** Modifier ce script pour que le nombre de lancers simulés soit 10 000.

**b.** Donner une estimation de la probabilité que la fléchette atteigne la cible. Justifier.

**4.** On admet que la probabilité d'atteindre la cible est égale au quotient de l'aire de la cible par l'aire de la plaque carrée. Donner une valeur approchée de cette probabilité au centième près et comparer à l'estimation donnée à la question précédente.

## 47 Deux tirages

On considère l'expérience aléatoire suivante :

– on tire au hasard une boule dans une urne contenant 4 boules numérotées de 1 à 4 ;

– on tire au hasard une boule dans une nouvelle urne contenant 4 boules numérotées de 2 à 5 ;

– on calcule la somme des 2 numéros tirés.

On souhaite savoir sur quelle somme parier pour avoir le plus de chances de gagner.

**1.** À l'aide d'un tableur, simuler le tirage des deux boules et calculer la somme obtenue comme ci-contre.

| | A | B | C |
|---|---|---|---|
| 1 | Tirage 1 | Tirage 2 | Somme |
| 2 | 1 | 3 | 4 |

**La fonction « ALEA.ENTRE.BORNES(a;b) » donne un nombre entier choisi au hasard entre *a* et *b* (*a* et *b* inclus).**

**2.** Compléter cette feuille de calcul pour simuler 1 000 expériences.

**3.** Utiliser cette feuille de calcul pour répondre au problème posé.

**La fonction « NB.SI(A2:A5;4) » compte le nombre de cellules contenant « 4 » dans la plage de cellules de A2 à A5.**

**4.** À l'aide d'un tableau à double entrée, vérifier la réponse donnée à la question précédente.

# Problèmes

ceinture jaune — ceinture verte — ceinture noire

## 48 Harry Potter

**Modéliser, Calculer**

On écrit le nom « HARRY POTTER » sur un papier. On découpe ensuite toutes les lettres et on les met dans un sac. On y tire une lettre au hasard.

- Quelle est la probabilité d'obtenir un « R » ?

## 49 CALCUL MENTAL Salaires

**Représenter, Calculer**

Voici la répartition des salaires en euros dans une entreprise.

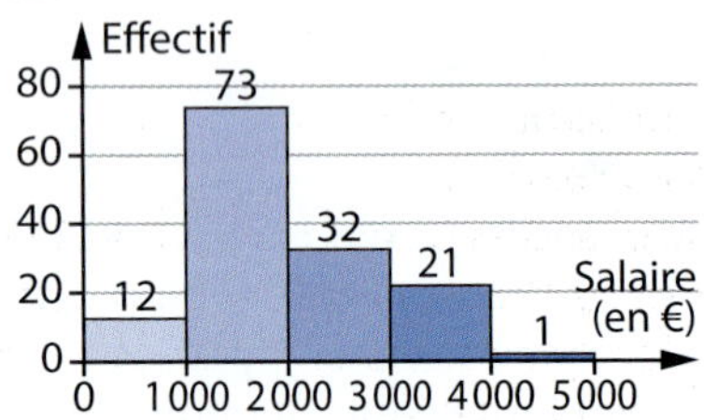


On croise un employé de cette entreprise.

- Y a-t-il plus d'une chance sur deux qu'il gagne entre 1 000 et 2 000 euros ?

## 50 Miel et menthe

**Modéliser, Calculer, Chercher, Raisonner**

Dans un pot au couvercle rouge, on a mis 6 bonbons au miel et 10 bonbons à la menthe. Dans un pot au couvercle bleu, on a mis 8 bonbons au miel et 14 bonbons à la menthe. Les bonbons sont enveloppés de telle façon qu'on ne peut pas les différencier.

- Dans quel pot a-t-on le plus de chances de tirer au hasard un bonbon à la menthe ? Justifier.

## 51 À l'heure et en couleur !

**Modéliser, Représenter, Calculer**

Maya possède des lunettes qu'elle compose en assemblant des montures et des branches. Pour cela, elle dispose de deux montures, une verte et une rose, et de trois paires de branches, une rose, une noire et une verte. Elle choisit au hasard une monture et une paire de branches.

**1.** Compléter le tableau à double entrée suivant indiquant toutes les issues de cette expérience aléatoire.

| Branches / Monture | Roses | Vertes | Noires |
|---|---|---|---|
| Verte | (V ; R) | | |
| Rose | | | |

**2.** Combien y a-t-il d'assemblages possibles ?

**3.** Déterminer la probabilité d'obtenir une paire de lunettes entièrement verte.

**4.** Déterminer la probabilité d'obtenir une paire de lunettes d'une seule couleur.

**5.** Déterminer la probabilité d'obtenir une paire de lunettes bicolore.

*D'après DNB Centres étrangers 2018.*

## 52 Impair et passe !

**Modéliser, Représenter**

On considère le script suivant.

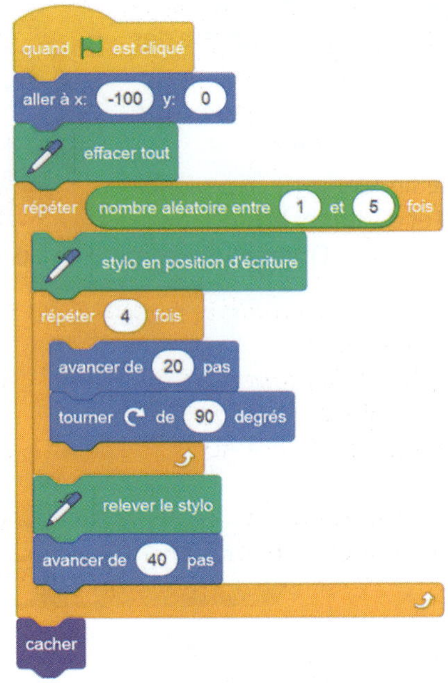


**1.** Quelle est la probabilité de l'évènement F : « Le nombre de figures tracées est impair » ?

**2.** Dessiner les figures obtenues lorsque le nombre aléatoire est 2. On prendra 1 cm pour 10 pas.

## 53 Trois couleurs

**Modéliser, Calculer, Chercher, Raisonner**

Un sac contient 20 jetons qui sont soit jaunes, soit verts, soit rouges, soit bleus. On tire au hasard un jeton, on note sa couleur et on remet le jeton dans le sac. Chaque jeton a la même probabilité d'être tiré.

**1.** Le professeur, qui connait la composition du sac, a simulé un grand nombre de fois l'expérience avec un tableur. Il a représenté ci-dessous la fréquence d'apparition des différentes couleurs au cours de 1 000 tirages.

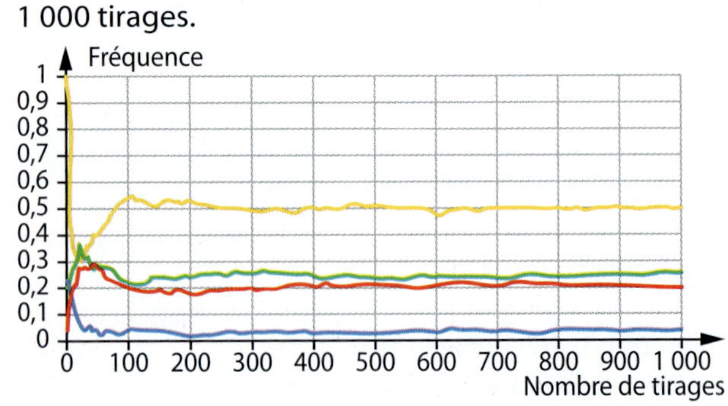


**a.** Quelle couleur est la plus présente dans le sac ?

**b.** Donner une estimation de la probabilité d'obtenir un jeton vert.

**2.** On sait que la probabilité de tirer un jeton rouge est de $\frac{1}{5}$. Combien y a-t-il de jetons rouges dans ce sac ?

*D'après DNB Métropole Antilles-Guyane, 2014.*

## 54 CALCUL MENTAL Chaussures au choix

**Modéliser, Calculer, Chercher**

Dans la vitrine d'un magasin sont présentés au total 45 modèles de chaussures. Certaines sont conçues pour la ville, d'autres pour le sport. On en trouve de trois couleurs différentes : noires, blanches ou marron.

**1.** Compléter le tableau suivant.

| Modèle / Couleur | Pour la ville | Pour le sport | Total |
|---|---|---|---|
| Noir | | 5 | 20 |
| Blanc | 7 | | |
| Marron | | 3 | |
| Total | 27 | | 45 |

**2.** On choisit un modèle de chaussures au hasard dans cette vitrine.

**a.** Quelle est la probabilité de choisir un modèle de couleur noire ?

**b.** Quelle est la probabilité de choisir un modèle pour le sport ?

**c.** Quelle est la probabilité de choisir un modèle pour la ville de couleur marron ?

*D'après DNB, Centres étrangers, 2019.*

## 55 CALCUL MENTAL Ça s'allume !

**Modéliser, Calculer, Chercher, Raisonner**

En appuyant sur un bouton, l'une des cases de cette grille s'allume au hasard.

| | | |
|---|---|---|
| 7 | 6 | 2 |
| 5 | 1 | 9 |
| 3 | 4 | 8 |

**1.** Quelle est la probabilité que s'allume :

**a.** la case 5 ?

**b.** une case portant un numéro pair ?

**c.** une case portant un numéro supérieur ou égal à 4 ?

**d.** une case portant un numéro qui soit un nombre premier ?

**2.** On appuie 1 000 fois sur le bouton. Donner une estimation du nombre de fois où le nombre qui s'allume est un nombre premier.

**3.** A-t-on plus de chances de voir s'allumer une case portant un numéro multiple de 4 ou une case portant un numéro diviseur de 4 ?

**4.** Décrire par une phrase les évènements contraires de chacun des évènements de la question **1.** et indiquer leurs probabilités.

**5.** Les cases 1 et 8 sont restées allumées. Une troisième case doit s'allumer.

**a.** Quelle est la probabilité que les trois cases soient alignées ?

**b.** Quelle est la probabilité que les trois cases ne soient pas alignées ?

*D'après DNB, Centres étrangers, 2015.*

## 56 Getting dressed at random

**Modéliser, Chercher, Raisonner**

Prise d'initiative

In his bag, Yoann has:

– 3 pairs of shorts (1 red, 1 black and 1 white);

– 5 tee-shirts (1 red, 1 white, 2 black and 1 yellow).

He randomly chooses one pair of shorts and one tee-shirt from his bag.

- What is the probability for Yoann to get dressed in one color?

## 57 Gros lot

**Modéliser, Calculer, Chercher**

Pour gagner le gros lot dans une fête foraine, il faut d'abord tirer une boule rouge dans une urne, puis obtenir un multiple de 3 en tournant une roue.

**1.** L'urne contient 3 boules vertes, 2 boules blanches et des boules rouges. Le responsable annonce : « 50 % de chances de tirer une boule rouge ! » Combien y a-t-il de boules rouges dans l'urne ?

**2.** On fait maintenant tourner la roue constituée de 8 secteurs de même aire numérotés de 1 à 8 comme représenté ci-contre.
Quelle est la probabilité de gagner le gros lot ?

# DÉFIS & ÉNIGMES

## 58 Lancers de dés

Dans un jeu de société, il faut faire un total de six pour commencer à jouer.
On peut choisir de lancer un seul dé, ou bien deux dés.

- Que vaut-il mieux choisir ?

## 59 Accident

Trois robots se trouvent chacun sur l'un des trois sommets d'un triangle équilatéral. Chaque robot choisit au hasard l'un des deux côtés issus de ce sommet pour commencer son parcours, puis se déplace à vitesse constante le long des côtés du triangle.

- Quelle est la probabilité qu'il n'y ait aucun accident de robots ?

# Problèmes

## 60 Recyclage

Modéliser, Représenter, Calculer, Chercher, Communiquer

En 2019, la France compte 67 190 000 habitants. La production de déchets est très importante, nécessitant de les recycler, selon différents procédés.

**Traitements des déchets en France**

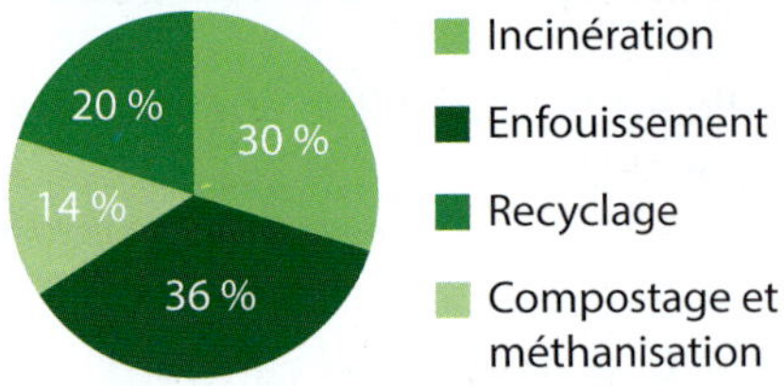


*Source : Sud Recyclage.*

**1.** Quelle est la probabilité qu'un déchet choisi aléatoirement dans la poubelle d'un Français soit recyclé ?

**2.** Les jeunes de 18-24 ans représentent 10 % de la population française. Seulement 41 % d'entre eux pratiquent le tri sélectif.
Parmi les jeunes, 71 % sont urbains. Seulement 32 % des jeunes habitant en ville trient leurs déchets.

**a.** Calculer le nombre de jeunes de 18-24 ans en France.

**b.** Compléter le tableau suivant concernant le nombre de jeunes de 18-24 ans.

| | Tri sélectif | Pas de tri sélectif | Total |
|---|---|---|---|
| Urbain | | | |
| Rural | | | |
| Total | | | |

**3.** Parmi les jeunes français de 18-24 ans, on en choisit un au hasard. Quelle est la probabilité qu'il vive à la campagne et pratique le tri sélectif ?

## 61 Franc-carreau

Prise d'initiative

Modéliser, Représenter, Calculer, Chercher, Raisonner

Le jeu du franc-carreau consiste à lancer une pièce de monnaie sur un damier et à regarder sa position finale : c'est un « franc-carreau » si la pièce ne touche pas le quadrillage.

Situation de franc-carreau

Situation de non franc-carreau

On lance une pièce de 10 centimes, de 1 cm de diamètre, sur un damier. Chaque case du damier est un carré de 5 cm de côté.

**1.** Louise et ses amis ont effectué des lancers et regroupé leurs résultats dans une feuille de calcul.

| | A | B | C | D | E | F | G | H | I | J | K |
|---|---|---|---|---|---|---|---|---|---|---|---|
| 1 | Numéro de l'élève | 1 | 2 | 3 | 4 | 5 | 6 | 7 | 8 | 9 | 10 |
| 2 | Cumul du nombre de lancers | 100 | 200 | 300 | 400 | 500 | 600 | 700 | 800 | 900 | 1000 |
| 3 | Nombre de francs-carreaux | 75 | 60 | 58 | 78 | 71 | 56 | 74 | 59 | 50 | 70 |
| 4 | Cumul du nombre de francs-carreaux | 75 | 135 | 193 | 271 | 342 | 398 | 472 | 531 | 581 | 651 |
| 5 | Fréquence de francs-carreaux | 0,75 | 0,68 | 0,64 | 0,68 | 0,68 | 0,66 | 0,67 | 0,66 | 0,65 | 0,65 |

**a.** Quelles formules Louise a-t-elle saisies dans les cellules C2, C4 et C5 ?

**b.** Quelle conjecture peut-elle émettre concernant la probabilité de réaliser un franc-carreau ? Expliquer.

**2. a.** Tracer un carré de côté 5 cm et colorier la zone où doit se situer le centre de la pièce pour faire un franc-carreau dans cette case.

**b.** Déterminer la probabilité qu'une pièce dont le centre tombe dans ce carré soit franc-carreau. La comparer à la conjecture émise dans la première partie.

## MISSION DÉMONSTRATION

### Raisonnement — Raisonnement par élimination

Quand on doit chercher une solution parmi plusieurs possibilités, on peut raisonner en éliminant les possibilités qui ne sont pas des solutions au problème.

**62** Maelys possède dans son smartphone 242 morceaux de rap, 145 morceaux de rock et 43 morceaux de variété. Elle choisit le mode de lecture aléatoire qui permet de sélectionner au hasard un morceau de musique.

• Quelle est la probabilité d'obtenir un morceau de variété ? Sans aucun calcul, donner la seule réponse correcte parmi les 3 proposées.

| Réponse A | Réponse B | Réponse C |
|---|---|---|
| $\frac{1}{10}$ | $\frac{7}{8}$ | $\frac{1}{2}$ |

**63** Un sac contient 4 boules blanches et 10 boules rouges. On y tire une boule au hasard et on note sa couleur, puis on la remet dans le sac et on tire de nouveau une boule au hasard et on note sa couleur.

• Quelle est la probabilité que ces deux boules soient blanches ? Sans aucun calcul, donner la seule réponse correcte parmi les 3 proposées.

| Réponse A | Réponse B | Réponse C |
|---|---|---|
| $\frac{1}{2}$ | $\frac{4}{49}$ | $\frac{4}{3}$ |

## 64 Dizaines et unités

Deux urnes contiennent des boules numérotées indiscernables au toucher. Le schéma ci-dessous représente le contenu de chacune des urnes.

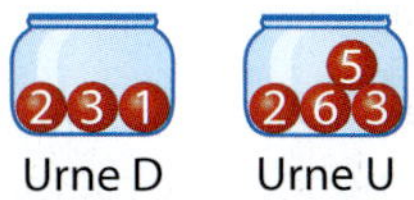


On forme un nombre entier à deux chiffres en tirant au hasard une boule dans chaque urne :
• le chiffre des dizaines est le numéro de la boule issue de l'urne D ;
• le chiffre des unités est le numéro de la boule issue de l'urne U.
Exemple : en tirant la boule 1 de l'urne D et ensuite la boule 5 de l'urne U, on forme le nombre 15.

**1.** A-t-on plus de chances de former un nombre pair que de former un nombre impair ?

**2. a.** Indiquer les nombres premiers qu'on peut former lors de cette expérience.
**b.** Montrer que la probabilité de former un nombre premier est égale à $\frac{1}{6}$.

**3.** Définir un évènement dont la probabilité de réalisation est égale à $\frac{1}{3}$.

*D'après DNB Amérique du Nord, juin 2018.*

## 65 Dés modifiés

Armelle et Basile jouent aux dés en utilisant des dés bien équilibrés, mais dont les faces ont été modifiées. Armelle joue avec le dé A et Basile joue avec le dé B. Lors d'une partie, chaque joueur lance son dé et celui qui obtient le plus grand numéro gagne un point.
Voici les patrons des deux dés :

Patron du dé A    Patron du dé B

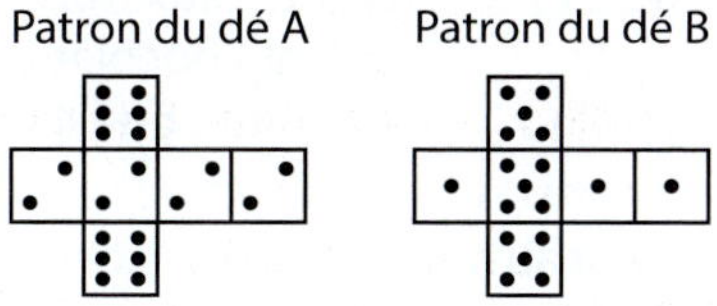

**1.** Une partie peut-elle aboutir à un match nul ?

**2. a.** Si le résultat obtenu avec le dé A est 2, quelle est la probabilité que Basile gagne un point ?
**b.** Si le résultat obtenu avec le dé B est 1, quelle est la probabilité qu'Armelle gagne un point ?
Les joueurs souhaitent comparer leur chance de gagner. Ils décident de simuler un match de soixante-mille duels à l'aide d'un programme informatique. Voici une partie du programme qu'ils ont réalisé.

**Programme principal**

**Sous-programmes**

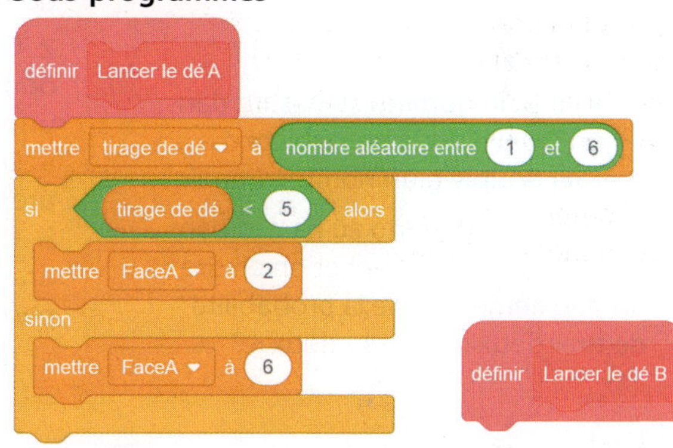


L'expression « nombre aléatoire entre 1 et 6 » renvoie de manière équiprobable un nombre pouvant être 1 ; 2 ; 3 ; 4 ; 5 ou 6. Les variables *Face A* et *Face B* enregistrent les résultats des dés A et B.
Par exemple, la variable *Face A* peut prendre soit la valeur 2, soit la valeur 6, puisque ce sont les seuls nombres présents sur le dé A.
Les variables *Victoire de A* et *Victoire de B* comptent les victoires des joueurs.

**3. a.** Lorsqu'on exécute le sous-programme « Lancer le dé A », quelle est la probabilité que la variable *Face A* prenne la valeur 2 ?
**b.** Recopier la ligne 7 du programme principal en la complétant.
**c.** Rédiger un sous-programme « Lancer le dé B » qui simule le lancer du dé B et enregistre le nombre obtenu dans la variable *Face B*.

**4.** Après exécution du programme principal, on obtient les résultats suivants :
*Victoire de A* = 39 901    *Victoire de B* = 20 099
**a.** Calculer la fréquence de gain du joueur A, exprimée en pourcentage. On donnera une valeur approchée à 1 % près.
**b.** Conjecturer la probabilité que A gagne contre B.

*D'après DNB Métropole Guyane Antilles, septembre 2019.*

# Travailler autrement

Utilisable en AP

À chacun son parcours !

## 66 Résolution de problème

Socle D2 Je m'exprime à l'écrit pour expliquer ou argumenter de façon claire et organisée.

Socle D4 Je modélise pour représenter une situation ; je rends compte de ma démarche. J'exploite et communique les résultats de recherches en utilisant les langages scientifiques à bon escient.

Dans un jeu de dominos, chaque domino est partagé en deux parties, chacune portant des points noirs dont le nombre varie de 0 à 6. Un double est un domino dont les deux parties contiennent le même nombre de points.

Exemples : 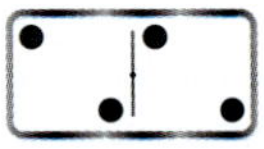 Double « deux » 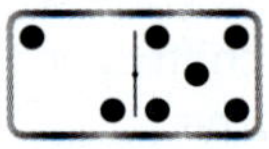 Couplage « deux-cinq »

Tous les couplages sont présents une seule fois dans le jeu. Par exemple, il y a un seul domino avec les chiffres 2 et 5 : on ne distingue pas le couplage « deux-cinq » du couplage « cinq-deux ».

### Questions ceinture jaune

On ne prend que les doubles et on les place dans un sac.

1. Combien de doubles y a-t-il ?
2. On tire un domino au hasard dans le sac. Quelle est la probabilité de tirer un double d'un nombre impair ?
3. On tire un domino au hasard dans le sac, puis on le remet et on en tire un deuxième. Quelle la probabilité de tirer deux doubles « deux » ?

### Questions ceinture verte

1. Quel est le nombre total de dominos dans un jeu ?
2. On place l'ensemble des dominos dans un sac et on tire un domino au hasard.
   a. Quelle est la probabilité de tirer un double ?
   b. Quelle est la probabilité de tirer un domino dont les deux parties sont différentes ?

### Question ceinture noire

On ne prend que les doubles et on les place dans un sac. On y tire simultanément deux dominos au hasard et on ajoute le nombre de points noirs présents sur les deux dominos.

- Quelle est la probabilité d'obtenir une somme égale à 14 ?

## 67 Résolution de problème

Socle D2 J'extrais d'un document les informations utiles, je les organise, je les confronte à mes connaissances.

Socle D4 Je modélise pour représenter une situation ; je rends compte de ma démarche.

Max est invité au restaurant par ses parents pour fêter son anniversaire. Voici la carte du restaurant :

**Formule entrée-plat : 24 € – Formule plat-dessert : 26 € – Formule entrée-plat-dessert : 30 €**

| Entrées | Plats | Desserts |
|---|---|---|
| Terrine de foie gras | Spaghetti à la tomate | Tarte citron-menthe |
| Homard (supplément de 6 €) | Foie gras poêlé (supplément de 6 €) | Charlotte aux fraises |
| Poireaux en brick | Filet de bar | Fondant chocolat-caramel (supplément de 4 €) |
| Rillettes de canard | Coquilles Saint-Jacques | |

Max hésite et, devant l'impatience de ses parents, il leur demande de choisir au hasard à sa place ce qu'il va manger.

### Questions ceinture jaune

1. Ses parents choisissent une formule entrée-plat. Déterminer le nombre de menus possibles.
2. Quelle est la probabilité que Max mange deux fois du foie gras ?

### Questions ceinture verte

1. Ses parents pensent choisir une formule entrée-plat. Quelle serait alors la probabilité que Max mange uniquement des produits de la mer ?
2. Max souhaite finalement une formule plat-dessert. Quelle est la probabilité qu'il mange un menu avec au moins un produit de la mer ?

### Question ceinture noire

Max demande à ses parents de choisir au hasard un menu dans la formule entrée-plat-dessert.

- Quelle est la probabilité que le menu choisi coute plus de 32 € ?

Tu peux faire des tableaux à double entrée.

# 10 Construction et transformation de figures

**TA MISSION**

Découvrir deux nouvelles façons de transformer des figures.

**JEU**

Yasmine et Jade jouent au jeu des paires. Elles forment une paire lorsqu'elles ont le même personnage ou objet, et que l'un est un agrandissement ou une réduction de l'autre. La gagnante est celle qui peut former toutes ses paires.

- Qui ne peut pas gagner ?

**POINT INFO**

Ce dessin s'inspire de l'œuvre de l'artiste Maurits Cornelis Escher (1898-1972), qui a utilisé tous types de transformations, des plus simples aux plus compliquées, pour réaliser des pavages.

Voir le problème 60 p. 216

# Activités

## Prêts pour le décollage ?

QUESTIONS FLASH

Questions flash supplémentaires

1. Dans quel cas a-t-on utilisé :
**a.** une symétrie axiale ?
**b.** une symétrie centrale ?
**c.** une translation ?
**d.** un agrandissement ou une réduction ?

2. Retrouver à quoi sert chacun des outils suivants sur un logiciel de géométrie dynamique.

**a.**  **b.** 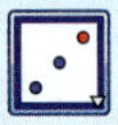 **c.** 

3. À l'aide du quadrillage, décrire le déplacement rectiligne de A vers B.

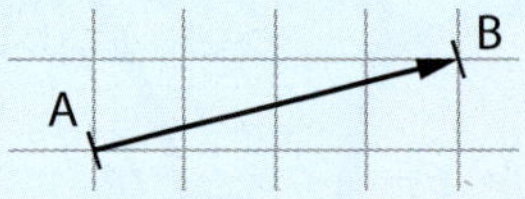


4. Donner le carré des nombres entiers suivants.
1 ; 2 ; 3 ; 4 ; 5 ; 6 ; 7 ; 8 ; 9 ; 10

5. Ahmed a construit un premier rectangle PLUS, tel que PL = 3 cm et PS = 4,2 cm. Il a ensuite construit un second rectangle qui est un agrandissement de rapport 3 du premier rectangle.
• Quelles sont les dimensions de ce second rectangle ?

6. Lors d'un saut, Maxime fait un tour complet avec son skate.
• De quel angle a-t-il tourné ?

7. Léna et Tom se rendent compte qu'ils n'ont pas la même heure à leur montre. Pour corriger cela, Léna fait tourner la grande aiguille d'un quart de tour et Tom d'un demi-tour.
• De quel angle la grande aiguille de Léna a-t-elle tourné ? Et celle de Tom ?

## Activité 1 Jeu vidéo

Pour accéder aux différents niveaux de son jeu vidéo, Valentine doit construire la porte d'accès de chacun d'entre eux. Voici les instructions qui s'affichent sur son écran et qui donnent les coordonnées des sommets de la nouvelle porte en fonction des coordonnées des sommets de la porte jaune :

| | |
|---|---|
| **Porte 1** | Garder l'abscisse mais changer l'ordonnée en son opposé. |
| **Porte 2** | Multiplier les coordonnées par −1. |
| **Porte 3** | Soustraire 5 à l'abscisse et ajouter 2 à l'ordonnée. |
| **Porte 4** | Multiplier les coordonnées par 3. |

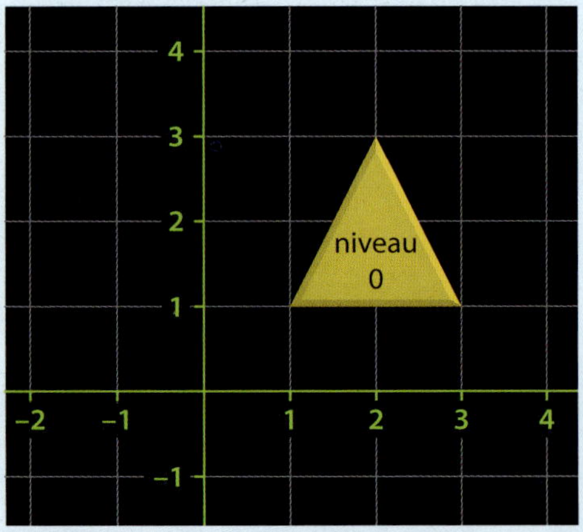


**1.** Reproduire la figure ci-contre.

**2.** Pour chaque niveau, construire la porte d'accès et dire ce qu'elle représente géométriquement par rapport à la partie jaune.

## Activité 2 Création de logo

Antonio est graphiste et il a créé le logo ci-contre.

1. Décrire le procédé utilisé par Antonio pour réaliser son logo.

2. Antonio a ensuite tracé son logo avec un logiciel de géométrie dynamique. Trouver dans la liste ci-dessous l'outil qu'il a utilisé pour obtenir le logo en entier, après avoir construit le motif de base.

3. À l'aide du logiciel, reproduire le logo d'Antonio.

Ce logo est une figure mathématique appelée **rosace**.

## Activité 3 Le curseur

1. À l'aide d'un logiciel de géométrie dynamique, construire un trapèze ABCD rectangle en A et placer un point O à l'extérieur de ABCD. Afficher les longueurs AB, BC, CD, AD et les mesures des angles de ce trapèze.

2. On veut construire l'image de ABCD par des rotations successives de centre O et d'angles 10°, 20°, 30°…

a. Avec l'outil 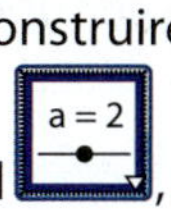, créer un curseur de type « Angle », variant entre 0° et 360° avec un incrément de 10°, qui représentera l'angle de la rotation.



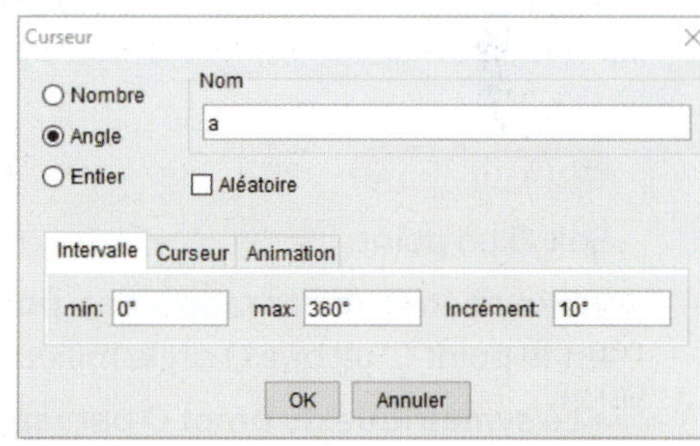


b. Sélectionner l'outil rotation, le trapèze ABCD, puis le centre O et noter a pour la mesure de l'angle.

c. Déplacer le curseur de gauche à droite et observer le déplacement du trapèze.

d. Afficher les longueurs A′B′, B′C′, C′D′, A′D′ et les mesures des angles du trapèze A′B′C′D′.

e. Afficher toutes les positions possibles des points C′ et D′, en faisant un clic droit sur chaque point et en cliquant sur « Afficher la trace ».

3. En déplaçant le curseur de 10° en 10°, répondre aux questions suivantes.

a. Sur quelles lignes se déplacent les points C′ et D′ ?

b. Parmi ces différentes rotations, en reconnait-on une en particulier ?

c. Quelles propriétés peut-on observer pour les rotations ?

## Activité 4 Arithmetic Composition

*Arithmetic Composition* est un tableau réalisé de manière géométrique par l'artiste peintre hollandais Theo Van Doesburg. En voici une reproduction faite à l'aide d'un logiciel de géométrie dynamique.
Le carré MNOP a été obtenu à partir du carré QRST par une transformation appelée homothétie et caractérisée par deux éléments : un centre et un rapport.
Ici, c'est l'homothétie de centre C et de rapport 2 qui a été utilisée.

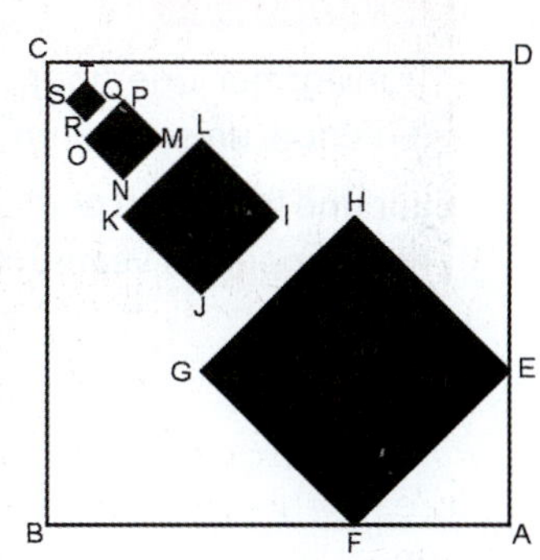


1. En observant la figure, donner le centre et le rapport de l'homothétie qui permet d'obtenir :

a. le carré IJKL à partir du carré QRST ;

b. le carré EFGH à partir du carré QRST.

2. Que peut-on dire des points C, S, O, K et G ? Et des points C, T, P, L et H ?

3. Donner le centre et le rapport de l'homothétie qui permet de passer du carré EFGH au carré QRST.

Cours

## 1 Transformer une figure par symétrie ou translation

**Définition**

Soit *d* une droite.

- Si un point A n'appartient pas à la droite *d*, alors son **symétrique par rapport à la droite *d*** est le point A' tel que *d* est la médiatrice du segment [AA'].
- Si un point B appartient à la droite *d*, alors son **symétrique par rapport à la droite *d*** est lui-même.

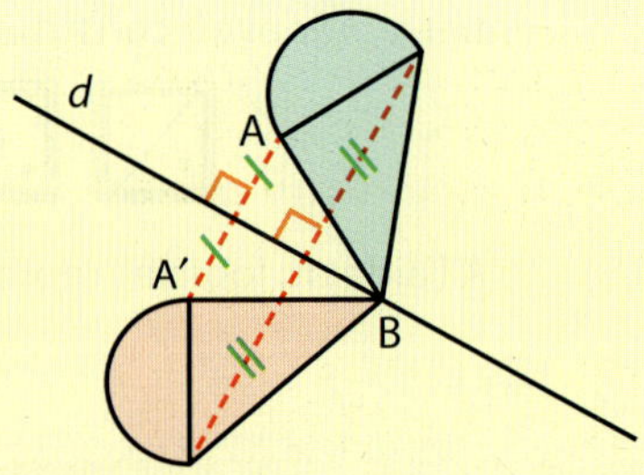


**Propriété**

Deux figures symétriques par rapport à une droite *d* sont superposables : elles se superposent quand on « plie » le long de cette droite.

**Définition**

Soit O un point.

- Le **symétrique par rapport au point O** d'un point C distinct de O est le point C' tel que O est le milieu du segment [CC'].
- Le **symétrique du point O par rapport à O** est lui-même.

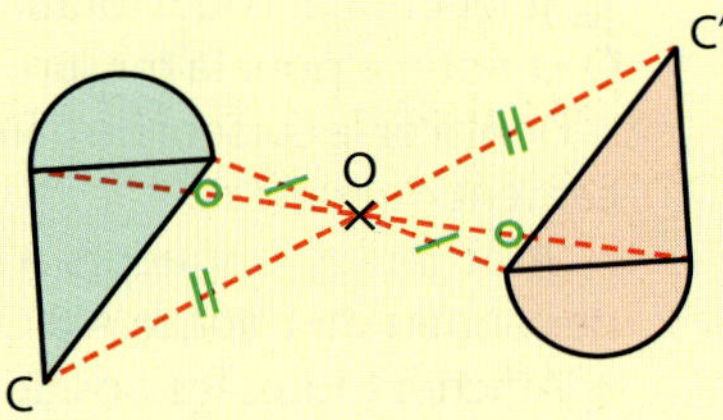


**Propriété**

Deux figures symétriques par rapport à un point O sont superposables : elles se superposent lorsqu'on effectue un demi-tour autour du point O.

**Définition**

Transformer une figure par **translation**, c'est la faire glisser selon une direction, un sens et une longueur.

Sur une figure, on peut schématiser ce glissement par des flèches, également appelées **vecteurs**.

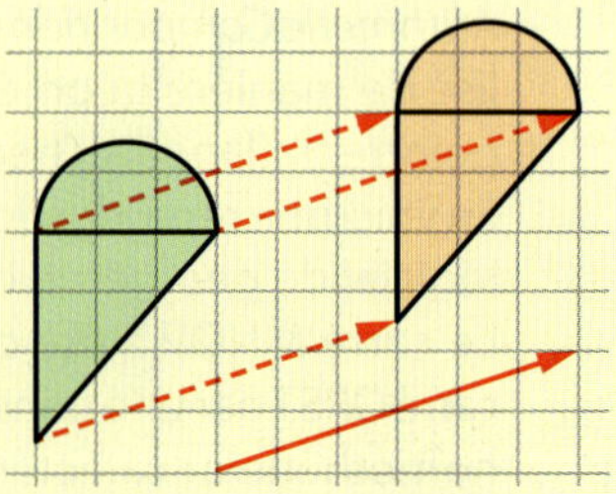

**Propriété**

Les symétries et les translations conservent les alignements, les mesures des angles, les longueurs et les aires.

# Savoir-faire

Apprends à l'aide des exercices résolus puis entraine-toi !

## 1 Transformer une figure par symétrie ou translation

**1** Construire l'image du triangle ABC par :
**a.** la symétrie d'axe *d* ;
**b.** la symétrie de centre O.

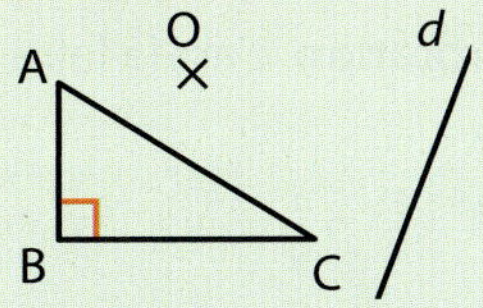


**Solution**

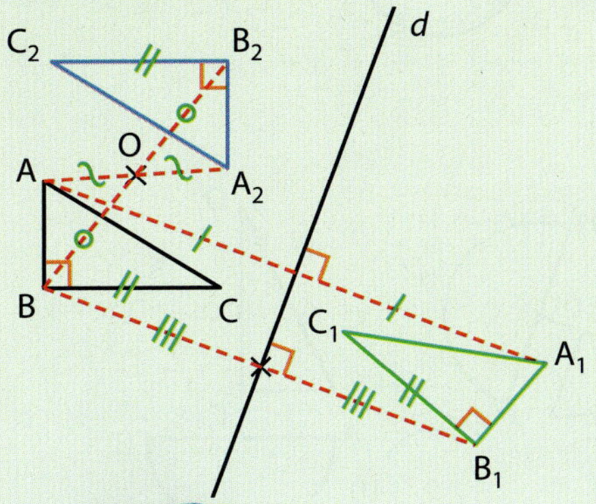


**a.** On construit les symétriques $A_1$ et $B_1$ des points A et B par rapport à *d*.
On construit ensuite le symétrique $C_1$ du point C en utilisant les propriétés de la symétrie axiale.

**b.** On construit les symétriques $A_2$ et $B_2$ des points A et B par rapport au point O.
On construit ensuite le symétrique $C_2$ du point C en utilisant les propriétés de la symétrie centrale.

**À toi de jouer**

**2** Reproduire la figure ci-contre, puis construire le symétrique du quadrilatère MILA par rapport :
**a.** à la droite (IL) ;
**b.** au point O.

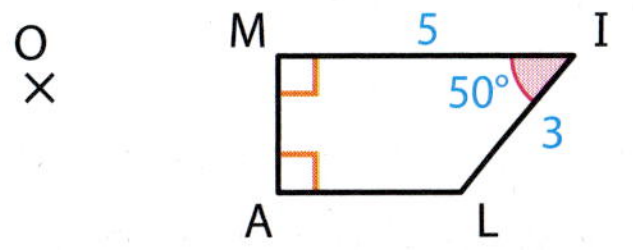


→ Corrigé p. 313

**3** **1.** Construire l'image de cette figure par la translation de vecteur $\overrightarrow{LA}$.
**2.** L'unité d'aire est un carreau. Déterminer l'aire de la figure obtenue.

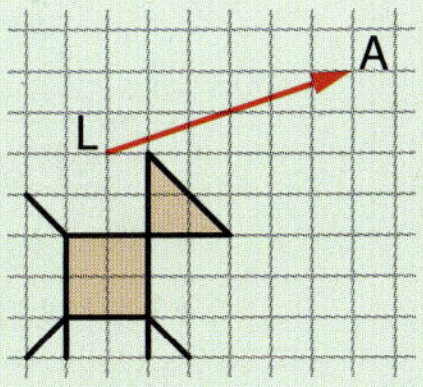


**Solution**

**1.** On commence par construire M′, l'image du point M par le glissement qui transforme L en A, c'est-à-dire en montant de 2 carreaux et en avançant de 6 carreaux vers la droite.
On complète en construisant une figure superposable.

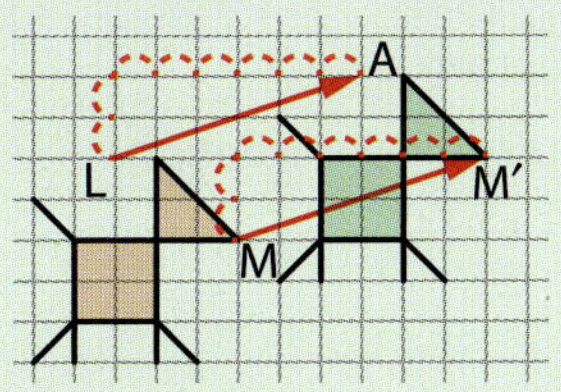


**2.** L'aire de la figure orange est de 6 carreaux.
Comme l'image d'une figure par une translation est une figure superposable, la figure image a la même aire que la figure de départ.
Ainsi, l'aire de la figure obtenue est de 6 carreaux.

**À toi de jouer**

**4** **1.** Reproduire la figure ci-contre, puis construire l'image de cette figure par la translation de vecteur $\overrightarrow{IJ}$.
**2.** L'unité d'aire est un carreau. Déterminer l'aire des pétales de la figure obtenue.

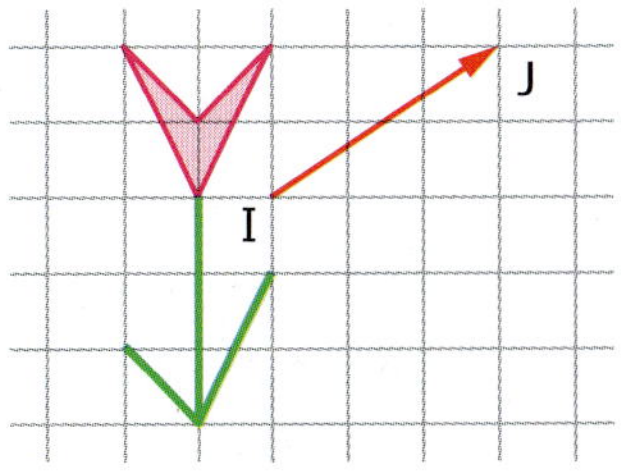


→ Corrigé p. 313

## Cours

# 2 Transformer une figure par rotation

**Définition**

Transformer une figure par **rotation**, c'est la faire tourner autour d'un point.

Une rotation est définie par :
- un centre ;
- un angle de rotation ;
- un sens de rotation (horaire ou antihoraire).

**Exemple**

La figure $\mathscr{F}'$ a été obtenue en faisant tourner la figure $\mathscr{F}$ autour du point O d'un angle de 110° dans le sens antihoraire.
A′, B′, C′ et D′ sont les images respectives des points A, B, C et D par la rotation de centre O et d'angle 110° dans le sens antihoraire.
On dit que la figure $\mathscr{F}$ a pour image la figure $\mathscr{F}'$.

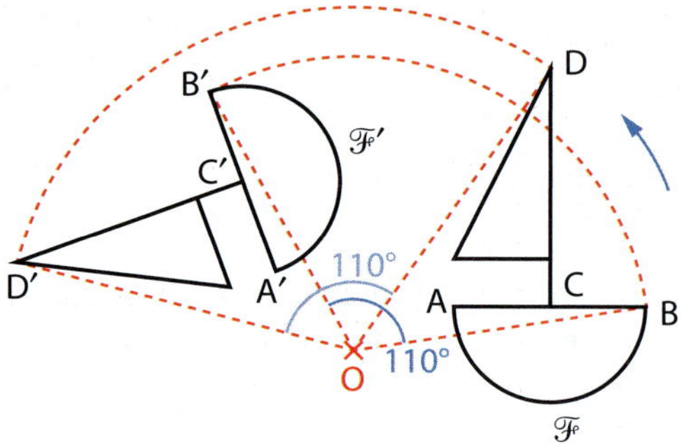


**Remarque**

La rotation de centre O et d'angle 180° est la symétrie centrale de centre O.

**Propriétés**

- Une figure et son image par une rotation sont superposables.
- La rotation conserve les alignements, les mesures des angles, les longueurs et les aires.

**Définition**

Une **rosace** est constituée d'un motif qui est reproduit plusieurs fois par rotation.

**Exemple**

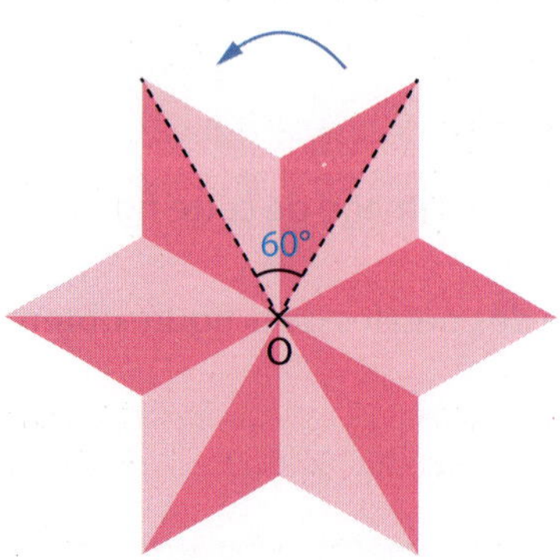


**Rosace**

**Motif**

# Savoir-faire

## 2 Transformer une figure par rotation

**5** Construire l'image de la figure ci-contre par la rotation de centre B et d'angle 90° dans le sens antihoraire, en utilisant le quadrillage.

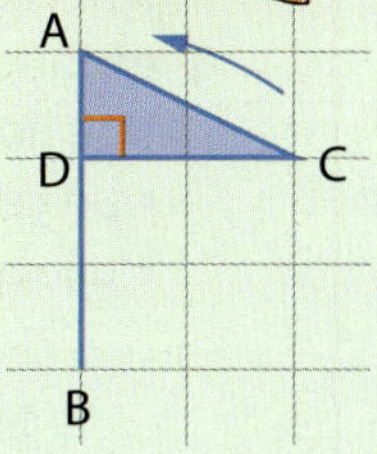


**Solution**

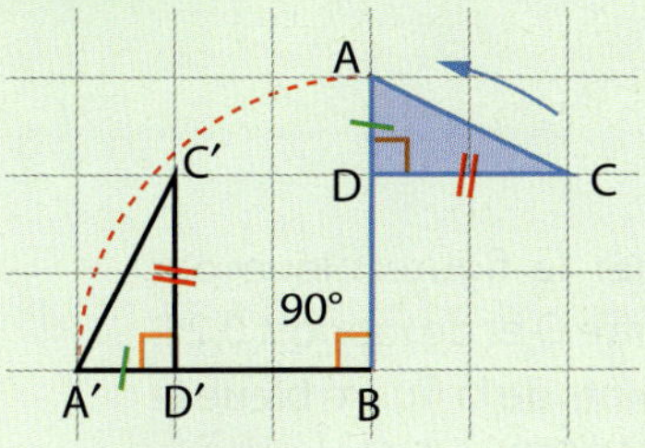

- **On choisit par exemple le point A. On trace un quart de cercle de centre B et de rayon BA, dans le sens de la flèche. On obtient A', l'image de A.**
- **On complète en construisant une figure superposable et en vérifiant l'image de chaque point.**

**À toi de jouer**

**6** Reproduire la figure ci-contre et construire son image par la rotation de centre B et d'angle 90° dans le sens antihoraire.

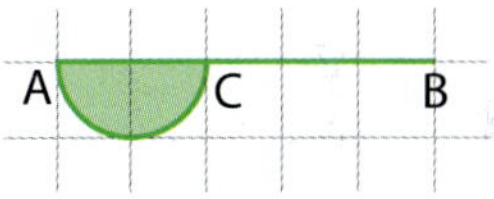


→ **Corrigé** p. 313

**7** Construire l'image de cette figure par la rotation de centre O et d'angle 60° dans le sens antihoraire.

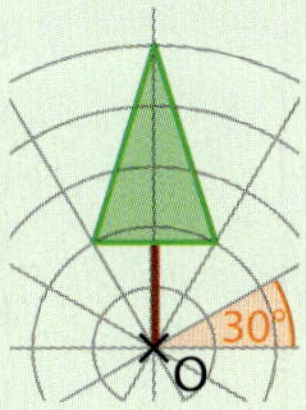


**Solution**

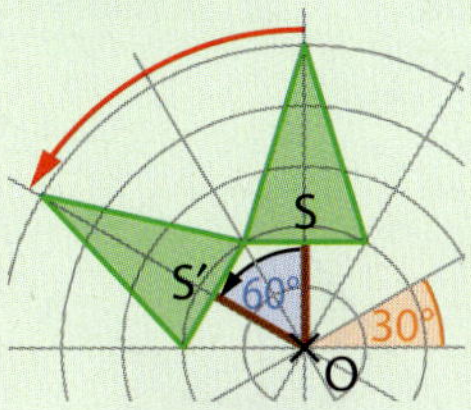


- On construit le point S' image du point S par la rotation de centre O et d'angle 60° dans le sens antihoraire.
Pour cela, on trace un arc de cercle de centre O et de rayon SO dans le sens de la rotation, puis on place S' sur cet arc tel que $\widehat{SOS'} = 60°$.
- On complète en construisant une figure superposable.
La figure a tourné de 60° autour du point O.

**À toi de jouer**

**8** Reproduire une figure comme celle proposée ci-contre puis construire son image par la rotation de centre O et d'angle 110° dans le sens horaire.

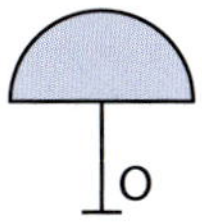


→ **Corrigé** p. 313

**9** Dessiner le motif qui permet de construire cette rosace par rotation. Décrire cette rotation.

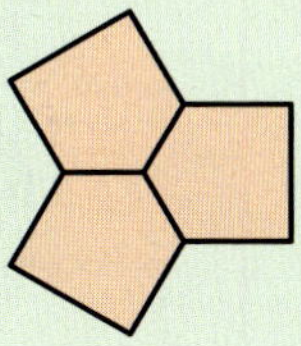

**Solution**

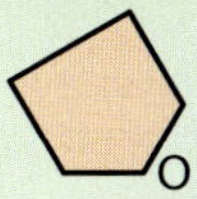


360° ÷ 3 = 120°. Le sens de la rotation n'a pas d'importance.
On obtient la rosace en construisant les images successives de ce motif par une rotation de centre O et d'angle 120°.

**À toi de jouer**

**10** 1. Dessiner le motif qui permet de construire cette rosace par rotation. Décrire cette rotation.
2. Construire cette rosace à la main ou à l'aide d'un logiciel de géométrie dynamique.

→ **Corrigé** p. 313

# 3 Transformer une figure par homothétie

**Définition**

Soit O un point. Transformer une figure par une **homothétie** de centre O, c'est l'agrandir ou la réduire en faisant glisser ses points le long de droites passant par O.
Une homothétie est définie par :
- un centre ;
- un rapport $k$ non nul.

**Exemple 1**

On veut transformer la figure bleue par l'homothétie de centre O et de rapport 3.
On fait glisser les points de la figure bleue le long des droites (OA), (OB) et (OC).

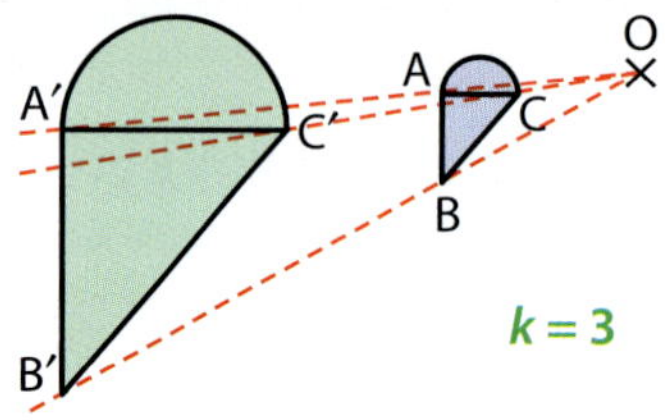


La figure verte est un agrandissement de rapport 3 de la figure bleue : toutes les longueurs sont multipliées par 3.

Lorsque $k > 1$, l'homothétie effectue un agrandissement de la figure.

**Exemple 2**

On veut transformer la figure bleue par l'homothétie de centre O et de rapport 0,25.
On fait glisser les points de la figure bleue le long des droites (OA), (OB) et (OC).

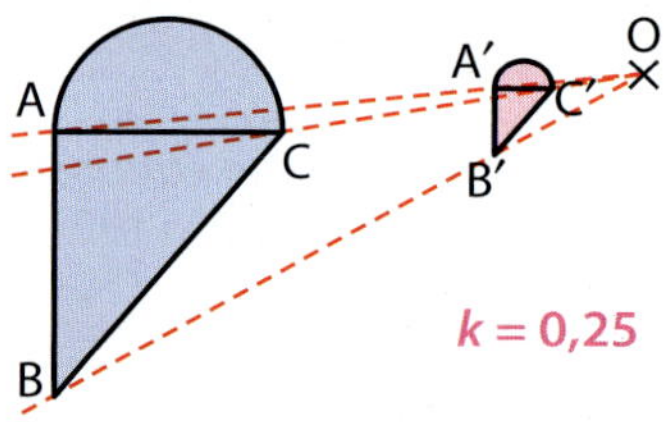


La figure rose est une réduction de rapport 0,25 de la figure bleue : toutes les longueurs sont multipliées par 0,25.

Lorsque $0 < k < 1$, l'homothétie effectue une réduction de la figure.

**Exemple 3**

Lorsqu'on fait glisser les points d'une figure de l'autre côté du centre de l'homothétie, la figure est « retournée » par rapport à ce centre.
C'est le cas où le rapport de l'homothétie est négatif.

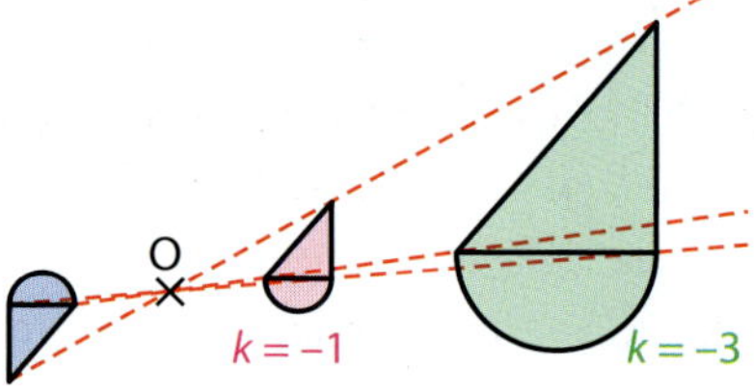


**Remarque**

L'homothétie de rapport −1 et de centre O est la symétrie de centre O.

**Propriétés**

- Une figure et son image par une homothétie ont la même forme.
L'homothétie conserve les alignements et les mesures des angles.
- Par une homothétie de rapport $k > 0$, les longueurs sont multipliées par $k$ et les aires par $k^2$.

**Exemple**

Le rectangle A′B′C′D′ est l'image du rectangle ABCD par l'homothétie de centre O et de rapport $k = 3$.
AB = 2 cm donc A′B′ = 3 × AB = 6 cm.
$\mathcal{A}_{ABCD} = 2\text{ cm}^2$
donc $\mathcal{A}_{A'B'C'D'} = 3^2 \times \mathcal{A}_{ABCD} = 9 \times 2\text{ cm}^2 = 18\text{ cm}^2$.

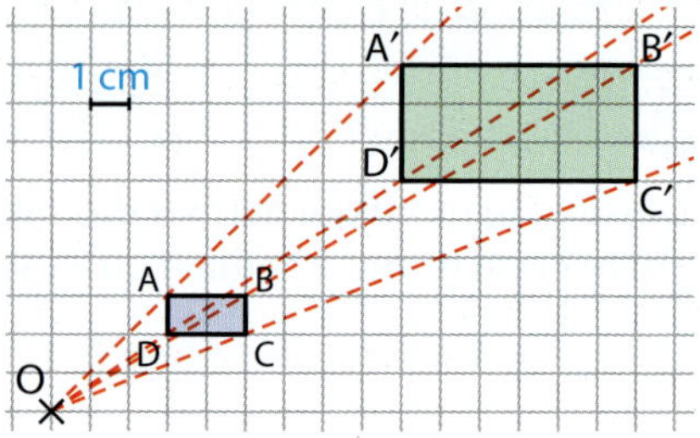

# Savoir-faire

Apprends à l'aide des exercices résolus puis entraine-toi !

## 3 Transformer une figure par homothétie

**11** Tracer un triangle MFC rectangle en C, puis construire son image :

**a.** par l'homothétie de centre R et de rapport 3

**b.** par l'homothétie de centre R et de rapport $\frac{-1}{2}$

**Solution**

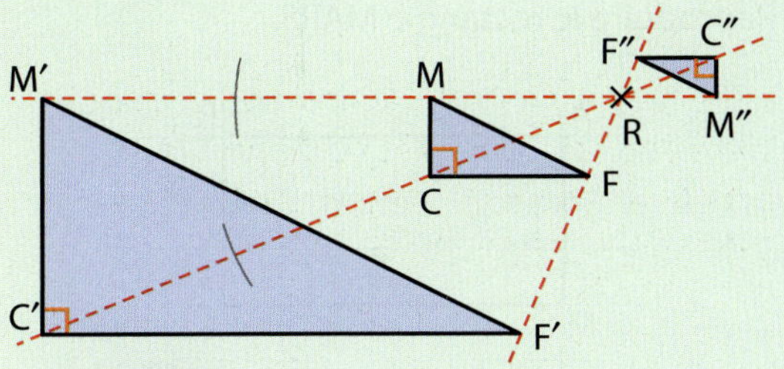


- Pour l'image de MFC par l'homothétie de centre R et de rapport 3 : on trace la demi-droite [RM), puis on reporte la longueur RM trois fois à partir du point R ;
on recommence pour le point C, puis on utilise les propriétés du triangle MCF et de l'homothétie.
- Pour l'image de MFC par l'homothétie de centre R et de rapport $\frac{-1}{2}$ :
on trace la droite (RM), puis on place le point M″ sur (RM), mais n'appartenant pas à la demi-droite [RM), tel que $M''R = \frac{MR}{2}$ ;
on recommence pour le point C, puis on utilise les propriétés du triangle MFC et de l'homothétie.

**À toi de jouer**

**12** Reproduire la figure ci-contre puis construire son image :

**a.** par l'homothétie de centre R et de rapport $\frac{1}{2}$

**b.** par l'homothétie de centre S et de rapport $-3$

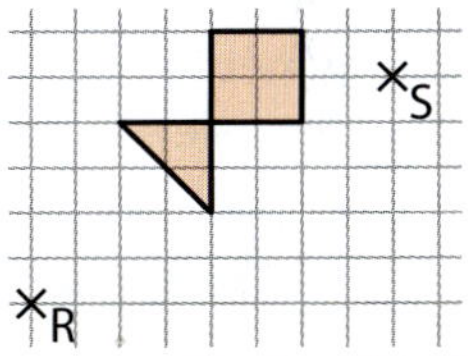


→ Corrigé p. 313

**13** Le périmètre du rectangle PAUL est égal à 24 cm, et son aire est égale à 32 cm$^2$.
MIRO est l'image de PAUL par une homothétie de rapport 3.

**1.** MIRO est-il un agrandissement ou une réduction de PAUL ?

**2.** Quelle est la nature du quadrilatère MIRO ?

**3.** Calculer le périmètre du quadrilatère MIRO.

**4.** Calculer l'aire du quadrilatère MIRO.

**Solution**

**1.** $3 > 1$ donc MIRO est un agrandissement de PAUL.

**2.** L'homothétie conserve les mesures des angles, PAUL est un rectangle, donc MIRO est un rectangle.

**3.** MIRO est l'image de PAUL par une homothétie de rapport 3, donc :
$\mathscr{P}_{MIRO} = 3 \times \mathscr{P}_{PAUL} = 3 \times 24 \text{ cm} = 72 \text{ cm}$.
Le périmètre de MIRO est égal à 72 cm.

**4.** $\mathscr{A}_{MIRO} = 3^2 \times \mathscr{A}_{PAUL} = 9 \times 32 \text{ cm}^2 = 288 \text{ cm}^2$.
L'aire de MIRO est égale à 288 cm$^2$.

Dans une homothétie de rapport 3, les longueurs sont multipliées par 3, les aires par $3^2$.

**À toi de jouer**

**14** Le périmètre du triangle rectangle ZOE est 12 cm, son aire est égale à 6 cm$^2$.

**1.** Calculer l'aire et le périmètre du triangle MAX, image de ZOE par une homothétie de rapport 2,5.

**2. a.** Calculer l'aire et le périmètre du triangle LYN, image de ZOE par une homothétie de rapport $\frac{-1}{2}$.

**b.** Préciser si le triangle LYN est un agrandissement ou une réduction du triangle ZOE et donner la nature de ce triangle.

→ Corrigé p. 313

# Exercices

Ressources téléchargeables

## Transformer une figure par symétrie ou translation

→ Savoir-faire p. 205

### QUESTIONS FLASH

**15** Citer :

**a.** deux triangles symétriques par rapport à un axe ;

**b.** deux triangles symétriques par rapport à un point ;

**c.** un triangle et son image par une translation.

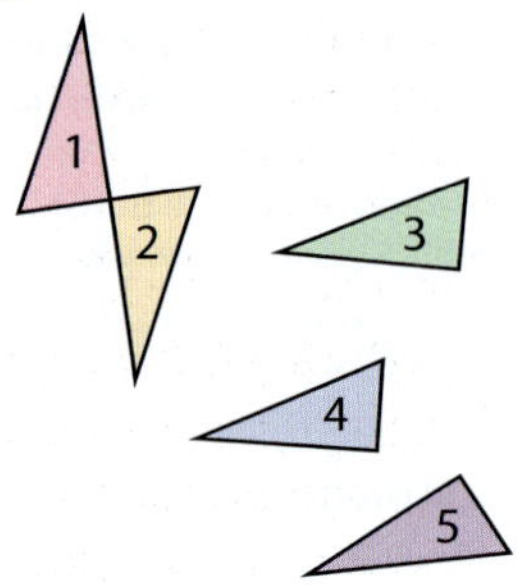


**16** Associer à chaque **transformation** un **verbe** et un **élément caractéristique**.

Symétrie centrale | Glisser | Symétrie axiale | Droite | Translation | Faire un demi-tour | Point | Vecteur | Retourner

Questions flash supplémentaires

**17** **1.** Reproduire la figure ci-dessous sachant que RS = 3 cm et que les points R, S et O sont alignés.

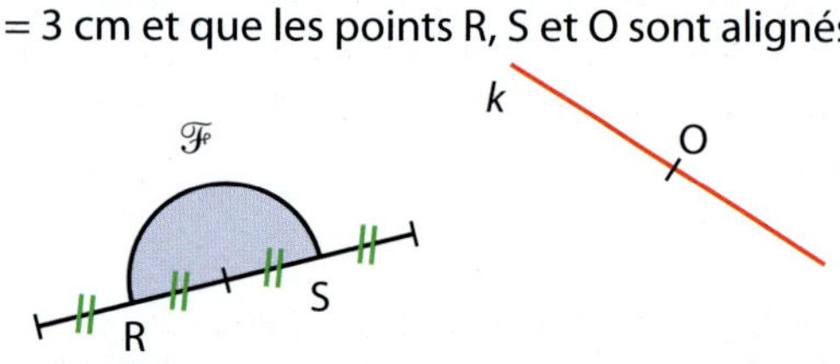


**2.** Construire le symétrique de la figure ℱ par rapport à la droite *k*.

**3.** Construire le symétrique de la figure ℱ par rapport au point O.

**18** Reproduire chaque figure puis construire, en utilisant le quadrillage, son image par la translation de vecteur indiqué.

**a.**

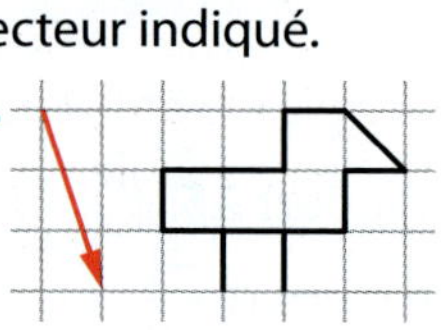

**b.**

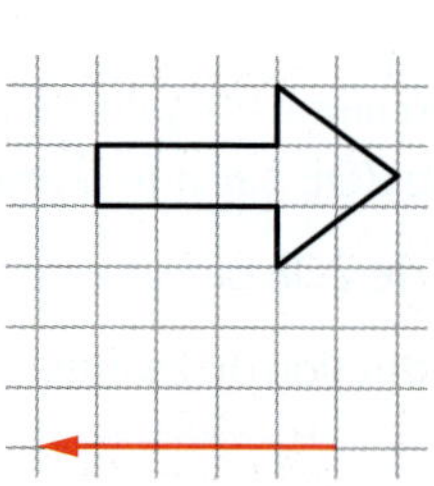

**19** ABCDEFGH est un pavé droit que l'on a représenté ci-contre en perspective cavalière.

Par la translation de vecteur $\overrightarrow{BC}$, quelle est :

**a.** l'image du point A ?

**b.** l'image du point E ?

**c.** l'image du point F ?

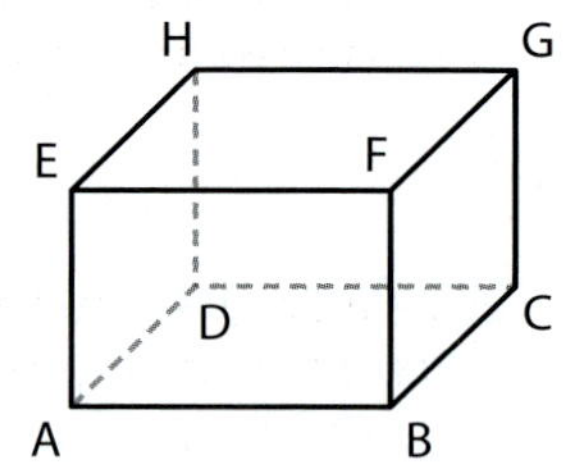


**20** **1.** Reproduire le rectangle MARS.

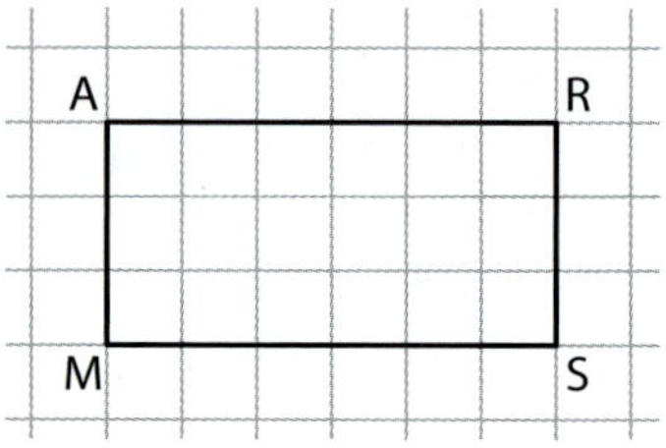


**2.** Construire l'image du rectangle MARS par la translation de vecteur $\overrightarrow{RM}$.

**3.** Construire le symétrique de MARS par la symétrie d'axe (AS).

**4.** Construire le symétrique de MARS par la symétrie de centre R.

**5.** Tracer une réduction de MARS de rapport $\frac{1}{3}$.

### MODE EXPERT

**21** **1.** Reproduire la figure ci-contre.

**2.** Construire le symétrique de ABCD par rapport à la droite (BC).

**3.** Construire le symétrique de ABCD par rapport au point D.

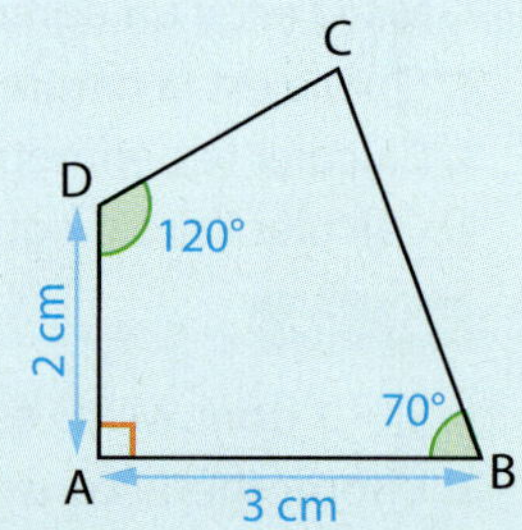


**4.** Construire l'image de ABCD par la translation de vecteur $\overrightarrow{DC}$.

**22** Sur la figure suivante, ABCD est un carré.

• Déterminer l'aire exacte de l'image de cette figure par la translation de vecteur $\overrightarrow{AB}$.

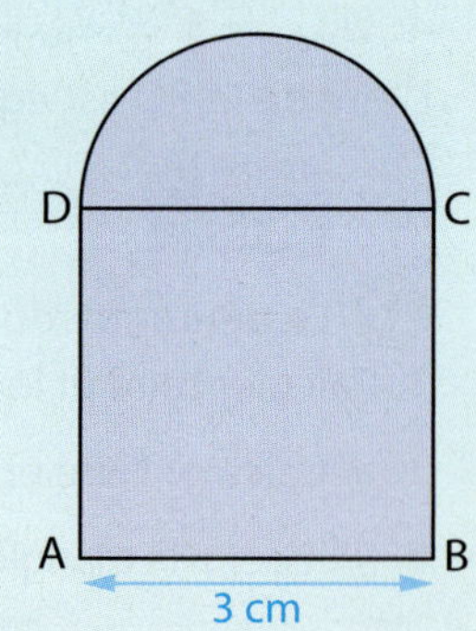

## Transformer une figure par rotation

→ Savoir-faire p. 207

**Dans les exercices suivants, sauf mention contraire, le sens de rotation est le sens antihoraire.**

### QUESTIONS FLASH

**23** Flore a tracé les images de la figure violette par différentes rotations de centre I.
Dans chacun des cas suivants, une construction n'est pas correcte. Laquelle ? Expliquer pourquoi.

a.

b.

c.

d.

**24** Dans chacun des cas suivants, la figure bleue est l'image de la figure grise par une rotation.
• Associer chaque figure à la rotation qui lui correspond.

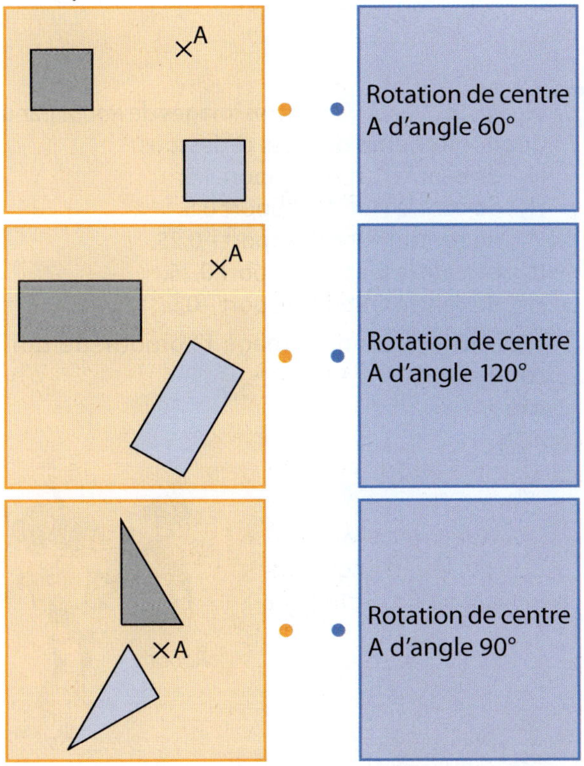


Questions flash supplémentaires

**25** Reproduire à main levée les figures ci-dessous, puis leur image par la rotation de centre O et d'angle 90°. Vérifier avec un papier calque.

a.

b.

**26** ABCD est un carré de centre O. Roméo affirme que l'image du triangle AOD par la rotation de centre O et d'angle 90° dans le sens horaire est le triangle AOB. Eneko affirme que c'est le triangle DOC.

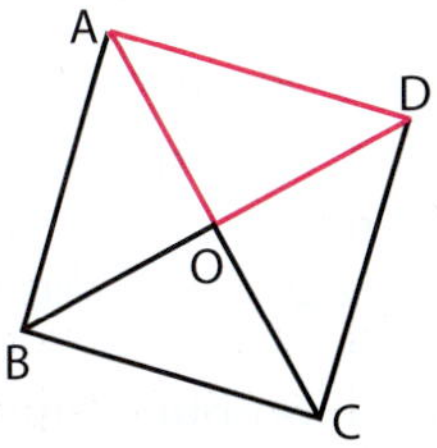


1. Qui a raison ? Expliquer l'erreur de celui qui a tort.
2. Le professeur leur demande à présent de construire l'image du carré par cette même rotation. Ils sont ravis. Expliquer pourquoi.

**27** Cette figure est constituée de 6 losanges superposables.

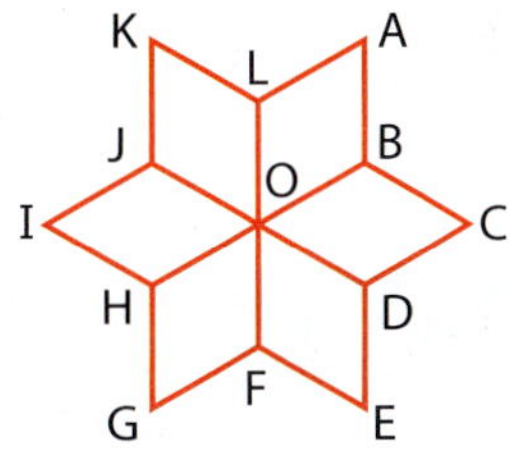


1. Par la rotation de centre O et d'angle 120°, quelle est l'image de ALOB ?
2. Quel est l'angle de la rotation de centre O qui transforme ALOB en EDOF ?

**28** Reproduire la figure ci-contre puis construire, en utilisant le quadrillage, son image par la rotation de centre O et d'angle 90°.

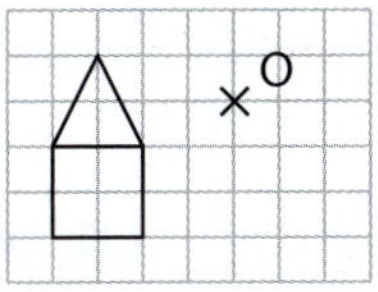


**29** Tracer un rectangle ABCD avec AB = 3 cm et BC = 2 cm, puis construire son image par la rotation de centre A et d'angle 120°.

**30** Construire une figure comme celle proposée ci-contre, puis construire son image par la rotation de centre R et d'angle 30° dans le sens horaire.

**31** 1. Reproduire ce triangle rectangle et construire son image par la rotation de centre I et d'angle 180°.

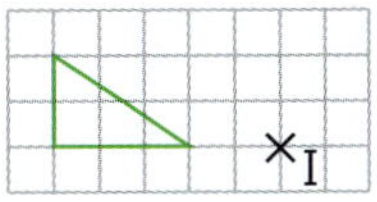


2. Que peut-on dire d'une telle rotation ?

# Exercices

**32** Cette rosace est construite à partir d'un même motif qui est reproduit plusieurs fois par la rotation de centre A et d'angle 45°.

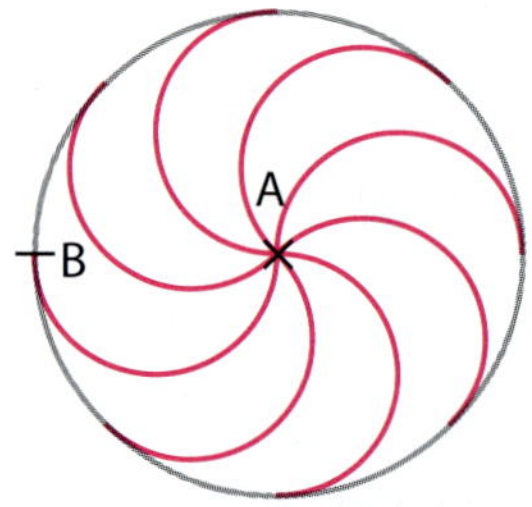


**1.** Décrire ce motif.

**2.** Représenter cette rosace sur papier ou à l'aide d'un logiciel de géométrie dynamique.

**33** Reproduire le triangle suivant, puis réaliser une rosace en construisant les images successives de ce triangle par la rotation de centre C et d'angle 60°.

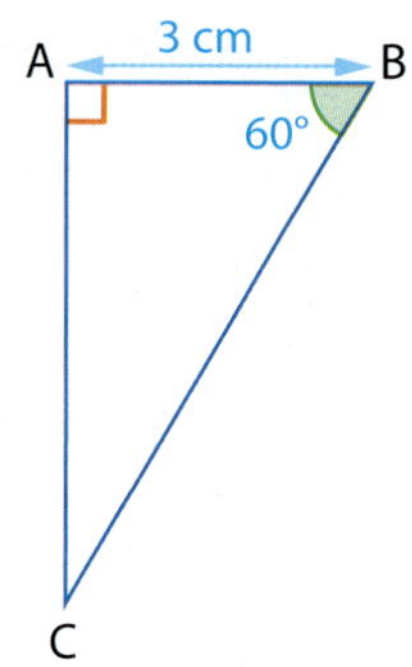


## MODE EXPERT

**34** Le quadrillage ci-contre est réalisé avec des triangles équilatéraux. Le bateau gris est l'image du bateau bleu par une rotation.

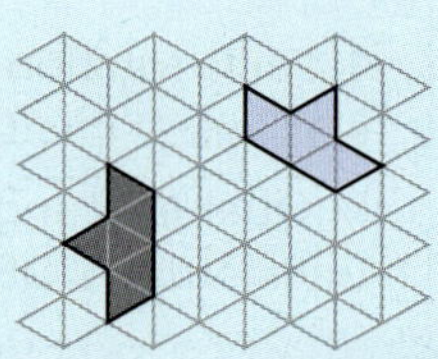

- Retrouver les éléments caractéristiques de cette rotation.

**35** LOIR est l'image d'un carré BLEU par la rotation de centre L et d'angle 140°.

- Les points B, L et I sont-ils alignés ? Justifier la réponse.

**36** Une rosace a été réalisée avec le motif ci-dessous, qui a été reproduit par des rotations successives d'angle 60° et de centre D. C est le milieu de [AB], AB = 2 cm et CD = 3 cm.

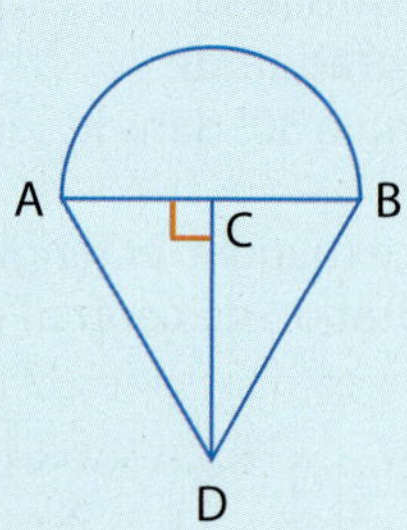


- Quelle est l'aire de cette rosace ?

## Transformer une figure par homothétie

→ Savoir-faire p. 209

### QUESTIONS FLASH

**37** Pour chaque dessin, Nolan a tracé l'image de la figure rose par une homothétie de centre O.
À chaque fois, une des constructions n'est pas correcte. Laquelle ? Expliquer son erreur.

**38** Le pentagone FLORE a un périmètre de 25 cm et une aire de 43 cm².

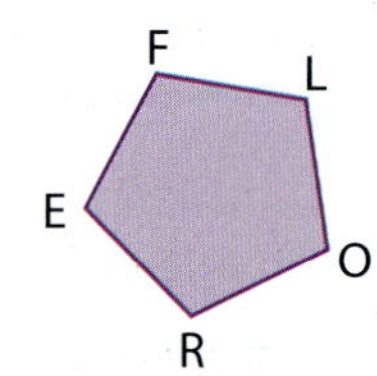


- Déterminer le périmètre et l'aire de l'image de FLORE par une homothétie de rapport –2.

Questions flash supplémentaires

**39** $\mathcal{R}_1$, $\mathcal{R}_2$, $\mathcal{R}_3$, $\mathcal{R}_4$ et $\mathcal{R}_5$ sont les images de *Robot* par une des homothéties décrites ci-dessous.
$H_1$ : de centre C et de rapport 1,5.
$H_2$ : de centre F et de rapport 0,5.
$H_3$ : de centre F et de rapport –0,25.
$H_4$ : de centre C et de rapport 0,25.
$H_5$ : de centre C et de rapport –0,5.

- Associer à chaque image l'homothétie qui lui correspond.

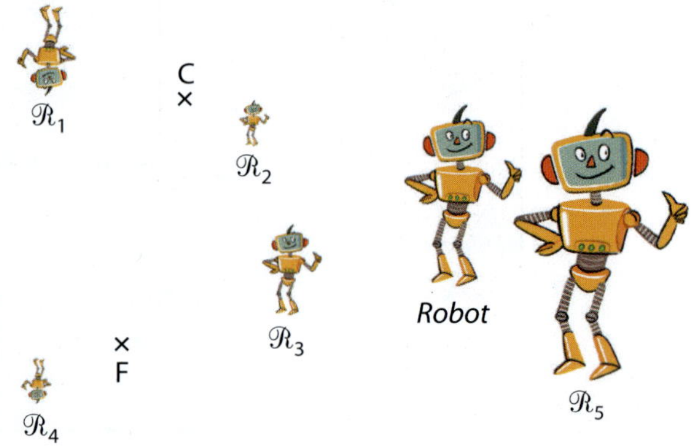

**40** Reproduire chaque figure, puis construire son image à main levée par :

**a.** l'homothétie de centre O et de rapport –4

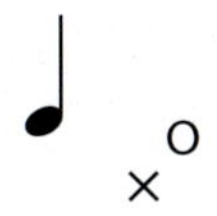


**b.** l'homothétie de centre O et de rapport 0,5

**41** Reproduire la figure ci-dessous sur un quadrillage, puis construire son image par l'homothétie de centre J et de rapport –3.

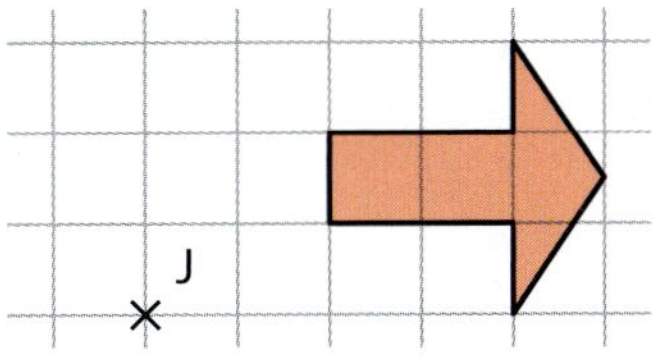


**42** Tracer un triangle NIL et construire son image par l'homothétie de centre I et de rapport 3.

**43** **1.** Construire un triangle DRA rectangle en D tel que DR = 6 cm et DA = 8 cm, puis placer un point O à l'extérieur de ce triangle tel que OA = 4 cm.

**2.** Construire l'image de DRA par l'homothétie de centre O et de rapport –0,6.

**44** **1.** Reproduire ce triangle rectangle et construire son image par l'homothétie de centre I et de rapport –1.

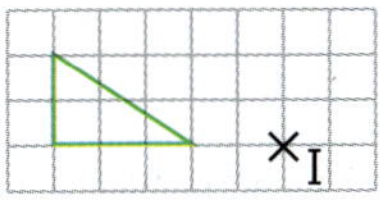


**2.** Que peut-on dire d'une telle homothétie ?

**45** Noa a commencé à construire l'image R'H'I'N' d'un rectangle RHIN par une homothétie de centre O et de rapport 4, mais cet agrandissement ne rentre pas sur sa feuille.

• Aider Noa à calculer le périmètre et l'aire de R'H'I'N'.

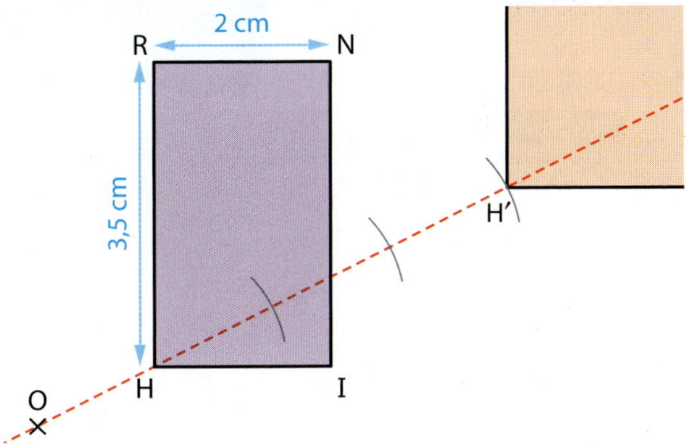


**46** Medhi a tracé l'image du triangle ABC par des homothéties de centre D et de rapport :

0,5 ; 0,3 ; –0,3 et –0,5.

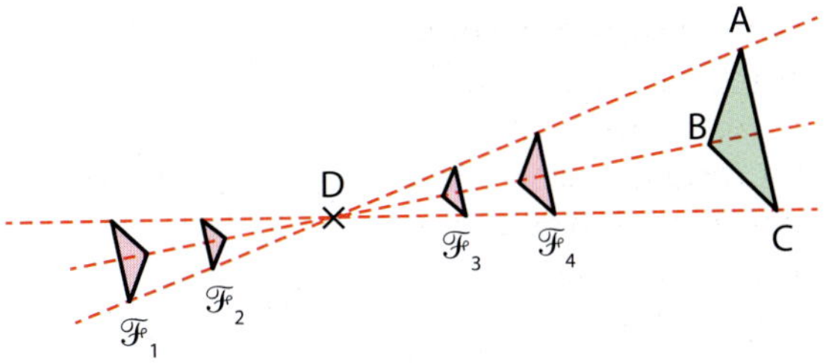


**1.** Associer à chacun des triangles $\mathcal{F}_1$, $\mathcal{F}_2$, $\mathcal{F}_3$ et $\mathcal{F}_4$ l'homothétie qui lui correspond.

**2.** Sachant que l'aire du triangle ABC est 1,5 cm², calculer l'aire de chacune de ses réductions.

**47** **1.** L'image d'un carré CUBE par une homothétie de rapport –2 a un périmètre 20 cm. Calculer le périmètre du carré CUBE.

**2.** L'image d'un triangle TRI par une homothétie de rapport 0,5 a pour aire 4 dm². Calculer l'aire du triangle TRI.

## MODE EXPERT

**48** Dans chaque cas, reproduire la figure puis déterminer le centre et le rapport de l'homothétie qui permet de passer de la figure rose à la figure jaune.

**a.**

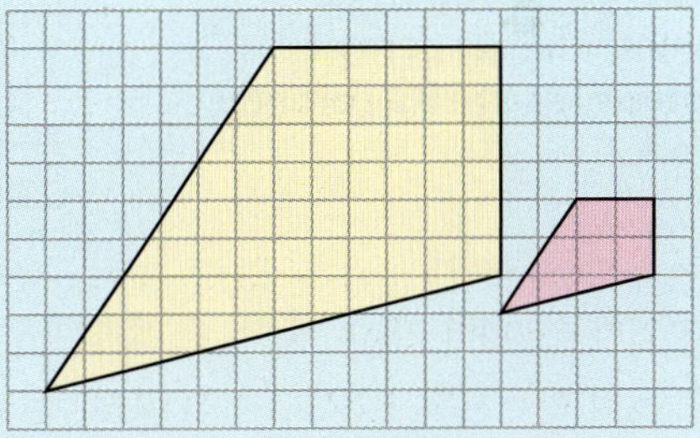

**b.**

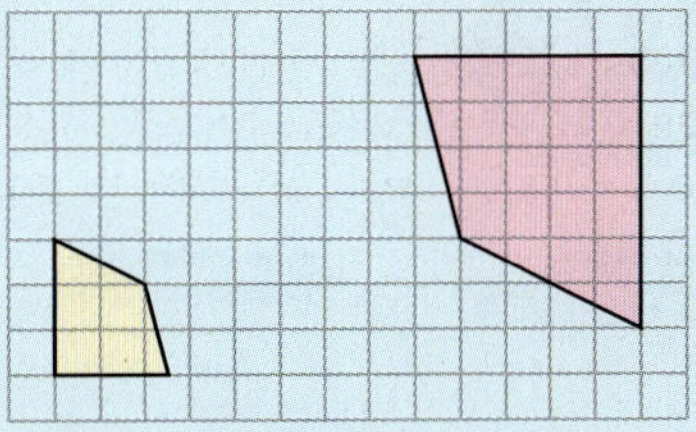

**49** Un rectangle a une aire de 3 cm² et son image par une homothétie a une aire de 27 cm².

• Déterminer le ou les rapports possibles de cette homothétie.

# Faire le point

Version interactive du QCM

Vérifie tes connaissances.

## QCM

**Donner la ou les bonnes réponses parmi les trois proposées.**

### 1 Transformer une figure par symétrie ou translation

| | Réponse A | Réponse B | Réponse C |
|---|---|---|---|
| 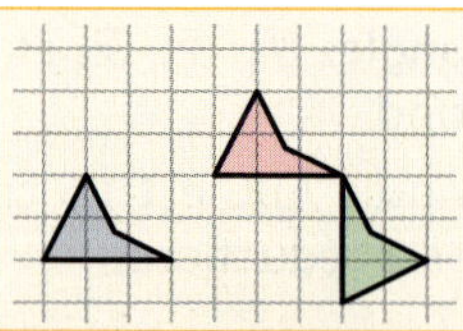 Pour passer de la figure bleue à la figure rose puis à la figure verte, on a effectué successivement : | une translation puis une symétrie centrale | une translation puis une symétrie axiale | une symétrie axiale puis une symétrie centrale |

### 2 Transformer une figure par rotation

| | Réponse A | Réponse B | Réponse C |
|---|---|---|---|
| Dans quel cas la figure violette est-elle l'image de la figure verte par la rotation de centre O et d'angle 45° dans le sens antihoraire ? | 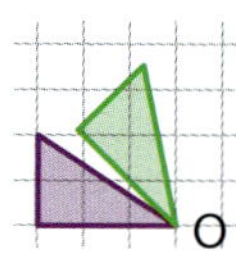 | 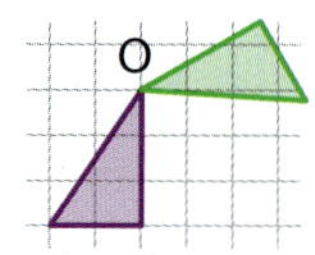 | 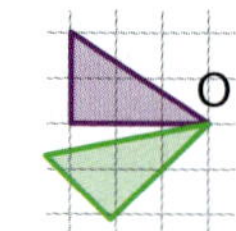 |

### 3 Transformer une figure par homothétie

| | Réponse A | Réponse B | Réponse C |
|---|---|---|---|
| **1.** La figure orange est l'image de la figure bleue par l'homothétie de centre P et de rapport 2. Quelle est la figure exacte ? | 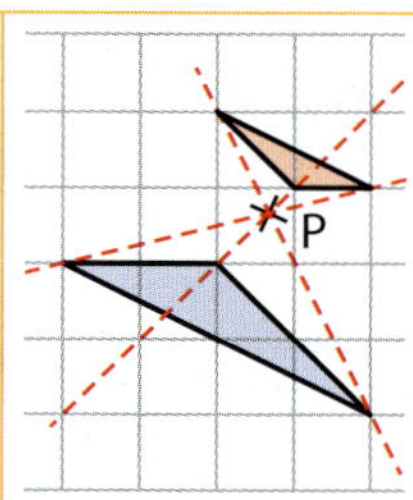 | 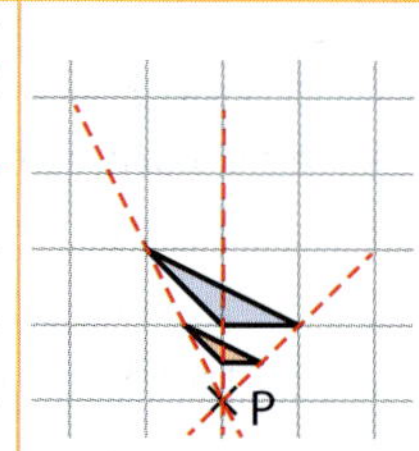 | 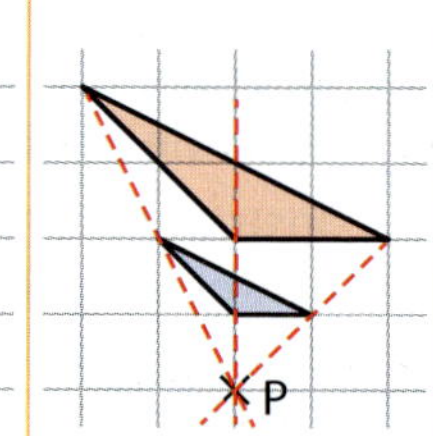 |
| **2.** Quel est le rapport de l'homothétie qui permet d'obtenir le carré B à partir du carré A ? Carré A 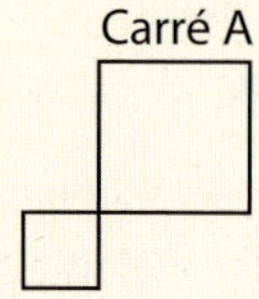 Carré B | −0,5 | 2 | 0,5 |

➜ **Corrigé** p. 313

## Carte mentale

Ressource téléchargeable

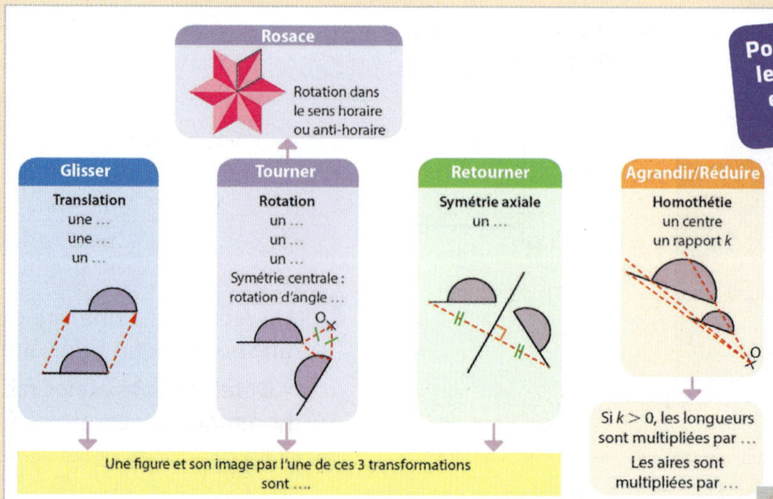


Pour t'aider à retenir le cours, télécharge et complète cette carte mentale.

# Algorithmique et outils numériques

## 50 De la profondeur

Romain doit réaliser ce logo à l'aide d'un logiciel de géométrie dynamique.

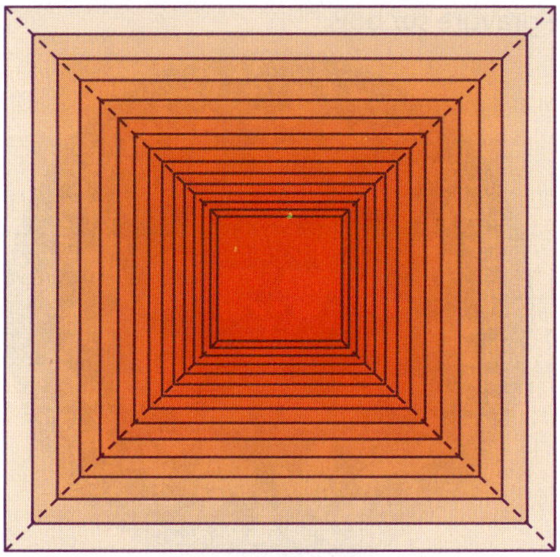

Cette figure est formée d'un carré qui est reproduit plusieurs fois par une homothétie de rapport 0,9.

**1.** Quel est le centre de cette homothétie ?

**2.** En utilisant l'outil , réaliser cette figure à l'aide d'un logiciel de géométrie dynamique.

## 51 Une propriété des homothéties

**1.** Avec un logiciel de géométrie dynamique, créer un segment [AB].
Placer ensuite un point C n'appartenant pas à ce segment.
Tracer l'image du segment [AB] par l'homothétie de centre C et de rapport 2,6.
Tracer l'image du segment [AB] par l'homothétie de centre C et de rapport 0,2.

**2.** En utilisant l'outil , préciser la position de ces deux segments par rapport au segment [AB] .
Quelle propriété des homothéties peut-on conjecturer ?

**3.** Quel théorème pourrait permettre de démontrer cette conjecture ? Rédiger cette démonstration.

## 52 Carré tournant

Julia doit réaliser ce logo à l'aide d'un logiciel de géométrie dynamique. Cette figure est formée d'un carré qui est reproduit plusieurs fois par une rotation.

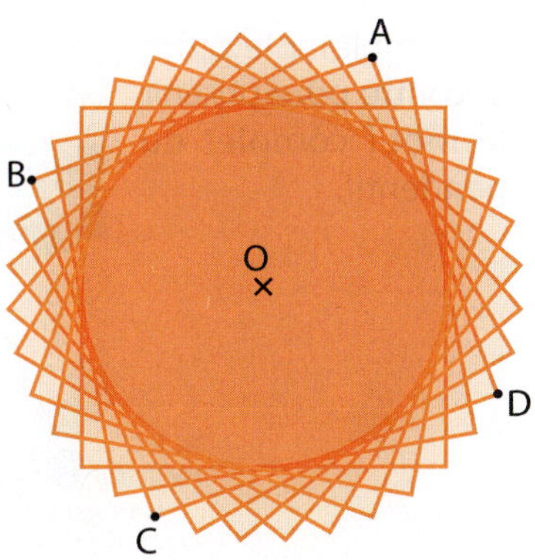


**1.** Décrire la rotation d'angle le plus petit possible qui permet, en l'appliquant plusieurs fois, d'obtenir cette figure.

**2.** Réaliser cette figure en effectuant le minimum de rotations.

**3.** Sur quel lieu géométrique se trouvent les sommets des carrés ?

## 53 Le faussaire

Utiliser un logiciel de géométrie dynamique pour réaliser ce tableau, sachant que :

- ABCD est un carré de côté 12 cm ;
- M est le milieu de [AD] et N est le milieu de [AB] ;
- E est l'intersection des segments [BD] et [CN] ;
- F est l'intersection de [CM] et [BD] ;
- $G \in [AD]$ et $H \in [AB]$ tels que EFGH soit un carré ;
- les trois autres carrés sont obtenus en construisant les images du carré EFGH par les homothéties de centre C et de rapports respectifs $\frac{1}{2}$, $\frac{1}{4}$ et $\frac{1}{8}$.

*Arithmetic Composition*, réalisé par l'artiste peintre hollandais Theo Van Doesburg.

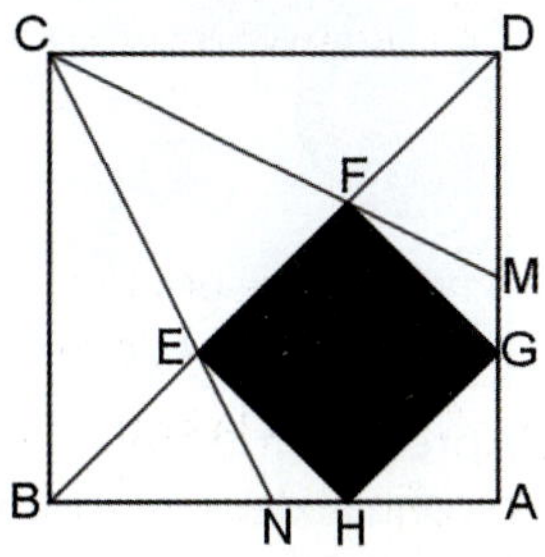


## 54 La rosace

À l'aide du logiciel Scratch, réaliser la rosace suivante où chaque pétale est un losange défini comme ci-dessous.

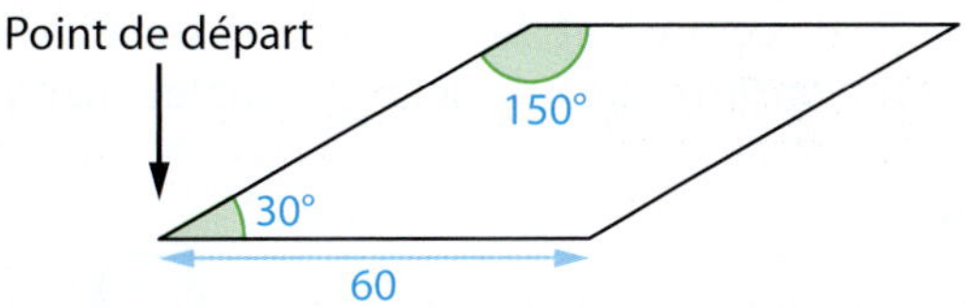


## 55 À toi de créer !

**Prise d'initiative**

**1.** À l'aide de différents outils d'un logiciel de géométrie dynamique, créer un motif de base.

**2.** À partir de ce motif, créer une rosace.

# Problèmes

ceinture jaune — ceinture verte — ceinture noire

## 56 Fête foraine

Chercher

À la fête foraine, une roue est constituée de 8 secteurs circulaires superposables. Le nombre de points gagnés est indiqué au-dessus du secteur rouge. Les chiffres de 0 à 7 sont fixes.

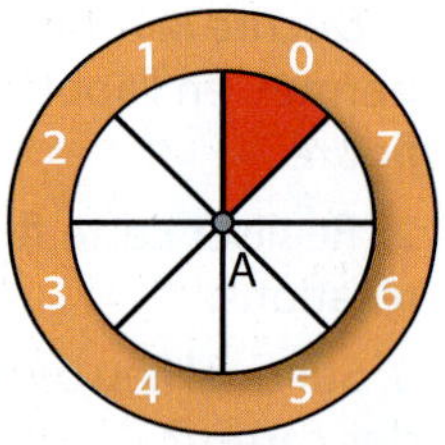


Emma tourne cette roue dans le sens horaire : elle effectue un tour complet, puis une rotation de centre A et d'angle 135°.

- Combien de points gagne-t-elle ?

## 57 Les Dalton

Chercher, Communiquer

Après avoir observé ce dessin, Lili affirme qu'elle reconnait deux transformations géométriques. Arthur lui répond qu'elle se trompe.

**1.** À quelles transformations Lili pense-t-elle ?

**2.** Lequel des deux a raison ? Justifier.

## 58 Invader

Représenter

L'artiste de rue Invader a l'habitude de réaliser des *Space Invaders* en mosaïque, comme représenté ci-contre.

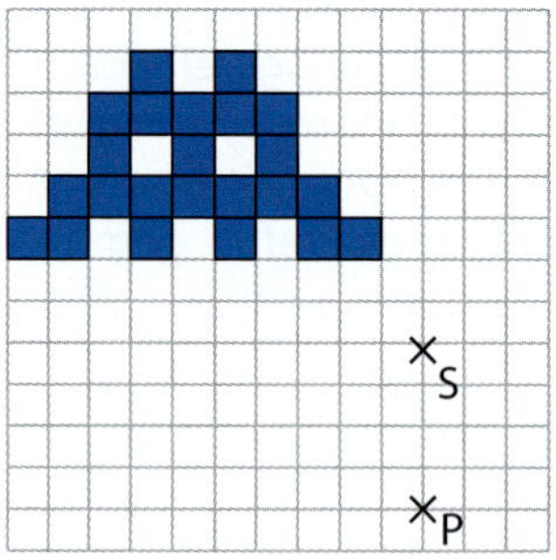


**1.** Reproduire la figure.

**2.** Construire son image par l'homothétie de centre S et de rapport 3, et son image par la rotation de centre P d'angle 90° dans le sens horaire.

## 59 The torn page

Représenter

Alex has torn a page of her book by mistake. She has just remembered that she had drawn a drop and its image using a transformation.

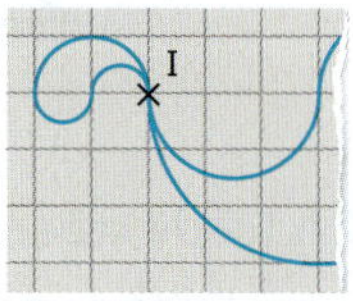


**1.** Help Alex find out this transformation and the specific elements.

**2.** Reproduce the figure and complete it on a paper.

## 60 Transformations artistiques

Chercher, Communiquer

Voir point info p. 201.

Leïla s'interroge sur les transformations que M. C. Escher a utilisées pour réaliser cette gravure sur bois.

- Après avoir bien observé cette œuvre, aider Leïla à retrouver toutes ces transformations et à en donner les éléments caractéristiques.

## 61 Le pendentif

Modéliser

Un joaillier a fabriqué ce pendentif en or à partir de pierres taillées en triangles équilatéraux de mêmes dimensions.

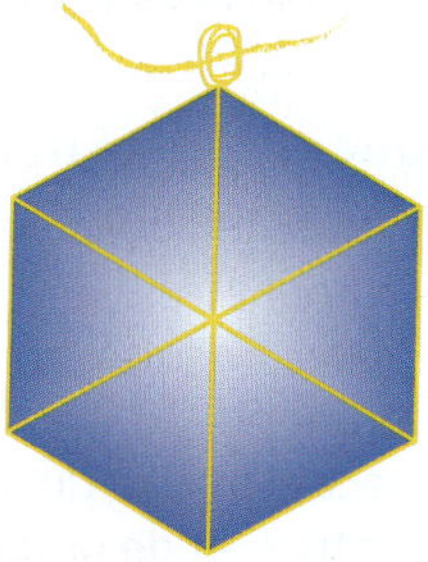

**1.** Compléter le bloc ci-contre pour obtenir un triangle équilatéral.

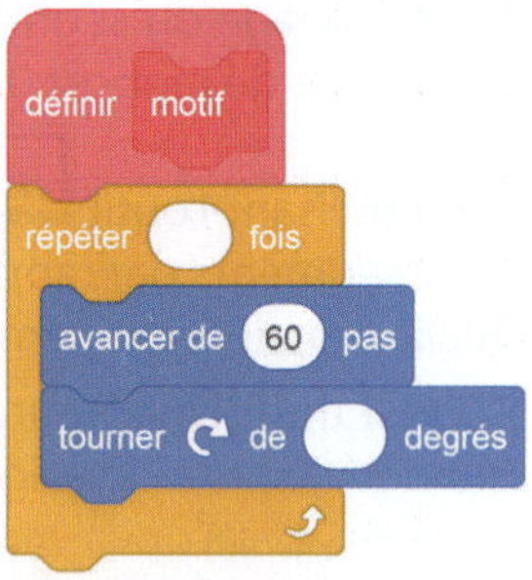


**2.** Compléter le script ci-contre pour obtenir le motif complet du pendentif.

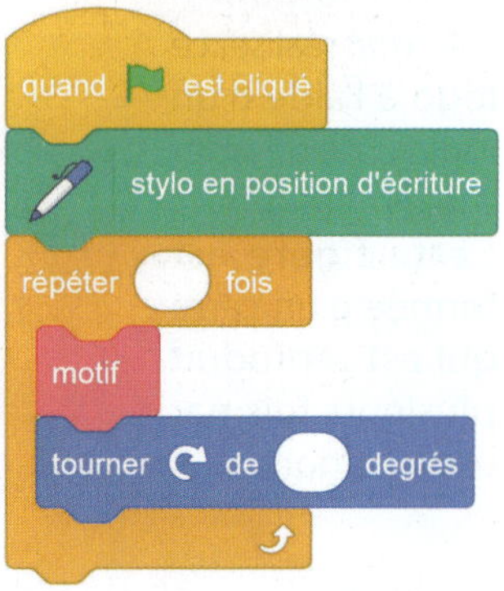

## 62 Une éolienne

Chercher, Calculer

Quentin et Pauline ont construit une éolienne dans leur jardin. La vitesse de rotation de cette éolienne est de 12 tours par minute en moyenne.

Les trois pales ont la forme de triangles rectangles identiques et régulièrement espacés.

Pour étudier leur position, ils ont réalisé le schéma suivant, dans lequel la flèche indique le sens de rotation.

On a : OA = 3 cm et $\widehat{AOB} = 15°$.

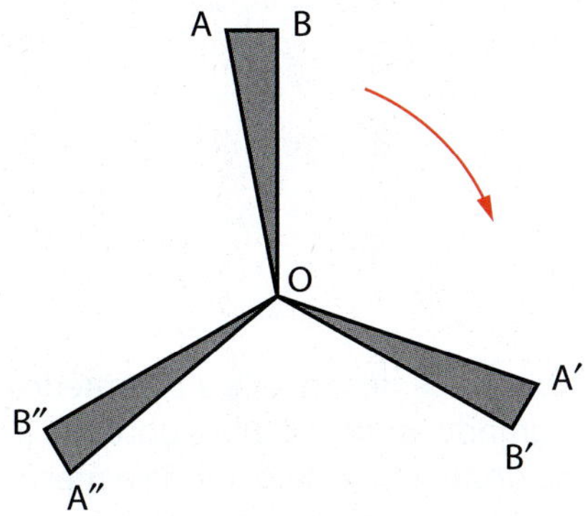


**1.** Reproduire ce schéma.

**2.** Construire la position des trois pales au bout d'une seconde de rotation.

## 63 Le Soleil a rendez-vous avec la Lune

Chercher, Calculer

Une éclipse totale de Soleil se produit lorsque la Lune se place devant le Soleil, occultant totalement l'image du Soleil depuis la Terre et donnant ainsi l'impression que le Soleil et la Lune ont le même rayon. Ce sont des évènements très rares et d'une durée très courte. Le 2 juillet 2019, l'éclipse solaire a duré 4 min 33 s et était visible en Argentine et au Chili.

On a schématisé ci-contre une éclipse totale observée à un endroit T de la Terre. On connait :

– la distance Terre-Lune : TL = $3{,}75 \times 10^5$ km ;

– la distance Terre-Soleil : TS = $1{,}5 \times 10^8$ km ;

– le rayon de la Lune : LL′ = 1 750 km ;

– le rayon du Soleil : SS′ = 700 000 km.

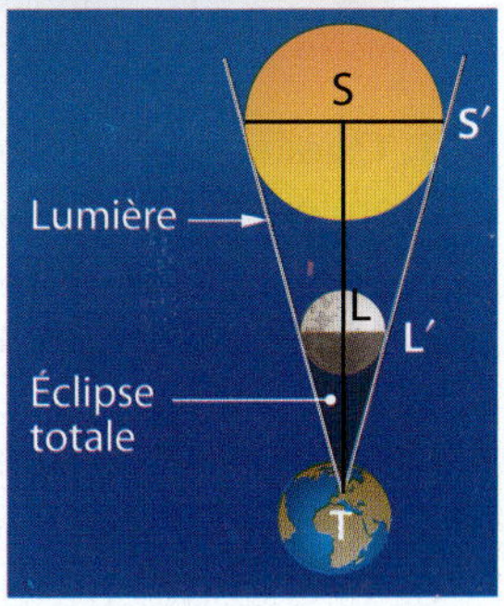


• Donner la transformation et ses éléments caractéristiques permettant de passer du disque représentant le Soleil à celui représentant la Lune. Justifier la réponse.

# DÉFIS & ÉNIGMES

## 64 Nid d'abeilles

Ce nid d'abeilles est composé d'hexagones réguliers superposables.

Léna veut coder le mot TROISIEME à l'aide de rotations, toutes de sens antihoraire.

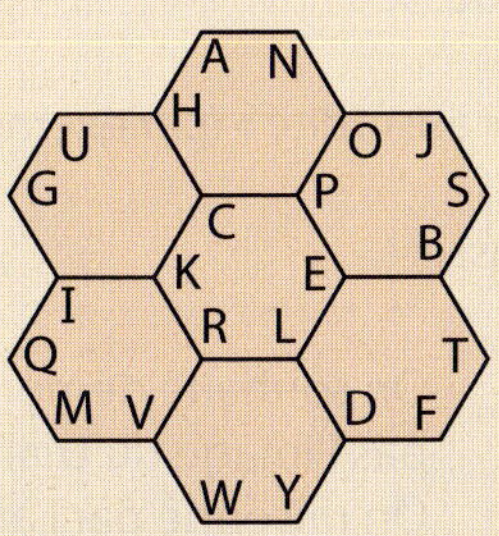


• Trouver le mot codé qui sera écrit dans la dernière ligne du tableau.

| Départ | T | R | O | I | S | I | E | M | E |
|---|---|---|---|---|---|---|---|---|---|
| Centre | F | C | J | K | P | K | B | K | B |
| Angle (°) | 120 | 60 | 120 | 240 | 120 | 120 | 120 | 120 | 240 |
| Arrivée | | | | | | | | | |

## 65 Chasse au trésor

Voici une carte au trésor.

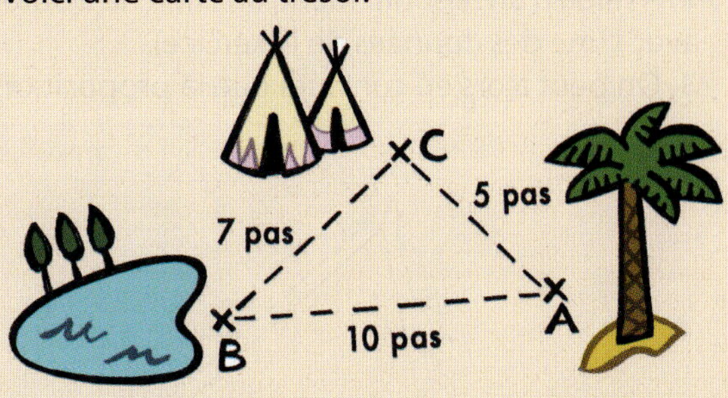


• En utilisant comme échelle 1 cm pour 1 pas, trouver le trésor qui se situera au point T, image de C par la rotation de centre A qui transforme B en un point appartenant à la demi-droite [AC).

# Problèmes

## 66 Carrés
Modéliser, Raisonner

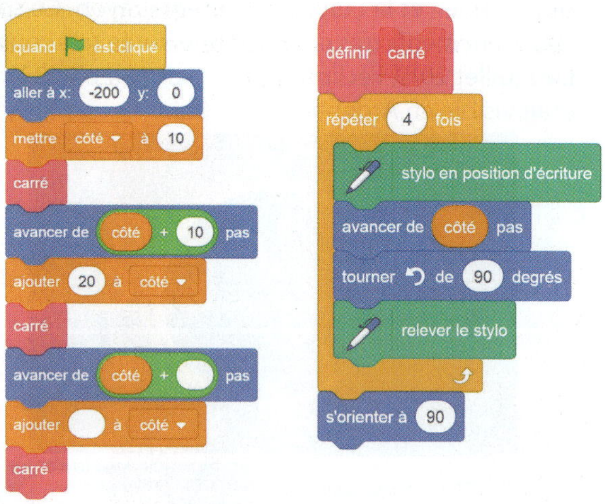


**1.** Quelles sont les longueurs des côtés des deux premiers carrés tracés ?

**2.** Le deuxième carré est l'image du premier carré par une homothétie dont le centre est le point de coordonnées $x = -210$ et $y = 0$.
Quel est le rapport de cette homothétie ?

**3.** Compléter le script pour obtenir le dernier carré. Celui-ci devra être espacé de 10 pas du deuxième carré et devra lui aussi être l'image du premier carré par une homothétie de centre le point de coordonnées $x = -210$ et $y = 0$.

Représente à l'aide d'une figure ce que tu souhaites obtenir en exécutant le programme.

## 67 La piste aux étoiles
Raisonner, Calculer

Wendy aimerait décorer un mur de sa chambre. Elle a d'abord fait des essais sur une feuille de papier pour choisir le motif qu'elle reproduira sur son mur.

Pour obtenir ce dessin, elle a commencé par tracer la plus grande étoile, qu'elle a obtenue à partir d'un losange dont la grande diagonale mesure 4 cm. Ce losange a été reproduit plusieurs fois par une même rotation. Elle a ensuite tracé les images de cette étoile par des homothéties de même centre et de rapport 0,7 ; 0,5 ; 0,3 ; 0,2 et 0,1.

**1.** Représenter le losange et décrire la rotation d'angle le plus petit possible qui permet d'obtenir cette étoile.

**2.** Construire la plus grande étoile.

**3.** Sur le mur, elle reproduit son modèle dans un agrandissement de rapport 10. Pour le peindre, elle a acheté une peinture en bombe qui peut couvrir une surface de 1,5 m$^2$. Sachant que l'aire de la grande étoile construite à la question **2.** est d'environ 29 cm$^2$, Wendy aura-t-elle assez de peinture ? Justifier.

## MISSION DÉMONSTRATION

### Raisonnement — Raisonner par l'absurde

Pour démontrer par l'absurde qu'une proposition est fausse :
**1.** On suppose que cette proposition est vraie.
**2.** À l'aide d'un raisonnement, on cherche à obtenir une « absurdité » (par exemple, une contradiction avec l'une des données de l'exercice).
**3.** On peut alors en conclure que la proposition est fausse.

**68**

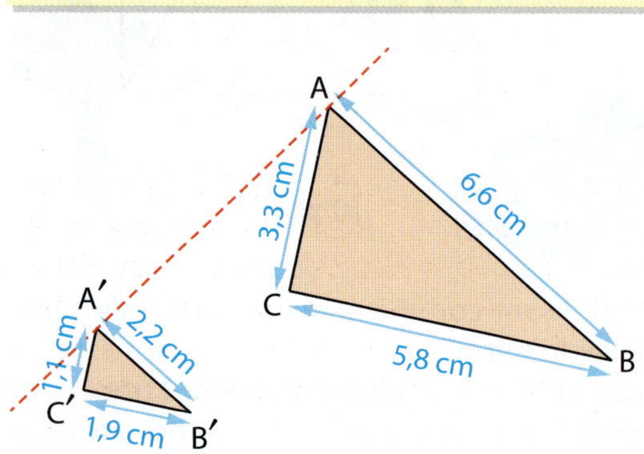


On souhaite démontrer que le triangle A′B′C′ n'est pas l'image du triangle ABC par une homothétie.
On raisonne par l'absurde.
**1.** Que doit-on alors supposer ?
**2.** Que peut-on en déduire pour les longueurs de deux triangles ?
**3.** Conclure.

## 69 Le pied de coq

Le pavage représenté sur la figure 1 est réalisé à partir d'un motif appelé pied-de-coq, qui est présent sur de nombreux tissus utilisés pour la fabrication de vêtements. Le motif pied-de-coq est représenté par le polygone ci-dessous à droite (figure 2) qui peut être réalisé à l'aide d'un quadrillage régulier.

**Figure 1**

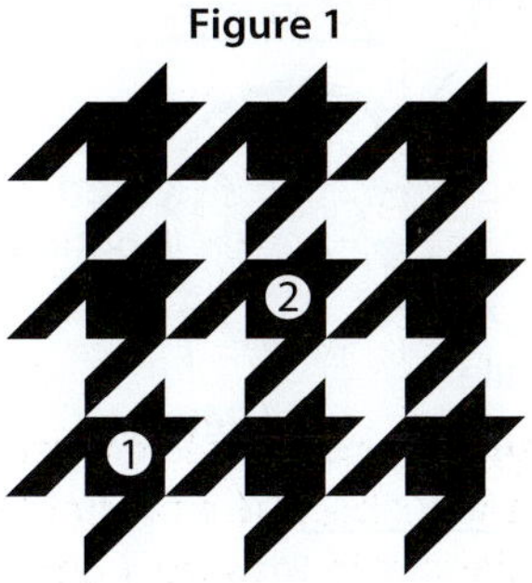


**Figure 2**

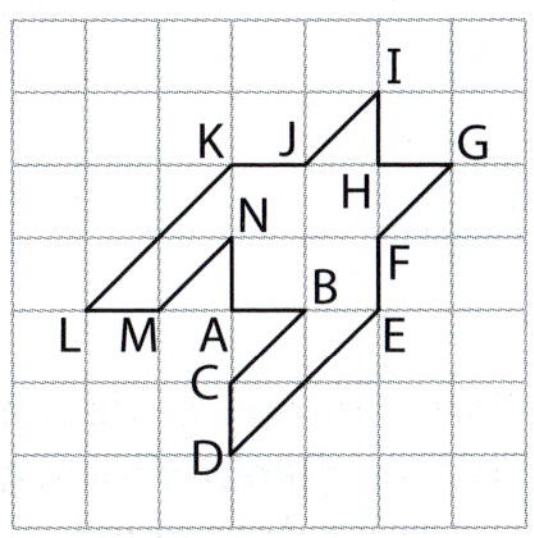


**1.** Sur la figure 1, quel type de transformation géométrique permet d'obtenir le motif ② à partir du motif ① ?

**2.** Dans cette question, on considère que AB = 1 cm (figure 2). Déterminer l'aire d'un motif pied-de-coq.

**3.** Marie affirme : « Si je divise par 2 les longueurs d'un motif, son aire sera aussi divisée par 2. » A-t-elle raison ? Expliquer pourquoi.

*D'après DNB Pondichéry 2018.*

## 70 Toutes voiles dehors !

Avec un logiciel de géométrie dynamique, on a construit la figure 1. En appliquant à la figure 1 des homothéties de centre O et de rapports différents, on a ensuite obtenu les autres figures.

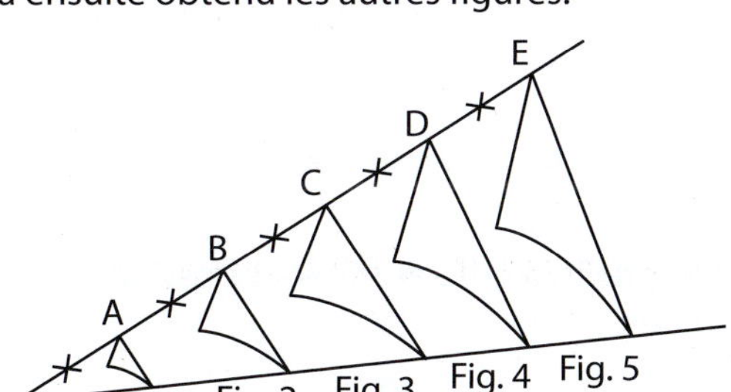


**1.** Quel est le rapport de l'homothétie de centre O qui permet d'obtenir la figure 3 à partir de la figure 1 ? Aucune justification n'est attendue.

**2.** On applique l'homothétie de centre O et de rapport $\frac{3}{5}$ à la figure 5. Quelle figure obtient-on ? Aucune justification n'est attendue.

**3.** Quelle figure a une aire quatre fois plus grande que celle de la figure 1 ?

*D'après DNB Asie 2018.*

## 71 Carrés ou triangles

Les longueurs sont en pixels. L'expression « s'orienter à 90 » signifie que l'on s'oriente vers la droite. On donne le programme suivant :

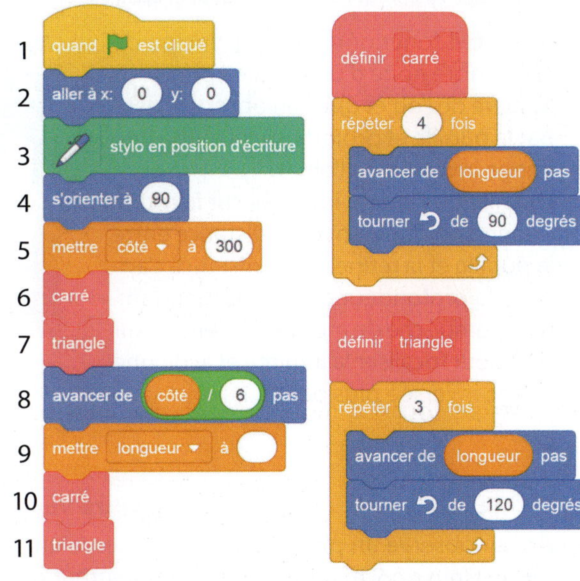


**1.** On prend comme échelle 1 cm pour 50 pixels.

**a.** Représenter la figure obtenue si le programme est exécuté jusqu'à la ligne 7 comprise.

**b.** Quelles sont les coordonnées du stylo après l'exécution de la ligne 8 ?

**2.** On exécute le programme complet et on obtient la figure ci-dessous qui possède un axe de symétrie vertical. Recopier et compléter la ligne 9 du programme pour obtenir cette figure.

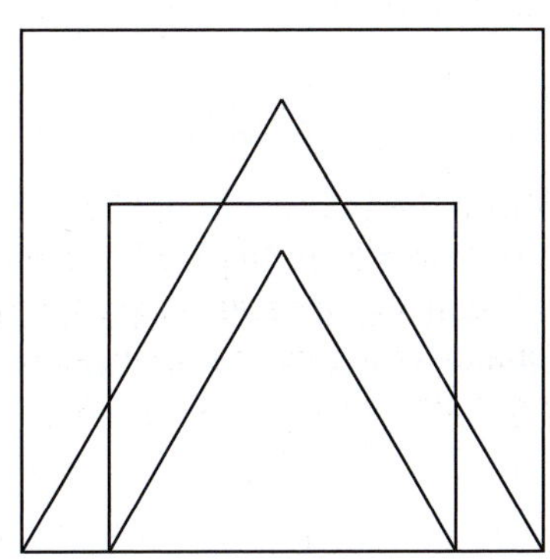

**3. a.** Parmi les transformations suivantes, translation, homothétie, rotation, symétrie axiale, quelle est la transformation géométrique qui permet d'obtenir le petit carré à partir du grand carré ? Préciser le rapport de réduction.

**b.** Quel est le rapport des aires entre les deux carrés dessinés ?

*D'après DNB Métropole 2018.*

À chacun son parcours !

# Travailler autrement

Utilisable en AP

## 72 Analyse de document

Socle D4 Je produis et j'utilise des représentations d'objets tels que schémas ou figures géométriques.

Socle D4 Je pratique le calcul mental et écrit, exact et approché.

Notre œil fonctionne sur le principe de la chambre noire d'un appareil photo. La lumière de l'objet que l'on observe passe par la pupille et projette sur la rétine une image inversée de l'objet.
La taille de l'image inversée sur la rétine dépend uniquement de la distance entre la pupille et la rétine. Cette distance s'appelle la profondeur de l'œil. Cependant, rien n'empêche de mettre une lentille sur l'œil pour focaliser la lumière et avoir une image inversée plus petite.

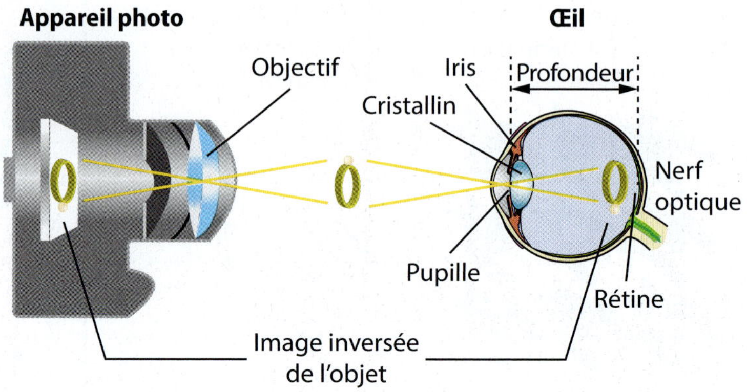


### Question ceinture jaune

Arthur observe un pin qui se trouve à 9 m de lui. La profondeur de son œil est de 50 mm.

- Quelle transformation géométrique permet d'obtenir l'image sur la rétine à partir de ce pin ? En donner ses éléments caractéristiques.

### Question ceinture verte

Ada observe un pin d'une hauteur de 9 m qui se trouve à 10 m d'elle. La profondeur de son œil est de 50 mm.

- Quelle est la hauteur de l'image inversée sur la rétine de l'œil d'Ada ?

### Question ceinture noire

Victoria est atteinte d'hypermétropie : c'est un défaut de l'œil qui fait que l'image inversée des objets observés est en arrière de la rétine.
Pour corriger cette hypermétropie, elle porte des lentilles qui réduisent l'image inversée d'un coefficient de 0,625 et permettent ainsi que cette image soit projetée sur la rétine.
Victoria observe un pin d'une hauteur de 9 m qui se trouve à 10 m d'elle. La profondeur de son œil est de 50 mm.

- Quelle est la hauteur de l'image inversée avant correction des lentilles ?

## 73 Résolution de problème

Socle D1 Je produis et j'utilise des représentations d'objets tels que schémas ou figures géométriques.

Socle D4 Je pratique le calcul mental et écrit, exact et approché.

Le compas est l'outil mathématique qui permet des tracés très précis. Il est très souvent possible de n'utiliser que la règle non graduée et le compas pour construire des figures.

### Question ceinture jaune

- Tracer un carré puis, en utilisant uniquement la règle non graduée, le compas et une transformation géométrique dont on précisera les caractéristiques, construire un deuxième carré dont le périmètre sera le double du périmètre du premier carré.

### Question ceinture verte

- Tracer un carré puis, en utilisant uniquement la règle non graduée, le compas et une transformation géométrique dont on précisera les caractéristiques, construire un deuxième carré dont l'aire sera égale à neuf fois celle du premier carré.

### Question ceinture noire

- Tracer un carré puis, en utilisant uniquement la règle non graduée, le compas et une transformation géométrique dont on précisera les caractéristiques, construire un deuxième carré dont la longueur du côté sera égale aux trois septièmes de celle du premier carré.

# 11 Théorème de Thalès

**TA MISSION**

Calculer des longueurs, reconnaitre des droites parallèles et des triangles semblables.

**JEU**

Pour sortir de cet *escape game*, il faut trouver rapidement le code secret !

**Indices :** le code est un nombre de quatre chiffres exactement ;

- 4 triangles parmi ceux représentés sur les cartes ci-dessous sont égaux : les numéros des quatre cartes correspondantes composent les chiffres du code ;
- le code est un nombre pair supérieur à 2 000 ;
- le chiffre des centaines est solution de l'équation $-2x + 6 = -8$.

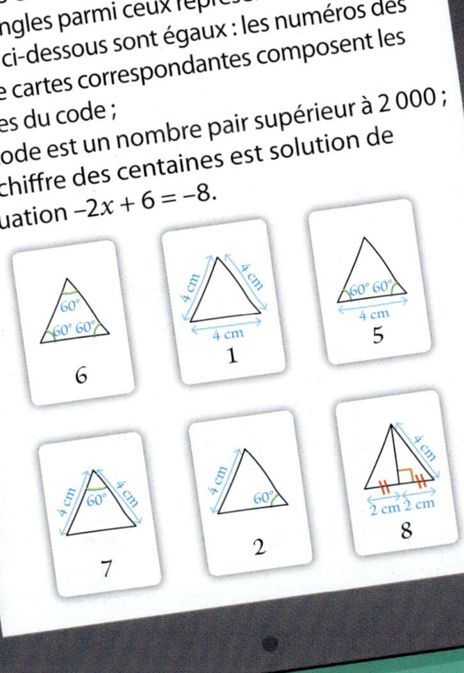


**POINT INFO**

L'histoire de l'optique commence dès l'Antiquité. Les notions de rayons lumineux ainsi que les lois de la réflexion sont déjà connues d'Euclide et de Ptolémée. Le théorème de Thalès est utilisé pour réaliser de nombreux calculs dans le domaine de l'optique.

# Activités

## Prêts pour le décollage ?

**QUESTIONS FLASH** — Questions flash supplémentaires

**1** Les triangles ci-dessous sont-ils égaux ?

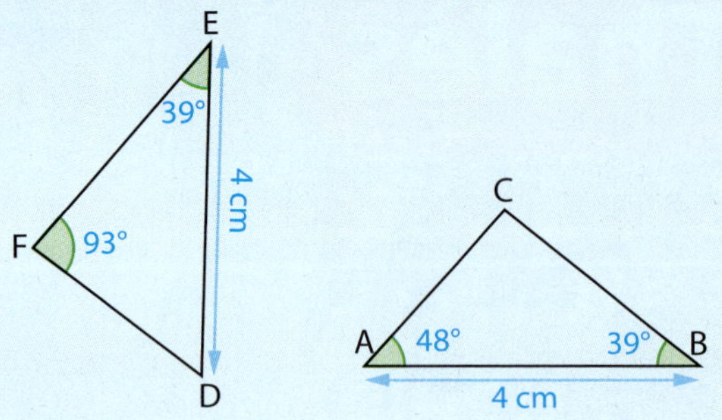


**2** Justifier que les deux triangles ci-dessous sont égaux.

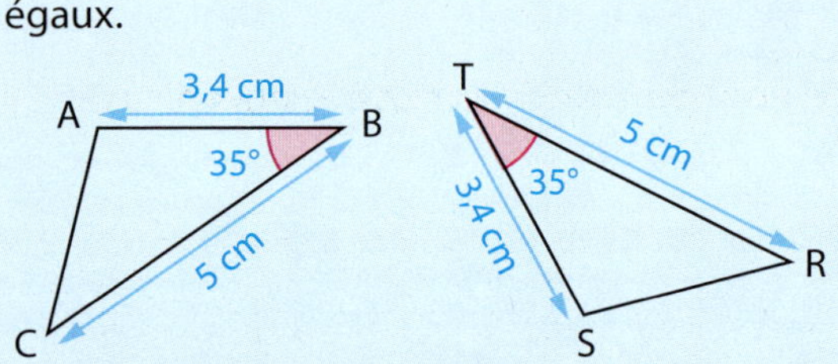


**3** $\mathscr{C}_1$ et $\mathscr{C}_2$ sont deux cercles de centre A.
D, P et B appartiennent au cercle $\mathscr{C}_1$.
N, M, R et S appartiennent au cercle $\mathscr{C}_2$.

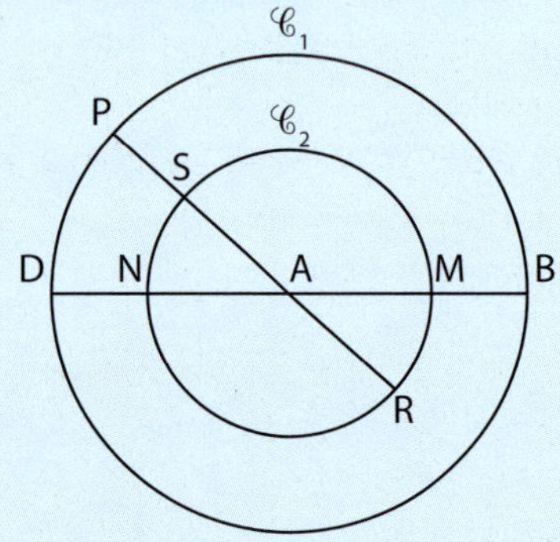


Parmi les quotients suivants, quels sont ceux qui sont égaux ?

$\frac{AM}{AB}$ ; $\frac{AP}{AR}$ ; $\frac{AN}{AR}$ ; $\frac{AN}{AB}$ ; $\frac{AP}{AS}$ ; $\frac{AD}{AB}$

**4** On veut réaliser une maquette de la pyramide ci-contre à l'échelle $\frac{1}{150}$. Quelles sont les dimensions de la pyramide réduite ?

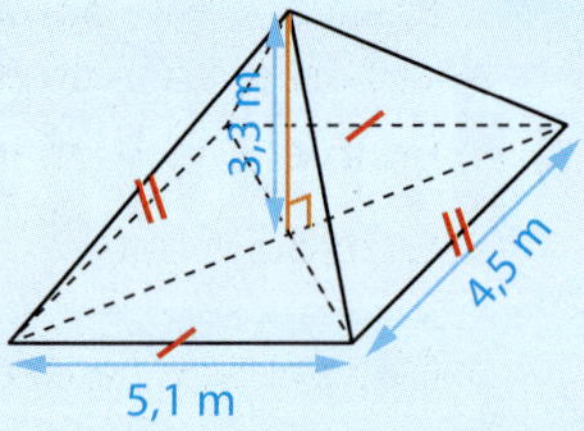


**5** Les droites (SG) et (FH) se coupent en T. Pourquoi peut-on affirmer que le triangle STF est un agrandissement du triangle GTH ? Justifier.

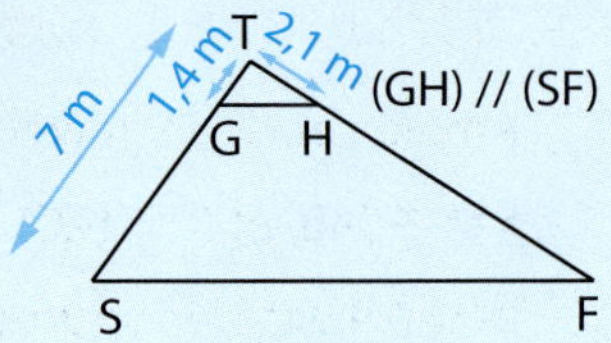


**6** Les droites (BD) et (CE) se coupent en A. Les droites (DE) et (BC) sont-elles parallèles ? Justifier.

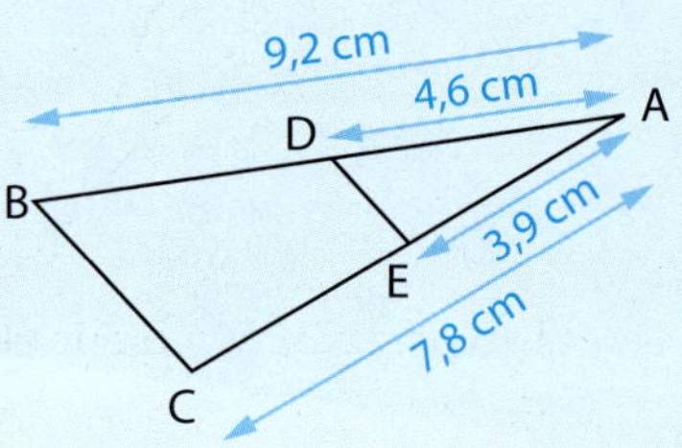


**7** Compléter le tableau de proportionnalité ci-dessous.

| | | | |
|---|---|---|---|
| 5 | | 15 | |
| 3 | 3,6 | | 4 |

**8** Dans chaque cas, déterminer la valeur de $x$.

**a.** $\frac{x}{9} = \frac{5}{3}$  **b.** $\frac{2}{3} = \frac{7}{x}$  **c.** $\frac{4}{5} = \frac{x}{3}$

## Activité 1 Les sculptures

Patrick désire installer ses sculptures dans le parc d'un château en se basant sur les principes de la perspective.
Il veut exposer deux sculptures l'une à côté de l'autre et cherche quelle distance doit les séparer pour qu'elles soient placées comme sur le schéma ci-contre.

- Comment doit-il faire ?

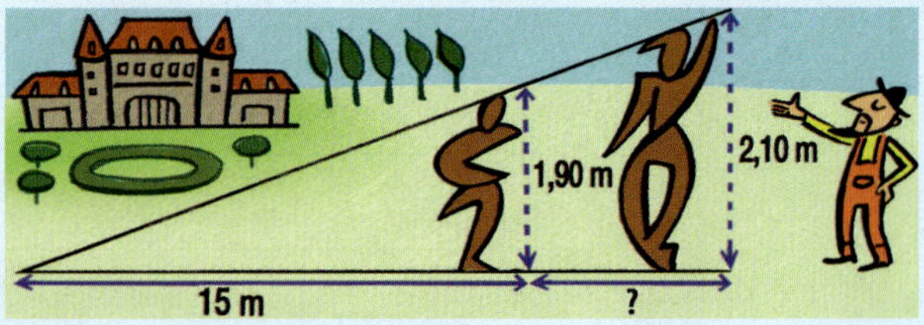

## Activité 2 En forme de papillon

ABC et AMN sont deux triangles tels que A ∈ [BM], A ∈ [CN] et (BC) // (MN).

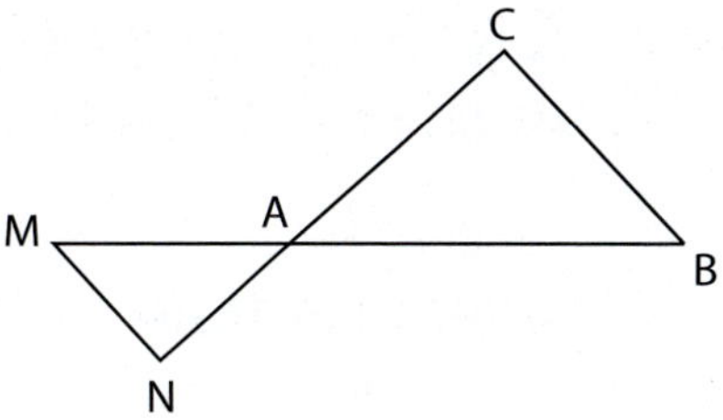


1. Faire une figure, puis placer les points M′ et N′, symétriques respectifs des points M et N par rapport à A.
2. Prouver que le point M′ appartient à la droite (AB) et que le point N′ appartient à la droite (AC).
3. Prouver que les triangles AMN et AM′N′ sont égaux.
4. En déduire que $\dfrac{AM'}{AB} = \dfrac{AN'}{AC} = \dfrac{M'N'}{BC}$.
5. Que peut-on en déduire pour les rapports $\dfrac{AM}{AB}$, $\dfrac{AN}{AC}$ et $\dfrac{MN}{BC}$ ?
6. Énoncer la propriété ainsi démontrée.

## Activité 3 Avec des rapports de distances égaux

Amelda et Noah doivent construire deux triangles ABC et AMN tels que :

- M ∈ (AB) et N ∈ (AC)
- $\dfrac{AM}{AB} = \dfrac{AN}{AC}$

Ils ont réalisé les figures ci-dessous à l'aide d'un logiciel de géométrie dynamique et du tableur.

Amelda

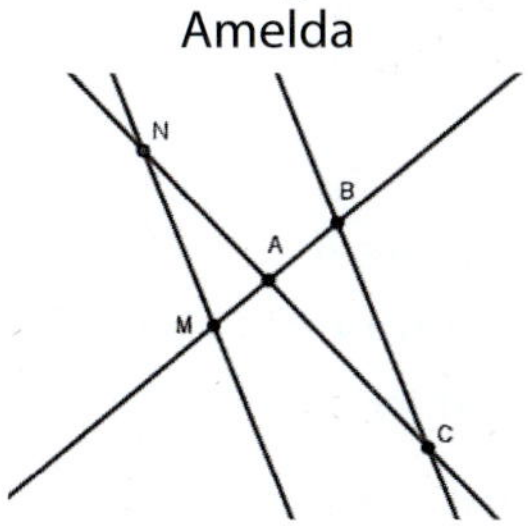


Noah

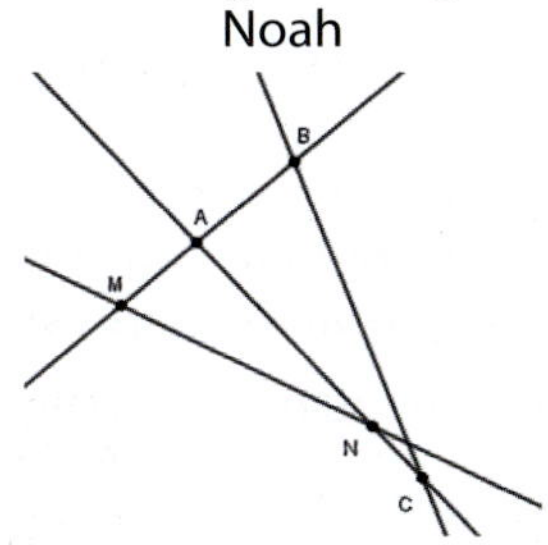


| | A | B |
|---|---|---|
| 1 | AM/AB | AN/AC |
| 2 | 0.78 | 0.78 |

1. Leurs figures semblent-elles correctes ?
2. En observant la figure d'Amelda, que peut-on conjecturer pour les droites (MN) et (BC) ?
3. a. Peut-on faire la même conjecture en observant la figure de Noah ?
b. Quelle précision supplémentaire sur l'emplacement des points M et N faut-il ajouter pour obtenir la configuration d'Amelda ?
4. Écrire un énoncé précis et complet de la propriété conjecturée.

## Activité 4 Des triangles semblables

Dans la figure ci-contre, les triangles ABC et LMN ont leurs angles deux à deux de même mesure. On dit que ces triangles sont semblables.
Dans le triangle ABC, on veut construire le triangle AM′N′ égal au triangle LMN et tel que M′ ∈ [AB].

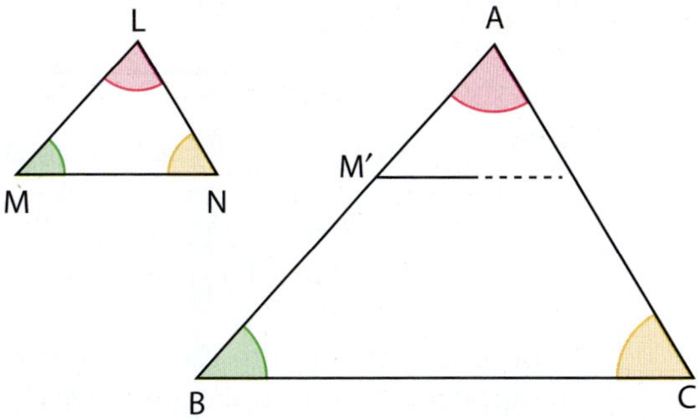


1. Montrer que les triangles AM′N′ et LMN ont leurs angles égaux deux à deux.
2. En déduire que le point N′ appartient à la demi-droite [AC) et que les droites (M′N′) et (BC) sont parallèles.
3. Reproduire et compléter la figure.
4. Que peut-on dire des rapports $\dfrac{AM'}{AB}$, $\dfrac{AN'}{AC}$ et $\dfrac{M'N'}{BC}$ ? Justifier.
5. Que peut-on en déduire pour les rapports $\dfrac{LM}{AB}$, $\dfrac{LN}{AC}$ et $\dfrac{MN}{BC}$ ? Que cela signifie-t-il pour les longueurs des côtés des deux triangles semblables ABC et LMN ?
6. Énoncer la propriété ainsi démontrée pour deux triangles semblables.

# Cours

## 1 Calculer des longueurs avec le théorème de Thalès

**Théorème**

**Théorème de Thalès**

Si les points A, B, M d'une part et A, C, N d'autre part sont alignés, et si les droites (BC) et (MN) sont parallèles, alors $\frac{AM}{AB} = \frac{AN}{AC} = \frac{MN}{BC}$.

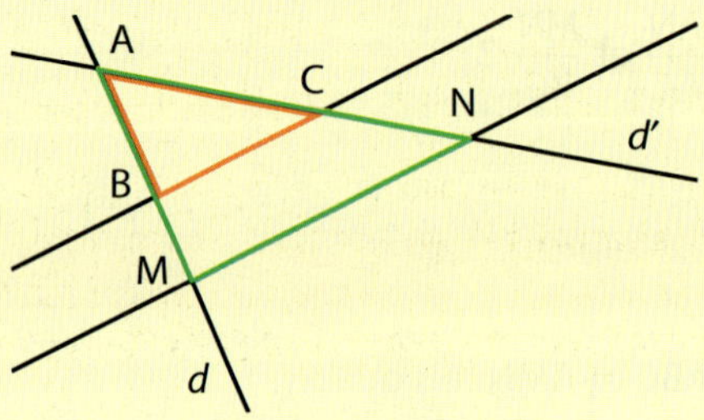


**Configuration classique**

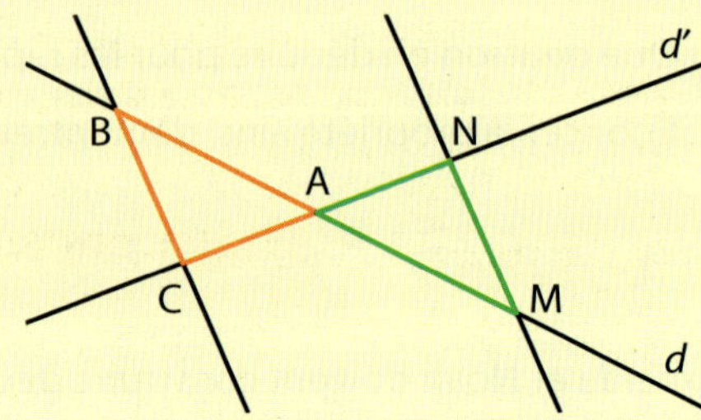


**Configuration « en papillon »**

**Remarques**

- On a également $\frac{AB}{AM} = \frac{AC}{AN} = \frac{BC}{MN}$.
- Le triangle ABC est l'image du triangle AMN par une homothétie de centre A.
- Les longueurs des côtés correspondants du triangle ABC et AMN sont proportionnelles.
- Le triangle ABC est un agrandissement ou une réduction du triangle AMN.

| | | | | |
|---|---|---|---|---|
| Longueurs des côtés de AMN | AM | AN | MN | $\times \frac{AB}{AM}$ |
| Longueurs des côtés correspondants de ABC | AB | AC | BC | |

### Exemple 1

Dans la figure ci-dessous, les droites (SG) et (FH) se coupent en T et (GH) et (SF) sont parallèles. On veut calculer la longueur TS.

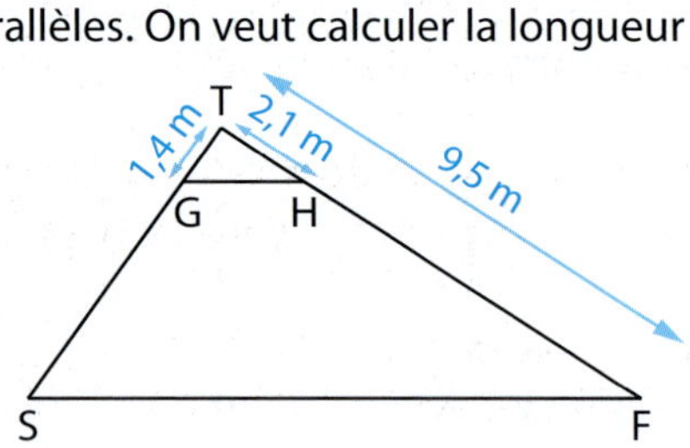


Les points T, G, S et T, H, F sont alignés et les droites (GH) et (SF) sont parallèles.
D'après le théorème de Thalès, on a

$$\frac{TG}{TS} = \frac{TH}{TF} = \frac{GH}{SF}.$$

En utilisant l'égalité des deux premiers rapports et en remplaçant les longueurs connues par leurs valeurs, on a donc $\frac{1,4}{TS} = \frac{2,1}{9,5}$.

On utilise les produits en croix et on trouve $TS = \frac{1,4 \times 9,5}{2,1} \approx 6,3$ m.

### Exemple 2

Dans la figure ci-contre, les droites (VA) et (CH) se coupent en S et (VH) et (CA) sont parallèles. On veut calculer la longueur SA.

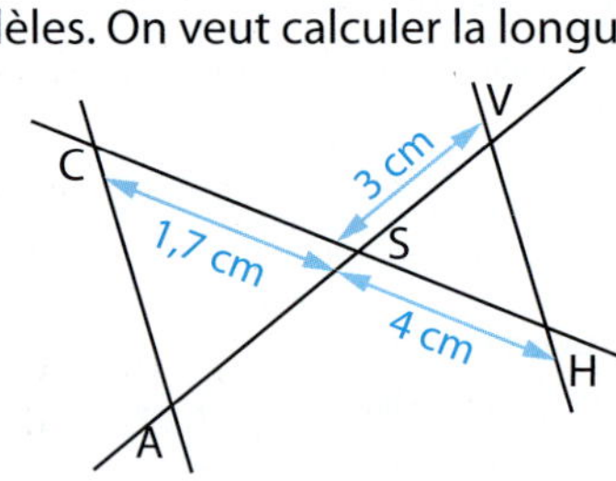


Les points V, S, A et H, S, C sont alignés et les droites (VH) et (CA) sont parallèles.
D'après le théorème de Thalès, on a

$$\frac{SV}{SA} = \frac{SH}{SC} = \frac{VH}{CA}.$$

En utilisant l'égalité des deux premiers rapports et en remplaçant les longueurs connues par leurs valeurs, on a donc $\frac{3}{SA} = \frac{4}{1,7}$.

On utilise les produits en croix et on trouve $SA = \frac{3 \times 1,7}{4} = 1,275$ cm.

# Savoir-faire

Apprends à l'aide des exercices résolus puis entraine-toi !

## 1 Calculer des longueurs avec le théorème de Thalès

**1** On considère la figure ci-contre, où les droites (AE) et (BD) se coupent en C et les droites (AB) et (DE) sont parallèles.
AB = 7,4 cm ; AC = 3,9 cm ; BC = 8,5 cm ; DC = 2,4 cm.
- Calculer une valeur approchée au mm près des longueurs CE et ED.

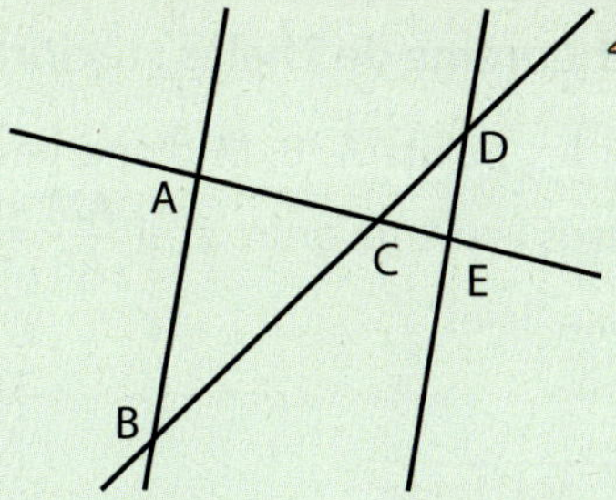


**Solution**

**1$^{re}$ étape : vérification des conditions**
Les points A, C, E d'une part et B, C, D d'autre part sont alignés.
Les droites (AB) et (DE) sont parallèles.

On vérifie d'abord si les conditions d'utilisation du théorème de Thalès sont bien respectées.

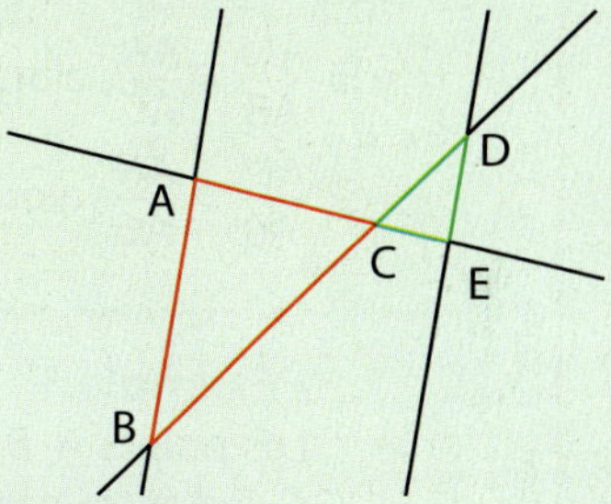


**2$^{e}$ étape : écriture de l'égalité des rapports**
D'après le théorème de Thalès, on a :

$$\frac{CA}{CE} = \frac{CB}{CD} = \frac{AB}{ED}$$

← Côtés du triangle ABC (numérateurs)
← Côtés du triangle CDE (dénominateurs)

Le point C, sommet commun des deux triangles, se retrouve 4 fois.

**3$^{e}$ étape : calcul des longueurs cherchées**

On remplace les longueurs connues par leurs valeurs, puis on utilise le quotient connu et celui où se trouve la longueur cherchée.

$$\frac{3,9}{CE} = \frac{8,5}{2,4} = \frac{7,4}{ED}$$

- **Calcul de CE :**

On a : $\frac{3,9}{CE} = \frac{8,5}{2,4}$ ; on utilise le produit en croix qui donne :

$CE = \frac{3,9 \times 2,4}{8,5} \approx 1,1$ cm.

- **Calcul de ED** :

On a : $\frac{8,5}{2,4} = \frac{7,4}{ED}$ ; on utilise le produit en croix qui donne :

$ED = \frac{2,4 \times 7,4}{8,5} \approx 2,1$ cm.

On vérifie la cohérence des résultats en vérifiant l'ordre de grandeur.
Ici, les longueurs des côtés du triangle CDE doivent être 3 à 4 fois plus petites que celles du triangle ABC.

**À toi de jouer**

**2** Les droites (EL) et (AS) se coupent en O et (LS) et (EA) sont parallèles.

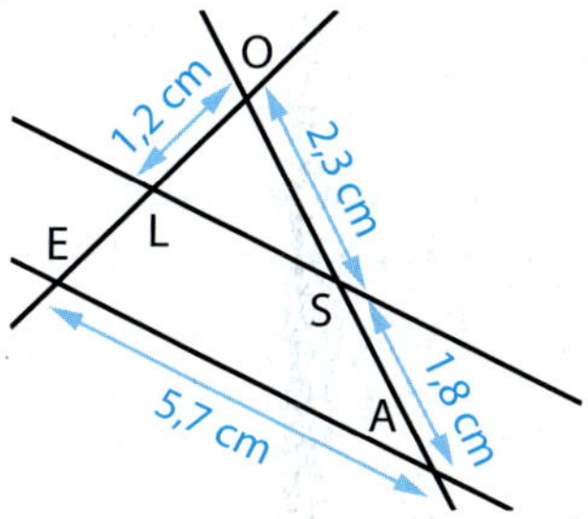


- Calculer une valeur approchée au mm près des longueurs LE et LS dans la figure ci-dessus.

**À toi de jouer**

**3** On considère la figure ci-dessous où les droites (PO) et (ML) se coupent en E et (PL) et (MO) sont parallèles.
On donne PE = 5,6 cm, EO = 3,7 cm, EL = 6,3 cm et MO = 4,8 cm.

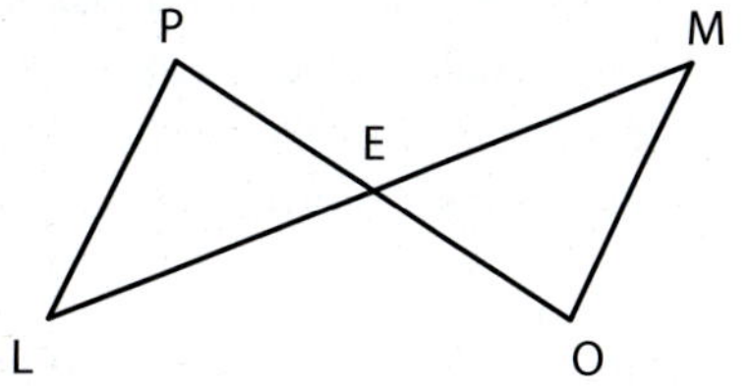


- Calculer une valeur approchée au mm près des longueurs PL et EM.

→ Corrigé p. 313

## 2 Reconnaitre des droites parallèles

**Théorème**

**Théorème de Thalès : réciproque**

Si les points A, B, M d'une part et A, C, N d'autre part sont alignés dans le même ordre et si $\frac{AM}{AB} = \frac{AN}{AC}$, alors les droites (BC) et (MN) sont parallèles.

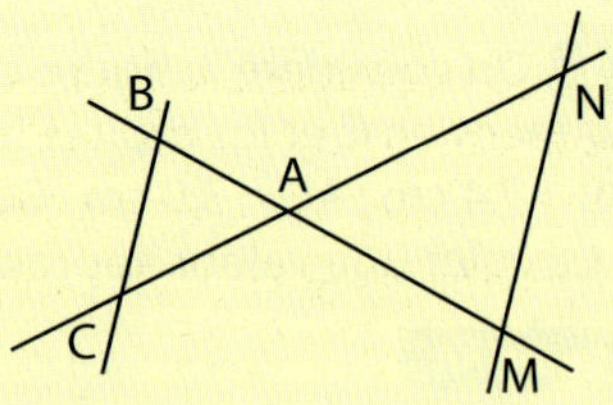


**Méthode**

Soient trois points A, B, M d'une part et trois points A, C, N d'autre part alignés dans le même ordre.

- Si $\frac{AM}{AB} = \frac{AN}{AC}$, alors les droites (BC) et (MN) sont parallèles et $\frac{AM}{AB} = \frac{AN}{AC} = \frac{MN}{BC}$.
- Si $\frac{AM}{AB} \neq \frac{AN}{AC}$, alors les droites (BC) et (MN) ne sont pas parallèles.

**▸ Exemple 1**

Les points A, B, D d'une part et A, C, E d'autre part sont alignés dans le même ordre.

$\frac{AB}{AD} = \frac{5,4}{7,2} = 0,75$ et $\frac{AC}{AE} = \frac{6,6}{8,8} = 0,75$

Pour vérifier l'égalité des deux rapports, on peut aussi utiliser les produits en croix : $5,4 \times 8,8 = 47,52$ et $7,2 \times 6,6 = 47,52$

$\frac{AB}{AD} = \frac{AC}{AE}$ : l'égalité de Thalès est vérifiée.

Donc les droites (BC) et (DE) sont parallèles.

On peut aussi en conclure que $\frac{BC}{DE} = 0,75$.

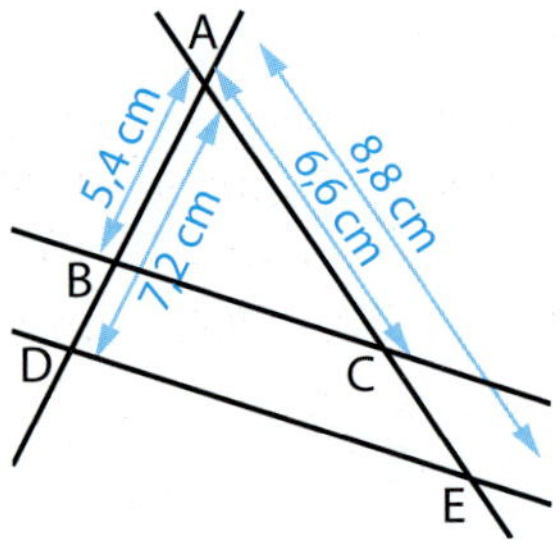


**▸ Exemple 2**

Les points B, A, E d'une part et C, A, D d'autre part sont alignés dans le même ordre.

$\frac{AE}{AB} = \frac{1,8}{4,8} = 0,375$ et $\frac{AD}{AC} = \frac{2,4}{5} = 0,48$.

$\frac{AE}{AB} \neq \frac{AD}{AC}$ : l'égalité de Thalès n'est pas vérifiée.

Donc les droites (BC) et (DE) ne sont pas parallèles.

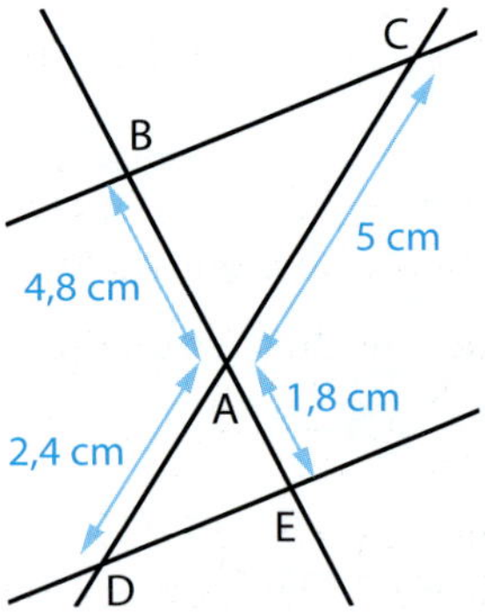


**Remarques**

- Dans l'exemple 1, on a utilisé la réciproque du théorème de Thalès, puis le théorème de Thalès pour obtenir l'égalité avec le troisième rapport. Dans l'exemple 2, c'est le théorème de Thalès qui est utilisé. En effet, si les droites (BC) et (DE) étaient parallèles, alors d'après le théorème de Thalès, l'égalité de Thalès serait vérifiée. Comme ce n'est pas le cas, les droites (BC) et (DE) ne sont pas parallèles.

- Dans un triangle, la droite qui passe par les milieux de deux côtés est parallèle au troisième côté : cette propriété est un cas particulier de la réciproque du théorème de Thalès (c'est le cas où les rapports sont égaux à $\frac{1}{2}$).

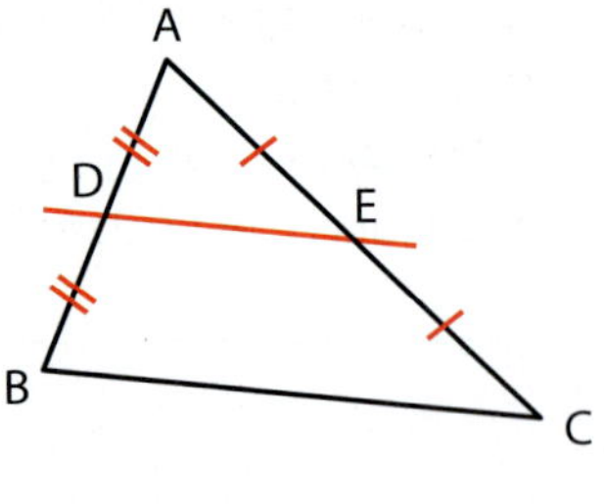

# Savoir-faire

Apprends à l'aide des exercices résolus puis entraine-toi !

## 2 Reconnaitre des droites parallèles

**4** On considère la figure ci-contre, où les droites (BE) et (AD) se coupent en C.
On a : CD = 7 cm ; AC = 2 cm ; CE = 10,5 cm ; BC = 3 cm.

- Les droites (BA) et (DE) sont-elles parallèles ?

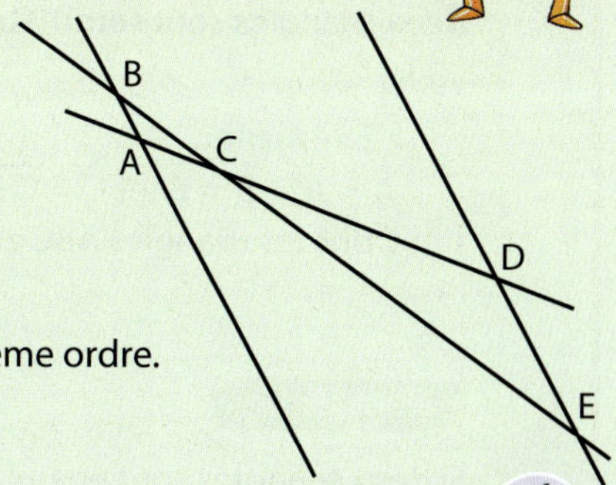


**Solution**

**1re étape : on vérifie l'alignement des points**
Les points A, C, D d'une part et B, C, E d'autre part sont alignés dans le même ordre.

**2e étape : on cherche si l'égalité de Thalès est vérifiée ou non**
$\frac{CA}{CD} = \frac{2}{7}$ et $\frac{CB}{CE} = \frac{3}{10,5}$. $2 \times 10,5 = 3 \times 7$, donc $\frac{CA}{CD} = \frac{CB}{CE}$.

**3e étape : on conclut**
L'égalité de Thalès est vérifiée, donc les droites (BA) et (DE) sont parallèles.

Pour prouver l'égalité de deux quotients, on doit calculer les valeurs **exactes** de ces quotients ou des produits en croix, et non des valeurs approchées.

**À toi de jouer**

**5** On considère la figure ci-contre, où les droites (EC) et (BD) se coupent en A.
On donne les mesures suivantes :
AE = 2 cm ; AD = 3 cm ; AB = 7,5 cm ; AC = 5 cm.

- Les droites (ED) et (BC) sont-elles parallèles ?

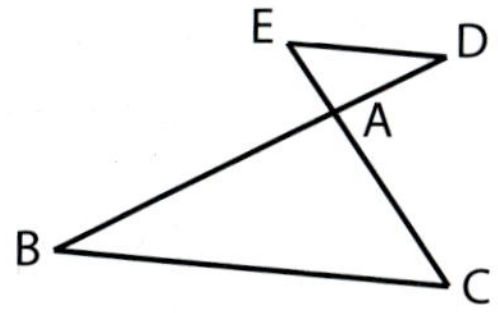


→ Corrigé p. 313

**6** On considère la figure ci-contre, où les droites (BE) et (CD) se coupent en A.

- Les droites (ED) et (BC) sont-elles parallèles ?

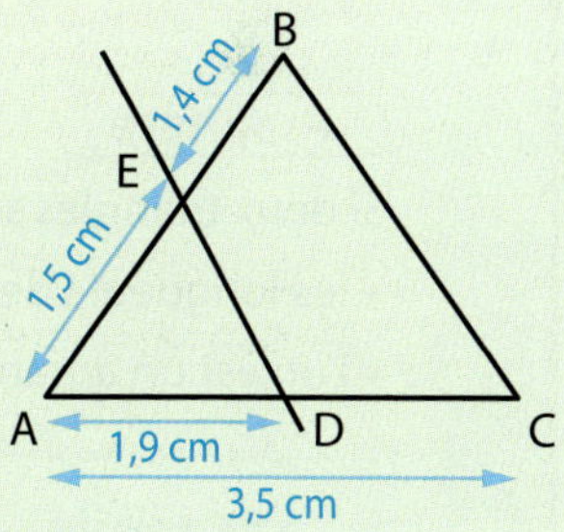


**Solution**

**1re étape : on vérifie l'alignement des points**
Les points A, E, B d'une part et A, D, C d'autre part sont alignés dans le même ordre.

**2e étape : on cherche si l'égalité de Thalès est vérifiée ou non**
$\frac{AE}{AB} = \frac{1,5}{2,9}$ et $\frac{AD}{AC} = \frac{1,9}{3,5}$. $1,5 \times 3,5 = 5,25$ et $2,9 \times 1,9 = 5,51$, donc $\frac{AE}{AB} \neq \frac{AD}{AC}$.

**3e étape : on conclut**
L'égalité de Thalès n'est pas vérifiée, donc les droites (ED) et (BC) ne sont pas parallèles.

**À toi de jouer**

**7** On considère la figure suivante, où S est le point d'intersection des droites (EB) et (JN).

- Montrer que les droites (BN) et (EJ) ne sont pas parallèles.

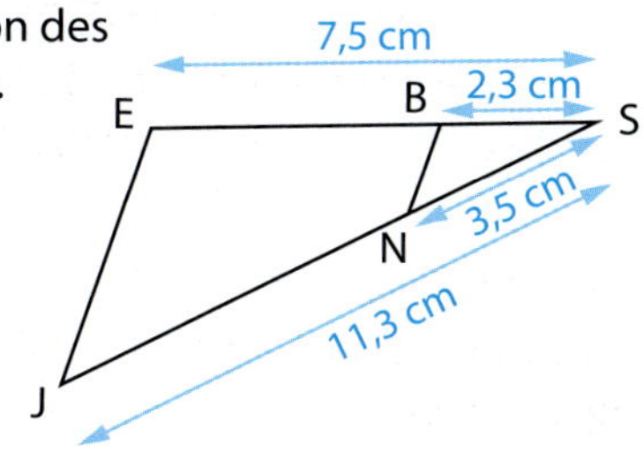


**8** On considère la figure suivante, où I est le point d'intersection des droites (GK) et (CH).

- Les droites (GH) et (CK) sont-elles parallèles ?

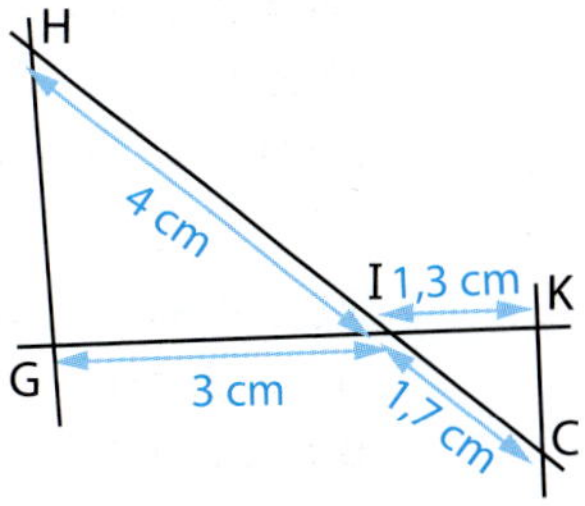


→ Corrigé p. 313

# Cours

## 3 Reconnaitre des triangles semblables

**Définition**

Deux triangles sont **semblables** lorsque leurs angles sont deux à deux de même mesure.

**Exemple**

$\widehat{A} = \widehat{A'}$, $\widehat{B} = \widehat{B'}$ et $\widehat{C} = \widehat{C'}$.

Donc les triangles ABC et A'B'C' sont semblables.

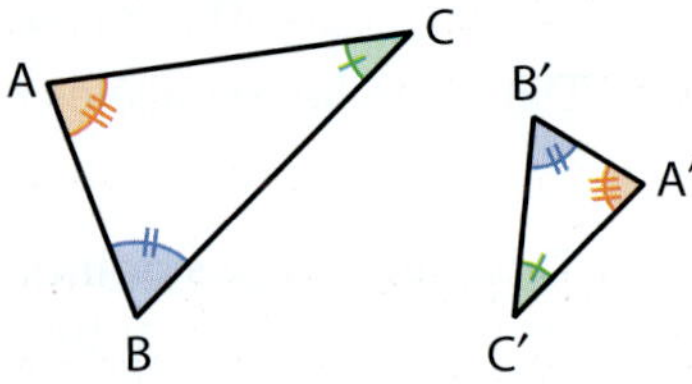


**Remarque**

Si deux triangles sont égaux, alors ils sont semblables.
Par contre, deux triangles semblables ne sont pas forcément égaux.

**Méthode**

Pour démontrer que deux triangles sont semblables, il suffit de montrer qu'ils ont deux paires d'angles de même mesure.

**Exemple**

Soient ABC et A'B'C' deux triangles tels que :

$\widehat{A} = \widehat{A'} = 78°$ et $\widehat{B} = \widehat{B'} = 64°$.

Donc ABC et A'B'C' sont semblables.

On peut facilement calculer le troisième angle :

$\widehat{C} = \widehat{C'} = 180° - 78° - 64° = 38°$.

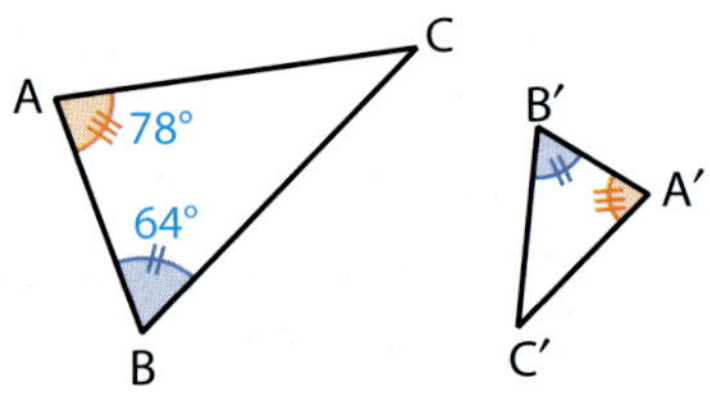


**Propriété**

Si deux triangles sont semblables, alors :

- les longueurs des côtés opposés aux angles de même mesure sont proportionnelles ;
- l'un est un agrandissement de l'autre.

→ Activité 4 p. 223

**Exemple**

Les deux triangles ABC et A'B'C' sont semblables car :

$\widehat{A} = \widehat{A'}$, $\widehat{B} = \widehat{B'}$ et $\widehat{C} = \widehat{C'}$.

Donc le tableau suivant est un tableau de proportionnalité.

| | | | |
|---|---|---|---|
| Longueurs du triangle ABC | AB | AC | BC |
| Longueurs du triangle A'B'C' | A'B' | A'C' | B'C' |

$$\frac{A'B'}{AB} = \frac{A'C'}{AC} = \frac{B'C'}{BC}$$

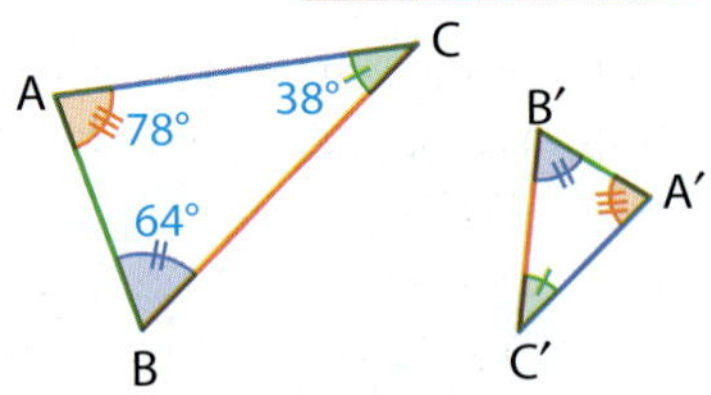


ABC est un agrandissement de A'B'C'.

**Propriété**

Si les longueurs des côtés de deux triangles sont proportionnelles, alors ces triangles sont semblables.

**Remarque**

Dans les deux configurations du Théorème de Thalès (voir p. 224), les triangles ABC et AMN sont semblables.

Apprends à l'aide des exercices résolus puis entraine-toi !

# 3 Reconnaitre des triangles semblables

**9** Les triangles ABC et ABH sont respectivement rectangles en A et en H.

- Justifier que les triangles ABC et ABH sont des triangles semblables.

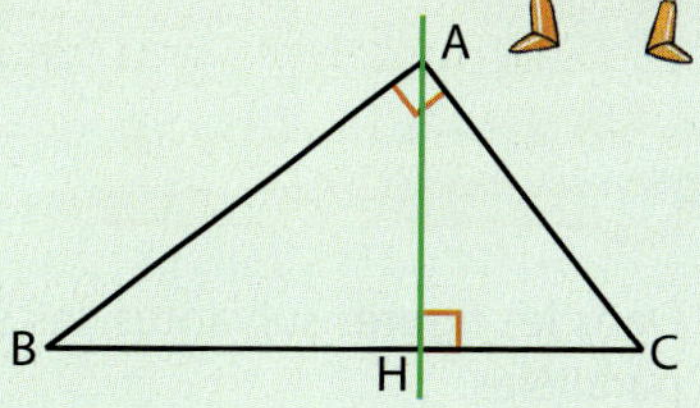


**Solution**

On cherche des angles de même mesure dans les deux triangles.

ABC et ABH sont des triangles rectangles, donc $\widehat{BAC} = \widehat{AHB} = 90°$.
De plus, $\widehat{ABC} = \widehat{ABH}$ car cet angle est commun aux deux triangles.
Comme les triangles ont deux paires d'angles de même mesure, alors on peut conclure que ce sont deux triangles semblables.

**À toi de jouer**

**10** Justifier que les triangles ABC et EDF ci-contre sont semblables.

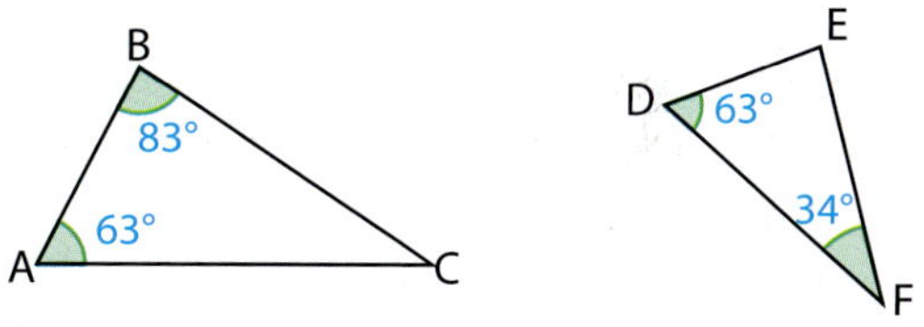


→ Corrigé p. 313

**11** ABC est un triangle tel que : AB = 2,4 cm, AC = 3,3 cm et BC = 3,9 cm.
IJK est un triangle tel que : IJ = 2,2 cm, IK = 2,6 cm et JK = 1,6 cm.

1. Justifier que ABC et IJK sont des triangles semblables.
2. Quel est le rapport d'agrandissement de IJK à ABC ?
3. Citer les angles de ces deux triangles qui sont de même mesure.

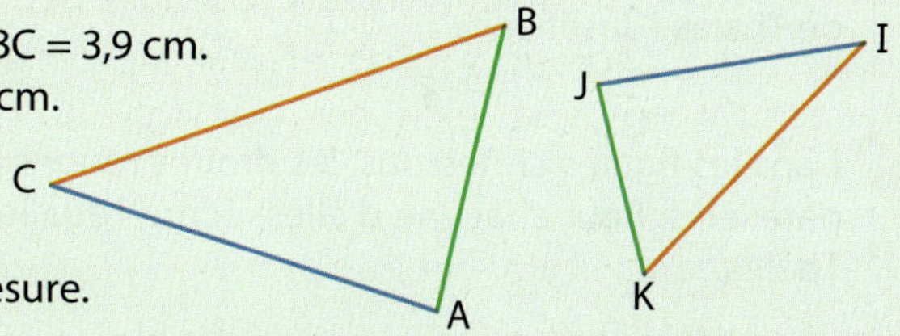


**Solution**

1.

| | | | |
|---|---|---|---|
| Longueurs des côtés du triangle IJK (en cm) | JK = 1,6 | IJ = 2,2 | IK = 2,6 |
| Longueurs des côtés du triangle ABC (en cm) | AB = 2,4 | AC = 3,3 | BC = 3,9 |

On cherche à savoir si les longueurs des côtés des triangles sont proportionnelles.
Pour cela, on réalise un tableau avec les longueurs des côtés, de la plus petite à la plus grande.

$\frac{2,4}{1,6} = \frac{3,3}{2,2} = \frac{3,9}{2,6} = 1,5$

Les rapports de longueurs sont égaux, donc c'est un tableau de proportionnalité. On en conclut que les triangles ABC et IJK sont des triangles semblables.

2. On passe des côtés de IJK aux côtés de ABC en multipliant par 1,5.
Le triangle ABC est donc un agrandissement du triangle IJK de rapport 1,5.

3. On a : $\hat{I} = \hat{C}$, $\hat{K} = \hat{B}$ et $\hat{J} = \hat{A}$.

Pour trouver les paires d'angles de même mesure, on regarde les côtés correspondants dans le tableau de proportionnalité et on prend leurs angles opposés.

**À toi de jouer**

**12** ABC et ADE sont deux triangles tels que D est le milieu de [AB] et E est le milieu de [AC].
On a : AC = 5 cm, AB = 7 cm, BC = 6 cm et DE = 3 cm.

1. Justifier que les triangles ABC et ADE sont des triangles semblables.
2. Quel est le rapport de réduction de ABC à ADE ?
3. Citer les angles de ces deux triangles qui sont de même mesure.

→ Corrigé p. 314

# Exercices

Ressources téléchargeables

## Calculer des longueurs avec le théorème de Thalès

→ Savoir-faire p. 225

### QUESTIONS FLASH

**13** Dans les figures suivantes, les segments bleus sont parallèles.

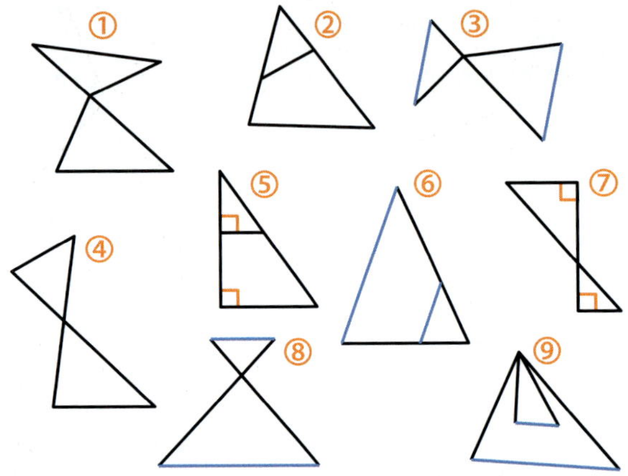


- Dans quelles figures peut-on utiliser le théorème de Thalès ? Justifier.

**14** Dans les figures ci-dessous, les droites rouges sont parallèles. Pour chacune d'elles, écrire l'égalité de Thalès.

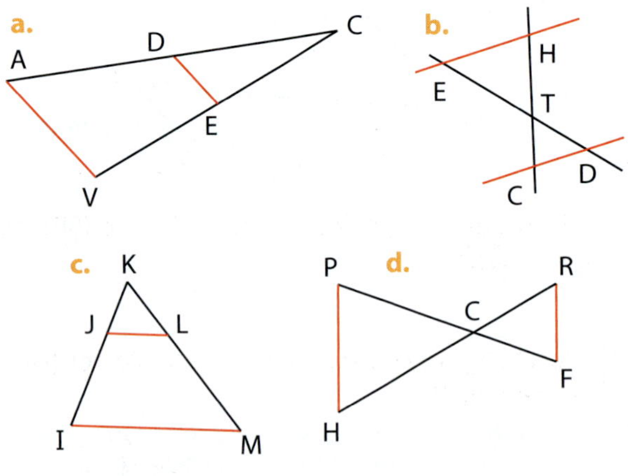


**15** Trouver la valeur de $x$ dans chacune des égalités suivantes.

**a.** $\frac{3}{4} = \frac{x}{12}$ **b.** $\frac{x}{16} = \frac{3}{12}$ **c.** $\frac{8}{x} = \frac{24}{15}$ **d.** $\frac{2{,}1}{4} = \frac{x}{12}$

Questions flash supplémentaires

**16** CALCUL MENTAL Dans la figure ci-dessous, les droites (EF) et (HS) se coupent en C, et (EH) et (FS) sont parallèles.

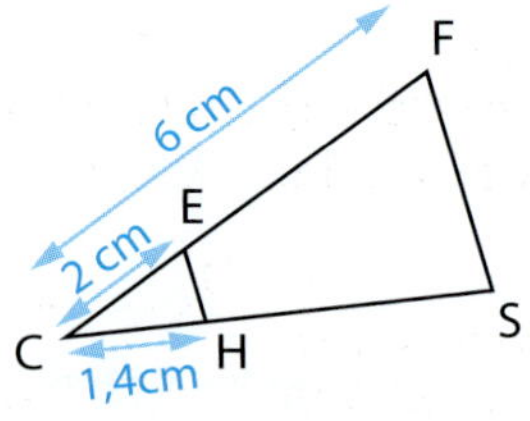


- Quelle est la longueur du segment [CS] ?

**17** Dans la figure ci-contre, les droites (ST) et (RP) sont parallèles, et (SP) et (RT) se coupent en U.

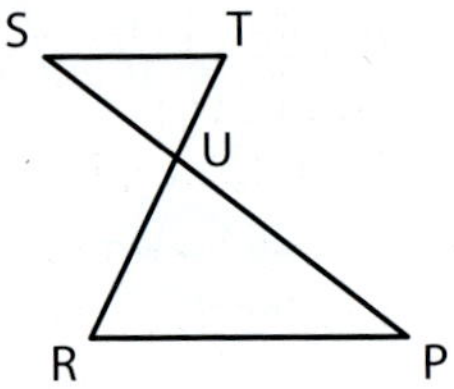


Indiquer pour chacune des égalités ci-après si elle est vraie ou fausse.

**a.** $\frac{SU}{UP} = \frac{UT}{UR} = \frac{RP}{ST}$

**b.** $\frac{ST}{RP} = \frac{US}{UP} = \frac{UT}{UR}$

**c.** $\frac{UP}{US} = \frac{UR}{UT} = \frac{RP}{ST}$

**d.** $\frac{SU}{SP} = \frac{TU}{TR} = \frac{ST}{RP}$

**e.** $\frac{US}{UR} = \frac{UT}{UP} = \frac{ST}{RP}$

**18** CALCUL MENTAL Dans la figure ci-dessous, les droites (OT) et (PU) sont parallèles, et (PT) et (OU) se coupent en E.

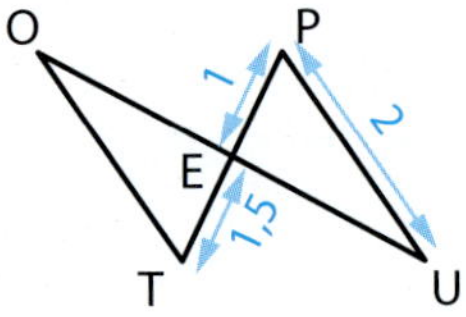


- Quelle est la longueur du segment [OT] ?

**19** Dans la figure ci-dessous, les droites (EF) et (HS) se coupent en C, et (EH) et (FS) sont parallèles.

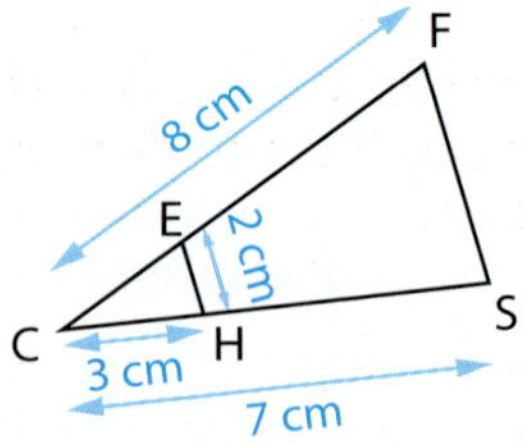


- Calculer les longueurs CE et FS.

**20** Dans la figure ci-contre, les droites (AF) et (EC) sont parallèles, et (AE) et (FC) se coupent en G.

1. Peut-on déterminer la longueur GC ?
2. Calculer la longueur EC.

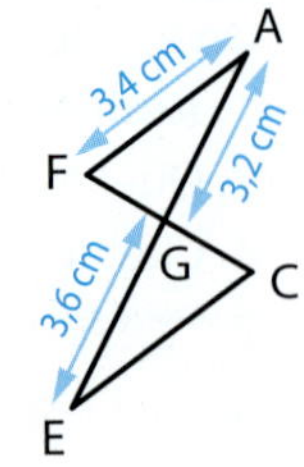

**21** Dans la figure ci-contre, les droites (ES) et (VA) se coupent en T, et (AS) et (EV) sont parallèles.
On donne les mesures suivantes : AS = 1,2 cm ; TA = 1,8 cm ; AV = 2 cm ; TE = 4,1 cm.

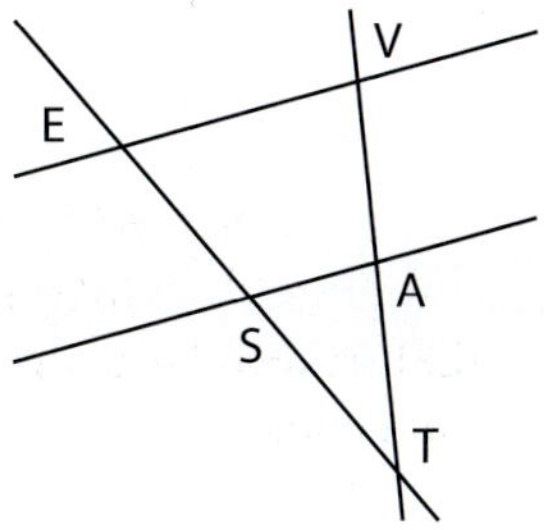


• Calculer une valeur approchée, au millimètre près, des longueurs EV et TS.

**22** Dans la figure ci-contre, les droites (DC) et (EN) sont parallèles, et (DN) et (CE) se coupent en T.
On donne les mesures suivantes :
DT = 4,7 cm, TN = 5,2 cm, EN = 4,3 cm et ET = 2,4 cm.

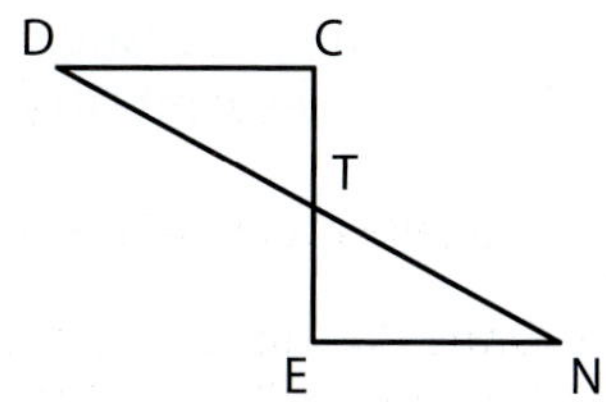


• Calculer une valeur approchée, au millimètre près, des longueurs DC et CT.

## MODE EXPERT

**23** Dans la figure ci-dessous, les droites (SE), (BC) et (RT) sont parallèles ; les points S, A, C et T sont alignés, ainsi que les points E, A, B et R.

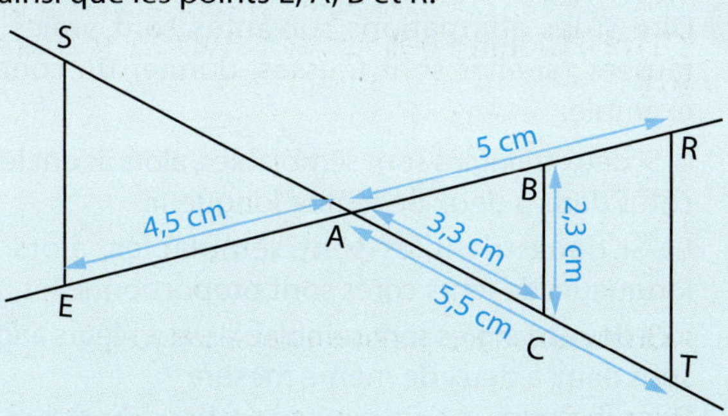


• Calculer la longueur SE.

**24** Dans la figure ci-dessous, les droites (JK) et (PM) sont parallèles, (MJ) et (PK) se coupent en L, et (JP) et (KM) se coupent en A.

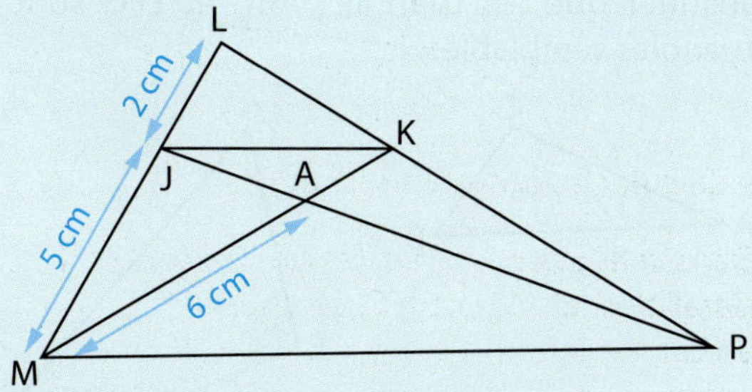


1. Citer deux configurations de Thalès.
2. En déduire la longueur AK.

## Reconnaitre des droites parallèles

➔ Savoir-faire p. 227

### QUESTIONS FLASH

**25** **Vrai ou faux ?** Justifier.

a. $\frac{5}{3} = \frac{15}{9}$ b. $\frac{3,6}{9} = \frac{1,8}{6}$ c. $\frac{5}{10} = \frac{7}{12}$

**26** Dans chaque cas, les droites bleues sont-elles parallèles ? Justifier.

a.

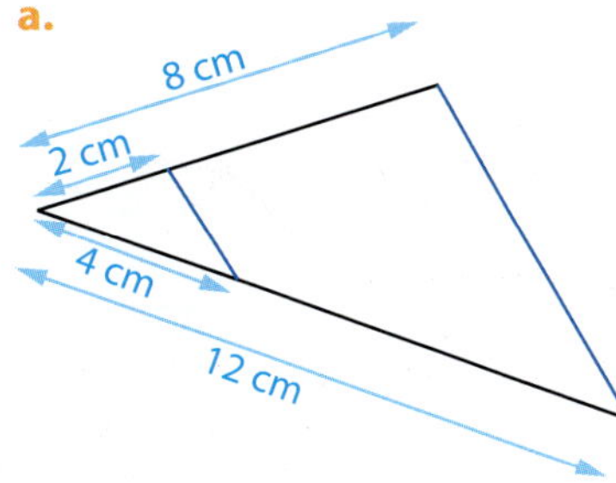


b.

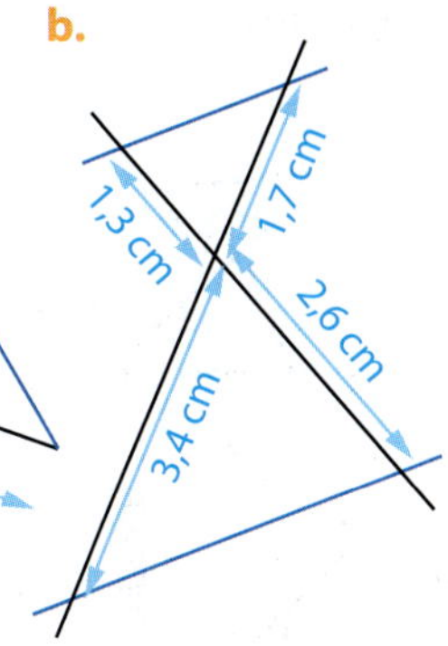


Questions flash supplémentaires

**27** **Vrai ou faux ?** Justifier.

a. $\frac{15}{8} = \frac{21}{11}$ b. $\frac{1,4}{0,6} = \frac{4,9}{2,1}$ c. $\frac{3,6}{9,6} = \frac{3,3}{8,8}$

**28** Dans la figure ci-dessous, les droites (TS) et (OR) se coupent en U.

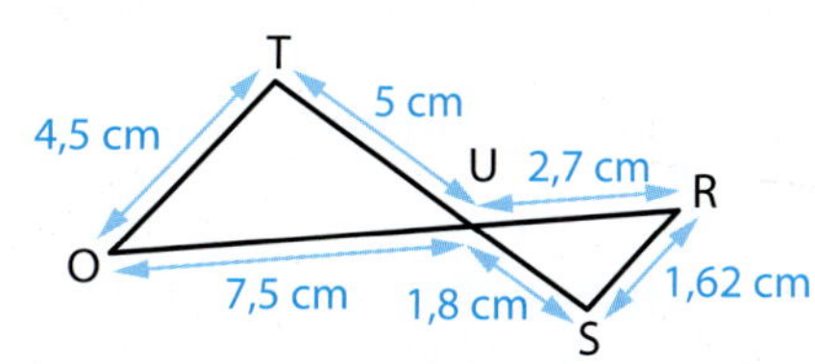


• Démontrer que les droites (TO) et (SR) sont parallèles.

**29** Dans la figure ci-dessous, les droite (AK) et (HC) se coupent en B.

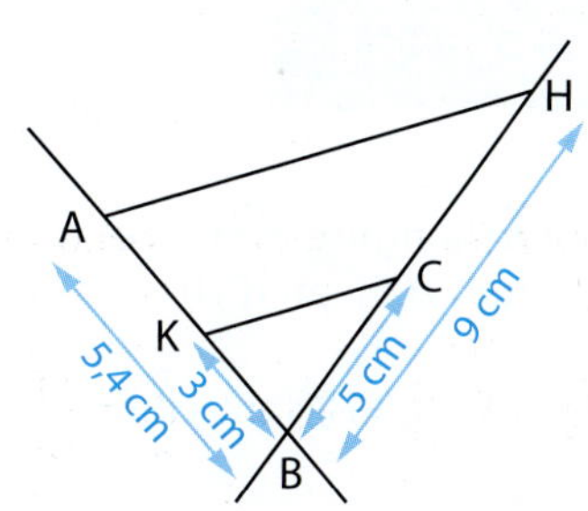


• Les droites (AH) et (CK) sont-elles parallèles ?

# Exercices

**30** Dans la figure ci-dessous, les droites (EH) et (TS) se coupent en V.

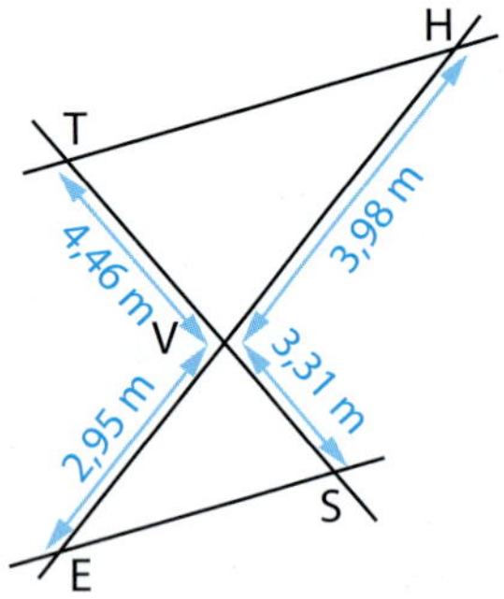


- Les droites (TH) et (ES) sont-elles parallèles ?

**31** On considère la figure ci-contre où les droites (MA) et (NP) se coupent en O.

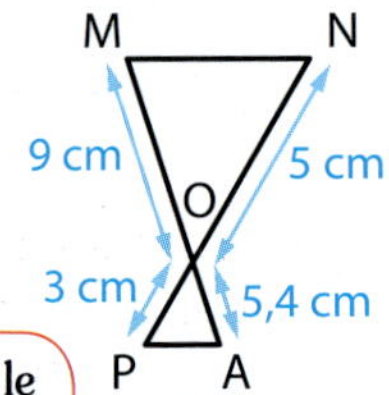


M, O, A et N, O, P sont alignés dans le même ordre,
$\frac{MO}{OA} = \frac{9}{5,4} \approx 1,7$ et $\frac{NO}{OP} = \frac{5}{3} \approx 1,7$
L'égalité de Thalès est vérifiée, donc (MN) et (PA) sont parallèles.

**Lucas**

**Noé**

M, O, A et N, O, P sont alignés dans le même ordre,
$\frac{OA}{OM} = \frac{5,4}{9} = 0,6$ et $\frac{OP}{ON} = \frac{3}{5} = 0,6$
L'égalité de Thalès est vérifiée, donc (MN) et (PA) sont parallèles.

- Les solutions rédigées par Lucas et Noé sont-elles correctes ?

**32** **1.** Dans un repère orthogonal d'unité un carreau, placer les points A(2 ; 0) ; B(0 ; 3) ; C(–3 ; 0) et D(0 ; –4,5).
**2.** Démontrer que les droites (AB) et (CD) sont parallèles.
**3.** Placer les points E(5 ; 0) et F(0 ; 7).
Les droites (AB) et (EF) sont-elles parallèles ?

## MODE EXPERT

**33** On considère la figure ci-contre où les droites (PF) et (RH) se coupent en C.
Les droites (RF) et (PH) sont-elles parallèles pour :
**a.** $x = 3,5$ ?
**b.** $x = 3$ ?

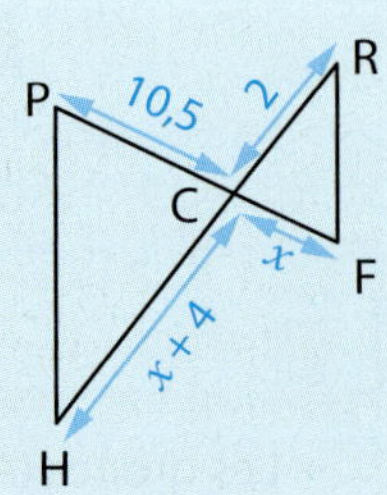


## Reconnaitre des triangles semblables

➜ Savoir-faire p. 229

### QUESTIONS FLASH

**34** Justifier que les triangles ARS et EGL ci-dessous sont des triangles semblables.

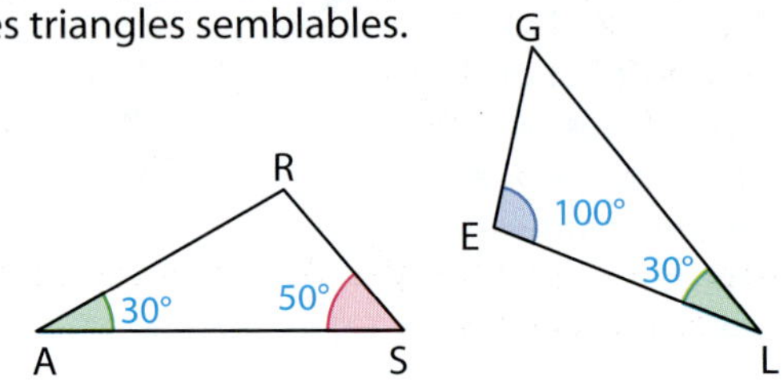


**35** Les côtés d'un triangle ABC mesurent 2,5 cm ; 3 cm ; 5 cm et ceux d'un triangle RST mesurent 10 cm ; 5 cm ; 6 cm. Ces triangles sont-ils semblables ?

**36** Les triangles KLM et PRS sont-ils semblables ?

| | | | |
|---|---|---|---|
| Longueurs du triangle KLM | 8,1 cm | 10,5 cm | 14,5 cm |
| Longueurs du triangle PRS | 2,7 cm | 3,5 cm | 4,9 cm |

**37** Dire si les affirmations suivantes sont vraies ou fausses ; si elles sont fausses, donner un contre-exemple.

**a.** Si deux triangles sont semblables, alors ils ont leurs côtés deux à deux de même longueur.
**b.** Si deux triangles sont semblables, alors les longueurs de leurs côtés sont proportionnelles.
**c.** Si deux triangles sont semblables, alors leurs angles sont deux à deux de même mesure.
**d.** Si deux triangles sont semblables, alors ils sont égaux.

Questions flash supplémentaires

**38** Justifier que les triangles ABC et EFG sont des triangles semblables.

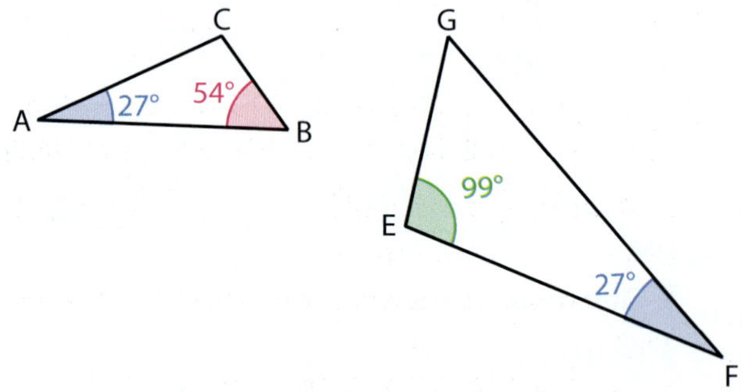

**39** On considère le triangle ABC ci-dessous.

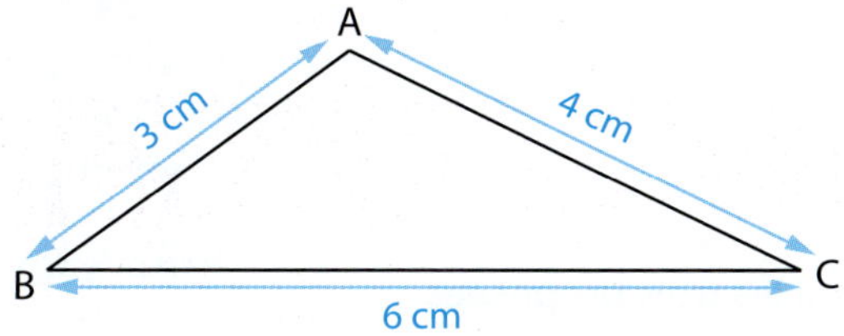


• Parmi les trois triangles ci-dessous, quels sont ceux qui sont semblables au triangle ABC ?

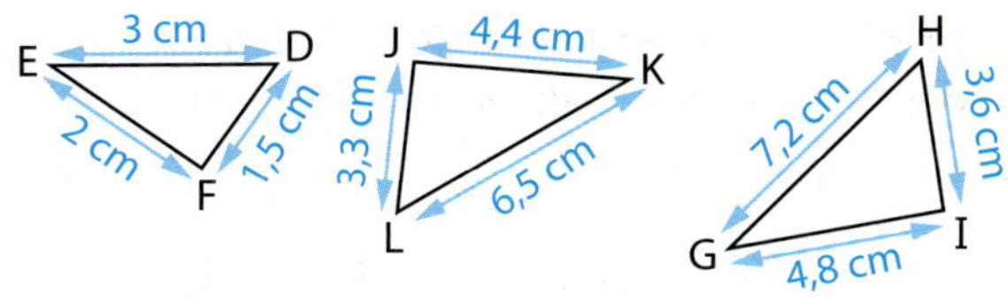


**40** Justifier que les triangles ABC et MNP sont des triangles semblables.

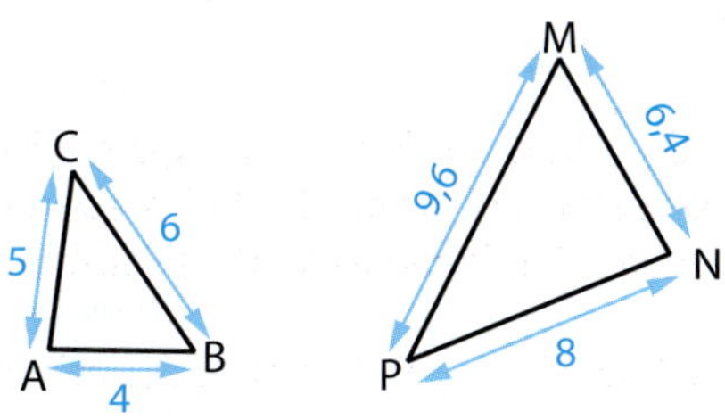


**41** Les triangles ABC et EDF sont semblables.

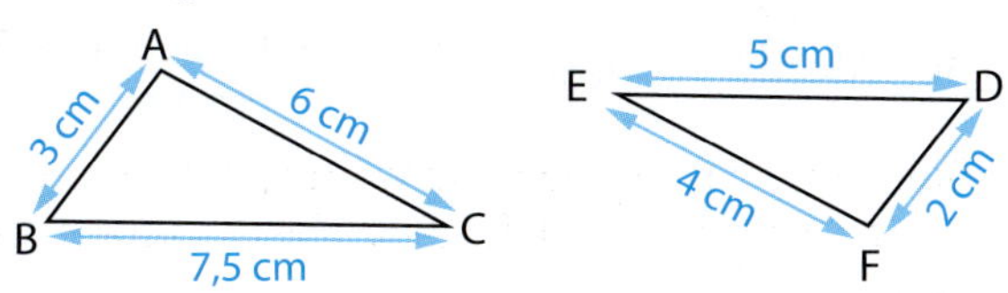


Quel est l'angle qui a la même mesure que :

**a.** $\widehat{DEF}$ ? **b.** $\widehat{DFE}$ ? **c.** $\widehat{FDE}$ ?

**42** Reproduire la figure ci-dessous sur un quadrillage. Construire un triangle EFG semblable au triangle ABC tel que $\widehat{B} = \widehat{F}$ et $\widehat{E} = \widehat{C}$.

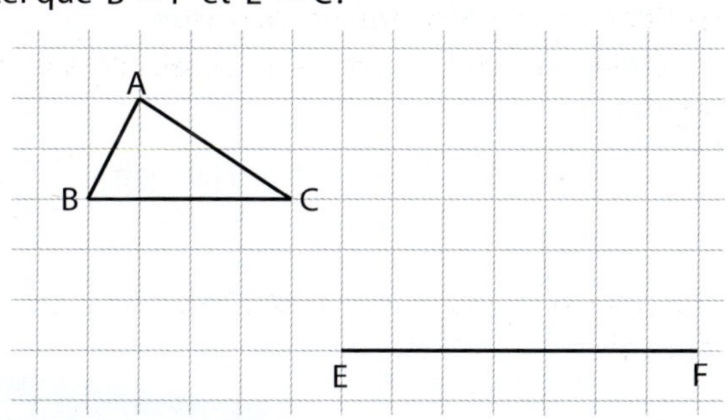


**43** Soient deux triangles semblables MON et LES, avec $\widehat{M} = \widehat{L}$ et $\widehat{O} = \widehat{E}$. Le triangle MON est une réduction de rapport $\frac{1}{4}$ du triangle LES. De plus, LE = 8,4 cm, LS = 6,8 cm et ES = 7,6 cm.

**1.** Déterminer les longueurs des côtés du triangle MON.

**2.** Construire les deux triangles MON et LES.

**44** Dans chaque cas, justifier que les deux triangles sont semblables, puis donner le rapport de réduction ou d'agrandissement qui permet de passer du triangle MER au triangle SUD.

**a.**

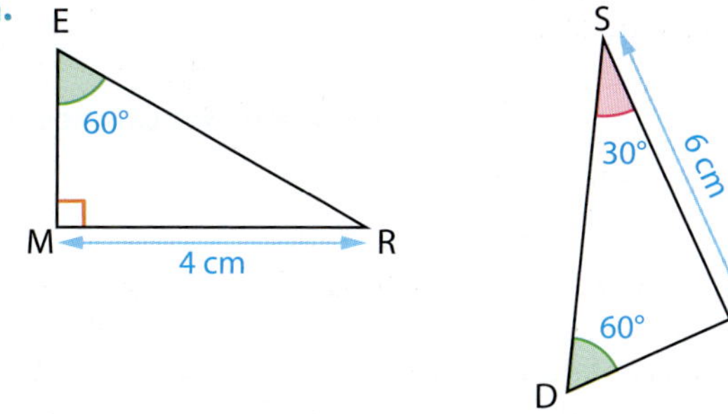


**b.**

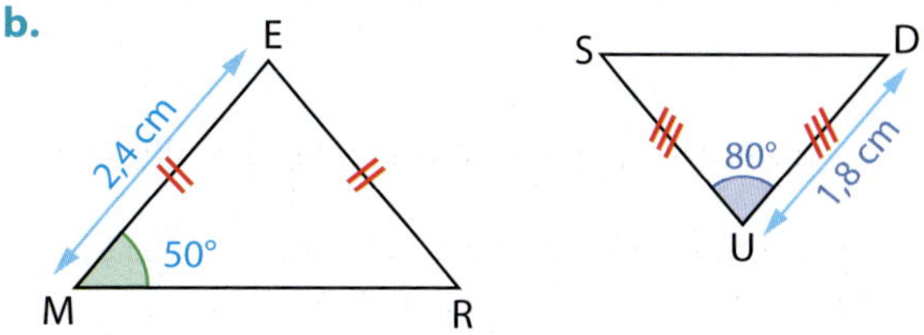


**45** Dans la figure ci-dessous, les points A, E et C sont alignés, ainsi que les points A, D et B.

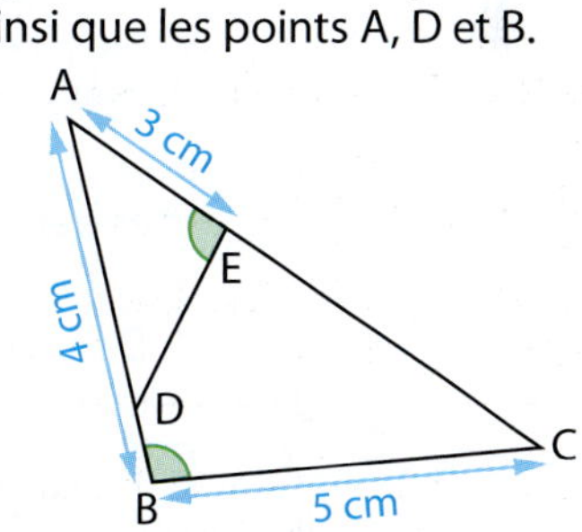


**1.** Justifier que les triangles ABC et ADE sont semblables.

**2.** Quel est le rapport de réduction de ABC à ADE ?

**3.** Calculer la longueur ED.

## MODE EXPERT

**46** Dans la figure ci-contre, H est le pied de la hauteur issue de A du triangle ABC.

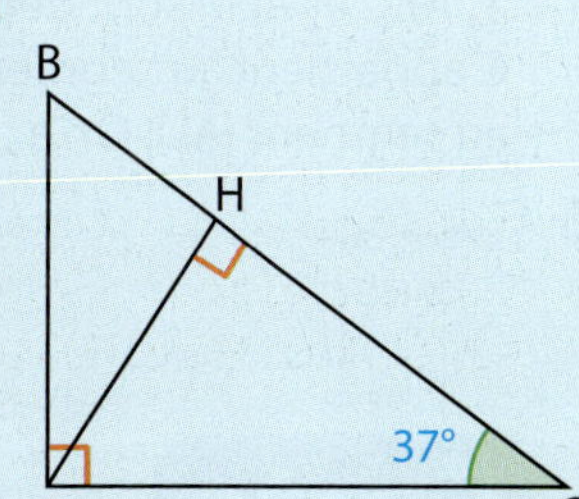


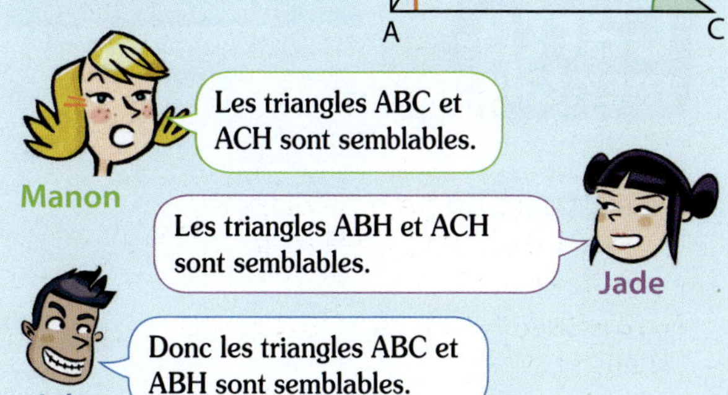


• Ont-ils raison ?

# Faire le point

Version interactive du QCM

Vérifie tes connaissances.

## QCM

**Donner la ou les bonnes réponses parmi les trois proposées.**

### 1 Calculer des longueurs avec le théorème de Thalès

| | | Réponse A | Réponse B | Réponse C |
|---|---|---|---|---|
| Dans la figure ci-dessous, (DE) et (FG) sont parallèles. 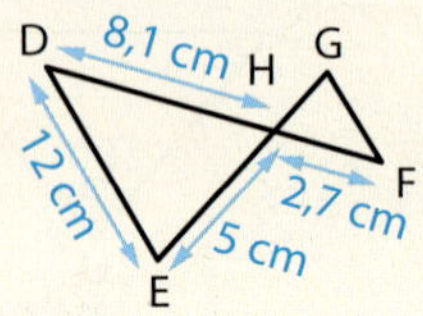 | **1.** On peut écrire les égalités suivantes : | $\frac{GH}{GE}=\frac{FH}{FD}=\frac{GF}{DE}$ | $\frac{HG}{HE}=\frac{HF}{HD}=\frac{GF}{DE}$ | $\frac{HE}{HG}=\frac{HD}{HF}=\frac{ED}{GF}$ |
| | **2.** Quelle est la longueur GF ? | 1,8 cm | 4 cm | 6,6 cm |
| | **3.** Quelle est la longueur GH ? | 1,6 cm | environ 1,7 cm | $\frac{5}{3}$ cm |

### 2 Reconnaitre des droites parallèles

| | | Réponse A | Réponse B | Réponse C |
|---|---|---|---|---|
| 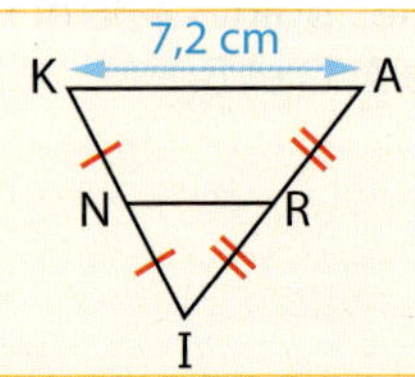 | **1.** Dans la figure ci-contre, les droites (KA) et (NR) sont-elles parallèles ? | Oui. | Non. | On ne peut pas savoir. |
| 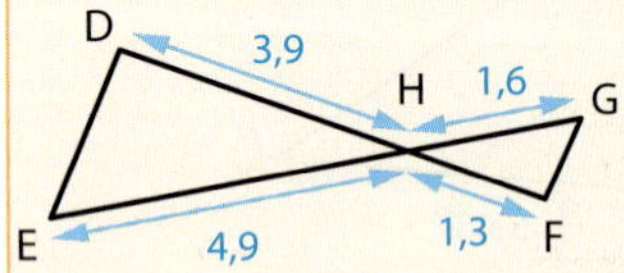 | **2.** Dans la figure ci-contre, les droites (DE) et (GF) sont-elles parallèles ? | Oui. | Non. | On ne peut pas savoir. |

### 3 Reconnaitre des triangles semblables

| | Réponse A | Réponse B | Réponse C |
|---|---|---|---|
| **1.** Deux triangles semblables ont : | des angles deux à deux de même mesure. | des côtés deux à deux de même longueur. | des angles et des côtés deux à deux de même mesure. |
| **2.** ABC et ALM sont deux triangles semblables. C appartient au segment [AM] et B appartient au segment [AL]. On a : | $\frac{AC}{AM}=\frac{AL}{LM}$ | $\frac{AB}{AL}=\frac{AC}{AM}$ | $\frac{AB}{AL}=\frac{CB}{ML}$ |

→ Corrigé p. 314

## Carte mentale

Ressource téléchargeable

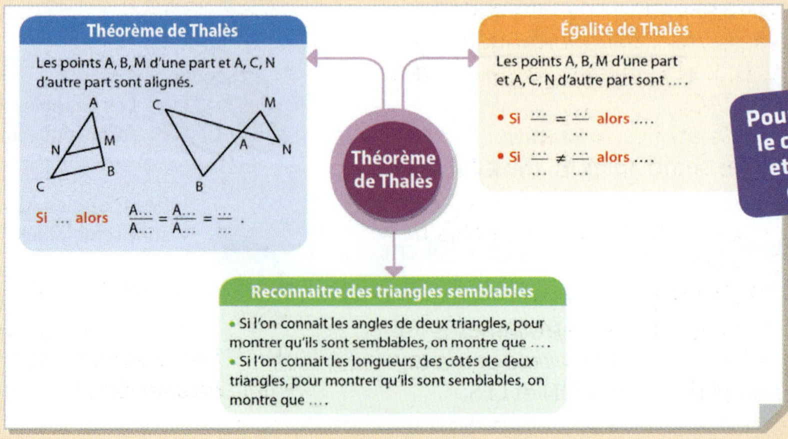


Pour t'aider à retenir le cours, télécharge et complète cette carte mentale.

# Algorithmique et outils numériques

## 47 Les morceaux de bois

Iliès croise deux bouts de bois de longueurs AB = 10 cm et CD = 12 cm. Il ne connait pas la longueur de [AE], mais il sait que (AC) et (DB) sont parallèles et que CE = 8 cm.

• Trouver, à l'aide de la feuille de calcul ci-dessous, un encadrement puis une valeur approchée au millimètre près de AE.

| | A | B |
|---|---|---|
| 1 | **AE** | **AE/(10-AE)** |
| 2 | 0 | |
| 3 | 0,5 | |
| 4 | 1 | |
| 5 | 1,5 | |
| 6 | 2 | |
| 7 | 2,5 | |
| 8 | 3 | |
| 9 | 3,5 | |
| 10 | 4 | |
| 11 | 4,5 | |
| 12 | 5 | |
| 13 | 5,5 | |

## 48 À la manière de Sierpinski

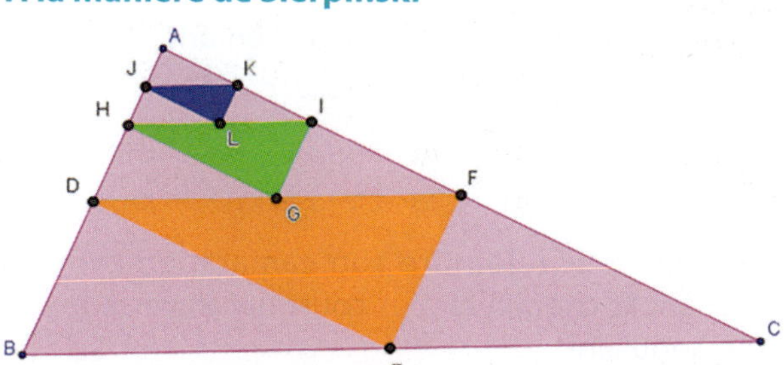


À l'aide d'un logiciel de géométrie dynamique :

**1.** Construire un triangle rose ABC quelconque.

**2.** Placer les points D, E et F, milieux respectifs des segments [AB], [BC] et [AC].
Tracer le triangle EDF ; le colorer en orange.
Les triangles rose et orange sont-ils semblables ? Justifier.

**3.** Placer les points G, H et I, milieux respectifs des segments [DF], [AD] et [AF].
Tracer le triangle HIG ; le colorer en vert.
Les triangles vert et orange sont-ils semblables ?

**4.** Placer les points J, L et K, milieux respectifs des segments [AH], [HI] et [AI].
Tracer le triangle JKL ; le colorer en bleu.
Les triangles bleu et vert sont-ils semblables ?

**5.** Peut-on affirmer que le triangle bleu est une réduction du triangle orange ? Si oui, quel est le rapport de réduction ?

**6. a.** Terminer la construction pour obtenir la figure ci-dessous, en utilisant les milieux des côtés des triangles.

**b.** Quel est le rapport entre l'aire de la partie rose et l'aire du triangle ABC ?

## 49 On tourne !

Swan vient d'écrire le script suivant.

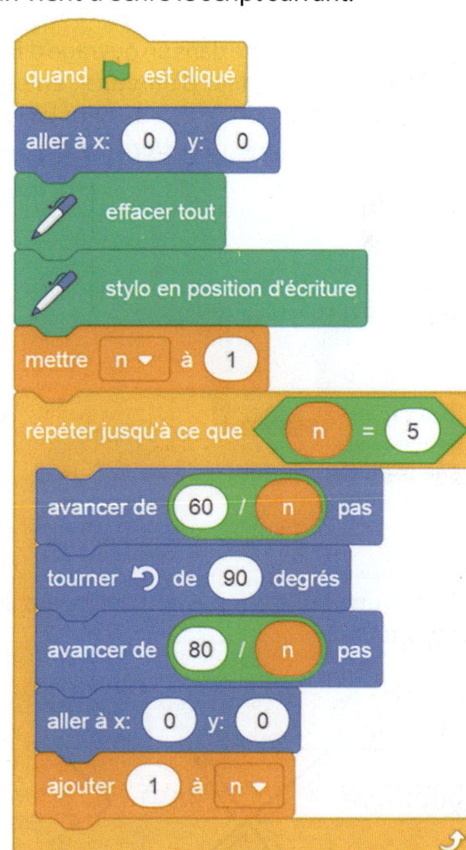


**1.** Décrire les quatre figures que ce script permet de tracer.

**2.** Modifier ce script pour qu'il permette de tracer quatre triangles équilatéraux.

# Problèmes

ceinture jaune · ceinture verte · ceinture noire

## 50 Partie de tennis

Calculer

Jules fait un smash lors de sa partie de tennis.

- À l'aide du schéma ci-dessous (qui n'est pas à l'échelle), calculer à quelle hauteur $h$ il doit frapper la balle pour qu'elle passe 1 cm au-dessus du filet de 1,07 m de haut et qu'elle touche le sol à 6 m de la base du filet.

Les points B, N, T sont alignés, ainsi que les points T, H, P et les points H, N′, N. N′N = 1 cm.

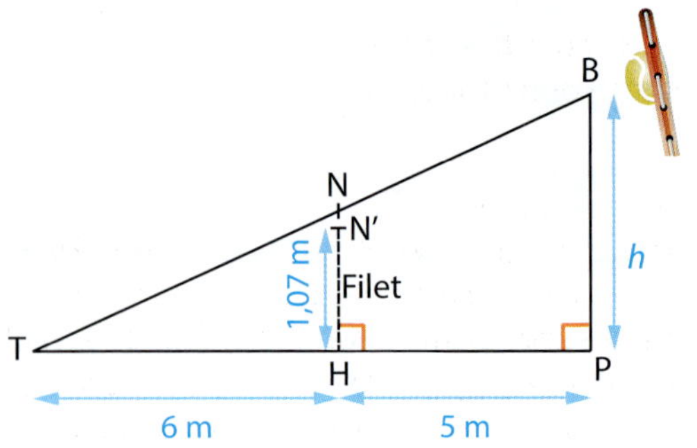


## 51 Le puits

Représenter, Calculer

Voici une technique décrite dans un ouvrage d'Euclide pour mesurer la profondeur d'un puits : en plaçant son œil à 1,50 m de hauteur et à 1 m du bord d'un puits de 1,20 m de diamètre, le bord du puits cache juste la ligne du fond.

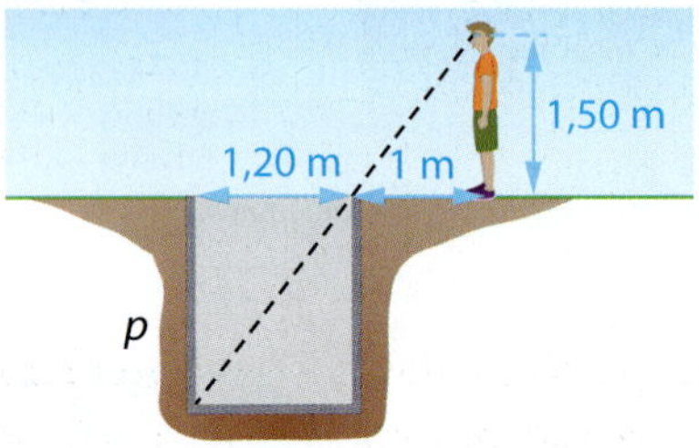


- Quelle est la profondeur $p$ du puits ?

## 52 Horizontal ?

Raisonner, Calculer

Les pieds d'une table à repasser sont posés sur un sol horizontal.

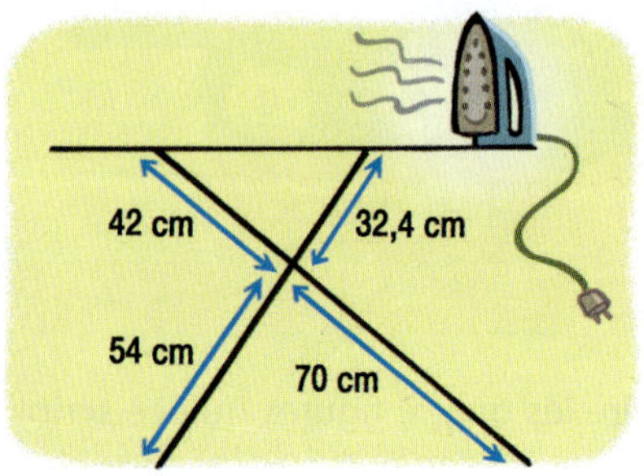


- D'après le schéma ci-dessus, la planche à repasser est-elle horizontale ?

## 53 Course adulte-enfant

Calculer

Voici les parcours tracés pour une course : en rouge, celui des enfants ; en vert, celui des adultes.

Les deux triangles sont semblables.

Pour représenter ces parcours, on a utilisé le logiciel Scratch et créé deux blocs.

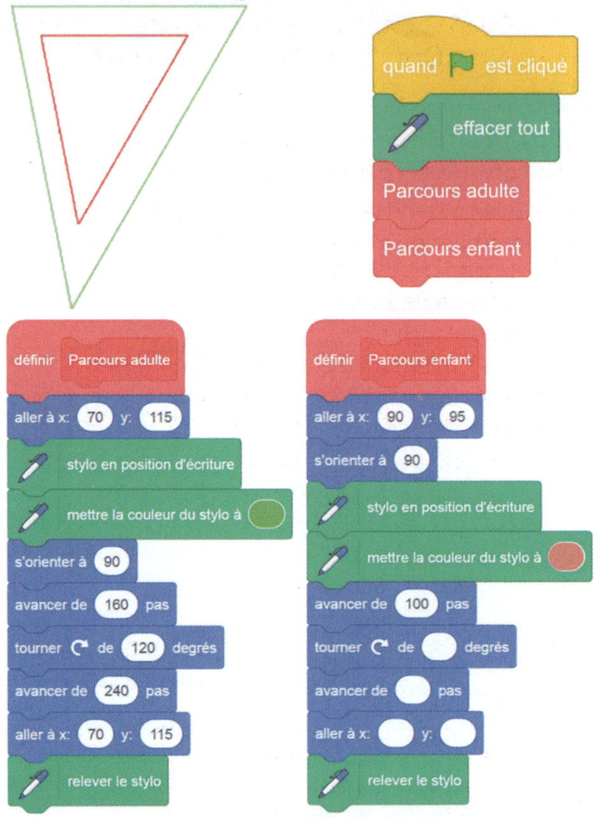


- Compléter le script du parcours enfant.

## 54 Le raccourci

Calculer

Samuel veut rejoindre son camarade Kévin en prenant le chemin le plus court qui traverse le pré rectangulaire.

Le schéma ci-dessous représente la situation. Kévin se trouve au point K et Samuel au point S.

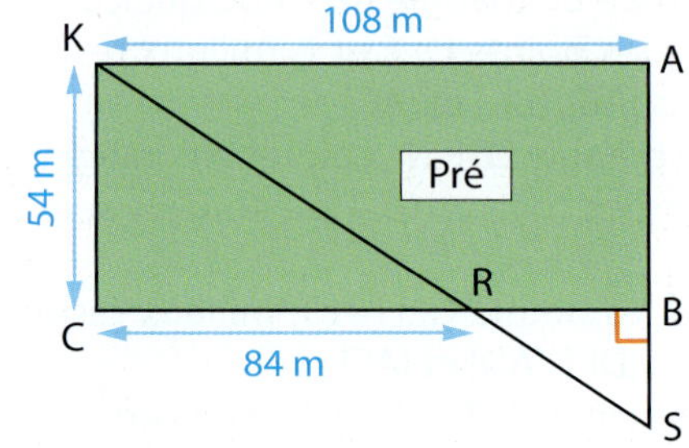


- Quelle distance Samuel va-t-il parcourir ? Donner le résultat arrondi au dm.

## 55 Compas à molette

Modéliser, Raisonner

Loriane a un compas à molette dont les branches mesurent 12 cm. Avec la molette, elle peut régler la longueur $x$ de la tige.

Elle veut tracer un cercle de 12 cm de diamètre.

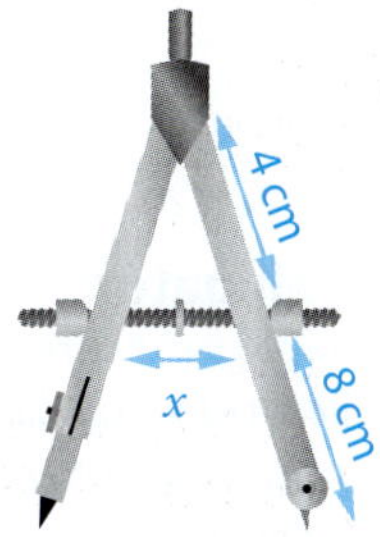


**1.** À l'aide de deux triangles semblables, schématiser ce modèle de compas dans cette situation. Sur la figure, nommer les sommets et indiquer les longueurs connues.

**2.** Quelle devra être la longueur de la tige $x$ pour réaliser un cercle de 12 cm de diamètre ?

## 56 Triangles semblables

Calculer

On souhaite écrire un script qui permet de construire le triangle 1 ci-dessous et un triangle 2 semblable en demandant à l'utilisateur de choisir le coefficient $k$ de réduction ou d'agrandissement.

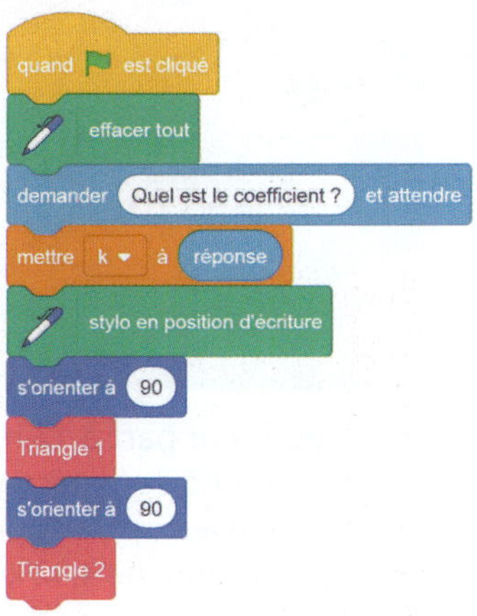


**Triangle 1**

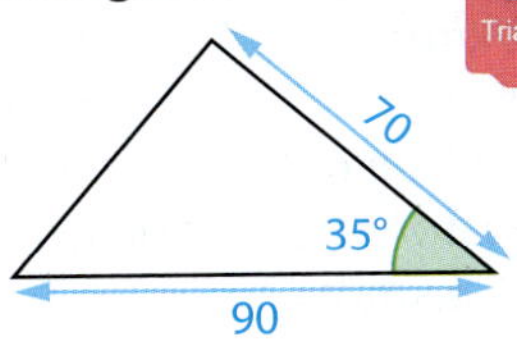


**1.** Compléter ce qui a été effacé dans le script « bloc triangle 1 » ci-contre.

**2.** Le début du script « bloc triangle 2 » est donné ci-dessous ; écrire la totalité du script.

**Bloc triangle 1**

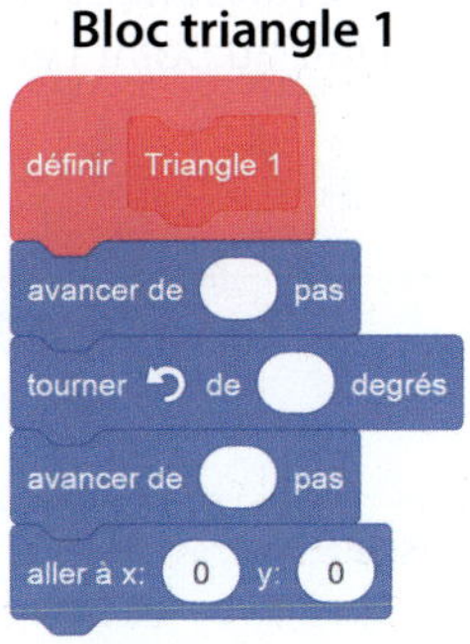


**Bloc triangle 2**

## 57 A visit in New York City

Représenter, Communiquer

A tourist is making the way NYCIT around Broadway Avenue to visit Times Square, the Empire State Building and the Flatiron Building.

In this city, the avenues cross the streets at right angles.

We have NY = 300 m, NC = 700 m et CI = 900 m.

• Work out the entire length of his route.

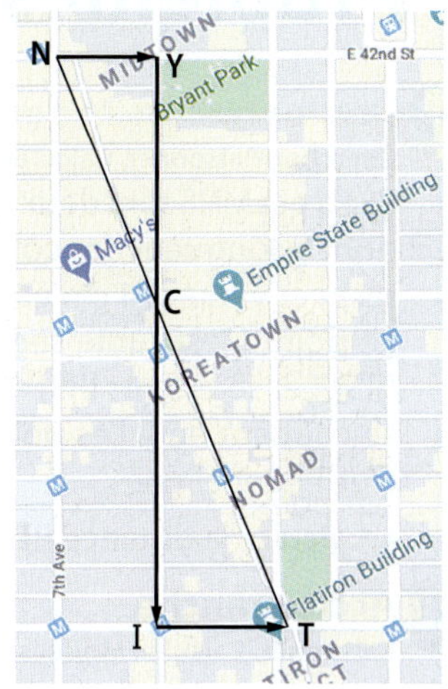


## 58 Projet de pont

Modéliser, Représenter

Un topographe a en charge un projet de pont au niveau de la ville de Millau. Il doit procéder à un certain nombre de mesures parmi lesquelles la distance entre deux repères modélisés par les points A et M. Il est situé sur une rive et il doit déterminer la distance AM, où M est inaccessible. À cause du dénivelé et de la végétation, il ne peut pas se rendre au bord de la rivière. Le point B est l'emplacement d'une bergerie. On modélise la situation par le schéma suivant.

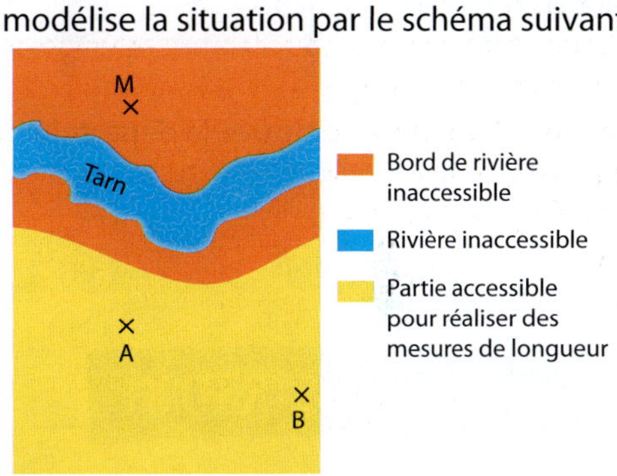


Le topographe a réalisé les mesures suivantes :

$$AB = 50 \text{ m}, \widehat{BAM} = 110° \text{ et } \widehat{ABM} = 40°$$

**1.** Construire un triangle A'B'M' semblable au triangle ABM, puis mesurer le plus précisément possible A'B' et A'M'.

**2.** En déduire une valeur approchée de la distance AM. Justifier.

# DÉFIS & ÉNIGMES

## 59 Frise

Chloé veut construire une frise pour décorer sa chambre.

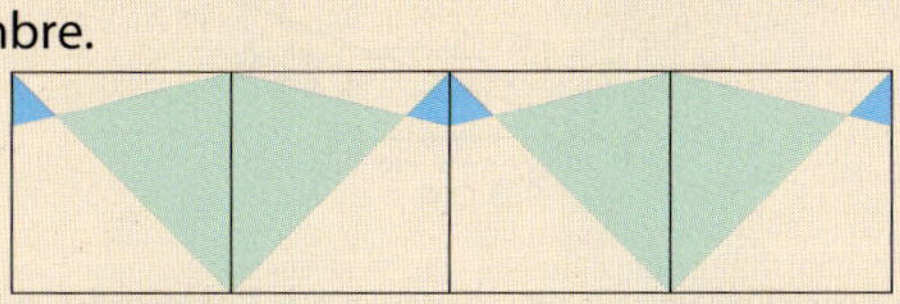

Le motif de base est construit à partir d'un carré de côté 18 cm comme l'indique la figure ci-après.

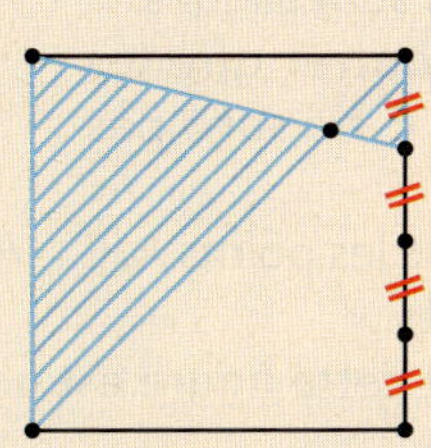

• Quelle est l'aire exacte de la partie hachurée à peindre pour réaliser un des motifs de la frise ?

# Problèmes

## 60 Des longueurs et des carrés

Chercher, Raisonner, Calculer

RSTU et LMNS sont deux carrés dont la longueur des côtés est respectivement 4 cm et 3 cm. Le point L est sur le segment [RS]. Les segments [RS] et [UN] se coupent en I. Les points N, S et T sont alignés.

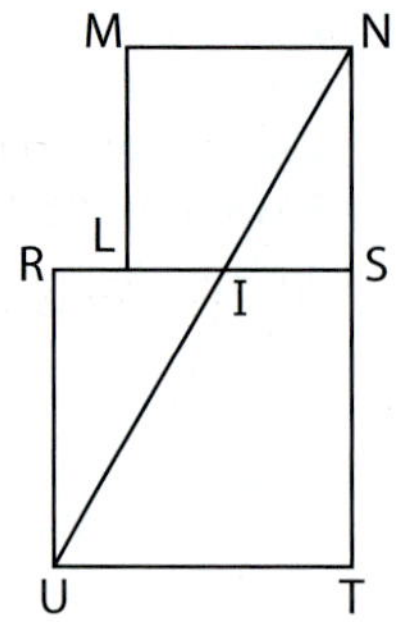


- Calculer la distance RI.

## 61 Accrobranche

Prise d'initiative

Raisonner, Calculer, Modéliser

Sur un parcours d'accrobranche, la planche de départ D du pont de singe est bien fixée à l'aide de deux câbles [AB] et [EF] croisés et tendus entre des troncs d'arbres et le sol, comme indiqué sur le schéma ci-dessous.

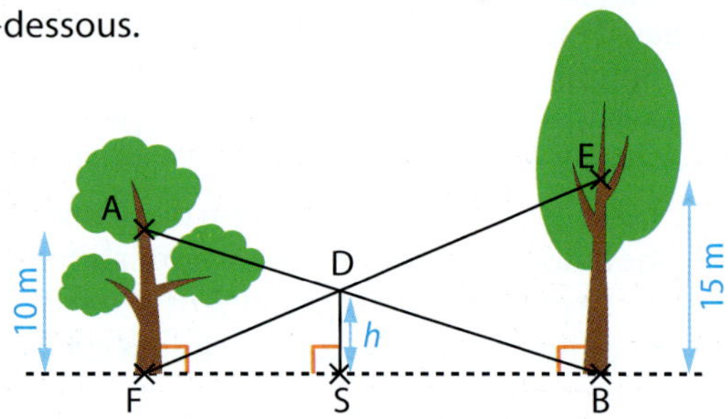


- À quelle hauteur *h* se trouve le départ du pont de singe ?

On pourra exprimer $\frac{FS}{FB}$ puis $\frac{BF - FS}{BF}$ en fonction de *h*.

## 62 L'alligator

Prise d'initiative

Raisonner, Représenter, Calculer

En Louisiane, un randonneur quitte la rive d'un lac pour retourner à sa voiture.
La situation est schématisée ci-dessous.
CH = 150 m, HP = 200 m et PB = 10 m. Les points H, I, P sont alignés, ainsi que les points B, I, C.

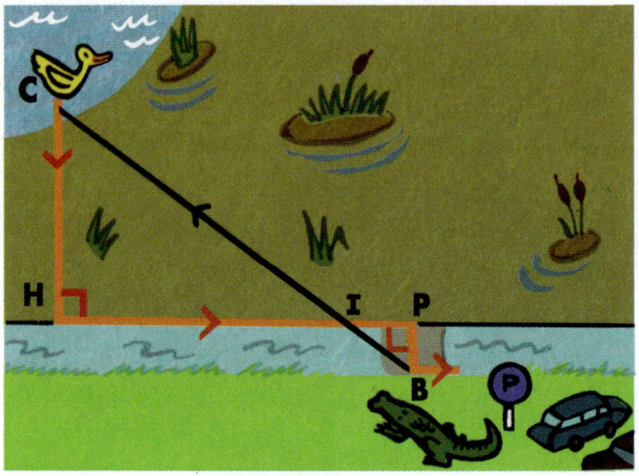


Le randonneur part à 12 h 00 du point C et suit le chemin entouré de marécages pour atteindre le pont [PB] sur la rivière, puis le parking. Il se déplace à la vitesse constante de 4,32 km/h.
À 12 h 04, un alligator situé au point B sur la berge se dirige en ligne droite vers un canard qui vient de se poser au point C. L'alligator nage tranquillement à la vitesse constante de 1,8 km/h.

- Le randonneur et l'alligator vont-ils se trouver nez à nez au point I au même instant ? Justifier.

# MISSION DÉMONSTRATION

## Raisonnement Raisonner par l'absurde

Pour démontrer par l'absurde qu'une proposition est fausse :
- on suppose que cette proposition est vraie ;
- à l'aide d'un raisonnement, on cherche à obtenir une « absurdité » (par exemple, une contradiction avec l'une des données de l'exercice) ;
- on peut alors en conclure que la proposition est fausse.

**63** Dans la figure ci-contre, les points A, D et B sont alignés.
On veut démontrer que les points A, E et C ne sont pas alignés.
On suppose que les points A, E et C sont alignés.

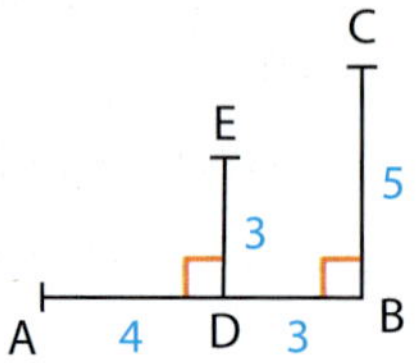


1. Justifier que cette figure est une configuration de Thalès.
2. Calculer les quotients $\frac{AD}{AB}$ et $\frac{ED}{CB}$ et les comparer.
3. Conclure.

**64** Dans la figure ci-dessous, les points H, S et V sont alignés, et les droites (AH) et (VT) sont parallèles.

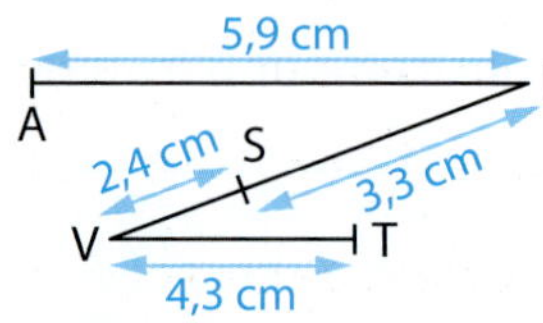


- À l'aide d'un raisonnement par l'absurde, démontrer que les points A, S et T ne sont pas alignés.

# Objectif BREVET

## 65 Étagères

Un décorateur a dessiné une vue de côté d'un meuble de rangement composé d'une structure métallique et de plateaux en bois d'épaisseur 2 cm, illustré par la figure 1.

Les étages de la structure métallique de ce meuble de rangement sont tous identiques et la figure 2 représente l'un d'eux.

On donne :

- OC = 48 cm ; OD = 64 cm ; OB = 27 cm ; OA = 36 cm ; CD = 80 cm.
- Les droites (AC) et (CD) sont perpendiculaires.

**Figure 1**

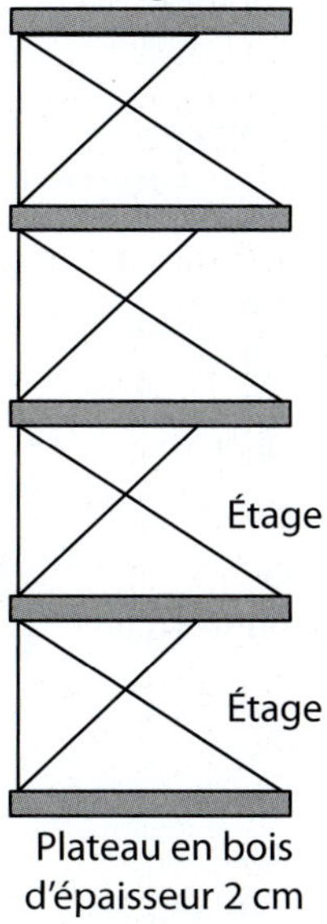


**Figure 2**

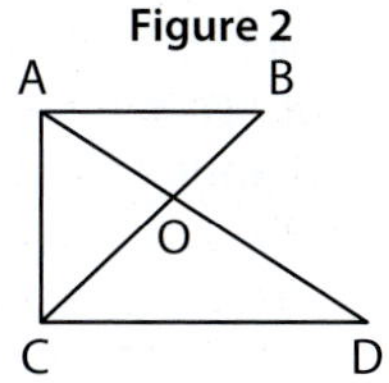


**1.** Démontrer que les droites (AB) et (CD) sont parallèles.

**2.** Montrer par le calcul que AB = 45 cm.

**3.** Calculer la hauteur totale du meuble de rangement.

*D'après DNB Centres étrangers, juin 2019.*

## 66 Feux de croisement

Pour régler les feux de croisement d'une automobile, on la place face à un mur vertical. Le phare, identifié au point P, émet un faisceau lumineux dirigé vers le sol.

On relève les mesures suivantes :

PA = 0,7 m ; AC = QP = 5 m ; CK = 0,61 m.

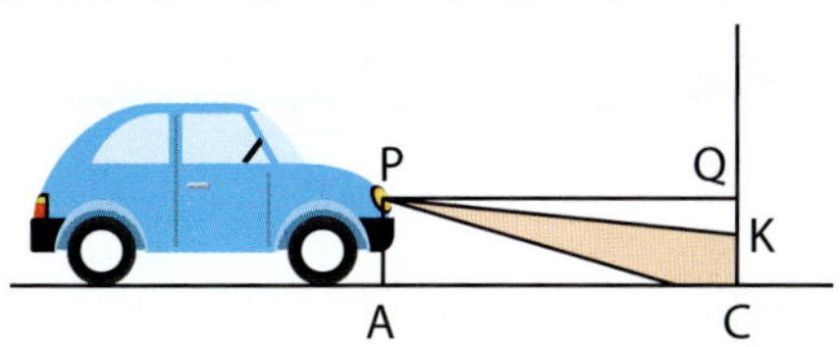


Sur le schéma ci-dessous, qui n'est pas à l'échelle, le point S représente l'endroit où le rayon supérieur du faisceau rencontrerait le sol en l'absence du mur.

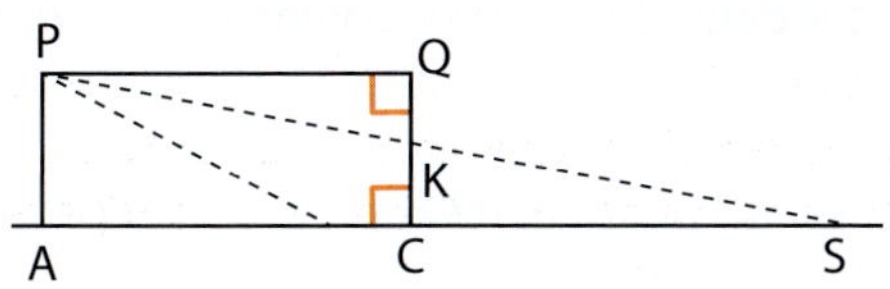


On considère que les feux de croisement sont bien réglés si le rapport $\frac{QK}{QP}$ est compris entre 0,015 et 0,02.

**1.** Vérifier que les feux de la voiture sont bien réglés.

**2.** À quelle distance maximale de la voiture un obstacle se trouvant sur la route est-il éclairé par les feux de croisement ?

*D'après DNB sujet zéro, 2018.*

## 67 La desserte

Les plateaux représentés par (AB) et (CD) pour la réalisation de cette desserte en bois sont parallèles.

- Cette affirmation est-elle vraie ou fausse ?

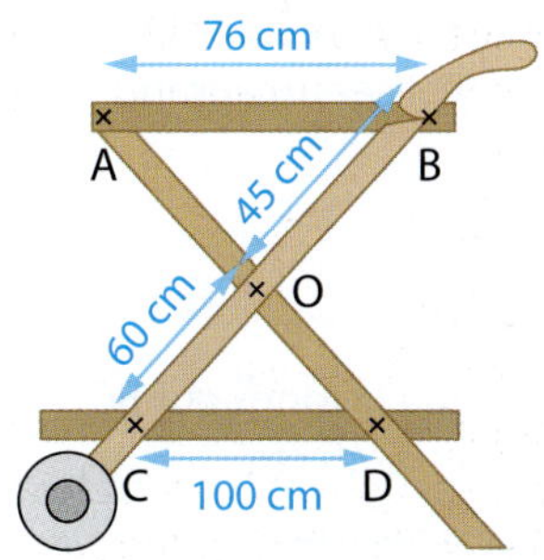


*D'après DNB Centres étrangers, 2015.*

## 68 Le fumoir

Autrefois dans les cases*, les anciens avaient installé au-dessus du feu un fumoir qui leur permettait de conserver le fruit de leur pêche plus longtemps.

Willy et Anna font de l'accueil de touristes. Ils souhaitent utiliser l'ancien fumoir afin de ranger les bagages de leurs visiteurs. Ils veulent ajouter un panneau au-dessus pour protéger les affaires. Ils cherchent donc à déterminer la longueur de ce panneau.

Ci-dessous se trouve un schéma de la case. Le segment [OJ] représente le sol du fumoir d'origine et [IF] le futur panneau que le couple veut installer.

** Une case est un habitat traditionnel de Nouvelle-Calédonie.*

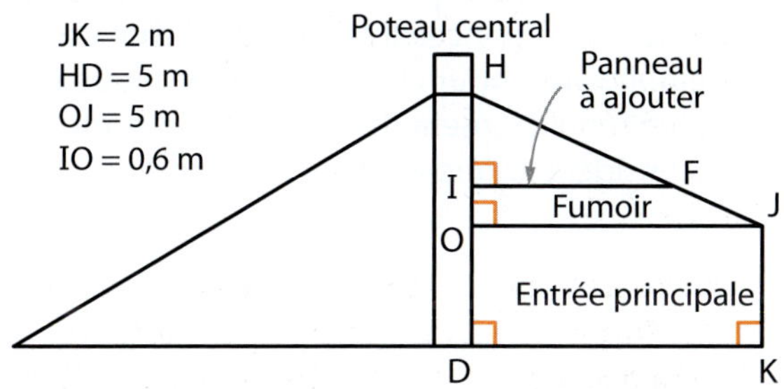


**1.** Quelle est la longueur du segment [OD] ?

**2.** En utilisant la relation HI = HD − IO − OD, vérifier que HI = 2,4 m.

**3.** Justifier que (OJ) est parallèle à (IF).

**4.** Quelle est la longueur du panneau qui devra être ajouté ?

*D'après DNB Nouvelle-Calédonie « série professionnelle », 2014.*

# Travailler autrement

Utilisable en AP

## 69 Résolution de problème

**Socle D1** Je produis des représentations telles que des figures géométriques.

**Socle D4** Je pratique le calcul et résous des problèmes impliquant des grandeurs variées.

ABC est un triangle rectangle isocèle en B.
On souhaite réaliser un agrandissement de la figure ci-contre.

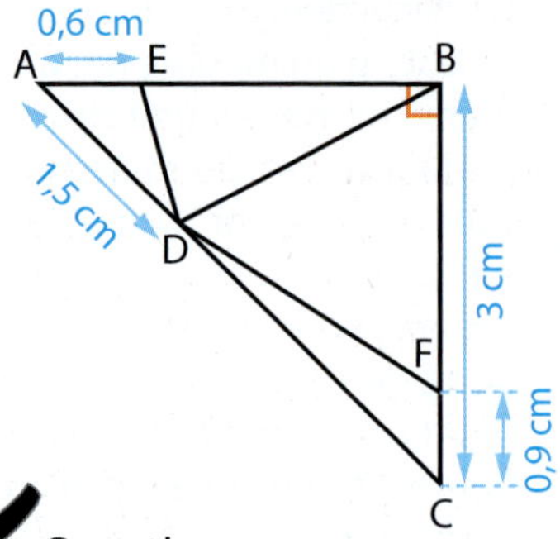


### Questions ceinture jaune

On souhaite que la longueur BC devienne égale à 7,5 cm.

1. Justifier que les triangles obtenus après agrandissement sont semblables à ceux du départ et donner le coefficient d'agrandissement.
2. Calculer les nouvelles longueurs FC, AE et AD et réaliser la figure agrandie.

### Questions ceinture verte

On souhaite que la longueur AE devienne égale à 0,8 cm.

1. Justifier que les triangles obtenus après agrandissement sont semblables à ceux du départ.
2. Calculer les nouvelles longueurs FC, AE et AD et réaliser la figure agrandie.

### Questions ceinture noire

1. On souhaite que la longueur BF devienne égale à 5 cm. Calculer les valeurs exactes des nouvelles longueurs FC, AE et AD. Justifier.
2. On agrandit cette nouvelle figure, de sorte que CF = 3 cm. Réaliser la figure agrandie.

## 70 Analyse d'un document

**Socle D1** J'utilise les principes du système de numération décimal et les langages formels pour effectuer des calculs et modéliser des situations.

**Socle D4** Je pratique le calcul et résous des problèmes impliquant des grandeurs variées en particulier dans des situations de proportionnalité.

« Le carré géométrique » est utilisé depuis le Moyen Âge pour mesurer des distances. Il est composé d'un cadre carré et d'une tige qui pivote pour viser un objet. Chaque côté du carré est gradué régulièrement de 0 à 60 cm sur toute sa longueur.
On considère ici que le sol est horizontal.

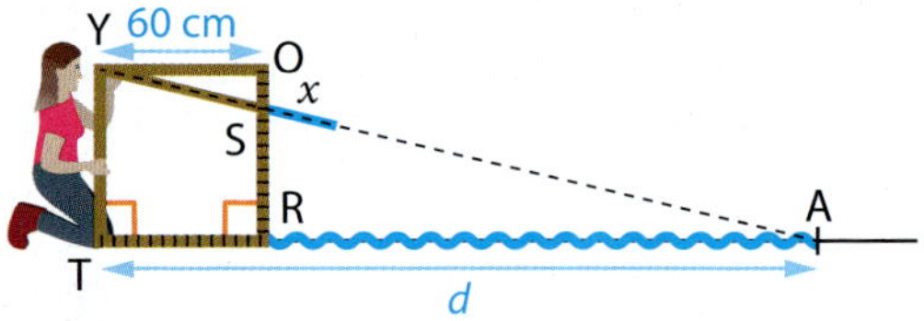


### Questions ceinture jaune

Emma place le carré YORT à plat et vise l'objet A avec la tige [YS] : elle lit SO = 12 cm.

1. Calculer la distance RA.
2. En déduire la distance $d$ entre les genoux d'Emma et l'objet A.

### Questions ceinture verte

Emma place le carré YORT à plat et vise un objet A avec la tige. On note alors OS = $x$ cm.

1. Exprimer la distance AR (en cm) en fonction de $x$, puis en déduire la distance au sol $d$ (en cm) entre Emma et l'objet en fonction de $x$.
2. Calculer la distance $d$ (en cm) si $x = 10$. Interpréter ce résultat dans le contexte.

### Questions ceinture noire

Pour déterminer la hauteur d'une tour avec le carré géométrique à l'horizontal à 30 cm au dessus du sol, on effectue deux visées vers le sommet à 10 m d'intervalle.
On obtient OS = 20 cm puis O'S' = 36 cm.

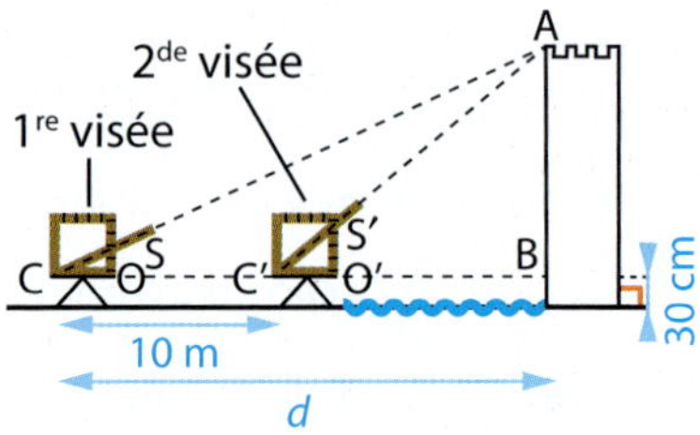


1. À l'aide de la première visée, exprimer la distance $d$ en fonction de la distance AB.
2. À l'aide de la seconde visée, calculer la distance AB, puis la hauteur totale de la tour en m.

# 12 Triangles rectangles

**TA MISSION**

Calculer des longueurs et des angles dans un triangle rectangle.

**JEU**

Mme Eskera ne se souvient plus de son mot de passe d'ordinateur. Elle se rappelle cependant qu'il est constitué de 7 chiffres qu'elle avait choisis ainsi : c'est la succession des mesures des trois angles formés par les aiguilles que ses trois enfants ont positionnées sur des cadrans selon leur heure de naissance, comme dessiné ci-dessous.

- Retrouver le mot de passe de Mme Eskera.

**POINT INFO**

Ératosthène était un astronome et mathématicien grec qui a vécu environ 200 ans av. J.-C. Il est célèbre pour avoir réussi à calculer la circonférence de la Terre, à quelques centaines de kilomètres près, grâce aux ombres projetées par les rayons du Soleil.

Voir le problème 75 p. 258

# Activités

## Prêts pour le décollage ?

**QUESTIONS FLASH** — Questions flash supplémentaires

① Soit un triangle MNP rectangle en P tel que $\widehat{MNP} = 39°$. Quelle est la mesure de l'angle $\widehat{PMN}$ ?

② Les triangles ci-dessous sont-ils semblables ?

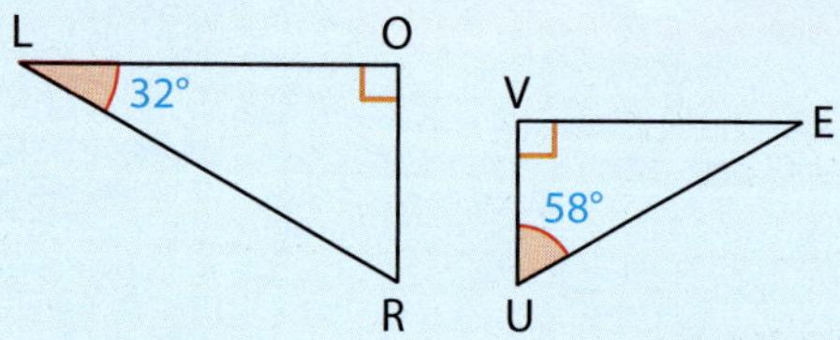


③ On considère le triangle SVT ci-dessous.

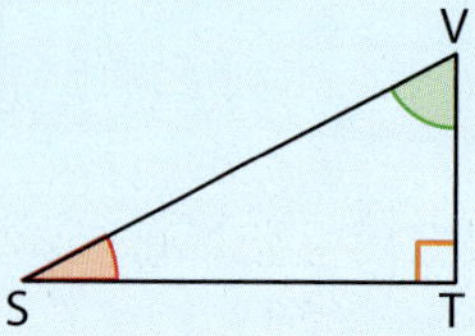


**1.** Quel côté est l'hypoténuse de ce triangle ?
**2.** Quel est le côté adjacent à l'angle $\widehat{SVT}$ ?
**3.** Quel est le côté adjacent à l'angle $\widehat{VST}$ ?
**4.** Exprimer le cosinus de l'angle $\widehat{SVT}$ comme un quotient de deux longueurs.
**5.** Exprimer le cosinus de l'angle $\widehat{VST}$ comme un quotient de deux longueurs.

④ À l'aide de la calculatrice, donner la mesure de chaque angle, arrondie au degré.
**a.** $\cos \widehat{A} = 0{,}46$ **b.** $\cos \widehat{B} = 0{,}78$ **c.** $\cos \widehat{C} = 0{,}25$

⑤ Pour chaque triangle ci-dessous, donner la valeur exacte de la longueur inconnue.

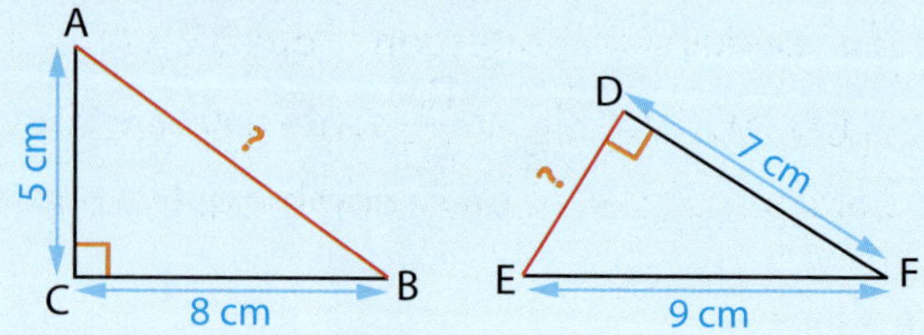


⑥ Les triangles ci-dessous sont-ils rectangles ?

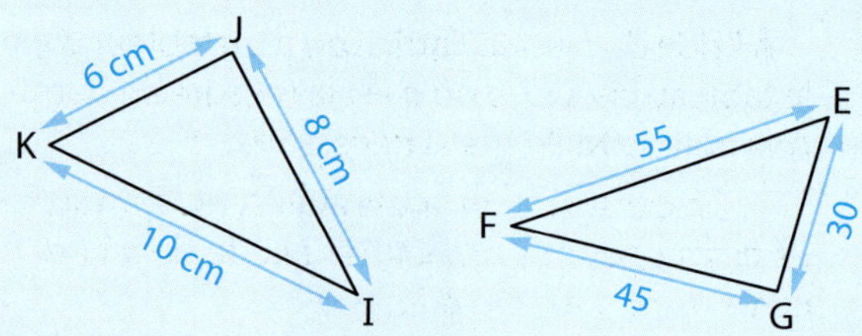


⑦ Trouver la valeur manquante.
**a.** $\dfrac{2{,}1}{\dots} = 7$ **b.** $\dfrac{\dots}{4} = 3{,}6$

## Activité 1 — Des carrés

**1.** On dispose de deux carrés d'aire 1 dm² et d'une paire de ciseaux.
Expliquer comment on peut construire un carré d'aire 2 dm².

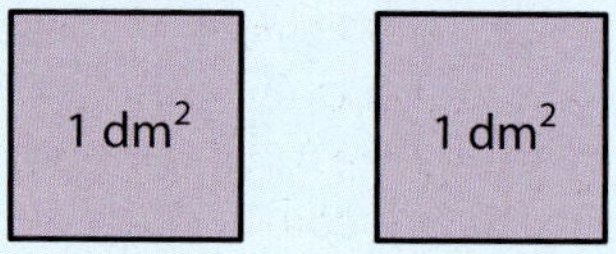


**2.** Combien mesure le côté de ce nouveau carré ?

## Activité 2 — Conjectures

**1.** Tracer deux demi-droites [A$x$) et [A$y$), puis tracer deux droites perpendiculaires à [A$x$) coupant respectivement [A$x$) en B et D, et [Ay) en C et E.

**2.** Dans le tableur, afficher la valeur de $\dfrac{BC}{AC}$ dans la cellule A1 et la valeur de $\dfrac{DE}{AE}$ dans la cellule B1.

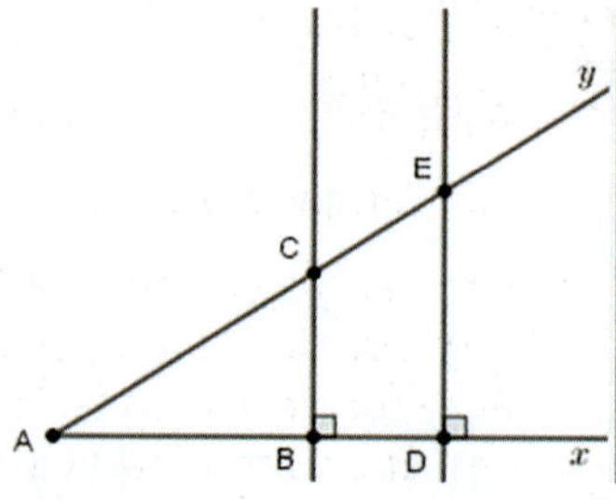


| | A | B |
|---|---|---|
| 1 | 0.54 | 0.54 |
| 2 | | |
| 3 | | |
| 4 | | |
| 5 | | |
| 6 | | |
| 7 | | |
| 8 | | |

**3.** Déplacer le point D le long de la demi-droite [A$x$). Que peut-on conjecturer ?

**4.** Afficher la mesure de l'angle $\widehat{BAC}$. Taper sur la calculatrice sin $\widehat{BAC}$ (en remplaçant $\widehat{BAC}$ par sa valeur). Que peut-on constater ?

**5.** De la même manière, calculer les rapports $\dfrac{BC}{AB}$ et $\dfrac{DE}{AD}$ ; les comparer avec la valeur de tan $\widehat{BAC}$ donnée par la calculatrice.

## Activité 3 Démonstrations

On considère un triangle ABC rectangle en B et un triangle ADE rectangle en D tels que les angles $\widehat{EAD}$ et $\widehat{CAB}$ soient égaux et tels que D appartienne à la demi-droite [AB).

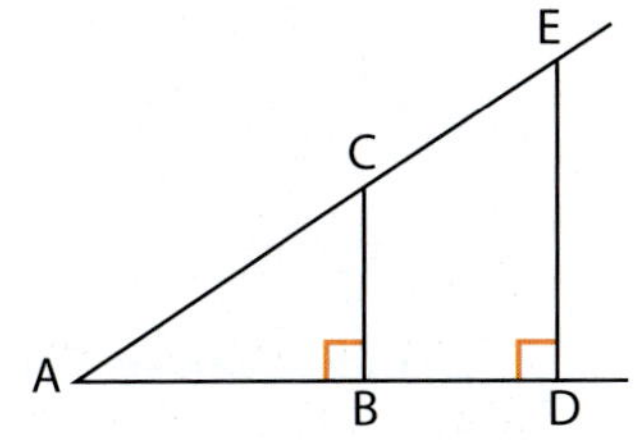


**1.** Justifier que les deux triangles ABC et ADE sont dans une configuration de Thalès.

**2. a.** En déduire que BC × AE = AC × DE, puis que $\frac{BC}{AC} = \frac{DE}{AE}$.

**b.** Les quotients $\frac{BC}{AC}$ et $\frac{DE}{AE}$ sont égaux à un même nombre. Comment appelle-t-on ce nombre qui ne dépend que de l'angle $\widehat{A}$ ?

**3. a.** Déduire de la question **1.** que BC × AD = AB × DE, puis que $\frac{BC}{AB} = \frac{DE}{AD}$.

**b.** Les quotients $\frac{BC}{AB}$ et $\frac{DE}{AD}$ sont égaux à un même nombre.
Comment appelle-t-on ce nombre qui ne dépend que de l'angle $\widehat{A}$ ?

## Activité 4 Encadrements

**1.** À l'aide d'une calculatrice ou d'un tableur, reproduire et compléter le tableau ci-contre où $a$ est la mesure en degrés d'un angle aigu $\widehat{A}$. Arrondir au millième si nécessaire.

| $a$ | 5° | 30° | 45° | 60° | 85° |
|---|---|---|---|---|---|
| cos $a$ | | | | | |
| sin $a$ | | | | | |
| tan $a$ | | | | | |

**2. a.** On considère un angle aigu $\widehat{A}$ et sa mesure $a$. Quel encadrement de cos $a$ peut-on conjecturer ? Et de sin $a$ ? Peut-on faire cette même conjecture pour tan $a$ ?

**b.** Soit ABC un triangle rectangle en B. Exprimer cos $\widehat{A}$ et sin $\widehat{A}$ dans ce triangle rectangle, puis démontrer les conjectures de la question **2. a.**

## Activité 5 Déterminer des angles et des longueurs

**1.** IJK est un triangle rectangle en J tel que IJ = 9 cm et JK = 5 cm.
On veut calculer la mesure de l'angle $\widehat{KIJ}$.

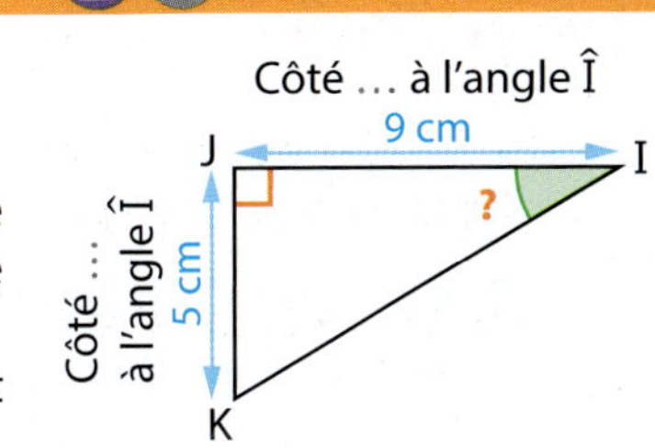


**a.** Reproduire la figure ci-contre à main levée en y reportant le codage et les mesures connues, et en complétant les pointillés par le nom de chaque côté.

**b.** Quelle formule trigonométrique peut-on écrire avec l'angle cherché et les longueurs données dans l'énoncé ?

**c.** En déduire, parmi les propositions ci-dessous, le calcul permettant de déterminer, à l'aide de la calculatrice, la mesure de l'angle cherchée.

① SECONDE tan ( 9 ÷ 5 )  ② tan ( 5 ÷ 9 )  ③ SECONDE tan ( 5 ÷ 9 )

④ SECONDE sin ( 5 ÷ 9 )  ⑤ SECONDE cos ( 9 ÷ 5 )

**d.** Calculer la mesure de l'angle $\widehat{KIJ}$ arrondie au degré près.

**2.** DEF est un triangle rectangle en E tel que $\widehat{FDE}$ = 40° et EF = 5 cm.
On veut calculer la longueur $x$ (en cm) du segment [DF].

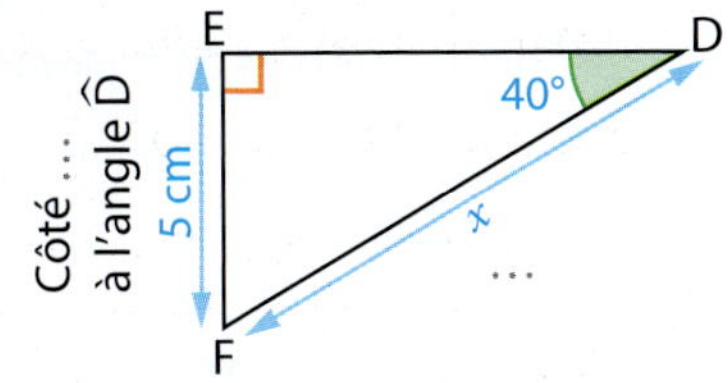


**a.** Reproduire la figure ci-contre à main levée en y reportant le codage et les mesures connues, et en complétant les pointillés par le nom de chaque côté.

**b.** Quelle formule trigonométrique peut-on écrire avec la longueur cherchée et les mesures données dans l'énoncé ?

**c.** Exprimer $x$ comme quotient de deux nombres.

**d.** En déduire, à l'aide de la calculatrice, la longueur $x$ du segment [FD]. Arrondir au mm près.

# Cours

## 1 Utiliser l'égalité de Pythagore

**Définition**

La **racine carrée** d'un nombre positif $a$ est le nombre positif dont le carré est égal à $a$.
Elle est notée $\sqrt{a}$ et se lit « racine carrée de $a$ ».

**▸ Exemples**

- $\sqrt{36} = 6$ car $6^2 = 36$
- $\sqrt{12} \approx 3{,}464$

**Théorème**

### Théorème de Pythagore

Si un triangle est rectangle, alors le carré de la longueur de l'hypoténuse est égal à la somme des carrés des longueurs des deux autres côtés.
Autrement dit, si un triangle ABC est rectangle en A, alors $\mathbf{BC^2 = AB^2 + AC^2}$.
Cette égalité est appelée « **égalité de Pythagore** ».

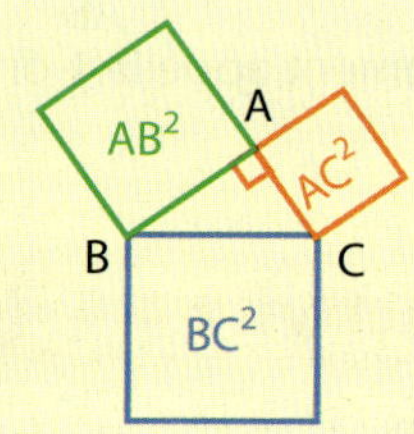


**▸ Exemples**

**• Calculer la longueur de l'hypoténuse**

Le triangle ARS est rectangle en A.
D'après le théorème de Pythagore :
$RS^2 = RA^2 + AS^2$
$RS^2 = 7{,}2^2 + 6{,}5^2$
$RS^2 = 51{,}84 + 42{,}25$
$RS^2 = 94{,}09$
$RS = \sqrt{94{,}09}$
$RS = 9{,}7$ cm

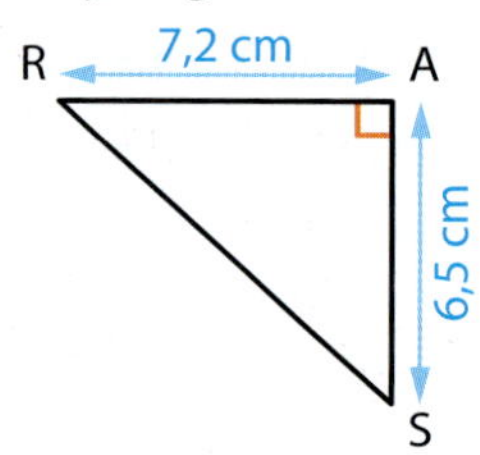


**• Calculer la longueur d'un côté de l'angle droit**

Le triangle EFG est rectangle en G.
D'après le théorème de Pythagore :
$EF^2 = EG^2 + GF^2$
$4{,}8^2 = 2{,}5^2 + GF^2$
$23{,}04 = 6{,}25 + GF^2$
$GF^2 = 23{,}04 - 6{,}25$
$GF^2 = 16{,}79$
$GF = \sqrt{16{,}79}$
$GF \approx 4{,}1$ cm

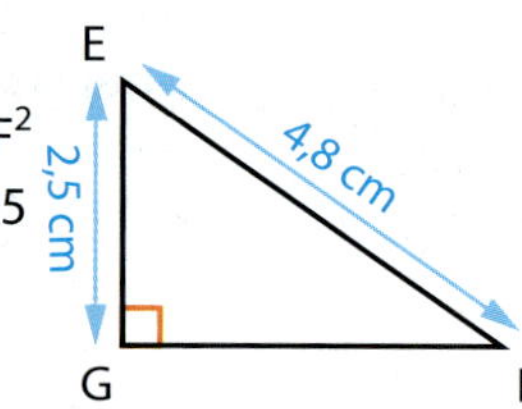


**Théorème**

### Réciproque du théorème de Pythagore

Dans un triangle, si le carré de la longueur d'un côté est égal à la somme des carrés des longueurs des deux autres côtés, alors ce triangle est rectangle.

**Méthode**

Soit ABC un triangle dont le plus grand côté est [BC].

- Si $BC^2 = AB^2 + AC^2$, alors le triangle ABC est rectangle en A.
- Si $BC^2 \neq AB^2 + AC^2$, alors le triangle ABC n'est pas rectangle.

**▸ Exemple**

Le triangle EFG ci-contre est-il rectangle ?
[EG] est le plus grand côté.

- $EG^2 = 6{,}5^2 = 42{,}25$
- $EF^2 + FG^2 = 2{,}5^2 + 6^2 = 6{,}25 + 36 = 42{,}25$

Donc $EG^2 = EF^2 + FG^2$.
L'égalité de Pythagore est vérifiée, donc le triangle EFG est rectangle en F.

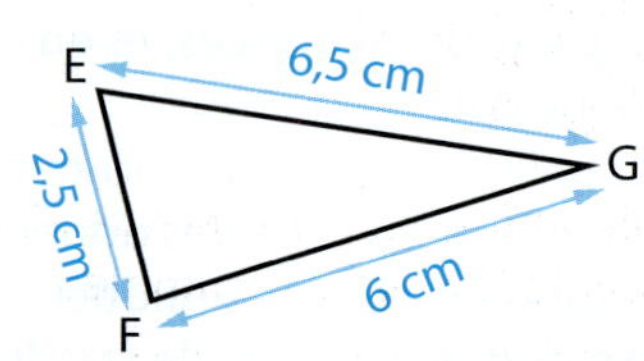

# Savoir-faire

Apprends à l'aide des exercices résolus puis entraine-toi !

## 1 Utiliser l'égalité de Pythagore

**1** Le triangle ABC est rectangle en B tel que AB = 5 cm et BC = 4 cm.

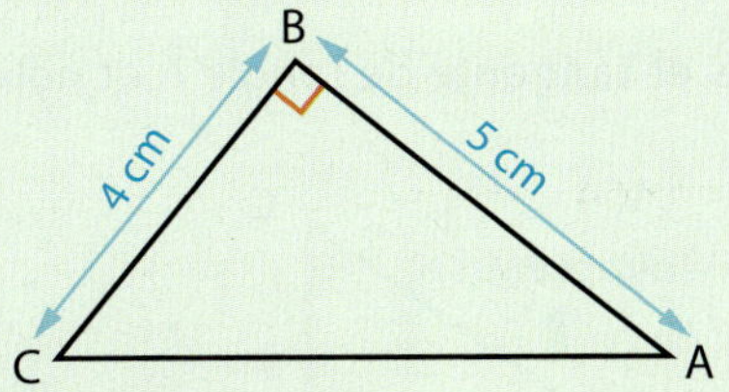


- Calculer la longueur AC.

**Solution**

On indique le triangle rectangle dans lequel on se place ainsi que le théorème utilisé.

Le triangle ABC est rectangle en B.
D'après le théorème de Pythagore :

$AC^2 = AB^2 + BC^2$

$AC^2 = 5^2 + 4^2$

$AC^2 = 25 + 16$

$AC^2 = 41$

$AC = \sqrt{41}$ ◀ $\sqrt{41}$ est la valeur exacte de AC.

$AC \approx 6{,}4$ cm

À l'aide d'une calculatrice, on cherche le nombre positif dont le carré est égal à 41 :

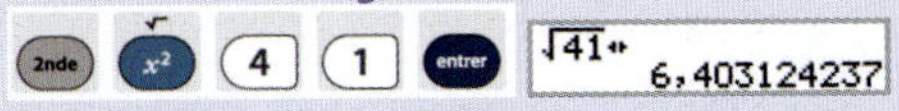


On peut vérifier que la plus grande des trois longueurs est bien celle de l'hypoténuse.

**À toi de jouer**

**2** **1.** Un triangle ABC est rectangle en A tel que AB = 12 cm et AC = 5 cm. Calculer BC.
**2.** Un triangle ISR est rectangle en I tel que IS = 9 cm et SR = 14 cm. Calculer une valeur approchée de IR au mm près.

→ Corrigé p. 314

**3** On considère le triangle ABC tel que AB = 2 dm, BC = 1,2 dm et AC = 1,6 dm.

- Ce triangle est-il rectangle ?

**Solution**

On cherche si l'égalité de Pythagore est vraie dans ce triangle. Pour cela, on repère le plus grand côté, puis on calcule séparément :
- le carré du plus grand côté ;
- la somme des carrés des deux autres côtés.

[AB] est le plus grand côté.
- $AB^2 = 2^2 = 4$
- $BC^2 + AC^2 = 1{,}2^2 + 1{,}6^2 = 1{,}44 + 2{,}56 = 4$

Donc $AB^2 = BC^2 + AC^2$.

L'égalité de Pythagore est vérifiée, donc le triangle ABC est rectangle en C.

**À toi de jouer**

**4** Soit un triangle EFG tel que EF = 7,5 cm, EG = 19,5 cm et FG = 18 cm.
- Le triangle EFG est-il rectangle ?

→ Corrigé p. 314

**5** On considère le triangle IJK tel que IJ = 4,4 m, JK = 6 m et IK = 7,6 m.
- Ce triangle est-il rectangle ?

**Solution**

[IK] est le plus grand côté.
- $IK^2 = 7{,}6^2 = 57{,}76$
- $IJ^2 + JK^2 = 4{,}4^2 + 6^2 = 19{,}36 + 36 = 55{,}36$

Donc $IK^2 \neq IJ^2 + JK^2$.

L'égalité de Pythagore n'est pas vérifiée, donc le triangle IJK n'est pas rectangle.

**À toi de jouer**

**6** Soit un triangle RST tel que RS = 7 cm, RT = 4 cm et ST = 8 cm.
- Le triangle RST est-il rectangle ?

→ Corrigé p. 314

# Cours

## 2 Calculer des rapports trigonométriques

**Propriété** **Définitions**

• Dans un triangle ABC rectangle en B, les rapports $\frac{AB}{AC}$, $\frac{BC}{AC}$ et $\frac{BC}{AB}$ ne dépendent que de la mesure de l'angle $\hat{A}$.

• Ces rapports sont respectivement appelés **cosinus**, **sinus** et **tangente** de l'angle $\hat{A}$ et notés cos $\hat{A}$, sin $\hat{A}$ et tan $\hat{A}$.

$$\cos \hat{A} = \frac{\text{longueur du côté adjacent à } \hat{A}}{\text{longueur de l'hypoténuse}} = \frac{AB}{AC}$$

$$\sin \hat{A} = \frac{\text{longueur du côté opposé à } \hat{A}}{\text{longueur de l'hypoténuse}} = \frac{BC}{AC}$$

$$\tan \hat{A} = \frac{\text{longueur du côté opposé à } \hat{A}}{\text{longueur du côté adjacent à } \hat{A}} = \frac{BC}{AB}$$

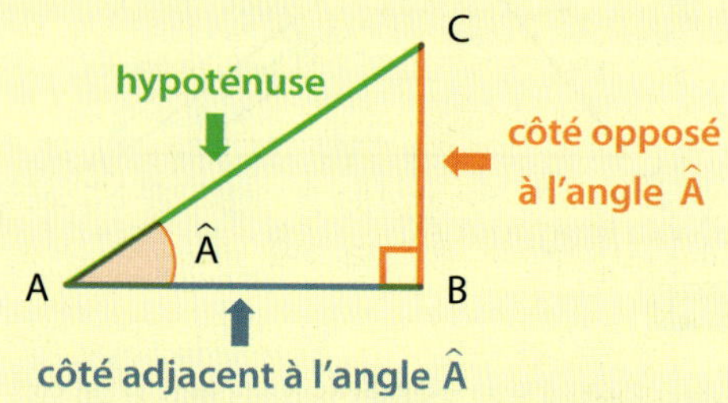


Pour retrouver ces définitions, tu peux mémoriser : SOH CAH TOA

$\sin(\text{angle}) = \frac{\text{côté opposé}}{\text{hypoténuse}}$ $\cos(\text{angle}) = \frac{\text{côté adjacent}}{\text{hypoténuse}}$ $\tan(\text{angle}) = \frac{\text{côté opposé}}{\text{côté adjacent}}$

### ▸ Exemple

On considère le triangle IJK rectangle en K ci-contre tel que $\hat{I} = 35°$. On a :

$\cos 35° = \frac{IK}{IJ}$

$\sin 35° = \frac{JK}{IJ}$

$\tan 35° = \frac{JK}{IK}$

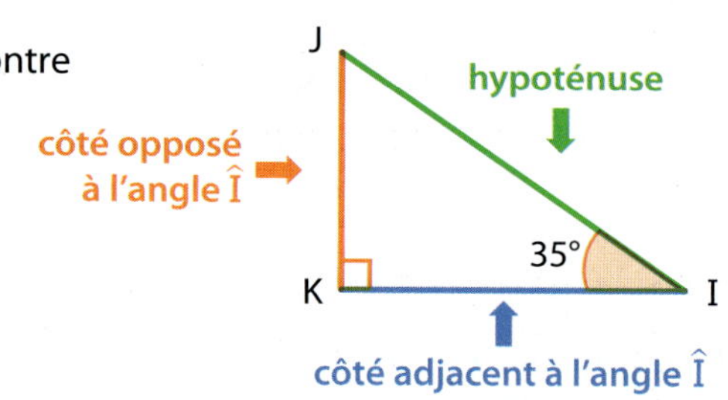


**Remarque**

Le cosinus, le sinus et la tangente d'un angle n'ont pas d'unité.

**Propriétés**

• Le cosinus et le sinus d'un angle aigu sont des nombres strictement compris entre 0 et 1.

• La tangente d'un angle aigu est un nombre strictement positif.

• Pour tout angle aigu $\hat{A}$, $(\cos \hat{A})^2 + (\sin \hat{A})^2 = 1$ (on note aussi $\cos^2 \hat{A} + \sin^2 \hat{A} = 1$).

• Pour tout angle aigu $\hat{A}$, $\tan \hat{A} = \frac{\sin \hat{A}}{\cos \hat{A}}$.

→ Mission démonstration p. 258

# Savoir-faire

Apprends à l'aide des exercices résolus puis entraine-toi !

## 2 Calculer des rapports trigonométriques

**7** Le triangle TIV est rectangle en T tel que VT = 3 cm, TI = 4 cm et VI = 5 cm.

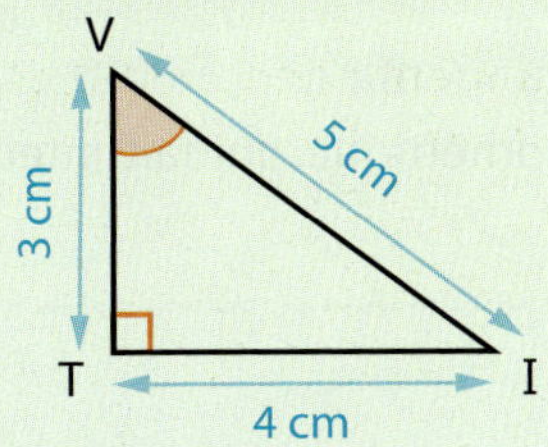


• Calculer le sinus de l'angle $\widehat{TVI}$.

**Solution**

SOH CAH TOA

Sin de l'angle = $\dfrac{\text{longueur du côté Opposé à l'angle}}{\text{longueur de l'Hypoténuse}}$

On repère sur la figure l'angle $\widehat{TVI}$, le côté Opposé à cet angle et l'Hypoténuse.

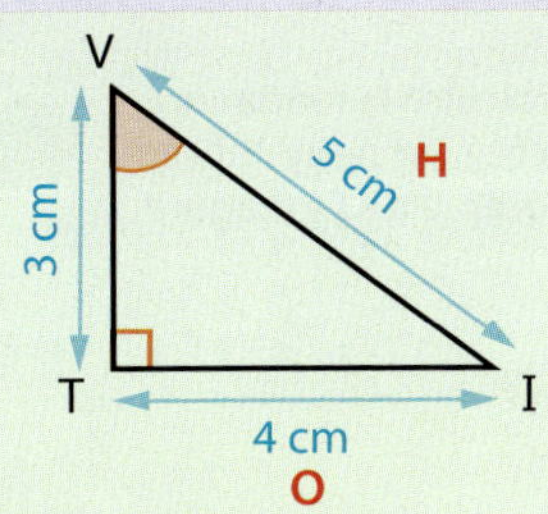


Le triangle TVI est rectangle en T.

$\sin \widehat{TVI} = \dfrac{TI}{VI} = \dfrac{4}{5}$

**8** Le triangle KBC est rectangle en B tel que KB = 14 cm et BC = 17 cm.

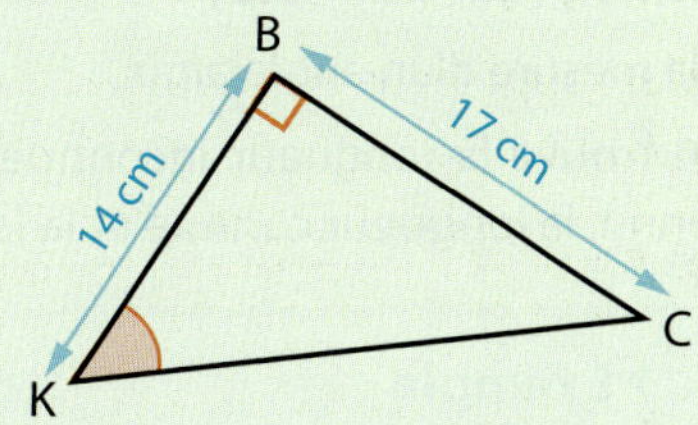


• Calculer la tangente de l'angle $\widehat{CKB}$.

**Solution**

SOH CAH TOA

Tan de l'angle = $\dfrac{\text{longueur du côté Opposé à l'angle}}{\text{longueur du côté Adjacent à l'angle}}$

On repère sur la figure l'angle $\widehat{CKB}$, le côté Opposé et le côté Adjacent à cet angle.

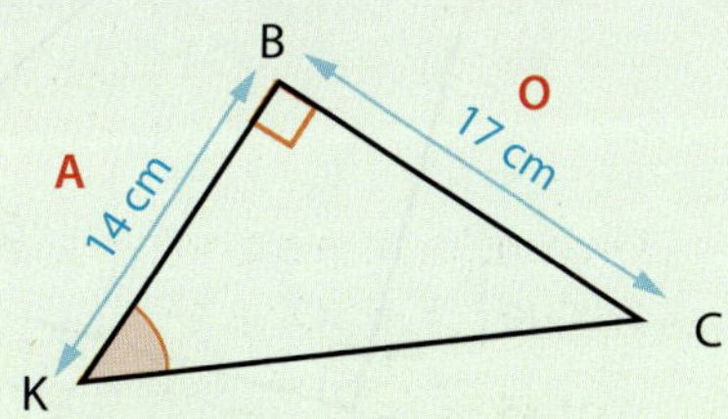


Le triangle KBC est rectangle en B.

$\tan \widehat{CKB} = \dfrac{BC}{BK} = \dfrac{17}{14}$

À toi de jouer

**9** Pour chacun des triangles rectangles ci-dessous, calculer le cosinus, le sinus et la tangente des deux angles aigus.

ⓐ

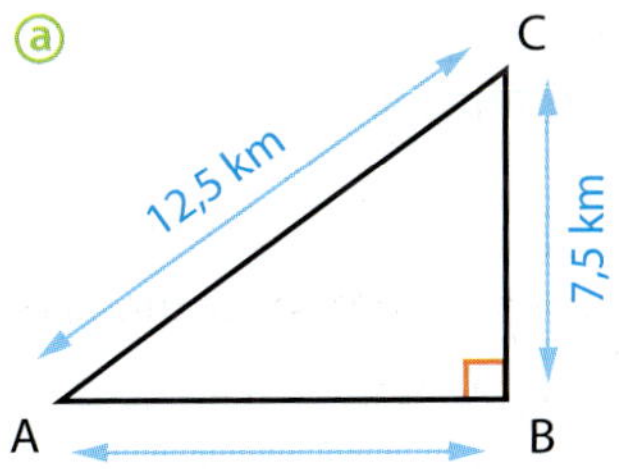


ⓑ

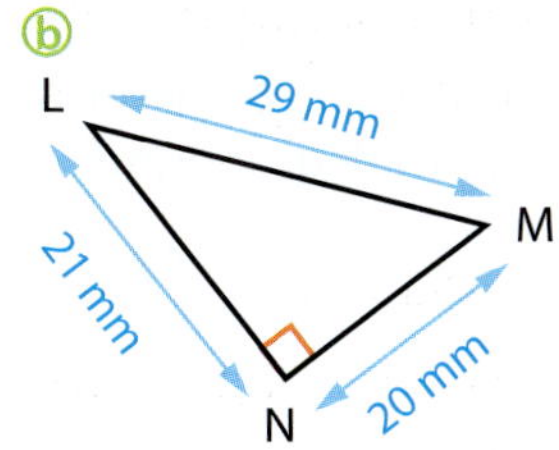


ⓒ

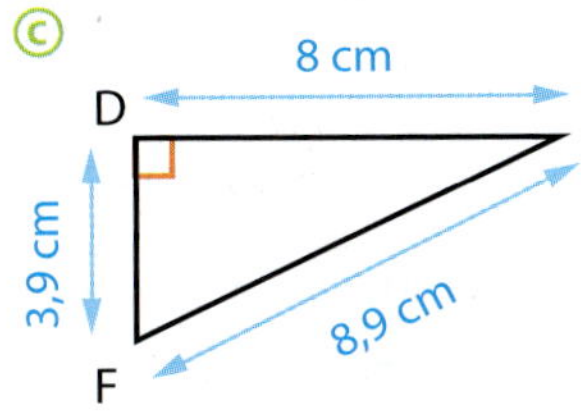


ⓓ

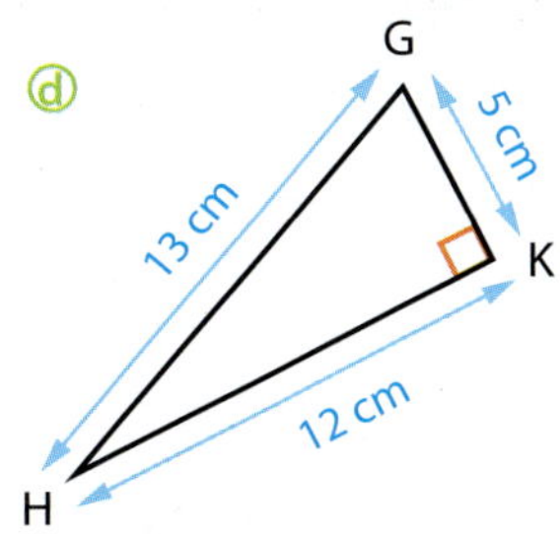


→ Corrigé p. 314

# 3 Utiliser des rapports trigonométriques

**Méthode**

On peut **calculer la longueur** d'un côté dans un triangle rectangle si on connait :

- la longueur d'un côté ;
- la mesure d'un angle aigu.

On trouve la longueur inconnue en utilisant le rapport trigonométrique qui fait intervenir l'angle connu, la longueur connue et la longueur inconnue.

**Exemple**

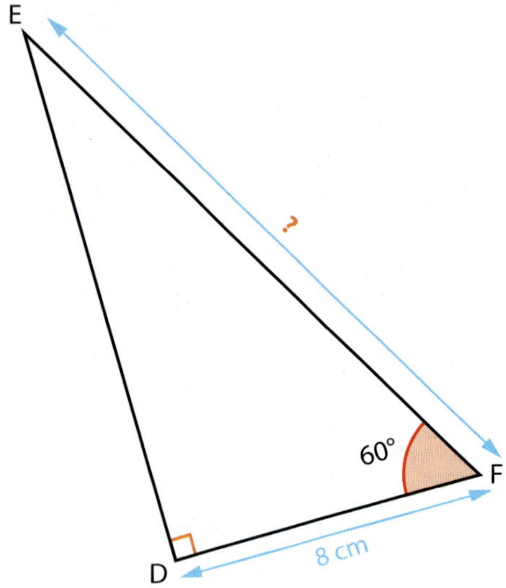


Dans le triangle EFD rectangle en D :

$$\cos \widehat{EFD} = \frac{FD}{EF}$$

$$\frac{\cos 60°}{1} = \frac{8}{EF}$$

$$EF = \frac{8 \times 1}{\cos 60°}$$

$$EF = 16 \text{ cm}$$

Pour calculer la longueur du 3$^{e}$ côté, on peut utiliser le théorème de Pythagore.

**Méthode**

On peut **calculer la mesure d'un angle** aigu dans un triangle rectangle si on connait les longueurs de deux côtés.

On trouve la mesure de l'angle inconnu en utilisant le rapport trigonométrique qui fait intervenir l'angle inconnu et les deux longueurs connues.

**Exemple**

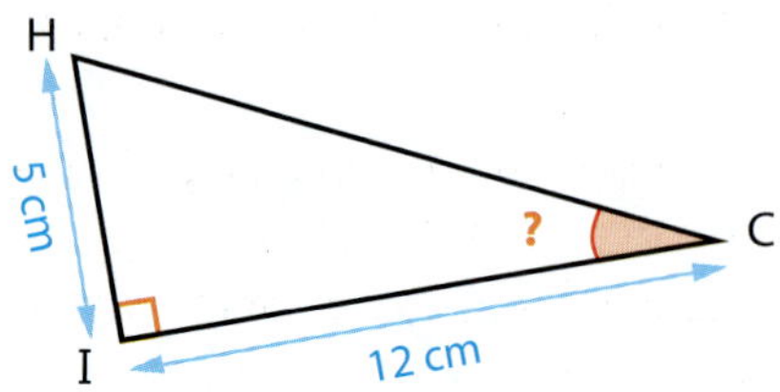


Dans le triangle HIC rectangle en I :

$$\tan \widehat{HCI} = \frac{HI}{IC}$$

$$\tan \widehat{HCI} = \frac{5}{12}$$

Avec la touche « arctan » de la calculatrice, on trouve $\widehat{HCI} \approx 23°$.

Pour calculer la mesure du 3$^{e}$ angle, on peut utiliser la somme des trois angles d'un triangle.

# Savoir-faire

Apprends à l'aide des exercices résolus puis entraine-toi !

## 3 Utiliser des rapports trigonométriques

**10** Dans le triangle ci-dessous, calculer une valeur approchée, au millimètre près, de la longueur EC.

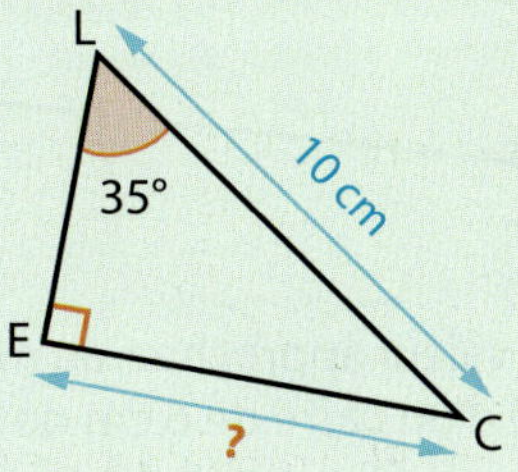


**Solution**

On sait que le triangle est rectangle en E.
On connait un angle, l'**H**ypoténuse et on cherche le côté **O**pposé à l'angle connu.
**SOH** CAH TOA : on utilise le **S**inus.

Dans le triangle LEC rectangle en E :

$\sin \widehat{ELC} = \dfrac{EC}{LC}$

$\dfrac{\sin 35°}{1} = \dfrac{EC}{10}$

$EC = \dfrac{10 \times \sin 35°}{1}$ ◀ On utilise le produit en croix.

On utilise la calculatrice. On tape :

Il s'affiche :

$EC \approx 5,7$ cm

**11** Dans le triangle ci-dessous, calculer une valeur approchée, au degré près, de $\widehat{FDE}$.

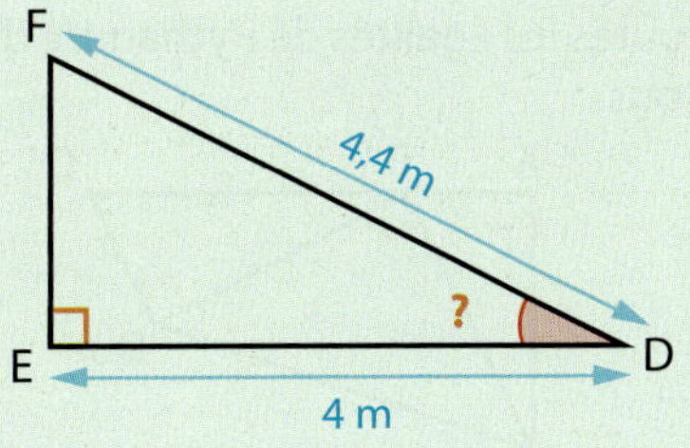


**Solution**

On sait que le triangle est rectangle en E.
On connait l'**H**ypoténuse et le côté **A**djacent à l'angle cherché.
SOH **CAH** TOA : on utilise le **C**osinus.

Dans le triangle FDE rectangle en E :

$\cos \widehat{FDE} = \dfrac{ED}{FD}$

$\cos \widehat{FDE} = \dfrac{4}{4,4}$

On utilise la calculatrice. On tape :

Il s'affiche :

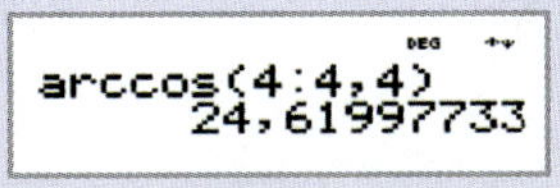


$\widehat{FDE} \approx 25°$

**À toi de jouer**

**12** On considère le triangle ci-dessous.

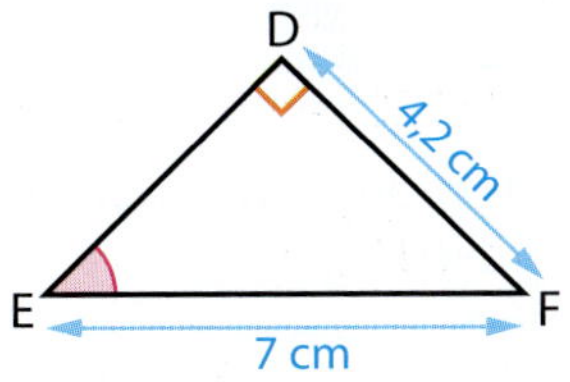


- Calculer une valeur approchée, au degré près, de $\widehat{DEF}$.

**À toi de jouer**

**13** On considère un triangle ABC rectangle en A tel que BC = 5,2 cm et $\widehat{ACB} = 23°$.

- Calculer une valeur, au millimètre près, de AC.

**14** On considère un triangle HIJ rectangle en I tel que IH = 8 cm et IJ = 5 cm.

- Calculer une valeur approchée, au degré près, de $\widehat{IHJ}$.

→ Corrigé p. 314

# Exercices

Ressources téléchargeables

## Utiliser l'égalité de Pythagore

→ Savoir-faire p. 245

### QUESTIONS FLASH

**15** Écrire toutes les égalités de Pythagore dans la figure ci-dessous.

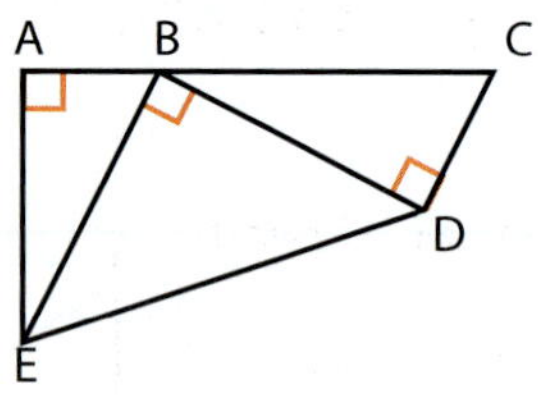


**16** Calculer :
a. $8^2$ b. $6^2$ c. $10^2$ d. $15^2$ e. $11^2$ f. $12^2$

**17** Parmi ces triangles, lesquels sont rectangles ?

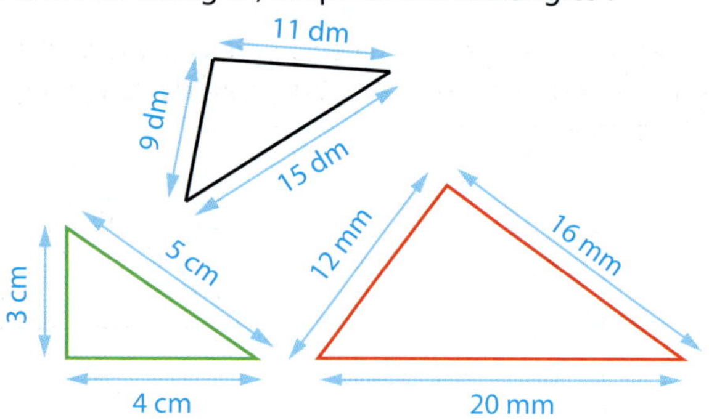


**18** Calculer.
a. $\sqrt{49}$ b. $\sqrt{25}$ c. $\sqrt{0,36}$ d. $\sqrt{1,21}$ e. $\sqrt{0,04}$

**19** Pour chaque triangle ci-dessous, donner la valeur exacte de la longueur inconnue.

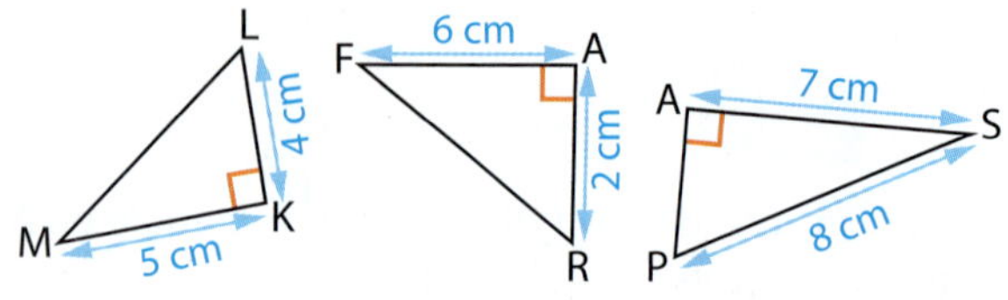


Questions flash supplémentaires

**20** Pour chaque triangle ci-dessous, calculer la longueur inconnue. Donner la valeur exacte, puis la valeur arrondie au dixième près.

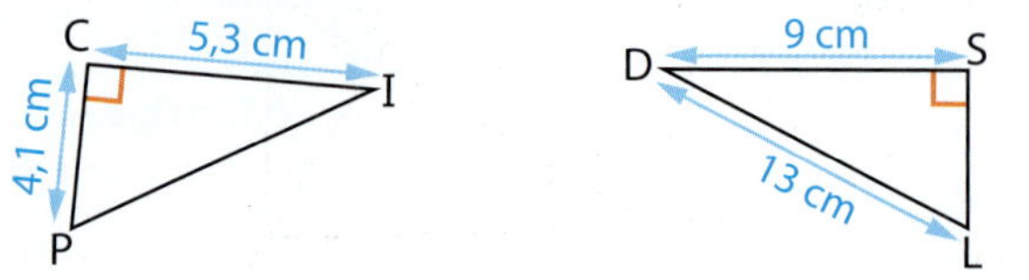


**21** Calculer les longueurs BC et DC dans la figure ci-dessous.

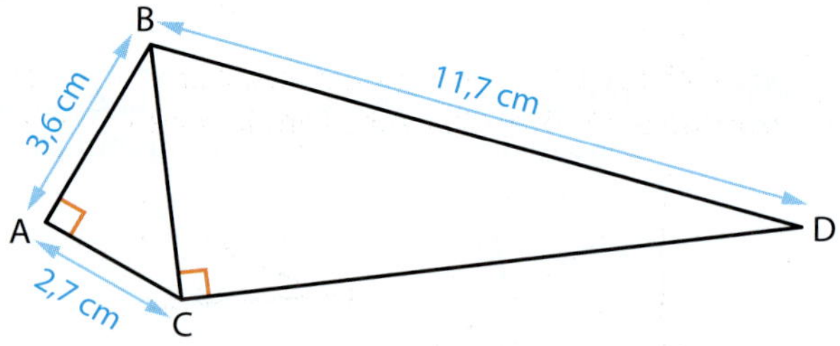


**22** Donner une valeur approchée, au millimètre près, de la diagonale d'un carré de 6 cm de côté.

**23** Construire un rectangle de largeur 6,2 cm et de longueur 8,3 cm. Calculer une valeur approchée, au mm près, de la longueur de ses diagonales.

**24** Nils a résolu le problème suivant.
On considère le triangle TRI tel que TI = 3,5 cm, IR = 6,1 cm et TR = 5 cm. Ce triangle est-il rectangle ?

> [IR] est le plus grand côté. Si le triangle est rectangle, je peux écrire l'égalité de Pythagore :
> $IR^2 = IT^2 + TR^2 = 3,5^2 + 5^2 = 12,25 + 25 = 37,25$.
> Donc $IR = \sqrt{37,25} \approx 6,1$ cm.
> Le triangle TIR est bien rectangle en T.

• Expliquer l'erreur commise par Nils.

**25** IJKL est un rectangle de centre O tel que LO = 4,35 cm et IL = 6 cm.

1. Justifier que IO = OJ = OK = OL.
2. Calculer l'aire de ce rectangle.

**26** Les diagonales d'un losange mesurent respectivement 5 cm et 12 cm.

• Calculer la longueur d'un côté de ce losange.

### MODE EXPERT

**27** Le triangle BCD ci-dessous est-il rectangle ? Justifier.

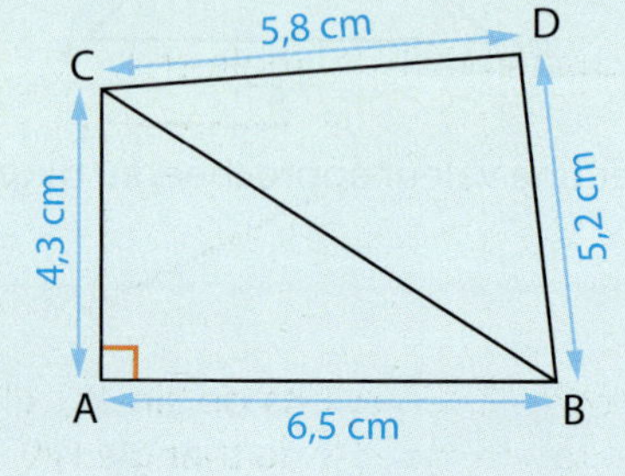

## Calculer des rapports trigonométriques

→ Savoir-faire p. 247

### QUESTIONS FLASH

**28** Pour chaque triangle ci-dessous, nommer le côté opposé et le côté adjacent à l'angle marqué en vert.

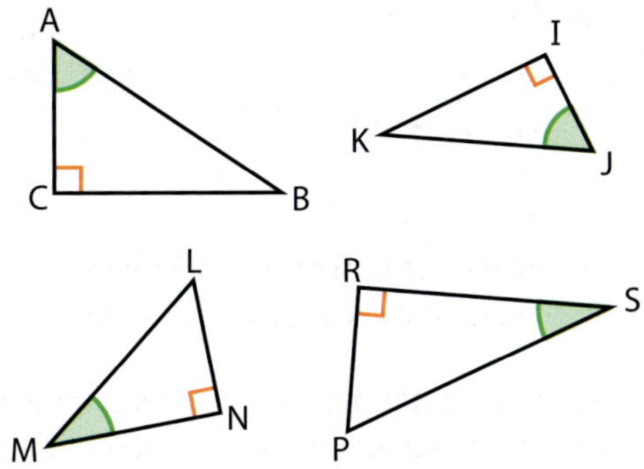


**29** **Vrai ou faux ?**
On considère la figure ci-dessous.

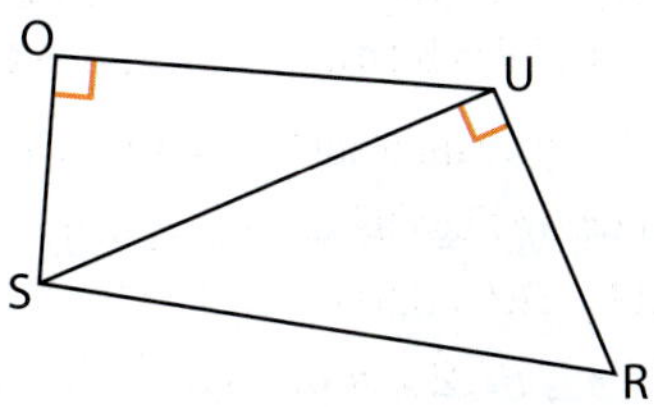


a. [SU] est l'hypoténuse du triangle SUR.
b. [OS] est le côté opposé de l'angle $\widehat{OUS}$ dans le triangle OSU.
c. [UR] est le côté adjacent de l'angle $\widehat{SRU}$ dans le triangle SUR.
d. [SR] est le côté adjacent de l'angle $\widehat{RSU}$ dans le triangle SUR.
e. Le cosinus de l'angle $\widehat{SRU}$ est égal au sinus de l'angle $\widehat{USR}$.

**30** Soit ABC un triangle rectangle en A.

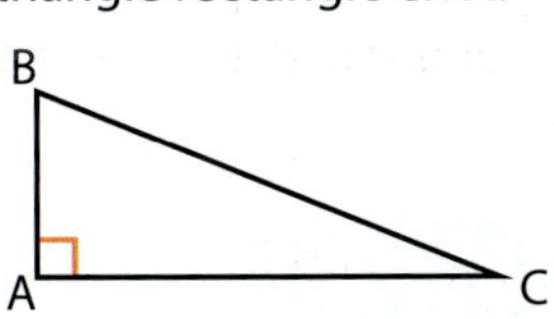


• Donner les expressions de cos $\widehat{ABC}$, sin $\widehat{ABC}$ et tan $\widehat{ABC}$ en fonction des longueurs du triangle ABC.

**31** Soit un triangle IJK rectangle en I.

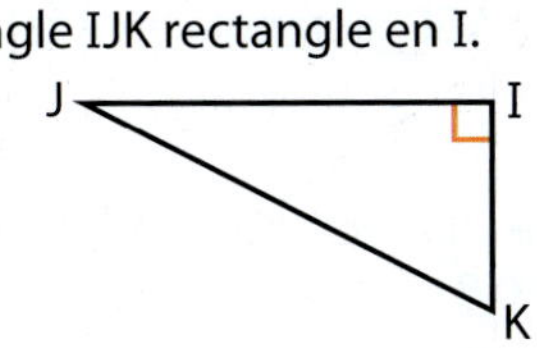


• Donner les expressions de sin $\widehat{IKJ}$ et tan $\widehat{IJK}$ en fonction des longueurs du triangle IJK.

**32** Pour chaque triangle ci-dessous, calculer mentalement le cosinus, le sinus et la tangente de l'angle bleu.

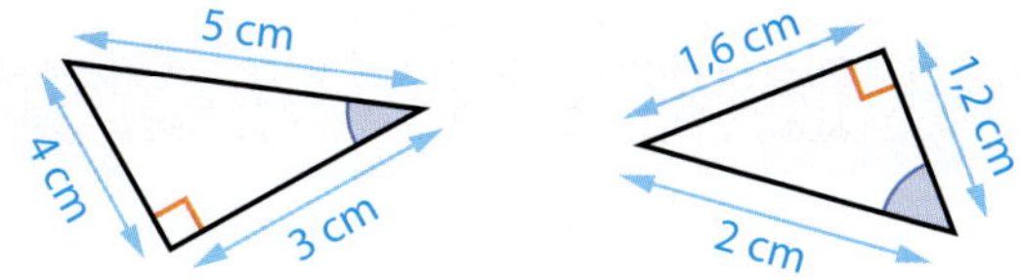


**33** Parmi les résultats suivants, quels sont ceux qui sont impossibles ?

a. cos $\widehat{A}$ = 2,7 b. sin $\widehat{B}$ = 0,7 c. tan $\widehat{C}$ = 0,35
d. cos $\widehat{D}$ = 0,9 e. sin $\widehat{E}$ = 1,2 f. tan $\widehat{F}$ = 2,3

Questions flash supplémentaires

**34** À partir de la figure ci-contre, donner :

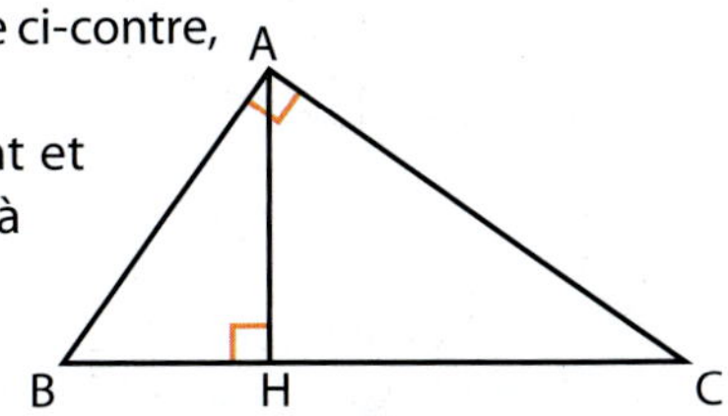


a. le côté adjacent et le côté opposé à l'angle $\widehat{ABH}$ dans le triangle ABH ;
b. le côté opposé et le côté adjacent à l'angle $\widehat{ABC}$ dans le triangle ABC.

**35** Pour chaque triangle, calculer le cosinus de l'angle représenté en vert et la tangente de l'angle représenté en bleu.

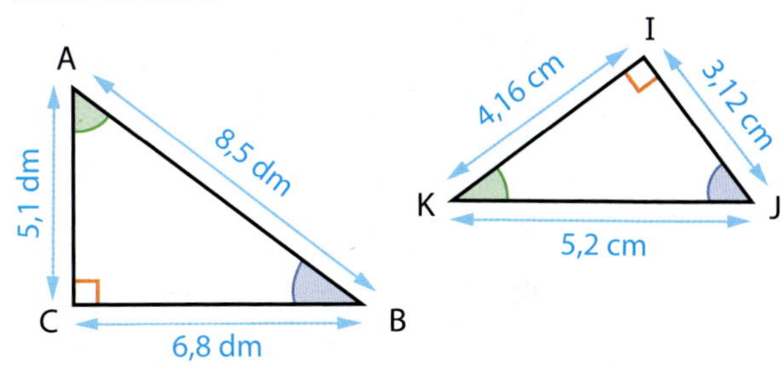


**36** Un triangle HIJ est rectangle en J.

• Associer chaque **rapport trigonométrique** au **bon quotient**.

sin $\widehat{JHI}$ — $\frac{IJ}{HI}$ — cos $\widehat{HIJ}$ — $\frac{IJ}{HJ}$

$\frac{HJ}{IJ}$ — cos $\widehat{JHI}$ — $\frac{HJ}{HI}$ — tan $\widehat{HIJ}$

$\frac{IJ}{HI}$ — tan $\widehat{JHI}$

### MODE EXPERT

**37** À l'aide de la figure ci-dessous, exprimer de deux façons différentes le cosinus, le sinus et la tangente de l'angle $\widehat{RST}$.

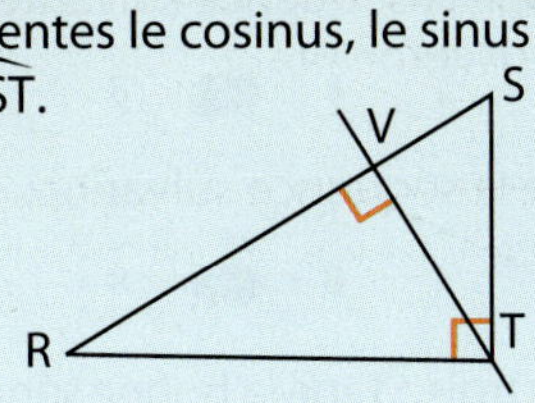

# Exercices

## Utiliser des rapports trigonométriques

→ Savoir-faire p. 249

### QUESTIONS FLASH

**38** À partir de la figure ci-dessous, recopier et compléter les égalités suivantes.

a. $\cos \widehat{ABC} = \frac{3}{\dots}$

b. $\tan \dots = \frac{3}{4}$

c. $\sin \widehat{ACB} = \frac{\dots}{5}$

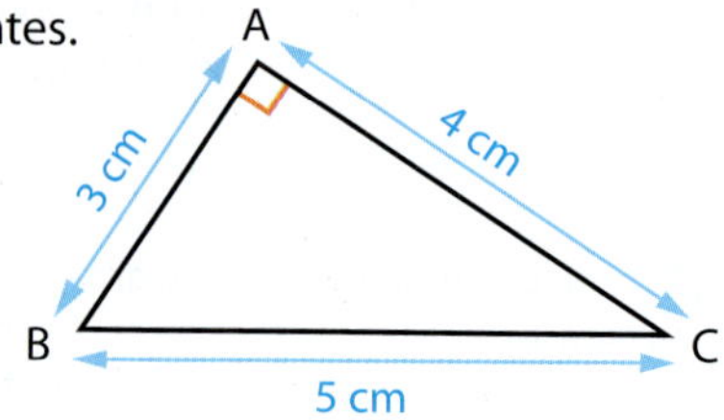


**39** Dans chacun des triangles suivants, les mesures en rouge sont connues.
Quel rapport trigonométrique doit-on utiliser pour calculer, selon les cas, la mesure de l'angle ou du segment représenté en vert ?

a.

b.

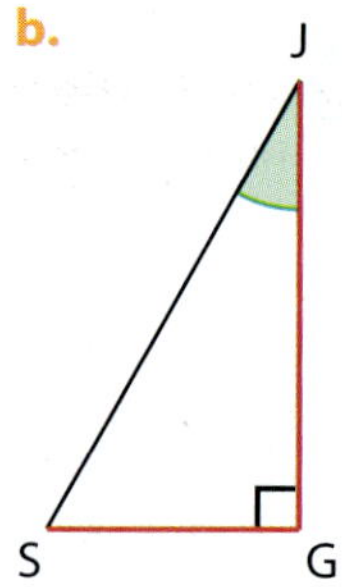


c.

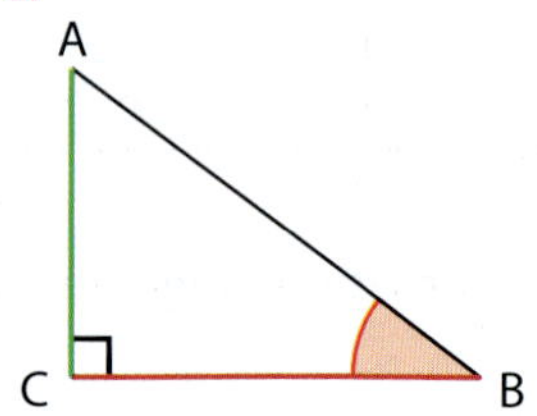


d.

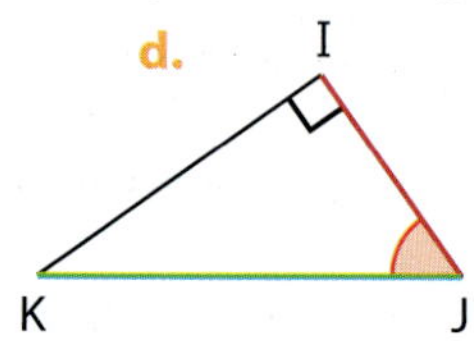


**40** Léa, Thomas et Lucas doivent trouver la mesure de l'angle aigu $\widehat{OPQ}$ dans le triangle rectangle ci-dessous.

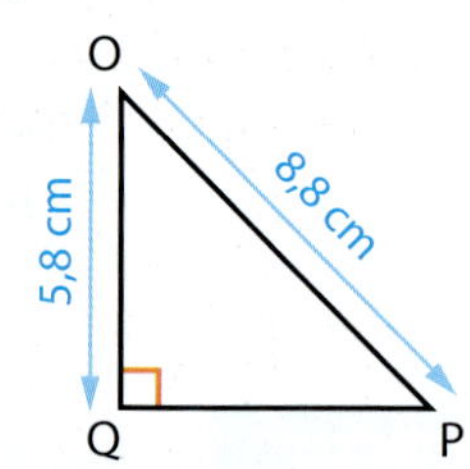


Léa a tapé la séquence suivante sur sa calculatrice :

cos 5 , 8 ÷ 8 , 8 ) entrer

Thomas a tapé la séquence suivante :

2nde sin 5 , 8 ÷ 8 , 8 ) entrer

Lucas a tapé la séquence suivante :

2nde cos 5 , 8 ÷ 8 , 8 ) entrer

• Lequel des trois a tapé la bonne séquence ? Justifier.

**41** Avec une calculatrice, donner dans chaque cas une valeur approchée, au degré près, de la mesure de l'angle aigu â tel que :

a. cos â = 0,75 b. sin â = 0,58 c. tan â = 1,29

**42** Avec une calculatrice, trouver une valeur approchée au millième de :

a. cos 27° b. sin 65° c. tan 56°

Questions flash supplémentaires

**43** Pour chaque triangle, calculer une valeur approchée, au degré près, de la mesure de l'angle vert.

a.

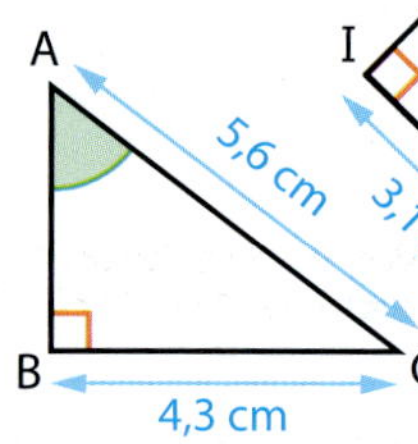


b.

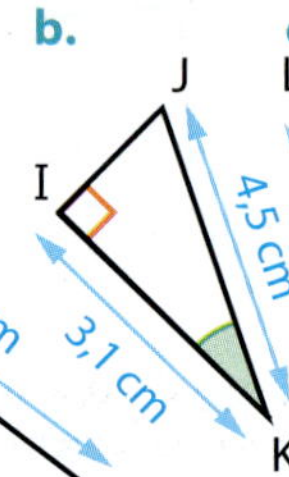


c.

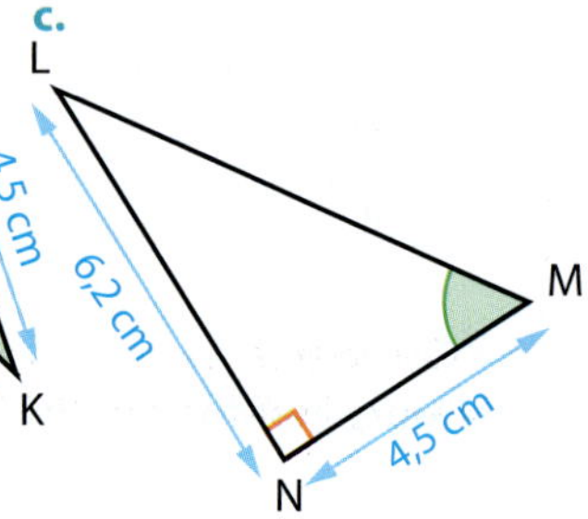


**44** Soit un triangle MNP rectangle en M tel que NP = 16,9 m, MN = 6,5 m et MP = 15,6 m.

• Calculer une valeur approchée, au degré près, de la mesure des deux angles aigus du triangle MNP.

**45** Dans chacun des triangles suivants, calculer la longueur TU. Arrondir au mm près.

a.

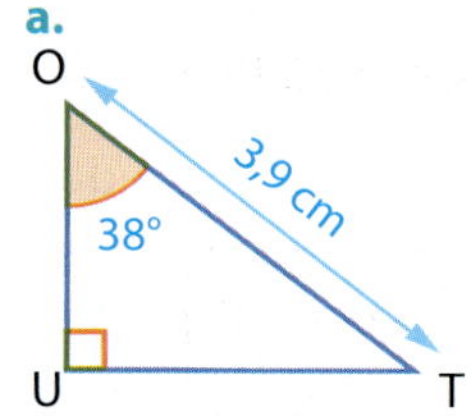


b.

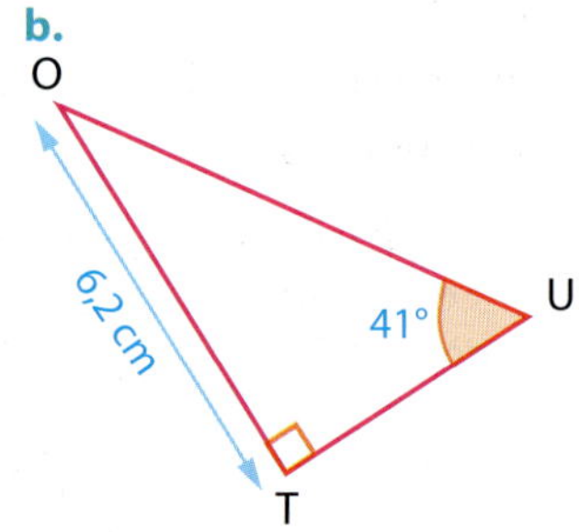


c.

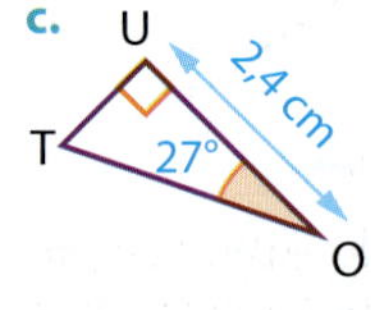


d.

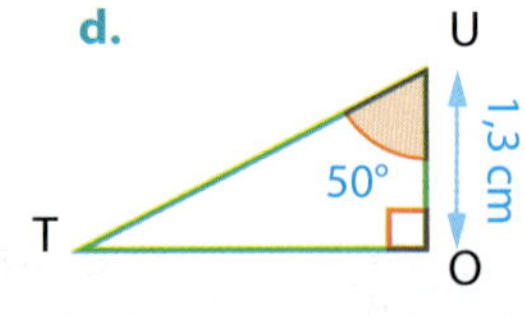


**46** 1. Construire en vraie grandeur :

a. un triangle AGE rectangle en A tel que AE = 5 cm et $\cos \widehat{AEG} = \frac{5}{7}$

b. un triangle DIX rectangle en D tel que XI = 10 cm et $\sin \widehat{DIX} = 0{,}8$

c. un triangle BNS rectangle en N tel que BN = 6 cm et $\tan \widehat{NBS} = 1$

2. Quelle est la nature du triangle BNS ? Justifier.

**47** Le professeur demande à ses élèves de calculer, dans le triangle ci-contre, une valeur approchée de $\widehat{IKJ}$ au degré près.

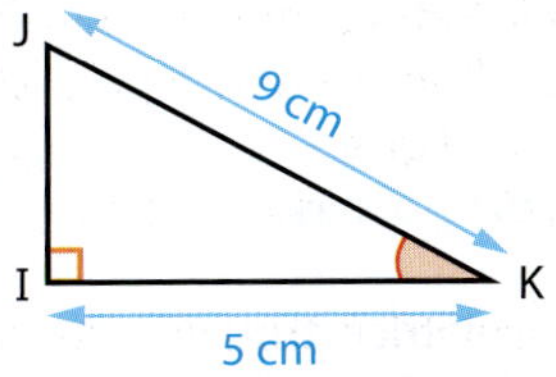


Voici la réponse de deux élèves.

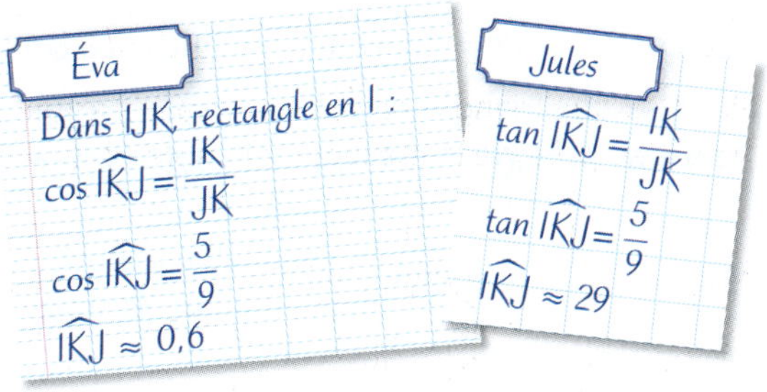


• Corriger les réponses des élèves en expliquant les erreurs éventuelles.

**48** **1.** Construire un triangle ABC rectangle en A tel que AB = 2,4 cm et $\widehat{ABC}$ = 36°.

**2.** Calculer une valeur approchée, au millimètre près, de AC et de BC.

**3.** Vérifier la cohérence des résultats trouvés à la question **2.** en mesurant sur la figure.

**49** On considère la figure ci-dessous où les points R, B et V sont alignés.

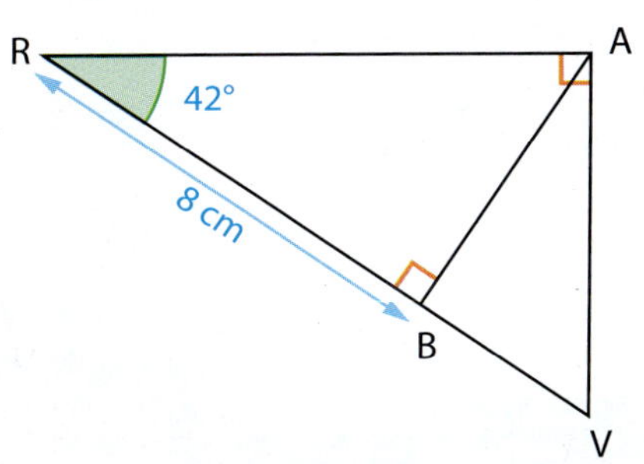


**1.** En se plaçant dans le triangle ABR, calculer la longueur AB ; en donner un arrondi au mm près.

**2.** Calculer les mesures des angles $\widehat{RAB}$ et $\widehat{AVB}$.

**3.** En se plaçant dans le triangle ABV, calculer la longueur AV. Arrondir au mm près.

**50** ART est un triangle rectangle isocèle en R tel que AR = 3,7 cm.

• Calculer la longueur AT en cm, arrondie au dixième près, de deux façons différentes.

**51** VIE est un triangle équilatéral de côté 5 cm ; T est le pied de la hauteur issue de V.

• Calculer la longueur VT arrondie au mm près de deux façons différentes.

**52** On considère un cône de révolution de sommet S. A est un point du cercle de base de centre O. L'angle $\widehat{OSA}$ mesure 27° et la hauteur [SO] mesure 5 cm.

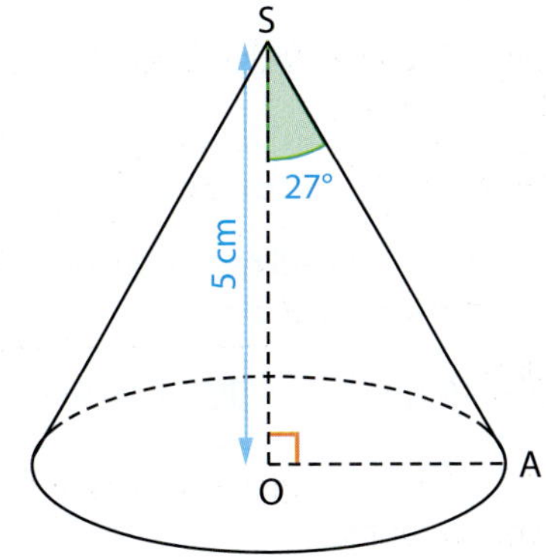


• Calculer le rayon de sa base arrondi au mm près.

**53** On considère le triangle ABC ci-dessous, où D est un point du segment [BC].

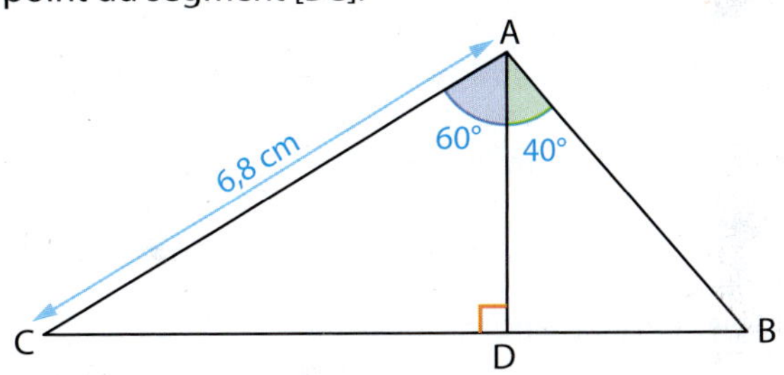


• Calculer l'arrondi au mm près de la longueur BC.

## MODE EXPERT

**54** Calculer une valeur approchée de la longueur et de l'angle indiqués sur la figure ci-dessous.

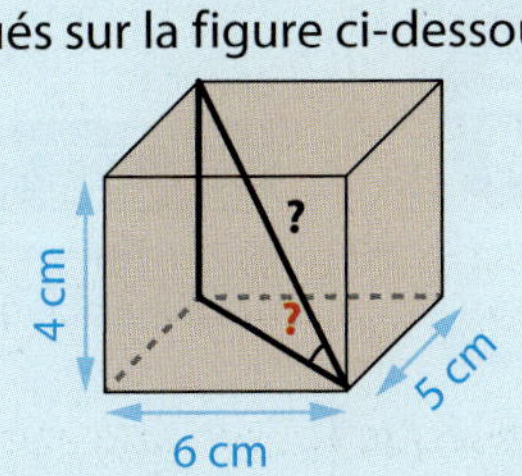


**55** Sans utiliser l'équerre ni le rapporteur, construire de façon précise un triangle EDF rectangle en D tel que EF = 7 cm et $\widehat{EFD}$ = 60°.

**56** CAR est un triangle isocèle en C tel que $\widehat{CAR}$ = 47° et AR = 6 cm.

• Calculer l'aire de ce triangle. Arrondir au centième.

# Faire le point

Version interactive du QCM

## QCM

**Donner la ou les bonnes réponses parmi les trois proposées.**

### 1 Utiliser l'égalité de Pythagore

| | Réponse A | Réponse B | Réponse C |
|---|---|---|---|
| **1.** Dans un triangle ABC rectangle en A tel que AB = 12 cm et AC = 16 cm, on a : | BC = 20 cm | BC ≈ 10,6 cm | BC = 28 cm |
| **2.** Dans un triangle RAS rectangle en S tel que RS = 7 cm et AR = 9 cm, on a : | AS ≈ 11,4 cm | AS = $\sqrt{32}$ cm | AS ≈ 5,7 cm |
| **3.** Jean affirme que le triangle IJK tel que IJ = 5,4 cm, IK = 7,4 cm et JK = 5 cm est rectangle. | Il a raison. | Il a tort. | On ne peut pas en être sûr. |

### 2 Calculer des rapports trigonométriques

| | Réponse A | Réponse B | Réponse C |
|---|---|---|---|
| **1.** Dans un triangle LTO rectangle en T, on a : | $\cos \widehat{LOT} = \frac{TO}{LO}$ | $\sin \widehat{TLO} = \frac{TO}{LO}$ | $\tan \widehat{TLO} = \frac{LT}{TO}$ |
| **2.** Dans un triangle FED rectangle en D, on a : | $\cos \widehat{EFD} = \frac{EF}{FD}$ | $\sin \widehat{EFD} = \frac{ED}{EF}$ | $\tan \widehat{FED} = \frac{FD}{ED}$ |

### 3 Utiliser des rapports trigonométriques

| | Réponse A | Réponse B | Réponse C |
|---|---|---|---|
| **1.** Dans ce triangle, on a : 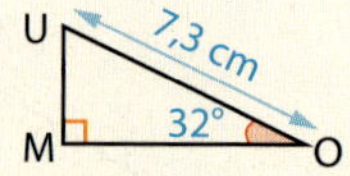 | OM = 7,3 × cos 32° | OM = 7,3 ÷ cos 32° | OM ≈ 6,2 cm |
| **2.** Dans ce triangle, on a : 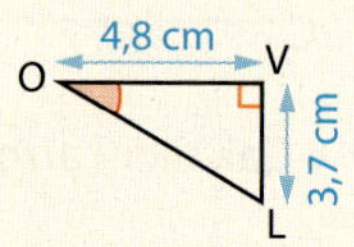 | $\widehat{VOL} \approx 38°$ | $\widehat{VOL} \approx 50°$ | $\widehat{VOL} \approx 37,6°$ |
| **3.** Parmi ces résultats, lesquels sont impossibles ? | $\cos \widehat{x} = 1,3$ | $\tan \widehat{x} = 1,3$ | $\sin \widehat{x} = 1,3$ |

→ Corrigé p. 314

## Carte mentale

Ressource téléchargeable

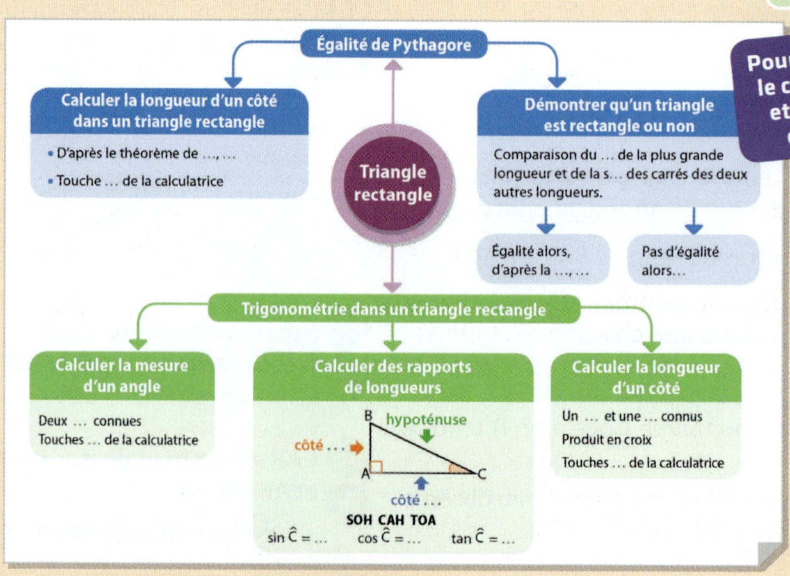


Pour t'aider à retenir le cours, télécharge et complète cette carte mentale.

# Algorithmique et outils numériques

## 57 Tableur et fonctions trigonométriques

Assya a inscrit dans une feuille de calcul les longueurs des trois côtés d'un triangle rectangle.

| | A | B | C | D |
|---|---|---|---|---|
| 1 | AB | 3 | | |
| 2 | AC | 4 | | |
| 3 | BC | 5 | | |
| 4 | | | | |
| 5 | cos $\widehat{B}$ | | cos $\widehat{C}$ | |
| 6 | sin $\widehat{B}$ | | sin $\widehat{C}$ | |
| 7 | tan $\widehat{B}$ | | tan $\widehat{C}$ | |

• Quelles formules peut-elle saisir dans les cellules B5, B6, B7 et D5, D6, D7 pour obtenir les cosinus, sinus et tangente des deux angles aigus du triangle ?

## 58 Triangle rectangle

ABCD est un rectangle tel que AB = 5 cm et BC = 2 cm. M est un point de [DC].

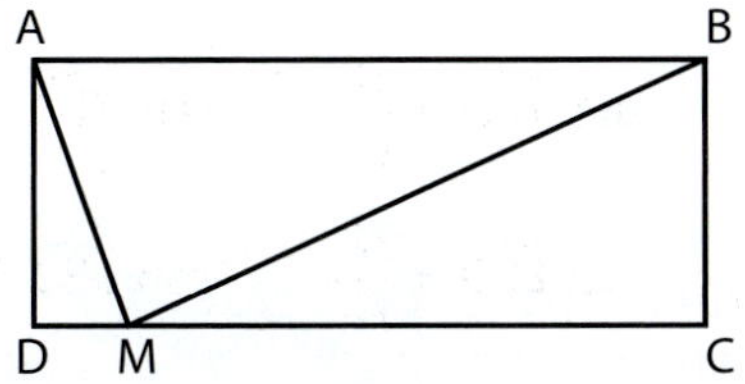


**1.** À l'aide d'un logiciel de géométrie dynamique, conjecturer la position du point M telle que le triangle AMB soit rectangle. Y a-t-il une seule possibilité ?

**2.** Démontrer ce résultat en notant $x$ la longueur DM.

## 59 Les deux tours

Voici un problème inspiré de l'un des ouvrages du mathématicien Christoff Rudolff.
Deux tours sont éloignées de 60 toises. La hauteur de l'une est égale à 70 toises, celle de l'autre à 40 toises. Entre les deux tours, il y a une fontaine F telle que FB = 2FA.

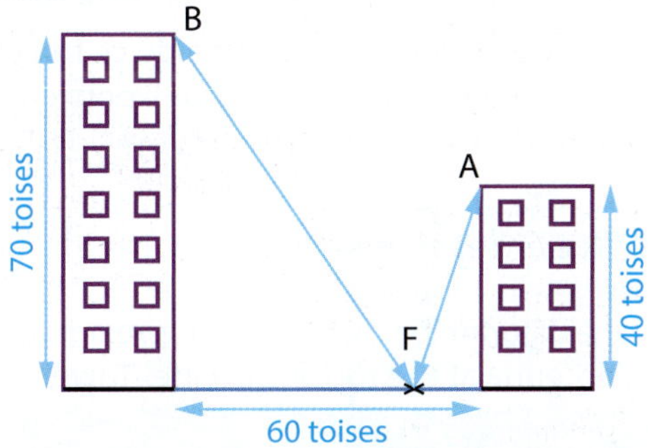


**1.** À l'aide d'un logiciel de géométrie dynamique, conjecturer à quelle distance de chacune des tours se trouve la fontaine.

**2.** Vérifier ce résultat par le calcul.

Christoff Rudolff (1499-1545) était un mathématicien allemand ; il a été le premier à introduire le symbole moderne de la racine carrée en algèbre.

## 60 Angles adjacents dans un triangle rectangle

**1.** La figure suivante est réalisée dans un repère du plan d'origine O dont l'unité sur chaque axe est le pas.

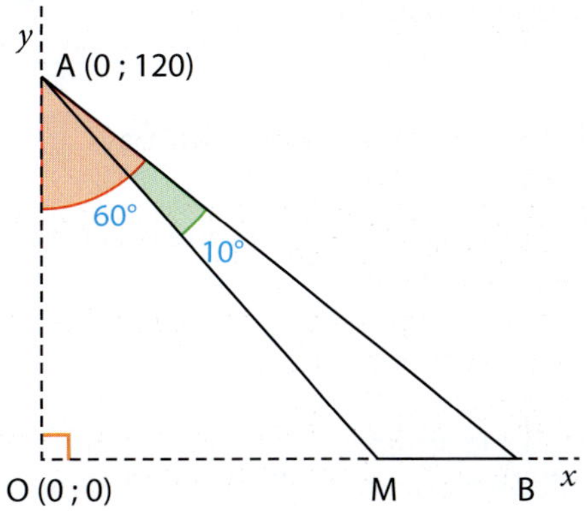


L'abscisse du point M est égale à la distance OM.

**2.** Compléter le script suivant afin de tracer le triangle AMB.

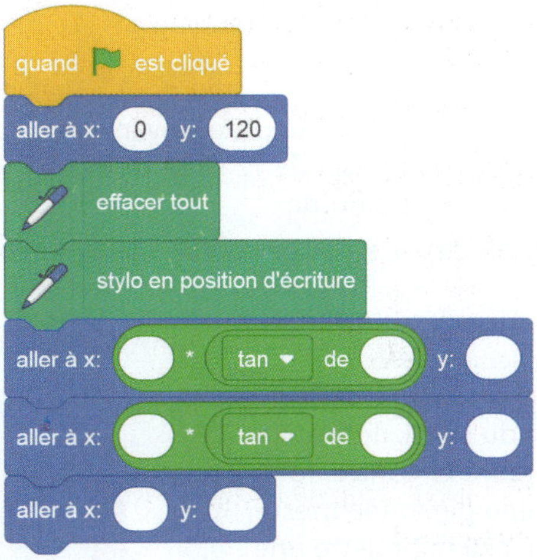


**2.** En utilisant une boucle et une variable angle, modifier le script précédent afin de réaliser la figure suivante.

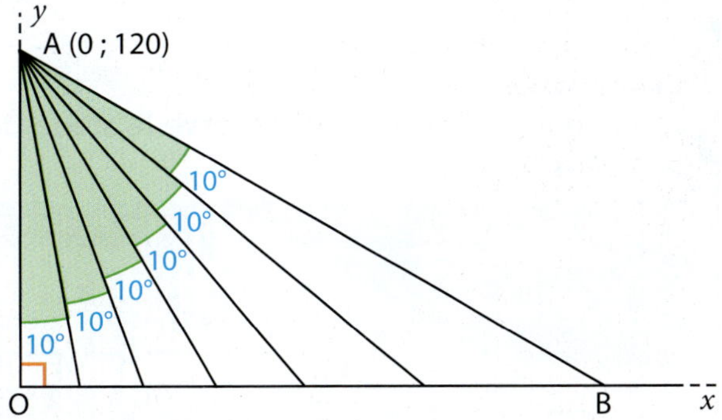

# Problèmes

ceinture jaune ceinture verte ceinture noire

## 61 La tyrolienne

Calculer

La tyrolienne, reliant Sanlúcar de Guadiana en Andalousie (Espagne) à Alcoutim en Algarve (Portugal), est la seule tyrolienne au monde à relier deux pays.

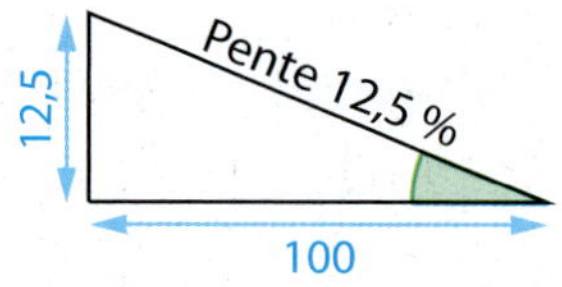


La pente est de 12,5 %.

• Quel est l'angle, à l'arrivée, entre le câble et le sol ? Arrondir au degré près.

## 62 Bien regarder la télévision

Calculer, Modéliser

Pour établir la distance qui devrait séparer le canapé de la télévision, on multiplie par 2,5 la dimension de la diagonale de la télévision.

• Sachant que la télévision de Quentin mesure 101,96 cm sur 57,35 cm, à quelle distance de sa télévision devrait-il placer son canapé ? Arrondir au cm près.

## 63 Décollage

Calculer, Modéliser

Un avion décolle de la piste suivant un angle d'inclinaison avec le sol de 12°. Il se trouve à présent à 5 kilomètres d'altitude.

• Quelle distance a-t-il parcourue depuis le décollage ?

## 64 L'ombre

Calculer, Modéliser

Calculer l'angle d'élévation du soleil, noté $x$ sur la figure ci-contre, lorsqu'une personne mesurant 1,70 m projette une ombre de 1,40 m au sol. Arrondir au degré près.

## 65 Stade de Bordeaux

Calculer, Modéliser

Ivana, qui mesure 1,40 m, observe le stade de Bordeaux.

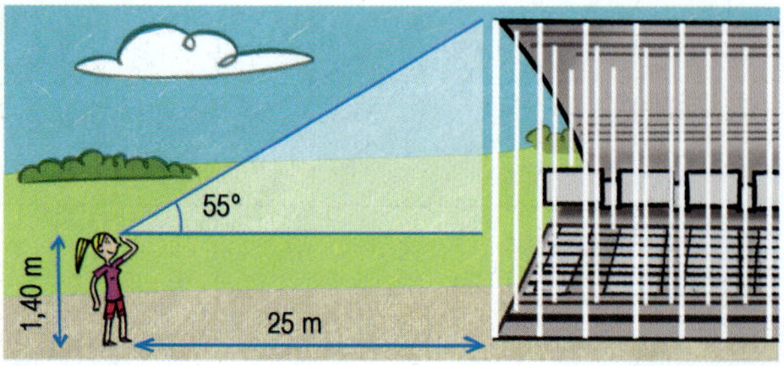


• Quelle est la hauteur du stade ? Arrondir au m près.

## 66 Zone inaccessible

Calculer, Raisonner

Un géomètre doit évaluer la distance entre deux arbres séparés par une rivière. Il a effectué les relevés indiqués sur le schéma ci-dessous.

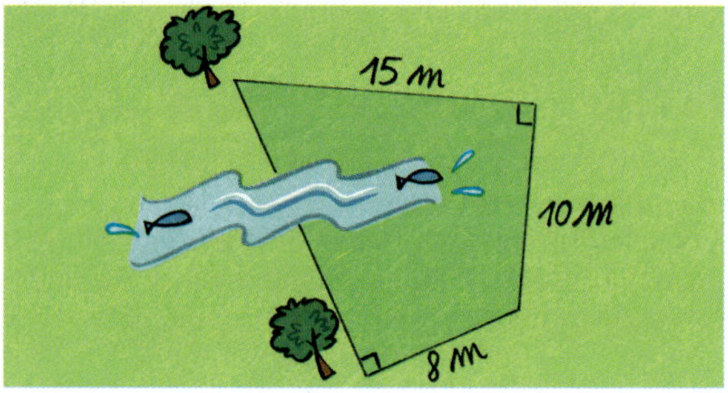


• Quelle distance sépare les deux arbres ? Arrondir au cm près.

## 67 Le Metrocable

Calculer, Représenter, Modéliser

Construit en 2008 à Medellín en Colombie, le Metrocable est une installation de transport public par câble. Il transporte jusqu'à 40 000 personnes par jour.

D'après une étude, les télécabines consommeraient 3,5 fois moins d'énergie qu'un tramway par personne transportée, et jusqu'à près de 50 fois moins qu'une voiture de 7 CV.

La ligne J du Metrocable part de la gare La Aurora, qui se trouve à 1 845 m d'altitude, et descend en ligne droite jusqu'à la gare Vallejuelos à 1 670 m d'altitude. Le câble fait un angle de 83° avec la verticale.

• Sachant que la vitesse moyenne de ce funiculaire est de 5 m/s, combien de temps faut-il pour effectuer le trajet entre ces deux gares ?

## 68 The Eiffel tower

Calculer

From the diagram below, give an approximate value of the antenna at the top of the Eiffel Tower.

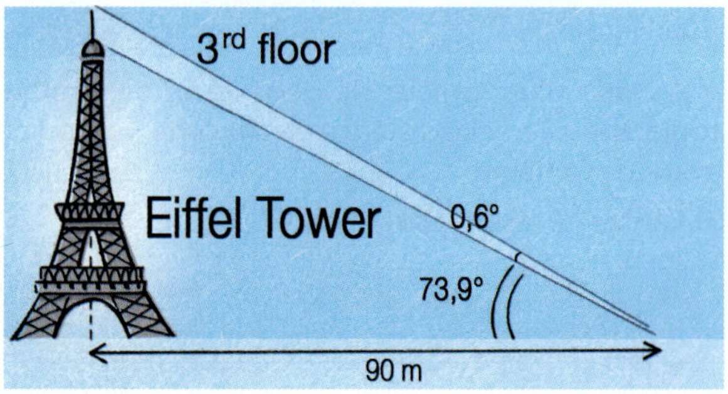

## 69 Coccinelle et fourmi

**Calculer, Raisonner, Modéliser**

Une coccinelle et une fourmi se trouvent sur le couvercle d'une boite en forme de parallélépipède rectangle, comme ci-dessous.

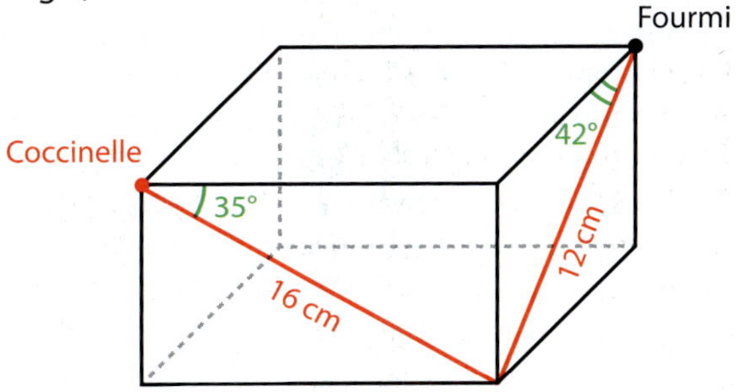


- Calculer la distance entre la fourmi et la coccinelle. Arrondir au mm près.

## 70 Le bon cap

**Calculer, Raisonner, Chercher, Communiquer**

Un voilier maintient son cap [BO) droit vers l'ouest et passe à proximité d'un phare P. La situation est représentée ci-dessous.

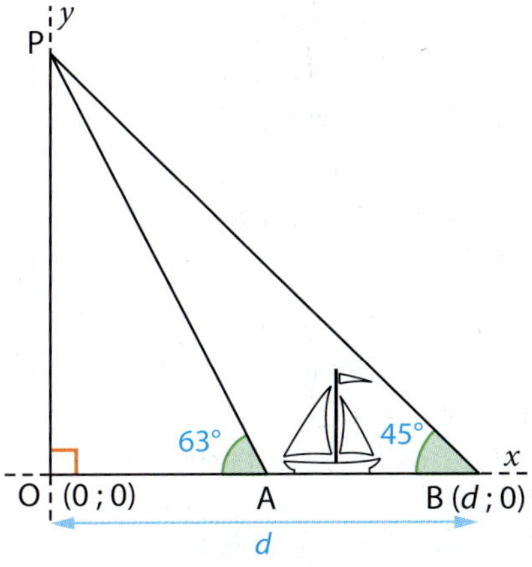


La distance $d$ est exprimée en mètres. Le plan est muni d'un repère d'origine O. Sur chaque axe, 1 unité représente 1 m. Les points O, A et B sont alignés.

**1.** Quelle est la nature du triangle POB ?

**2. a.** Dans cette question, on suppose que $d = 150$ m. Compléter le script ci-dessous afin qu'il représente la figure précédente.

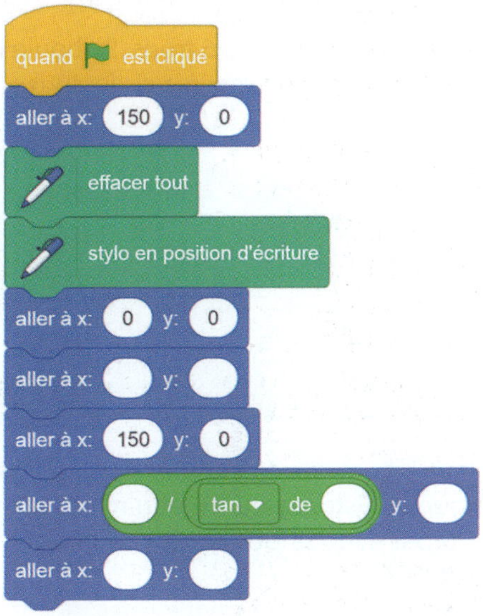


L'abscisse du point A est égale à la distance OA.

**b.** Quelle semble être la position du point A sur le segment [OB] ?

**3. a.** $d$ désigne à présent un nombre positif quelconque. Sachant que $OB = d$, exprimer l'abscisse du point A en fonction de $d$.

**b.** En déduire que $OA \approx \dfrac{OB}{2}$.

**4.** En navigation, si l'on relève la distance parcourue entre la position d'un bateau lorsque son cap forme un angle de 45° avec un phare et sa position lorsque son cap forme un angle de 63° avec ce même phare, on peut alors déterminer à quelle distance minimale du phare passera ce bateau s'il conserve son cap. Expliquer la méthode employée.

# DÉFIS & ÉNIGMES

## 71 Un angle particulier

Peut-on trouver un angle dont le cosinus est égal au sinus ?

## 72 Énigme

Une boite de conservation a la forme d'un pavé droit.

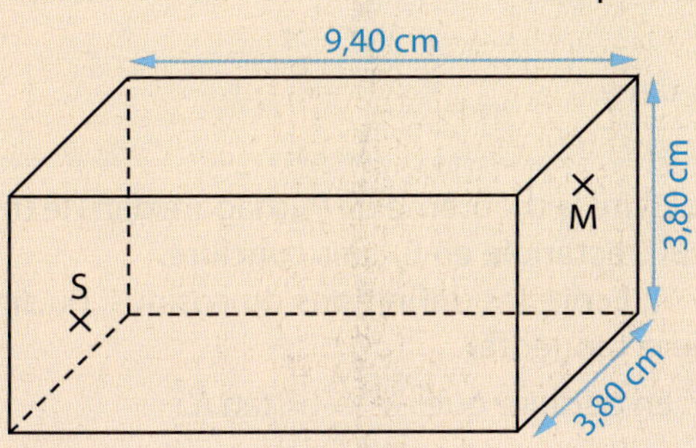


Un point S, sur la face de gauche, est centré horizontalement à 7 mm du bas. Un point M, sur la face de droite, est centré horizontalement à 7 mm du haut. Un scarabée, positionné au point S, veut trouver le plus court chemin pour atteindre un petit morceau de pomme collé au point M.

- Combien mesure ce plus court chemin ?

Voici quelques indices !

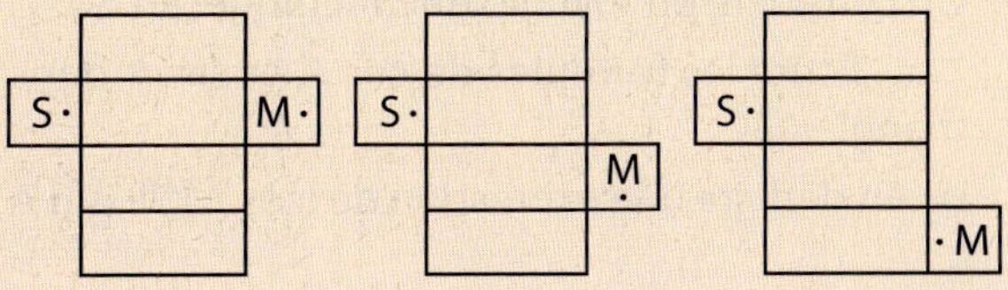

# Problèmes

## 73 Le billard

**Calculer, Raisonner, Chercher**

Justine joue au billard à 6 trous. Sa boule rouge est placée comme sur le schéma ci-dessous.

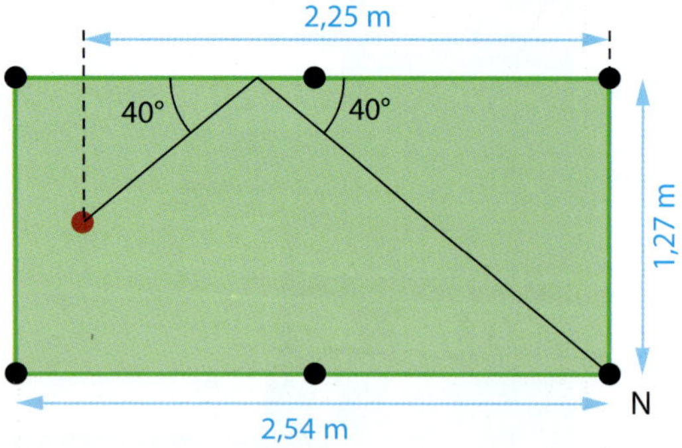


• À quelle distance du trou du milieu Justine doit-elle taper avec sa boule pour la faire entrer dans le trou N ?

## 74 La côte Landaise

**Calculer, Raisonner**

Un marin a mis le cap vers le port de Mimizan. Il navigue tout droit, perpendiculairement à la côte. Il aperçoit le phare de Contis sous différents angles, comme l'indique le schéma ci-dessous.

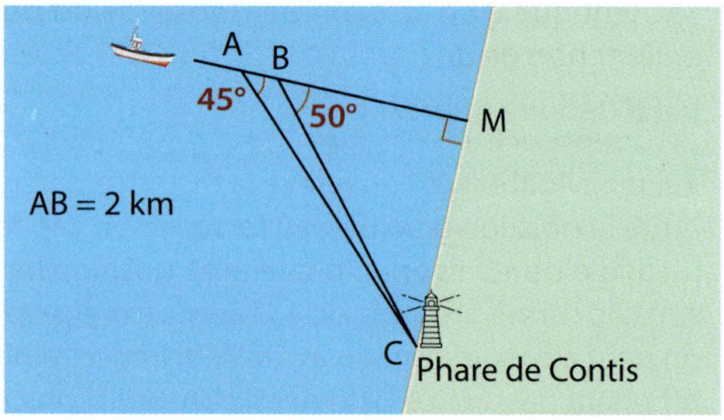


• Calculer la distance MC entre l'entrée du port de Mimizan et le phare de Contis au mètre près.

## 75 Ératosthène

**Calculer, Communiquer, Raisonner**

Dans l'antiquité, Ératosthène voulait mesurer le périmètre de la Terre. Pour cela, il constata que le Soleil éclairait un jour par an le fond d'un puits P de la ville de Syène et en même temps, à Alexandrie, située à la distance AP = 800 km de Syène, une tour de hauteur SA = 25 m faisait une ombre sur le sol de longueur AB = 3,10 m. Les longueurs des arcs de cercle $\overset{\frown}{AB}$ et $\overset{\frown}{AP}$ ont été assimilées aux longueurs des segments [AB] et [AP] du fait de la faible courbure de la terre sur de petites distances. Les rayons du Soleil sont parallèles.

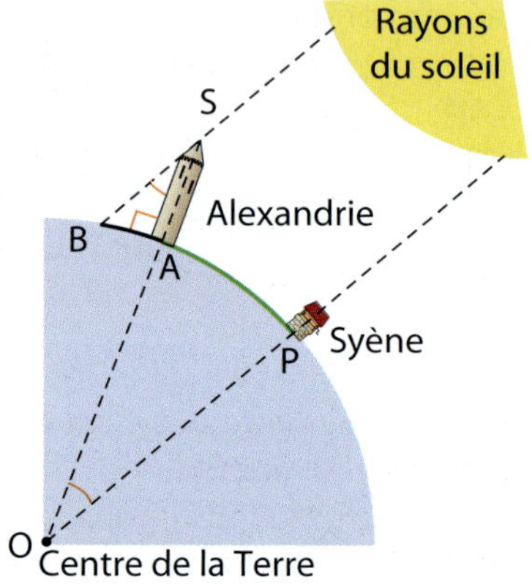


**1.** Calculer la mesure de l'angle $\widehat{ASB}$ arrondie au degré près.

**2.** Montrer que les angles $\widehat{ASB}$ et $\widehat{AOP}$ ont même mesure.

**3.** Sachant que, pour un même cercle, les longueurs des arcs de cercle sont proportionnelles aux mesures en degrés des secteurs angulaires qui les définissent, calculer le périmètre de la Terre.

**4.** Ératosthène a-t-il trouvé un résultat cohérent au regard des connaissances actuelles ?

Voir point info p. 241

## MISSION DÉMONSTRATION

**Démo de cours**

On veut démontrer les propriétés suivantes.

Pour tout angle aigu $\hat{A}$ :

**1.** $(\cos \hat{A})^2 + (\sin \hat{A})^2 = 1$

**2.** $\dfrac{\sin \hat{A}}{\cos \hat{A}} = \tan \hat{A}$

**76** On considère un triangle ABC rectangle en B.

**1. a.** Écrire les formules de $\cos \hat{A}$ et $\sin \hat{A}$ dans le triangle ABC.

**b.** En déduire une expression de $(\cos \hat{A})^2 + (\sin \hat{A})^2$.

**c.** Écrire le théorème de Pythagore dans le triangle ABC rectangle en B, puis conclure.

**2. a.** Écrire les définitions du cosinus, du sinus et de la tangente.

**b.** En déduire que $\dfrac{\sin \hat{A}}{\cos \hat{A}} = \tan \hat{A}$.

# Objectif BREVET

## 77 La terrasse

Madame Martin souhaite réaliser une terrasse en béton en face de sa baie vitrée. Elle réalise la figure ci-dessous.

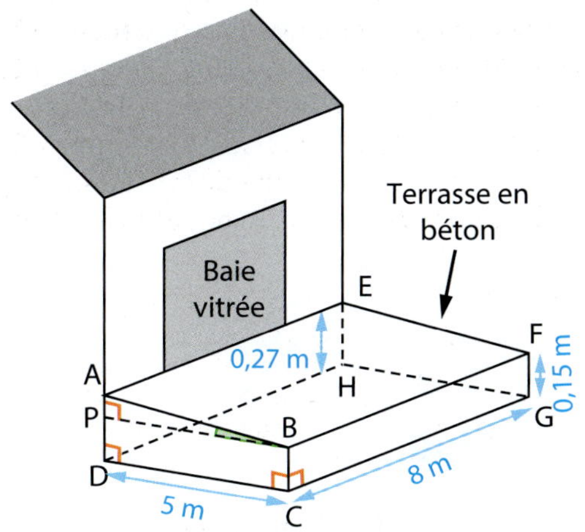


Pour faciliter l'écoulement des eaux de pluie, le sol de la terrasse doit être incliné.
La terrasse a la forme d'un prisme droit dont la base est le quadrilatère ABCD et la hauteur est le segment [CG].
P est le point du segment [AD] tel que BCDP est un rectangle.

**1.** L'angle $\widehat{ABP}$ doit mesurer entre 1° et 1,5°.
Le projet de madame Martin vérifie-t-il cette condition ?

**2.** Madame Martin souhaite se faire livrer le béton nécessaire à la réalisation de sa terrasse. Elle fait appel à une entreprise spécialisée.
À l'aide des informations ci-dessous, déterminer le montant de la facture établie par l'entreprise.

**Information 1**

Distance entre l'entreprise et la maison de madame Martin : 23 km.

**Information 2** Formule du prisme droit

Volume d'un prisme droit
= aire de la base du prisme × hauteur du prisme.

**Information 3** Conditions tarifaires de l'entreprise spécialisée

- Prix du $m^3$ de béton : 95 €.
- Capacité maximale du camion-toupie : 6 $m^3$.
- Frais de livraison : 5 € par km parcouru par le camion-toupie.
- L'entreprise facture les distances aller et retour (entreprise/lieu de livraison) parcourues par le camion-toupie.

*D'après DNB Amérique du Nord, 2018.*

## 78 Des triangles particuliers

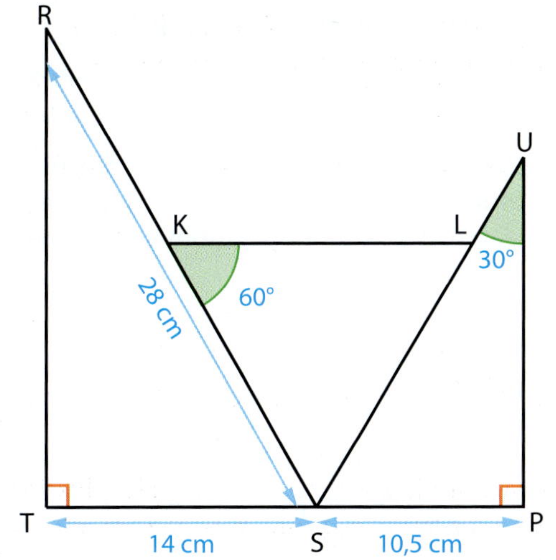


**Données :**
TSR et SPU sont des triangles rectangles respectivement en T et en P.
TS = 14 cm ; RS = 28 cm ; SP = 10,5 cm ; $\widehat{SKL} = 60°$ ; $\widehat{SUP} = 30°$.
Les points T, S et P sont alignés ; les points R, K et S sont alignés ; les points S, L et U sont alignés.

**1.** Montrer que la mesure de l'angle $\widehat{TSR}$ est de 60°.
**2.** Démontrer que les triangles SRT et SUP sont semblables.
**3.** Déterminer le coefficient de réduction liant les triangles SRT et SUP.
**4.** Calculer la longueur SU.
**5.** Quelle est la nature du triangle SKL ? Justifier.

*D'après DNB Grèce, 2019.*

## 79 Tour Eiffel

Leïla est en visite à Paris. Aujourd'hui, elle est au Champ de Mars où l'on peut voir la tour Eiffel dont la hauteur totale BH est de 324 m.
Elle pose son appareil photo au sol à une distance AB = 600 m du monument et le programme pour prendre une photo.

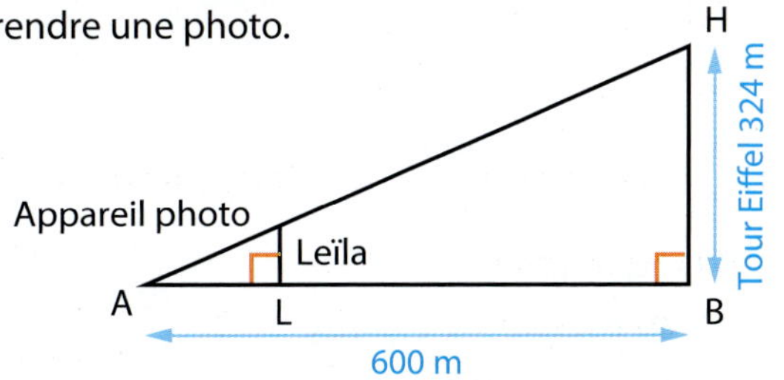


**1.** Quelle est la mesure, au degré près, de l'angle $\widehat{HAB}$ ?
**2.** Sachant que Leïla mesure 1,70 m, à quelle distance AL de son appareil doit-elle se placer pour paraitre aussi grande que la tour Eiffel sur sa photo ?
Donner une valeur approchée du résultat au centimètre près.

*D'après DNB Antilles-Guyane, 2019.*

# Travailler autrement

Utilisable en AP

À chacun son parcours !

## 80 Résolution de problème

Socle D1 *J'utilise les langages formels pour effectuer des calculs.*

Socle D4 *Je modélise pour représenter une situation.*

Le phare de Cordouan est un phare mesurant 67,5 m de haut situé à l'embouchure de l'estuaire de la Gironde. Un touriste, qui se trouve en haut du phare, observe la navigation maritime et aperçoit un voilier et un chaland (bateau d'ostréiculteur), qui sont alignés avec le pied du phare.

### Questions ceinture jaune

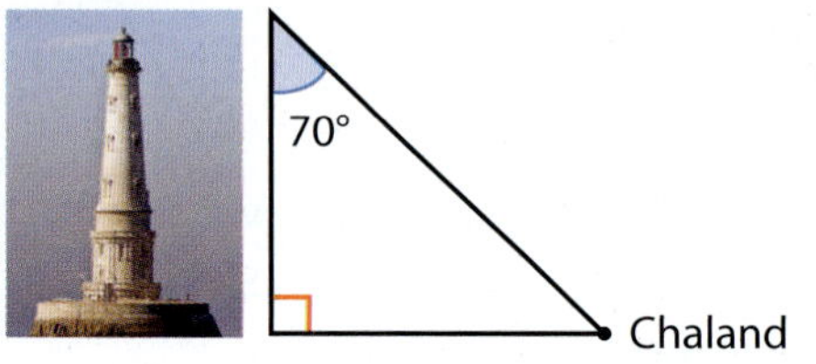


1. À quelle distance du pied du phare se trouve le chaland ?
2. Le chaland se déplace à une vitesse de 9 nœuds (1 nœud = 1,852 km/h). Combien de temps mettra le chaland pour rejoindre le pied du phare ?

### Question ceinture verte

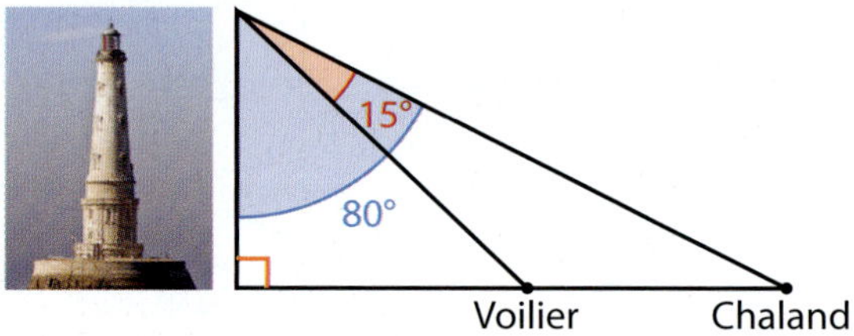


- Quelle distance sépare le voilier du chaland ?

### Question ceinture noire

Le voilier a deux fois moins de distance à parcourir pour atteindre le chaland que pour atteindre le pied du phare.

- Déterminer la mesure $x$, arrondie au dixième de degré près, de l'angle entre l'horizon et la ligne de regard du touriste qui observe le voilier.

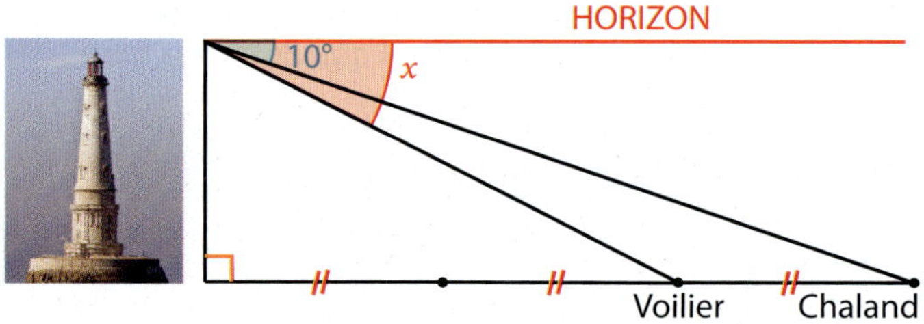


## 81 Résolution de problème

Socle D1 *J'utilise les langages formels pour effectuer des calculs.*

Socle D4 *J'analyse, j'argumente, je mène différents types de raisonnement.*

On considère le triangle équilatéral ABC ci-contre de côté 2 cm. H est le pied de la hauteur issue de A.

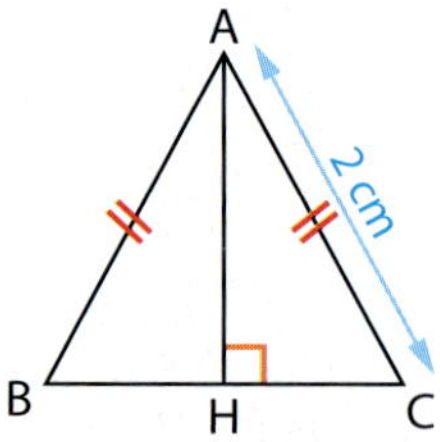


### Questions ceinture jaune

1. Calculer BH, puis AH.
2. Déterminer la mesure de l'angle $\widehat{ABH}$.
3. Déterminer les valeurs exactes de cos $\widehat{ABH}$, sin $\widehat{ABH}$ et tan $\widehat{ABH}$.
4. Recopier et compléter avec des valeurs numériques exactes :

$\cos \ldots = \frac{\ldots}{\ldots}$ $\sin \ldots = \frac{\ldots}{\ldots}$

$\tan \ldots = \ldots$

### Questions ceinture verte

1. Calculer BH et AH.
2. Déterminer les valeurs exactes de cos $\widehat{BAH}$, sin $\widehat{BAH}$, tan $\widehat{BAH}$ et donner la mesure de l'angle $\widehat{BAH}$.
3. Déterminer les valeurs exactes de cos $\widehat{ABH}$, sin $\widehat{ABH}$, tan $\widehat{ABH}$ et donner la mesure de l'angle $\widehat{ABH}$.

Compléter le tableau avec des valeurs exactes.

| | $\cos x$ | $\sin x$ | $\tan x$ |
|---|---|---|---|
| $x = 60°$ | | | |
| $x = 30°$ | | | |

### Questions ceinture noire

1. Déterminer la longueur AH.
2. À l'aide du triangle ABC et d'un triangle DEF rectangle isocèle en D tel que EF = 2 cm, compléter le tableau suivant avec des valeurs exactes.

| | $\cos x$ | $\sin x$ | $\tan x$ |
|---|---|---|---|
| $x = 60°$ | | | |
| $x = 30°$ | | | |
| $x = 45°$ | | | |

# 13 Solides de l'espace

**TA MISSION**

Te repérer sur une sphère et visualiser des sections planes de solides.

**JEU**

Un seul de ces assemblages de cube n'est pas le même que les autres. Lequel ?

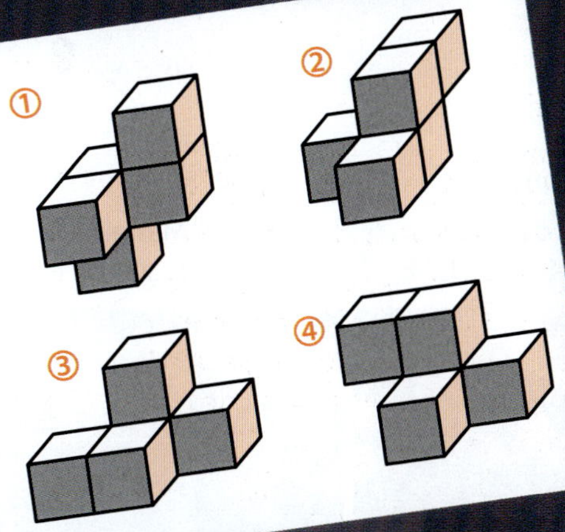


## POINT INFO

L'Atomium est un monument en acier construit pour l'Exposition universelle de 1958 à Bruxelles. Il représente la maille élémentaire du cristal de fer agrandie 165 milliards de fois. Huit sphères sont disposées sur les sommets d'un cube et une neuvième sphère occupe le centre du cube.

Voir problème 84 p. 280.

# Activités

## Prêts pour le décollage ?

**QUESTIONS FLASH** — Questions flash supplémentaires

**1** Nommer chaque solide ci-dessous et l'associer à son patron.

**2** Recopier et compléter les égalités suivantes.

1 L = ... $dm^3$ — 35 000 $cm^3$ = ... $dm^3$

5,2 $dm^3$ = ... $cm^3$ — 5,9 $km^3$ = ... $dam^3$

4,5 dL = ... cL — 3,275 mL = ... dL

**3** Recopier et compléter les phrases suivantes.

**a.** Une pyramide dont la base est un pentagone a ... faces.

**b.** Les faces latérales d'un prisme droit sont des ... .

**c.** Un cône de révolution est obtenu en faisant tourner un ... autour de l'un de ses côtés de l'angle droit.

**d.** Un cylindre est obtenu en faisant tourner un ... autour de l'un de ses côtés.

**4** Associer chaque solide au calcul de son volume.

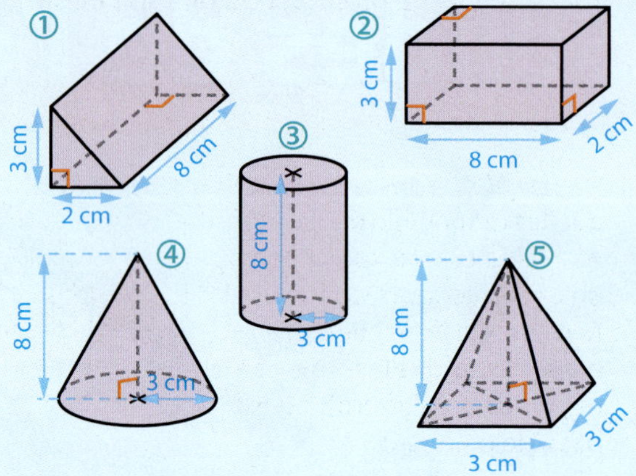


**a.** $2 \times 3 \times 8$ **b.** $\frac{1}{3} \times 3^2 \times 8$ **c.** $\pi \times 3^2 \times 8$

**d.** $\frac{3 \times 2}{2} \times 8$ **e.** $\frac{1}{3} \times 3^2 \times \pi \times 8$

**5** Élise affirme que le côté d'un cube ayant un volume de 64 $cm^3$ est huit fois plus grand que le côté d'un cube ayant un volume de 8 $cm^3$. Hugo n'est pas d'accord et lui répond qu'il n'est que deux fois plus grand. Qui a raison ?

## Activité 1 Se repérer sur une sphère

Pour se repérer sur la Terre, on a tracé sur le globe ci-contre des « **parallèles** » et des « **méridiens** ».

**1.** À quoi correspond le degré 0 pour les parallèles ? Et pour les méridiens ?

**2.** Le GPS indique les coordonnées suivantes pour la Tour Pey Berland à Bordeaux : 44° 50′ N et 0° 34′ O. Que peuvent signifier ces coordonnées ?

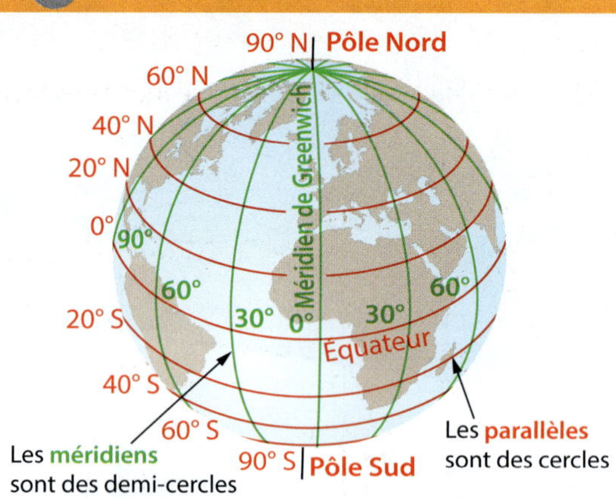


**3.** Voici différents lieux à travers le monde.

| Machu Picchu | Opéra de Sydney | Taj Mahal | Statue de la Liberté |
|---|---|---|---|
| 13° 09′ S 72° 32′ O | 33° 51′ S 151° 12′ E | 27° 10′ N 78° 02′ E | 40° 41′ N 74° 2′ O |

Placer, si possible, ces lieux sur la représentation de la Terre ci-dessus.

## Activité 2 Pétanque

Pierre achète des boules de pétanque.

**Doc. 1 Caractéristiques de la boule**
- Diamètre : 72 mm
- Masse : 660 g
- Matière : acier inox spécial 8 010 kg/m$^3$

**Doc. 2 Formule du volume d'une boule de rayon $r$**

$\mathcal{V} = \frac{4}{3} \times \pi \times r^3$

- À l'aide de ces informations, dire si la boule est pleine ou creuse.

## Activité 3 Fromage ou dessert ?

1. Caroline se demande quelles formes elle peut obtenir si elle coupe son gâteau des trois façons ci-contre.
Représenter les sections obtenues, c'est-à-dire la forme correspondant à l'endroit où est passé le couteau.

2. Elle se pose la même question si elle coupe un fromage de chèvre des deux façons ci-contre.
Représenter les sections obtenues.

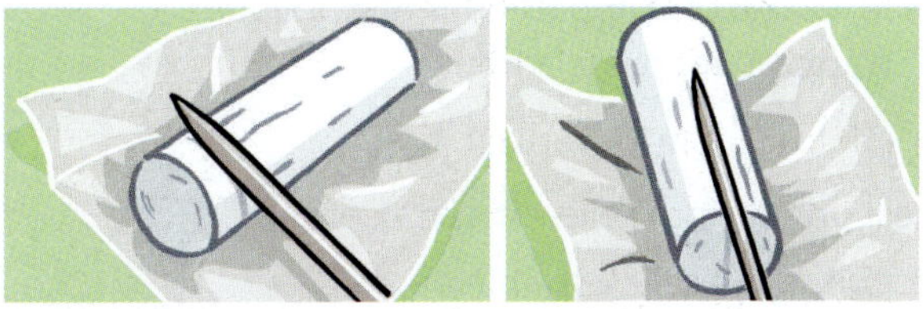

3. a. Si l'on coupe un pamplemousse, quelle est la nature de la section que l'on obtient ?
b. Où faut-il le couper pour que la section obtenue soit la plus grande possible ?

## Activité 4 Quelle vue ?

On a représenté des boites avec leur couvercle en perspective cavalière, puis vues de dessus.

**Perspective cavalière**

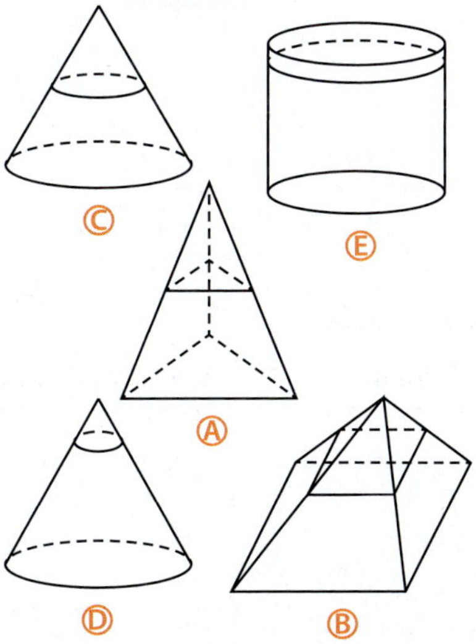


**Vue de dessus**

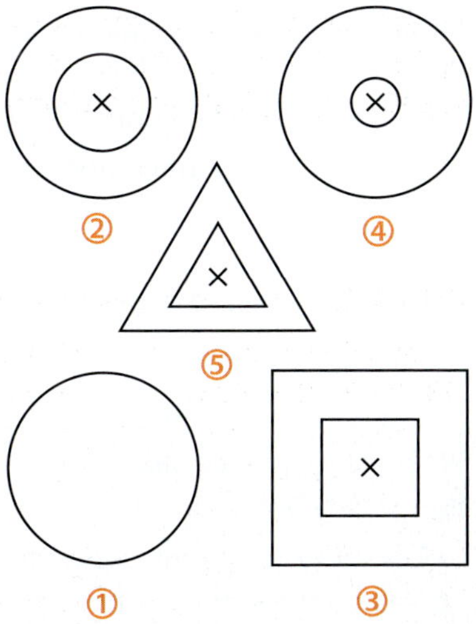


1. Associer à chaque représentation en perspective cavalière la vue de dessus correspondante.
2. Décrire la section d'un cône, puis d'une pyramide, par un plan parallèle à la base.

# Cours

## 1 Se repérer sur une sphère

**Définitions**

Soit O un point de l'espace et $r$ un nombre positif.

- La **sphère** de centre O et de rayon $r$ est l'ensemble des points M de l'espace tels que $OM = r$.
- Un **grand cercle** de la sphère est un cercle de centre O et de rayon $r$.
- La **boule** de centre O et de rayon $r$ est l'ensemble des points M de l'espace tels que $OM \leqslant r$.

**▸ Exemple**

Cette sphère a pour centre O et pour rayon OM.
Le segment [BD] est un diamètre de la sphère. On dit que les points B et D sont diamétralement opposés.
Les points O, A et C n'appartiennent pas à cette sphère.
Les points M, B et D appartiennent à la sphère.
Les points M, C, O, B et D appartiennent à la boule.
Le point A n'appartient pas à la boule.

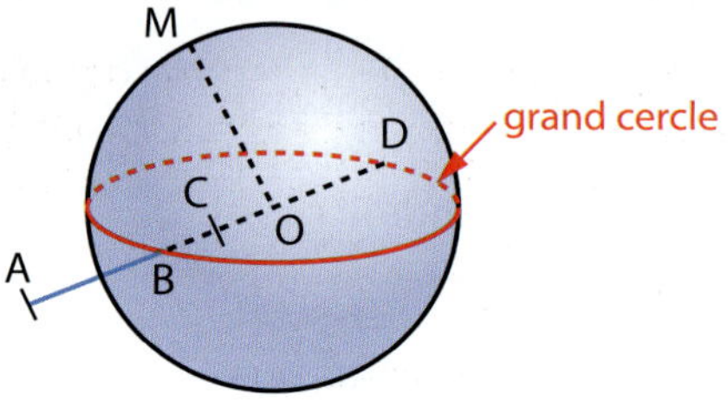


**Remarques**

- Une sphère est une surface : elle est « creuse ».
- Une boule est un solide : elle est « pleine ».
- Une sphère n'a pas de patron.

**Propriété**

Le volume d'une boule de rayon $r$ est donné par la formule $\mathscr{V} = \dfrac{4\pi r^3}{3}$.

**Définitions**

- Si l'on assimile la Terre a une sphère, on peut repérer un point M à sa surface par deux coordonnées correspondant à des mesures d'angle : sa **latitude** et sa **longitude**.
Les **latitudes** sont comprises entre 0° et 90° Nord ou Sud.
Les **longitudes** sont comprises entre 0° et 180° Est ou Ouest.

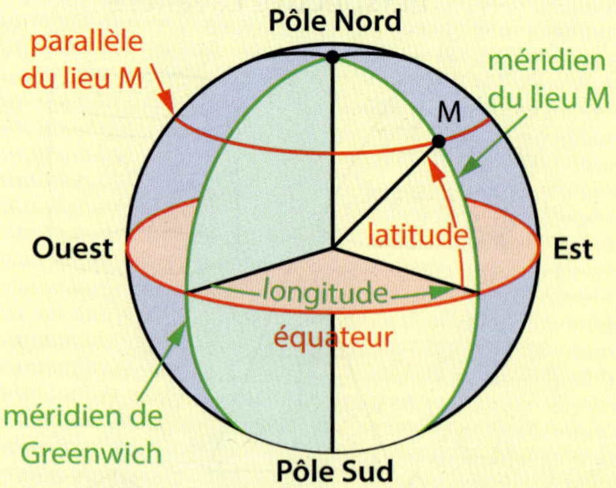


- Les **parallèles** sont des cercles dont les points ont la même **latitude**. Le parallèle de référence est l'**équateur** : ses points ont pour latitude 0°.
- Les **méridiens** sont des demi-cercles passant par les pôles dont les points ont la même **longitude**. Le méridien de référence est le **méridien de Greenwich** : ses points ont pour longitude 0°.

# Savoir-faire

Apprends à l'aide des exercices résolus puis entraine-toi !

## 1 Se repérer sur une sphère

**1** A, B, C et O sont des points de l'espace tels que : OA = 12 cm, OB = 8 cm et OC = 6 cm.
Les points A, B et C appartiennent-ils à la sphère et/ou à la boule de centre O et de rayon 8 cm ?

**Solution**

La longueur OA est supérieure au rayon 8 cm donc A n'appartient ni à la sphère, ni à la boule.
La longueur OB est égale au rayon 8 cm donc B appartient à la sphère et à la boule.
La longueur OC est strictement inférieure au rayon 8 cm donc C appartient à la boule mais pas à la sphère.

**À toi de jouer**

**2** On considère une sphère et une boule de centre O et de diamètre 10 cm, et trois points distincts de l'espace : E, F et G tels que E appartient à la boule, F est sur la sphère, G est à l'extérieur de la boule.
- Que peut-on dire des longueurs OE, OF et OG ?

→ Corrigé p. 314

**3** Calculer la valeur exacte du volume d'une boule de rayon 4,5 m, puis en donner une valeur approchée à 0,1 $m^3$ près.

**Solution**

$$\mathcal{V} = \frac{4\pi r^3}{3} = \frac{4\pi \times 4,5^3}{3} = 121,5\pi \text{ m}^3 \text{ (valeur exacte)}$$
$$\approx 381,7 \text{ m}^3 \quad \text{(valeur approchée à 0,1 m}^3\text{ près)}$$

Le volume de la boule est $121,5\pi$ $m^3$, soit environ 381,7 $m^3$.

**À toi de jouer**

**4** Calculer la valeur exacte du volume d'une boule de diamètre 12 cm, puis en donner une valeur approchée à 0,1 $cm^3$ près.

→ Corrigé p. 314

**5** En utilisant la figure ci-dessous, donner la latitude et la longitude de New York.

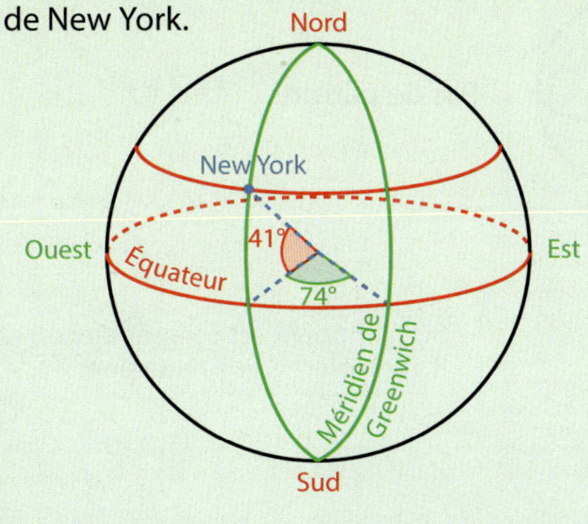


**Solution**

La latitude de New York est 41° Nord et sa longitude est 74° Ouest.

- **La latitude est lue sur un parallèle. Elle correspond à l'angle rouge qui mesure 41°.**
- **La longitude est lue sur un méridien. Elle correspond à l'angle vert qui mesure 74°.**

**À toi de jouer**

**6** Donner la latitude et la longitude des points M et N sur la figure ci-dessous.

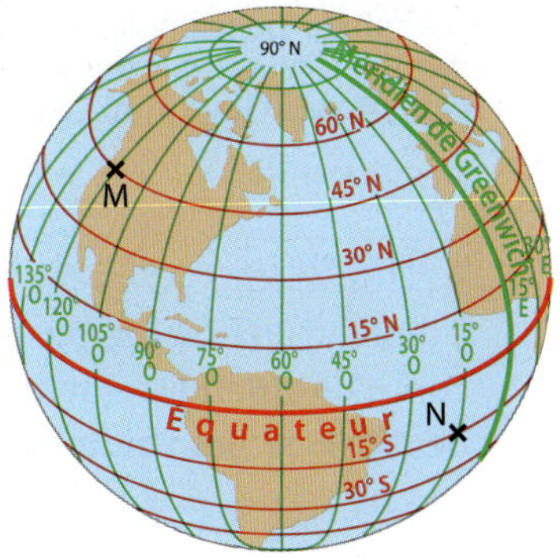


→ Corrigé p. 314

# Cours

## 2 Représenter des solides et calculer des volumes

**Définitions**

| Définitions | Perspective cavalière | Patron | Volume |
|---|---|---|---|
| **Prisme droit** | | | |
| • Deux faces parallèles et superposables en forme de polygone (les bases) ; <br>• faces latérales rectangulaires. <br>Cas particuliers : le parallélépipède rectangle, le cube. | 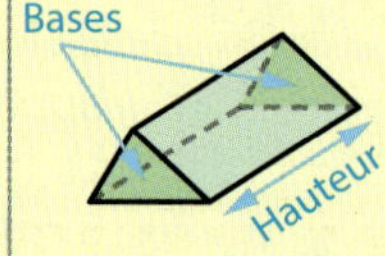  | 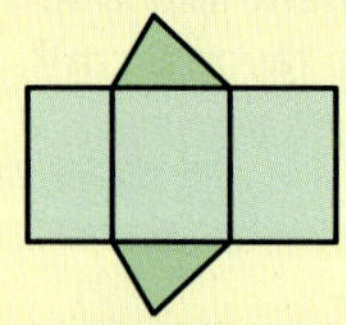 | $\mathcal{V}$ = Aire de la base × hauteur |
| **Cylindre de révolution** | | | |
| • Deux faces parallèles et superposables en forme de disque (les bases) ; <br>• une surface latérale non plane. | 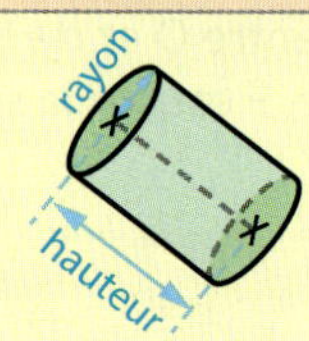  | 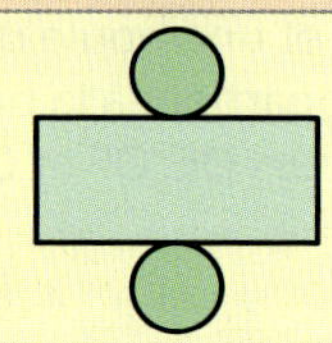 | $\mathcal{V}$ = Aire de la base × hauteur <br>$= \pi r^2 h$ |
| **Pyramide** | | | |
| • Un sommet S ; <br>• une base polygonale ne contenant pas S ; <br>• faces latérales triangulaires de sommet S. | 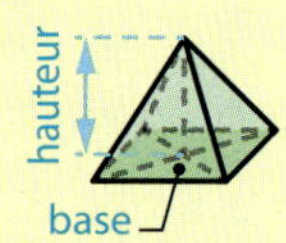  | 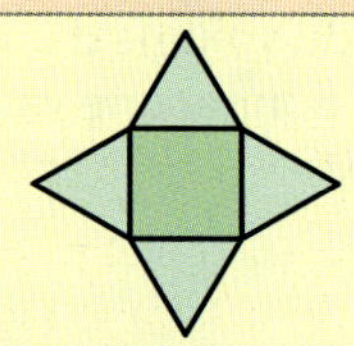 | $\mathcal{V} = \frac{1}{3}$ Aire de la base × hauteur |
| **Cône de révolution** | | | |
| • Une base en forme de disque ; <br>• un sommet S situé sur la perpendiculaire à la base passant par son centre ; <br>• une surface latérale non plane. | 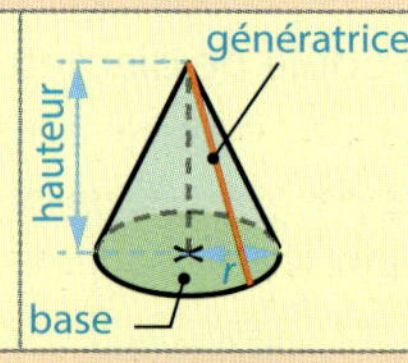  | 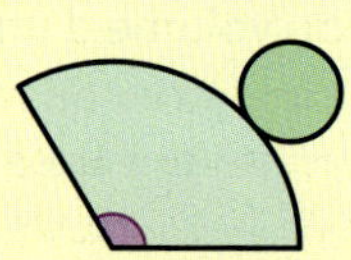 | $\mathcal{V} = \frac{1}{3}$ Aire de la base × hauteur <br>$= \frac{1}{3} \pi r^2 h$ |
| **Sphère et boule** | | | |
| • La sphère (ou la boule) de centre O et de rayon $r$ est l'ensemble des points M de l'espace tels que OM = $r$ (ou OM ⩽ $r$). | 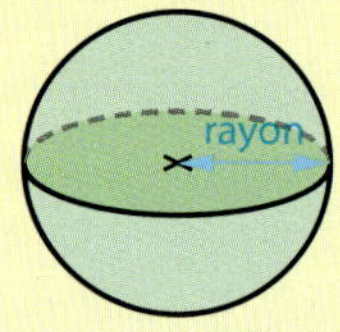  | Pas de patron | $\mathcal{V} = \frac{4}{3} \pi r^3$ |

**Propriété**

$k$ désigne un nombre positif.
Lors d'un agrandissement ou d'une réduction de rapport $k$, **les volumes sont multipliés par $k^3$.**

Si le rapport $k$ est compris entre 0 et 1, il s'agit alors d'une réduction.

### ▸ Exemple

On considère les cubes suivants.

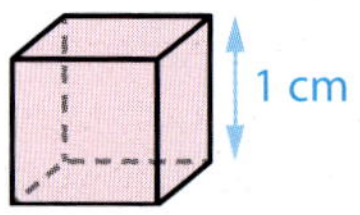


$\mathcal{V}$ = 1 cm × 1 cm × 1 cm = 1 cm$^3$

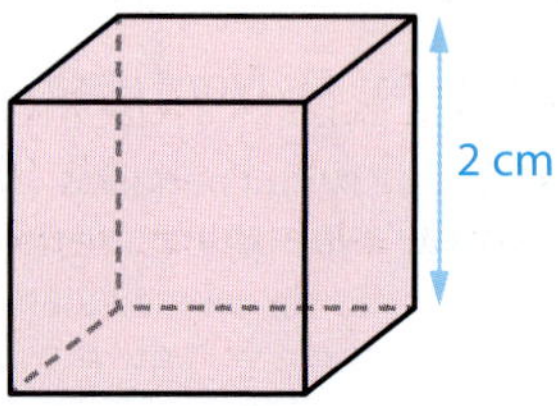


$\mathcal{V}$ = 2 cm × 2 cm × 2 cm = 8 cm$^3$

La longueur de chaque arête a été multipliée par 2, le volume a été multiplié par $2^3 = 8$.

# Savoir-faire

Apprends à l'aide des exercices résolus puis entraine-toi !

## 2 Représenter des solides et calculer des volumes

**7** Calculer le volume du prisme droit, du cône, de la pyramide à base carrée, du pavé droit et du cylindre ci-dessous.

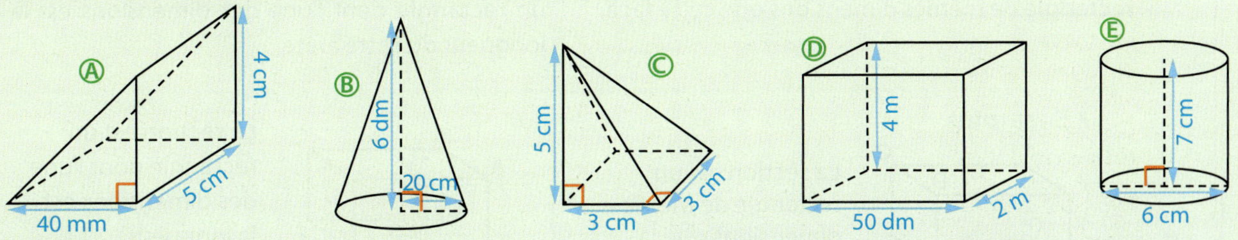


**Solution**

Ⓐ 40 mm = 4 cm

donc $\mathcal{V}_A = \dfrac{4\text{ cm} \times 4\text{ cm}}{2} \times 5\text{ cm} = 8\text{ cm}^2 \times 5\text{ cm} = 40\text{ cm}^3$.

Ⓑ 20 cm = 2 dm

donc $\mathcal{V}_B = \dfrac{1}{3} \times 2\text{ dm} \times 2\text{ dm} \times \pi \times 6\text{ dm} = 8\pi\text{ dm}^3$.

Ⓒ $\mathcal{V}_C = \dfrac{1}{3} \times 3\text{ cm} \times 3\text{ cm} \times 5\text{ cm} = 15\text{ cm}^3$.

Ⓓ 50 dm = 5 m donc $\mathcal{V}_D = 5\text{ m} \times 2\text{ m} \times 4\text{ m} = 40\text{ m}^3$.

Ⓔ Le diamètre mesure 6 cm, donc le rayon vaut 3 cm. Ainsi $\mathcal{V}_E = 3\text{ cm} \times 3\text{ cm} \times \pi \times 5\text{ cm} = 45\pi\text{ cm}^3$.

- **Le volume des solides « sans pointe » (prisme droit, parallélépipède rectangle, cylindre) se calcule avec la formule : $\text{Aire}_{\text{base}} \times$ hauteur.**
- **Le volume des solides « avec pointe » (cône de révolution, pyramide) se calcule avec la formule : $\dfrac{1}{3} \times \text{Aire}_{\text{base}} \times$ hauteur.**
- **Pour calculer un volume, il faut s'assurer que toutes les longueurs sont bien exprimées dans la même unité.**

**À toi de jouer**

**8** **1.** Calculer le volume d'un cylindre de révolution de rayon 3 cm et de hauteur 40 mm.
**2.** Calculer le volume d'une pyramide à base carrée de côté 5 m et de hauteur 60 dm.
**3.** Calculer le volume d'un cône de diamètre 8 dm et de hauteur 5 dm. Exprimer le résultat en L.

1 L = 1 $\text{dm}^3$

→ **Corrigé** p. 314

**9** Le volume d'un cône de révolution est égal à 8 $\text{dm}^3$.
**1.** Quel est le volume d'un agrandissement de rapport 5 de ce cône ?
**2.** Quel est le volume d'une réduction de rapport $\dfrac{1}{2}$ de ce cône ?

**Solution**

**1.** $\mathcal{V}_{\text{grand cône}} = \mathcal{V}_{\text{cône}} \times 5^3 = 8\text{ dm}^3 \times 125 = 1\,000\text{ dm}^3$

**2.** $\mathcal{V}_{\text{petit cône}} = \mathcal{V}_{\text{cône}} \times \left(\dfrac{1}{2}\right)^3 = 8\text{ dm}^3 \times \dfrac{1}{8} = 1\text{ dm}^3$

- **Par un agrandissement de rapport 5, le volume est multiplié par $5^3 = 125$.**
- **Par une réduction de rapport $\dfrac{1}{2}$, le volume est multiplié par $\left(\dfrac{1}{2}\right)^3 = \dfrac{1}{8}$.**

**À toi de jouer**

**10** Le volume d'un pavé droit est de 5 $\text{cm}^3$. On multiplie toutes ses longueurs par 3.
- Quel est le volume du pavé ainsi obtenu ?

**11** Le volume d'un cylindre est égal à 4 $\text{dm}^3$. Celui d'un de ses agrandissements est égal à 108 $\text{dm}^3$.
- Quel est le rapport de cet agrandissement ?

**12** **1.** Calculer le volume d'une pyramide de hauteur 3 cm et de base carrée de côté 5 cm.
**2.** Calculer le volume d'une réduction de cette pyramide de rapport 0,6.

**13** **1.** Calculer le volume d'un cône de rayon 2,7 cm et de hauteur 4,6 cm.
**2.** On agrandit ce cône et sa hauteur mesure alors 11,5 cm. Calculer le volume du cône agrandi.

→ **Corrigé** p. 314

Cours

## 3 Construire des sections planes de solides

**Propriétés**

- La section d'un parallélépipède rectangle par un plan parallèle à l'une de ses faces est un **rectangle** de mêmes dimensions que cette face.
- La section d'un parallélépipède rectangle par un plan parallèle à l'une de ses arêtes est un **rectangle** dont l'une des dimensions est la longueur du cette arête.

**▸ Exemples**

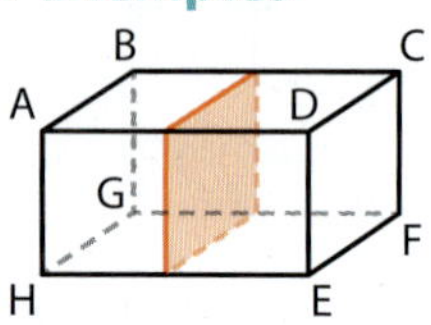


La section est un rectangle de mêmes dimensions que la face ABGH.

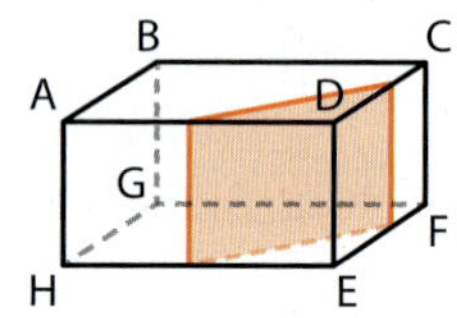


La section est un rectangle dont l'une des dimensions est la longueur de l'arête [DE].

**Propriétés**

- La section d'un cylindre de révolution par un plan parallèle à l'une de ses bases est un **cercle** de même rayon que la base.
- La section d'un cylindre de révolution par un plan perpendiculaire à l'une de ses bases est un **rectangle** dont l'une des dimensions est la hauteur du cylindre.

**▸ Exemples**

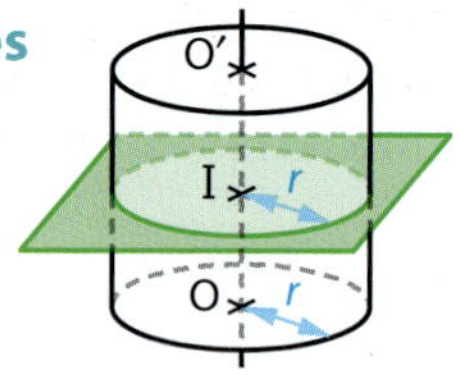


La section est le cercle de centre I et de rayon *r*.

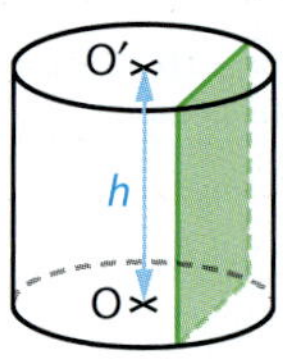


La section est un rectangle dont l'une des dimensions est égale à *h*.

**Propriété**

- La section d'une pyramide ou d'un cône de révolution par un plan parallèle à la base est une **réduction de la base**.

**▸ Exemples**

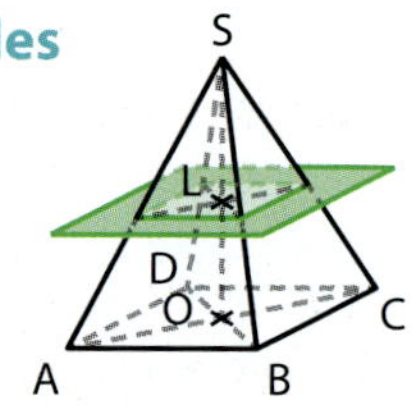


La section est un carré qui est une réduction du carré ABCD.

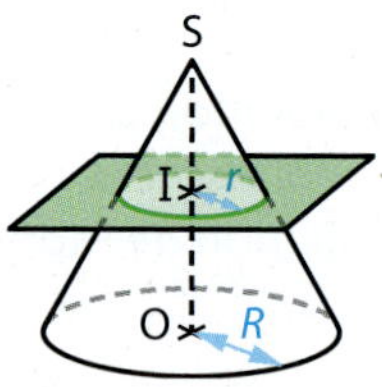


La section est le cercle de centre I et de rayon *r*, qui est une réduction du cercle de centre O et de rayon *R*.

**Propriété**

- La section d'une sphère par un plan est un **cercle**.

**▸ Exemples**

1$^{er}$ **cas :** le plan passe par le centre de la sphère.

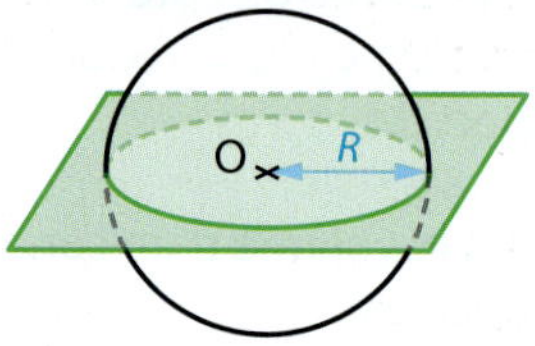


La section est un « grand cercle » de la sphère : le cercle et la sphère ont le même centre O.

2$^{e}$ **cas :** le plan ne passe pas par le centre de la sphère.

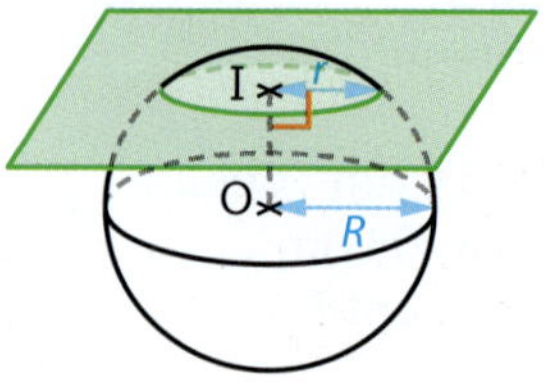


La section est un cercle de centre I, point d'intersection du plan et de la perpendiculaire au plan passant par O.

3$^{e}$ **cas :** le plan est tangent à la sphère.

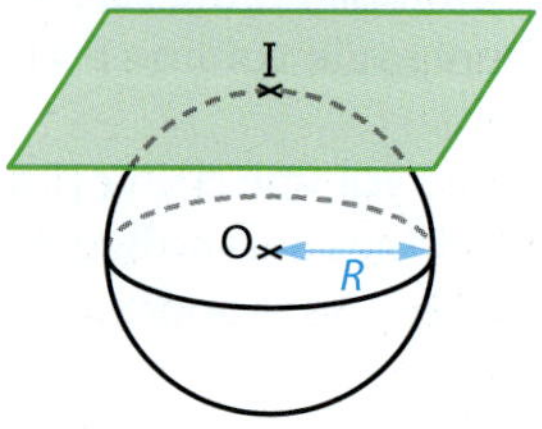


La section est réduite à un point.

Apprends à l'aide des exercices résolus puis entraine-toi !

# 3 Construire des sections planes de solides

**14** ABCDEFGH est un parallélépipède rectangle tel que :
AD = 5,3 cm ;
AB = 3,6 cm ;
AE = 4,3 cm.

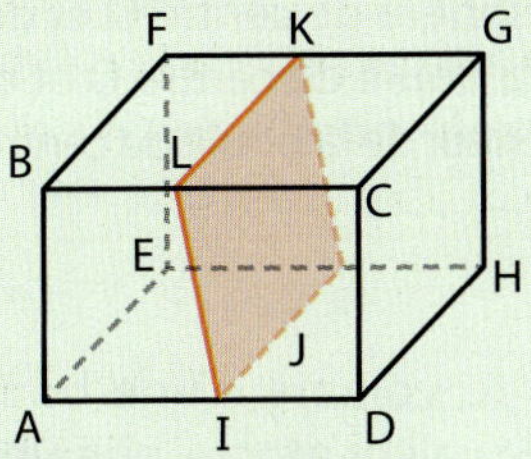


I est un point de [AD] tel que AI = 2,7 cm ;
L est un point de [BC] tel que BL = 2 cm.
On coupe le pavé par le plan parallèle à l'arête [CG] et passant par I et L.
- Représenter en vraie grandeur la section obtenue en justifiant sa nature.

**Solution**

Le pavé est coupé par un plan parallèle à l'une de ses arêtes donc la section est un rectangle IJKL, où KL = CG = 4,3 cm.

On reproduit la face ABCD, on place les points I et L à l'aide des longueurs connues, puis on trace le rectangle IJKL.

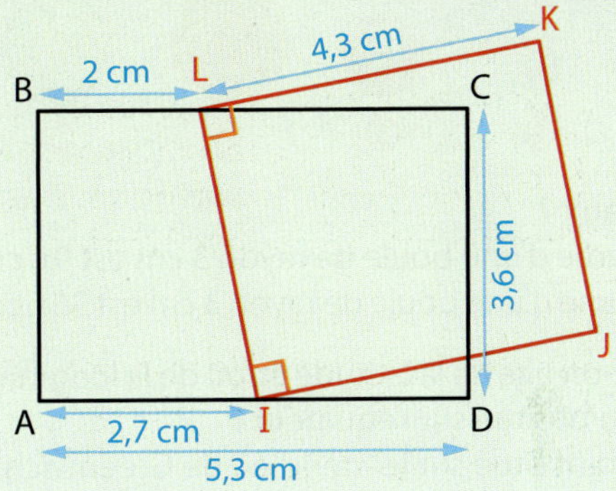


À toi de jouer

**15** POREUNAC est un pavé droit tel que : AR = 4,4 cm ; AN = 6,6 cm ; AC = 5,5 cm.
I est le milieu de [OR] et L est un point de [AN] tel que AL = 2 cm. Ce pavé droit est coupé par le plan parallèle à l'arête [RE] et passant par I et L.
- Représenter en vraie grandeur la section obtenue en justifiant sa nature.

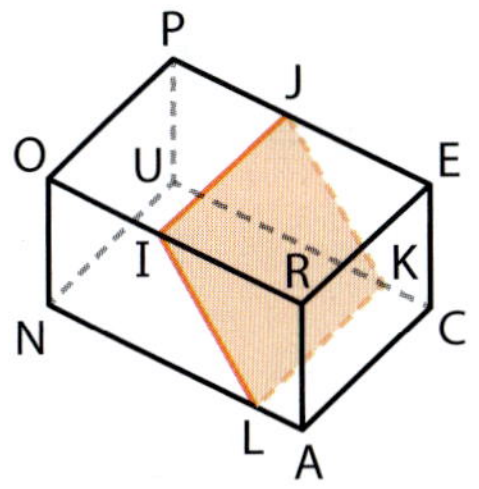


→ Corrigé p. 314

**16** On a coupé une sphère de centre O et de rayon 4 cm par le plan représenté ci-contre.
On a obtenu un cercle de centre A passant par le point B de la sphère et tel que OA = 2,5 cm.

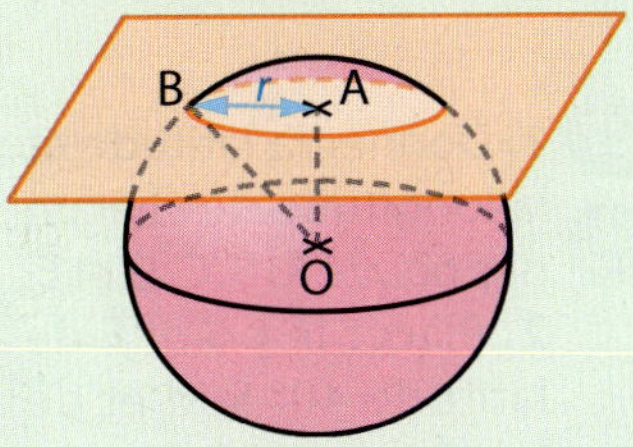


- Quel est le rayon de ce cercle ? Arrondir le résultat au mm près.

**Solution**

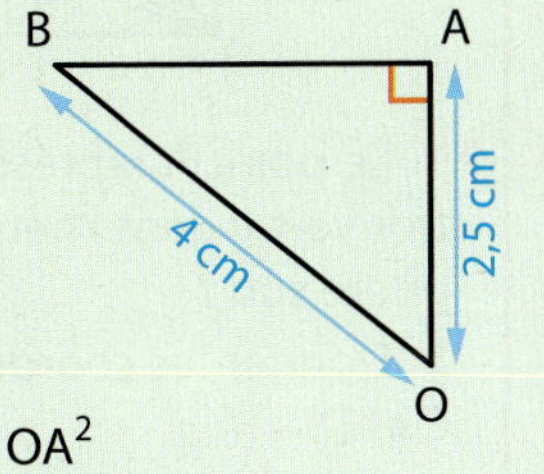


Le cercle a pour rayon AB.
B est un point de la sphère, donc OB = 4 cm.
Le triangle OAB est rectangle en A. D'après le théorème de Pythagore, on a : $OB^2 = AB^2 + OA^2$
$AB^2 = OB^2 - OA^2 = 4^2 - 2{,}5^2 = 9{,}75$
Donc $AB = \sqrt{9{,}75} \approx 3{,}1$ cm.

À toi de jouer

**17** On considère une sphère de centre A et de rayon 5,6 cm. Elle est coupée par un plan, et la section obtenue est un cercle de centre B et de rayon 4,3 cm.

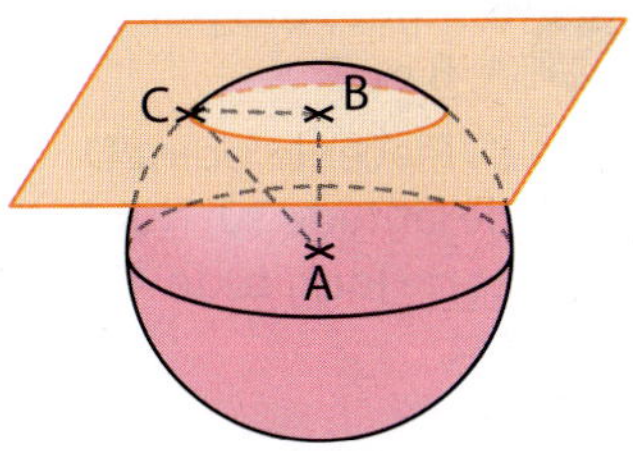


- Calculer la longueur AB arrondie au mm près.

**18** On considère une sphère de centre O et de rayon 6,9 cm. Elle est coupée par un plan tel que OH = 3,4 cm comme représenté ci-contre.

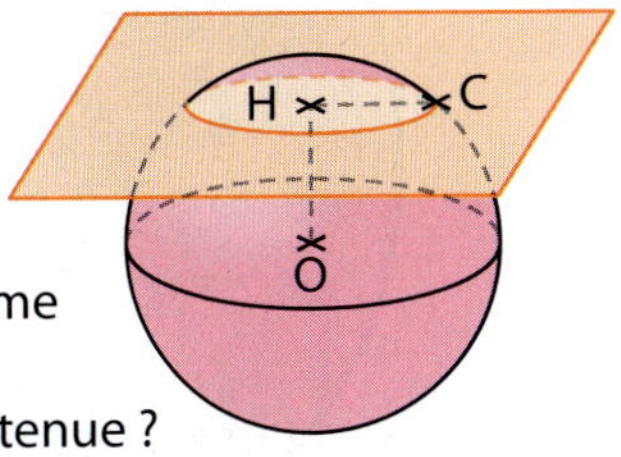


- Quelle est la section obtenue ?
En donner les éléments caractéristiques.

→ Corrigé p. 314

# Exercices

Ressources téléchargeables

## Se repérer sur une sphère

→ Savoir-faire p. 265

### QUESTIONS FLASH

**19** Les objets suivants peuvent-ils se modéliser plutôt par une sphère ou par une boule ?

① ② ③ ④ ⑤

**20** **Vrai ou faux ?**

a. Le volume d'une boule de rayon 3 cm est $9\pi$ cm$^3$.

b. Le volume d'une boule de rayon 3 cm est $36\pi$ cm$^3$.

**21** Que peut-on dire de la latitude et/ou de la longitude :

a. d'un point situé sur l'équateur ?

b. d'un point situé sur le méridien de Greenwich ?

c. du pôle Nord ?

**22** Dans le schéma ci-dessous, donner les mesures des angles $\widehat{BAC}$, $\widehat{FAB}$, $\widehat{DAF}$, $\widehat{EAB}$ et $\widehat{EAF}$.

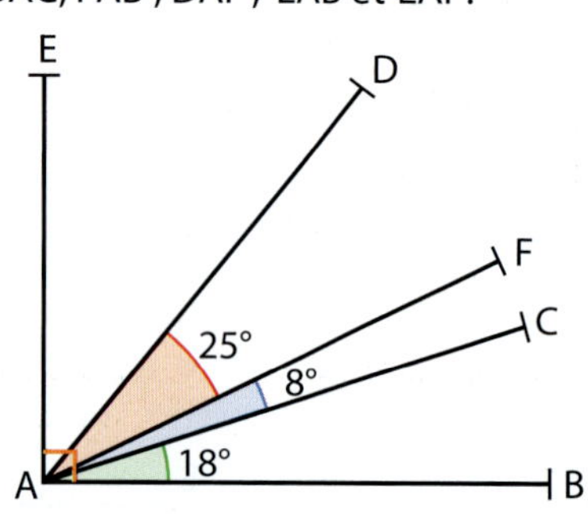


**23** 1. Le point A représenté sur le globe ci-dessous se trouve-t-il dans l'hémisphère nord ou dans l'hémisphère sud ?

2. Donner les coordonnées des quatre points A, B, C et D.

3. Placer le point E de coordonnées (45° N ; 15° O).

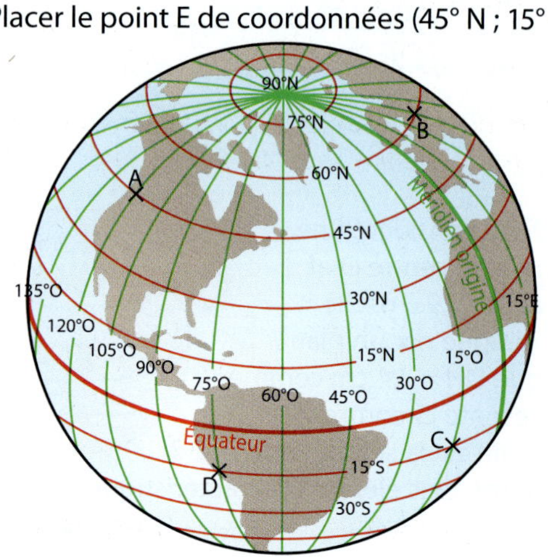


**24** A, B, C, D, E et F sont des points de l'espace tels que : OA = 3,5 cm ; OB = 5,6 cm ; OC = 3,2 cm ; OD = 5 cm ; OE = 4,2 cm ; OF = 5 cm.

Citer les points qui sont :

a. sur la sphère de centre O et de rayon 5 cm ;

b. dans la boule de centre O et de rayon 5 cm ;

c. à l'extérieur de la boule de centre O et de rayon 5 cm.

Questions flash supplémentaires

**25** Calculer le volume d'une boule de rayon 6 cm. Donner la valeur exacte, puis une valeur approchée au cm$^3$ près.

**26** Calculer le volume des trois sphères et de la demi-sphère ci-dessous. Donner la valeur exacte, puis une valeur approchée au cm$^3$ près.

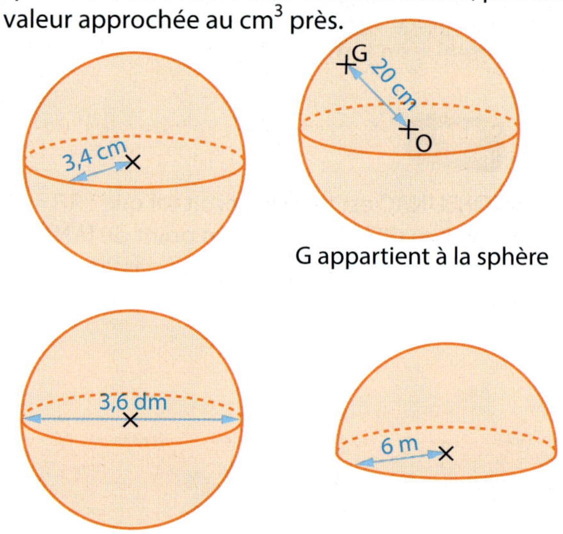


G appartient à la sphère

**27** 1. Donner la latitude et la longitude de chacun des points A, B, C, D et E.

2. Placer le point F de latitude 40° Sud et de longitude 50° Est.

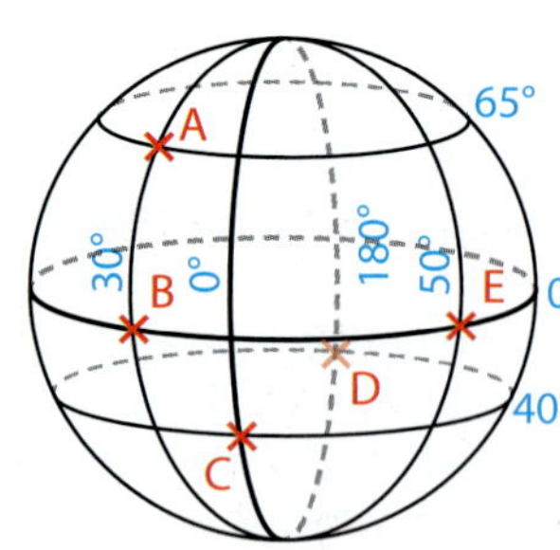


**28** 1. Donner les coordonnées des points A, B et C.

2. Placer le point D de latitude 30° Nord et de longitude 45° Est.

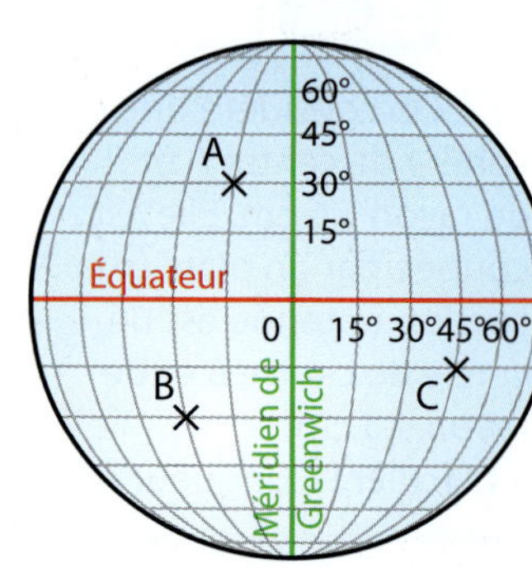

**29** Un planisphère est une projection plane du globe terrestre.
• Donner la latitude et la longitude de Londres, de Shanghai, de São Paulo et de la Nouvelle-Orléans.

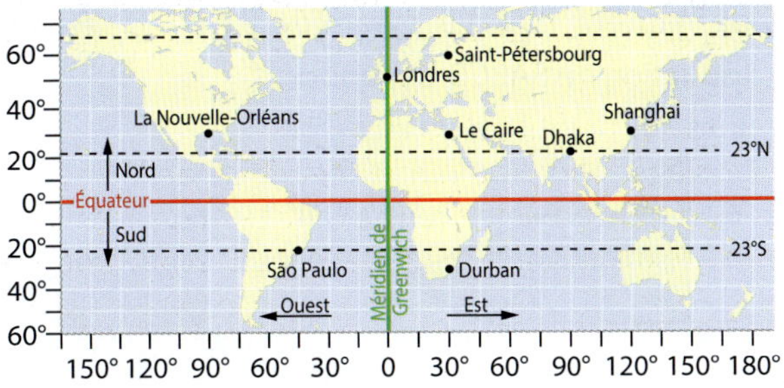


## MODE EXPERT

**30** Les coordonnées de I et G sont respectivement (45° Sud ; 10° Ouest) et (50° Nord ; 120° Ouest).
• Donner les coordonnées de F et H.

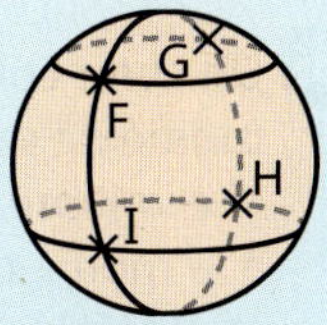


**31** On considère le point A de coordonnées (60° Sud ; 45° Est).
• Donner les coordonnées du point B diamétralement opposé au point A.

On dit que A et B sont aux « antipodes » l'un de l'autre.

## Représenter des solides et calculer des volumes

→ Savoir-faire p. 267

### QUESTIONS FLASH

**32** Nommer les différents solides ci-dessous.

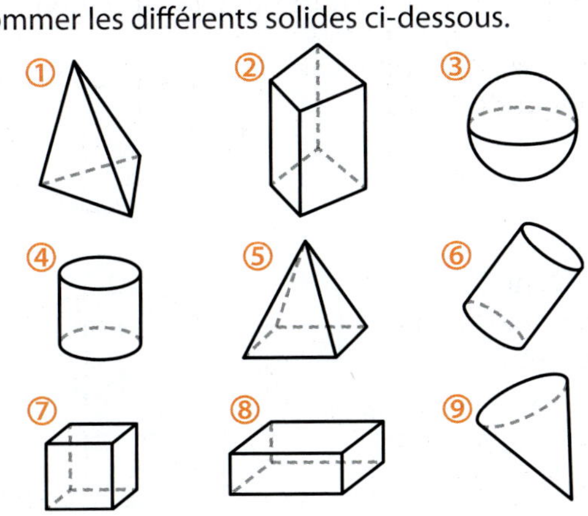


**33** Compléter.
56 dm$^2$ = … cm$^2$
5 600 mm$^2$ = … cm$^2$
0,04 m$^2$ = … cm$^2$
385 cm$^2$ = … m$^2$

**34** Compléter.
4 500 dm$^3$ = … m$^3$
5 600 dm$^3$ = … L
56 cm$^3$ = … cL
0,04 m$^3$ = … dm$^3$
3,8 hL = … L
7 500 L = … m$^3$

**35** Associer à chaque solide le patron qui lui correspond.

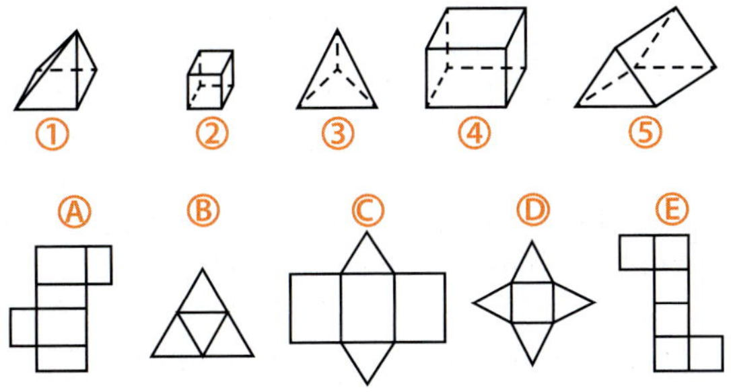


**36** Voici un solide constitué d'un parallélépipède rectangle surmonté d'un cylindre de révolution.

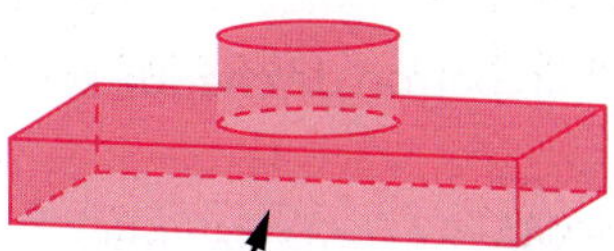


Parmi les différentes vues ci-dessous, laquelle est la vue de dessus ? De dessous ? De face ? De derrière ? De gauche ? De droite ?

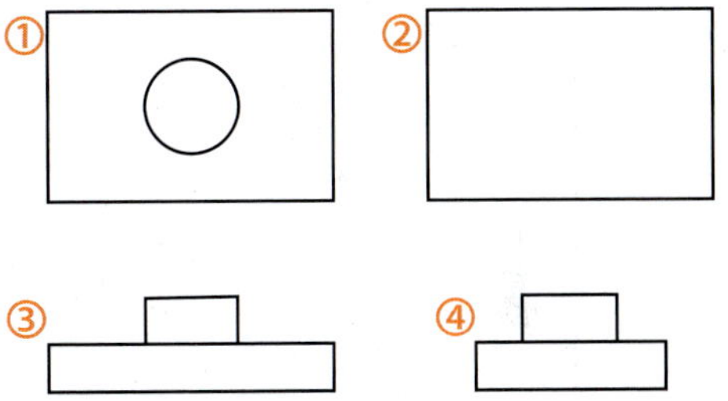


**37** Si l'on multiplie les dimensions d'une pyramide par 3, que peut-on dire du volume de la pyramide agrandie ?

**38** Le volume d'un cône agrandi est 125 fois plus grand que celui du cône initial. Quel est le rapport d'agrandissement ?

Questions flash supplémentaires

**39** Reproduire et compéter les représentations en perspective cavalière des solides suivants.

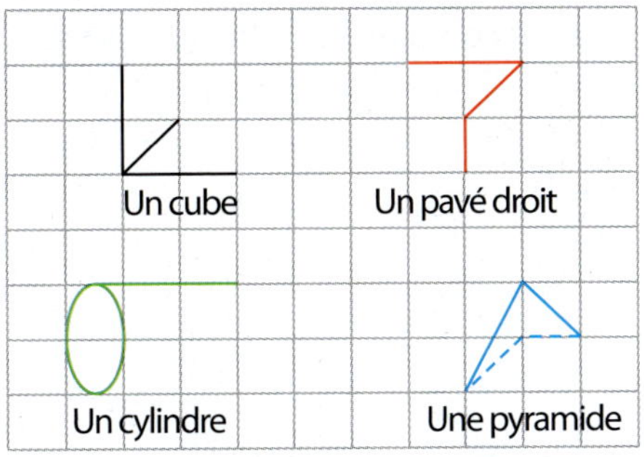

# Exercices

**40** CALCUL MENTAL Calculer le volume exact des solides suivants, puis en donner une valeur approchée au dixième de $cm^3$ près.

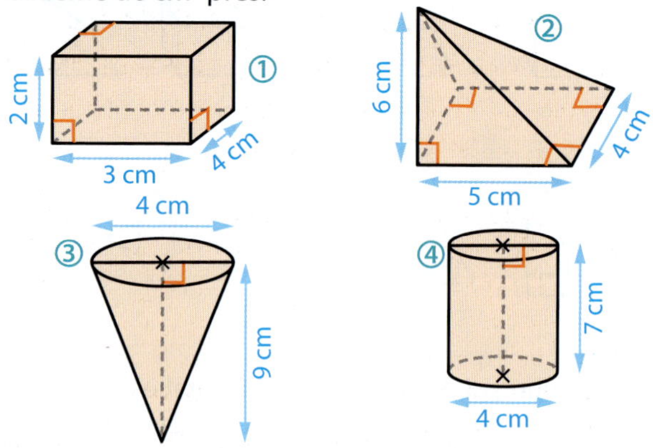


**41** Construire un patron de chaque solide de l'exercice **40**.

**42** Voici un solide constitué de cubes empilés de 2 cm de côté.

**1.** Parmi les différentes vues ci-dessous, laquelle est la vue de dessus ? De dessous ? De face ? De derrière ? De gauche ? De droite ?

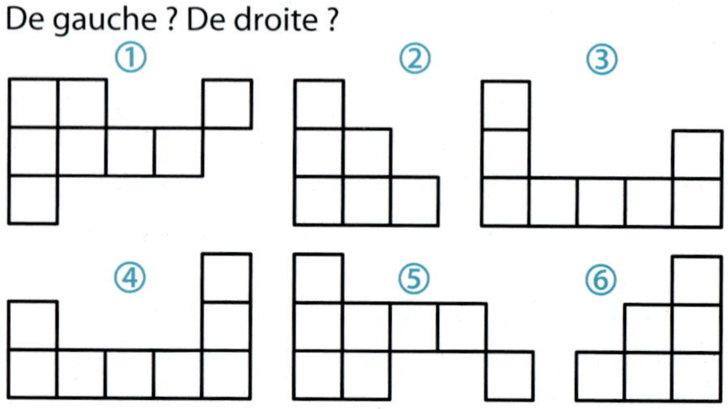


**2.** Calculer le volume de cet empilement de cubes.

**43** On considère un parallélépipède rectangle de longueur 5 cm, de largeur 4,2 cm et de hauteur 2,3 cm. On multiplie les longueurs de ce parallélépipède rectangle par 4.

- Calculer le volume du parallélépipède rectangle agrandi.

**44** Recopier et compléter le tableau suivant.

| Pyramides | | | |
|---|---|---|---|
| Aire de la base | Hauteur | Volume | Volume de la réduction de rapport $\frac{1}{4}$ |
| $48\ mm^2$ | 12 mm | … $mm^3$ | … $mm^3$ |
| $12\ dm^2$ | … dm | $60\ dm^3$ | … $dm^3$ |
| … $cm^2$ | 128 cm | … $cm^3$ | $42\ cm^3$ |

**45** SABCD est une pyramide à base rectangulaire et de hauteur [SA]. La pyramide S'A'B'C'D' est une réduction de SABCD de rapport $\frac{2}{3}$.

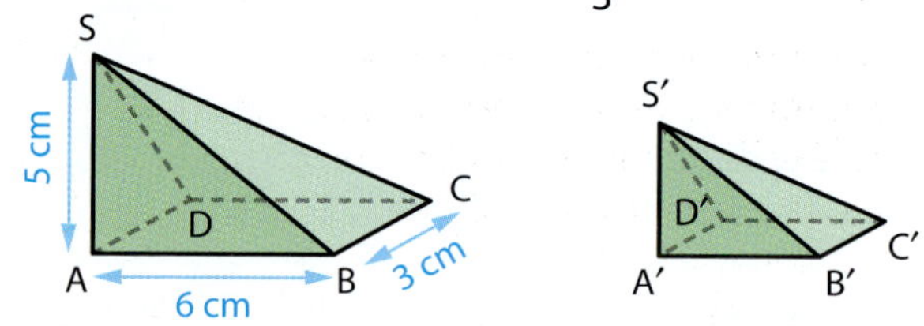


**1.** Calculer la longueur A'B'.

**2.** Donner une valeur approchée, au $cm^3$ près, du volume de la pyramide S'A'B'C'D'.

**46** Un verre conique est rempli à la moitié de sa hauteur.

- Le volume du liquide est-il égal à la moitié du volume que peut contenir le verre ? Justifier.

**47** Calculer le volume du pavé droit bleu qui est une réduction du pavé rose.

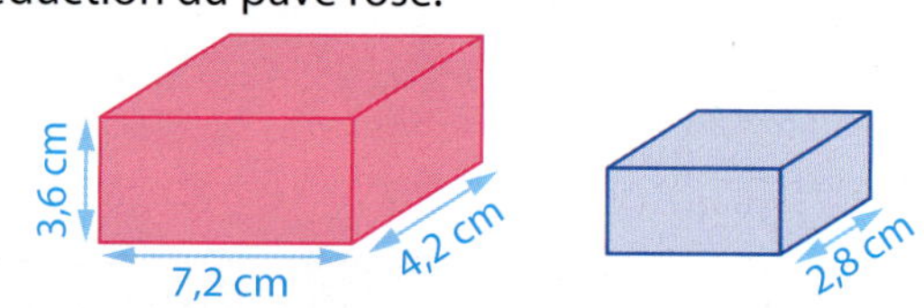


## MODE EXPERT

**48** À partir des vues ci-dessous, tracer la vue de gauche et déterminer le volume du solide représenté.

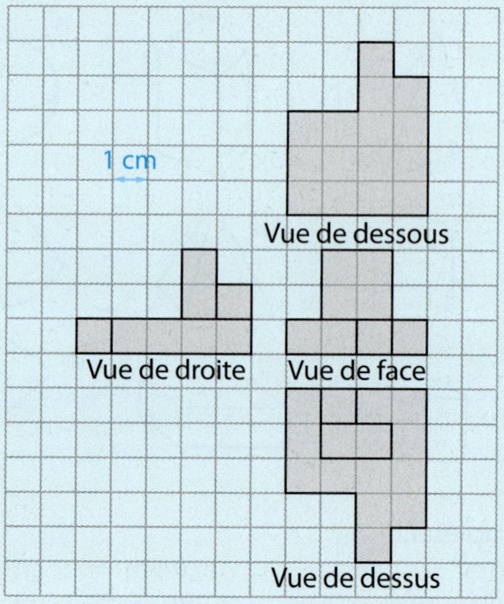

# Construire des sections planes de solides

→ Savoir-faire p. 269

## QUESTIONS FLASH

**49** Un cube de côté 4 cm contient une pyramide à base carrée de 4 cm de côté et de hauteur 4 cm. On coupe ces solides par un plan parallèle aux bases des deux solides.

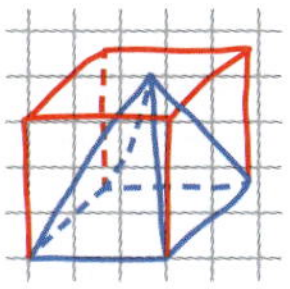

• Parmi ces sections tracées à main levée, laquelle peut-on obtenir ?

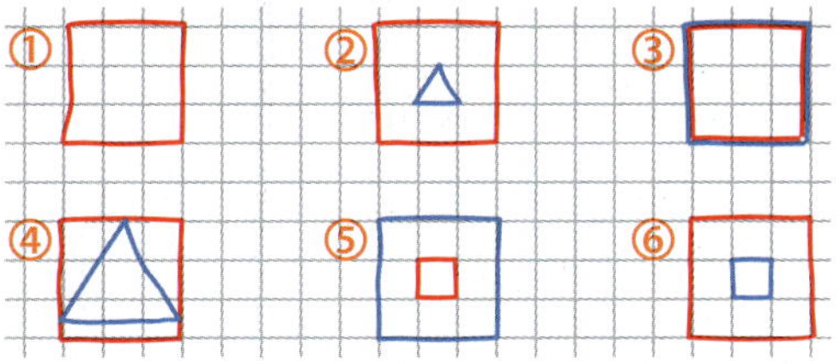


**50** Un cylindre de diamètre 5 cm et de hauteur 5 cm contient un cylindre de diamètre 3 cm et de hauteur 5 cm. On coupe les solides par un plan parallèle aux bases des cylindres.

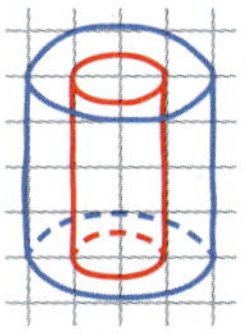

• Parmi ces sections tracées à main levée, laquelle obtient-on ?

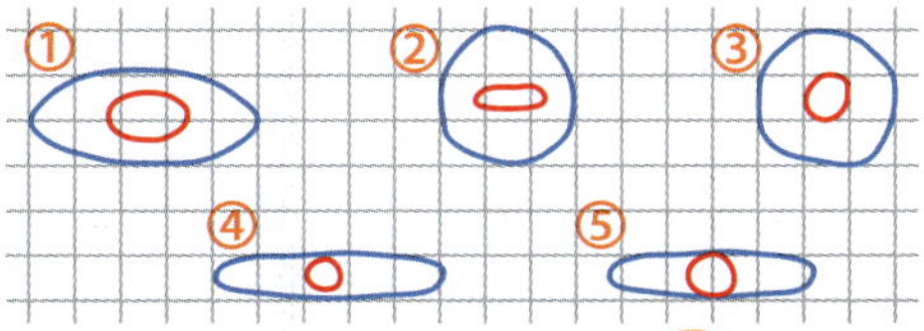


Questions flash supplémentaires

**51** On considère le pavé droit ABCDEFGH tel que : AE = AD = 3 cm et GH = 4 cm. Déterminer la nature et les dimensions de chacune des sections planes obtenues quand on coupe ce pavé droit par :

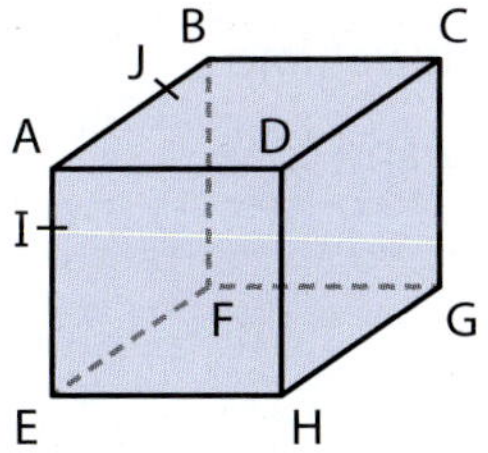


**a.** le plan parallèle à ABCD passant par I ;
**b.** le plan parallèle à ADHE passant par J ;
**c.** le plan parallèle à [DH] passant par A et C.

**52** On considère un cylindre de révolution de hauteur 7 cm et dont le disque de base a pour rayon 4 cm. On coupe ce cylindre par un plan perpendiculaire à son axe (OO′) et passant par L.

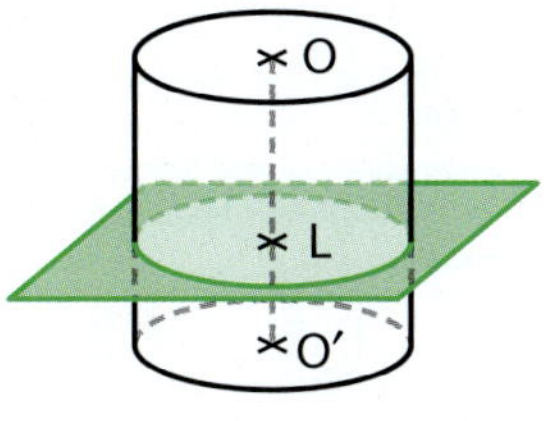


• Quelle est la nature de cette section ? En préciser les caractéristiques.

**53** On coupe une sphère de centre O et de rayon 6 cm par un plan passant par le point A tel que OA = 2 cm. M est un point de la sphère appartenant à ce plan.

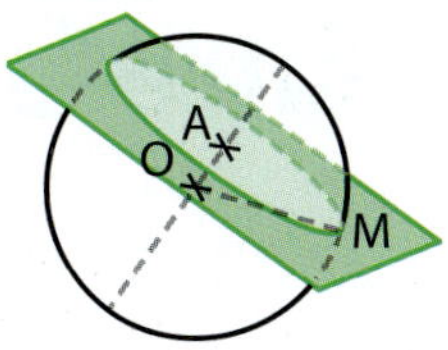


**1.** Quelle est la nature de cette section plane ?
**2.** Calculer une valeur approchée de AM au mm près.
**3.** À quelle hauteur doit-on couper cette sphère pour obtenir un cercle de rayon 3 cm ?

**54** On considère un cône de révolution avec une base de rayon OM = 4 cm et une hauteur OS = 5 cm. Soit O′ le point de [SO] tel que OO′ = 3 cm. On coupe ce cône par un plan passant par O′ et parallèle au disque de base.

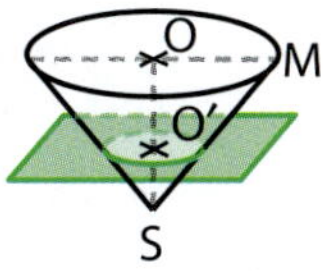


• Quelle est la nature de la section plane obtenue ? En préciser les caractéristiques.

**55** On considère le parallélépipède rectangle ABCDEFGH tel que HG = 4,2 cm, AE = 4,8 cm et BC = 7 cm.

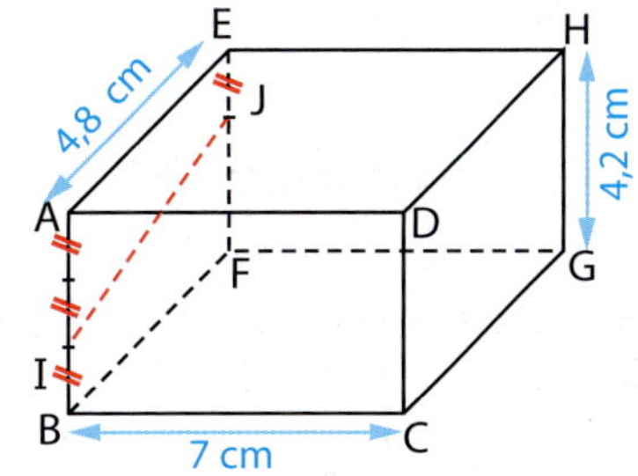


**1.** Reproduire la figure en perspective cavalière et représenter la section de ce pavé droit par le plan parallèle à l'arête [EH] et passant par I et J.
**2.** Construire cette section en vraie grandeur.

## MODE EXPERT

**56** Dans le cube transparent ci-contre, on a construit la pyramide JKLMS, où S est le milieu de l'arête [OP].

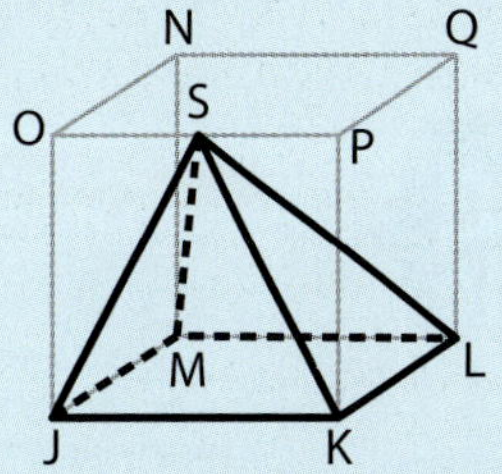


• En regardant la pyramide vue de dessus, de dessous, de derrière, de devant, de droite ou de gauche, une vue est impossible. Laquelle ?

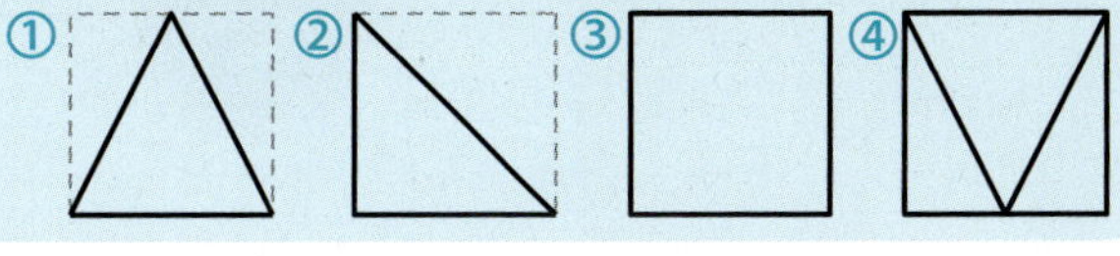

# Faire le point

Version interactive du QCM

Vérifie tes connaissances.

## QCM

Donner la ou les bonnes réponses parmi les trois proposées.

### 1 Se repérer sur une sphère

| | | Réponse A | Réponse B | Réponse C |
|---|---|---|---|---|
| 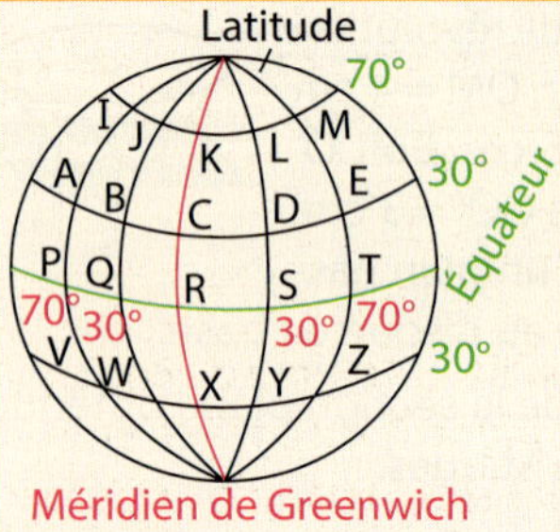 | **1.** Un point qui a la même latitude que le point Z est : | V | E | X |
| | **2.** Le point qui a pour longitude 30° Ouest et latitude 70° Nord est : | L | A | J |
| **3.** Le volume d'une boule de diamètre 6 cm est de : | | $36\pi$ cm$^3$ | $108\pi$ cm$^3$ | $12\pi$ cm$^3$ |

### 2 Représenter des solides et calculer des volumes

| | Réponse A | Réponse B | Réponse C |
|---|---|---|---|
| **1.** Le volume d'une pyramide à base carrée de côté 4 cm et de hauteur 6 cm est : | 96 cm$^3$ | 32 cm$^3$ | 24 cm$^3$ |
| **2.** Le volume d'un cône de révolution dont la base a pour diamètre 6 cm et de hauteur 5 cm est égal à : | $45\pi$ cm$^3$ | $15\pi$ cm$^3$ | environ 47 cm$^3$ |

### 3 Construire des sections planes de solides

| | Réponse A | Réponse B | Réponse C |
|---|---|---|---|
| **1.** ABCDEFGH est un pavé droit tel que AB = 5 cm, AE = 4 cm et EH = 7 cm. On le coupe par un plan parallèle à la face ABFE. Quelle est l'aire de la section obtenue ? | 28 cm$^2$ | 20 cm$^2$ | 35 cm$^2$ |
| **2.** On coupe un cône de rayon 6 cm à la moitié de sa hauteur et parallèlement à sa base. Quel est le volume du nouveau cône obtenu ? | $\frac{1}{2}$ du volume du grand cône | $0{,}125 \times$ volume du grand cône | $\frac{1}{8}$ du volume du grand cône |

→ Corrigé p. 314

## Carte mentale

Ressource téléchargeable

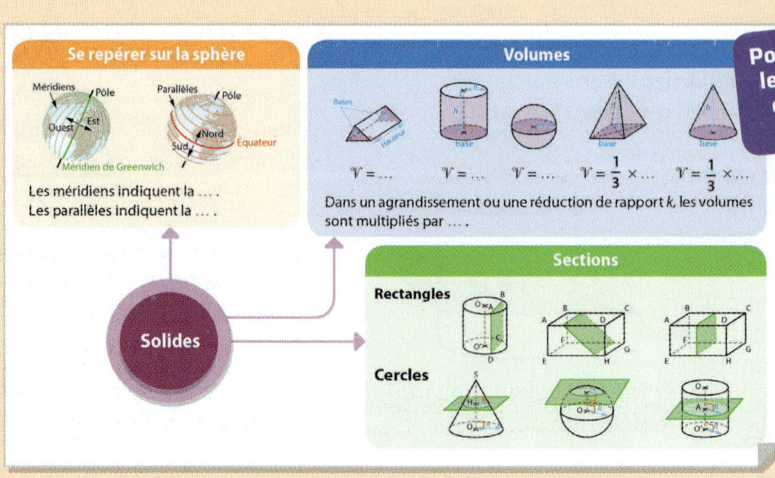


Pour t'aider à retenir le cours, télécharge et complète cette carte mentale.

# Algorithmique et outils numériques

## 57 Ça déborde !

Nabil dispose d'un verre ballon hémisphérique et d'une bouteille cylindrique dont les dimensions sont précisées ci-dessous. Il se demande quelle hauteur d'eau maximale $h$ il peut verser dans le verre sans le faire déborder.

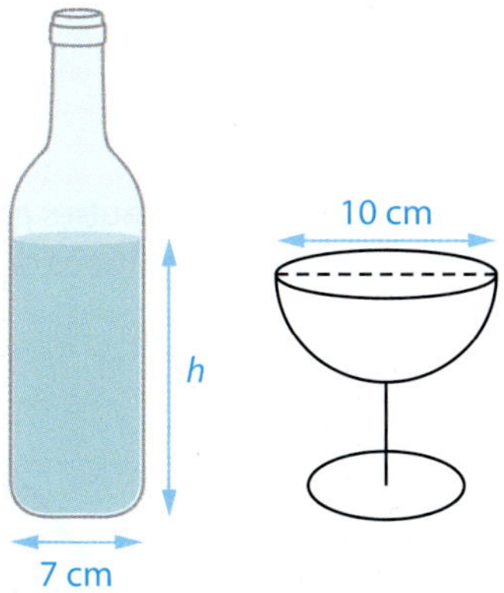


Pour cela, il veut écrire un script qui permet à l'utilisateur de savoir si le verre déborde selon la hauteur d'eau versée.

**1.** Retrouver le script de Nabil à partir des commandes ci-dessous.

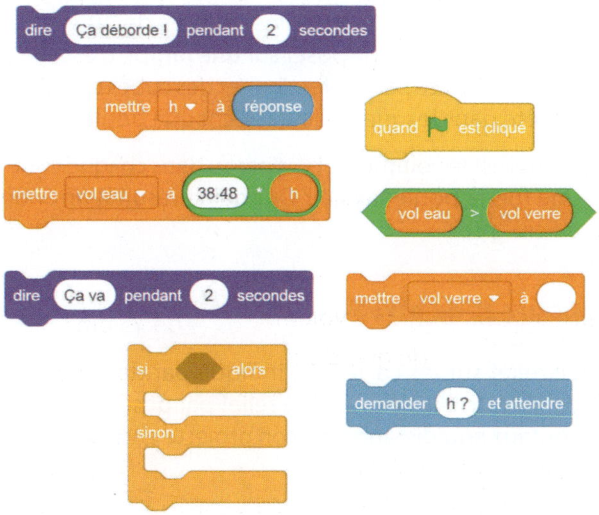


**2.** Expliquer comment Nabil a trouvé la valeur 38,48 dans la commande ci-dessous.

**3.** Compléter la commande suivante.

**4.** Modifier le script pour déterminer la valeur $h$, au mm près, jusqu'à laquelle l'eau ne déborde pas.

## 58 Volumes

SABCD est une pyramide régulière à base carrée dont la hauteur est égale à la longueur du côté du carré de base.

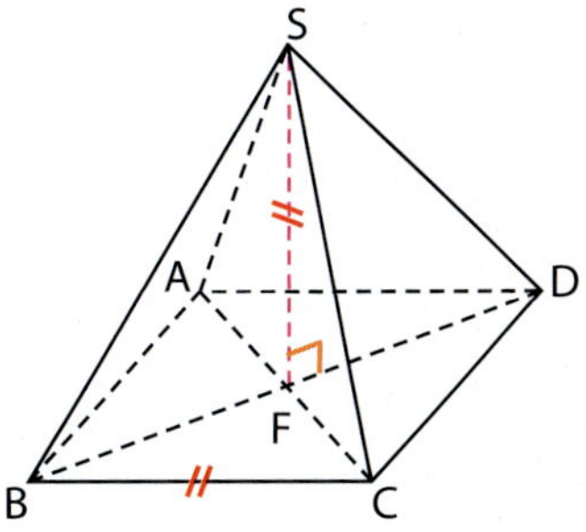


**1.** Écrire un script qui calcule le volume de cette pyramide en fonction de la longueur du côté en cm.
**2.** Modifier ce script pour savoir à partir de quelle longueur, arrondie à l'unité près, le volume de la pyramide sera supérieur à 1 000 $cm^3$.

## 59 Pâte à modeler

La petite sœur de Sidra joue avec de la pâte à modeler. Elle s'amuse à former des longs pavés droits grâce à une seringue et un embout carré.

La seringue a la forme d'un cylindre de 2 cm de diamètre et de hauteur 6 cm. Quant à l'embout, le côté du carré par lequel sort la pâte à modeler mesure 1,2 cm.
Sidra se demande quelle sera la longueur du pavé droit de pâte à modeler qu'elle obtiendra si elle vide complètement une seringue pleine de pâte à modeler.
Pour répondre à cette question, elle s'aide d'un tableur et a commencé à remplir la feuille de calcul ci-dessous.

| | A | B |
|---|---|---|
| 1 | Longueur en cm | Volume en $cm^3$ |
| 2 | 0 | |
| 3 | 1 | |
| 4 | | |
| 5 | | |

**1.** Quelle formule peut-elle saisir dans la cellule B2 puis recopier vers le bas ?
**2.** Calculer le volume de la seringue, puis donner une valeur approchée, au centimètre près, de la longueur du pavé droit qui sortira de la seringue.

## 60 Fabrication d'une verrine

On souhaite réaliser des verrines en forme de sphère tronquée dont le diamètre est de 6 cm et l'ouverture de 4 cm de diamètre.

• À l'aide d'un logiciel de géométrie dynamique, donner une valeur approchée de la hauteur de cette verrine.

# Problèmes

ceinture jaune · ceinture verte · ceinture noire

## 61 Course autour du monde

**Représenter**

Voici l'itinéraire d'une course autour du monde à la voile. Les villes en rouge sont les ports d'escale.

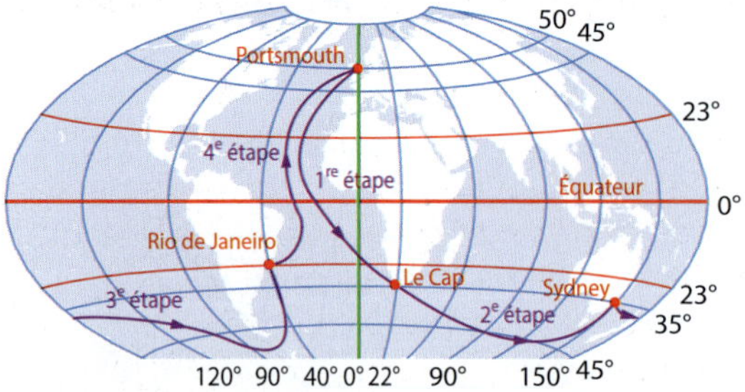


- Donner les coordonnées géographiques de chacun de ces lieux d'escale.

## 62 En cuisine !

**Modéliser, Raisonner, Calculer**

Pour faire une recette, Emma doit verser 1 kg de sucre.

- Peut-elle utiliser le saladier hémisphérique ci-dessous ?

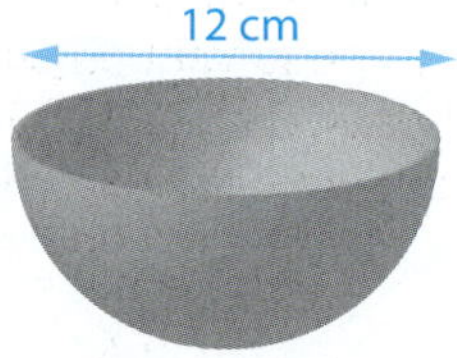

## 63 Culbuto

**Représenter, Raisonner, Calculer**

Un jouet en bois a la forme d'une demi-boule de rayon 6 cm qui surmonte un cône de révolution dont la génératrice mesure 10 cm.

**1.** Représenter ce jouet en perspective cavalière.

**2.** Représenter en vraie grandeur la vue de face de ce jouet.

**3.** Calculer la hauteur totale du jouet, puis son volume.

## 64 Réduction et agrandissement

**Représenter, Communiquer**

Paola veut écrire un script qui permet de calculer le volume d'une boule 2 qui est une réduction ou un agrandissement d'une boule 1.

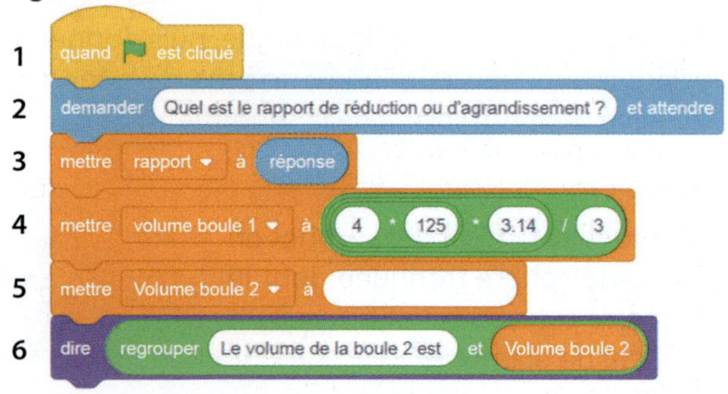


**1.** Quel est le rayon de la boule 1 ?

**2.** Compléter la ligne 5 du script.

## 65 Igloo tent

**Représenter, Calculer**

An igloo tent is half-spherical with a diameter of 2.5m.

- Calculate an approximate value to the liter of the air volume inside this tent.

## 66 Boudins amortisseurs

**Représenter, Calculer**

Pour amortir les chocs contre les autres embarcations ou le quai, les péniches sont équipées de « boudins » de protection.

- Calculer le volume exact en cm$^3$ du « boudin » de protection ci-contre, puis en donner une valeur approchée au centième près.

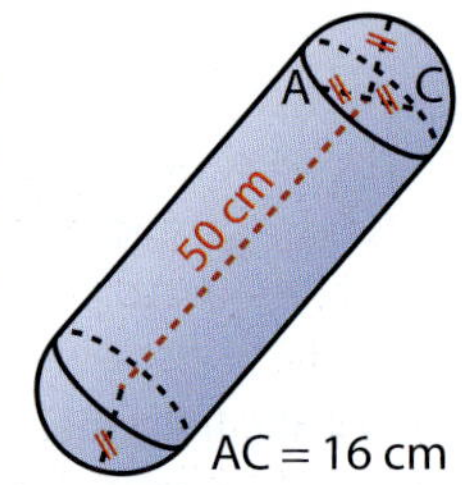


*D'après Brevet Amérique du Nord, 2014.*

## 67 Menuiserie

**Modéliser, Calculer**

Thaïs doit tailler des boules en bois de 10 cm de diamètre pour les disposer sur une rampe d'escalier. Elle commence par confectionner des cubes de 10 cm d'arête dans lesquels elle taille chaque boule.

- Quel est le volume de bois perdu dans chaque cube une fois la boule taillée ? Donner le résultat arrondi au cm$^3$ près.

## 68 Courbes de niveau

**Représenter**

Le relief sur les cartes est indiqué par des courbes de niveau. Elles coupent le relief par des plans horizontaux équidistants que l'on projette ensuite sur un plan pour obtenir la carte.

Ainsi, plus la pente est forte, plus les courbes sont proches. Plus la pente est faible, plus les courbes sont espacées.

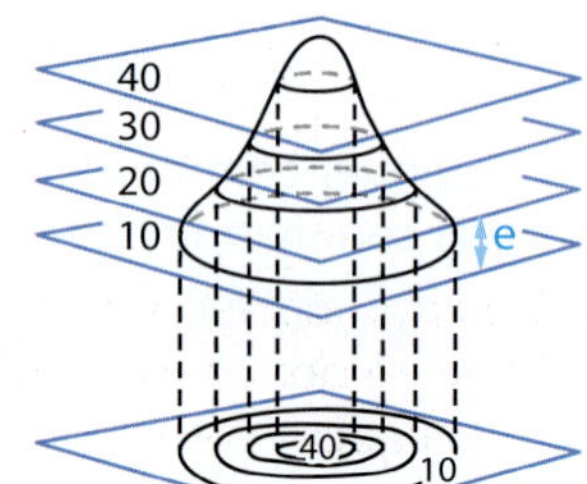


- Associer les courbes de niveau au relief qu'elles représentent.

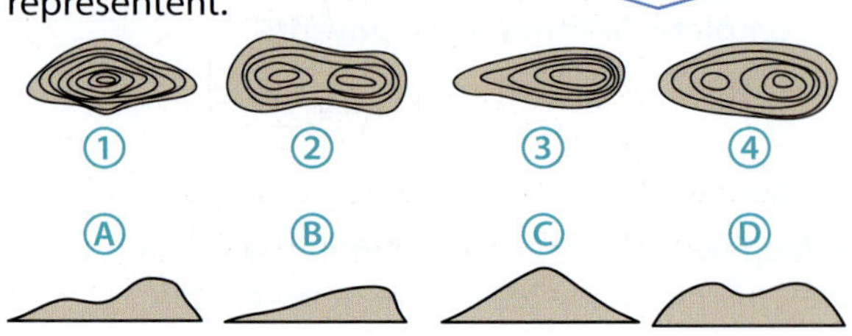

## 69 Eau de récupération

Prise d'initiative

**Modéliser, Raisonner, Communiquer**

Fred et sa famille décident d'installer dans leur jardin une citerne de récupération des eaux de pluie afin de s'en servir pour les toilettes et le jardin, qui représentent en moyenne 110 L d'eau par jour. Voici la citerne qu'ils ont choisie.

- Avec cette citerne pleine, combien de jours d'eau potable peuvent-ils faire économiser à la planète ?

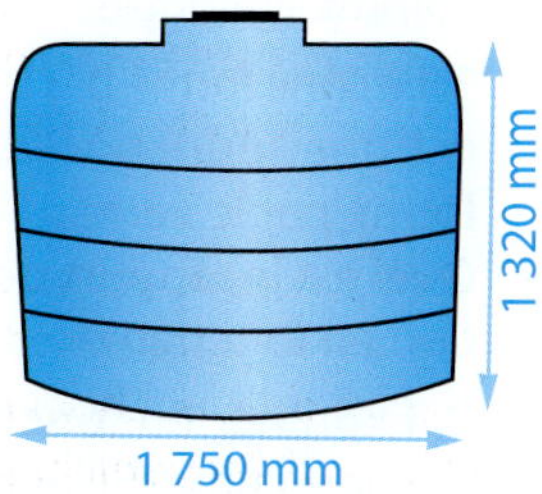


## 70 Jeu de sable

**Calculer, Communiquer**

Elena fabrique des objets de décoration en mettant du sable coloré dans une pyramide régulière dont la base est un carré de 10 cm de côté et qui est posée sur son sommet.
Elle a écrit le script suivant qui affiche le volume de sable dans la pyramide en fonction de sa hauteur.

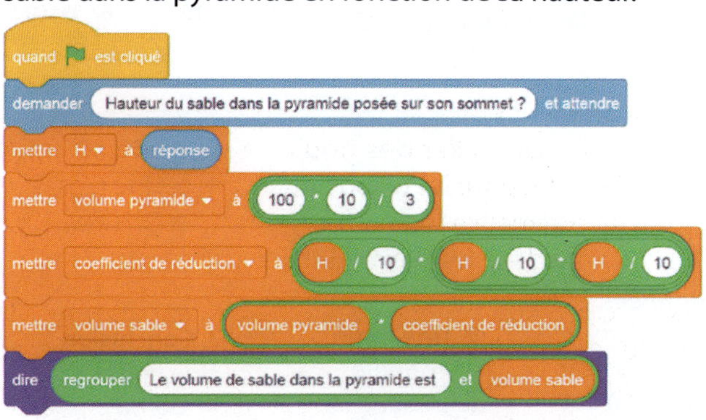


1. Quelle valeur affiche ce script si l'utilisateur saisit la valeur 5 ?
2. Quelle est la hauteur de la pyramide d'Elena ?
3. Justifier que ce script affiche bien le volume de sable dans la pyramide.

## 71 Sur l'équateur

Prise d'initiative

**Modéliser, Calculer**

On considère que le rayon de la sphère terrestre est d'environ 6 370 km.

- Calculer une valeur approchée, à la dizaine de kilomètres près, de la distance entre deux villes situées sur l'équateur, la première ayant pour longitude 50° Ouest et la seconde 80° Ouest.

## 72 La Géode

**Représenter, Raisonner, Calculer**

La Géode, située dans le parc de la Cité des sciences et de l'industrie, a été construite à Paris en 1985. C'est une calotte sphérique (sphère coupée) de rayon 18 m posée sur le sol. Le diamètre au sol est de 28 m.

- Calculer la hauteur de la Géode.

## 73 Boite de chocolats

**Représenter, Calculer**

Une boite de chocolats a la forme d'une pyramide régulière à base carrée. On la coupe suivant un plan parallèle à sa base. La partie supérieure est le couvercle et la partie inférieure contient des chocolats.
On a représenté ci-contre cette boite en perspective cavalière.
On donne AB = 30 cm, SO = 18 cm et SO′ = 6 cm.

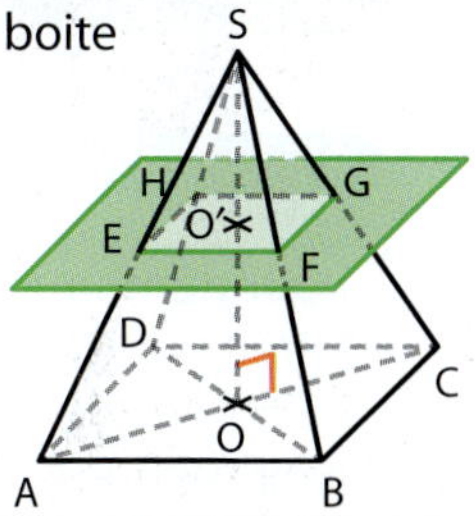


1. Calculer le volume de la pyramide SABCD.
2. Quelle est la nature du quadrilatère EFGH ?
3. Calculer le volume du récipient ABCDEFGH qui contient les chocolats.
4. Un chocolat a la forme d'un pavé droit de dimensions 30 mm, 20 mm et 15 mm. Environ 40 % du volume du récipient contenant les chocolats est inoccupé. Calculer le nombre de chocolats contenus dans cette boite.

# DÉFIS & ÉNIGMES

## 74 Deux pour un

Deux cylindres identiques sont coupés suivant la ligne en pointillés et collés ensemble pour former un unique cylindre plus grand.

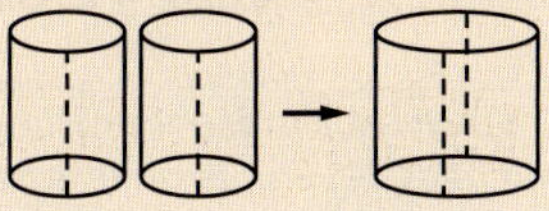

- Quel est le rapport du volume du grand cylindre au volume d'un des cylindres initiaux ?

*Kangourou, 2014.*

## 75 Le ballon de Sam Loyd

Dans *Aventure sans pareille d'un certain Hans Pfaall*, Edgar Allan Poe envoyait un ballon sur la Lune. Sam Loyd, compositeur américain de casse-tête, imagine que ce ballon reste relié à la Terre par un fil d'acier d'un demi-millimètre de diamètre.

- Si on enroulait ce fil en boule sans espace vide à l'intérieur, quel devrait être le diamètre minimal de cette boule pour que le fil puisse atteindre la Lune, à 400 000 km de la Terre ?

*Sam Loyd, Les Malices du Kangourou, Puzzles et casse-tête.*

# Problèmes

## 76 L'aquarium

Prise d'initiative

Représenter, Calculer, Raisonner

Un aquarium a la forme d'une sphère de 12 cm de rayon coupée en sa partie haute : c'est une « calotte sphérique ». La hauteur totale de l'aquarium est de 19,2 cm.

**1.** Le volume d'une calotte sphérique est donné par la formule :

$$\mathcal{V} = \frac{\pi h^2}{3}(3R - h)$$

où $R$ est le rayon de la sphère et $h$ la hauteur de la calotte sphérique. Calculer la valeur approchée du volume de cet aquarium au $cm^3$ près.

**2.** On souhaite couvrir cet aquarium d'un couvercle. Quel doit être le diamètre minimum de ce couvercle ?

**3.** Cet aquarium contient 6 litres d'eau. On décide de transvaser son contenu dans un récipient parallélépipédique de 26 cm de longueur et 24 cm de largeur. Déterminer une valeur approchée, au mm près, de la hauteur de l'eau dans ce récipient.

## 77 Cocktail

Chercher, Raisonner, Calculer

Arthur verse 75 $cm^3$ de cocktail dans un verre conique comme ci-contre.

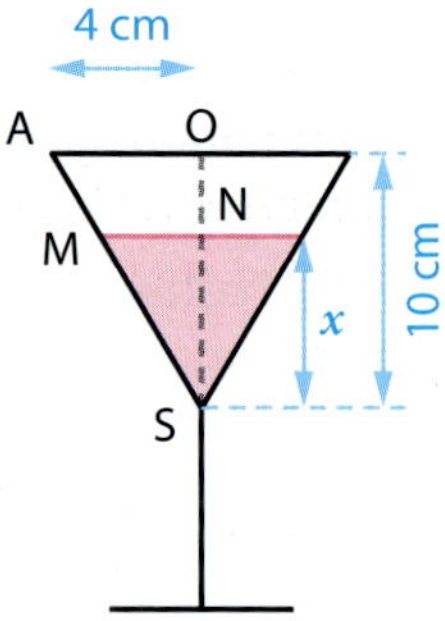


**1.** Le cône formé par le liquide est une réduction du cône formé par le verre.
Quel est le rapport de réduction en fonction de $x$ ?

**2.** Exprimer en fonction de $x$ le volume du liquide.

**3.** Arthur veut connaitre la hauteur du liquide dans le verre en utilisant un tableur.
Quelle formule a-t-il pu entrer en B2 puis recopier vers le bas ?

**4.** Donner un encadrement, au centimètre près, de la hauteur du liquide.

| | A | B |
|---|---|---|
| 1 | $x$ | V volume du liquide (en $cm^3$) |
| 2 | 0 | 0 |
| 3 | 1 | 0,167551608 |
| 4 | 2 | 1,340412866 |
| 5 | 3 | 4,523893421 |
| 6 | 4 | 10,72330292 |
| 7 | 5 | 20,94395102 |
| 8 | 6 | 36,19114737 |
| 9 | 7 | 57,47020161 |
| 10 | 8 | 85,78642339 |
| 11 | 9 | 122,1451224 |
| 12 | 10 | 167,5516082 |

## MISSION DÉMONSTRATION

### Raisonnement — Le raisonnement déductif

Pour démontrer un résultat, on peut faire un raisonnement déductif, dont l'élément de base est l'**ilot déductif** (voir ci-contre).
Ces ilots peuvent s'enchainer les uns aux autres ; la démonstration se fait alors en plusieurs étapes.

**Un ilot déductif**

**1. Des données** (Des informations certaines obtenues par l'énoncé ou par un ilot déductif précédent) → **2. Une règle** (Propriété, définition, …) → **3. Conclusion** Une nouvelle donnée

**78** Un chapeau chinois peut être modélisé par un cône de révolution tel que SOM est un triangle rectangle en O, SO = 29 cm et SM = 37 cm. En guise de décoration, on se propose de poser une ficelle colorée autour du chapeau parallèlement à sa base. Cette ficelle est disposée au tiers du chapeau en partant du sommet. On cherche à calculer, en cm, la longueur cette ficelle.

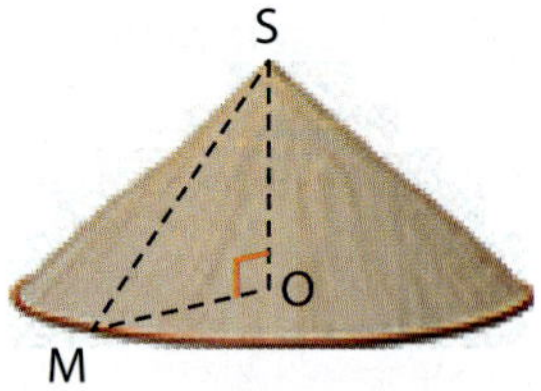


**Je repère :**
**1. Des données :** SOM est un triangle rectangle dont on connait deux longueurs.
**2. Une règle :** le théorème de Pythagore permettra de calculer OM.

Alice a rédigé le premier ilot de cette démonstration.

*SOM est un triangle rectangle en O, on peut donc utiliser le théorème de Pythagore.*
$SM^2 = SO^2 + OM^2$
$37^2 = 29^2 + OM^2$
$OM = \sqrt{37^2 - 29^2} = \sqrt{528} \approx 23$ cm

**OM ≈ 23 cm devient à présent une information certaine qui peut devenir la bulle 1 d'un nouvel ilot déductif.**

• Calculer la longueur de la ficelle en rédigeant un nouvel ilot déductif.

## Objectif BREVET

### 79 Assemblage

La figure ci-dessous représente un solide constitué de l'assemblage de quatre cubes : trois cubes d'arête 2 cm et un cube d'arête 4 cm.

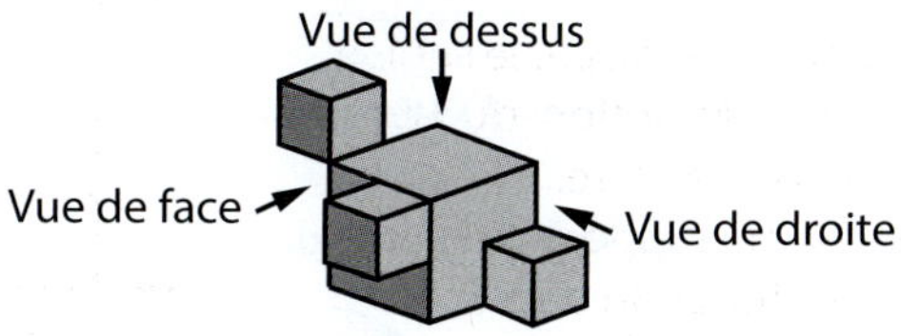


**1.** Quel est le volume de ce solide ?

**2.** On a dessiné deux vues de ce solide (elles ne sont pas en vraie grandeur).

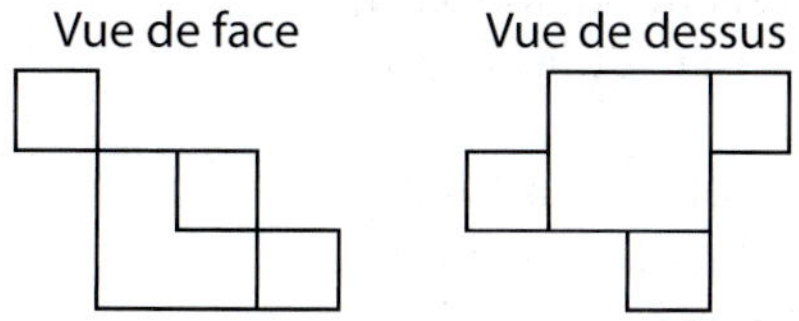


Dessiner la vue de droite de ce solide en vraie grandeur.

*D'après DNB Asie, juin 2017.*

### 80 Globe de cristal

Le gros globe de cristal est un trophée attribué au vainqueur de la Coupe du monde de ski.
Ce trophée pèse 9 kg et mesure 46 cm de hauteur.

**1.** Le biathlète français Martin Fourcade a remporté le sixième gros globe de cristal de sa carrière en 2017 à Pyeongchang en Corée du Sud.
Donner approximativement la latitude et la longitude de ce lieu repéré sur la carte ci-dessous.

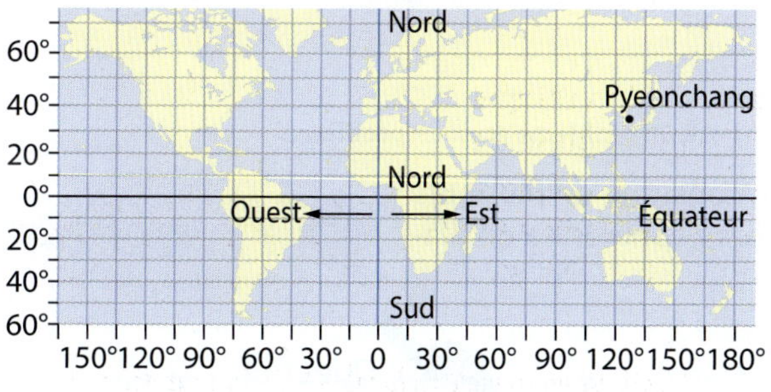


**2.** On considère que ce globe est composé d'un cylindre en cristal de diamètre 6 cm, surmonté d'une boule de cristal (voir schéma ci-contre). Montrer qu'une valeur approchée du volume de la boule de ce trophée est de 6 371 cm$^3$.

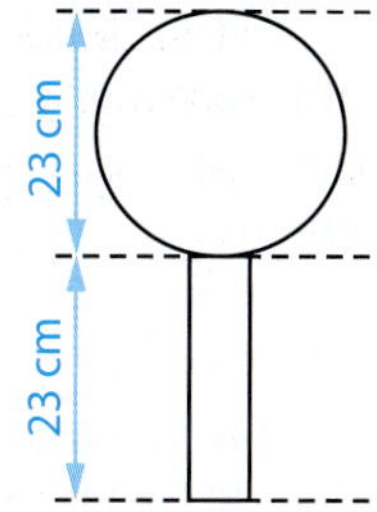


**3.** Marie affirme que le volume de la boule de cristal représente environ 90 % du volume total du trophée. A-t-elle raison ?

*D'après DNB, Métropole 2018.*

### 81 À l'eau

**Prise d'initiative**

Une famille de quatre personnes hésite entre deux modèles de piscine. Elle regroupe des informations afin de prendre sa décision.

**Information 1 :**

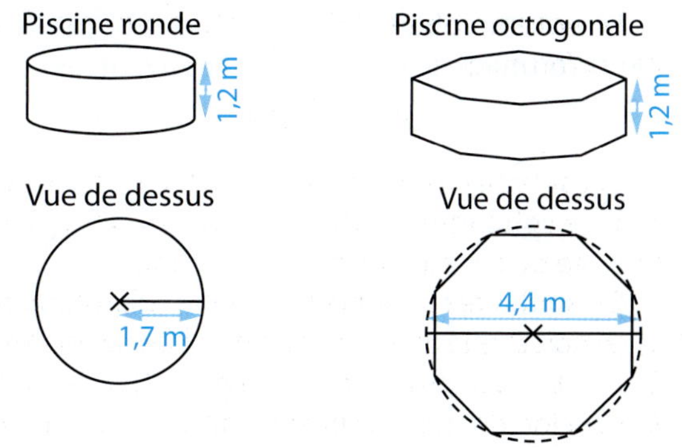


**Information 2 :** la construction d'une piscine de surface au sol de moins de 10 m$^2$ ne nécessite aucune démarche administrative.

**Information 3 :** surface minimale conseillée par baigneur : 3,40 m$^2$.

**Information 4 :** aire d'un octogone régulier :

$$\mathscr{A}_{\text{octogone}} = 2 \times \sqrt{2} \times R^2$$

où $R$ est le rayon du disque extérieur à l'octogone.

**Information 5** : débit du robinet de remplissage : 12 litres d'eau par minute.

**1.** Chacun des modèles proposés impose-t-il des démarches administratives ?

**2.** Les quatre membres de la famille veulent se baigner en même temps. Expliquer pourquoi la famille doit dans ce cas choisir la piscine octogonale.

**3.** On commence le remplissage de cette piscine octogonale le vendredi à 14 h 00, et on laisse couler l'eau pendant la nuit jusqu'au samedi matin à 10 h 00. La piscine va-t-elle déborder ?

*D'après DNB Polynésie, 2014.*

### 82 Moule à muffins

Un moule à muffins est constitué de neuf cavités.
Toutes les cavités sont identiques. Chaque cavité a la forme d'un tronc de cône (cône coupé par un plan parallèle à sa base) représenté ci-contre.

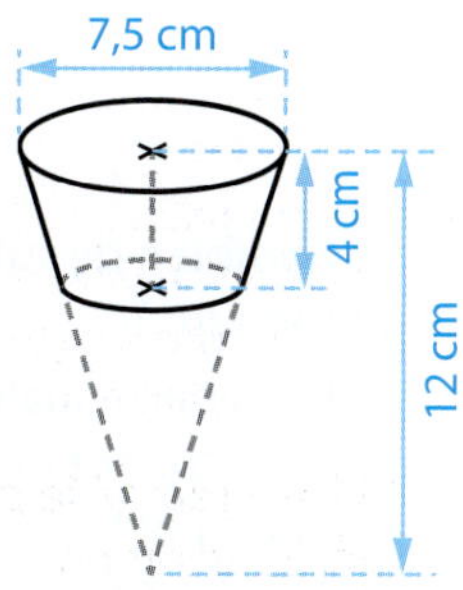


**1.** Montrer que le volume d'une cavité est d'environ 125 cm$^3$.

**2.** Léa a préparé 1 litre de pâte. Elle veut remplir chaque cavité du moule aux trois quarts de son volume. A-t-elle suffisamment de pâte pour les neuf cavités du moule ? Justifier la réponse.

*D'après DNB, Asie 2013.*

À chacun son parcours !

## 83 Analyse de documents

**Socle D1** J'utilise des représentations d'objets.

**Socle D2** J'extrais d'un document les informations utiles, je décompose un problème en sous-problème.

Claire crée des objets de décoration avec des vases, des billes et de l'eau colorée. Pour sa nouvelle création, elle décide d'utiliser le vase et les billes ayant les caractéristiques ci-dessous.

**Doc. 1** Caractéristiques du vase

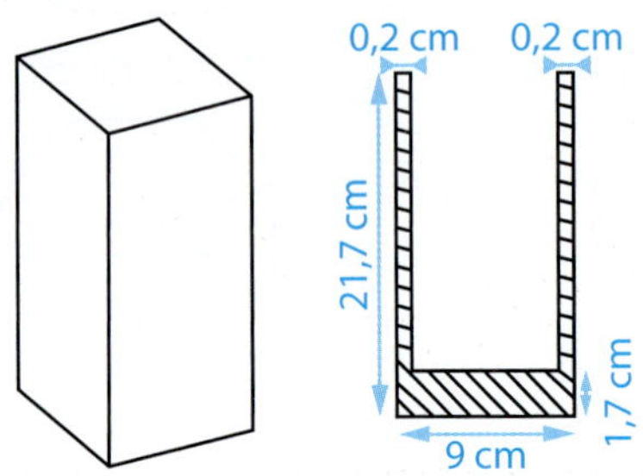


Matière : verre
Forme : pavé droit
Dimensions extérieures :
9 cm × 9 cm × 21,7 cm
Épaisseur des bords : 0,2 cm
Épaisseur du fond : 1,7 cm

**Doc. 2** Caractéristiques des billes

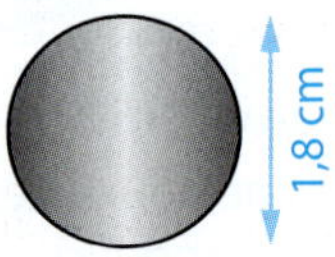


Matière : verre
Forme : boule
Dimension : 1,8 cm de diamètre

### Questions ceinture jaune

1. Quelles sont les dimensions intérieures du vase ?
2. Calculer le volume intérieur du vase et celui d'une bille.
3. Claire met 150 billes dans ce vase. Peut-elle ajouter un litre d'eau colorée sans risquer le débordement ?

### Question ceinture verte

Claire met les $\frac{3}{4}$ de ses 320 billes dans le vase.

- Peut-elle ajouter $\frac{1}{4}$ de litre d'eau colorée sans risquer le débordement ?

### Question ceinture noire

Claire choisit de mettre 150 billes d'un autre modèle. Elle y ajoute 1 litre d'eau colorée et le vase est plein.

- Quelle est la dimension, au mm près, des billes qu'elle a utilisées ?

## 84 Résolution de problème

**Socle D1** Je produis et j'utilise des représentations d'objets.

**Socle D4** J'extrais d'un document les informations utiles, je décompose un problème en sous-problème.

L'Atomium est un monument en acier de 102 m de haut, constitué de plusieurs « sphères » reliées entre elles par des tubes. Chacune de ces « sphères » a un diamètre extérieur de 18 m et une épaisseur de 3 cm.

Voir point info p. 261.

### Questions ceinture jaune

1. Combien de sphères composent l'Atomium ?
2. Dessiner, à main levée, une section d'une « sphère » de l'Atomium par un plan passant par le centre de cette sphère, en notant les rayons intérieur et extérieur.
3. Calculer le volume de chacune de ces « sphères ».
4. Quelle est la masse d'une sphère, sachant que 1 $m^3$ d'acier a une masse d'environ 7 850 kg ?

### Question ceinture verte

Lucien affirme avoir lu que la masse de l'Atomium est inférieure à 2 000 tonnes.

- Sachant que la masse volumique de l'acier est de 7 850 kg/$m^3$, que peut-on penser de son affirmation ?

### Question ceinture noire

Une usine doit fabriquer une maquette de l'Atomium pour une exposition. La hauteur de la maquette devra être de 120 cm. La masse volumique de l'acier est de 7 850 kg/$m^3$.

- Quelle masse d'acier sera nécessaire pour fabriquer toutes les sphères de cette maquette de l'Atomium ?

# Calcul mental

*On peut utiliser un brouillon et noter un résultat intermédiaire trouvé mentalement.*
*Les résultats doivent être donnés sous la forme la plus simple possible.*

Calcul mental supplémentaire

## Série 1 Révisions 4e

**1.** Quel est le produit de –4 par la somme de 7 et de –11 ?

**2.** Si un angle aigu d'un triangle rectangle mesure 32°, combien mesure l'autre angle aigu ?

**3.** Quel est le double de $\frac{2}{3}$ ?

**4.** 75 cL = … $cm^3$.

**5.** Si une voiture roule à 80 km/h, quelle distance parcourt-elle en 45 min ?

**6.** Quel est le volume de cette pyramide à base rectangulaire ?

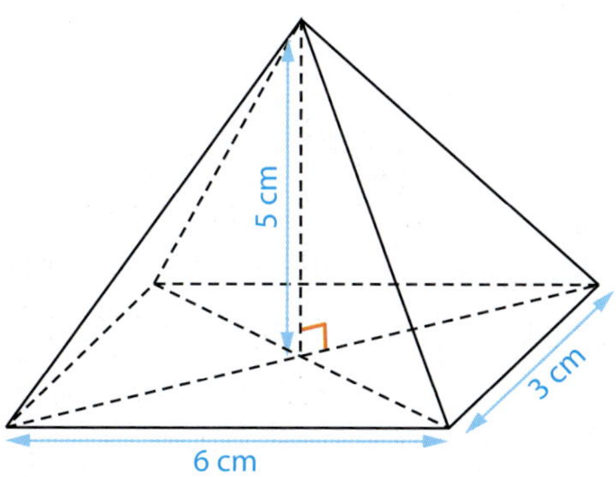


**7.** Quelle est la médiane de cette série de températures en degrés Celsius ?

–5 ; –4 ; 7 ; –1

**8.** Quelle est la valeur exacte de AE ?

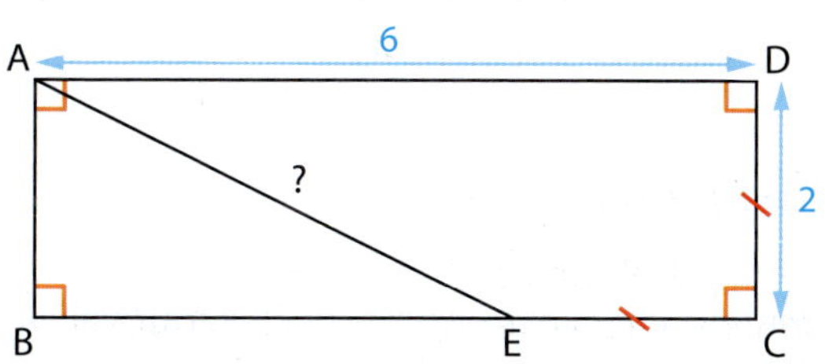


**9.** Combien de diviseurs possède le nombre 20 ?

**10.** Quel est le double de $2^{40}$ ?

## Série 2 Révisions 4e

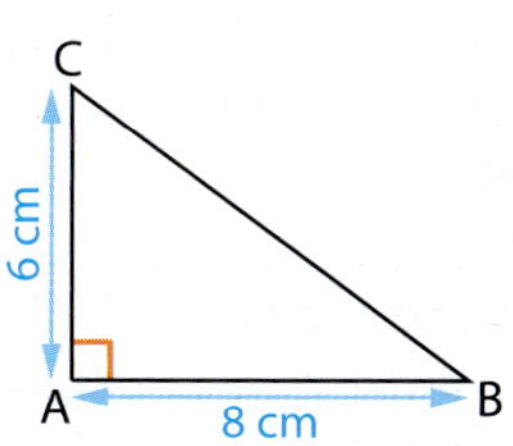


**1.** Combien vaut la longueur BC ?

**2.** La probabilité de gagner à un jeu est $\frac{11}{17}$. Quelle est la probabilité de perdre à ce jeu ?

**3.** Résoudre l'équation $4x - 3 = 7$.

**4.** Quel nombre va annoncer le lutin si on clique sur le drapeau vert ?

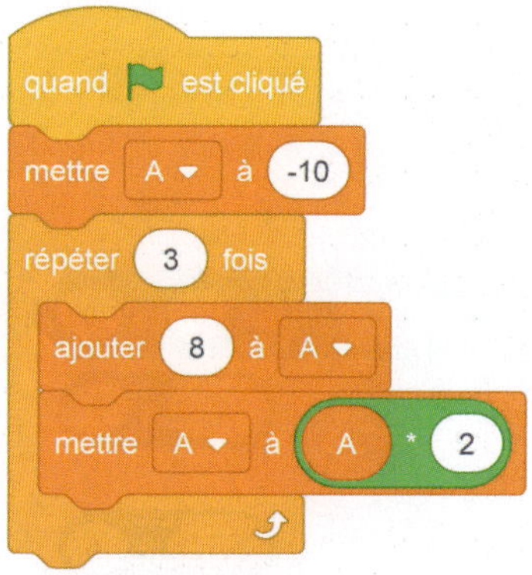


**5.** Le débit d'un sablier est de 40 grains de sable par seconde. Combien de grains de sable s'écoulent en une heure ?

**6.** Un disque a pour périmètre 6π cm. Quelle est la valeur exacte de l'aire de ce disque ?

**7.** 15 € sont partagés dans le ratio 4 : 6. Quel est le montant de chaque part ?

**8.** Quel est le volume en litres d'un pavé droit de dimensions 20 cm, 7,5 cm et 20 cm ?

**9.** Quel est le résultat de :

$$\left(1-\frac{1}{4}\right)\left(1-\frac{2}{4}\right)\left(1-\frac{3}{4}\right)\left(1-\frac{4}{4}\right)\ ?$$

**10.** Dans un diagramme circulaire représentant cette série, quelle est la mesure de l'angle correspondant à la valeur « rouge » ?

| Couleur préférée | Orange | Bleu | Rouge |
|---|---|---|---|
| Effectif | 10 | 75 | 35 |

## Série 3 Nombres entiers

**1.** Si 300 g de fruits secs coutent 9 €, quel est le prix au kilogramme ?

**2.** Combien vaut le produit des quatre plus petits nombres premiers ?

**3.** Combien y a-t-il de façons différentes de répartir équitablement 32 billes dans des sachets ?

**4.** Quelle est la décomposition de 70 en produit de facteurs premiers ?

**5.** Quels sont les multiples de 135 compris entre 1 299 et 1 700 ?

**6.** Dans un triangle ABC, la mesure de l'angle $\widehat{A}$ est un nombre premier compris entre 30° et 35°, celle de $\widehat{B}$ est le plus grand multiple de $\widehat{A}$ inférieur à 100°. Combien mesure l'angle $\widehat{C}$ ?

# Calcul mental

**7.** Sachant que la commande (a modulo b) calcule le reste de la division euclidienne de (a) par (b), quel sera le score annoncé ?

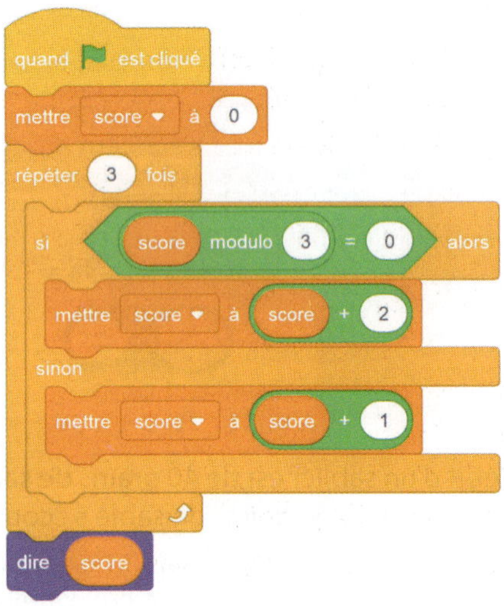


**8.** Le nombre 2 918 754 est-il divisible par 9 ?

**9.** Quelle est la décomposition de 150 en produit de facteurs premiers ?

**10.** Quel est le pourcentage de nombres premiers parmi les nombres entiers compris entre 1 et 20 (inclus) ?

## Série 4 Nombres rationnels

**1.** Combien vaut le tiers de $\frac{6}{15}$ ?

**2.** Quelle est la valeur exacte de l'aire d'un triangle de base $\frac{4}{3}$ m et de hauteur $\frac{3}{5}$ m ?

**3.** Calculer $2^{-1} - 3^{-1}$.

**4.** Quel résultat annonce le lutin si l'on choisit –2 au départ ?

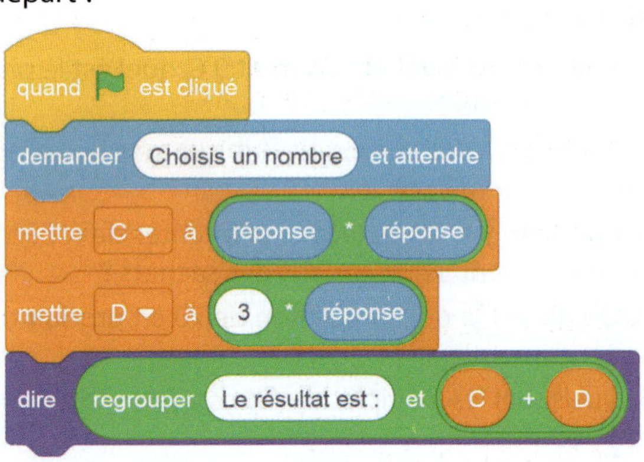


**5.** Combien de centilitres d'eau obtient-on si on remplit aux $\frac{4}{5}$ un cube d'arête 5 cm ?

**6.** Je pense à un nombre. En le multipliant par 21 et en retranchant 14 au résultat, j'obtiens 0. Quel est ce nombre ?

**7.** Calculer $5 \times \left(2 - \frac{2}{3}\right)$.

**8.** Quel est l'inverse du nombre $\frac{2}{5} + \frac{2}{15}$ ?

**9.** À la ferme, 77 animaux (lapins et poules) sont dans le ratio 2 : 5. Combien y a-t-il de lapins et de poules ?

**10.** Quelle est l'écriture scientifique de $135\,000 \times 10^{7} \times 10^{-2}$ ?

## Série 5 Calcul littéral

**1.** Quelle est l'expression réduite de l'aire d'un carré de côté $5b$ ?

**2.** Quel est le périmètre de ce rectangle ?

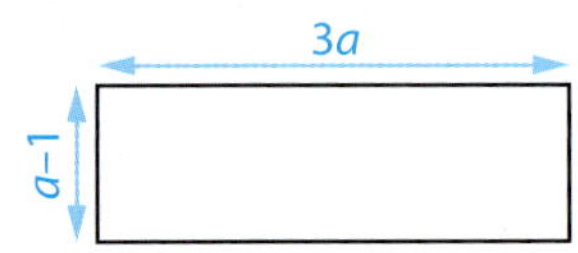


**3.** Donner l'écriture réduite de : $3a^2 - 2{,}9 - (10{,}2a^2 - 8{,}5a)$.

**4.** La fraction $\frac{2}{3}$ est-elle la solution de l'équation $6x - 7 = -3x + 1$ ?

**5.** Calculer $2x^2 - 5$ pour $x = -3$.

**6.** Calculer $(5x - 1)(3x - 2)$ pour $x = \frac{1}{2}$.

**7.** Donner l'écriture réduite de $3a \times (-2a^2) \times (-4b)^2$.

**8.** Calculer $103^2 - 3^2$.

**9.** Factoriser $64t^2 - 121$.

**10.** Développer et réduire $(4x - 3)(2x + 5)$.

## Série 6 Équations

**1.** –10 est-il solution de $3x^2 = -300$ ?

**2.** Jeanne choisit un nombre. Elle soustrait 8 et multiplie le résultat par 3. Elle obtient 9. Quel était son nombre de départ ?

**3.** Les nombres 2, –2 et 0 sont-ils solutions de l'équation $x^2 + 3x + 2 = 0$ ?

**4.** Quelles sont les solutions de l'équation : $(2x - 1)(3x + 18) = 0$ ?

**5.** Combien vaut $x$ sur cette figure ?

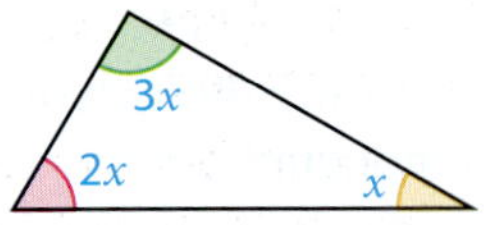


**6.** Quelles sont les solutions de l'équation $2x^2 + 3 = 291$ ?

**7.** Pour quelle valeur de $a$ le périmètre de ce rectangle est-il égal à 85 cm ?

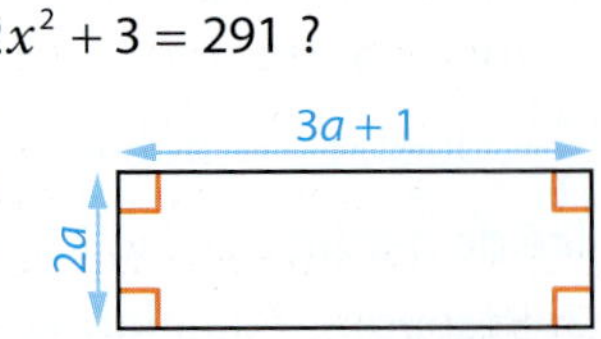

**8.** Dans la cellule B2, Sieg a saisi la formule =A2*5−6 puis l'a recopiée vers le bas. Quel était le nombre inscrit dans la cellule A5 ?

| | A | B |
|---|---|---|
| 1 | Nombre de départ | Programme A |
| 2 | 3 | 9 |
| 3 | 7 | 29 |
| 4 | 9 | 39 |
| 5 | ? | 54 |
| 6 | 19 | 89 |

**9.** Quelles sont les solutions de l'équation : $3x(6x+10)(-18x+6)=0$ ?

**10.** Pour quelle réponse donnée par l'utilisateur les variables Résultat 1 et Résultat 2 auront-elles la même valeur ?

```
quand [drapeau] est cliqué
demander (Choisir un nombre) et attendre
mettre [Résultat 1] à ((2) * (réponse)) + (4)
mettre [Résultat 2] à ((7) * (réponse)) - (11)
```

## 7 Grandeurs et proportionnalité

**1.** Une trottinette électrique à 520 € est soldée à −20 %. Quel est son prix soldé ?

**2.** Ma consommation d'eau au 2e semestre a augmenté de 8 % par rapport au 1er, qui était alors de 40 m$^3$. Quelle est-elle au 2e semestre ?

**3.** Mon poids est de 55 kg en mars. Quel sera-t-il en juin, sachant qu'il va diminuer de 5 % ?

**4.** De quel pourcentage diminue une grandeur lorsqu'on la multiplie par 0,37 ?

**5.** À quelle multiplication correspond à une augmentation de 3,4 % ?

**6.** Quel est le pourcentage de réduction calculé par ce script ?

```
quand [drapeau] est cliqué
demander (Prix ?) et attendre
dire (regrouper (Le prix soldé est) et ((0.895) * (réponse)))
```

**7.** Si un volume d'eau passe de 80 L à 100 L, de quel pourcentage a-t-il augmenté ?

**8.** De quel pourcentage augmente une grandeur lorsqu'on la multiplie par 4 ?

**9.** Quel était le prix initial d'une veste soldée à −20 % qui est vendue à 40 € ?

**10.** Après une semaine de pluie, le volume de ma piscine a augmenté de 3 %. Il vaut 30,9 m$^3$. Combien valait-il avant ?

## Série 8 Fonctions • Fonctions affines

**1.** Quelle est l'image de 2,5 par la fonction *f* définie par $f(x)=4x-21$ ?

**2.** $g : x \mapsto x^2-5x+1$. −3 est-il un antécédent de 25 par *g* ?

**3.** *h* est la fonction qui, à tout nombre, associe son carré. Quels sont les antécédents de 225 par *h* ?

**4.** $k(x)=-4x+1$. Quel est l'antécédent de 19 par *k* ?

**5.** $f(x)=3x^2-5$. Le point A d'abscisse −2 est sur la courbe représentative de *f*. Quelle est son ordonnée ?

**6.** Calculer $r\left(\frac{1}{3}\right)$ sachant que $r(x)=\frac{2x-1}{3x+2}$.

**7.** *f* est une fonction linéaire telle que $f(-15)=18$. Quel est le coefficient de la fonction *f* ?

**8.** $s(x)=-7x-2$ est représentée graphiquement par une droite *d*. Le point B d'ordonnée 3 appartient à *d*. Quelle est son abscisse ?

**9.** $t(x)=(5x+1)(3x-4)$. Calculer l'image de $-\frac{2}{3}$ par *t*.

**10.** Le script ci-dessous permet de calculer l'image d'un nombre par une fonction *f*. Quel est l'antécédent de −2 par *f* ?

```
quand [drapeau] est cliqué
demander (Choisir un nombre) et attendre
mettre [x] à (réponse)
dire (((2) * (x)) - (5)) + ((3) * (x)) pendant (2) secondes
```

## Série 9 Statistiques • Probabilités

**1.** On pioche un jeton au hasard dans un sac qui contient 12 jetons noirs, 5 rouges et 3 bleus. Donner l'écriture décimale de la probabilité de piocher un jeton noir.

**2.** Quelle est la moyenne des températures suivantes ?
−10 °C ; −3 °C ; 12 °C ; 15 ° C

**3.** Quelle est la médiane des pointures suivantes ?
36 ; 37 ; 42 ; 41 ; 38 ; 43

**4.** Voici la répartition des élèves d'un collège.

| | Filles | Garçons |
|---|---|---|
| Demi-pensionnaires | 200 | 220 |
| Externes | 60 | 20 |

Calculer la probabilité qu'un élève de ce collège soit une fille demi-pensionnaire.

**5.** Calculer la moyenne des âges de la série suivante.

| Âges | 10 | 12 | 14 |
|---|---|---|---|
| Effectifs | 5 | 3 | 2 |

# Calcul mental

**6.** Lors d'une expérience aléatoire, les issues qui réalisent un évènement A ont pour probabilité $\frac{1}{3}$, $\frac{1}{12}$ et $\frac{1}{6}$. Quelle est la probabilité de A ?

**7.** Dans une classe, il y a 5 gauchers et la probabilité qu'un élève soit gaucher est égale à 0,2. Combien y a-t-il d'élèves dans cette classe ?

**8.** Une urne A contient 104 boules jaunes et 80 rouges. Une urne B contient autant de boules jaunes et 20 % de plus de boules rouges que l'urne A. Quelle est la probabilité de piocher une boule rouge dans l'urne B ?

**9.** Trouver la valeur manquante de la série suivante pour que la médiane soit égale à 12.

5 ; 17 ; 15 ; 18 ; 4

**10.** On a pêché quatre poissons : leur longueur moyenne est 15 cm et les trois premiers mesurent 14 cm, 17 cm et 13 cm. Quelle est la longueur du dernier poisson pêché ?

## Série 10 Théorème de Thalès

**1.** Calculer la longueur BC.

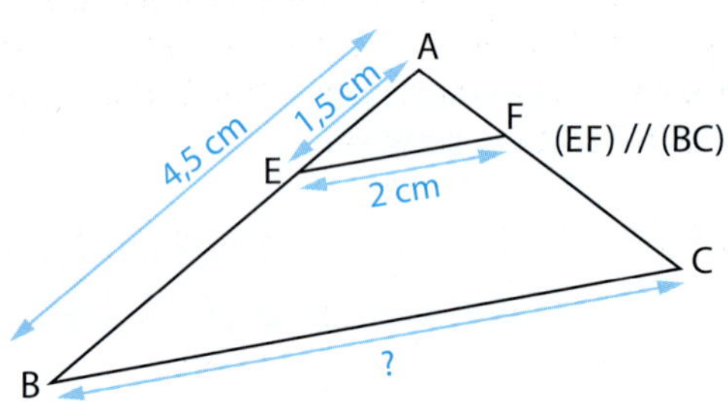


**2.** Calculer la longueur AM.

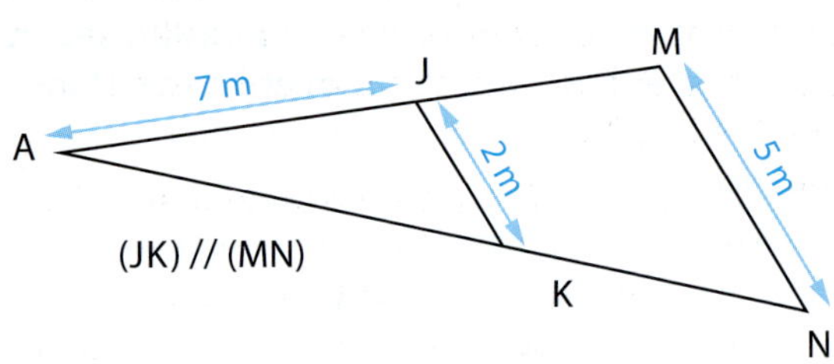


**3.** Justifier que ces triangles sont semblables.

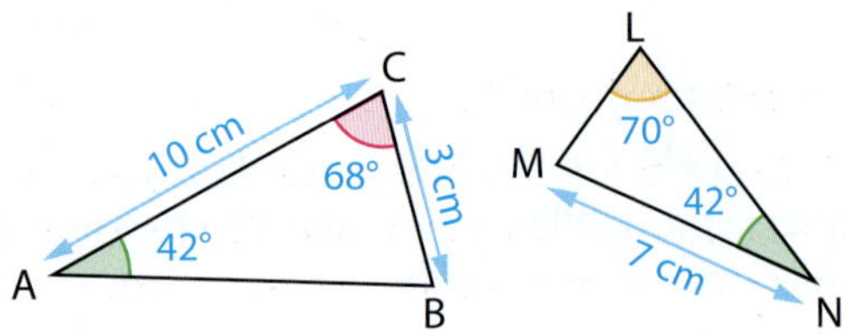


**4.** Calculer la longueur LM du triangle LMN de la question **3**.

**5.** Calculer la longueur BC.

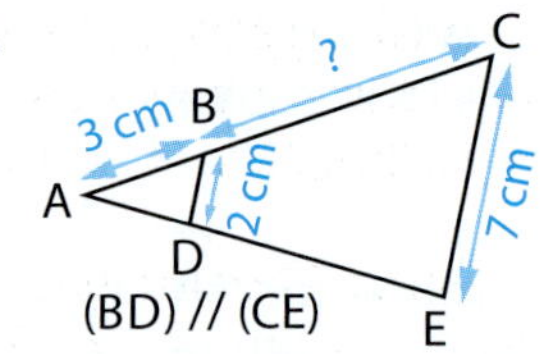


**6.** IJK est un triangle tel que IJ = 9 m, IK = 7 m et JK = 5 m. TOP est un triangle tel que TO = 17,5 cm, OP = 12,5 cm et TP = 22,5 cm. Ces deux triangles sont-ils semblables ?

**7.** Les murs [AB] et [CD] sont-ils parallèles ?

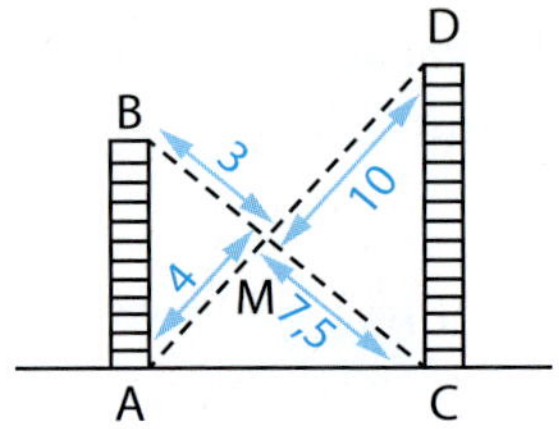


**8.** Calculer la longueur SV.

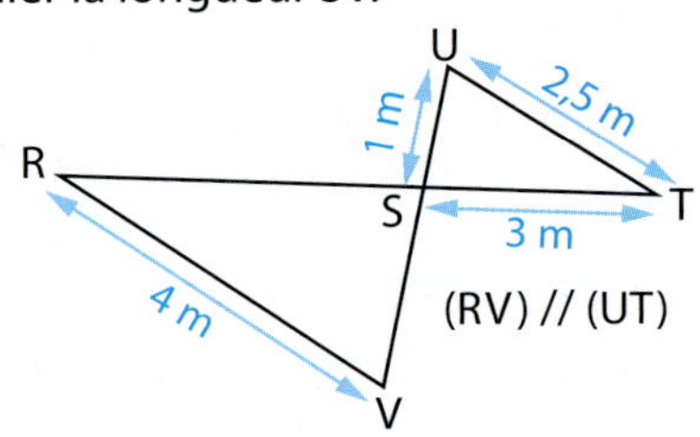


**9.** MNLO est un rectangle. Les droites (ML) et (EK) sont-elles parallèles ?

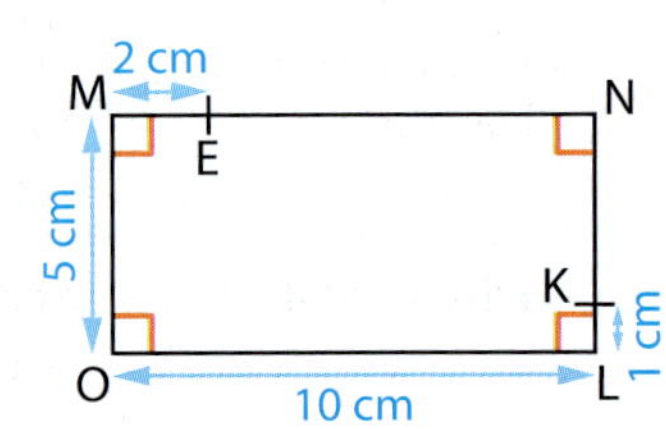


**10.** Les aires de deux triangles rectangles semblables sont dans le ratio 1 : 25. L'hypoténuse du grand triangle mesure 7,5 cm. Combien mesure celle du petit triangle ?

## Série 11 Bilan

**1.** $f(x) = 7x - 2$. Quel est l'antécédent de $-4$ ?

**2.** Selon le diagramme ci-dessous, quelle est la fréquence en pourcentage des personnes chaussant au moins du 42 ?

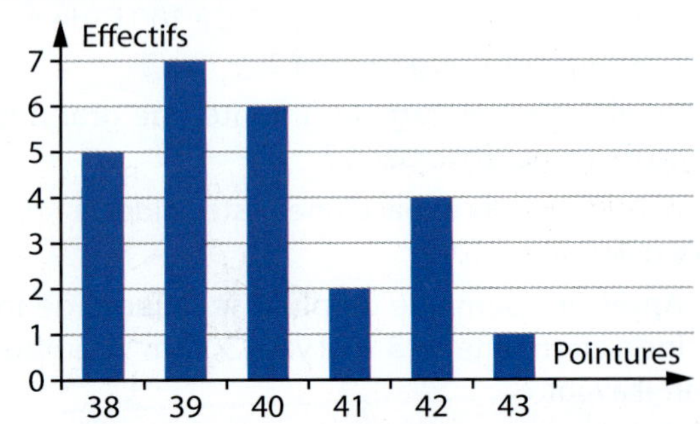

**3.** Axel a diminué sa consommation de sucre cette année. Il en a mangé 36 kg, soit 40 % de moins que l'an dernier. Quelle était sa consommation l'an dernier ?

**4.** Par une homothétie de rapport $\frac{1}{4}$, quelle est la longueur de l'image d'un segment qui mesure 6 cm ?

**5.** Quelle est la longueur du dernier segment tracé ?

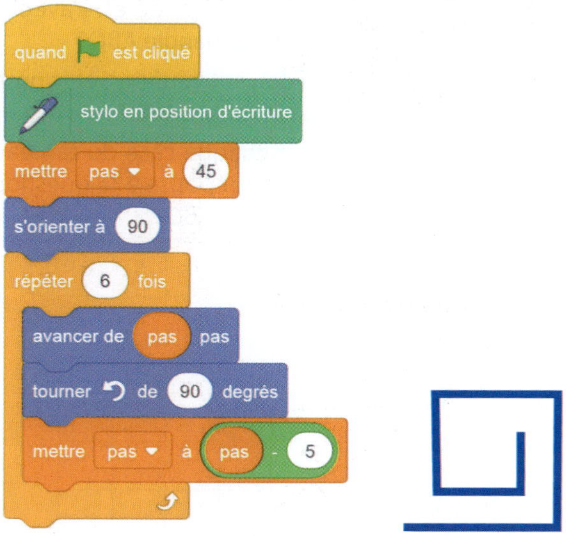


**6.** Une pyramide de volume 160 m$^3$ est coupée parallèlement à sa base, à la moitié de sa hauteur. Quel est le volume de la petite pyramide obtenue ?

**7.** Quelles sont les solutions de l'équation :

$$(3x-7)(2x-11)=0\ ?$$

**8.** Donner un ordre de grandeur du volume de lait en cm$^3$ que contient un bol semi-sphérique de rayon 5 cm.

**9.** Donner la fraction irréductible égale à $\frac{126}{198}$.

**10.** Les côtés correspondants de deux triangles semblables ont des longueurs dans le ratio 7 : 5. Un côté du premier triangle mesure 8,4 cm. Combien mesure son côté correspondant du deuxième triangle ?

## 12 Bilan

**1.** Combien de tours fait la grande roue quand la petite en fait 4 ?

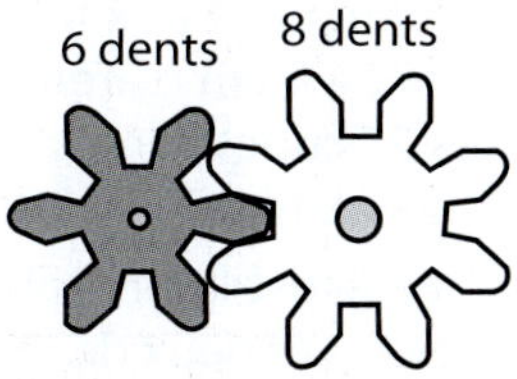


**2.** Donner l'angle et le sens d'une rotation qui transforme le motif 1 en le motif 2.

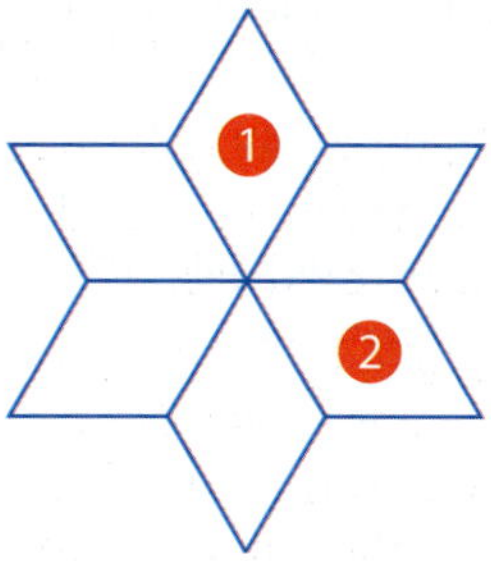


**3.** Si je parcours 700 m à vitesse constante en 12 minutes, quelle est ma vitesse en km/h ?

**4.** On donne UI = 4 cm, UL = 5 cm, UJ = 12 cm et UE = 15 cm. Les droites (JE) et (IL) sont-elles parallèles ?

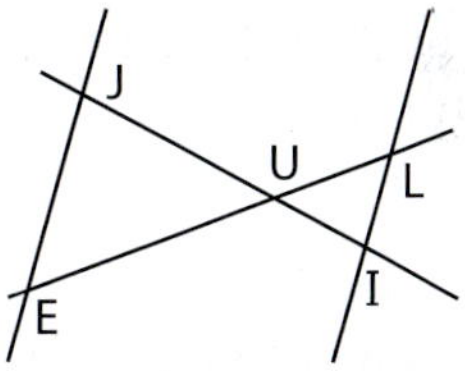


**5.** On recopie la formule écrite en B2 vers la droite. Sachant que la fonction MOD(*a* ; *b*) calcule le reste de la division euclidienne de *a* par *b*, dans quelles cellules le résultat affiché sera-t-il 0 ?

B2 =MOD($A$2;B1)

| | A | B | C |
|---|---|---|---|
| 1 | | 2 | 3 |
| 2 | 42 | 0 | |

**6.** Une urne contient des boules dont les numéros sont les nombres premiers inférieurs à 30. On en tire une au hasard. Quelle est la probabilité d'obtenir un nombre inférieur à 10 ?

**7.** Voici le plan d'une rampe de skateboard.

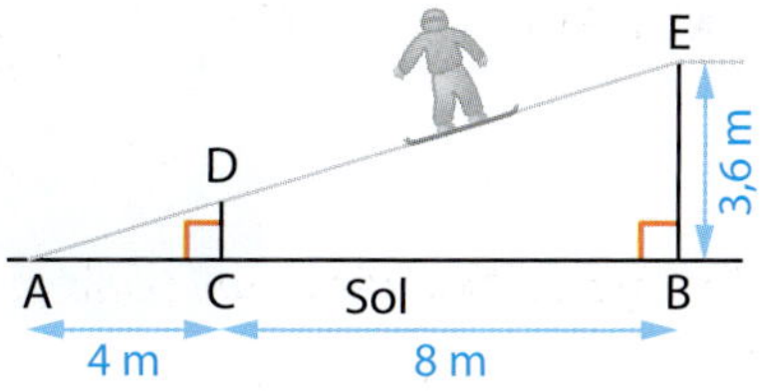


Calculer la longueur DC.

**8.** Un verre conique a une base de rayon 2 cm et une hauteur de 9 cm. Combien de verres peut-on approximativement remplir avec 3,6 litres de cocktail ?

**9.** Quel est le produit de tous les diviseurs de 30 ?

**10.** Le prix d'une veste qui coute 25 € baisse de 10 % et augmente ensuite de 20 %. Quel est son prix final ?

# Problèmes transversaux

ceinture jaune · ceinture verte · ceinture noire

## 1 Cargo à voile

**Calculer**

95 % du commerce mondial s'effectue par voie maritime, par environ 50 000 bateaux. La plupart de ces cargos fonctionnent au diesel.
Des ingénieurs ont l'intention de mettre au point un système utilisant la puissance du vent pour assister les cargos. Ils proposent de fixer un cerf-volant servant de voile sur les cargos pour utiliser la puissance du vent et diminuer la consommation de diesel, ainsi que l'impact de ce carburant sur l'environnement.

**1.** Les cerfs-volants ont l'avantage de voler à une hauteur de 150 m. Là-haut, la vitesse du vent est approximativement de 25 % supérieure à celle au niveau du pont du cargo.
Quelle est la vitesse approximative à laquelle le vent souffle dans le cerf-volant lorsque la vitesse du vent est de 24 km/h sur le pont du cargo ?

**2.** Quelle doit être approximativement la longueur de la corde du cerf-volant pour pouvoir tirer le cargo à un angle de 45° depuis une hauteur verticale de 150 m, comme indiqué sur le schéma ci-contre ?

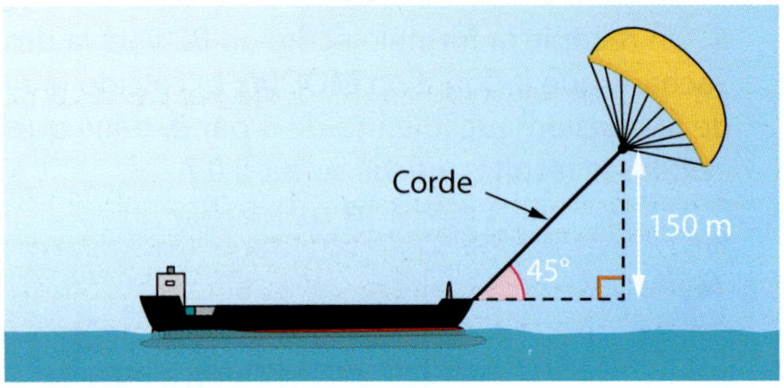


*Le schéma n'est pas à l'échelle.*

**3.** Les propriétaires du cargo *NouvelleVague* achètent leur diesel à 0,42 € le litre. Ils envisagent de l'équiper d'un cerf-volant. On estime qu'un cerf-volant de ce type permettrait de réduire globalement la consommation de diesel d'environ 20 %.

Nom : *NouvelleVague*
Type : cargo
Longueur : 117 mètres
Largeur : 18 mètres
Charge utile : 12 000 tonnes
Vitesse maximale : 19 nœuds
Consommation de diesel par an sans cerf-volant : approximativement 3 500 000 litres

Équiper le *NouvelleVague* d'un cerf-volant coute 2 500 000 €.
En supposant que le prix du diesel ne change pas, au bout de combien d'années environ les économies de diesel auront-elles couvert le cout du cerf-volant ?

*D'après PISA.*

## 2 Triangles constructibles

**Calculer, Modéliser**

On lance deux dés équilibrés à 6 faces et on note les deux résultats obtenus $r_1$ et $r_2$. On souhaite savoir si on peut construire un triangle ABC non aplati avec AB = 7, BC = $r_1$ et AC = $r_2$.

**1.** Si on obtient 1 avec le premier dé et 3 avec le second, peut-on construire le triangle ABC ?

**2.** Si on obtient 6 avec le premier dé et 4 avec le second, peut-on construire le triangle ABC ?

**3.** Quelle(s) condition(s) doivent vérifier $r_1$ et $r_2$ pour qu'on puisse construire le triangle ABC ?

**4.** Recopier et compléter chaque case du tableau suivant par OUI ou NON, en réponse à la question « Peut-on construire le triangle ABC ? ».

| $r_2$ \ $r_1$ | 1 | 2 | 3 | 4 | 5 | 6 |
|---|---|---|---|---|---|---|
| 1 | | | | | | |
| 2 | | | | | | |
| 3 | | | | | | |
| 4 | | | | | | |
| 5 | | | | | | |
| 6 | | | | | | |

**5.** Lors de cette expérience aléatoire, quelle est la probabilité de pouvoir construire le triangle ABC ?

## 3 Fanion

**Calculer**

Le fanion ci-dessous a la forme d'un rectangle qui mesure 6 cm sur 9 cm et qui possède un centre de symétrie.

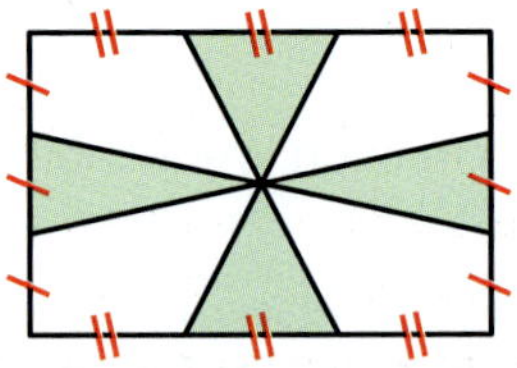

- Quelle fraction du rectangle est peinte en vert sur celui-ci ?

## 4 Cubes bleus

**Calculer**

On dispose d'un cube en bois de 3 cm d'arête, peint en bleu. On le découpe parallèlement aux faces en petits cubes de 1 cm d'arête. On obtient alors 27 cubes. On place ces 27 cubes dans un sac. On tire au hasard l'un des 27 cubes du sac.

- Quelle est la probabilité de tirer un cube ayant exactement deux de ses faces peintes en bleu ?

## 5 Cornet de glace

Calculer

Un cornet de glace a la forme d'un cône de hauteur 12,5 cm et de diamètre 4,8 cm.
Mathilde fabrique de la glace artisanale qui lui revient à 5 € par litre. Elle envisage de remplir le cornet de glace au lieu de poser deux boules dessus.

- Sachant que sa cuillère à glace lui permet de réaliser des boules de diamètre de 4,2 cm, et qu'elle vend en moyenne 150 glaces par jour, combien gagnera-t-elle en plus par jour si elle vend ce nouveau cornet de glace au même prix que l'ancien ?

## 6 Programmes de calcul

Calculer

On considère le programme de calcul suivant.

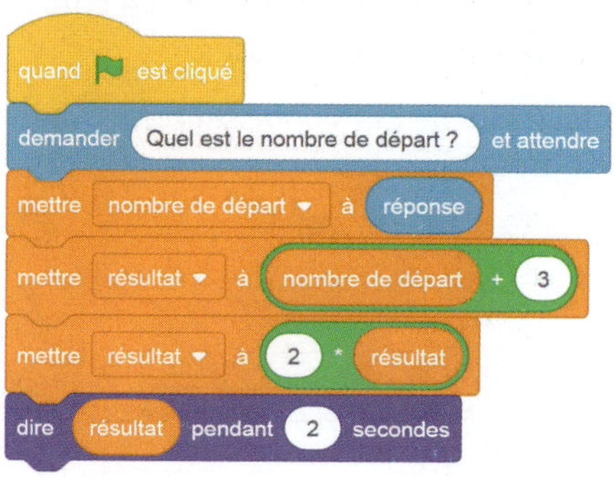


**1.** Si le nombre choisi au départ est 4, quel résultat le lutin annonce-t-il ?

**2.** Quel résultat le lutin annonce-t-il si le nombre choisi au départ est −2 ?

**3.** On désigne par $x$ le nombre choisi au départ. Parmi les expressions suivantes, trouver celle qui est associée au programme.

$A = 2x + 3$ $B = 3x + 2$

$C = 2(x + 3)$ $D = x + 3 \times 2$

**4.** Quel est le nombre choisi au départ si le résultat annoncé par le lutin est −10 ?

**5.** Zoé affirme que le programme ci-dessous donne le même résultat que le programme précédent. A-t-elle raison ? Justifier la réponse.

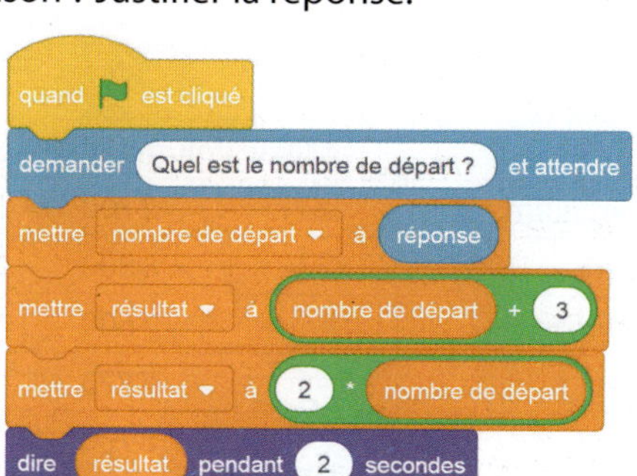


## 7 Dites 33 !

Calculer, Raisonner

Si l'on écrit sous forme décimale le nombre $100^{33} - 33$, quelle est la somme des chiffres de ce nombre ?

## 8 Porte à tambour

Chercher

Une porte à tambour est composée de trois vantaux qui tournent à l'intérieur d'un espace circulaire. Le diamètre intérieur de cet espace est de 2 m. Les trois vantaux de la porte divisent l'espace en trois parties identiques. Le schéma ci-dessous montre, en vue de dessus, les vantaux de la porte dans trois positions différentes.

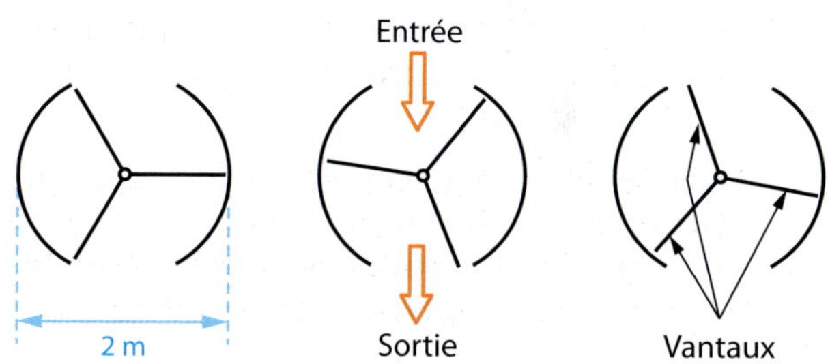


**1.** Combien mesure l'angle formé par deux vantaux de la porte ?

**2.** Les deux ouvertures de la porte (les arcs de cercle en pointillés sur le schéma ci-dessous) font la même taille. Si ces ouvertures étaient trop larges, les vantaux ne pourraient pas garder l'espace clos et l'air pourrait alors circuler librement entre l'entrée et la sortie, provoquant une perte ou un gain de chaleur indésirables.

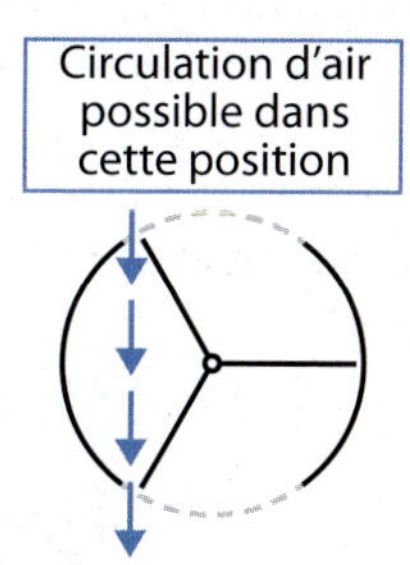


Quelle est la longueur maximale que l'arc de cercle de chaque ouverture de porte peut avoir, afin que l'air ne puisse jamais circuler librement entre l'entrée et la sortie ?

**3.** La porte effectue 4 tours complets par minute. Dans chacune des trois parties de la porte, il y a de la place pour deux personnes au maximum.
Quel est le nombre maximum de personnes qui peuvent entrer dans l'immeuble par cette porte en 30 minutes ?

# Problèmes transversaux

ceintureÂ jaune — ceinture verte — ceinture noire

## 9 Jus de fruits en vrac

**Représenter**

Dans un magasin, on peut acheter du jus de fruits bio au litre, ainsi que des bonbonnes vides d'une capacité de 5 litres. Le jus de fruits est vendu 2,50 € le litre et une bonbonne vide est vendue 1,50 €.

**1.** Calculer le prix qu'un client devra payer pour 2 litres achetés, puis pour 5 litres et 7 litres.

**2.** Hanae dispose de 35 €. Combien de litres de jus de fruits peut-elle acheter ?

**3.** Proposer une méthode permettant de déterminer le prix en fonction de la quantité achetée, et inversement.

## 10 Être à l'heure

**Communiquer**

Lila est convoquée pour un concours qui commence à 8 h un samedi matin. Elle habite à 7 minutes de marche de la station *Frères Robinson*, et a prévu 3 minutes de marche entre la station *Mériadeck* et son lieu de convocation. Elle souhaite arriver avec une demi-heure d'avance pour ne pas être trop stressée.

- À quelle heure doit-elle partir de chez elle pour être sur place comme prévu ?

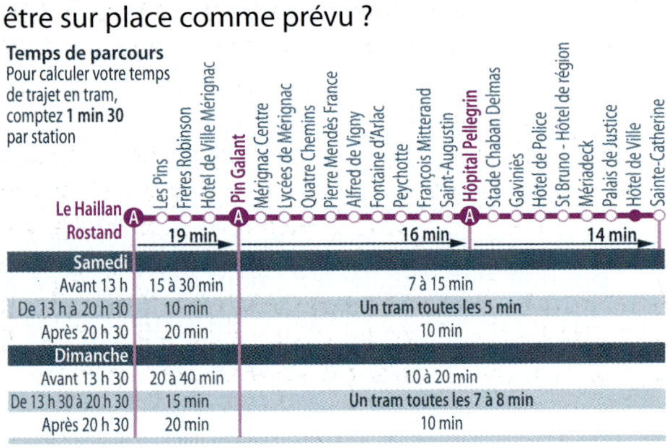


| | | |
|---|---|---|
| **Samedi** | | |
| Avant 13 h | 15 à 30 min | 7 à 15 min |
| De 13 h à 20 h 30 | 10 min | Un tram toutes les 5 min |
| Après 20 h 30 | 20 min | 10 min |
| **Dimanche** | | |
| Avant 13 h 30 | 20 à 40 min | 10 à 20 min |
| De 13 h 30 à 20 h 30 | 15 min | Un tram toutes les 7 à 8 min |
| Après 20 h 30 | 20 min | 10 min |

## 11 Angles et rotations

**Raisonner, Représenter**

On considère les scripts suivants.

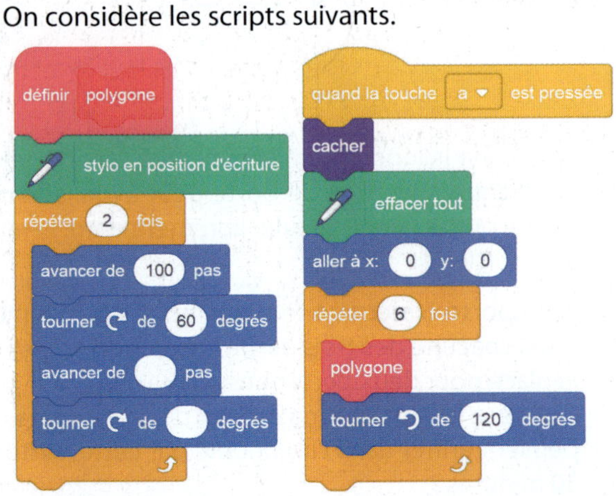


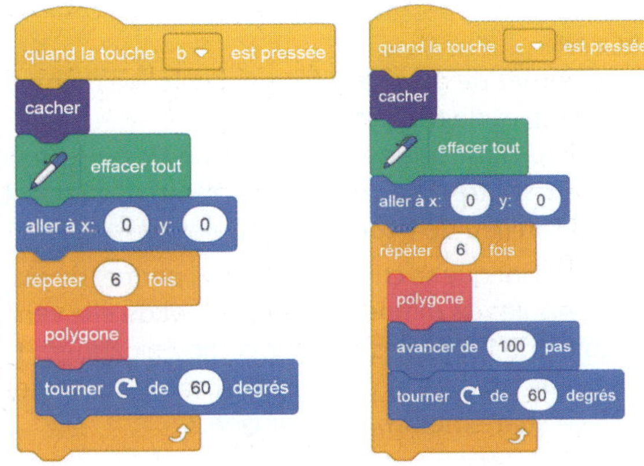


**1.** Compléter le script du bloc polygone pour qu'il permette de tracer le losange de côté 100 pas. Justifier les réponses.

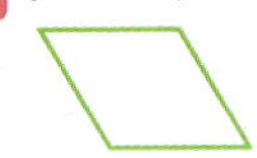

**2.** Quelle touche faut-il presser pour obtenir chacune des figures suivantes ?

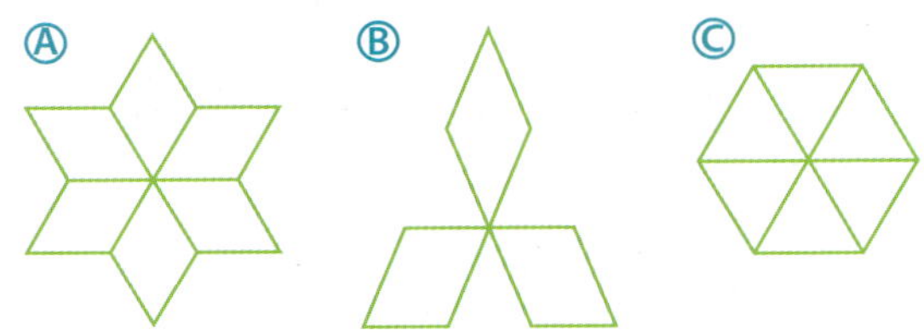


**3.** L'un des trois scripts précédents peut être simplifié. Lequel et pourquoi ?

**4.** Dans la figure Ⓐ, décrire une transformation qui permet d'obtenir un losange à partir de celui qui le précède.

## 12 La boule de pétanque

**Calculer**

Une boule de pétanque est-elle pleine ou creuse ? Répondre à cette question en exploitant les documents ci-dessous.

**Doc. 1**

Boule : 100 % acier — Diamètre de la boule : 73 mm
Poids de la boule : 720 g

**Doc. 2**

| Métaux | Masse volumique (en kg/m$^3$) |
|---|---|
| Aluminium | 2 700 |
| Cuivre | 8 800 |
| Fer forgé | 7 600 |
| Acier | 7 775 |
| Nickel | 8 700 |
| Titane | 4 540 |

## 13 La chaudière

Calculer

L'hiver, la chaudière au fioul de madame Plotel consomme en moyenne 3 litres par heure. La cuve qui l'alimente est de forme cylindrique de diamètre 125 cm et de hauteur 2,45 m. Madame Plotel souhaiterait commander du fioul quand sa chaudière sera aux trois quarts vide.

- Si la cuve est pleine aujourd'hui, dans combien de temps doit-elle prévoir sa prochaine commande ?

## 14 Badminton

Prise d'initiative

Modéliser, Représenter

Un club de badminton propose trois tarifs à ses adhérents :

**Tarif 1 :** 7 € par séance.

**Tarif 2 :** abonnement de 40 € pour l'année donnant droit à un tarif réduit de 5,50 € par séance.

**Tarif 3 :** 330 € à l'année pour un nombre de séances illimité.

- Quel est le tarif le plus avantageux ?

## 15 Constructions

Raisonner, Représenter

On considère les scripts suivants.

**1.** La scène est munie d'un repère et d'un quadrillage constitué de carrés de vingt pas de côté. Quelle touche faut-il presser pour obtenir la figure ci-dessous ?

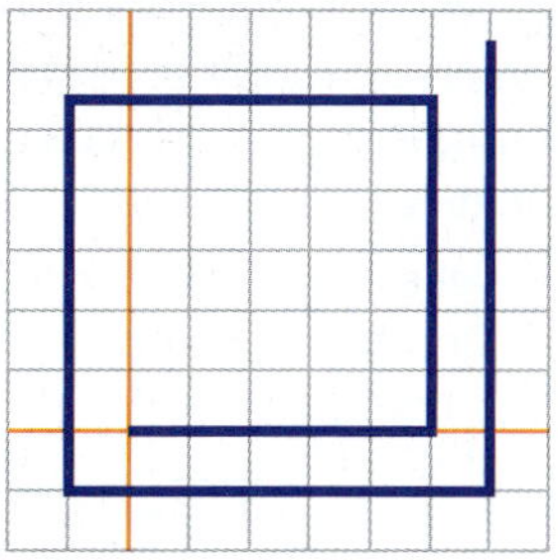

**2.** Tracer les figures obtenues en pressant les deux autres touches.

**3.** Quelles sont les coordonnées du point de départ du tracé ?

**4.** On presse la touche « c ». À quelles coordonnées se trouve le lutin à la fin de l'exécution du script ? Justifier la réponse.

## 16 Le potager

Modéliser, Raisonner

Le terrain devant la maison de Nicolas a la forme d'un rectangle de 8 mètres sur 6 mètres. Nicolas souhaite l'aménager de la façon suivante et poser du grillage tout autour du potager afin que son petit chien ne puisse pas y aller. Il souhaite utiliser les 13 mètres de grillage qu'il lui reste sans avoir à en racheter.

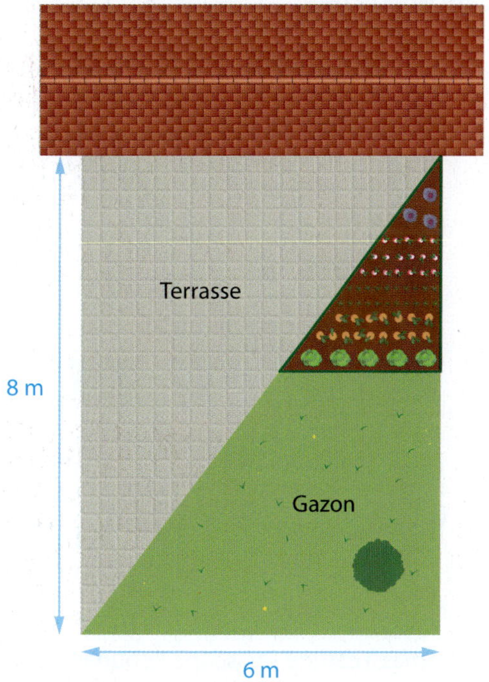


- Déterminer les dimensions du potager.

# Problèmes transversaux

ceinture jaune | ceinture verte | ceinture noire

## 17 Gain de temps

**Chercher, Calculer**

Lucille se rend au collège et est pressée d'arriver. Au lieu d'emprunter le chemin habituel, c'est-à-dire de longer le terrain de rugby et le collège, elle décide de couper en ligne droite le terrain qui mesure 100 m de longueur et 70 m de largeur.

- Sachant qu'elle marche à 2,5 km/h sur l'herbe et à 4 km/h sur le goudron, va-t-elle vraiment gagner du temps ? Si oui, combien ?

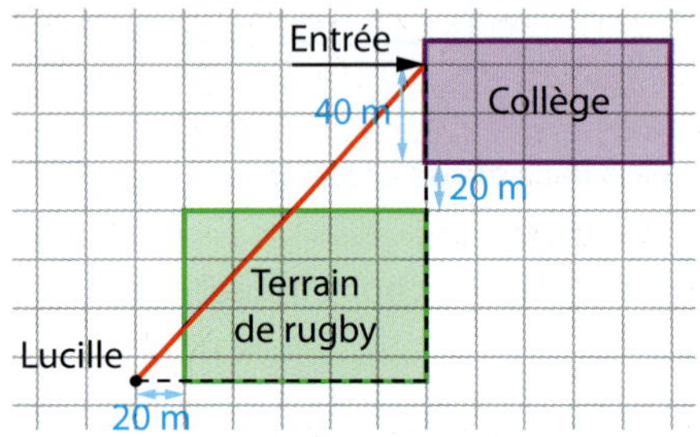


## 18 Étonnant !

**Calculer**

**1.** On découpe un morceau de ficelle de façon à faire exactement le tour d'une balle de tennis de rayon 3,2 cm. On ajoute ensuite 1 m à ce morceau de ficelle et on forme un nouveau cercle centré sur sa balle. Calculer l'augmentation du rayon.

**2.** Recommencer le calcul en remplaçant la balle par la Terre, dont le rayon mesure environ 6 400 km.

## 19 Lancers de dés

**Chercher, Raisonner**

**1.** Thomas a écrit un script pour simuler 500 lancers d'un dé à six faces et compter le nombre de 6 sortis, mais celui-ci ne fonctionne pas. Pourquoi ?

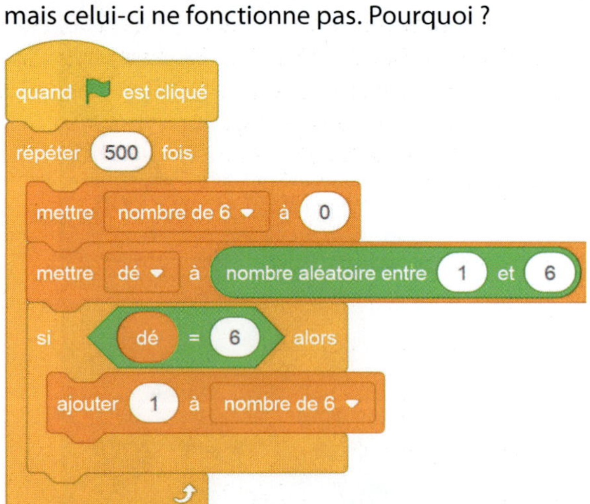


**2.** Thomas a corrigé son script. Il souhaite maintenant que le lutin annonce la fréquence d'apparition du 6. Comment peut-il modifier le script ?

**3.** Donner une approximation de la fréquence affichée. Expliquer la réponse.

**4.** Thomas modifie son programme de façon à simuler le lancer de deux dés. Il veut calculer la fréquence d'apparition de l'évènement « La somme est égale à 12 ». Pour cela, il a créé les variables dé1, dé2 et nombre de 12. Compléter son programme.

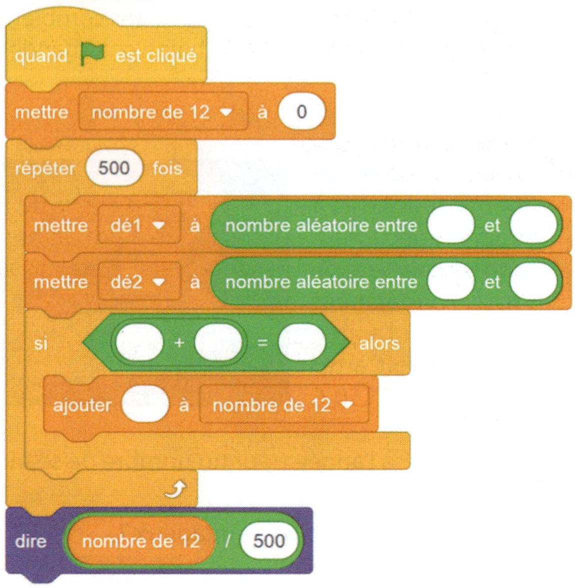


**5.** Donner une approximation de la fréquence affichée. Justifier.

## 20 À moitié plein

**Prise d'initiative**

**Chercher, Calculer**

Un verre a une forme conique. La hauteur de la partie conique est de 10 cm et le diamètre d'ouverture du cône est de 6 cm. Avec de l'eau, on souhaite remplir le verre jusqu'à la moitié de son volume.

- Jusqu'à quelle hauteur doit-on verser l'eau ?

## 21 Sécurité enfants

**Prise d'initiative**

**Chercher, Calculer**

Sandrine a fait construire une piscine de 8 m sur 4 m. Le fond n'est pas plat. On a un premier palier de profondeur 1,20 m sur une longueur de 1 m, puis une descente à pente constante pour atteindre, 2 m avant le bord, un second palier de profondeur 2,20 m comme indiqué sur le schéma suivant.

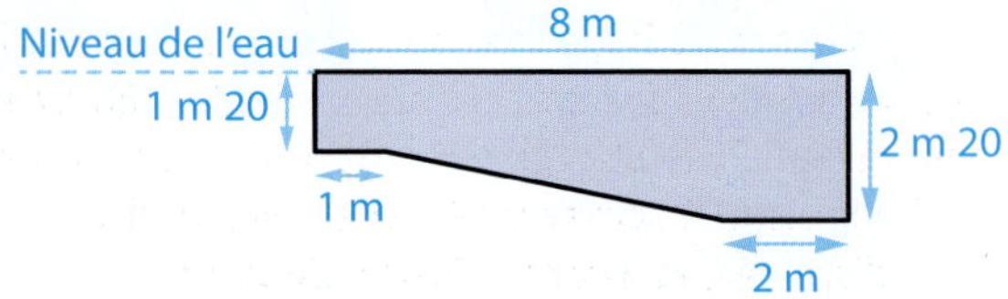

Sandrine souhaite, pour des raisons de sécurité, indiquer par une marque l'endroit où la profondeur est de 1,50 m.

- Où doit-elle placer cette marque ?

## 22 Vrai ou faux ?

Prise d'initiative

**Chercher, Communiquer**

Dire si l'affirmation suivante est vraie ou fausse. Justifier la réponse.

« Le produit de deux nombres entiers qui se terminent par 76 se termine aussi par 76. »

## 23 Nono le petit robot

**Chercher, Modéliser**

Un robot se trouve au milieu d'une planche de longueur 10 cm. Toutes les secondes, il fait un pas de 1 cm vers la droite ou vers la gauche de manière aléatoire et équiprobable.

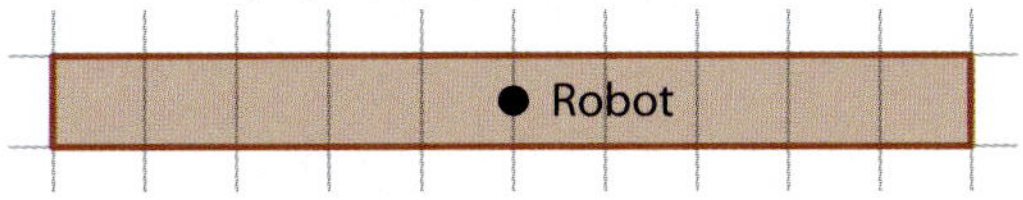


**1.** Expliquer ce que simule ce script.

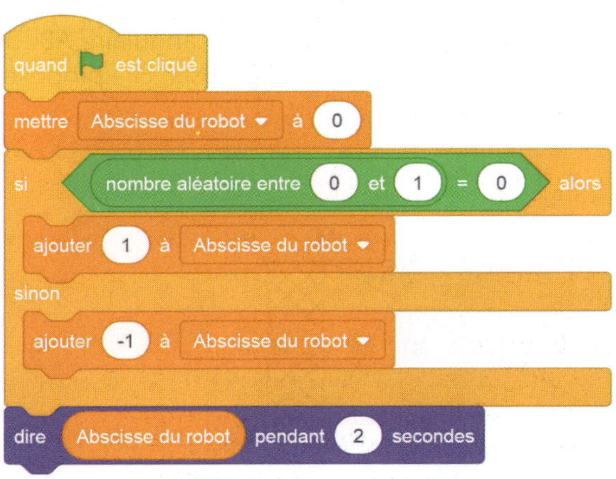


**2.** Modifier ce script afin qu'il simule les déplacements du robot jusqu'à ce qu'il tombe de la planche.

**3.** En moyenne, combien de temps le robot reste-t-il sur la planche ?

## 24 Serre-livre

Prise d'initiative

**Modéliser, Calculer**

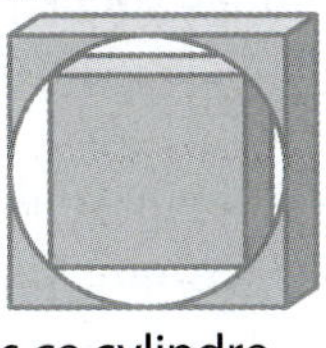

Un serre-livre de fabrication artisanale a la forme d'un pavé droit dont la base est un carré de côté 15 cm et de profondeur 3 cm. Ce pavé droit a été évidé selon un cylindre et contient un pavé droit à base carrée inscrit dans ce cylindre.

Les deux pavés droits et le cylindre ont le même centre.

Monsieur Guerfala, qui a des gouts de luxe, souhaite faire fabriquer son serre-livre en argent fin.

On dispose des informations suivantes.

| | | |
|---|---|---|
| Prix d'achat postal bancaire | 418,31 €/kg | Prix d'achat postal pour les lingots d'argent/les pièces d'investissements en argent qui sont aptes au commerce bancaire. |
| Prix d'achat des granulés d'argent | 398,99 €/kg | Prix d'achat postal pour les granulés d'argent industriel dans leurs emballages originaux. |
| Prix d'achat de l'argent de fusion | 352,79 €/kg | Cours d'achat postal pour l'argent fin contenu dans les bijoux, les couverts, de l'argent électrolytique et les déchets. Tous les frais d'analyse et d'affinage ont déjà été déduits. |

Masse volumique de l'argent : 10,5g/cm$^3$.

Cout de la main d'œuvre : 300 €.

- Déterminer combien M. Guerfala va payer son serre-livre.

## 25 Les lapins de Fibonacci

Prise d'initiative

**Modéliser**

On appelle suite de Fibonacci toute suite de nombres entiers dans laquelle chaque nombre est la somme des deux nombres précédents. Voici un exemple de suite de Fibonacci.

| | | | | | | | | | |
|---|---|---|---|---|---|---|---|---|---|
| 7 | 2 | 9 | 11 | 20 | 31 | 51 | 82 | 133 | 215 |

**1.** À l'aide d'un tableur, d'une calculatrice ou de tout autre moyen, compléter ces suites.

**a.**

| | | | | | | | | | |
|---|---|---|---|---|---|---|---|---|---|
| 2 | 5 | | | | | | | | |

**b.**

| | | | | | | | |
|---|---|---|---|---|---|---|---|
| 9 | | | | | | | 241 |

**2.** Trouver la suite de Fibonacci commençant par 8 et dont le 7$^e$ terme est 136.

**3.** Le mathématicien Fibonacci (1175-1250) pose le problème suivant : « Possédant initialement un couple de lapins, combien de couples obtient-on en douze mois si chaque couple engendre tous les mois un nouveau couple à compter du second mois de son existence ? »

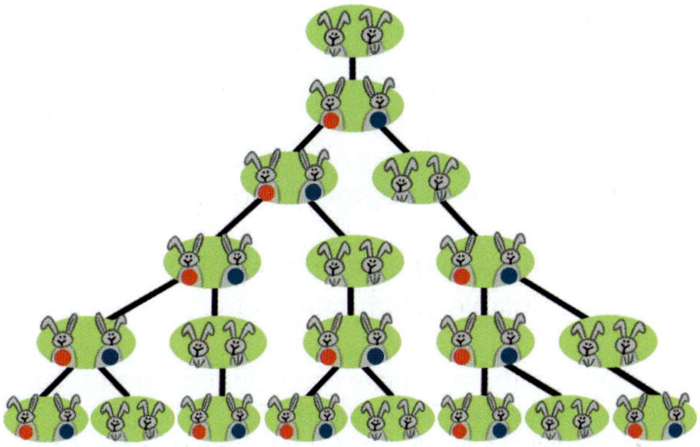

À l'aide du travail précédent, peut-on répondre à la question de ce mathématicien ?

# Annales du brevet Sujet 1

## Métropole La Réunion • juillet 2019

2 heures

Toutes les réponses doivent être justifiées, sauf si une indication contraire est donnée.
Pour chaque question, si le travail n'est pas terminé, laisser tout de même une trace de la recherche ; elle sera prise en compte dans la notation.

### Exercice 1 (10 points)

Le capitaine d'un navire possède un trésor constitué de 69 diamants, 1 150 perles et 4 140 pièces d'or.

**1.** Décomposer 69 ; 1 150 et 4 140 en produits de facteurs premiers.

**2.** Le capitaine partage équitablement le trésor entre les marins.
Combien y a-t-il de marins sachant que toutes les pièces, perles et diamants ont été distribués ?

### Exercice 2 (19 points)

*Dans cet exercice, on donnera, si nécessaire, une valeur approchée des résultats au centième près.*
Pour construire le décor d'une pièce de théâtre (*Figure 1*), Joanna dispose d'une plaque rectangulaire ABCD de 4 m sur 2 m dans laquelle elle doit découper les trois triangles du décor avant de les superposer. Elle propose un découpage de la plaque (*Figure 2*).

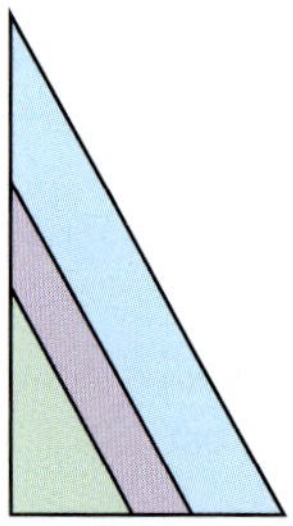

Figure 1

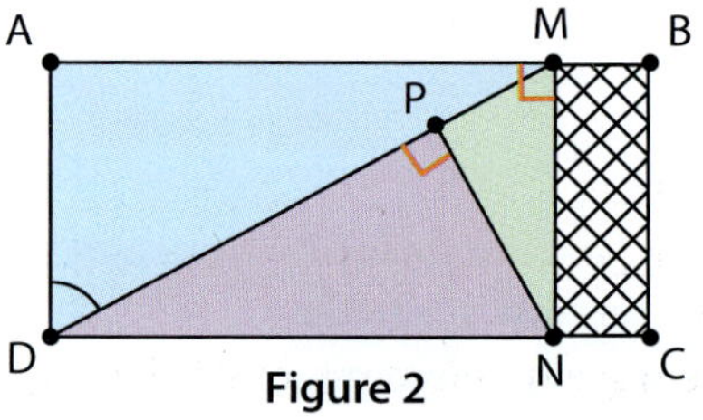


Figure 2

Le triangle ADM respecte les conditions suivantes :
- le triangle ADM est rectangle en A
- AD = 2 m
- $\widehat{ADM} = 60°$

**1.** Montrer que [AM] mesure environ 3,46 m.

**2.** La partie de la plaque non utilisée est représentée en quadrillé sur la figure 2.
Calculer une valeur approchée au centième de la proportion de la plaque qui n'est pas utilisée.

**3.** Pour que la superposition des triangles soit harmonieuse, Joanna veut que les trois triangles AMD, PNM et PDN soient semblables. Démontrer que c'est bien le cas.

**4.** Joanna aimerait que le coefficient d'agrandissement pour passer du triangle PDN au triangle AMD soit plus petit que 1,5. Est-ce le cas ? Justifier.

## Exercice 3 **(17 points)**

Les questions **1.** et **2.** sont indépendantes.
Un sablier est composé de :
– Deux cylindres $C_1$ et $C_2$ de hauteur 4,2 cm et de diamètre 1,5 cm
– Un cylindre $C_3$
– Deux demi-sphères $S_1$ et $S_2$ de diamètre 1,5 cm
On rappelle le volume $\mathcal{V}$ d'un cylindre d'aire de base B et de hauteur $h$ :

$$\mathcal{V} = \mathrm{B} \times h.$$

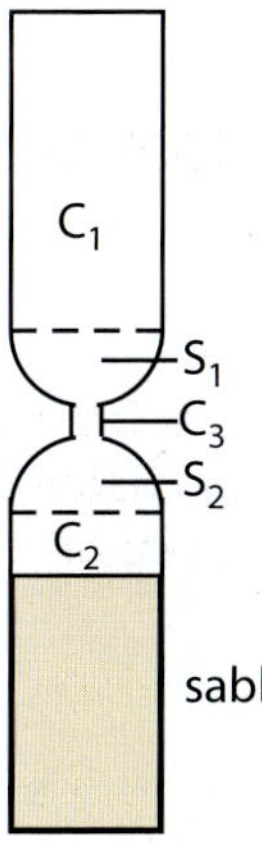


**1. a.** Au départ, le sable remplît le cylindre $C_2$ aux deux tiers. Montrer que le volume du sable est environ 4,95 $cm^3$.
**b.** On retourne le sablier. En supposant que le débit d'écoulement du sable est constant et égal à 1,98 $cm^3$/min, calculer le temps en minutes et secondes que va mettre le sable à s'écouler dans le cylindre inférieur.

**2.** En réalité, le débit d'écoulement d'un même sablier n'est pas constant.
Dans une usine où on fabrique des sabliers comme celui-ci, on prend un sablier au hasard et on teste plusieurs fois le temps d'écoulement de ce sablier.
Voici les différents temps récapitulés dans le tableau suivant :

| Temps mesuré | 2 min 22 s | 2 min 24 s | 2 min 26 s | 2 min 27 s | 2 min 28 s | 2 min 29 s | 2 min 30 s |
|---|---|---|---|---|---|---|---|
| Nombre de tests | 1 | 1 | 2 | 6 | 3 | 7 | 6 |

| Temps mesuré | 2 min 31 s | 2 min 32 s | 2 min 33 s | 2 min 34 s | 2 min 35 s | 2 min 38 s |
|---|---|---|---|---|---|---|
| Nombre de tests | 3 | 1 | 2 | 3 | 2 | 3 |

**a.** Combien de tests ont été réalisés au total ?
**b.** Un sablier est mis en vente s'il vérifie les trois conditions ci-dessous, sinon il est éliminé :
- L'étendue des temps est inférieure à 20 s.
- La médiane des temps est comprise entre 2 min 29 s et 2 min 31 s.
- La moyenne des temps est comprise entre 2 min 28 s et 2 min 32 s.

Le sablier testé sera-t-il éliminé ?

## Exercice 4 **(19 points)**

On veut réaliser un dessin constitué de deux types d'éléments (tirets et carrés) mis bout à bout.
Chaque script ci-contre trace un élément, et déplace le stylo.
On rappelle que « s'orienter à 90 » signifie qu'on oriente le stylo vers la droite.

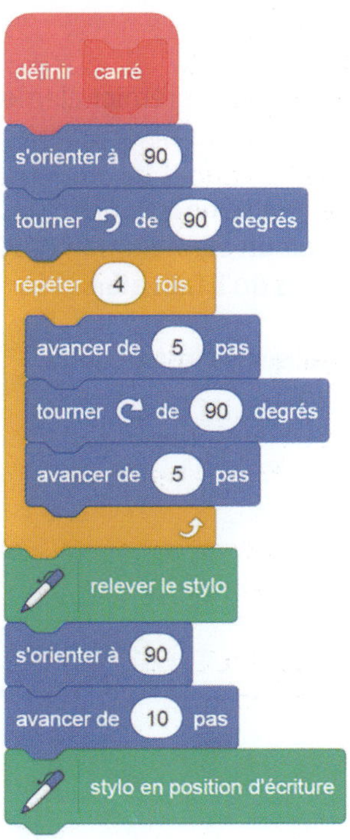


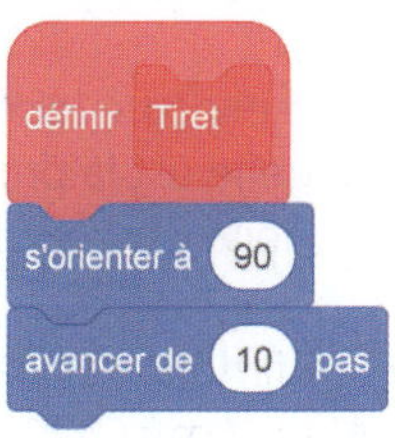

**1.** En prenant 1 cm pour 2 pixels, représenter la figure obtenue si on exécute le script Carré.
Préciser les positions de départ et d'arrivée du stylo sur votre figure.
Pour tracer le dessin complet, on a réalisé 2 scripts qui se servent des blocs « Carré » et « Tiret » :

**Script 1**

**Script 2**

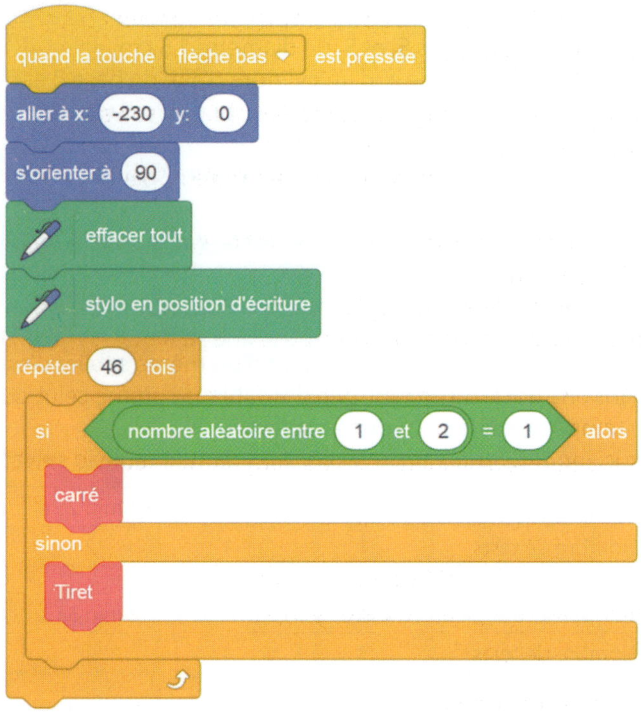


On exécute les deux scripts et on obtient les deux dessins ci-dessous.

Dessin A

Dessin B

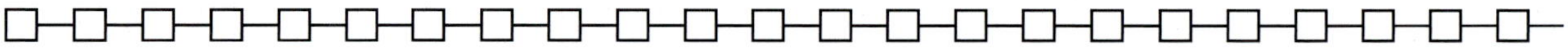

**2.** Attribuer à chaque script la figure dessinée. Justifier votre choix.

**3.** On exécute le script 2.
**a.** Quelle est la probabilité que le premier élément tracé soit un carré?
**b.** Quelle est la probabilité que les deux premiers éléments soient des carrés ?

**4.** Dans le script 2, on aimerait que la couleur des différents éléments, tirets ou carrés, soit aléatoire, avec à chaque fois 50 % de chance d'avoir un élément noir et 50 % de chance d'avoir un élément rouge.
Écrire la suite d'instructions qu'il faut alors créer et préciser où l'insérer dans le script 2.

**Indication** : on pourra utiliser les instructions 

et 

pour choisir la couleur du stylo.

## Exercice 5 **(18 points)**

Olivia s'est acheté un tableau pour décorer le mur de son salon.
Ce tableau, représenté ci-contre, est constitué de quatre rectangles identiques nommés ①, ②, ③ et ④ dessinés à l'intérieur d'un grand rectangle ABCD d'aire égale à 1,215 m$^2$. Le ratio *longueur : largeur* est égal à 3 : 2 pour chacun des cinq rectangles.

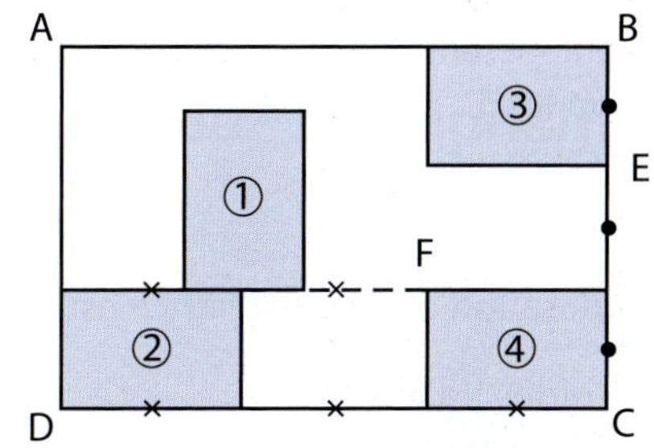


**1.** Recopier, en les complétant, les phrases suivantes. Aucune justification n'est demandée.
**a.** Le rectangle ... est l'image du rectangle ... par la translation qui transforme C en E.
**b.** Le rectangle ③ est l'image du rectangle ... par la rotation de centre F et d'angle 90° dans le sens des aiguilles d'une montre.
**c.** Le rectangle ABCD est l'image du rectangle ... par l'homothétie de centre ... et de rapport 3.
(Il y a plusieurs réponses possibles, une seule est demandée.)

**2.** Quelle est l'aire d'un petit rectangle ?

**3.** Quelles sont la longueur et la largeur du rectangle ABCD ?

## Exercice 6 **(17 points)**

Voici deux programmes de calcul :

**Programme 1**

- Choisir un nombre.
- Le multiplier par 3.
- Ajouter 1.

**Programme 2**

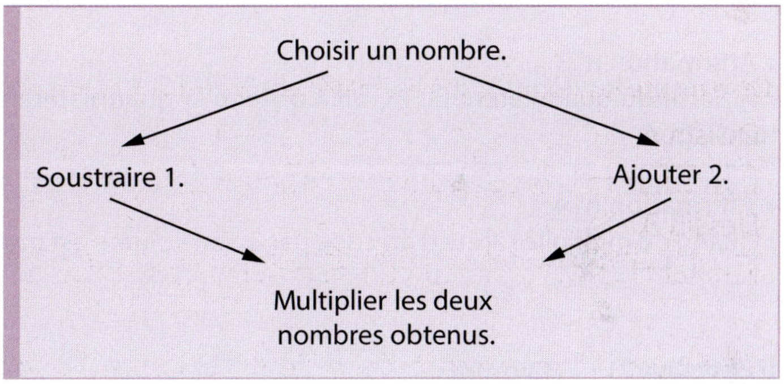


**1.** Vérifier que si on choisit 5 comme nombre de départ :
- le résultat du programme 1 vaut 16 ;
- le résultat du programme 2 vaut 28.

On appelle $A(x)$ le résultat du programme 1 en fonction du nombre $x$ choisi au départ.
La fonction $B : x \mapsto (x-1)(x+2)$ donne le résultat du programme 2 en fonction du nombre $x$ choisi au départ.

**2. a.** Exprimer $A(x)$ en fonction de $x$.
**b.** Déterminer le nombre que l'on doit choisir au départ pour obtenir 0 comme résultat du programme 1.

**3.** Développer et réduire l'expression :

$$B(x) = (x-1)(x+2).$$

**4. a.** Montrer que $B(x) - A(x) = (x+1)(x-3)$.
**b.** Quels nombres doit-on choisir au départ pour que le programme 1 et le programme 2 donnent le même résultat ? Expliquer la démarche.

# Annales du brevet Sujet 2

## Amérique du Sud • novembre 2019

2 heures

L'utilisation d'une calculatrice est autorisée.

Toutes les réponses doivent être justifiées, sauf si une indication contraire est donnée.
Pour chaque question, si le travail n'est pas terminé, laisser tout de même une trace de la recherche ; elle sera prise en compte dans la notation.

### Exercice 1 (20 points)

Pour chacune des affirmations suivantes, indiquer sur la copie si elle est vraie ou fausse.
On rappelle que chaque réponse doit être justifiée.

- **Affirmation n° 1**
« Dans la série de valeurs ci-dessous, l'étendue est 25.
Série : 37 ; 20 ; 18 ; 25 ; 45 ; 94 ; 62. »

- **Affirmation n° 2**
« Les nombres 70 et 90 ont exactement deux diviseurs premiers en commun. »

- **Affirmation n° 3**
« À partir du quadrilatère BUTS, on a obtenu le quadrilatère VRAC par une translation. »

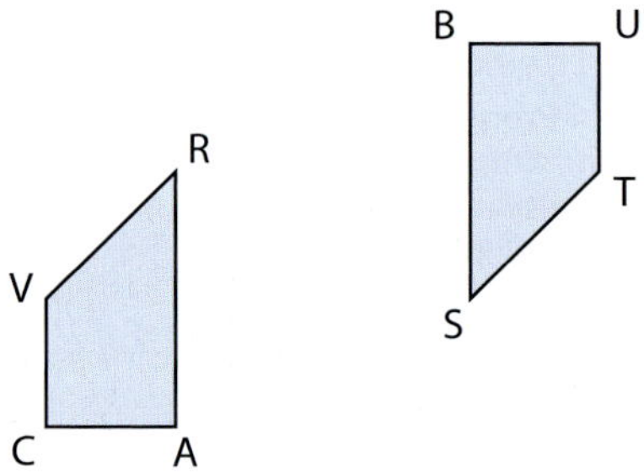


- **Affirmation n° 4**
« Quand on multiplie l'arête d'un cube par 3, son volume est multiplié par 27. »

### Exercice 2 (13 points)

On a saisi dans un tableur les dépenses liées au transport des familles françaises pour les années 2013 et 2015. Ces dépenses sont exprimées en milliards d'euros.
Pour l'année 2013, on a aussi saisi dans ce tableur les dépenses totales annuelles qui correspondent aux dépenses liées au logement, au transport, à la santé, à l'éducation, etc.
Voici une copie de l'écran obtenu.
Par exemple : en 2015, les dépenses annuelles des familles françaises, liées à l'achat de carburant, ont été de 34 milliards d'euros.

| | A | B | C |
|---|---|---|---|
| 1 | Dépenses annuelles liées au transport | Année 2013 | Année 2015 |
| 2 | Achat de véhicules particuliers | 38 | 39 |
| 3 | Frais d'entretien des véhicules | 45 | 51 |
| 4 | Achat de carburant | 39 | 34 |
| 5 | Achat de services de transports (avion, train…) | 26 | 28 |
| 6 | Total pour le budget transport | 148 | 152 |
| 7 | | | |
| 8 | Dépenses totales annuelles | 1 498 | |

*D'après une source : INSEE*

**1.** Pour l'année 2015, quelle est la dépense des familles françaises liée aux frais d'entretien des véhicules ?

**2.** Quelle formule peut-on saisir dans la cellule B6 avant de l'étirer dans la cellule C6 ?

**3.** À la lecture du tableau, les dépenses annuelles liées à l'achat de carburant ont-elles baissé de 5 % entre 2013 et 2015 ?

**4.** En 2015, les dépenses des familles françaises liées aux transports correspondaient à environ 9,87 % des dépenses totales annuelles.
Quelles étaient alors les dépenses totales annuelles des familles françaises en 2015 ?

## Exercice 3 (14 points)

**1.** Calculer $5x^2 - 3(2x + 1)$ pour $x = 4$.

**2.** Montrer que, pour toute valeur de $x$, on a : $5x^2 - 3(2x + 1) = 5x^2 - 6x - 3$.

**3.** Trouver la valeur de $x$ pour laquelle $5x^2 - 3(2x + 1) = 5x^2 - 4x + 1$.

## Exercice 4 (23 points)

Un silo à grains permet de stocker des céréales. Un ascenseur permet d'acheminer le blé dans le silo.
L'ascenseur est soutenu par un pilier.

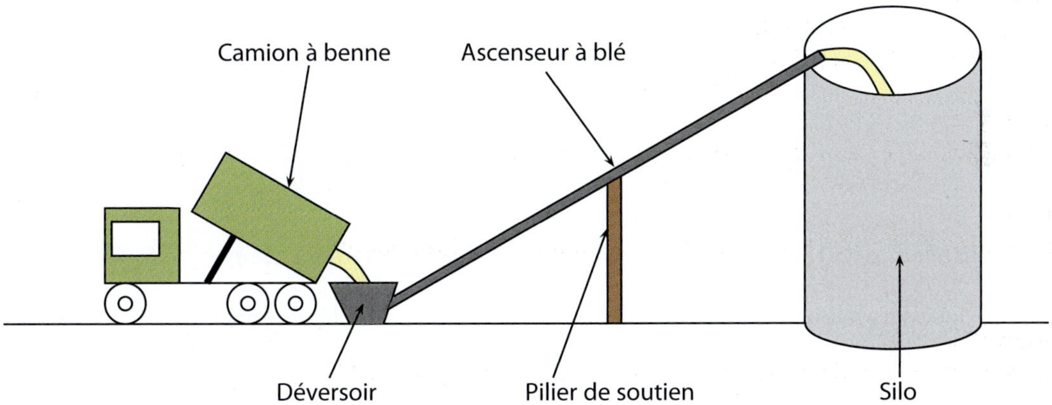


On modélise l'installation par la figure ci-dessous qui n'est pas réalisée à l'échelle :

- Les points C, E et M sont alignés.
- Les points C, F, H et P sont alignés.
- Les droites (EF) et (MH) sont perpendiculaires à la droite (CH).
- CH = 8,50 met CF = 2,50 m.
- Hauteur du cylindre : HM = 20,40 m.
- Diamètre du cylindre : HP = 4,20 m.

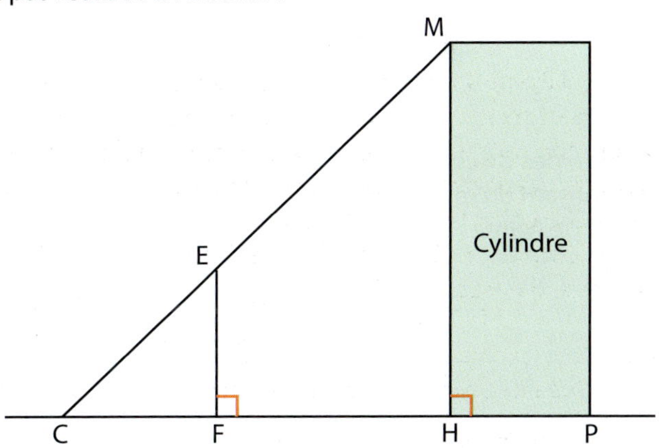


**Les quatre questions suivantes sont indépendantes.**

**1.** Quelle est la longueur CM de l'ascenseur à blé ?

**2.** Quelle est la hauteur EF du pilier ?

**3.** Quelle est la mesure de l'angle $\widehat{HCM}$ entre le sol et l'ascenseur à blé ? On donnera une valeur approchée au degré près.

**4.** Un mètre-cube de blé pèse environ 800 kg.
Quelle masse maximale de blé peut-on stocker dans ce silo ? On donnera la réponse à une tonne près.

> Rappels :
> - 1 tonne = 1 000 kg
> - volume d'un cylindre de rayon $R$ et de hauteur $h$ : $\pi \times R^2 \times h$

## Exercice 5 (14 points)

Une entreprise rembourse à ses employés le cout de leurs déplacements professionnels, quand les employés utilisent leur véhicule personnel.
Pour calculer le montant de ces remboursements, elle utilise la formule et le tableau d'équivalence ci-dessous proposés par le gestionnaire :

**Doc. 1**

**Formule**

Montant du remboursement :

$$a + b \times d$$

où :

- $a$ est un prix (en euros) qui ne dépend que de la longueur du trajet ;
- $b$ est le prix payé (en euros) par kilomètre parcouru ;
- $d$ est la longueur en kilomètres du « trajet aller ».

**Tableau**

| Longueur *d* du « trajet aller » | Prix *a* | Prix *b* par kilomètre |
|---|---|---|
| De 1 km à 16 km | 0,778 1 | 0,194 4 |
| De 17 km à 32 km | 0,250 3 | 0,216 5 |
| De 33 km à 64 km | 2,070 6 | 0,159 7 |
| De 65 km à 109 km | 2,889 1 | 0,148 9 |
| De 110 km à 149 km | 4,086 4 | 0,142 5 |
| De 150 km à 199 km | 8,087 1 | 0,119 3 |
| De 200 km à 300 km | 7,757 7 | 0,120 9 |
| De 301 km et 499 km | 13,651 4 | 0,103 0 |
| De 500 km à 799 km | 18,444 9 | 0,092 1 |
| De 800 km à 9 999 km | 32,204 1 | 0,075 5 |

**1.** Pour un « trajet aller » de 30 km, vérifier que le montant du remboursement est environ 6,75 €.

**2.** Dans le cadre de son travail, un employé de cette entreprise effectue un déplacement à Paris. Il choisit de prendre sa voiture et il trouve les informations ci-dessous sur un site internet.

**Doc. 2**

Distance Nantes - Paris : 386 km
Cout du péage entre Nantes et Paris : 37 €
Consommation moyenne de la voiture de l'employé : 6,2 litres d'essence aux 100 km
Prix du litre d'essence : 1,52 €

À l'aide des **documents 1 et 2,** répondre à la question suivante.
Le montant du remboursement sera-t-il suffisant pour couvrir les dépenses de cet employé pour effectuer le « trajet aller » de Nantes à Paris ?

## Exercice 6 (16 points)

Voici les copies d'écran d'un programme qui permet d'obtenir une frise.

| Script de la frise | Bloc motif | Pour information |
|---|---|---|
| 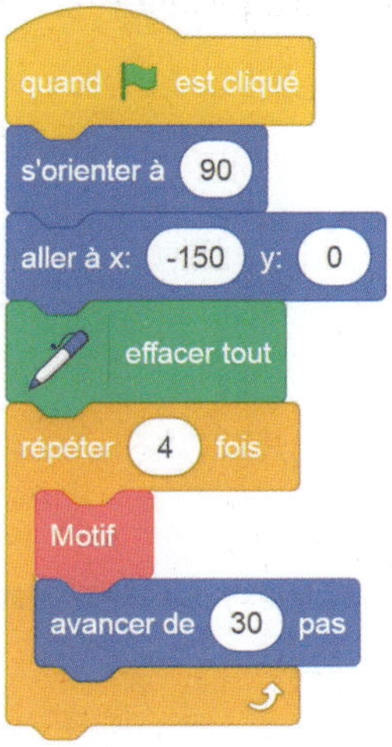  | 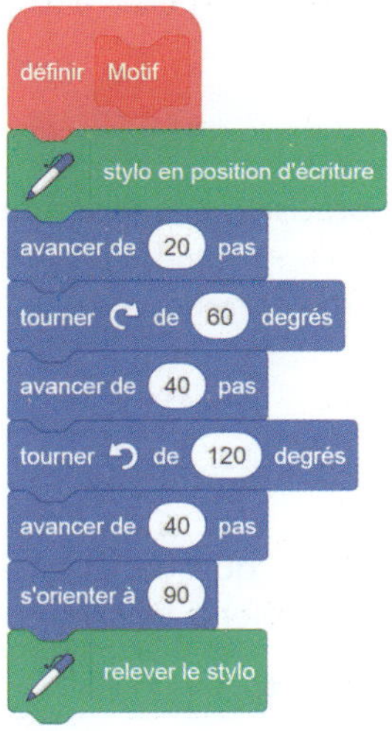  | L'instruction   signifie qu'on s'oriente en vue de se diriger vers la droite. |
| **Frise obtenue avec le script** | Point de départ  | |

**1.** Quelle distance le lutin a-t-il parcourue pour tracer **un seul motif** de la frise ?

**2.** On modifie le programme, dans cette question seulement :

- on ne modifie pas le script de la frise ;
- dans le bloc motif, on enlève l'instruction : 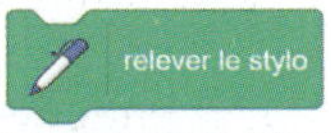  .

Dessiner à main levée la frise obtenue avec ce nouveau programme.

**3.** On utilise maintenant le bloc motif ci-dessous. Laquelle des deux frises obtient-il ? Expliquer pourquoi.

| Bloc motif modifié | Frise n° 1 | Frise n° 2 |
|---|---|---|
| 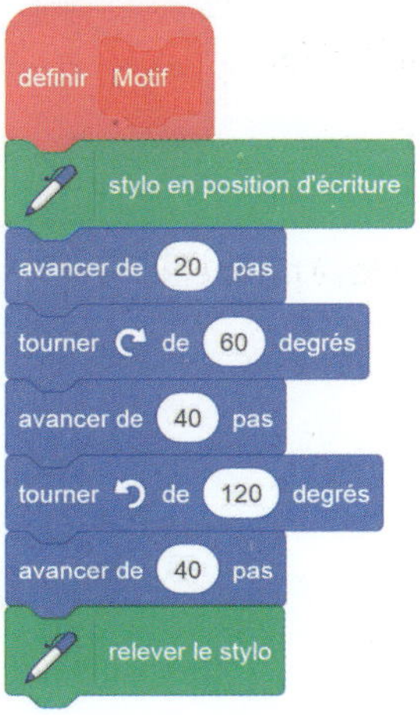  | Point de départ 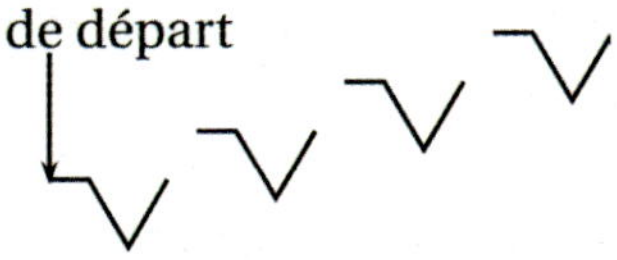 | 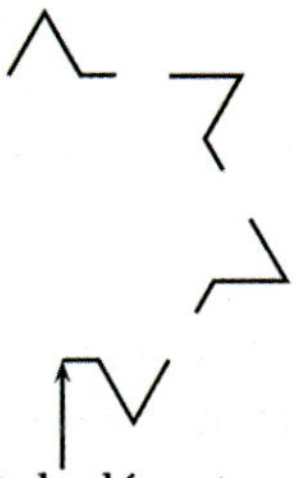 Point de départ |

# Annales du brevet Sujet 3

## Polynésie • juillet 2019

2 heures

L'évaluation prend en compte la clarté et la précision des raisonnements ainsi que, plus largement, la qualité de la rédaction.
Elle prend en compte les essais et les démarches engagés, même non aboutis.

### Exercice 1 (12 points)

Dans ce questionnaire à choix multiples, pour chaque question, des réponses sont proposées ; une seule est exacte. Sur la copie, écrire le numéro de la question et recopier la bonne réponse.

**Pour la question 4, une justification est attendue.**

| Questions | A | B | C |
|---|---|---|---|
| **1.** La décomposition en produit de facteurs premiers de 24 est : | $2 \times 3 \times 4$ | $2 \times 2 \times 2 \times 3$ | $2 \times 2 \times 6$ |
| **2.** Lequel de ces nombres est premier ? | 2 255 | 8 191 | 7 113 |
| **3.** La roue B fait 2 tours, combien de tours fait la roue A ? 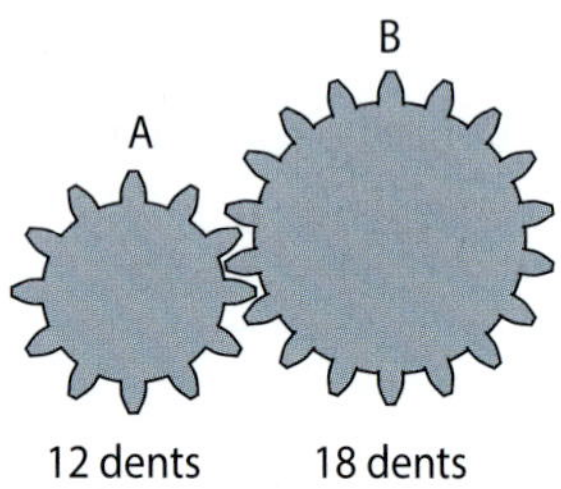  | 3 tours | 4 tours | 5 tours |
| **4.** Pour cette question, **une justification est attendue**. 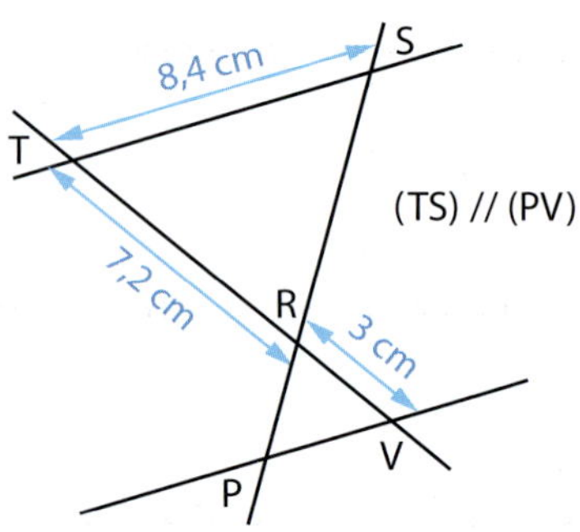  | PV = 3 cm | PV = 20,16 cm | PV = 3,5 cm |

## Exercice 2 (20 points)

**1.** On a utilisé une feuille de calcul pour obtenir les images de différentes valeurs de $x$ par une fonction affine $f$. Voici une copie de l'écran obtenu :

| B2 | | =3*B1−4 | | | | | | |
|---|---|---|---|---|---|---|---|---|
| | A | B | C | D | E | F | G | H |
| 1 | $x$ | −2 | −1 | 0 | 1 | 2 | 3 | 4 |
| 2 | $f(x)$ | −10 | −7 | −4 | −1 | 2 | 5 | 8 |

**a.** Quelle est l'image de −1 par la fonction $f$ ?
**b.** Quel est l'antécédent de 5 par la fonction $f$ ?
**c.** Donner l'expression de $f(x)$.
**d.** Calculer $f(10)$.

**2.** On donne le programme suivant qui traduit un programme de calcul.

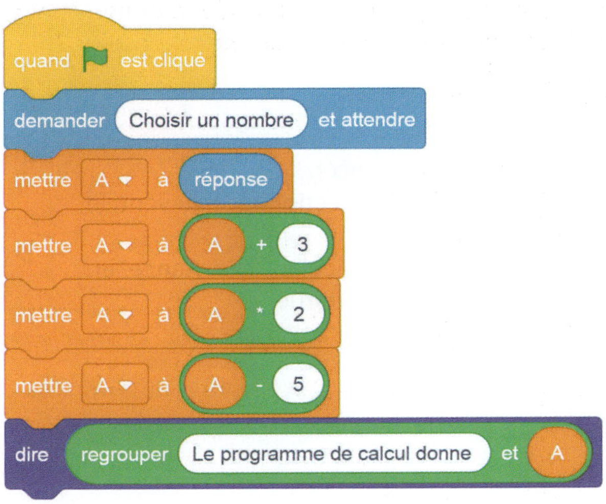


**a.** Écrire sur votre copie les deux dernières étapes du programme de calcul :

> Choisir un nombre.
> Ajouter 3 à ce nombre.
> …
> …

**b.** Si on choisit le nombre 8 au départ, quel sera le résultat ?
**c.** Si on choisit $x$ comme nombre de départ, montrer que le résultat obtenu avec ce programme de calcul sera $2x+1$.
**d.** Quel nombre doit-on choisir au départ pour obtenir 6 ?

**3.** Quel nombre faudrait-il choisir pour que la fonction $f$ et le programme de calcul donnent le même résultat ?

## Exercice 3 (15 points)

Sam préfère les bonbons bleus. Dans son paquet de 500 bonbons, 150 sont bleus, les autres sont rouges, jaunes ou verts.
**1.** Quelle est la probabilité qu'il pioche au hasard un bonbon bleu dans son paquet ?
**2.** 20 % des bonbons de ce paquet sont rouges. Combien y a-t-il de bonbons rouges ?
**3.** Sachant qu'il y a 130 bonbons verts dons ce paquet, Sam a-t-il plus de chance de piocher au hasard un bonbon vert ou un bonbon jaune ?
**4.** Aïcha avait acheté le même paquet il y a quinze jours, il ne lui reste que 140 bonbons bleus, 100 jaunes, 60 rouges et 100 verts.
Elle dit à Sam : « Tu devrais piocher dans mon paquet plutôt que dans le tien, tu aurais plus de chance d'obtenir un bleu. »
A-t-elle raison?

## Exercice 4 (12 points)

La pyramide du Louvre à Paris est une pyramide à base carrée de côté 35,4 m et de hauteur 21,6 m.
C'est une réduction de la pyramide de Khéops en Egypte, qui mesure environ 230,5 m de côté.

**1.** Montrer que la hauteur de la pyramide de Khéops est d'environ 140,6 m.

**2.** Calculer le volume en $m^3$ de la pyramide du Louvre. (Arrondir à l'unité)

**3.** Par quel nombre peut-on multiplier le volume de la pyramide du Louvre pour obtenir celui de la pyramide de Khéops ? (Arrondir à l'unité)

**Rappel :**
Volume d'une pyramide $= \dfrac{\text{Aire de la base} \times \text{Hauteur}}{3}$.

## Exercice 5 (14 points)

Lorsqu'un voilier est face au vent, il ne peut pas avancer.
Si la destination choisie nécessite de prendre une direction face au vent, le voilier devra progresser en faisant des zigzags.
Comparer les trajectoires de ces deux voiliers en calculant la distance, en kilomètres et arrondie au dixième, que chacun a parcourue.

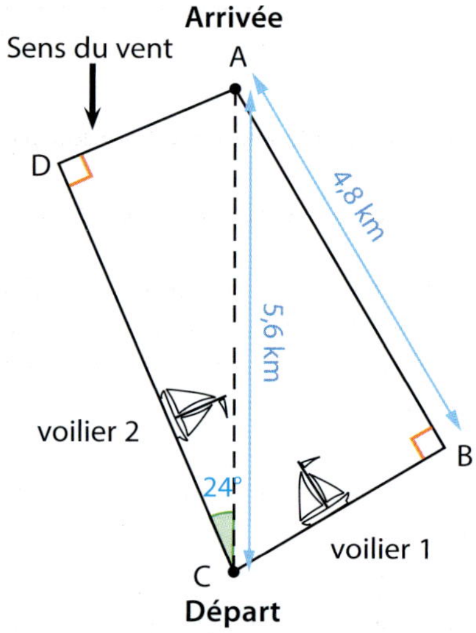


*La figure n'est pas à l'échelle.*

## Exercice 6 (12 points)

Le tableau ci-dessous regroupe les résultats de la finale du 200 m hommes des Jeux olympiques de Rio de Janeiro en 2016, remporté par Usain Bolt en 19,78 secondes.

| Rang | Athlète | Nation | Performance en seconde |
|---|---|---|---|
| 1 | U. Bolt | Jamaïque | 19,78 |
| 2 | A. De Grasse | Canada | 20,02 |
| 3 | C. Lemaitre | France | 20,12 |
| 4 | A. Gemili | Grande-Bretagne | 20,12 |
| 5 | C. Martina | Hollande | 20,13 |
| 6 | L. Merritt | USA | 20,19 |
| 7 | A. Edward | Panama | 20,23 |
| 8 | R. Guliyev | Turquie | 20,43 |

**1.** Calculer la vitesse moyenne en m/s de l'athlète le plus rapide. Arrondir au centième.

**2.** Calculer la moyenne des performances des athlètes. Arrondir au centième.

**3.** En 1964 à Tokyo, la moyenne des performances des athlètes sur le 200 m hommes était de 20,68 s et l'étendue était de 0,6 s. En comparant ces résultats à ceux de 2016, qu'observe-t-on ?

## Exercice 7 (15 points)

Le graphique ci-dessous donne les hauteurs d'eau au port de La Rochelle le mercredi 15 aout 2018.

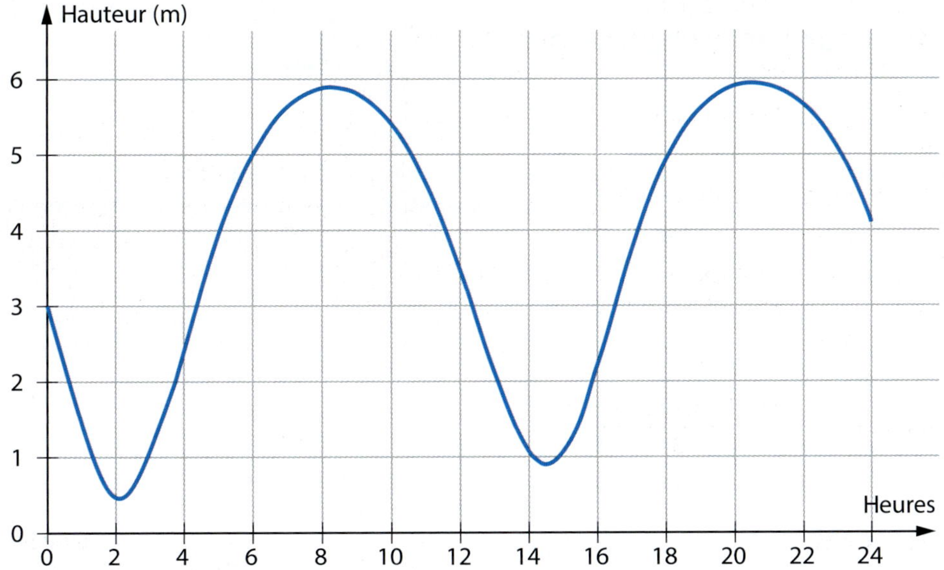


**1.** Quel a été le plus haut niveau d'eau dans le port ?

**2.** À quelles heures approximativement la hauteur d'eau a-t-elle été de 5 m ?

**3.** En utilisant les données du tableau ci-contre, calculer :
**a.** le temps qui s'est écoulé entre la marée haute et la marée basse ;
**b.** la différence de hauteur d'eau entre la marée haute et la marée basse.

| | Heure | Hauteur (en m) |
|---|---|---|
| Marée haute | 8 h 16 | 5,89 |
| Marée basse | 14 h 30 | 0,90 |

**4.** À l'aide des deux documents suivants, comment qualifier la marée du 15 août 2018 entre 8 h 16 et 14 h 30 à la Rochelle ?

**Doc. 1**

Le coefficient de marée peut être calculé de la façon suivante à La Rochelle :

$$C = \frac{H_h - H_b}{5,34} \times 100$$

avec :
- $H_h$ : hauteur d'eau à marée haute.
- $H_b$ : hauteur d'eau à marée basse.

**Doc. 2**

Le coefficient de marée prend une valeur comprise entre 20 et 120.
- Une marée de coefficient supérieur à 70 est qualifiée de marée de vives-eaux.
- Une marée de coefficient inférieur à 70 est qualifiée de marée de mortes-eaux.

# Annales du brevet Sujet 4

## Métropole La Réunion • septembre 2018

2 heures

Toutes les réponses doivent être justifiées, sauf si une indication contraire est donnée.
Pour chaque question, si le travail n'est pas terminé, laisser tout de même une trace de la recherche ; elle sera prise en compte dans la notation.

### Exercice 1 (20 points)

**Partie 1**

On s'intéresse à une course réalisée au début de l'année 2018. Il y a 80 participants, dont 32 femmes et 48 hommes. Les femmes portent des dossards rouges numérotés de 1 à 32. Les hommes portent des dossards verts numérotés de 1 à 48.
Il existe donc un dossard n° 1 rouge pour une femme, et un dossard n° 1 vert pour un homme, et ainsi de suite...

**1.** Quel est le pourcentage de femmes participant à la course?

**2.** Un animateur tire au hasard le dossard d'un participant pour remettre un prix de consolation.
**a.** Soit l'évènement $V$ : « Le dossard est vert ». Quelle est la probabilité de l'évènement $V$ ?
**b.** Soit l'évènement $M$ : « Le numéro du dossard est un multiple de 10 ». Quelle est la probabilité de l'évènement $M$ ?
**c.** L'animateur annonce que le numéro du dossard est un multiple de 10. Quelle est alors la probabilité qu'il appartienne à une femme?

**Partie 2**

À l'issue de la course, le classement est affiché ci-contre.
**On s'intéresse aux années de naissance des 20 premiers coureurs.**

**1.** On a rangé les années de naissance des coureurs dans l'ordre croissant :

| | | | | |
|---|---|---|---|---|
| 1959 | 1959 | 1960 | 1966 | 1969 |
| 1970 | 1972 | 1972 | 1974 | 1979 |
| 1981 | 1983 | 1986 | 1988 | 1989 |
| 1993 | 1997 | 1998 | 2002 | 2003 |

Donner la médiane de la série.

**2.** La moyenne de la série a été calculée dans la cellule B23.
Quelle formule a été saisie dans la cellule B23 ?

**3.** Astrid remarque que la moyenne et la médiane de cette série sont égales.
Est-ce le cas pour n'importe quelle autre série statistique ?
Expliquer votre réponse.

| | A | B |
|---|---|---|
| 1 | Classement | Année de naissance |
| 2 | 1 | 1983 |
| 3 | 2 | 1972 |
| 4 | 3 | 1966 |
| 5 | 4 | 2003 |
| 6 | 5 | 1986 |
| 7 | 6 | 1972 |
| 8 | 7 | 1979 |
| 9 | 8 | 1997 |
| 10 | 9 | 1959 |
| 11 | 10 | 1981 |
| 12 | 11 | 1970 |
| 13 | 12 | 1989 |
| 14 | 13 | 1988 |
| 15 | 14 | 1959 |
| 16 | 15 | 1993 |
| 17 | 16 | 1974 |
| 18 | 17 | 1960 |
| 19 | 18 | 1998 |
| 20 | 19 | 1969 |
| 21 | 20 | 2002 |
| 22 | | |
| 23 | moyenne | 1980 |

## Exercice 2 (11 points)

**1.** Le nombre 588 peut se décomposer sous la forme $588 = 2^2 \times 3 \times 7^2$.
Quels sont ses diviseurs premiers, c'est-à-dire les nombres qui sont à la fois des nombres premiers et des diviseurs de 588 ?

**2. a.** Déterminer la décomposition en facteurs premiers de 27 000 000.
**b.** Quels sont ses diviseurs premiers ?

**3.** Déterminer le plus petit nombre entier positif impair qui admet trois diviseurs premiers différents.
Expliquer votre raisonnement.

## Exercice 3 (13 points)

Après un de ses entraînements de course à pied, Bob reçoit de la part de son entraineur le récapitulatif de sa course, reproduit ci-contre.
L'**allure** moyenne du coureur est le quotient de la durée de la course par la distance parcourue et s'exprime en min/km.
Exemple : si Bob met 18 min pour parcourir 3 km, son allure est de 6min/km.

| Entrainement course à pied | | |
|---|---|---|
| **10,5 km** | **1 h 03 min** | **6 min/km** |
| Distance | Durée | Allure moyenne |
| **851** | **35 m** | |
| Calories | Gain altitude | |

**1.** Bob s'étonne de ne pas voir apparaître sa vitesse moyenne. Calculer cette vitesse moyenne en km/h.

**2.** Soit $f$ la fonction définie pour tout $x > 0$ par $f(x) = \dfrac{60}{x}$, où $x$ est l'allure en min/km et $f(x)$ est la vitesse en km/h.
Cette fonction permet donc de connaître la vitesse (en km/h) en fonction de l'allure (en min/km).
**a.** La fonction $f$ est-elle une fonction linéaire ? Justifier.
**b.** Lors de sa dernière course, l'allure moyenne de Bob était de 5 min/km.
Calculer l'image de 5 par $f$. Que représente le résultat obtenu ?

**3.** Répondre aux questions suivantes en utilisant la représentation graphique de la fonction $f$ ci-dessous.
**a.** Donner un antécédent de 10 par la fonction $f$.
**b.** Un piéton se déplace à environ 14 min/km. Donner une valeur approchée de sa vitesse en km/h.

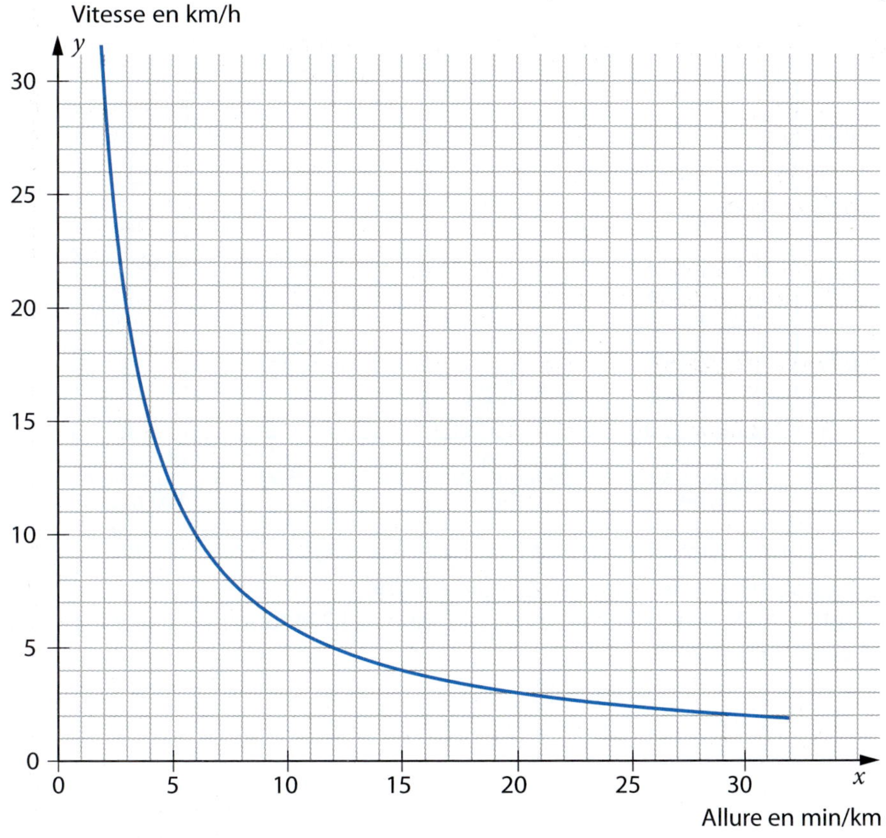

## Exercice 4 (17 points)

Les abeilles ouvrières font des allers-retours entre les fleurs et la ruche pour transporter le nectar et le pollen des fleurs qu'elles stockent dans la ruche.

**1.** Une abeille a une masse moyenne de 100 mg et rapporte en moyenne 80 mg de charge (nectar, pollen) à chaque voyage.
Un homme a une masse de 75 kg. S'il se chargeait proportionnellement à sa masse, comme une abeille, quelle masse cet homme transporterait-il ?

**2.** Quand elles rentrent à la ruche, les abeilles déposent le nectar récolté dans des alvéoles.
On considère que ces alvéoles ont la forme d'un prisme droit de 1,15 cm de hauteur et dont la base est un hexagone d'aire 23 mm$^2$ environ, voir la figure ci-dessous.
**a.** Vérifier que le volume d'une alvéole de ruche est égal à 264,5 mm$^3$.

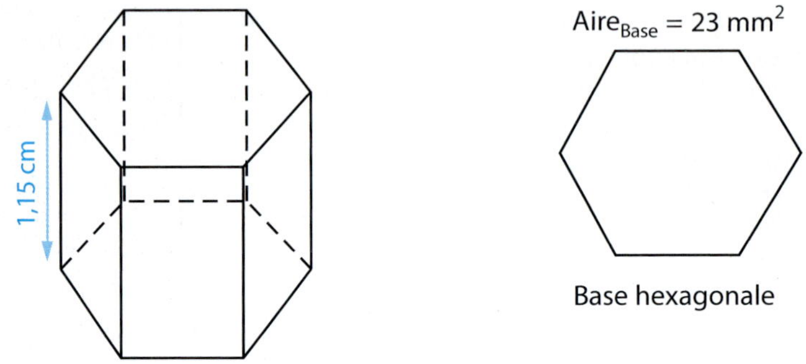


Le volume d'un prisme droit est donné par la formule : $\mathcal{V}_{\text{prisme}} = \text{Aire}_{\text{Base}} \times \text{Hauteur}$

**b.** L'abeille stocke le nectar dans son jabot. Le jabot est une petite poche sous l'abdomen d'un volume de $6 \times 10^{-5}$ litre. Combien de sorties au minimum l'abeille doit-elle faire pour remplir une alvéole ?
(rappel : 1 dm$^3$ = 1 litre)

**3.** Le graphique ci-dessous présente la production française de miel en 2015 et 2016.

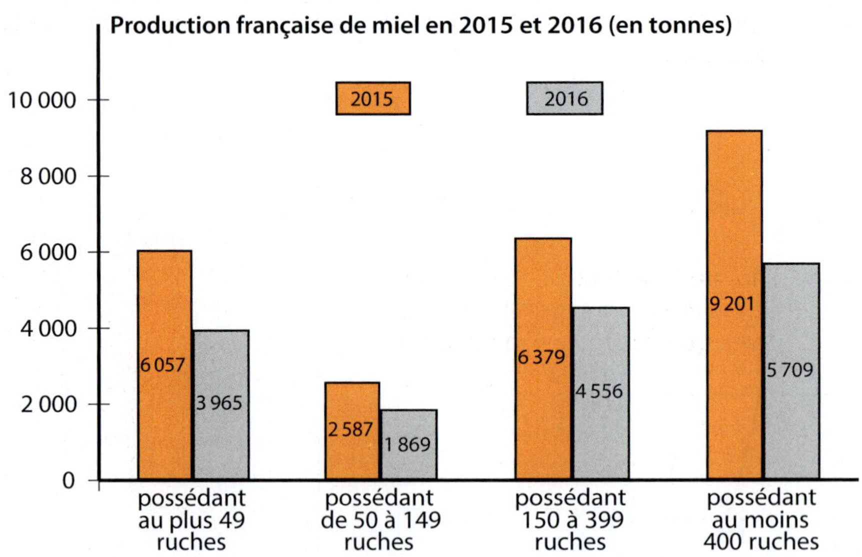


*Source : Observatoire de la production de miel et gelée royale FranceAgriMer 2017*

**a.** Calculer la quantité totale de miel (en tonnes) récoltée en 2016.
**b.** Sachant que la quantité totale de miel récoltée en 2015 est de 24 224 tonnes, calculer le pourcentage de baisse de la récolte de miel entre 2015 et 2016.

## Exercice 5 (15 points)

Sam a écrit le programme ci-dessous qui permet de tracer un rectangle comme ci-contre. Ce programme comporte deux variables (Longueur) et (Largeur) qui représentent les dimensions du rectangle.

On rappelle que l'instruction « s'orienter à 90 » signifie que l'on s'oriente vers la droite.

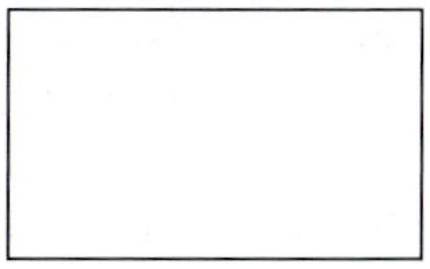

départ

| Script | Bloc rectangle |
| --- | --- |
| 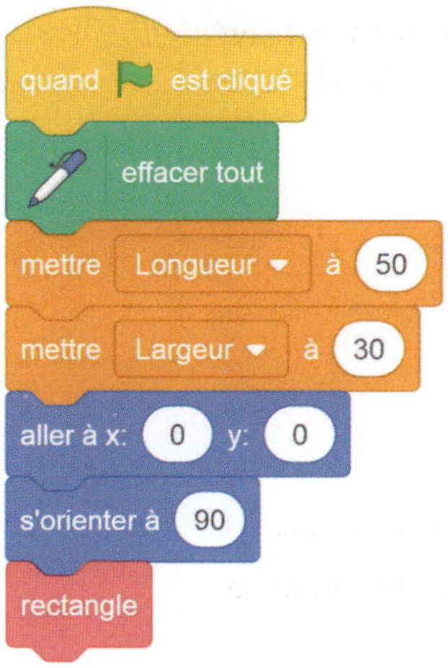 | 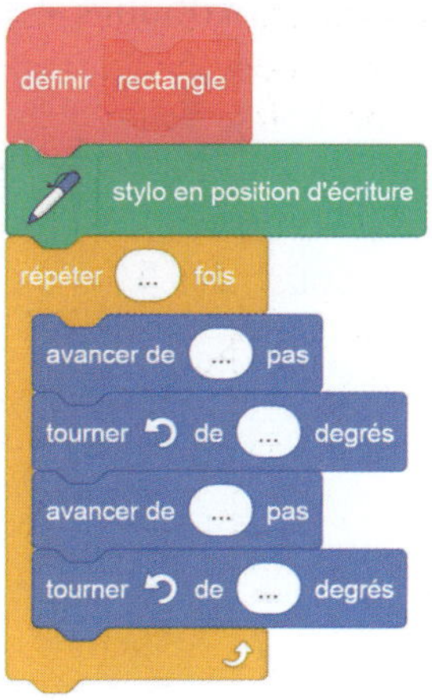 |





**1.** Compléter le bloc rectangle ci-dessus avec des nombres et des variables pour que le script fonctionne. On recopiera et on complétera uniquement la boucle répéter sur sa copie.

**2.** Lorsque l'on exécute le programme, quelles sont les coordonnées du point d'arrivée et dans quelle direction est-on orienté ?

**3.** Sam a modifié son script pour tracer également l'image du rectangle par l'homothétie de centre le point de coordonnées (0 ; 0) et de rapport 1,3.

**a.** Compléter le nouveau script de Sam donné ci-contre afin d'obtenir la figure ci-dessous. On recopiera et on complètera sur sa copie les lignes 9 et 10 ainsi que l'instruction manquante en ligne 11.

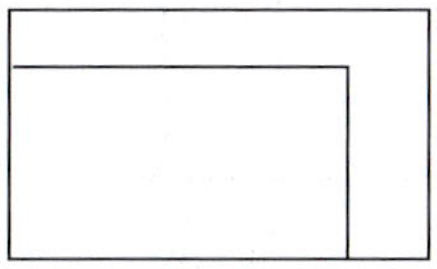

départ

**b.** Sam exécute son script. Quelles sont les nouvelles valeurs des variables Longueur et Largeur à la fin de l'exécution du script ?

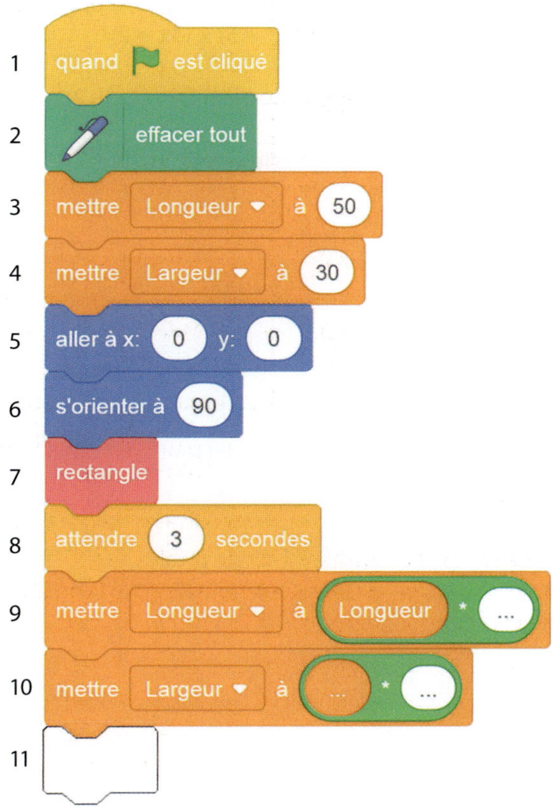

## Exercice 6 (12 points)

La figure ci-dessous donne un schéma d'un programme de calcul.

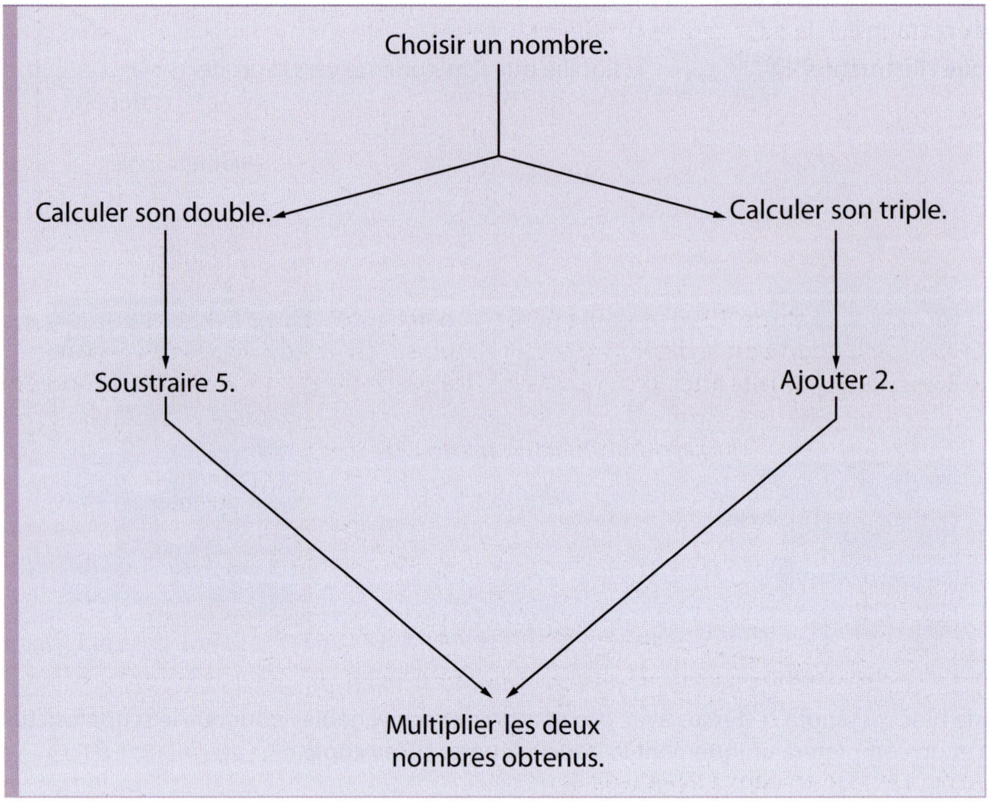


**1.** Si le nombre de départ est 1, montrer que le résultat obtenu est –15.

**2.** Si on choisit un nombre quelconque $x$ comme nombre de départ, parmi les expressions suivantes, quelle est celle qui donne le résultat obtenu par le programme de calcul ? Justifier.

$A = (x^2 - 5) \times (3x + 2)$ $\quad$ $B = (2x - 5) \times (3x + 2)$ $\quad$ $C = 2x - 5 \times 3x + 2$

**3.** Lily prétend que l'expression $D = (3x + 2)^2 - (x + 7)(3x + 2)$ donne les mêmes résultats que l'expression B pour toutes les valeurs de $x$.
L'affirmation de Lily est-elle vraie? Justifier.

## Exercice 7 (12 points)

Pour la course à pied en montagne, certains sportifs mesurent leur performance par la **vitesse ascensionnelle**, notée $V_a$.
$V_a$ est le quotient du dénivelé de la course, exprimé en mètres, par la durée, exprimée en heure.

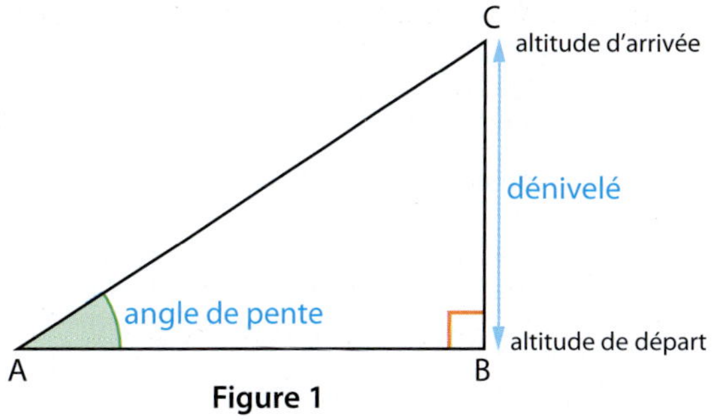


**Figure 1**

Par exemple : pour un dénivelé de 4 500 m et une durée de parcours de 3 h : $V_a$ = 1 500 m/h.
Rappel : le dénivelé de la course est la différence entre l'altitude à l'arrivée et l'altitude au départ.
Un coureur de haut niveau souhaite atteindre une vitesse ascensionnelle d'au moins 1 400 m/h lors de sa prochaine course.

*La figure ci-dessous n'est pas représentée en vraie grandeur.*

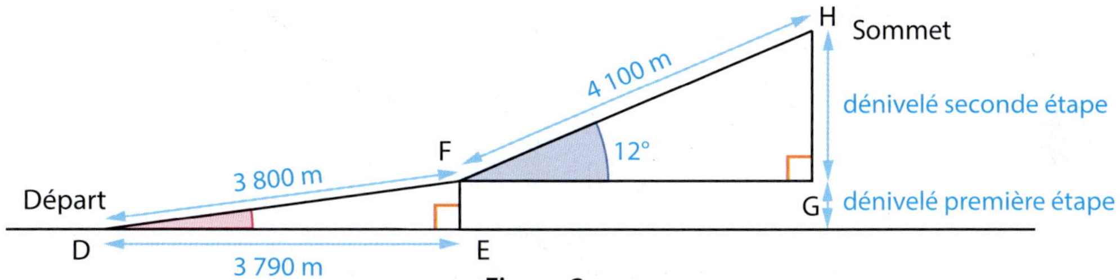


**Figure 2**

Le parcours se décompose en deux étapes (voir figure 2) :
- Première étape de 3 800 m pour un déplacement horizontal de 3 790 m.
- Seconde étape de 4,1 km avec un angle de pente d'environ 12°.

**1.** Vérifier que le dénivelé de la première étape est environ 275,5 m.

**2.** Quel est le dénivelé de la seconde étape ?

**3.** Depuis le départ, le coureur met 48 minutes pour arriver au sommet.
Le coureur atteint-il son objectif ?

# Corrigés

## 1 Nombres entiers

**2** a. Oui b. Non c. Non d. Non e. Non f. Non

**4** a. Les diviseurs de 28 sont : 1 ; 2 ; 4 ; 7 ; 14 ; 28
b. Les diviseurs de 120 sont : 1 ; 2 ; 3 ; 4 ; 5 ; 6 ; 8 ; 10 ; 12 ; 15 ; 20 ; 24 ; 30 ; 40 ; 60 ; 120
c. Les diviseurs de 162 sont : 1 ; 2 ; 3 ; 6 ; 9 ; 18 ; 27 ; 54 ; 81 ; 162
d. Les diviseurs de 225 sont : 1 ; 3 ; 5 ; 9 ; 15 ; 25 ; 45 ; 75 ; 225

**5** Ce n'est ni 3 465 ni 77 car ils sont impairs, ni 154 et 66 car ils ne sont pas divisibles par 5, ni 270, 660 et 110 car ils ne sont pas divisibles par 7, ni 770 car il n'est pas divisible par 9. Le nombre choisi est 6 930.

**6** Les nombres cherchés sont 60 et 75.

**7** Le nombre cherché est 3 024.

**9** $\sqrt{101} \approx 10{,}2$ ; 101 n'est divisible par aucun nombre entier compris entre 2 et 10 donc il est premier.
$\sqrt{163} \approx 12{,}7$ ; 163 n'est divisible par aucun nombre entier compris entre 2 et 12 donc il est premier.
224 est pair, il n'est pas premier.
$\sqrt{263} \approx 16{,}2$ ; 263 n'est divisible par aucun nombre entier compris entre 2 et 16 donc il est premier.
279 est divisible par 9 (2 + 7 + 9 = 18), il n'est pas premier.
669 est divisible par 3 (6 + 6 + 9 = 21), il n'est pas premier.

**11** a. $48 = 2^4 \times 3$ b. $105 = 3 \times 5 \times 7$
c. $320 = 2^6 \times 5$ d. $485 = 5 \times 97$
e. $1\,000 = 2^3 \times 5^3$ f. $1\,888 = 2^5 \times 59$
g. $2\,520 = 2^3 \times 3^2 \times 5 \times 7$

**12** 1. $70 = 2 \times 5 \times 7$ 2. $90 = 2 \times 3^2 \times 5$
3. $6\,300 = 70 \times 90 = 2^2 \times 3^2 \times 5^2 \times 7$

**QCM**

(1) 1. B 2. C 3. A et C 4. C 5. B
(2) 1. C 2. A et C 3. B 4. B et C
(3) 1. A et B 2. A et B 3. B 4. C

## 2 Nombres rationnels

**2** A = 50 B = –20 C = –26,5 D = 12,7

**4** A = –35 B = 9 C = 14,3 D = 0 E = –4 F = 0,2

**6** $\frac{-5}{-4}$ $\frac{-5}{4}$ $\frac{5}{-4}$ $-\frac{-5}{-4}$ $-\frac{5}{-4}$ $-\frac{-5}{4}$

**8** $A = 49 - 32 \times 6 = 49 - 192 = -143$
$B = 625 \div 25 - 30 = 25 - 30 = -5$
$C = -3 \times 0{,}25 + 343 = -0{,}75 + 343 = 342{,}75$
$D = 100 - 6 \times (16 - 10) = 100 - 6 \times 6 = 100 - 36 = 64$

**11** $10^{-2} = 0{,}01$ $10^4 = 10\,000$ $10^{-7} = 0{,}000\,000\,1$ $10^5 = 100\,000$

**12** $1\,000 = 10^3$ $0{,}000\,01 = 10^{-5}$ $10\,000\,000\,000 = 10^{10}$

**15** A = 1 540 B = 3 700 C = 750 000 D = 560 000

**16** $A = 6{,}2 \times 10^{-4}$ $B = 1{,}8 \times 10^{11}$ $C = 1{,}6 \times 10^{-1}$ $D = 1{,}52 \times 10^9$

**18** a. $\frac{8}{11} = \frac{8 \times 6}{11 \times 6} = \frac{48}{66}$ donc $\frac{8}{11} \neq \frac{40}{66}$.
b. $\frac{56}{32} = \frac{56 \div 4}{32 \div 4} = \frac{14}{8}$ donc $\frac{56}{32} = \frac{14}{8}$.
c. $\frac{20}{5} = \frac{20 \times 5}{5 \times 5} = \frac{100}{25}$ on a : 25 ≠ 32 donc $\frac{100}{32} \neq \frac{20}{5}$.
d. $359 \times 78 = 28\,002$ et $66 \times 2\,425 = 160\,050$ donc $\frac{359}{66} \neq \frac{2\,425}{78}$.

**20** a. $\frac{315}{60} = \frac{315 \div 5}{60 \div 5} = \frac{63}{12} = \frac{63 \div 3}{12 \div 3} = \frac{21}{4}$
b. $\frac{224}{-140} = \frac{-224 \div 28}{140 \div 28} = \frac{-8}{5}$
c. $-\frac{42}{586} = -\frac{42 \div 2}{586 \div 2} = \frac{21}{293}$
d. $\frac{-1\,764}{-448} = \frac{2 \times 2 \times 3 \times 3 \times 7 \times 7}{2 \times 2 \times 2 \times 2 \times 2 \times 2 \times 7} = \frac{3 \times 3 \times 7}{2 \times 2 \times 2 \times 2} = \frac{63}{16}$

**22** $A = \frac{-55}{36}$ $B = \frac{-43}{96}$ $C = \frac{-8}{33}$ $D = \frac{3 \times 5 \times 3 \times 3 \times 3 \times 7}{4 \times 7 \times 5 \times 3 \times 3 \times 3} = \frac{3}{4}$

**24** 1. a. L'inverse de – 0,04 est –25.
b. L'inverse de 3,5 est $\frac{2}{7}$. c. L'inverse de –9 est $\frac{-1}{9}$.
d. L'inverse de $\frac{1}{11}$ est 11. e. L'inverse de $\frac{13}{7}$ est $\frac{7}{13}$.
2. $A = \frac{-15}{4}$ $B = \frac{-1}{40}$ $C = \frac{-10}{3}$

**QCM**

(1) 1. A et B 2. A 3. B
(2) 1. A 2. B 3. B et C
(3) 1. B 2. A
(4) 1. B 2. B et C 3. B

## 3 Calcul littéral

**2** $A = -x^2$ ; $B = -21w^3$ ; $C = -18a^3 - 4a + (5b - 2)(7 - 3b)$

**4** $A = 5x - 5$ ; $B = -4x + 10$ ; $C = -2x - 11$ ; $D = -8x + 21$

**6** $A = F = -3x^2 - 2x$ ; $B = E = 4x - 5x^2$ ; $C = D = -6x^3$

**8** $A = 12x + 6$ ; $B = 24t - 8$ ; $C = -10z^2 + 45z$ ; $D = -28x + 12x^2$

**10** $A = 20x^2 + 47x + 21$ ; $B = 6x^2 - 7x - 5$ ; $C = 28x^2 - 47x + 15$

**12** $A = x^2 - 16$ $B = x^2 - 49$ $C = 81x^2 - 4$

**14** $A = 6(x + 3)$ ; $B = 8(x - 7)$ ; $C = v(7v - 13)$ ; $D = 5x(1 - 3x)$

**16** $A = (x + 8)(x - 8)$ ; $B = (6 + t)(6 - t)$ ; $C = (3t + 5)(3t - 5)$ ; $D = (7x + 9)(7x - 9)$

**18** $A = (x + \sqrt{7})(x - \sqrt{7})$ ; $B = (\sqrt{19} + t)(\sqrt{19} - t)$
$C = (2t + \sqrt{23})(2t - \sqrt{23})$ ; $D = (4y + \sqrt{3})(4y - \sqrt{3})$ )

**QCM**

(1) 1. A et C 2. C 3. C 4. A et B
(2) 1. C 2. B et C 3. A et B 4. C
(3) 1. A et C 2. A et B et C 3. B et C 4. C

## 4 Équations

**2** $-5 \times (-1) + 3 = 8$ et $-3 \times (-1) - 7 = -4$ donc –1 n'est pas solution de l'équation.
$-5 \times 0 + 3 = 3$ et $-3 \times 0 - 7 = -7$ donc 0 n'est pas solution de l'équation.
$-5 \times 5 + 3 = -22$ et $-3 \times 5 - 7 = -22$ donc 5 est solution de l'équation.
$-5 \times 6 + 3 = -27$ et $-3 \times 6 - 7 = -25$ donc 6 n'est pas solution de l'équation.

**4** a. La solution de l'équation est –5.
b. La solution de l'équation est 2,8.
c. La solution de l'équation est 15.
d. La solution de l'équation est 14,5.

**6** a. La solution de l'équation est 5,5.
b. La solution de l'équation est –3,25.
c. La solution de l'équation est 45.
d. La solution de l'équation est –60.

**8** a. La solution de l'équation est $-\frac{1}{2}$.
b. La solution de l'équation est $-\frac{11}{8}$.
c. La solution de l'équation est $\frac{11}{6}$.
d. La solution de l'équation est $\frac{9}{7}$.

**10** a. Les solutions de l'équation sont –5 et 2.
b. Les solutions de l'équation sont $\frac{-4}{3}$ et $\frac{5}{2}$.
c. Les solutions de l'équation sont 0 et $\frac{-6}{5}$.
d. La solution de l'équation est $\frac{7}{4}$.

**13** a. $(4x+3)(6x-8)=0$ ; les solutions de l'équation sont $\frac{-3}{4}$ et $\frac{4}{3}$.

b. $(3x+4)(x+4)=0$ ; les solutions de l'équation sont $\frac{-4}{3}$ et -4.

c. $(x+10)(x-10)=0$ ; les solutions de l'équation sont –10 et 10.

d. $(3x+6)(3x-4)=0$ ; les solutions de l'équation sont –2 et $\frac{4}{3}$.

**16** a. Les solutions de l'équation sont $\sqrt{12}$ et $-\sqrt{12}$.

b. $x^2=16$ ; les solutions de l'équation sont 4 et -4.

c. $x^2=\frac{75}{11}$ ; les solutions de l'équation sont $\sqrt{\frac{75}{11}}$ et $-\sqrt{\frac{75}{11}}$.

d. $x^2=2$ ; les solutions de l'équation sont $\sqrt{2}$ et $-\sqrt{2}$.

**18** Soit $x$ le nombre cherché. $2x+5=4x-1$
$x=3$ ; je suis le nombre 3.

**20** $12\times 8-\frac{8x}{2}=80$
$x=4$ ; pour $x=4$, l'aire de la partie rose est égale à 80.

**21** Soit $x$ le nombre d'années cherché.
$49+x=3(11+x)$
$x=8$ ; dans 8 ans, Tom aura le triple de l'âge de Nina.

**22** Soit $x$ le rayon de la base, en cm.
$\pi\times x^2\times 10{,}5=465$
$x^2=\frac{465}{10{,}5\pi}$
$x=\sqrt{\frac{465}{10{,}5\pi}}$
$x\approx 3{,}8$ ; le rayon de la base est d'environ 3,8 cm.

**QCM**

(1) **1.** A **2.** B (2) **1.** A **2.** A (3) **1.** B **2.** C (4) A et C

## 5 Grandeurs et proportionnalité

**2** $\frac{30}{5}=6$ et $\frac{50}{14}\approx 3{,}6$ : ces deux rapports ne sont pas égaux donc la distance de freinage n'est pas proportionnelle à la vitesse de la moto.

**3** $\frac{200}{11}\approx 18{,}2$ et $\frac{260}{15}\approx 17{,}3$ : ces deux rapports ne sont pas égaux donc la quantité d'essence consommée n'est pas proportionnelle à la distance parcourue.

**5** Cette représentation graphique n'est pas constituée de points alignés avec l'origine du repère, donc ces deux grandeurs ne sont pas proportionnelles.

**7** Les dimensions réelles sont 40 fois plus grandes que les dimensions sur la maquette. La longueur de la piscine est donc 50 m ÷ 40 = 1,25 m = 125 cm, sa largeur 25 m ÷ 40 = 0,625 m = 62,5 cm et sa profondeur 2,5 m ÷ 40 = 0,062 5 m = 6,25 cm.

**8** Le prix en dollar est 36,40 ÷ 0,91 = 40 €.

**9** **1.** En 15 min on gaspille 625 mL donc en une heure on gaspille 625 × 4 = 2 500 mL.
2 500 mL × 24 = 60 000 mL = 60 L.
On gaspille 60 L d'eau en une journée.
**2.** 60 L = 60 $dm^3$ = 0,060 $m^3$
0,06 × 1,58 × 30 ≈ 2,84 On aura perdu 2,84 € sur un mois de 30 jours.

**10** **1.**

| Masse (en kg) | 900 | 2,772 | $y$ |
|---|---|---|---|
| Volume (en $m^3$) | 1 | $x$ | 0,000 425 |

$x=\frac{2{,}772}{900}=0{,}003\ 08\ m^3$
Le volume de la buche est 0,003 08 $m^3$ = 3 080 $cm^3$.
**2.** 425 $cm^3$ = 0,000 425 $m^3$
$y=\frac{900\times 0{,}000\ 425}{1}=0{,}382\ 5$ kg
La petite branche pèse 0,382 5 kg = 382,5 g

**12** 2 + 3 = 5 Jim aura à parcourir les $\frac{2}{5}$ de 115 km, c'est-à-dire $\frac{2}{5}\times 115=46$ km.
John aura à parcourir les $\frac{3}{5}$ de 115 km,
c'est-à-dire $\frac{3}{5}\times 115=69$ km (ou 115 – 46 = 69).

**13** 1 + 2 + 3 = 6 Il faudra $\frac{1}{6}$ de 2 400 kg de ciment, c'est-à-dire $\frac{1}{6}\times 2\ 400=400$ kg de ciment. Puisque le ratio est 1 : 2 : 3, on en déduit que la masse de sable est le double de celle de ciment, il faudra donc prévoir 800 kg de sable. De même, la masse de gravier est le triple de celle de ciment, il faudra donc 1 200 kg de gravier.

**15** $\frac{75}{100}\times 3=2{,}25$ ; la bague contient 2,25 g d'or pur.

**17** 66,89 – 60,51 = 6,38 ; la population française a augmenté de 6,38 millions entre 2000 et 2018.
$\frac{6{,}38\times 100}{60{,}51}\approx 10{,}54$ ; la population française a donc augmenté d'environ 10,5 % entre 2000 et 2018.

**19** **1.** On traduit la réduction de 15 % par une multiplication par $1-\frac{15}{100}=0{,}85$.
21 × 0,85 = 17,85 ; les lunettes de soleil soldées coutent 17,85 €.
14 × 0,85 = 11,9 ; la coque de téléphone soldée coute 11,90 €.
**3.** 10,2 ÷ 0,85 = 12 ; le prix initial de la brosse était de 12 €.

**QCM**

(1) **1.** B **2.** B (2) **1.** A et C **2.** B et C (3) **1.** C **2.** B

## 6 Fonctions

**2** **1.** $h(6)=-5\times 6+3=-27$
**2.** L'image de –9 par la fonction $h$ est : $h(-9)=-5\times(-9)+3=48$.
**3.**

| $x$ | –9 | –2 | 0 | 3 | 6 |
|---|---|---|---|---|---|
| $h(x)$ | 48 | 13 | 3 | –12 | –27 |

**4** **1.** L'image de –3 par la fonction $h$ est 2.
**2.** On trouve deux antécédents de –3 par la fonction $h$ : –1 et 2.

**6** On cherche $x$ tel que $m(x)=-11$. $8x-9=-11$
$x=-0{,}25$ ; –0,25 est l'antécédent de –11 par la fonction $m$.

**8** **1.**

| $x$ | –1 | –0,5 | 0 | 0,5 | 1 | 1,5 | 2 |
|---|---|---|---|---|---|---|---|
| $f(x)$ | –1 | –2,5 | –3 | –2,5 | –1 | 1,5 | 5 |

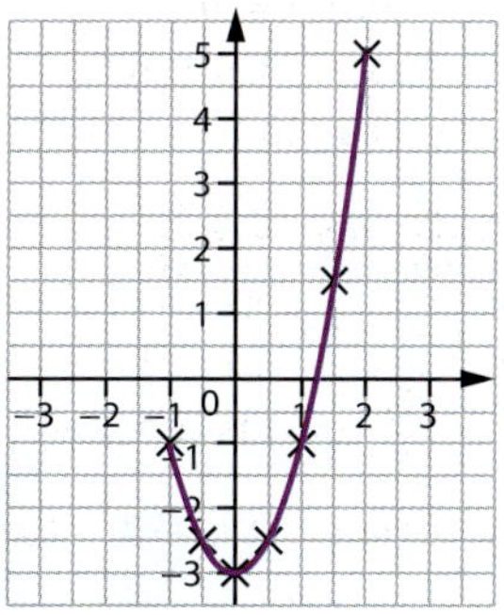


**10** a. L'image de 2 par la fonction $h$ est 0.
b. Un antécédent de –2 par la fonction $h$ est –1.
c. $h(0)=-1$.
d. 2 n'a pas d'antécédent par la fonction $h$.

**QCM**

(1) **1.** B **2.** C **3.** A **4.** B **5.** A, B et C
(2) C (3) B

# Corrigés

## 7 Fonctions affines

**2** a. $f(x) = mx + p$ avec $m = -5$ et $p = -2$.
Donc $f$ est une fonction affine.
b. $g(x) = mx + p$ avec $m = -1$ et $p = 0$.
Donc $g$ est une fonction affine.
c. $h(x) = mx + p$ avec $m = \frac{5}{7}$ et $p = \frac{2}{7}$.
Donc $h$ est une fonction affine.

**4** 1. $i$ est une fonction affine car $i(x) = mx + p$ avec $m = 5$ et $p = -2$.
Sa représentation graphique est donc une droite.

| $x$ | 0 | 1 |
|---|---|---|
| $i(x)$ | −2 | 3 |
| Nom du point | A | B |

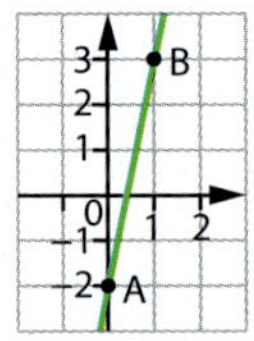


2. $j$ est une fonction affine car $j(x) = mx + p$ avec $m = -2$ et $p = 0{,}5$. $j : x \mapsto -2x + 0{,}5$ Sa représentation graphique est donc une droite.

| $x$ | 0 | 2 |
|---|---|---|
| $j(x)$ | 0,5 | -3,5 |
| Nom du point | A | B |

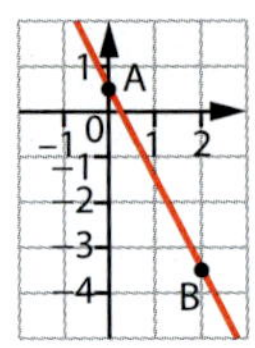


**6** C'est une droite donc $f$ est une fonction affine. $f(x)$ est donc de la forme $mx + p$.
On lit graphiquement l'ordonnée à l'origine : $p = 1$.
Lorsqu'on « avance de 1 en abscisse », on « descend de 4 en ordonnée », donc $m = -4$. D'où $f(x) = -4x + 1$.

**8** $f(x) = -1 \times x$ ; donc $f(x) = mx$ avec $m = -1$.
$g(x) = \frac{5x}{7} = \frac{5}{7}x$ ; donc $f(x) = mx$ avec $m = \frac{5}{7}$.
$h(x) = -3(x-2) - 6 = -3x + 6 - 6 = -3x$ ; donc $f(x) = mx$ avec $m = -3$.

**11** $f(x) = 3x$ ; $f$ est une fonction linéaire de coefficient 3.

**12** $f(x) = 1{,}1x$ ; $f$ est une fonction linéaire de coefficient 1,1.

**QCM**

(1) 1. C 2. A (2) B (3) 1. B 2. B (4) C

## 8 Statistiques

**2** 1.

| Notes ($n$) | $0 \leqslant n < 5$ | $5 \leqslant n < 10$ | $10 \leqslant n < 15$ | $15 \leqslant n < 20$ |
|---|---|---|---|---|
| Effectif | 1 | 7 | 9 | 8 |

2.

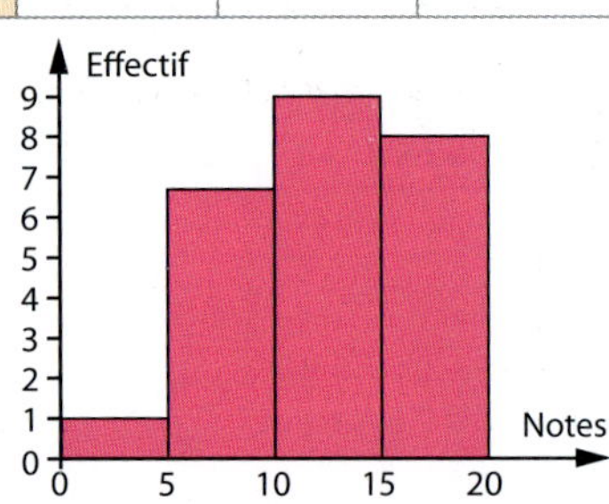


**4**

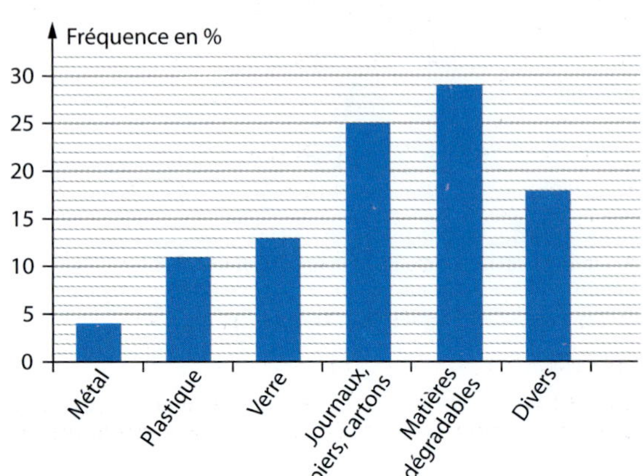


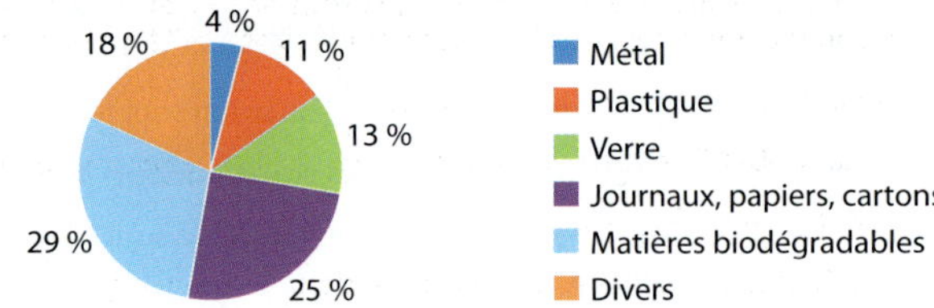


**6** 1. 4 + 8 = 12. 12 magasins ont un chiffre d'affaires inférieur ou égal à 60 000 €.
2. $\frac{13}{28} \approx 0{,}46$. 46 % des magasins ont un chiffre d'affaires égal à 63 000€.
3. $\frac{55 \times 4 + 60 \times 8 + 63 \times 13 + 67 \times 2 + 70 \times 1}{28} = \frac{1723}{28} \approx 61{,}5$
Le chiffre d'affaires moyen des magasins de l'enseigne est d'environ 61 500 €.

**8** $\frac{2{,}5 \times 10 + 7{,}5 \times 35 + 12{,}5 \times 14 + 17{,}5 \times 6}{65} \approx 8{,}7$
La distance moyenne qui sépare le domicile d'un employé de son entreprise est d'environ 8,7 km.

**9** $\frac{95 \times 3 + 105 \times 5 + 115 \times 6 + 125 \times 4}{18} \approx 111{,}1$
Le temps moyen de la course est environ 111,1 min, soit 111 min et 6 secondes.

**11** 1. On ordonne la série : 55 ; 55 ; 57 ; 58 ; 65 ; **66** ; 72 ; 74 ; 75 ; 75 ; 80.
Il y a 11 données, la médiane est donc la 6e donnée dans la série ordonnée.
La vitesse médiane est 66 km/h. Cela signifie qu'il y avait autant d'automobilistes contrôlés avec une vitesse inférieure ou égale à 66 km/h qu'avec une vitesse supérieure ou égale à 66 km/h.
2. 80 − 55 = 25. L'étendue de cette série est 25 km/h.

**13** On ordonne la série : 0,90 ; 1,10 ; 1,80 ; 2,30 ; **2,50** ; **3,50** ; 5,50 ; 6,40 ; 6,50 ; 7,40.
1. Il y a 10 données, la médiane est donc un nombre compris entre la 5e et la 6e donnée dans la série ordonnée. On prendra par exemple 3. Le montant médian des achats est donc 3 €.
Cela signifie qu'il y a eu autant de clients dont la note a été inférieure ou égale à 3 € que de clients dont la note a été supérieure ou égale à 3 €.
2. 7,40 − 0,90 = 6,50. L'étendue de cette série est 6,50 €.

**QCM**

(1) 1. A 2. B (2) 1. A 2. A (3) 1. C 2. B 3. A 4. A et C

## 9 Probabilités

**2** 1. La probabilité d'obtenir 9 est égale à $\frac{1}{9}$.
2. Les issues sont : rouge, bleu, jaune et vert. Elles ne sont pas équiprobables car il y a plus de secteurs rouges que de secteurs bleus, par exemple.

**3** a. Les issues sont : jaune, rouge, vert. Elles ne sont pas équiprobables car il y a plus de boules jaunes que de boules vertes, par exemple.
b. Les issues sont : 1, 2, 3 et 4. Elles ne sont pas équiprobables car il y a plus de boules portant le numéro 1 que de boules portant le numéro 4, par exemple.
c. Les issues sont : pair, impair. Elles sont équiprobables car il y a autant de boules portant un numéro pair que de boules portant un numéro impair.

**5** Par lecture graphique, la probabilité d'obtenir une boule verte est égale à environ 0,25.
La probabilité d'obtenir une boule bleue est égale à environ 0,05.

**7** Chaque pièce a la même probabilité d'être obtenue. La tirelire contient 4 pièces bicolores (les pièces de 1 € et de 2 €) et 10 pièces en tout. La probabilité d'obtenir une pièce bicolore est donc $\frac{4}{10}$ soit 0,4.

**9** 1. $\overline{V}$ : « Obtenir un jeton rouge » ; $P(\overline{V}) = \frac{2}{5}$.
2. $P(V) = 1 - P(\overline{V}) = 1 - \frac{2}{5} = \frac{5}{5} - \frac{2}{5} = \frac{3}{5}$.

**10** **1.** Chacune des 11 boites a la même probabilité d'être obtenue. 8 boites contiennent des légumes donc la probabilité que la boite obtenue contienne des légumes est $\frac{8}{11}$.
**2.** La probabilité que cette boite ne contienne pas des légumes est : $1 - \frac{8}{11} = \frac{3}{11}$.
**3.** 2 boites contiennent de la viande donc la probabilité que la boite obtenue ne contienne pas de viande est : $1 - \frac{2}{11} = \frac{9}{11}$.

**12** **1.**

| 1$^{re}$ pioche \ 2$^{e}$ pioche | Chocolat noir | Chocolat blanc |
|---|---|---|
| Chocolat noir | Noir ; noir | Noir ; blanc |
| Chocolat blanc | Blanc ; noir | Blanc ; blanc |

Cette expérience aléatoire comporte 4 issues.
**2.** La probabilité de piocher 2 chocolats noirs est égale à $\frac{1}{4}$.
**3.** La probabilité de piocher deux chocolats identiques est égale à $\frac{2}{4}$ soit $\frac{1}{2}$.

**13** **1.**

| 1$^{re}$ paire \ 2$^{e}$ paire | Rouge | Noire | Bleue |
|---|---|---|---|
| Rouge | Rouge ; rouge | Rouge ; noire | Rouge ; bleue |
| Noire | Noire ; rouge | Noire ; noire | Noire ; bleue |
| Bleue | Bleue ; rouge | Bleue ; noire | Bleue ; bleue |

Cette expérience aléatoire comporte 9 issues équiprobables.
**2.** La probabilité d'obtenir 2 paires bleues est égale à $\frac{1}{9}$.
**3.** Dorian paye 5 € s'il obtient soit deux paires noires, soit une paire rouge et une paire bleue.
La probabilité qu'il paye 5 € est donc égale à $\frac{3}{9}$ soit $\frac{1}{3}$.

**QCM**

(1) **1.** B et C **2.** B **3.** A et C
(2) **1.** C **2.** A et C
(3) **1.** B **2.** B et C

## 10 Construction et transformation de figures

**2**

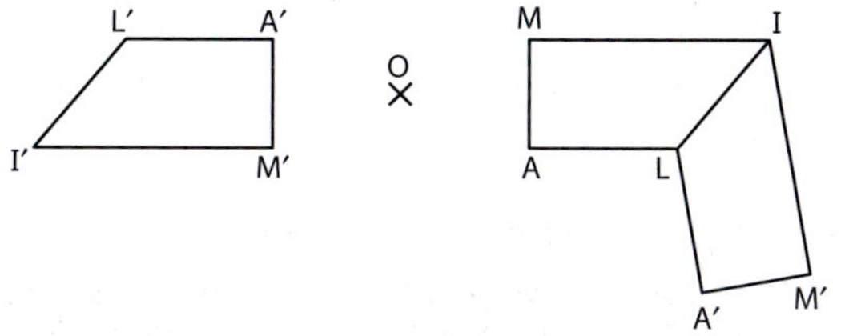


**4** **1.**

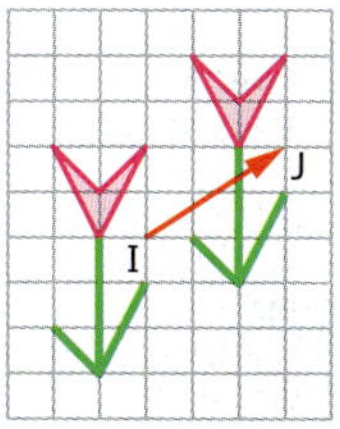


**2.** L'aire de la figure obtenue est égale à 1 carreau.

**6**

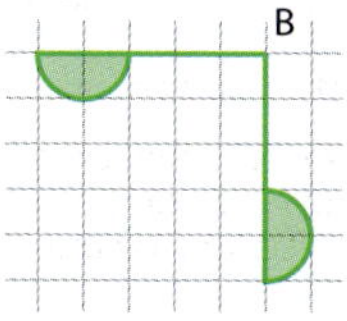


**8**

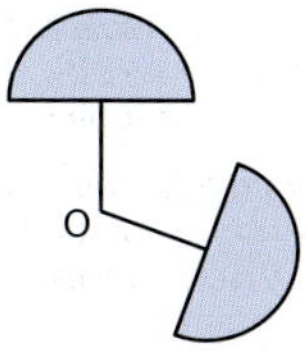


**10** Le motif qui permet de dessiner la rosace est le suivant :
La rotation est celle de centre O et d'angle 90° (sens horaire ou anti-horaire).

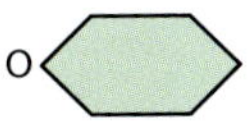


**12**

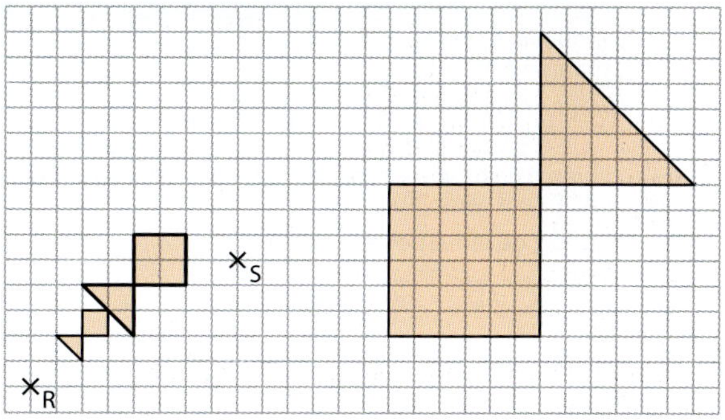


**14** **1.** $\mathscr{A}_{MAX} = 2{,}5^2 \times \mathscr{A}_{ZOE} = 6{,}25 \times 6 = 37{,}5$
L'aire de MAX est 37,5 cm².
$\mathscr{P}_{MAX} = 2{,}5 \times \mathscr{P}_{ZOE} = 2{,}5 \times 12 = 30$
Le périmètre de MAX est 30 cm.
**2.** $\mathscr{A}_{LYN} = \left(\frac{1}{2}\right)^2 \times \mathscr{A}_{ZOE} = \frac{1}{4} \times 6 = 1{,}5$. L'aire de LYN est 1,5 cm².
$\mathscr{P}_{LYN} = \frac{1}{2} \times \mathscr{P}_{ZOE} = \frac{1}{2} \times 12 = 6$. Le périmètre de LYN est 6 cm.
Pour cette homothétie, le rapport est compris entre 0 et –1, donc LYN est une réduction de ZOE et comme l'homothétie conserve les mesures des angles, LYN est un triangle rectangle.

**QCM**

(1) B (2) A (3) **1.** C **2.** A et C

## 11 Théorème de Thalès

**2** Les points O, L, E d'une part et O, S, A d'autre part sont alignés, et les droites (LS) et (EA) sont parallèles.
D'après le théorème de Thalès : $\frac{OL}{OE} = \frac{OS}{OA} = \frac{LS}{EA}$
$OE = \frac{1{,}2 \times 4{,}1}{2{,}3} \approx 2{,}1$ cm ; $LE = OE - OL \approx 2{,}1 - 1{,}2 \approx 0{,}9$ cm ;
$LS = \frac{2{,}3 \times 5{,}7}{4{,}1} \approx 3{,}2$ cm

**3** Les points P, E, O d'une part et L, E, M d'autre part sont alignés, les droites (PL) et (MO) sont parallèles. D'après le théorème de Thalès : $\frac{EP}{EO} = \frac{EL}{EM} = \frac{PL}{OM}$
$PL = \frac{5{,}6 \times 4{,}8}{3{,}7} \approx 7{,}3$ cm ; $EM = \frac{3{,}7 \times 6{,}3}{5{,}6} \approx 4{,}2$ cm

**5** • Les points E, A, C d'une part et D, A, B d'autre part sont alignés dans le même ordre.
• $\frac{AE}{AC} = \frac{2}{5} = 0{,}4$ et $\frac{AD}{AB} = \frac{3}{7{,}5} = 0{,}4$.
Donc $\frac{AE}{AC} = \frac{AD}{AB}$ : l'égalité de Thalès est vérifiée.
Les droites (ED) et (BC) sont parallèles.

**7** • Les points S, B, E d'une part et S, N, J d'autre part sont alignés dans le même ordre.
• $\frac{SB}{SE} = \frac{2{,}3}{7{,}5}$ et $\frac{SN}{SJ} = \frac{3{,}5}{11{,}3}$ ;
or $2{,}3 \times 11{,}3 = 25{,}99$ et $3{,}5 \times 7{,}5 = 26{,}25$
Donc $\frac{SB}{SE} \neq \frac{SN}{SJ}$ : l'égalité de Thalès n'est pas vérifiée.
Les droites (BN) et (EJ) ne sont pas parallèles.

**8** • Les points G, I, K d'une part et H, I, C d'autre part sont alignés dans le même ordre.
• $\frac{IG}{IK} = \frac{3}{1{,}3}$ et $\frac{IH}{IC} = \frac{4}{1{,}7}$ ; or $3 \times 1{,}7 = 5{,}1$ et $4 \times 1{,}3 = 5{,}2$
Donc $\frac{IG}{IK} \neq \frac{IH}{IC}$ : l'égalité de Thalès n'est pas vérifiée.
Les droites (GH) et (CK) ne sont pas parallèles.

**10** $\widehat{DEF} = 180° - (63° + 34°) = 83°$ donc les triangles ont deux paires d'angles de même mesure : ce sont des triangles semblables.

**12** **1.**

| Longueurs des côtés du triangle ADE (en cm) | 2,5 | 3 | 3,5 |
|---|---|---|---|
| Longueurs des côtés du triangle ABC (en cm) | 5 | 6 | 7 |

× 2

Il s'agit bien d'un tableau de proportionnalité, donc les triangles ABC et ADE sont semblables.

**2.** Le rapport de réduction est de $\frac{1}{2}$.

**3.** $\widehat{DAE} = \widehat{BAC}$, $\widehat{ADE} = \widehat{ABC}$ et $\widehat{AED} = \widehat{ACB}$.

**QCM**

(1) **1.** B et C **2.** B **3.** B et C (2) **1.** A **2.** B

(3) **1.** A **2.** B et C

## 12 Triangles rectangles

**2** **1.** Le triangle ABC est rectangle en A, d'après le théorème de Pythagore :
$BC^2 = BA^2 + AC^2$ ; $BC^2 = 12^2 + 5^2 = 144 + 25 = 169$.
On trouve $BC = \sqrt{169} = 13$ cm.
**2.** Le triangle ISR est rectangle en I, d'après le théorème de Pythagore : $SR^2 = SI^2 + IR^2$ ; $14^2 = 9^2 + IR^2$ ; $196 = 81 + IR^2$ ;
$IR^2 = 196 - 81 = 115$.
On trouve $IR = \sqrt{115} \approx 10{,}7$ cm.

**4** [EG] est le plus grand côté ; $EG^2 = 19{,}5^2 = 380{,}25$
$EF^2 + FG^2 = 7{,}5^2 + 18^2 = 56{,}25 + 324 = 380{,}25$
Donc $EG^2 = EF^2 + FG^2$. L'égalité de Pythagore est vérifiée donc EFG est un triangle rectangle en F.

**6** [ST] est le plus grand côté ; $ST^2 = 8^2 = 64$
$RS^2 + RT^2 = 7^2 + 4^2 = 49 + 16 = 65$
Donc $ST^2 \neq RS^2 + RT^2$. L'égalité de Pythagore n'est pas vérifiée donc RST n'est pas un triangle rectangle.

**9** **a.** Dans le triangle ABC rectangle en B :
$\cos\widehat{BAC} = \frac{AB}{AC} = \frac{10}{12{,}5} = 0{,}8$ ; $\sin\widehat{BAC} = \frac{BC}{AC} = \frac{7{,}5}{12{,}5} = 0{,}6$ ;
$\tan\widehat{BAC} = \frac{BC}{AB} = \frac{7{,}5}{10} = 0{,}75$.
$\cos\widehat{BCA} = \frac{BC}{AC} = \frac{7{,}5}{12{,}5} = 0{,}6$ ; $\sin\widehat{BCA} = \frac{AB}{AC} = \frac{10}{12{,}5} = 0{,}8$ ;
$\tan\widehat{BCA} = \frac{AB}{BC} = \frac{10}{7{,}5} = \frac{4}{3}$.
**b.** Dans le triangle MNL rectangle en N :
$\cos\widehat{NML} = \frac{NM}{ML} = \frac{20}{29}$ ; $\sin\widehat{NML} = \frac{NL}{ML} = \frac{21}{29}$ ;
$\tan\widehat{NML} = \frac{LN}{NM} = \frac{21}{20} = 1{,}05$.
$\cos\widehat{NLM} = \frac{NL}{ML} = \frac{21}{29}$ ; $\sin\widehat{NLM} = \frac{NM}{ML} = \frac{20}{29}$ ; $\tan\widehat{NLM} = \frac{NM}{NL} = \frac{20}{21}$.
**c.** Dans le triangle EDF rectangle en D :
$\cos\widehat{DFE} = \frac{DF}{FE} = \frac{3{,}9}{8{,}9}$ ; $\sin\widehat{DFE} = \frac{DE}{FE} = \frac{8}{8{,}9}$ ; $\tan\widehat{DFE} = \frac{DE}{DF} = \frac{8}{3{,}9}$.
$\cos\widehat{DEF} = \frac{DE}{FE} = \frac{8}{8{,}9}$ ; $\sin\widehat{DEF} = \frac{DF}{FE} = \frac{3{,}9}{8{,}9}$ ;
$\tan\widehat{DEF} = \frac{DF}{DE} = \frac{3{,}9}{8} = 0{,}4875$.
**d.** Dans le triangle GKH rectangle en K :
$\cos\widehat{GHK} = \frac{HK}{HG} = \frac{12}{13}$ ; $\sin\widehat{GHK} = \frac{GK}{HG} = \frac{5}{13}$ ; $\tan\widehat{GHK} = \frac{GK}{HK} = \frac{5}{12}$.
$\cos\widehat{HGK} = \frac{GK}{HG} = \frac{5}{13}$ ; $\sin\widehat{HGK} = \frac{HK}{HG} = \frac{12}{13}$ ;
$\tan\widehat{HGK} = \frac{HK}{GK} = \frac{12}{5} = 2{,}4$.

**12** Dans le triangle DEF rectangle en D, $\sin\widehat{DEF} = \frac{DF}{EF} = \frac{4{,}2}{7}$.
Donc $\widehat{DEF} \approx 37°$ (à l'aide de la touche ARCSIN de la calculatrice).

**13** Dans le triangle ABC rectangle en A : $\cos\widehat{ACB} = \frac{AC}{BC}$ ; $\cos 23° = \frac{AC}{5{,}2}$
$AC = 5{,}2 \times \cos 23°$. Donc $AC \approx 4{,}8$ cm.

**14** Dans le triangle HIJ rectangle en I : $\tan\widehat{IHJ} = \frac{IJ}{HI} = \frac{5}{8}$
Donc $\widehat{IHJ} \approx 32°$ (grâce à la touche ARCTAN de la calculatrice).

**QCM**

(1) **1.** A **2.** B et C **3.** B (2) **1.** A et B **2.** B et C

(3) **1.** A et C **2.** A et C **3.** A et C

## 13 Solides de l'espace

**2** $OE \leqslant 10$ cm, $OF = 10$ cm et $OG > 10$ cm

**4** $r = \frac{D}{2} = \frac{12}{2} = 6$ cm $\mathscr{V} = \frac{4 \times 6^3 \times \pi}{3} = \frac{864\pi}{3} \approx 904{,}8$ cm³

**6** M : latitude : 45° Nord ; longitude 120° Ouest
N : latitude : 15° Sud ; longitude 15° Ouest

**8** **1.** 40 mm = 4 cm
$\mathscr{V} = 3^2 \times \pi \times 4 = 36\pi$ cm³
**2.** 60 dm = 6 m $\mathscr{V} = \frac{1}{3} \times 5^2 \times 6 = 50$ m³
**3.** $r = \frac{D}{2} = \frac{8 \text{ dm}}{2} = 4$ dm
$\mathscr{V} = \frac{1}{3} \times 4^2 \times \pi \times 5 = \frac{80\pi}{3}$ dm³ $\approx 84$ L

**10** $\mathscr{V} = 3^3 \times 5$ cm³ $= 135$ cm³

**11** $108 \div 4 = 27$. Le volume a été multiplié par $27 = 3^3$.
Le rapport d'agrandissement est 3.

**12** **1.** $\mathscr{V} = \frac{1}{3} \times 5^2 \times 3 = 25$ cm³
**2.** $\mathscr{V}_2 = 0{,}6^3 \times 25^3 = 5{,}4$ cm³

**13** **1.** $\mathscr{V} = \frac{1}{3} \times 2{,}7^2 \times \pi \times 4{,}6 = 11{,}178\pi$ cm³
**2.** $\frac{11{,}5}{4{,}6} = 2{,}5$ $\mathscr{V}_2 = 2{,}5^3 \times 11{,}178\pi = \frac{5\,589\pi}{32}$ cm³

**15**

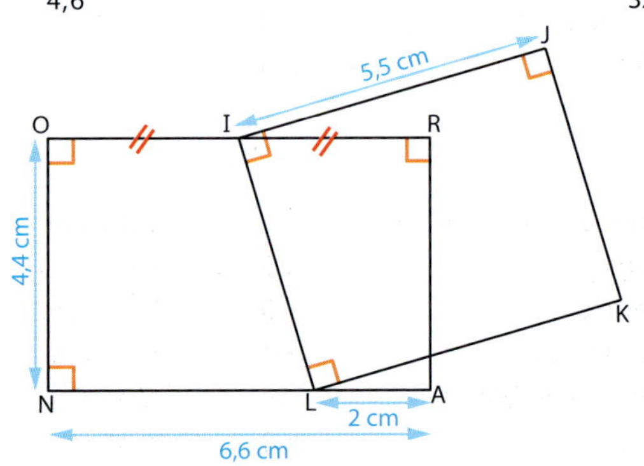


**17** Dans le triangle ABC rectangle en B, d'après le théorème de Pythagore :
$AC^2 = BC^2 + AB^2$
$AB^2 = 5{,}6^2 - 4{,}3^2$
$AB^2 = 12{,}87$
$AB = \sqrt{12{,}87}$ cm $\approx 3{,}6$ cm

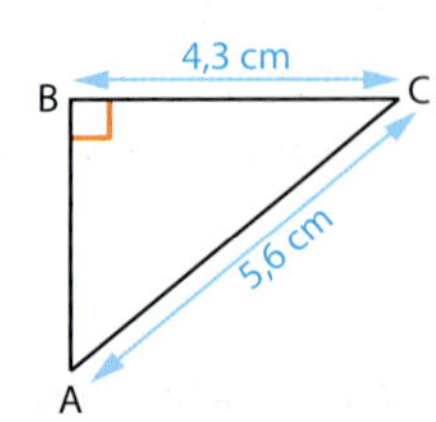


**18** Dans le triangle OHC rectangle en H, d'après le théorème de Pythagore :
$OC^2 = OH^2 + HC^2$
$HC^2 = 6{,}9^2 - 3{,}4^2$
$HC^2 = 36{,}05$
$HC = \sqrt{36{,}05}$ cm $\approx 6$ cm.
La section obtenue est un cercle de rayon 6 cm.

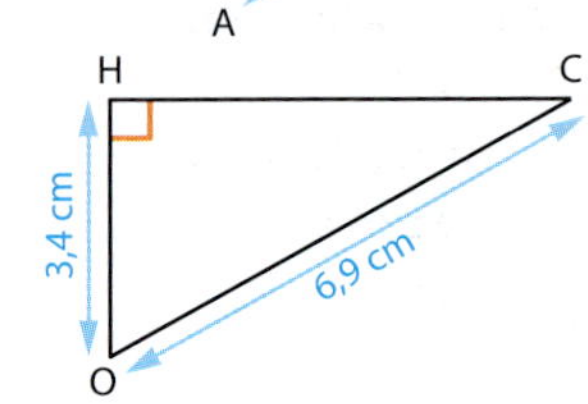


**QCM**

(1) **1.** A et C **2.** C **3.** A (2) **1.** B **2.** B et C (3) **1.** B **2.** B et C

# Index

# Tableur

## Présentation d'un tableur

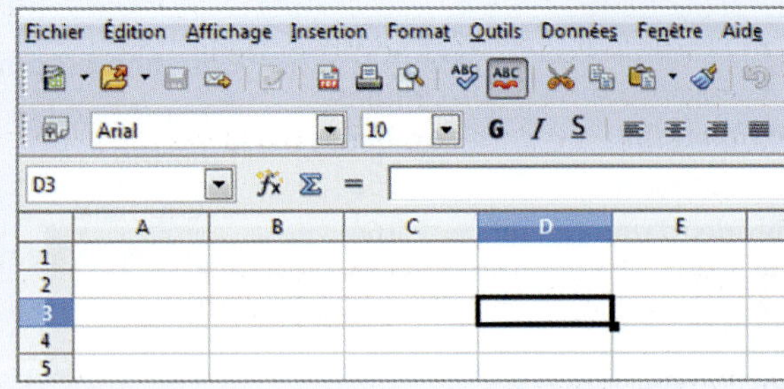


- Un tableur permet l'automatisation de calculs sur des données.
- Une « feuille de calcul » est composée de « cellules » repérées par une lettre et un nombre.

**Exemple** Sur cet écran, la cellule sélectionnée est la cellule **D3**.

## Entrer une formule de calcul dans une cellule

Pour indiquer au tableur qu'il doit effectuer un calcul, on commence par écrire « = » suivi du calcul à effectuer.

Ce qu'on écrit dans la cellule apparait aussi dans la fenêtre au-dessus de la feuille de calcul.

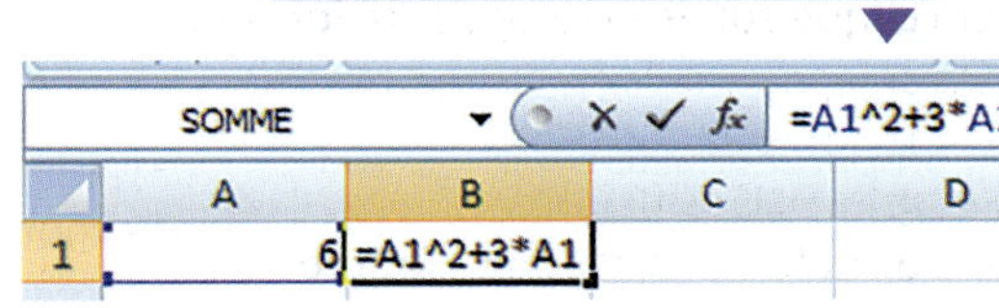


**Exemple**

- On entre le nombre 6 dans la cellule A1. Puis on écrit dans la cellule B1 la formule =A1^2+3*A1 et on tape sur la touche « Entrée » du clavier.
- Dans la cellule B1 s'affichera le résultat du calcul, soit 54, qui correspond à :
(nombre écrit dans A1)$^2 + 3 \times$ A1.
- Si l'on entre dans la cellule A1 un autre nombre que 6, le calcul est refait automatiquement dans la cellule B1.

« * » remplace le signe × et « / » remplace ÷.
Le symbole « ^ » permet de calculer des puissances : $6^2$ s'écrit 6^2.

## Recopier une formule vers le bas ou vers la droite

Pour reproduire les calculs effectués dans une cellule dans d'autres cellules, on peut utiliser la « poignée de recopie » :

- On clique sur la cellule qui contient la formule. On va utiliser la poignée de recopie : c'est le petit carré noir en bas à droite de la cellule sélectionnée.
- On clique sur la poignée de recopie et on tire vers le bas ou vers la droite en maintenant le bouton de la souris enfoncé.

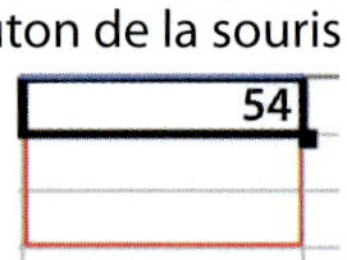

- On relâche la souris à la cellule souhaitée.

**Exemple**

### Recopie vers le bas

- On remplit la colonne A.
- On saisit en B1 la formule =A1^2+3*A1
- Lorsque l'on recopie la formule vers le bas, le numéro de la ligne dans la formule est « augmenté » de 1.

| | A | B |
|---|---|---|
| 1 | 6 | 54 |
| 2 | 7 | =A2^2+3*A2 |
| 3 | 8 | 88 |

### Recopie vers la droite

- On remplit la ligne 1.
- On saisit en A2 la formule = A1^2+3*A1
- Lorsque l'on recopie la formule vers la droite, la lettre de la colonne dans la formule est « augmentée » de 1.

| | A | B | C |
|---|---|---|---|
| 1 | 6 | 7 | 8 |
| 2 | 54 | =B1^2+3*B1 | 88 |

## Afficher une liste de nombres avec un « pas » constant

- On écrit les deux premiers nombres de la liste.
- On sélectionne les deux cellules.
- On tire la poignée de recopie jusqu'à la valeur voulue.

**Exemple**

**« Pas » égal à 1**

| | A |
|---|---|
| 1 | 1 |
| 2 | 2 |
| 3 | |
| 4 | |
| 5 | |
| 6 | |

## Trier une liste de nombres

- **Dans l'ordre croissant**

Sélectionner les nombres puis Trier de A à Z

- **Dans l'ordre décroissant**

Sélectionner les nombres puis Trier de Z à A

## Calculer une fréquence

On a relevé, dans la colonne A, le résultat de 10 lancers de dé. Pour calculer la fréquence de 1, il faut compter le nombre de fois que le nombre 1 apparait :

- On sélectionne la cellule dans laquelle le résultat apparaitra (C3 dans l'exemple ci-contre).
- On clique sur le catalogue de formules *fx*
- On sélectionne la formule =**NB.SI()**
- On la complète :

Exemple =**NB.SI(A1:A10;1)**

Cette formule compte combien il y a de « 1 » dans les cellules entre A1 et A10.

- On appuie sur la touche « Entrée ».

Pour compter le nombre de valeurs supérieures ou égales à 4, on compléterait la formule par : =NB.SI(A1:A10 ;">=4")

C3 *fx* =NB.SI(A1:A10;1)

| | A | B | C |
|---|---|---|---|
| 1 | 5 | | |
| 2 | 4 | | |
| 3 | 1 | | 3 |
| 4 | 5 | | |
| 5 | 1 | | |
| 6 | 2 | | |
| 7 | 2 | | |
| 8 | 1 | | |
| 9 | 6 | | |
| 10 | 3 | | |

## Construire une représentation graphique d'une série statistique

Pour représenter graphiquement des données :

**Étape 1 : Sélection des données**

On clique sur la cellule en haut à gauche et on va jusqu'à celle située en bas à droite du rectangle, puis on relâche la souris.

| | A | B | C |
|---|---|---|---|
| 1 | | Collège Jacques Prévert | Collège Jean Rostand |
| 2 | internes | 68 | 76 |
| 3 | externes | 184 | 125 |
| 4 | Demi-pensionnaires | 312 | 484 |

**Étape 2 : Choix du type de diagramme**

Dans l'onglet « Insertion », on sélectionne « Diagramme », puis on choisit un type de diagramme.

**Etape 3 : Cocher série de données en lignes ou en colonnes**

## Afficher un nombre aléatoire compris entre 1 et *n*

- On sélectionne la cellule où le nombre doit apparaitre.
- On clique sur le catalogue de formules *fx*.
- On sélectionne la formule **=ALEA.ENTRE.BORNES()**.
- On l'insère puis on la complète :

Exemple **=ALEA.ENTRE.BORNES(1;6)** ;

Cette formule donnera un nombre aléatoire entre 1 et 6.

- On appuie sur la touche « Entrée ».

## Calculer une somme, une moyenne à partir d'une liste

- On sélectionne la cellule où le nombre doit apparaitre.
- On sélectionne dans le catalogue de formule *fx* l'une des formules suivantes :

**=SOMME ; = MOYENNE ; = MEDIANNE**

- On l'insère.
- On sélectionne la liste.
- On appuie sur la touche « Entrée ».

# Logiciel de géométrie dynamique

## Présentation du logiciel

GeoGebra est un logiciel de géométrie dynamique : il permet de tracer des figures et de les animer en déplaçant des points.

**Zone de saisie**
Au fur et à mesure des constructions, tous les objets mathématiques tracés s'afficheront dans ce cadre.

Lorsque l'on pointe la souris sur une icône, on accède à un **sous-menu**.

Cliquer ici pour faire apparaitre le **menu des propriétés des objets**. On pourra par exemple choisir d'afficher ou non la grille, les axes.

Cliquer ici pour afficher le **menu principal**.

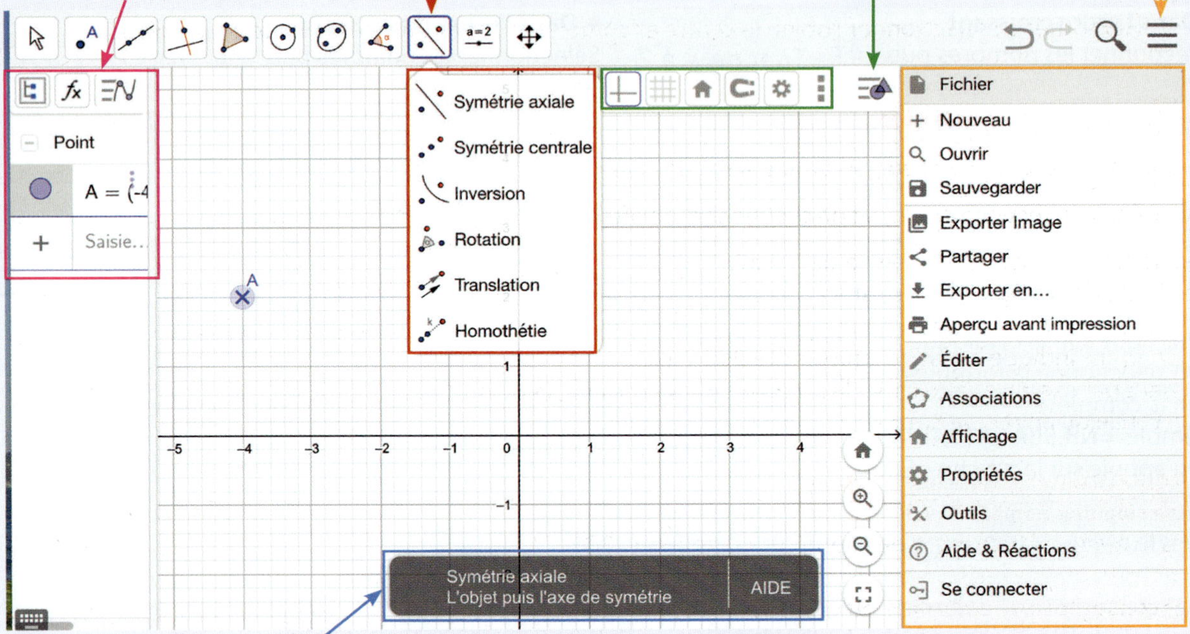


En laissant le curseur sur une icône, on obtient **l'aide** pour utiliser la fonction sélectionnée.

## Tracer

**Un point**
- un point
- un point sur un objet
- un point à l'intersection de deux objets
- un point au milieu d'un segment

**Une droite, un segment**
- une droite passant par deux points
- un segment entre deux points
- un segment de longueur donnée
- une demi-droite dont on connait l'origine

**Une droite particulière**
- la perpendiculaire à une droite passant par un point
- la parallèle à une droite passant par un point
- la médiatrice d'un segment

## Tracer des figures planes

- un polygone
- un polygone régulier
- un cercle passant par deux points
- un cercle de centre et de rayon donné
- un angle de mesure donnée

## Mesurer

- Afficher la mesure d'un angle.
- Afficher la longueur d'un segment, la distance entre deux points.
- Afficher l'aire d'une figure.

## Construire l'image d'une figure par une transformation

Symétrie axiale : sélectionner l'objet puis l'axe de symétrie.

Symétrie centrale : sélectionner l'objet et le centre de symétrie.

Translation : sélectionner l'objet, le point de départ et celui d'arrivée.

Rotation : sélectionner l'objet, le centre et compléter l'angle et le sens dans la boite de dialogue.

Homothétie : sélectionner l'objet, le centre et compléter le rapport dans la boite de dialogue.

## Créer un curseur

Pour faire varier une grandeur, on peut utiliser un curseur.
Pour cela, on sélectionne [a=2] et on clique l'endroit où l'on veut faire apparaitre le curseur sur la feuille de travail.
Une boite de dialogue s'ouvre alors.
Le nombre peut varier de **–5 à 5**.
L'**incrément** indique le pas, ici on compte de 1 en 1.
On peut par exemple faire varier la longueur d'un segment, le rayon d'un cercle ou animer la figure.

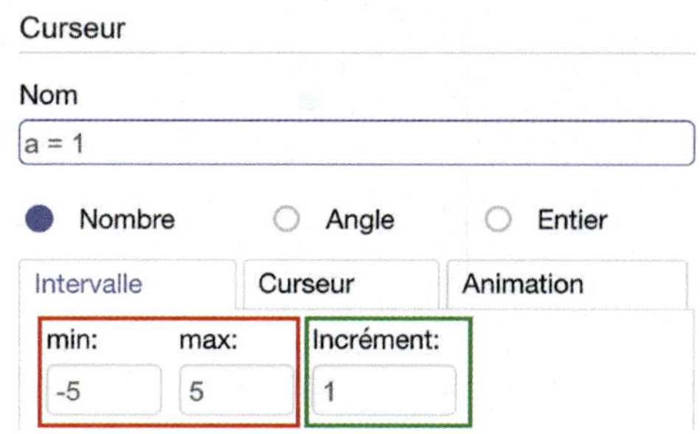


## Construire des solides

Dans le menu « Affichage », on clique sur « Graphique 3D ».

### Construire une pyramide, un cône

Pour construire une pyramide ou un cône :
– on trace le polygone ou le cercle de la base ;
– on sélectionne [icône] extrusion pyramide ;
– on clique sur la base dans la zone « graphique 3D » ;
– une boite de dialogue apparait ; on entre la hauteur.

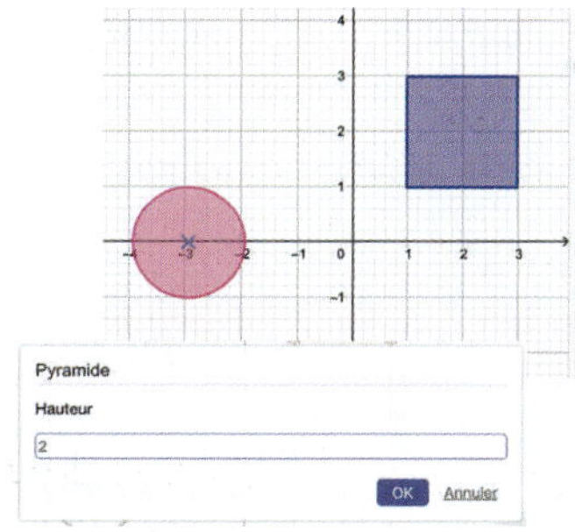


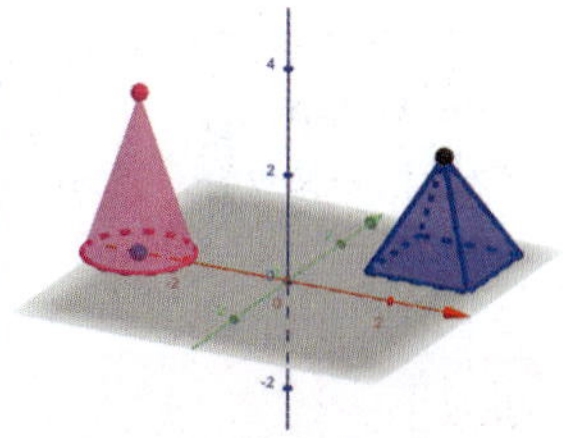

### Construire une sphère

Pour construire la sphère de centre A et de rayon 1,5 cm :
– on sélectionne [icône] ;
– on clique sur A dans la zone « graphique 3D » ;
– une boite de dialogue apparait ; on entre le rayon 1,5.

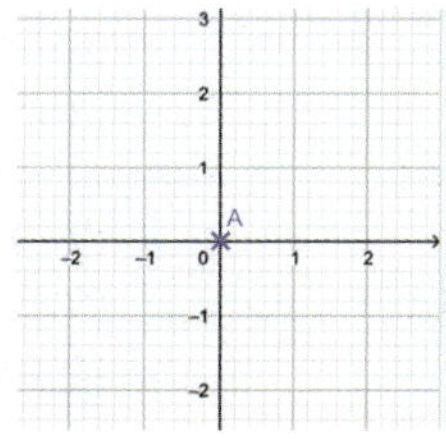

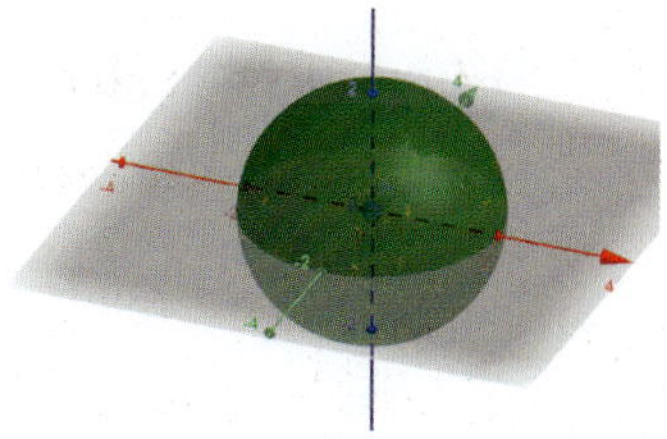

## Tracer la représentation graphique d'une fonction

Pour tracer la représentation graphique de la fonction $f(x) = x^2 + 2x - 1$, on écrit dans la zone de saisie la formule : $f(x) = x^2 + 2x - 1$

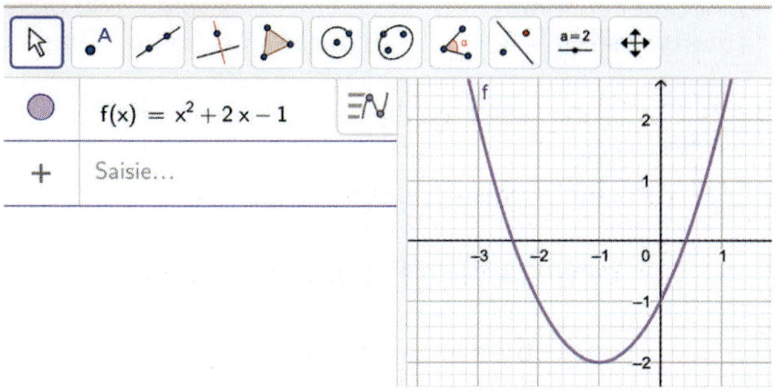

# Calculatrice NumWorks

Pour les calculs de base, choisir le menu Calculs.
Pour accéder au menu, utiliser la touche ⌂.
Pour naviguer dans les différents menus, utiliser les flèches et valider avec OK

La touche boite à outils (paste) permet d'accéder à différents menus dans lesquels figurent des calculs particuliers.
Par exemple, dans le menu « Arithmétique » figurent le **quotient** et le **reste** d'une division euclidienne et la **décomposition en produit de facteurs premiers.**

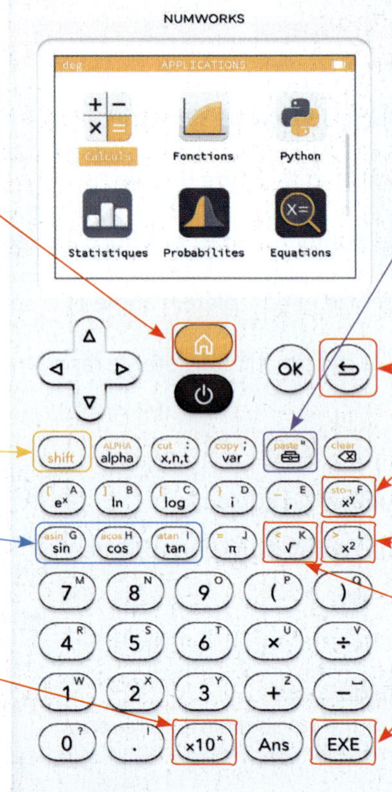


Revenir au menu précédent

Accéder aux fonctions en jaune

Calculer une puissance

Trigonométrie : cos, sin, tan d'un angle/ Calculer la mesure d'un angle avec arcos, arcsin, arctan

Calculer un carré

Calculer une racine carrée

Calculer (ou multiplier par) une puissance de 10

Donner le résultat d'un calcul, valider une commande
(la touche OK remplit également cette fonction)

## Choisir les modes adaptés

| Pour calculer des angles | Pour afficher les résultats | Pour obtenir un arrondi | Pour afficher des calculs |
|---|---|---|---|
| **Unité d'angle :**<br>**Degrés :** calcul avec les angles en degré | Décimal 0.1234<br>Scientifique 1.234E-1 | Chiffres significatifs 7<br>Choisir le nombre de chiffres significatifs | Naturelle<br>En ligne 1+2/3 |

## Remplir le tableau de valeurs d'une fonction

| 1. Accéder au menu « Fonctions » | 2. Entrer la fonction dans le sous-menu | 3. Afficher le tableau de valeurs dans le sous-menu « Tableau » | 4. Paramétrer l'affichage |
|---|---|---|---|
|  OK | Entrer la fonction puis OK. | 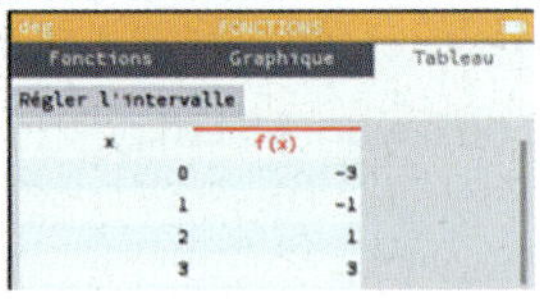 Il est possible d'affiner l'affichage dans « Régler l'intervalle ». | $x$ début : première valeur du tableau<br>$x$ fin : dernière valeur du tableau<br>pas : 1, les valeurs de $x$ vont de 1 en 1. Il faut adapté le pas au tableau à remplir. |

## Calculer la moyenne et la médiane d'une série statistique

| 1. Accéder au menu « Statistiques » | 2. Entrer les valeurs du tableau avec leurs effectifs dans le sous-menu « Données » | 3. Lancer le calcul en allant dans le sous-menu « Stats » |
|---|---|---|
|  OK | 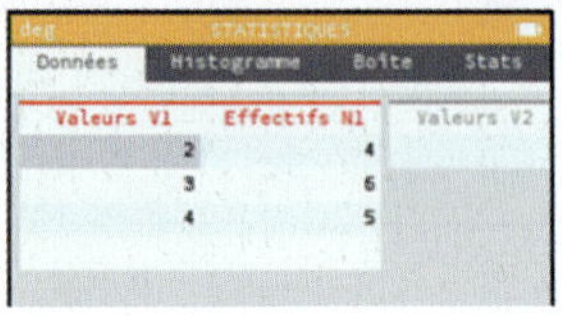 Entrer les valeurs de la série puis l'effectif correspondant en naviguant avec les flèches et en tapant OK après chaque ligne. | 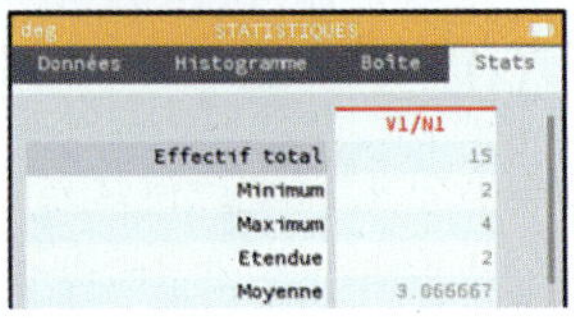 Faire défiler les valeurs jusqu'au résultat cherché. |




Achevé d'imprimer en France par ELCOGRAF - Dépôt légal : Avril 2020 - Édition 01 - 36/7855/9

# Calculatrice TI

## Choisir les modes adaptés (mode)

| Pour calculer des angles | Pour afficher un résultat | Pour obtenir un arrondi | Pour simplifier une fraction | Pour afficher des calculs |
|---|---|---|---|---|
| **DEG**<br>Les calculs avec des angles sont faits avec des angles exprimés en degrés. | **NORM**<br>affiche le résultat sous forme décimale.<br>**SCI**<br>affiche le résultat en écriture scientifique. | **FLOTT**<br>donne 9 chiffres après la virgule par défaut. | **SIMPMAN**<br>permet de simplifier manuellement des fractions.<br>**SIMPAUTO**<br>simplifie automatiquement des fractions. | **AFFINATUREL**<br>Les fractions, certains nombres et des expressions particulières sont écrits comme sur le papier. |

## Remplir le tableau de valeurs d'une fonction

| 1. Menu Fonction | 2. Entrer la fonction | 3. Paramétrer les calculs | 4. Afficher le tableau |
|---|---|---|---|
| $f(x)$ | 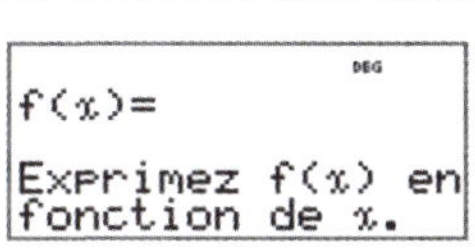 | **Début** = première valeur du tableau.<br>**Pas** = 1 : les valeurs de $x$ vont de 1 en 1.<br>Il faut adapter le pas au tableau à remplir.<br>**Auto** : le tableau se remplit automatiquement.<br>**x = ?** : on choisit de rentrer les valeurs de $x$ manuellement. | CALC<br>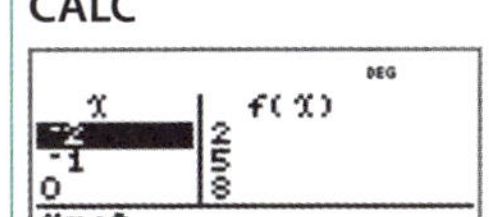 |

## Calculer la moyenne et la médiane d'une série statistique

| 1. Accéder au menu Statistiques | 2. Rentrer les valeurs du tableau avec leurs effectifs | 3. Lancer le calcul | 4. Faire défiler les valeurs jusqu'au résultat cherché |
|---|---|---|---|
| stats | 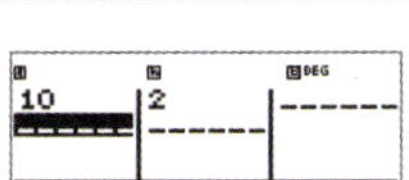<br>Les valeurs de la série dans L1.<br>Les effectifs dans L2. | stats calc<br>2nde stats 1<br>puis :<br> | 1 : N = effectif total<br>2 : $\overline{x}$ = moyenne<br>3 : méd = médiane<br> |

# Calculatrice CASIO

ATTENTION : Pour les calculs de base, reviens toujours au menu Calculer [×÷ +− 1]
Pour y accéder : [MENU CONFIG] [1]

Pour accéder ou valider un choix, tape le numéro correspondant au mode ou utilise les flèches et valide avec [EXE]

Accéder aux fonctions en jaune

Calculer le carré d'un nombre / la racine carrée d'un nombre

Calculer le quotient et le reste de la division euclidienne de deux nombres entiers / Décomposer un nombre entier en produit de facteurs premiers

Calculer (ou multiplier par) une puissance de 10 / Nombre π

Écrire des fractions

Calculer la puissance d'un nombre

Trigonométrie : calculer le sinus, le cosinus, la tangente d'un angle / Calculer la mesure d'un angle avec Arcsin, Arccos et Arctan

Passer de l'écriture fractionnaire à l'écriture décimale

Donner le résultat d'un calcul, valider une commande ou un choix

## Choisir les modes adaptés

[SECONDE] [MENU CONFIG]

| 1 : Saisie / Résultat | 2 : Unité d'angle | 3 : Arrondi | 4 : Résultat fract |
|---|---|---|---|
| **1 : Smaths/Rmaths** Les fractions, certains nombres et des expressions particulières sont écrits comme sur le papier dans le calcul et le résultat. | **1 : Degré** Les calculs avec des angles sont faits avec des angles exprimés en degrés. | **2 : Sci** affiche le résultat en écriture scientifique. **3 : Norm** arrondit automatiquement le résultat. | **2 : d/c** notation française des fractions. |

## Remplir le tableau de valeurs d'une fonction

| 1. Accéder au menu Tableau [3] | 2. Entrer la fonction | 3. Paramétrer les calculs | 4. Afficher le tableau |
|---|---|---|---|
| [MENU CONFIG] [3] | f(x)= <br> Puis <br> g(x)= <br> Il est possible d'entrer une deuxième fonction $g$ | **Début** = première valeur du tableau. <br> **Fin** = dernière valeur du tableau. <br> **Pas** = 1 : les valeurs de $x$ vont de 1 en 1. Il faut adapter le pas au tableau à remplir. | [EXE] <br> x : 1, 2, 3, 4 — f(x) : 11, 14, 17, 20 <br> Utiliser les flèches pour afficher toutes les valeurs. |

## Calculer la moyenne et la médiane d'une série statistique

| 1. Accéder au menu Statistiques [2] | 2. Rentrer les valeurs du tableau avec leurs effectifs | 3. Lancer le calcul [×÷ +− 1] | 4. Faire défiler les valeurs jusqu'au résultat cherché |
|---|---|---|---|
| [MENU CONFIG] [2] puis [1] : <br> **1 : 1 variable** | x : 10, 8, 5 — EFFC : 2, 5, 3 | [OPTN] [3] <br> **3 : Calc à 1 variable** | $\bar{x}$ =7,5 <br> Σx =75 <br> Σx² =595 <br> σ²x =3,25 <br> σx =1,802775638 <br> s²x =3,611111111 <br> $\bar{x}$ : moyenne de la série <br> n : effectif total <br> Med : médiane |